ANTISCHER
OZEAN
N
LEEWARD ISLANDS
WINDWARD ISLANDS
Puerto
Rico
Kleine Antillen
TURKS &
CAICOS ISLANDS
Mona-Passage
Cap
Haitien
Haiti
Dominikanische
Republik
Port-au-Prince
Windward-Passage
Guantánamo
KARIBISCHES MEER
Golf von
Venezuela
Caracas
Puerto Cabello
Venezuela
Jamaika
Cartagena
Kolumbien
Längengrade
MOSQUITO
CAYS
Golf von Panama
Medellín
Bogotá
Colón
Panama-
Stadt
Nicaragua
Limón
San José
Panama
Managua
Costa
Rica
PAZIFISCHER OZEAN
HURRIKANKARTE
KEY WEST MEILE NULL
28
25
60
63
66
69
72
75
7
4
1

Thomas Sanchez
KEY WEST
MEILE NULL

Thomas Sanchez

KEY WEST
MEILE NULL

Aus dem Amerikanischen
von Werner Richter

List Verlag
München · Leipzig

Die Originalausgabe erschien 1989
unter dem Titel »Mile Zero«
bei Alfred A. Knopf, New York.

ISBN 3-471-78637-6

Satz: Fotosatz Leingärtner, Nabburg
Druck und Bindung: Mohndruck, Gütersloh

Siempre

Stephanie Dante, die
wiegte es auf dem
Wasser

Jon Lovelace, der
holte es aus dem
Feuer.

Im Gedenken an

Robert Kirsch · Dorothea Oppenheimer · Henry Robbins

Dank

Dem National Endowment for the Arts
Der John Simon Guggenheim Memorial Foundation
Der Yaddo Corporation

Inhalt

Poeme Vaudou

Mèt Agoué, kòté ou yé
Ou pa oué mwê nâ résif
Agoué, kòté ou yé
Ou pa oué mwê sou lâ mè
M'gê zavirô nâ mê mwê
M'pa sa toune déyè
M'douvâ déja

Meister Agoué, wo bist du?
Siehst du mich nicht auf dem Riff?
Agoué, wo bist du?
Siehst du mich nicht auf dem Meer?
Ich habe ein Ruder in der Hand,
Ich kann nicht umkehren,
Ich komme voran.

Erstes Buch

★

OFFENBARUNG IN DER STILLE

I

Es geht um Wasser. Um Wasser geht es am Anfang, und auch am Ende wird es so sein. Das Meer war unser aller Mutter. Wasser und Dunkelheit, die das Licht erwarten. Nacht ist Niederkunft. Eine Ahnung von Leben hinter der weiten See schwillt an zu strahlendem Glanz. Die Dämmerung zieht von Afrika herauf, bringt Licht zwischen die Welten, auf die nebligen Berge von Haiti, über die Große Bahamabank, erfaßt die Zuckerrohrfelder Kubas, schwingt sich über den Wendekreis des Krebses zu der schlafenden Insel Key West, dann weiter zur Goldküste Floridas, wo die große Mauer von Apartmenthäusern die Demarkationslinie des amerikanischen Festlands zieht.

Mit dem anbrechenden Licht ziehen Meeresvögel knapp übers Wasser heran, ohne den Kopf zu heben, loten sie das kommende Wetter aus und lesen dabei in der Oberfläche aus widergespiegelten Wolkenbergen, die sich über die tosenden Ströme der Unterwassercañons legt. Meeresvögel fliegen in den neuen Tag, unter ihnen die Welt des Wassers, geheimnisvoll wie die luftige Welt darüber, wo ein von Menschen gebauter Vogel aus Stahl auf einer Flammensäule in die Höhe saust. Erst vor wenigen Augenblicken hat der stählerne Vogel sein Nabelschnurgeflecht aus Zubringerleitungen abgeschüttelt, in seinem Kapselkopf saßen sechs Menschen, deren Wissen zusammen viel kleiner ist als das einprogrammierte Spektrum computerisierter Funktionen im Hirn des Vogels. Der stählerne Vogel hat sich mit überlegener Anmut ins unendliche All gebohrt und Überschalldruckwellen in Richtung Erde zurückgesandt, was auf der Meeresoberfläche eine neue Strömung aufwallen läßt, die Gedärme eines entschwindenden Traums, der himmelwärts hetzt. Meeresvögel mustern diese seltsame Strömung, und nur ihre gefiederten Schwingen bewegen die Luft in stillem Nachempfinden.

Die Meeresvögel blicken nicht auf zur menschengemachten Zukunft, noch halten sie inne und umschwirren ein treibendes

Boot, dessen zerschlissenes Segel schlaff vom gebrochenen Mast herabhängt und dessen Deck mit Leichen übersät ist. Kein Lebenszeichen lockt die Vögel zum Herabstoßen. Sie gleiten weiter und überlassen das Boot jeder Strömung, die es an sich reißen mag. Die Meeresvögel haben das Wetter des kommenden Tages richtig vorausgesehen. Weder das Raketenfauchen des himmelwärts sausenden Raumschiffs noch das steuerlose Schiff der haitianischen Flüchtlinge bringen sie vom Weg ab. Die Färbung des Meeres kündet von der bevorstehenden Hitze des Tages, und so wollen sie rasch Schutz suchen in den schattigen Mangrovenbänken hinter dem dunklen Bogen des Korallenriffs am Horizont. Die Vögel ändern ihren Kurs nicht. Vor ihnen im grellen Schein liegt Key West.

»Schönen guten Morgen im Paradies! Hier ist Radio W.K.E.Y. und sendet von der Raumfahrtinsel in der Sonne. Wieder ein geruhsamer Tag von subtropischer Prächtigkeit von Key Largo bis zu den Dry Tortugas. Also nehmen Sie Ihrer oder Ihrem Geliebten die Handschellen ab, damit sie beziehungsweise er das Wetter genießen kann. Momentan zeigt das Quecksilber an die dreißig Grad, steigt aber noch höher, die Luftfeuchtigkeit beträgt fünfundsiebzig Prozent und steigt ebenfalls höher. Die Wellen in der Straße von Florida schlagen zwischen sechzig Zentimeter und zwei Meter hoch, und sie werden noch – richtig geraten: höher steigen!«

St. Cloud war auf hoher See, in einer tiefen See aus Schlaf, ein Traumschwimmer, der halb in der Luft, halb auf dem Wasser schwebte und wieder auf denselben Alptraum in Neptuns schummrigem kobaltblauem Gelaß zutrieb: die Unterwasservision einer Frau auf dem Riff, Schlingen von Seetang wie ein Kranz ins Haar gewunden, ihr weißer Körper von Fischen durchdrungen, Schildkröten hielten sich an ihren wogenden Fingern, ihre Augen wie schimmernde Perlen, die gespiegelten Seelen uralter Austern. Ein mächtiger Strömungswirbel trennt sie von St. Cloud, trennt die Muse von der Musik. Schwer für einen Stier, unter Wasser zu schwimmen.

Die Knisterstimme des Radiosprechers machte St. Cloud vollends wach. Er rutschte aus Evelyns Schenkeln, wo ihn der Traum der vergangenen Nacht angespült hatte.

»Falls Sie heute früh ein lauter Krach wie ein Kanonenschlag aus der Koje geschmissen hat, dann haben Sie da miterlebt, wie Geschichte ge-

macht wird. Heute morgen um sechs Uhr achtundfünfzig wurde in Cape Kennedy die erste Space Shuttle made in USA gestartet. Eine Viertelmillion Schaulustige waren dabei und haben den großen Vogel abheben sehen. Tja, aber auch hier bei uns in Key West sind so an die zweitausend angerückt und warten auf den Startschuß, der in wenigen Minuten den letzten Tag der Internationalen Rennbootmeisterschaften eröffnen wird. Die Küstenwache patrouilliert bereits entlang des ganzen zweiundvierzig Kilometer langen Wasserkurses. Der Hafen von Key West ist vollkommen dicht. Falls Sie nicht schon mit dem eigenen Boot dort sind, um den Start mitzuerleben, dann vergessen Sie's lieber gleich. Die Jungs von der Küstenwache lassen nämlich niemanden mehr über die Rennstrecke. Zwei Favoriten gibt's, die im heutigen Finale den Weltrekord brechen könnten: Miami Kid, *die einem mittelamerikanischen Konsortium gehört, beendete das gestrige Qualifikationstraining mit sagenhaften hundertvierzig Ka-em-ha auf einem windigen, keineswegs glatten Kurs, und der elfeinhalb Meter lange Cougar-Katamaran* Murdoch's Revenge, *gesteuert von einem Einheimischen, nämlich von Karl Dean aus Key West, war ihr nur eine Bootslänge auf den Fersen. Ganz gute Chancen mit nur zweiunddreißig Punkten hinter den beiden Führenden hat auch noch das französische Team aus Calais in seinem Boot* Bullet Baguette, *ebenso wie die Italiener in ihrem Katamaran aus philippinischem Edelholz, dessen starke Motoren das Wasser mit vierzehnhundert Pferdchen durch die Schrauben treiben. Die Konkurrenz ist hart, also bleiben Sie weiter auf unserer Frequenz, denn wir senden nur für Sie: Ihr Piratensender auf der weiten blauen See.«*

St. Clouds Blick verfolgte Evelyns ruhigen Atem. Das grünrote Schimmern einer tätowierten Rose erblühte auf ihrer Brust im Morgenlicht, das durch die Salzschlieren auf dem gläsernen Bullauge über der schmalen Koje stach. Die Flut klatschte gegen den Rumpf und lullte das Schiff in seufzendem Rhythmus ein. Der Stier, der sich im Meer einer Frau wiegt. St. Cloud hielt den Atem an, als Evelyn sich im Schlaf herumwälzte. Er war dort, wo er sein wollte, einstweilen jedenfalls. Sollte ihm das Schicksal den Stöpsel herausziehen, dann war es ihm ganz recht, so tief unten zu sein. Wieviel tiefer kann man überhaupt noch sinken? Irgendwie ergab es einen Sinn, daß all das keinen Sinn ergab. Evelyns brauner Rücken war ihm zugewandt, makellos wie eine leere Kinoleinwand, bis auf die verblassende Narbe am unteren Rand des Schulterblatts, die sich vor zehn Jahren in ihre Haut gegraben hatte, als sie mit ihm auf die Keys gekommen war. Amerika führte damals noch Krieg in Vietnam, und St. Cloud und Evelyn nahmen die Glut ihrer Liebe wie selbstverständlich hin; sie suchten nichts und rannten vor allem davon. Als sie zum erstenmal in den lebhaften Gewässern am Riff schwimmen gingen, tauchten sie immer wieder hinab in diese Welt der reinen Farben, die sie nur mit Blicken berührten; die Pracht raubte ihnen den Atem, sie konnten gar nicht genug davon bekommen, ergötzten sich am Anblick von funkelnden Fischen, die über die purpurvioletten Korallenbänke davonhuschten und in die kobaltfarbene Tiefe abtauchten. Als sie wieder nach oben schwammen, platzten ihnen die Lungen vor Aufregung, hier war etwas, das sich nicht vorhersagen ließ. St. Cloud bemerkte das Blut, das aus einer Rißwunde an Evelyns Schulter strömte. Als sie wieder abtauchte, zog sie eine Spur aus Blut hinter sich her, ein fast unmerkliches Band, das von ihrem Körper zurück zu der brodelnden Oberfläche verlief. Im glasklaren Wasser konnte St. Cloud Evelyn in eine neue Welt schwimmen sehen, und sie spürte die Verletzung gar nicht, die ihr eine scharfe Zacke des Riffs zugefügt hatte. In diesem Moment wußte St. Cloud, daß ihrer beider Leben sich verwandeln würde, wenn auch die Art dieser Verwandlung unergründlich war. Die Blutspur, die zu Schlieren zerstob und im Blau der Umgebung verfloß, war wie ein Aufribbeln ihres gemeinsamen Lebens, sie führte zurück in die Zeit, ehe sie sich kennengelernt hatten, als sie allein gewesen waren. So wie die schartige Narbe auf Evelyns Rücken ihre neue Welt von der seinen trennte, kündete das Erblühen der tätowierten Rose das radikale Aufbrechen einer anderen Veränderung. Bevor die Rose ihren unauslöschlichen Eindruck auf Evelyns Haut hinterließ, hatte St. Cloud tief in der Selbstsicherheit des Idealismus verharrt und mit der Vorhersagbarkeit seiner streunenden Jugend gerechnet. St. Cloud glaubte, er verstünde Evelyn, er glaubte zu wissen, wofür sie beide standen, wofür Amerika stand und weshalb sie da nicht hineinpaßten. Das war vor langer Zeit, bevor sie zufällig auf Key West hängenblieben, einer Insel, der das gefährlich schräge Licht aus den Tropen eine eigenartige Atmosphäre verlieh. Wenn St. Cloud das süße Salz der Rosenblüte auf Evelyns Haut schmeckte, wurde er sich immer wieder der Ironie der Situation bewußt. Auf Key West hatten sich mehr Frauen Rosen auf die Brüste tätowiert, als es echte Rosen in allen schicken Blumengeschäften Miamis gab. Wenn St. Cloud einer Frau den BH auszog oder wenn sie für ihn die Bluse öffnete, rechnete er inzwischen schon damit, daß dort eine Rose erblühen würde, oder gelegentlich wurde auch ein Oktopus freigelegt, der mit tintenblauen Tentakeln eine Brust umfing und ihn mit einäugigem Starren der Brustwarze fixierte. Die Rosentätowierungen gingen gut in diesem tropischen Treibhaus von Verwirrung und Verrat, es bestand eine verzehrende Orientierungslosigkeit der Triebe, gefördert durch sich auflösende Ideale und eine unausweichliche Korrosion der Seele. Nichts ist von Dauer in den Tropen, Liebespartner kommen und gehen, Ideale blähen sich auf und platzen, erbarmungslose Vergänglichkeit. Nichts währt hier für immer, nicht einmal die ewige Liebe.

St. Cloud hatte Evelyn eigentlich gar nicht an die Blüte anderer Rosen verloren; eher hatte er sie in sich selbst verloren, hatte die Bindung von früher verraten, indem er zuließ, daß die Seuche des Zynismus in sein Blut gelangte. Unter der Brücke der Zeit war die ferne Erinnerung an diese Bindung in einem Schwall von Rum dahingespült worden. Während Evelyns Rose von anderen Rosen betastet und getestet wurde, wirbelte St. Cloud ohnmächtig in einem Meer von Selbstmitleid. Er wußte, daß Evelyns Leidenschaft seit langem in die dunklen Mulden fraulicher Flora versunken war, während er das Verbrechen beging, den Drachen seiner Eifersucht noch zu füttern. Anfangs kam er dieser Unausweichlichkeit entgegen, indem er sich anderweitig umsah. Er hatte in endlose Nächte der Untreue gestarrt, ohne die Augen niederzuschlagen. Obwohl er rechtlich immer noch mit Evelyn verheiratet war, weil ihre Scheidung noch lief, war der Verlust längst gelaufen, außer in Momenten wie diesem, wenn es St. Cloud gelang, Evelyn dazu zu verleiten, seine Leere zu füllen, wenn er seine Frau um eine schnelle Therapie von Ekstase anflehte, um den Gnadenschuß, der ihn aus dem Elend herauskatapultieren sollte. Er hatte Evelyn am vorigen Abend auf ihr eigenes Boot gelockt, hatte seine Angel für einen letzten Wurf mit dem Fleisch der schönen Erinnerungen geködert, hatte Evelyn bei ihrem Instinkt für weibliche Gnade gepackt. Dabei ging es nicht um eine Übung maskuliner Schläue, denn sein Problem lag nicht darin, daß jetzt vor allem Frauen mit ihm um die Emotionen seiner Gattin wetteiferten. Tatsächlich war es so, daß St. Cloud gar nicht mehr am Wettbewerb teilnahm, nicht einmal mehr mit sich selbst, außer wenn er sich bemühte, zum Ursprung seines Verlustes durchzudringen.

St. Clouds steif werdendes Geschlecht drang tief in die Feuchte zwischen Evelyns Beinen, während seine Lippen über die verblassende Narbe unter ihrem Schulterblatt fuhren. Evelyn hielt dem fleischigen Gleiten seines Körpers entgegen, murmelte etwas in den verschwommenen Klang des klatschenden Wassers und machte St. Cloud damit frei, ein herrenloser Stier auf einem steuerlosen Schiff.

Von oben kamen die Hubschrauber. Das Rennen hatte begonnen. Widerwillig riß sich St. Cloud von Evelyn los, zog sich die Hose an, zog sie über die sture Steifheit, die nichts mehr zu besagen hatte, und ging an Deck, wo ihn Jubelrufe empfingen. Sie drangen von der vor Anker liegenden Flotte herüber, die aus Skiffs mit abblätternder Farbe, schnittigen Seglern und krängenden Hummerkuttern bestand, alle voll mit biertrinkenden Zuschauern, die einem lärmenden Pulk von Zwölf-Meter-Rennbooten und der ihnen voranfliegenden Hubschrauberschar applaudierten. Das Schauspiel der Geschwindigkeit kam von hinten um die Insel herumgebraust, eine Invasionsmacht aus Maschinerie und Technologie, mit Ruhm und Risiko als Treibstoff, wahnwitzig entschlossen, frühere Rekordleistungen noch zu übertrumpfen. Es war, als würde die kleine Flotte in dem ohrenbetäubenden Krach angegriffen, als wäre sie abrupt in eine Atmosphäre von kriegerischer Auseinandersetzung geraten. Mit zweihundertsechzig Stundenkilometern donnerte die gehetzte Herde bei Vollgas über die glasharte Wasserfläche, was wegen der durchrutschenden Schrauben und der kaum noch vorhandenen Haftung Lebensgefahr bedeutete. Protzig bemalte Bootswände mit hochgezogenem, scharfgeschnittenem Bug, der zwei Meter hoch in die Luft ragte. Einzelne Strahlen des grellen Sonnenlichts wurden von den Sturzhelmen der Piloten und der Gasgeber reflektiert, die tief in ihren kokonartigen Cockpits standen und kaum noch zu sehen waren, weil die weißglühenden Düsenabgase ihrer Motoren eine stiebende Gischt bis hin zum fernen Horizont und über dessen Rand hinaus aufwarfen.

Der seichte Schleier des Sports war aufgerissen. In der Stille, die hinter der vorübergehenden Störung zurückblieb, rollten Kielwellen heran und ließen die kleine Flotte tanzen. Evelyn kam nach oben und berührte St. Cloud an der Schulter. Verlegenes Schweigen hing zwischen ihnen, während ihre Trommelfelle sich wieder an das gemessene Klatschen des Wassers gegen das an der Ankertrosse auf und ab wippende Boot gewöhnten. Meeresvögel kamen von der offenen See heran und kreischten über ihnen auf. Die plötzliche Stille des Augenblicks wurde durch den tiefen Schluck haitianischen Rums gedehnt, den St. Cloud aus einer handlichen Flasche nahm. Hoch über den Meeresvögeln entfaltete eine riesige Wolke im Vorübertreiben ein Muster. St. Cloud hielt sich die bernsteingelbe Flasche vor die Augen, filterte so das grelle Licht, um die eilende Gestalt der Wolke auszumachen. Sie sah aus wie eine erhabene Rose, die dort weiß aus einer sonnenglänzenden Vase erblühte. Ja, St. Cloud war dort, wo er sein wollte. Er beugte den Arm, ohne hinzusehen, und legte seine eigene auf Evelyns Hand, die auf seiner Schulter ruhte. Die Meeresvögel wurden zu dunklen Sprenkeln, die quer über seine Rose am Himmel flogen, schnelle Schatten, die über eine Seele huschten, Zugvögel in einem ziehenden Moment. Evelyn machte es sich auf dem Bug bequem, reckte ihren Körper der Sonne entgegen. Der Schatten der Wolke legte sich über sie und ließ die Rose auf ihrer Brust verschwimmen. St. Cloud kippte den letzten Schluck Rum und sah zu, wie Evelyns Rose wieder glänzende Gestalt annahm, während auf den umliegenden Schiffen Jubel aufbrandete. Die Leute warteten gespannt auf die nächste Runde des im Kreis führenden Rennens und fühlten sich vereint im Wissen um die reale Gefahr des Sports, der da draußen ablief, Evelyn lag auf einem Badetuch und wandte St. Cloud die Rundung ihres Rückens zu, dann drehte sie sich langsam um, so daß sie ihn direkt ansah. Ihre Augen fixierten ihn, nicht so sehr, um etwas in ihm zu erspüren, sondern um ihm einen Ausweg zu zeigen. Der Geschmack des süßen Rums lag ihm noch auf der Zunge, die Bitterkeit der Selbstvorwürfe zerrte an seinen Gedanken. Das vor ihm zur Schau gestellte weibliche Fleisch war alles, was ihm geblieben war, denn ansonsten hatte sich seine Frau schon vor langem mit dem letzten Rest ihres Stolzes und den Anfängen ihres nächsten Lebens aus dem Staub gemacht. St. Cloud suchte Trost in seiner Leere, und Evelyn zeigte ihm nur, wie bodenlos diese Leere im Grunde war. Er fühlte sich wie ein innerlich hohler Mensch, der sich mit betrunkener Verlogenheit anfüllt. Aus dem kleinen Radio neben Evelyns Kopf hallte nun wieder die aufgeregte elektronische Stimme über das Wasser, was St. Cloud des Endgültigen in Evelyns Starren enthob. In die drängende Hektik der Radiostimme mischten sich nervöses Gelächter und erwartungsvolle Rufe, die von der kleinen Flotte von Booten herüberdrangen.

»Meine Güte, was für ein Rennen! Halbwegs ruhige Witterungsbedingungen hier hinter dem Riff. Hoffentlich gibt es nicht wieder ein Unglück wie letztes Jahr, als es dem amtierenden Champion Ron Stinson den Steuerbordausleger wegriß, so daß sein Katamaran in die Luft katapultiert wurde. Er kam damals mit einer Rückenverletzung und einem doppelten Beinbruch davon, aber hätte das Hubschrauber-Rettungsteam nicht so rasch gehandelt, wäre Ron wohl zu Haifischfutter geworden. Inzwischen hat man uns bestätigt, daß Bullet Baguette, *das französische Boot, tatsächlich mit Motorschaden aus dem Rennen ist. In der gestrigen Pressekonferenz meinten die Franzosen ja, ihr Katamaran sei möglicherweise das schnellste Rennboot der Welt. Tja, diesmal werden die Froggies das jedenfalls nicht beweisen können. Bye bye,* Baguette*! Karl Dean mit* Murdoch's Revenge *liegt weiterhin leicht in Führung. Seinem dritten Saisonsieg in Folge noch immer recht nahe ist* Miami Kid, *die Deans Auslaßdüsen ganz dicht hinterher ist.«*

Fische müssen schwimmen, Vögel müssen fliegen, und Schiffe müssen sinken, dachte St. Cloud und betrachtete Evelyn durch die optische Verfälschung der leeren Rumflasche, die er sich vor die Augen hielt. Nichts währt ewig. St. Cloud verkorkte die Flasche und warf sie über Bord auf eine schaukelnde Reise. Die Botschaft, die das auf und ab hüpfende bernsteingelbe Glas enthielt, war auch in St. Cloud enthalten, ebenso unsichtbar in diesem sich in den Vormittag dehnenden Moment. Das Röhren der herannahenden Rennboote ließ die Luft in Vorahnung erbeben, wirbelte die See in plötzlichem Grimm auf. Dieses sich alle zweiundzwanzig Minuten wiederholende fatamorganahafte Vorbeisausen der Boote an der kleinen Flotte war für St. Cloud das einzige Indiz dafür, daß da tatsächlich jemand den Versuch machte, von anderen Menschen aufgestellte Rekorde zu brechen, indem er über eine unnachgiebige Wasserfläche dahinflog. Aus Gründen, die nichts mit Reichtum und Ruhm zu tun hatten, hörte St. Cloud nun auf einmal genauer hin.

»Vorhin noch ein Gerücht, wurde es soeben offiziell bestätigt: Die Küstenwache hat ein Schiff mit Flüchtlingen gesichtet, das mitten in die Rennstrecke hineintreibt, und zwar auf der Südseite von Rock Key, etwa sieben Seemeilen vor der Küste. Was für einen Empfang das Land der unbegrenzten Möglichkeiten für diese Leute da parat hat. Zwölf rasende Rennboote, die übers Wasser auf sie zugedonnert kommen, oben drüber vierzehn lärmende Helikopter – die müssen ja glauben, die ganze U.S. Navy ist hinter ihnen her!«

Fische müssen schwimmen, Vögel müssen fliegen, und verhungernde Haitianer müssen von ihrer Plantageninsel flüchten. St. Cloud dachte sich, daß im großen Gesamtplan der Welt seine Entwicklung zum Fürsten der gehörnten Narren nicht viel mehr mit diesem Flüchtlingsschiff zu tun hatte als mit der Raumfähre, nämlich schlichtweg gar nichts. Er suchte den Himmel nach einer neuen Wolke ab, einem neuen Zeichen, einem neuen Haken, an dem er einen weiteren Gedanken aufhängen könnte. Der Himmel war leer, keine dahinjagenden weißen Rosen, groß wie Galeonen, keine ominösen Zeichen eines heraufziehenden Hurrikans, dessen ungestüme Wucht manch einen umbrachte, manch anderen zum Helden machte, den aber die meisten übrigen nur gerade so überstanden, ohne Fanfaren durchlebten. Keine Meeresvögel. Nichts. Nichts als blauer Himmel, der in die blaue See hineinblutete, und irgendwo dort draußen ein Schiff voller Haitianer. Kommt die Ebbe, kommt die Flut, hin und her, ob schlecht, ob gut. Die Flut kann eine Schiffsladung verzweifelter Menschen anspülen oder ein paar Bündel Marihuana, das Schmuggler in ihrem Schnellboot in der vorigen Nacht auf der Flucht vor der Küstenwache abgeworfen haben. Mal bringt die Flut das schnelle Geld, mal bringt sie harte Zeiten. Es war eine merkwürdige Zeit, in der er lebte, ein merkwürdiger Ort, an dem er war. St. Cloud hatte die erste Hälfte seines Lebens mit Reisen verbracht, und nun war er hier, ein Fürst der Gehörnten von eigenen Gnaden, umgeben von verzagten Flüchtlingen und aufs schnelle Reichwerden versessenen Rauschgiftschmugglern. Es war eine Welt des Überflusses für sehr wenige. Wie konnten einige so rasch so viel verdienen, während andere so langsam verhungerten? Alles würde sich am Ende ausgleichen, mit dem richtigen Ende nach oben richten, daran glaubte St. Cloud. In der Zwischenzeit fühlte er sich bei alledem billig und vom Geschehen ausgeschlossen; zudem fühlte er sich wie ein scheißliberaler Anachronismus, der letzte Dinosaurier, der in diesem eiszeitlichen Gletscher mit dem ganzen Mund voller Hippieblümchen ertappt wurde. Die leere Rumflasche trieb, nachdem ihr Geist in eine verdorbene Welt entwichen war, in der Strömung zurück nach Haiti, wo sie herkam. St. Cloud spürte, daß die Botschaft dieser Flasche in ihm war. Vielleicht war er selbst zur Botschaft geworden. Eines aber wußte er: Er wollte die ganze Bedeutung der Botschaft gar nicht erfahren. Er war zu weit herumgekommen und zu lange gelaufen, um sich vorzumachen, daß er einen einzigen beschissenen Sachverhalt auf dieser Welt ändern konnte. Bei diesem Thema war St. Cloud schwer zu belügen.

»Ein schrecklicher Unfall hat sich ereignet! Das in Führung liegende Boot mit unserem Mitbürger Karl Dean am Steuer ist explodiert! Nach Berichten der Hubschrauberbeobachter wurden Dean und sein Copilot aus dem brennenden Cockpit herausgeschleudert! Diese Boote jagen ja mit über hundertfünfzig Stundenkilometern über eine keineswegs ebene Wasserfläche – da braucht sich nur der Bug in einer Welle zu fangen, schon kippt die ganze Chose um! Miami Kid *übernimmt nun die Führung und steuert auf einen Weltrekord zu, aber was für eine Katastrophe!«*

2

Camina por lo chapeao. Geh auf der glatten Seite. Das hatte Justos Vater immer gesagt, und sein Vater lebte lange genug, um als glücklicher Mann in den Armen seiner einzigen Frau zu sterben. Solche Liebesgeschichten gab es heute gar nicht mehr, die waren zusammen mit Carole Lombard und Clark Gable gestorben. Es war eine gute kubanische Redensart, die Justos Vater von seinem Vater gelernt hatte, und auch der war in den Armen seiner einzigen Frau gestorben. Jetzt lagen sie alle vier dort draußen in der Mitte des Friedhofs unter einem Banyanbaum begraben, händchenhaltend in alle Ewigkeit. Justo hatte mehrfach seine Absicht beschworen, ihnen eines Tages mit Rosella, seiner einzigen Frau, Gesellschaft zu leisten. *Quien a su mujer no honra, a si mismo se deshonra.* Wer seine Frau nicht ehrt, der entehrt sich selbst.

Justo war so glatt wie das vergoldete Hühnerbrustbein, das an einer geflochtenen Goldkette von seinem massigen Hals hing. Der goldene Glücksknochen war im Laufe der Jahre dermaßen zielstrebig poliert worden, daß er so leicht in Justos Hand glitt wie die schlanke Hand seiner ältesten Tochter, der vierzehnjährigen Isabel. Der Knochen war sein Glücksbringer, der Zauberknochen, von dem er sich das Überleben wünschte. Bekommen hatte er ihn vor fünfzehn Jahren von seiner afrikanischen Großtante Oris, als er sich zum zweitenmal als Marineinfanterist nach Vietnam schikken ließ. Tante Oris rief alle Heiligen der Santería und die afrikanischen Götter an, sie mögen ihren Großneffen beschützen, und das taten sie auch. Bei Justos Geburt hatte Tante Oris sogleich ein Brandopfer von fünfzig Kerzen geleistet und ein Dankgebet an die heilige Barbara gesprochen, weil da ein rein schwarzer Junge in diese so hellhäutige kubanische Familie geboren worden war. Endlich eine gesegnete schwarze afrikanische Bohne zwischen all dem gelben spanischen Reis. Die Suppe des Lebens würde damit ganz gewiß neue Würze bekommen. Oris maß die Summe des guten Lebens an seinen diametral verschiedenen Geschmäckern.

Justo war nicht nur die einzige schwarze Bohne in der Suppe, er war auch der letzte auf der Insel, der noch den kubanischen Nachnamen väterlicherseits trug, Tamarindo. Eine Familie, die nach einem Baum benannt war. Unter einem solchen Baum hatten die kubanischen Patrioten 1868 das Komplott ausgeheckt, die spanischen Kolonialherren zu stürzen. Die Patrioten waren gescheitert und hatten die Kunst des gewitzten Exils entwickelt: geduldiges Warten darauf, daß *los hermanos* in der Heimat, die Brüder einhundertfünfzig Kilometer südlich von Key West, auf der anderen Seite der Straße von Florida, bereit waren, »sich wie ein Mann zu erheben«. Ein Baum wächst, ein Familienstamm schlägt Wurzeln. Ein Stück des legendären Baumes der Patrioten wurde auf dem Friedhof bewahrt, zu dem Justos *abuelo*, der Großvater, ihn oft mitgenommen hatte. Der kleine Justo stand dann immer staunend vor dem knorrigen Stück Rinde im Schrein eines zerkratzten Glaskastens, der auf einem kleinen Podest zwischen Grabmalen aus geplatztem Beton stand, zwischen den sterblichen Überresten der einstigen »Brüder«, die große Träume hatten und ihr Leben hingaben. Dabei knallte Abuelo die ganze Zeit hindurch mit seinem Stock auf die Sprünge im Beton, um so die schlafenden *hermanos* aufzuwecken, damit sie ihre Bestimmung erfüllten. Hätten sie lange genug gelebt, wäre es ihr Plan gewesen, Key West zu einem Teil Kubas zu machen. Der Baum wäre weiter gewachsen: Key West wäre immer noch eine Insel von Familien, wo die Menschen auf den Stufen ihrer Veranden miteinander plauderten und Eisverkäufer ihre Karren herumschieben; im prunkvollen Instituto de San Carlos würde man immer noch Opern aufführen, und die Arien würden von den Wänden aus funkelnden Majolikafliesen widerhallen. Nicht ohne Grund nannten die Kubaner Key West früher Stella Maris, den Stern des Meeres. Es gab eine Zeit, in der die Insel eine kubanische Seele hatte und in der sie stolz und wohlhabend war; Tausende von Zuschneidern und Entrippern, Sortierern und Verpackern rollten damals jährlich einhundert Millionen Zigarren in Handarbeit; es war eine Zeit von schwarzen Bohnen und gelbem Reis, von Tortillas und Tatendrang; in dieser Zeit nahm ein Mann seine Tochter an der Hand, wenn sie fünfzehn wurde, führte sie an den langen weißen Lattenzäunen, an den Hütten der Zigarrenarbeiter entlang, die man in Kähnen von den Bahamas herübergeschafft hatte, und betrat mit ihr stolz das San Carlos, wo die ganze Stadt im Sonntagsstaat wartete, dazu eine

Kapelle, die mit Pauken und Trompeten die *quince* feierte, den zweitwichtigsten Tag im Leben eines Mädchens, um mit ihr in einer fröhlichen Feier den fünfzehnten Geburtstag und den Anfang ihres Frauseins einzutanzen, ihr wieder und wieder mit süßem *añejo* zuzuprosten, *salud-salud*, Trinksprüche ringsherum für die stolzen Eltern, Glückwünsche für den strahlenden Vater, der im Zentrum des Sterns des Meeres, im Mittelpunkt des Universums, eine so blendende Blüte der Weiblichkeit hervorgebracht hatte, und das alles zum Ruhme eines freien Kuba.

Cayo Hueso, die Knocheninsel, so nannten die Spanier ganz am Anfang diesen Ort, noch lange bevor er zum glitzernden Stern der Kubaner wurde. Knocheninsel deshalb, weil die Spanier dort überall verstreut die ausgebleichten Überreste der Gehetzten, der Vereinsamten und der Pechvögel fanden. Es war kein Stern des Meeres für die Spanier, und zu Justos Zeiten traf dies noch weniger zu. Manchmal kam es Justo vor, als dampfte auf der Insel derselbe Gestank ranziger Unausweichlichkeit wie in Saigon in den letzten Tagen vor seinem Fall. In sich trug Justo ein Gefühl von schicksalhafter Verdammnis, vor allem jetzt, als er sich einen Weg durch die schiebende und schreiende Menge auf dem Mallory Dock bahnte. Einige Leute am Pier erkannten ihn und machten ihm respektvoll Platz, andere traten nur unter Murren beiseite. Ein Leben voll Sonnenschein hatte Justos afrokubanische Haut zu poliertem Mahagoni gebrannt, was ihm eine ebenmäßige Erscheinung und ein solides Auftreten verlieh, ein Auftreten, das bei Kubanern als *formidal* bezeichnet wurde. Die Menschen machten Justo nicht wegen seines breiten Brustkorbs Platz, den die neun Kilo Übergewicht noch massiver machten, oder wegen des bedrohlichen Wiegens seiner schweren Hüften, in dem sich jahrelanges Schwarzgürtel-Karatetraining ausdrückte. Die Menschen machten ihm Platz, weil er ein Stier der Straße war, ein zäher Bulle, der sich von ganz unten zum mächtigen Posten eines Kriminalbeamten hinaufgearbeitet hatte, und das in einer Polizei, die sich traditionell damit brüstete, nur aus weißen Südstaatlern zu bestehen. Justo trug kein Polizeiabzeichen. Die blaue *guayabera*, das eher informelle Hemd, das er immer halb aufgeknöpft trug und das ihm in freudiger Erwartung einer kühlen Brise lose um die Hüften flatterte, war sein Abzeichen. Jeden Tag kaute er sich durch eine Tüte mit kalten Backmuscheln, in der Hoffnung, die fettigen, fritierten Kügelchen aus würzigem Muschelfleisch könnten das Feuer löschen, mit dem die zwölf täglichen Espressos ihm ein faustgroßes Loch in den Magen brannten, wobei sich eine glückselige Grimasse auf sein Gesicht legte, sehr ähnlich jener sardonischen Verzückung, wie sie in den Mienen gewisser männlicher Heiliger festgehalten ist, die man als Wandmalereien in Kirchen weit entfernter Länder ohne Fernsehen findet.

Nichts entging Justos braunen Augen, weder was geschehen war, noch was geschehen würde, so *formidal*, so großartig war er. Jeder gestand Justo sein Recht zu, selbst die Menschenmenge am Mallory Dock, wo manch einer nahe der Hysterie war und über das große Unheil jammerte, das einem der Burschen aus dem Ort beim Rennen widerfahren war, während andere der siegreichen Motorbootmannschaft zujubelten, die vor den Fernsehkameras rings um die Tribüne der Jury gerade mit Champagner besprüht wurde. Justo war ein seltenes Wesen auf der Insel, ein Mann, der seinen Weg ging und wußte, wo er herkam. Er war ein altmodischer Familienvater, eine Insel der Rechtschaffenheit auf dieser Insel der schwankenden Moral. Vor langer Zeit, als sich die Stadt noch nicht für die Touristen auftakelte und für frigide Nordstaatler die Beine breit machte, war Justo zum Mallory Dock gekommen, um eine andere Art von Fest zu feiern. Einmal im Jahr scharten sich die Leute auf diesem Betonpier direkt am jähen Rand des Golfs von Mexiko, um die vorbeiziehende Parade der Garnelenfischer zu bejubeln, deren bunte Netze auf zwölf Meter hohen Stahlmasten ausgebreitet waren und fröhlich flatterten wie Wimpel bei einem mittelalterlichen Turnier. Die ganze Armada trug angemessene Namen – *Black Madonna, Ramona's Prayer, La Libertad* –, und unter hingehauchten Küssen, herabregnenden Blumen und den feierlichen Worten des Priesters passierte jedes Boot dreimal den Pier, wo man um »volle Netze und guten Segen auf allen Ausfahrten« betete. Der Priester in seinem Gewand aus weißem Linnen und dem aufgestickten großen roten Kreuz hob die Hand zum Segen und rief die wundersame Jungfrau und Mutter an, ihnen während der vielen vor ihnen liegenden Nächte der Plackerei die Netze mit dem reichhaltigen, üppigen »rosa Gold« zu füllen: mit den gemeinen, aber ungemein saftigen Käfern des Meeres, den wuselnden Garnelen.

Das war vor langer Zeit gewesen, als die Fischerei noch das ehrliche Spiel der armen Leute im großen Casino des Ozeans war. Jedes Mannes Netz ist unter Wasser gleich. So war es auch heute noch, nur der Wert des Fangs hatte sich geändert. Die Garnelenflotte wurde immer noch gesegnet, aber es war eher ein Spektakel für Touristen als eine spirituelle Wegzehrung. Die ganze Insel war zur Zirkusshow geworden, und die Einheimischen, die dort arbeiteten, gaben die Attraktionen ab. Wäre man ehrlich, so müßte der Priester eigentlich vor allem die Schiffe segnen, die Marihuana und Kokain auf die Insel schmuggelten. Um die Erhaltung *dieser* Wirtschaft sollten die Leute die Jungfrau Maria anflehen; ohne sie jedenfalls wären die Einfallslosen, die Mutigen und die Schwachen alle gleichermaßen pleite. So wie Justo es sah, war die ganze Insel mittlerweile nur noch eine Marihuanarepublik, ein Kokainfürstentum. Hier konnte einer an einem einzigen Nachmittag eine Millionen Dollar schwere Ladung Gras an Land ziehen, oder seine Netze gaben nach einem Monat Nachtarbeit nichts als einen Eimer Garnelen für zehn Dollar her. Was das Meer dem Fischer in die Hände gab, gehörte rechtmäßig ihm, egal was es war, und weder menschliche Verordnung noch biblische Vorschrift hatten dabei etwas zu sagen. So lautete das Gesetz des Meeres, und so lautete auch das ungeschriebene Gesetz auf der Insel.

Die Menge am Mallory Dock war gekommen, um zu feiern, beziehungsweise zu beweinen, wie das Meer an diesem Tage entschieden hatte. Kaum mehr als eine Handvoll von ihnen erinnerte sich noch an die Zeiten, als der breite Pier aus Beton nur eine schmale Mole aus gebleichten, knarrenden Planken gewesen war, übersät mit den verfallenen Hütten der Garnelenpacker, wo ein Junge im zerrissenen T-Shirt und kurzen Hosen spazierengehen und sich beim Plaudern mit den Möwen die Zeit vertreiben konnte, bis die stählernen Masten der Garnelenboote auf der dünnen blauen Linie des Horizonts erschienen, um die breiige Ernte der Nacht aus ihren Laderäumen zu schütten; damals konnte ein Junge neben den Männern stehen, ein Junge wie Justo, mit starken Handgelenken und flinken Fingern konnte er so viele Garnelenköpfe abknipsen, daß sich alle fünf Minuten ein neuer Eimer, alle zwanzig Minuten eine Kiste mit den enthaupteten rosa Körpern der Meereskäfer füllte, so konnte er sich einen Dollar verdienen, sein eigener Herr sein, sich selbst Espressos und Zigarren kaufen, mit den besten der *hermanos* aus dem Ort auf der Duval Street herumsitzen und dem Strom der vorbeiflanierenden *niñas bonitas* zusehen, in ihren Kleidern so bunt und lebendig wie die offenen Mäuler an der Unterseite der Seeigel, die in der klaren Gezeitenströmung eines Korallenteichs schassierten. Nur wollten diese an Land lebenden, Röcke tragenden Tierchen auf der Duval Street mit Verehrung und Versprechungen gefüttert werden, da mußte ein Junge warten, sein Garnelengeld sparen, fleißig sein, zur Marineinfanterie gehen, und dann würde eine dieser bunten Kreaturen mit glänzendschwarz gelocktem Haar ihn vielleicht bemerken, den Blick ihrer tintenfarbenen Augen in plötzlichem Erkennen auf ihn richten, den langen Zopf aus ihrer hohen Kemenate zu ihm herablassen, und dann würde dem Jungen der Name der bunten Kreatur im Ohr klingen. Einen Namen hörte Justo Jahr für Jahr immer wieder; die frische Meeresbrise trug ihn heran, wenn sie unerwartet landeinwärts blies, wenn die Frühlingswinde drehten und auf einmal von Süden kamen – Winde, in denen ganz klar und knapp das Wort *Rosella* erklang, ein Name, den er eines Tages mit dem eigenen verknüpfen würde, um eine Familie daraus zu gründen, ein Name, von dem seine Jugend heimgesucht wurde, als er vor langer Zeit zwischen den Packhäusern entlangging, unter den Füßen die Flut von weggeworfenen Garnelenköpfen, die unter seinen weißen Gummistiefeln krachten und knisterten, die steinernen Garnelenaugen ohne die dazugehörigen Körper starrten zu hölzernen Deckenventilatoren empor, die die Feuchte aus der Luft peitschten, und die Rotation der Ventilatorblätter warf die Silben des Namens zurück, ließ sie im ganzen Packhaus umherwirbeln wie Tropfen von reinem Schweiß: *Rosella, Rosella, Rosella.* Wie sollte man eine Frau mit einem solchen Namen nicht heiraten? Wie konnte man nicht das dargebotene Seil mit beiden Händen ergreifen und daran zu den Sternen emporsteigen, mit Rosella auf den weißen Laken der Nacht herumtollen, bis zwei wunderschöne Töchter geboren waren, die genau wie Rosella aussahen und ihn Papa nannten. *Quien se casa por amores, malos días y buenas noches.* Wer aus Liebe heiratet, erlebt schlimme Tage, aber schöne Nächte.

Mal día, was für ein schlimmer Tag. Ein Rennboot fliegt in die Luft, ein Schiff mit Flüchtlingen kommt an. Als nächstes würde wohl noch die Space Shuttle abstürzen, die sie heute morgen ins All geschossen hatten. Justo dachte sich, bei seinem Glück würde die Raumfähre bestimmt mitten auf Mallory Dock herunterkrachen. Er befühlte den goldenen Glücksknochen an seinem Hals, steckte sich noch eine gebackene Muschel in den Mund und schob sich tiefer in die Menge, weg von der Tribüne der Jury, wo man gerade zwei neue Rennbootchampions in schicken blauen Overalls hochleben ließ. An den Champions hatte Justo kein Interesse. Die Ursache der Explosion zu untersuchen war die Aufgabe der Küstenwache. Seine Aufgabe führte ihn in die andere Richtung.

Unten am Ende des Piers war eine Sperre aus Seilen gezogen, um die wenigen Zuschauer zurückzuhalten, die mehr von dem Schiff aus Haiti sehen wollten, das im Schlepp eines Kutters der Küstenwache in den Hafen kam. Das Holzschiff schaukelte hinter dem stählernen Kutter, der nun seine schweren Motoren zu einem gedämpften Dröhnen drosselte, als er beidrehte, um das steuerlose Wasserfahrzeug hinter sich am Pier festzumachen. Von dem gebrochenen Mast des Schiffes flatterten die Überreste einer geflickten grauen Takelage. Beifall brandete von der Menschenmenge hinter Justo auf. Im Umdrehen sah er kurz eine lächelnde Blondine in einem knappen Bikini die Tribüne der Jury erklettern. Fotoapparate klickten und knallende Korken kündeten einen Champagnerregen an, als die Blondine nun triumphierend eine silberne Trophäe in die Höhe hob. Die Blondine wand sich in dem auf sie herabgehenden Champagner und zeigte extreme Konturen ihres Körpers unter dem klatschnassen Bikini, ehe sie auf Stöckelabsätzen eine Pirouette drehte und sich in die Arme der Champions fallen ließ, die voller Eifer ihre Silbertrophäe und den Preis der geschürzten roten Lippen einforderten.

»Weg da von der Sperre!« Mit einer Hand nach dem Revolverhalfter an der Hüfte fahrend, bellte ein Beamter der Küstenwache, der die Seilsperre beaufsichtigte, sein Kommando hervor. Damit bedrohte er einen Langhaarigen auf einem klapprigen Fahrrad. Der Mann schien die Warnung nicht ganz wahrzunehmen, denn er drückte das Vorderrad seines Gefährts gegen das Seil, als wäre es die Sehne eines riesigen Flitzebogens, der ihn gleich in den Weltraum schießen würde.

Mal día, knurrte Justo halblaut vor sich hin, das war ja Kosmo-Spinner, was wollte der denn hier? Kosmo-Spinner hatte sich so viele Gehirnzellen mit halluzinogenen Pilzen, Gras und LSD weggebrannt, daß Justo ahnen konnte, wie jeder Gang zum Laden an der Ecke für ihn so sein mußte, als versuchte er, einen Kontinent voller zickzackförmig verlaufender, brodelnder Flüsse zu durchqueren, auf dem sämtliche Brücken zerstört waren.

»Ich sagte: Weg von der Sperre da!« Der Beamte der Küstenwache richtete den Revolver auf die eingestickten Worte, die auf Kosmo-Spinners verblichener Baseballmütze THE NEXT GENERATION verkündeten.

Justo packte den lose geflochtenen Zopf grauen Haares, der wie ein Glockenseil unter Kosmo-Spinners Mütze hervorhing. *»Dios da sombrero a quien no tiene cabeza«*, knurrte er, während seine Armmuskeln sich spannten und er den Zopf nach hinten riß. Wer keinen Kopf hat, dem gibt der Herrgott einen Hut.

Kosmo-Spinner drehte sich langsam um, ein eigenartiges Lächeln lag über seinem vierzigjährigen Gesicht, das durch das Fehlen jeglicher Falten auffiel; die hervorquellenden Augen schienen in gegenläufiger Richtung zu kreisen, sie waren farblos, wie ausgewaschen, und zu verrückt, um Müdigkeit erkennen zu lassen. Wenn diese Augen je zu rotieren aufhören, dachte sich Justo oft, dann Vorsicht! Jetzt aber rotierten sie und beachteten Justo nicht. Das Jaulen der Elektrogitarren, zu deren Takt Kosmo-Spinner marschierte, plärrte aus der Tiefe einer längst vergangenen Generation, doch der psychedelische Abdruck jener heißen Hippiezeiten war nur noch ein verschwommener Fleck. Kosmo-Spinner selbst war eines der letzten Überbleibsel aus diesen Zeiten, so wie die bunten Batikwirbel auf seinem T-Shirt, das seine knochige Brust mit immer flattrigerem Griff umfing.

Es war hoffnungslos. Justo seufzte und ließ Kosmo-Spinners Zopf los. Sollte der Beamte der Küstenwache diesen Vorboten der kommenden Generation ruhig ins Himmelreich befördern. Kosmo-Spinner mochte ja die nächste Generation sein, aber die war gekommen und gleich wieder vergangen. Tatsächlich angekommen aber war dieses haitianische Schiff. Kosmo-Spinner vor einem übereifrigen Beamten mit juckendem Abzugsfinger zu retten, war wohl das geringste aller Probleme, die dieser schlimme Tag mit sich brachte.

Justo sah zum Schiff hinunter. Es war grauenhafter, als er sich hätte vorstellen können; kein Wunder, daß der junge Mann von der Küstenwache so nervös war. Justo stieg über das Seil und drückte sich damit direkt in den Revolverlauf des Beamten.

Der Mann von der Küstenwache wich zurück, ließ aber die Waffe nicht sinken. »Sir! Sie müssen hinter der Sperre bleiben, Befehl vom Captain!«

»Das hier ist städtischer Grund und Boden, wo ihr von der Küstenwache angedockt habt.« Justo klappte die Brieftasche auf und ließ das harte Metall seiner Polizeimarke aufblitzen. »Der Captain hier bin ich.«

Der junge Mann betrachtete das Abzeichen, steckte den Revolver ein, salutierte und schien erleichtert, in dieser häßlichen Sache, mit der er eigentlich lieber nichts zu tun hatte, auf seine Autorität verzichten zu können. »Jawohl, Sir! Captain! Die Gangway ist dort unten!« Dann schrie er noch über die Schulter: »Captain kommt an Bord!«

Justo trat an den Rand des Piers und spähte in das krängende Schiff hinein. Aus der Nähe wurde ihm geradezu übel: Der Anblick schoß einen säuerlichen Pfeil tief in sein Ich hinein, tiefer, als tausend Tassen Espresso sich dort je hineinbrennen konnten. Justo schüttelte langsam den Kopf und rieb den goldenen Glücksknochen an seinem Hals, jetzt war da nichts mehr zu tun. *Él que no entra a nadar, no se ahoga en el mar.* Wer nicht schwimmen geht, der wird auch nicht ertrinken.

Das einzige Lebenszeichen auf dem Schiff kam von einem *richaud*, von dem rußgeschwärzten Eisenöfchen stieg eine dünne Rauchfahne auf wie ein Gespenst. Der *richaud* stand genau in der Mitte des Bootsdecks, aber er konnte unmöglich zum Kochen benutzt worden sein, denn die nackten, knochendürren Menschen, die da im Boot übereinanderlagen, sahen aus, als hätten sie seit Wochen nichts gegessen. Vielleicht hatten die letzten, die noch lebten, den *richaud* dazu verwendet, um Hilfe herbeizurufen, im Delirium und halluzinierend mußte es ihnen ganz egal gewesen sein, daß sie damit riskierten, nach Haiti zurückgebracht zu werden, und so hatten sie in dem *richaud* ihre Kleider verbrannt, Haut und Knochen, alles, womit sich ein Rauchsignal als Notruf dieses steuerlosen, leckgeschlagenen Schiffs erzeugen ließ. Um Gottes willen nein, das war es nicht. Justo wußte, daß diese Leute sich nicht lebendig nach Haiti hätten zurückbringen lassen. Da schwamm man lieber mit den Haifischen im Meer, als sich an Land von dem Diktator auffressen zu lassen. Justo wollte gar nicht an die Alpträume denken, mit denen diese Menschen konfrontiert gewesen sein mußten, nicht daran, welcher Schrecken sie letztendlich eingeholt hatte. Es waren *paysans*, hart schuftende Bauern aus dem Inneren Haitis, wo jedes zweite Kind nicht einmal fünf Jahre alt wurde. Nur das Meer trennte sie von einem besseren Leben. Da schwamm man lieber mit den Haifischen im Meer, auch wenn man ein *paysan* war und gar nicht schwimmen gelernt hatte.

Das Deck des Wracks war übersät mit den Leichen von Männern, Frauen und Kindern, Arme und Beine in grotesken Verrenkungen des Todes versteift, von der Sonne verrottetes Fleisch, das sich von den Knochen löste, vor Verwesung blasig weiß gewordene Augen. Das Schiff war nur an die zehn Meter lang, es war ein aufgemöbeltes Floß, mit dem frisch geschlagenen Ast eines Baumes als Mast und zusammengestückelten Bettlaken als Segel. Justo hätte dem splittrigen Rumpf nicht einmal zugetraut, unversehrt einen der schicken Hotelpools in Miami zu überqueren, geschweige denn tausend Kilometer offene See, vom Karibischen Meer nach Norden durch den schmalen Schlitz der Windward Passage, vorbei an Kuba, schließlich in den Golfstrom hinein, der einen abrupt nach Norden in den raschen Sog der Straße von Florida riß. Irgend jemand hatte das Feuer des *richaud* bis zum Schluß am Brennen gehalten. Wozu? Als Zeichen für einen afrikanischen Gott? Voodoo? Justo tastete nach dem Glücksknochen an seinem Hals und murmelte drei Ave Marias. Er hätte auch noch mehr aufgesagt, doch jetzt toste wieder Jubel von der Tribüne drüben auf, als eine dröhnende Lautsprecherstimme das Preisgeld verkündete, das die Sieger des Rennens heimtragen würden. Die klatschende Menge holte Justo aus seiner religiösen Versenkung zurück; er versuchte, sich auf die Alptraumszene in dem Schiff zu konzentrieren, obwohl er gehofft hatte, seine Gebete würden sie nur zu einer vorübergehenden Erscheinung machen. Die Sonne hatte die schwarzen Körper der *paysans* noch schwärzer gefärbt. All das hatte Justo in Vietnam gesehen. Eine uniformierte Gruppe der Küstenwache verlud jetzt die Leichen ungeschickt in Gummisäcke. Erinnerungen, Uniformen. Begrabene Vergangenheit stieg in ihm auf. Justo dankte den Heiligen für seinen katholischen Glauben. Er wußte, wozu der Akt der wahren Beichte diente: Damit wurden die Lebenden von dem Schuldgefühl freigesprochen, die Hölle des Lebens überstanden zu haben; die Beichte sollte einen von ewiger Angst befreien und vergessen lassen. Vietnam war für Justo vorbei. Erledigt. Aber dies hier war ein anderer, ein neuer Teufel. Wie konnte man eine Flut von toten Flüchtlingen um Vergebung bitten? Es waren andere Leichen, aber doch derselbe altbekannte Gestank des Todes, der einem in die Nase stieg. Justo hielt die Luft an, er wollte die Endgültigkeit all dessen nicht einatmen. Heulende Krankenwagensirenen schlängelten sich von ferne durch die Palmen und die schmalen Straßen der Insel. Im

Dschungel Vietnams hatte es keine Krankenwagen gegeben, nur das Heulen des Schakals im Blut eines Mannes, die Angst, die einem das Trommelfell platzen ließ, wenn die Lazaretthubschrauber vom Himmel herabdonnerten. An der Tribüne brandete erneuter Beifall auf. Die in Gummi gehüllten Leichen wurden aus dem Flüchtlingsschiff gereicht, in einer Menschenkette aus uniformierten Männern bis zum Pier hinauf, gleich neben Justo. Die Hälfte der noch nicht eingepackten Toten auf dem Schiff waren Kinder, schwarze, durch die Sonne noch schwärzere Körper, bis sie schließlich im Tod pulvrig weiß wurden. Sie müssen Meerwasser getrunken haben, dachte Justo, so aufgedunsen waren die Bäuche, so ausgedörrt war die Haut, ein entsetzlicher Tod für die Kinder armer Bauern, die auf einem Ozean der Ungewißheit dahintrieben. Justo war sich klar, daß eine seiner eigenen Töchter dort unten hätte liegen können, wäre er seinerzeit auf der falschen Insel geboren worden. Es hätte seine afrikanischen Großeltern treffen können, die einer in des anderen Armen zusammengesunken wären, mit nichts als dem Meer zwischen sich und der Freiheit. Drei Generationen, nachdem seine Großeltern aus Afrika gekommen waren, spülte die Flut immer noch dieselbe Teufelsbeute des Elends an. Jetzt wurden hinter Justo Krankenwagentüren aufgerissen, knallten wieder zu, und die Autos rasten heulend zum Leichenschauhaus davon. Was war das da unten in dem Schiff? War da was? Der letzte Leichnam, der unter den anderen begraben gelegen hatte. Vielleicht? Ja. Das Leben hatte Justo auf solche Dinge vorbereitet. Vier Jahre im Dschungel Asiens hatten seinen siebenten Sinn geschärft, seine zweite Natur ausgebildet. Ein Begrabener bewegte sich. Den Heiligen sei Lob und Preis, der Junge bewegte sich.

»Er lebt! Der Junge da lebt!«

»Jawohl, Sir!« Der Mann von der Küstenwache, der den Jungen gerade an einem dürren Knöchel in einen Gummisack zerrte, ließ ihn wieder los, als merkte er plötzlich, daß er ein tollwütiges Tier am Schweif gepackt hielt.

Das Geräusch von Sirenen in Justos Ohren wurde lauter. Die wachsende Menschenmenge hinter ihm drückte sich mit der streitlustigen Macht der wildentschlossenen Neugier gegen die Seilsperre. Seine eigenen Leute in Uniform kamen jetzt an und drängten die Leute zurück. Justo wußte, daß die meisten Menschen nach ihrem Tod für andere Menschen am interessantesten waren. Ein weiterer Krankenwagen raste heran und rollte langsam aus, schob die Menge beiseite, bis er vor der Sperre zum Stehen kam, das blaue Blinklicht auf dem Dach peitschte grelle Blitze durch das Sonnenlicht, die Hecktüren knallten auf, Krankenträger sprangen heraus.

»Er lebt!« Justo packte den nächststehenden Krankenwagenfahrer am Kragen des weißen Kittels und brüllte, um die Sirene zu übertönen: »Ich will ihn haben! Bringt ihn von hier direkt ins Gefängnis. Nicht ins Krankenhaus! Er gehört mir! Verstanden?«

Der verschreckte Fahrer nickte und sprang ins Boot hinab, um den Sanitätern zu helfen, den schlaffen Körper auf die Trage zu heben.

»Tamarindo!« Ein großgewachsener Beamter mit dem metallenen Abzeichen eines Captain der Küstenwache, das am gestärkten Kragen seines blauen Hemdes prangte, bellte Justos Nachnamen heraus wie ein Kommando an einen abgerichteten Hund. »Was ist denn mit Ihnen los? Sie bringen hier niemanden irgendwohin. Das ist ein Fall für die Küstenwache.« Der Captain stieg über das Seil, flankiert von uniformierten Männern mit Revolvern und Handschellen, die von ihren eckigen Hüften baumelten. »Sie haben hier keinerlei Befehlsgewalt.«

Blut schoß in Justos Gesicht und ließ es in der heißen Sonne unangenehm anschwellen; es kam ihm vor, als sähe er ebenso widerlich aus wie die toten *paysans* auf dem Schiff. Er ging auf den Captain los, der zwischen seinen Beschützern wartete. »Ich werd Ihnen sagen, was los ist.« Justo beherrschte mit Mühe seine Stimme, schraubte sie zu einem leisen Fauchen herunter. »Wenn Sie nicht ganz schnell aus dem Hafen hier verschwinden, lasse ich Sie festnehmen. Die Einwanderungsgesetze verlangen, daß jeder Ausländer, der politisches Asyl begehrt, das Recht auf einen Anwalt hat. Sie haben dieses Schiff hier gegen internationales Recht aufgebracht. Daß Sie es trotzdem getan haben, macht es noch lange nicht legal. Ich übernehme diesen Jungen.«

»Was reden Sie denn da für einen Mist? Sie kennen doch unsere Arbeitsweise. Wir wollten dieses Schiff zur nächstgelegenen Anlegestelle bringen, um vielleicht Leben zu retten.«

»Das war ein Fehler. Sie hätten das Schiff ein Stück weiter an den Kai der Küstenwache bringen lassen sollen. Hier bin ich zuständig, und ich nehme diesen Jungen fest, wegen fahrlässigen Totschlags.«

»Tamarindo, Sie mischen sich da in eine Bundesangelegenheit ein, die Sie nichts angeht.«

»Hier wurde ein Verbrechen verübt, und der Täter befindet sich auf dem Gebiet meiner Stadt. Ich bin der Meinung, er hat die Besatzung dieses Schiffes umgebracht, um selbst zu überleben.«

»Darum geht es doch gar nicht. Sie wissen nicht mehr als ich darüber, was da auf See geschehen ist. Das wird genau untersucht werden. Sehen Sie sich das jämmerliche Bürschchen doch an. Der ist noch keine achtzehn, also haben Sie gar kein Recht, ihn in Ihr Gefängnis zu werfen.«

»Haben Sie seine Geburtsurkunde da?«

»Hören Sie, ich will mich nicht mit Ihnen streiten. Aber es ist doch ganz absurd, wenn Sie glauben –«

»Justo!« brüllte der Krankenwagenfahrer vom Schiff herauf. »Der Junge versucht etwas zu sagen.«

Justo sprang an Deck. Die ausgemergelten Überreste des Jungen waren auf die Trage geschnallt, in seiner Ellenbeuge ragte ein Dauerkatheter aus der blaßblauen Spur einer Vene. Justo kniete neben der Trage nieder und knetete die knochigen Finger des Jungen, die sich zu schwachen Fäusten ballten. Die geschwollenen Lippen des Jungen sprangen auf und keuchten etwas heraus.

Der Krankenwagenfahrer sah Justo fragend an. »Was sagt er da?«

»Kreolisch. Er spricht kreolisch. Ich muß irgend jemanden finden, der das versteht. Könnte das Letzte sein, was der Junge noch zu sagen hat. Laß ihn ganz ruhig liegen.« Justo musterte die Menge, die sich gegen die Sperre drängte. Mutter Maria, einen mußte es doch geben. Ja, da war einer. Die Antwort auf Justos knappes Gebet. Da stand er, etwas weiter hinten in der Menge. Der Kerl war ein Säufer und ein bißchen komisch im Kopf, aber er dolmetschte manchmal bei Gerichtsverhandlungen für kubanische und haitianische Flüchtlinge. Je betrunkener er war, desto besser wurde er als Dolmetscher, er redete dann in Zungen und beugte sich so dicht an die Lippen der Leute heran, deren Worte er übersetzte, daß es Justo an Judas erinnerte, der gerade den lieben Herrn Jesus küßte.

»St. Cloud! Komm mal zu mir runter!«

St. Cloud tauchte unter dem Seil hindurch und hüpfte an Deck. Er dachte, der Junge sei tot. Der Junge roch auch wie tot.

»Stell dich nicht so an!« schrie Justo durch das Heulen weiterer

Sirenen. »Leg das Ohr an seine Lippen, damit du hören kannst, was er sagt.«

St. Cloud fiel auf die Knie, und der krächzende Atem des Jungen drang an sein Ohr.

»Was heißt es? Was sagt er da?« Justo packte St. Cloud am Arm. »Komm mal mit rüber.« Er zog St. Cloud an den Schiffsrand. »Ich will nicht, daß es jeder hört. Also, was hat er gesagt?«

»Schwer zu verstehen.« St. Cloud wischte sich über die Stirn, der Rum ließ ihn schwitzen, hielt ihn kühl in der subtropischen Schwüle. »Es ist irgendein kreolischer Dialekt, ziemlich unklar. So ungefähr hieß es: ›Sei gegrüßt, Papa Agoué, wohnst im Meer, Herr der Schiffe. Das Boot des Negers ist in Gefahr. Papa Agoué bringt es in Sicherheit. Sei gegrüßt.‹«

»Verdammt. Das arme Schwein. Hab ja 'ne Menge afrikanisches Zeug von meiner Tante Oris gelernt, Santería und so, aber einen Papa Agoué kenne ich nicht. Kann mich nicht erinnern, daß Tante Oris je von Papa Agoué geredet hat.«

»*Vaudou*, wenn ich mich recht erinnere. Ist schon Jahre her, daß ich mich damit beschäftigt habe. Ich glaube, Papa Agoué ist ein Loa, ein Herr des Meeres, sein Symbol ist ein Schiff und –«

»Das genügt. Komm mit.« Justo packte St. Clouds Schulter noch fester und zog ihn zu dem Jungen zurück. »So, Leute.« Er zeigte auf die Sanitäter. »Nehmt die Trage und bringt diesen Flüchtling weg von hier. Ihr wißt ja, wohin.«

Behutsam hoben die Fahrer die Trage hoch. Eine der geballten Fäuste des Jungen öffnete sich in einem kurzen Krampf und gab einen kleinen Beutel aus Schweinsleder frei, der mit filzigem Ziegenhaar verschnürt war. Justo hob den Beutel blitzschnell auf und steckte ihn sich in die Hemdtasche. Er blickte rasch zum Pier auf, um festzustellen, ob ihn jemand dabei beobachtet hatte. Der Captain starrte ihn direkt unter dem festen Schirm seiner Offiziersmütze an.

»Captain!« Justo reckte sich. »Wir müssen diesen politischen Flüchtling in Gewahrsam nehmen. Ich bestimme St. Cloud zum Dolmetscher des Flüchtlings. Er versteht ihn als einziger. St. Cloud könnte dem Jungen das Leben retten.«

»Die Sache ist damit noch lange nicht erledigt, Tamarindo.« Der Captain wandte sich zum Gehen, seine Leute standen stramm und hoben die Hand an die Mütze. »Sie werden sich wegen Behinderung von Regierungsbeamten vor dem Transportministerium und der Einwanderungsbehörde zu verantworten haben. Das ist jetzt Ihr Vogel.« Der Captain nickte seiner bewaffneten Eskorte zu, die ihm daraufhin sehr rasch einen Weg durch die drängelnde Menge bahnte.

Justo zog St. Cloud dicht heran und flüsterte: »Dein Vogel ist er auch.«

»Was meinst du damit? Ich hab bloß da oben gestanden und wußte gar nicht, was der ganze Auflauf zu bedeuten hatte.«

»Du bist jetzt der Komplize eines Mörders.«

»So ein Quatsch.« St. Cloud versuchte, sich Justos Griff zu entwinden, der seine Schulter fest gepackt hielt. »Was ist denn überhaupt los?«

»Ich will, daß du mitspielst, und zwar in meiner Mannschaft. Könnte dein Leben verändern. Sieh mal, da unten.« Justo lockerte seinen Griff und zeigte auf ein paar gesplitterte Planken des Schiffes. Einige verwackelte Buchstaben, die die Sonne schon zu einem verblichenen Braun entfärbt hatte, waren quer über den oberen Bootsrand gekrakelt.

St. Cloud musterte den Schriftzug und versuchte, den Sinn zu entziffern, indem er die Worte laut vorlas: *»Re... zis... to. Li... berté... ou... lan... mo.* Freiheit oder Tod.«

»Es ist mit Blut geschrieben.« Justo griff nach seinem Glücksknochen und ließ den Blick über die verblichenen Buchstaben schweifen. »Ich weiß, wie getrocknetes Blut aussieht.«

Während Justo seinen Goldknochen rieb, gratulierte sich St. Cloud dazu, einen derart seltsamen Tag damit begonnen zu haben, daß er die Sonne und eine Flasche von Haitis Feinstem in sich aufgenommen hatte. »Ist schon komisch«, nuschelte er und sprach dabei mehr mit sich selbst als mit Justo, der sich dennoch zu ihm umdrehte, um die undeutlichen, vom Rum zusammengeklebten Silben zu verstehen, »wie ich vorhin da hinter dem Seil stand, um zu sehen, was hier unten los ist, da kam mir ein Gedanke, den ich heute morgen schon mal gehabt hab. Diese *paysans* da treiben übers Meer, haben wahrscheinlich nicht mal einen Kompaß mit, und über ihren Köpfen hebt eine Space Shuttle ab. Kann mir nicht helfen, aber es ist genau wie damals zu Kolumbus' Zeiten – wir erleben eine Zeit, in der eine neue Welt anfängt und eine andere aufhört.«

»Deswegen ist dieser Junge aus Haiti ja so wichtig.« Justo sah am Hafenrand entlang, wo ihm Reporter zuwinkten und Fernsehteams um günstige Plätze rangelten. Er wünschte, er könnte zusammen mit St. Cloud in die Bar gehen und sich aus diesem *mal día* wegsaufen. Ein kühler Windhauch ließ die losen Enden seiner *guayabera* flattern. Er wandte sich von der hektischen Szenerie auf dem Pier ab und ließ den Blick noch einmal über die mit Blut gekrakelten Worte auf der Schiffswand wandern. »Hast schon recht. Kolumbus und die *paysans* in diesem Boot hier waren hinter derselben Sache her. Sie wußten beide, daß sie die Heiligen würden füttern müssen, damit sie dort ankamen, wo sie hinwollten. Das Problem ist bloß, daß heutzutage kein Mensch weiß, was die Heiligen essen.«

3

USA GEGEN HAITI – 41:1. Die Kreidekrakelei auf der Tafel zwischen der langen Reihe bunter Schnapsflaschen hinter der Theke schimmerte durch die Rauchschwaden hindurch. Das Schwirren des Ventilators über den Köpfen zerhackte die lautstarken Unterhaltungen in der vollbesetzten Bar des Wreck Room, peitschte Worte und Sätze zu zufälligen Abfolgen zusammen, fetzte mühsame Formulierungen und besoffene Beteuerungen von Lippen herunter, die sich mit theatralischer Schwere bewegten. Es war schwer zu sagen, wer an der Theke nun genau was gesagt hatte und wie viele Drinks das jeweils her war. Es war auch nicht mehr wichtig. Wen kümmerte es schon? Fast niemand sah auf den Fernseher, der aus einer entfernten Ecke auf die lange Theke gerichtet war und aus dem zu dieser späten Stunde die Nachrichten dröhnten; wieder und wieder erstrahlte dort das Bild der Hundert-Tonnen-Raumfähre, die mit Hilfe von drei Millionen Kilo grellorangen Raketentreibstoffs aus dem Urschlamm der Everglades-Sümpfe abhob und sich in kürzerer Zeit, als ein Alligator zum Blinzeln brauchte, blitzschnell in das blaue Gähnen des Himmels davonzauberte und ein fünfstündiges Verkehrschaos auf den Asphaltarterien hinterließ, die spiralförmig von dem Startplatz des Raumfahrtzentrums wegführten und verstopft waren mit hupenden Autos voller Menschen, jeder fuhr zurück in seine irdische Welt und unterdrückte den Wunsch, mit mehr als dreißigtausend Stundenkilometern über den ganzen Zirkus dahinzukreisen. Davon jedenfalls redeten sie in den Fernsehnachrichten, von dem Kometen aus Menschenhand, und gleich danach kam das Bild eines schwarzen Polizisten, der eine lässige *guayabera* trug und vor einem haitianischen Flüchtlingsschiff stand; aufgedunsene Leichen, weiß gebleicht von der Sonne, wurden auf einen Pier voller drängelnder Zuschauer gehoben. *»Nein.«* Die Tonbandstimme von Justos Filmbild aus dem Fernseher in der Ecke durchdrang die schwirrenden Rotoren des Ventilators und den Kneipenlärm. *»Es* *gibt keinerlei Anzeichen von Kannibalismus auf diesem Schiff. Wo das Gerücht herkommt, weiß ich nicht. Diese Menschen sind an der Hitze und vor Hunger gestorben und daran, daß sie Salzwasser getrunken haben. Natürlich wird der Fall untersucht werden. Ja, ein Überlebender. Nein, ich habe es Ihnen schon gesagt, an keiner der Leichen fanden sich irgendwelche Hinweise auf Kannibalismus.«*

»Wem gehört der Schatz denn überhaupt? Das möchte ich gern mal wissen! Ich meine, die Indianer haben ihn entdeckt und prompt andere Indianer danach buddeln lassen. Dann kamen die Spanier und nahmen ihn den Indianern weg. Und jetzt, vierhundert Jahre später, passiert genau das gleiche im Weltraum. Ich würde da jedenfalls keinen Unterschied sehen, wenn diese Typen in ihrer Raumfähre zum Mond rüberzischen und da irgendeinen großen Schatz finden, meinetwegen in einer abgestürzten fliegenden Untertasse vom Mars, eine Million Tonnen glänzendes Platin, was in den Mondkratern verstreut liegt. Glaubst du etwa, die Jungs lassen das Zeug einfach die nächsten Trillionen Jahre dort liegen? Quatsch! Die würden genau dasselbe machen wie die spanischen Konquistadoren, sie würden's einsacken und ab nach Hause damit. Darum geht's doch nur bei diesen Weltraumflügen. Das ist nichts anderes als das, was Ponce de León im Sinn hatte, wie er hier im sechzehnten Jahrhundert in Florida herumgestreift ist, und auch nichts anderes als das, was ich mache, wenn ich zu den spanischen Wracks am Riff runtertauche. Finderlohn, Verlierers Hohn. Verstehst du, was ich sagen will, St. Cloud?«

St. Cloud hörte Brogan zwar zu, aber er konnte sich nicht auf dessen Worte konzentrieren. Etwas stimmte nicht ganz mit den Bildern im Fernsehen. Schon zum viertenmal in dieser Nacht sah er jetzt die Nachrichten. Etwas war komisch daran. Gleich nach Justo flackerte jedesmal die Explosion von Karl Deans Rennboot über den Bildschirm, von oben aus einem Helikopter gefilmt, Splitter von grellbunten Glasfaserteilen ringsherum wie Juwelen verstreut, und in der Mitte, mit dem Kopf nach unten, wie eine reglose Puppe, Karl Deans Leiche, die auf dem Wasser trieb. Die schmale Grenze zwischen dem Sieg im Rennen und dem nassen Grab war überschritten worden. Aber noch etwas anderes war überschritten worden. Ein nasses Grab für einen Abenteurer im Temporausch war eine Sache, einundvierzig tote Haitianer war eine andere. Was der eine als Köderfisch nimmt, macht den anderen satt. Natürlich eilten alle auf das gleiche Schicksal zu, aber da war noch mehr. St. Cloud spürte, daß es nicht ganz so einfach war.

Brogan verlagerte seinen massigen Körper auf dem Barhocker und stieß dabei gegen St. Cloud. Brogans schwerfällige Beharrlichkeit war nicht die eines streitsüchtigen Betrunkenen oder eines überdrehten Freundes, eher war er auf der Suche nach einem prekären Gleichgewicht im Universum. »Hab ich dir schon mal von meinem Bruder erzählt?« Brogan hob ein schon leergetrunkenes Cocktailglas an die Lippen, und in seinen Worten schwang etwas Drängendes mit. »Mein Bruder, der ist so 'ne Art Abenteurer drüben in Mittelamerika. Ja, genau, das ist er wohl, 'ne Art Abenteurer.«

St. Cloud wußte genug über Brogans Bruder, daß er ein Buch über ihn hätte schreiben können, hörte aber gerne noch mehr von ihm, nur war es gar nicht leicht, so abrupt die Aufmerksamkeit zu Brogan auf dem Nachbarhocker zu verlagern. Das Blut in St. Clouds Schläfen hämmerte im Melasserhythmus des Rums; jedem zusammenhängenden Gedanken, der stromaufwärts zum Gehirn zu schwimmen versuchte, drohte der beinahe sichere Tod durch Ertrinken. Also das Wichtigste zuerst. St. Cloud mühte sich, den Blick vom Fernseher loszureißen, ihn entlang der verspiegelten Wand auf die schmale Piste hinter der Theke zu wenden, wo Angelica souverän regierte. Er wollte sie festhalten, diese Vision der blonden Angelica, der die Tränen über die Wangen strömten, während sie Niagarafälle von Alkohol in leergetrunkene Gläser goß, die ihr überall am Tresen entgegengestreckt wurden. Angelicas weiße Shorts waren aus so hauchdünnem Material, daß man sie in ein kleines Whiskeyglas hätte stopfen können, und es wäre noch Platz genug für zwei Oliven gewesen. Immer wenn Angelica in einer provokanten Pirouette herumwirbelte, sich vorbeugte, um die nächste Flasche mit westindischem Rum am Hals zu packen und dabei den Zauber ihrer Haut entblößte, sandten die Männer an der Theke so viele stumme Gebete gen Himmel, daß es zum Sieg in den Kreuzzügen gereicht hätte. Angelica bot für St. Cloud ein höchst bewegliches Ziel, und er gab sich Mühe, seinen Blick ruhig zu halten, als sie nun Rum in Brogans leeres Glas schüttete, ohne daß er darum gebeten hätte. Sie wischte sich die Tränen aus den Augen und hielt die Flasche erwartungsvoll auch St. Cloud hin, während ihre rauchige Stimme gelassen zu einer gewagten Konfrontation ansetzte: »Warum bringst du mich nicht von all dem hier weg und bumst mit mir?«

Mit einem einzigen Schluck sog Brogan den Rum aus seinem Glas. »Mein Bruder sagt, in Mittelamerika, da kullert der Dollar nur so. Er sagt, was da unten los ist, das ist wie eine Pokerpartie mit der eigenen Mutter. So ein Spielchen kann man nur auf eine Weise spielen: bis zum bitteren Ende. Wenn du verlierst, wirst du nicht geboren. Und wenn du gewinnst, macht dir das schlechte Gewissen zu schaffen, weil du die eigene Mutter aufs Kreuz gelegt hast. Was hast du da eben gesagt, Angelica?«

»Ich hab St. Cloud gefragt, warum er mich nicht von all dem hier wegbringt.«

Brogan hob das leere Glas etwas wacklig in Angelicas Richtung. »Ich rede hier über Leute, die ihre Mutter ficken. Ich rede über Politik. Ich rede über meinen Bruder.«

»Er war mein Bruder, und jetzt ist er tot.« Angelica wischte sich einen neuen Schwall Tränen aus den Augen.

»Was redest du da für dummes Zeug?« stammelte Brogan und ließ ungläubig sein Glas sinken. »MK ist doch nicht dein Bruder. MK ist *mein* Bruder. Hab ich euch schon mal erzählt, wie MK zu seinem Namen gekommen ist?«

»Ich rede von Karl Dean, du Blödmann. Karl Dean war mein Bruder, und jetzt ist er tot.«

»Der war nicht dein Bruder.« Brogan schob ihr sein leeres Glas hin. »Dein Liebhaber war er.«

»Ihr seid alle meine Brüder.« Angelica goß Brogan einen neuen Drink ein, wobei ihre Tränen auf das blitzende Mahagoni des Tresens tropften.

Unter Angelicas zahlreichen Reizen, die St. Cloud im Augenblick nicht einmal alle zählen konnte, hatte sie eine verführerische Eigenschaft, die ihresgleichen suchte. Diese Eigenschaft, wegen der sich St. Cloud am meisten zu ihr hingezogen fühlte, bestand darin, daß sie verrucht und gleichzeitig jederzeit verfügbar war, und zwar auf eine Weise, die niemandem übelwollte. Angelica war keine Frau, deren Blick einen anbettelte: Prügel mich, peitsch mich, beiß mich, bring mich dazu, ungedeckte Schecks auszustellen. Angelica besaß offensichtlich keine eigene Meinung und schien auch nie eine zu brauchen; sie funktionierte auf der Ebene selbstloser Emotionen. An jenem Punkt ihres Lebens, an dem die meisten anderen Frauen langsam damit anfangen, Schmuck zu tragen, um ihre schwindende Jugend zu betonen, legte Angelica immer weniger Make-up auf und zog immer weniger an. Statt sich auf eine Weise zu kleiden, die man als vernünftig bezeichnet, befand sich Angelica kopfüber auf der Jagd nach dem Unverantwortlichen. Unter den selbsternannten männlichen Juroren weiblicher Tugend in der Stadt besaß sie den Ruf, zu jeder Zeit die härtesten Brustwarzen und das weichste Herz zu haben. Angelica war eine Frau aus den Nordstaaten, die aus reinem Jux und Tollerei an den Hochhäusern und Teilzeitjobs des Golfs von Mexiko entlanggezogen und schließlich an der Südspitze dieser Spießerriviera hängengeblieben war. Aber sie war keine Wochenendbiene, die alle sieben Nächte der Woche im Wreck Room herumhing. Sie war keine Hinterwäldlerhure, und sie hatte auch keinen Mitgliedsausweis beim Drogen-Probierer-Club; nein, sie gehörte eher zu der Sorte, die aufs Heiraten aus war, sich aber ihr ganzes Leben lang zu beweisen anstrengte, daß sie *nicht* darauf aus war. Selbst Angelicas fünf Jahre alte Tochter wußte das. Angelica war die Sorte Frau, der es darum ging, einem zu gefallen, und sie kam direkt zur Sache. Im Moment, das war St. Cloud klar, ging es ihr um ihn. Das hielt allerdings Brogan nicht vom Weiterplappern ab.

»Ja, vermutlich könnte man sagen, daß mein Bruder ein Abenteurer ist. MK hat all die üblichen Dinger gedreht, ihr wißt schon. Hat ein paar Umspannwerke auf kleinen Marihuanainselrepubliken in die Luft gejagt, damit seine Leute im Schutz der Dunkelheit das Gras im Hafen verladen und sich übers Meer davonmachen konnten. Einmal ist MK in der Windward Passage vor Bimini von kubanischen Kanonenbooten gejagt worden. Er hatte sogar mal einen kleinen Garten von vierhundert Hektar in Jamaika, einen ganzen Berghang im Rasta-Cockpit-Land. Der Dschungel war so dicht, daß sie die Marihuanaernte auf Eseln runterschaffen mußten; MK hat ihnen die Stimmbänder durchgeschnitten, damit niemand merkte, was da für eine Ladung vorbeitransportiert wurde. Den Eselmännchen hat er gleich noch die Nüsse abgezwackt, daß sie alle brav wie Bambi waren. Hab ich euch schon mal erzählt, wie mein Bruder zu seinem Namen gekommen ist? MK hat im Krieg von 'Nam einen echten Orden gekriegt. Ich meine, einen richtigen Orden.«

St. Cloud wollte es gern noch einmal hören. Die Geschichte änderte sich immer ein bißchen, aber im Laufe der Jahre, die Brogan ihm nun schon von MK erzählte, blieben die wesentlichen Fakten doch immer dieselben. MK war all das, was St. Cloud nicht war. In den sechziger Jahren war MK in einer Spezialeinheit in Vietnam gewesen, während St. Cloud in San Francisco gegen den Krieg demonstrierte, sich von den Leuten anspucken und als Kommunistensau beschimpfen ließ, so etwas war damals ganz normal. Jetzt, zwanzig Jahre später, kam es St. Cloud vor, als brächte irgendein seltsamer Kreis ihn und MK zusammen, verbände sie in einem Band unbeschreibbarer Bruderschaft, unentrinnbar und auch etwas ungemütlich.

Angelicas Tränen ließen den verkrusteten Zucker in St. Clouds Adern schmelzen. Er richtete sich auf dem Barhocker auf, beugte sich über den Tresen und schlang die Arme um sie, so daß ihr Gesicht an seiner Brust ruhte. Angelicas Schluchzen ließ die beiden dermaßen erzittern, daß St. Cloud fast das Gleichgewicht verlor und rückwärts zu Boden stürzte.

»Karl Dean war ein großartiger Kerl!« wimmerte Angelica in St. Clouds Brust hinein.

»Ja.« St. Cloud klammerte sich jetzt mit aller Macht an Angelica fest. Er wußte, wenn er losließe, würde er so gewaltig zu Boden gehen, daß er nie wieder aufstehen könnte. »Karl war in Ordnung.« Allerdings hatte der Zucker St. Clouds Gehirn nicht so sehr verklebt, um ihn vergessen zu lassen, daß Karl Dean in einer Stadt, die stolz darauf war, hundertprozentig unangenehme Typen hervorzubringen, einer der allerunangenehmsten Kleinverbrecher gewesen war. Wie vielen jungen Kerlen aus der Gegend war Karl irgendwann vor dem Ende der High School klargeworden, daß er entweder für den Rest seines Lebens an der Tankstelle arbeiten konnte, oder aber er gondelte des Nachts in einem schnellen Motorboot im seichten Wasser herum und verdiente damit einen Haufen Geld, ohne daß ihm allzu viele Fragen gestellt wurden. Karl hatte eine Uhr aus massivem Gold, aber er konnte kaum die Zeit ablesen oder an den Fingern bis zehn zählen. Karl hatte immer ein Auge auf das Mädchen im Ort gehabt, das als nächstes fünfzehn wurde; mit dem anderen Auge hatte er sich selbst betrachtet, und zwar in dem Spiegel auf seinen Knien, wenn er sich seine täglichen fünf Grämmchen in die Nase zog. Wirklich ein Typ, der ganz in Ordnung für diese Insel war. Rennbootfahren war für Karl kein Sport, sondern eine Lebensweise, ähnlich wie Kriegspielen für Soldaten kein Spiel ist. Auf einer kleinen Insel voller toller Hechte in engen Hawaiihemden und mit Diamantsteckern in den Ohrläppchen war Karl nichts Besonderes. Er gab mit seinen Bildungslücken an, wedelte mit erbeuteten Hunderterpaketen und verbrachte die Stunden nach Mitternacht im Getöse des Wreck Room, wo er versuchte, ein glückliches Mädchen zu finden, das gern mit ihm zusammen auf seinem Spiegel was Schönes anstellen wollte.

»Ach Gott, St. Cloud.« Angelica richtete sich wieder auf und tupfte sich die Augen mit einer Serviette ab. »Ich wußte ja, daß du ein gutes Herz hast.«

St. Cloud nahm ihr die Serviette aus der Hand und wischte ihr den Tränenbach ab, der immer noch über ihre Wangen lief. »So ein gutes Herz hab ich gar nicht, aber Karl war ganz in Ordnung. Ich bin eben ein Mann, der an nichts mehr glaubt.«

»Hey! Was ist bloß mit mir los? Ich bin doch ein Profi!« Angelica riß St. Cloud die tränenfeuchte Serviette aus der Hand und warf sie in einen Mülleimer. »Schluß mit der Totenfeier. Karl Dean war ein Arschloch. Kann ich euch Jungs noch einen Mescal als Schlummertrunk anbieten?«

»Mit Vergnügen.« Brogan nahm das Angebot gleich für beide an.

St. Cloud kippte vier Glas der mexikanischen Kaktusmischung in sich hinein, Angelicas Gesicht strahlte ihn an, die hohen Wangen waren jetzt ganz trocken und blitzten rot und wunderschön, hoben sich deutlich ab von der Haut ihres schmalen Halses, einer Haut, die eher blond als fleischfarben war, fast von demselben Blond wie ihr kurzes Haar: Sie war St. Clouds arktische Königin, eine strahlende Erscheinung unter den tropischen Insulanern. Er fragte sich nur, wie sie es schaffte. Die ganze Nacht in der Kneipe, den ganzen Tag im Bett. Angelica hatte jene hohen Backenknochen, die man oben in New York *money bones* nannte, die Konturen eines Fotomodells. Sie hätte ein Vermögen verdienen können, wenn sie für ein schickes Kaufhaus auf der Rampe entlangspaziert wäre, statt dessen stürzte sie sich in den Spießrutenlauf hinter der Theke des Wreck Room und spendierte St. Cloud voll Edelmut stirnbetäubenden Mescal. Er verspürte Ehrfurcht und Demut. Wieder einmal verliebte er sich in Angelica.

»Ich werde es nicht aufgeben, St. Cloud.« Angelica wischte sich neue Tränen mit dem Handrücken ab. »Warum sollte ich? Verstehst du?«

»Warum solltest du? Niemals. Danke für die Drinks. Auf Kosten des Hauses?«

»Das Credo der unabhängigen Frau ist die Romantik. Ich werde es nicht aufgeben.«

»Niemals.«

»Warum sollte ich?«

»Solltest du auch nicht.«

»Ja. Auf Kosten des Hauses, für dich doch immer.«

»Immer.«

»Ist das nicht schlimm, das mit den einundvierzig Haitianern?«

»Aber ja.«

Im Fernseher flackerten weitere gespensterhafte Bilder der Tragödie des Vortags. St. Cloud bemühte sich, die Gespenster mit seiner schwankenden Dreifachsicht zu fixieren. Irgend etwas stimmte immer noch nicht da auf dem Bildschirm, wo jetzt der Pilot eines Ambulanzhubschraubers auf den Fernsehreporter einschrie, um die lärmende Menge rings um die Plattform der Rennleitung zu übertönen. *»Die zwei in Führung liegenden Boote waren gerade gleichauf, da mußten plötzlich beide diesem haitianischen Schiff ausweichen, das führerlos dahintrieb! Ich weiß auch nicht, wie das Schiff aus Haiti so schnell auf die Rennstrecke gekommen ist, muß wohl in eine starke Strömung geraten sein, jedenfalls erschien es auf einmal aus dem Nichts, die Leute auf dem Schrittmacherboot konnten nicht mal mehr die rote Fahne hissen! Für kurze Zeit sah es aus, als wenn alle drei Schiffe auf einmal draufgehen würden! Wenn man bei so schwerer See mit einem derartigen Tempo unterwegs ist, gibt es immer das Risiko, daß man das Boot verkantet, wenn man sich in eine scharfe Kurve legt! Man kann mit dem einen Arm des Katamarans an einem Wellenkamm hängenbleiben, und schon wirft's einen um! Für diese Fälle gibt's die sogenannte Totmann-Sicherung – am Piloten ist eine Schnur befestigt, die sich strafft, wenn er hinausgeworfen wird! Aber heute ging alles viel zu schnell! Da blieb niemand in einer Welle hängen, es gab einfach nur eine Riesenexplosion! Wir konnten von oben richtig zusehen, wie es Karl Dean und den Mann an den Gashebeln in die Höhe hob! Damit war* Miami Kid *ganz allein in Führung und zog natürlich davon! Das alles passierte so schnell, daß das haitianische Schiff mitten durch die herabregnenden Teile von Karls zerfetztem Boot hindurchtrieb! Es war das reinste Inferno da draußen! Bevor ich noch Zeit hatte, aus dem Helikopter ins Wasser zu springen, war schon alles zu spät! Ein totales Chaos!«*

St. Cloud fühlte, wie sich in seinem Nacken etwas verspannte, wie ein betäubender schraubstockartiger Griff, der ihm einen stetigen Schmerz das Rückgrat hinabjagte. Irgendwas stimmte nicht in diesem Gespensterfernseher da oben. Wer weiß, was die Heiligen heutzutage essen? Was hatte Justo eigentlich damit gemeint? Irgendwas stimmte nicht da oben, aber irgendwas stimmte auch nicht hier unten. Das heisere Lachen in seinem Ohr holte St. Cloud in die Wirklichkeit zurück. Er zog die Schultern hoch, um die Taubheit in seinem Nacken abzuschütteln. Das Lachen wurde noch lauter, es kam nicht von der verschwommenen Menschenmenge hinter ihm, sondern es war direkt in seinem Ohr. Er versuchte sich umzudrehen, aber es ging nicht. Er merkte, daß sein Hals sich nicht bewegen ließ. Langsam wurde ihm klar, daß die Taubheit nicht auf das alkoholische Novocain zurückzuführen war, das er seit dem Vormittag literweise in sich hineingeschüttet hatte, sondern auf massige Finger, die sich in seinen Nacken krallten, und zwar mit der unglaublichen, eisernen Zähigkeit von jemandem, der einen Händedruck hatte, als wollte er aus einem Haifisch Zahnpasta herausquetschen. St. Cloud wurde von einem Menschen gepackt, der seinen Lebensunterhalt auf dem Meer verdiente.

»Ich bin Fischer! Schon mein Vater war Fischer, und dessen Vater war auch einer!« Die Worte dröhnten in St. Clouds Ohr hinein, und nun lockerte sich auch der Griff der Haifischwürgerhand. St. Cloud drehte sich um und sah in ein heftig gerötetes Gesicht, in dem eine glühende Inbrunst brannte, wie man sie nur bei jenen wahren Gläubigen sah, die täglich vor dem Morgengrauen eine volle Flasche Cognac in sich aufnehmen. St. Cloud war zu sehr seinem persönlichen Abstieg verfallen, als daß er diesen Matrosen auf dem alkoholischen Ozean kameradschaftlich willkommen heißen konnte. Er brachte eben nur ein schwaches Begrüßungslächeln auf, was den Charterbootkapitän dazu veranlaßte, seinen Standardspruch herauszublöken: »Diese Stadt geht vor die Hunde! Die Schwulen und die Ausländer haben's drauf angelegt, daß wir Insulaner in irgendwelche Wohnwagenparks verdrängt werden!«

Nun endlich fand St. Cloud die Inspiration zu einigen treffenden Worten, passend zu dem idiotischen, besoffenen Lächeln, das auf seinem Gesicht festgefroren schien: »Schön, daß du wieder da bist, Bubba-Bob.«

»Auf der ganzen Insel rennen überall Tunten und kaputte Typen ohne Socken an den Füßen rum!« Bubba-Bob stieß sich zwei Schritt weit von der Theke ab, stellte die Füße ein Stück auseinander und stampfte damit krachend auf den Boden. »Alle mal hersehn!« Bubba-Bob zog sich die mit Fischabfällen verschmierten Khakihosen hoch über die Knöchel. »Weiße Socken! Richtige Männer tragen weiße Socken! *Fischer* tragen weiße Socken!«

»Hochmodisch und von dezenter Diskretion.« St. Cloud musterte die weißen Socken beifällig. »Genau das repräsentieren eben Leute wie du und ich, gewandete Eleganz inmitten krötenhafter Kleiderordnung. Die letzten Bastionen des modischen Chic.«

»Verdammt recht hast du da!« Bubba-Bob ließ die Hosenbeine wieder fallen und legte den Kopf schief, den Blick herausfordernd auf unsichtbare sockenlose Horden gerichtet, die jeden Moment die Tür eintreten und ihn überrennen konnten in seiner durchzechten Stimmung, in der er sich am liebsten geprügelt hätte. »Trinkst du einen mit?«

St. Cloud verschränkte seine sockenlosen Füße unter dem Metalltritt des Hockers und hoffte das Beste. »Ist mir doch ein Vergnügen.«

»Angelica! Noch einen für meinen besten Kumpel!« Mit der Vehemenz eines Bademeisters, der einen Ertrinkenden an Land zieht, legte Bubba-Bob einen Arm um St. Cloud. *»Salud!«* Er knallte das Glas, das Angelica gerade nachgefüllt hatte, gegen St. Clouds und trank es mit herzhaftem Glucksen leer. »Jawohl, Mann, du bist mein Kumpel. Hast mir damals sehr geholfen, Professor. Ein Kumpel vergißt so was nie.«

»Nie?« St. Cloud hob sein Glas und hielt kurz inne, ehe er es leerte.

»Aber diese Stadt hier!« Bubba-Bob knallte sein leeres Glas auf die Theke; auch noch soviel Alkohol konnte sein einspuriges Hirn nicht von dem Gedanken losreißen. »Diese Stadt hier ist total kaputt. Ich kann mich noch an diese Stadt erinnern, als Holzboote noch nicht aus Glasfaser waren und als man zu Muschi noch Fotze gesagt hat.«

»Tolle Erinnerungen.«

»Hey! Schnupperst du immer noch an dieser Kleinen rum, die in dem Papageienladen von deiner Alten arbeitet? Du willst 'ne Frau haben? Dann laß dir sagen, wie man 'ne Frau kriegt. Mein Vater hat immer gesagt, das geht genau wie's Fischefangen. Ein guter Fischer hat kein Glück, sondern er fängt die Fische, die *selber* kein Glück haben. Du brauchst also bloß eine Frau zu finden, die das Pech hat, mit einem Arschloch wie dir übrigzubleiben.«

St. Cloud wog diese Logik sorgfältig ab und schnalzte nachdenklich mit den Lippen und beschloß endlich, mit aller Macht darauf einzugehen, doch ehe er noch dazu kam, beugte sich Brogan an ihm vorbei und starrte Bubba-Bob mitten ins Gesicht.

Der dicke goldene Ohrring, der Brogans rechtes Ohrläppchen durchbohrte, pulsierte im Schattenspiel des über ihnen rotierenden Ventilators. »Mein Bruder sagt, Mittelamerika ist wie eine Ratte ohne Kopf.« Brogans Worte traten aus seinem Mund hervor und flogen in das Schwirren der Ventilatordrehflügel hinein. »Mein Bruder sagt, da unten rennen sie alle rum wie Ratten ohne Köpfe.«

4

Wer früh aufstehen will, der säuft sich am Abend vorher nicht besinnungslos voll. Offensichtlich hatte St. Cloud also gar nicht aufstehen wollen. Es war einfach zu früh am Morgen für ihn, jetzt schon am Waschsalon »Stern von Kuba« zu stehen, tief versunken in die fünfte Tasse Espresso zu starren, während er zusah, wie hinter den zerkratzten Bullaugen der Trocknertüren die Kleider fremder Leute gebeutelt wurden. Wenigstens war also etwas auf dem Wege, getrocknet, wenn nicht gar rein zu werden. Die maschinelle Wärme der ächzenden Waschautomaten und Trockner machte den schwülen Tag noch unerträglicher. Wie kam es nur, daß der beste Espresso der ganzen Stadt offenbar immer in ehemaligen Tankstellen, die man in Waschsalons verwandelt hatte, gebraut wurde? Um hier an die Espressoquelle zu gelangen, mußte St. Cloud an der ganzen verschimmelten Betonwand des Waschsalons entlanggehen, vorbei an den langen Reihen der Maschinen bis zu einer Spalte in der Wand. Dahinter stand eine grinsende Kubanerin und quetschte fröhlich aus zischend dampfenden Stahldüsen einen Koffeinnektar, der die Nerven aufpeitschte und die Schüchternen aktiv werden ließ. Ein heißes Gebräu in einem heißen Haus in einer heißen Stadt.

Justo knuffte St. Cloud, schürzte die Lippen und kippte sich den siebenten Espresso des Vormittags hinter die Binde. »*En una hora*, in einer Stunde will ich dich im Gericht sehen. Das Leben des Jungen könnte davon abhängen. Wenn du nicht da bist, tret ich dir in deinen verkaterten Collegeabsolventenarsch!«

»Okay, die Voruntersuchung heute früh hab ich verschwitzt. Hol dir doch vom Richter die Erlaubnis, den beeideten Dolmetscher wegen Mißachtung des Gerichts einbuchten zu lassen.«

»Keine schlechte Idee. Du und Voltaire in derselben Zelle. Dann hätte ich gleich beide zusammen und bräuchte nicht jedesmal in allen Kneipen der Stadt nach dir zu suchen.«

»Voltaire heißt der Junge?« St. Cloud blinzelte und sah die Hitze dick wie tropischen Dunst aus den Kleidern aufsteigen, die die lebhaft plaudernden kubanischen Hausfrauen weiter hinten an langen Tischen falteten; keine der Frauen war über fünfundzwanzig, und jede war so angezogen, als wäre sie kurz davor, nach Miami durchzubrennen, hohe Stöckelabsätze und schreiend bunt lakkierte Fingernägel, enge Hosen und zarte weiße Fußgelenke, die Leidenschaft dieser Frauen erfüllte den ganzen Raum und vibrierte über den Espressos, die sie schlürften, um ihr sorgloses Geplauder in Gang zu halten. St. Cloud gefiel ihr Stil, unter anderem. Diese heißblütigen Schönheiten machten noch die ödeste Alltagsverrichtung zu einer Oper, zu einer Kostümprobe von Eifersucht und Haß, in der sie untereinander immer wieder jene Währung von beständig schwankendem Wert wechselten, den Klatsch.

»Genau so heißt er, der Junge. Voltaire Tincourette. Spricht nichts als den haitianischen Dialekt der *paysans*, den du auf dem Schiff gehört hast.« Justo schürzte die Lippen für den nächsten brühendheißen Kaffee und sah St. Cloud über den Tassenrand hinweg an. »Ich versteh kein Wort von dem, was Voltaire redet, außer daß er ganz mordsmäßigen Schiß hat.«

»Voltaire.« St. Cloud sprach den Namen vor sich hin, als wäre es ein Code, der ihn von der Realität des eigenen Lebens befreien könnte und ihm gestatten würde, durch den Dunst des Waschsalons zu schreiten und all diese lebhaften Latino-Schönheiten auf ein Schäferstündchen in die rosa Paläste von Miami Beach einzuladen. Er fragte sich, welcher ihrer Ehemänner ihm wohl ein Messer ins Herz gerammt hätte, noch ehe er weiter als bis zum Windhundrennplatz am Ortsrand gekommen wäre. »Diese französischen Kolonialherren hatten ja einen ziemlich schrägen Humor, ihre Sklaven nach Philosophen zu benennen. Aber vielleicht zeigt das, wie sie die Rolle des Philosophen in Wirklichkeit eingeschätzt haben: ein Akkordarbeiter des Wortes im Dienste des intellektuellen Ruhms seines Volkes.«

»Du hast selber ein ordentliches Stück Akkordarbeit des Wortes vor dir heute nachmittag im Gerichtssaal. Und wehe, ich muß dich wieder suchen gehen, dann werde ich den Gatten dieser braven verheirateten Damen erzählen, was in diesem Augenblick gerade in deinem zerfressenen Gehirn vor sich geht.« Justo klopfte sich lachend auf die breite Brust und ging dann an dampfenden Kleiderstapeln vorbei hinaus. Die jungen Frauen verstummten in ihrem Geplauder und musterten ihn respektvoll, sogar mit einer unbewußten leichten Verbeugung. Ehe er durch die Tür verschwand, drohte Justo ihnen neckisch mit dem Finger: *»Di tu secreto a tu amiga y serás su cautiva.«* Erzähl deiner Freundin deine Geheimnisse, und du bist für immer in ihrer Hand.

St. Cloud blieb noch etwas Zeit, ehe er verkatert und verschwiemelt, wie er war, vor Gericht auftreten mußte. Er zwinkerte den schnatternden Hausfrauen zu. Da sie keinerlei Veranlassung hatten, ihm denselben Respekt wie Justo zu erweisen, betrachteten sie ihn wie einen ungebügelten Stapel Babywindeln. St. Cloud schlenderte an den ächzenden Maschinen entlang und ließ einen Schwarm flinker Zungen und die qualmende Verlegenheit seiner schäbigen Phantasien hinter sich. Er öffnete die Tür des Waschsalons und trat in die normale Mittagshitze hinaus, die alles Leben bis auf Touristen und tollwütige Hunde von der Straße vertrieben hatte. Er setzte sich in Bewegung und rauschte unter vollem Dampf der vielen Espressos die Straße entlang. Schweißperlen bildeten sich am Innenfutter seiner verblichenen, salzwasserfleckigen Schiffermütze; hinter den Gläsern seiner Sonnenbrille, die schwarz wie die Sünde waren, machte die Welt einen recht munteren Eindruck, alles kam glasklar wie eine Schiffsglocke. Vielleicht würde ihm heute eine vergessene Gedichtzeile einfallen, er mußte immer darauf gefaßt sein, falls diese Zeile plötzlich um die Ecke eines frisch getünchten Insulanerhäuschens auf ihn einstrahlte oder geradewegs von der Sonne herabfuhr, abrupt wie ein karibischer Wolkenbruch in der Mitte der unebenen Straße losbrach. Man konnte gar nicht vorsichtig genug sein, wenn vergessene Gedichtzeilen da draußen frei herumsausten, da hieß es wachsam sein. St. Cloud ernannte sich selbst zum Schläfer mit dem offenen Auge, aber es gab so viele Ablenkungen, wie etwa ein Auto voll junger kubanischer Hausfrauen, die endlich ihre Fesseln los waren, befreit von der Macho-Eifersucht ihrer aufgeblasenen Männer, ein Auto voll entkorktem Latino-Schaumwein, das über die Seven Mile Bridge brauste, unterwegs zu den Hochhauspalästen im mondänen Miami, grellbunt lackierte Zehennägel wackelten zu einem scharfen tropischen Rhythmus im Takt, Schweiß lag auf den Goldkreuzen, die zwischen ihren Brüsten baumelten. Weshalb hatten junge Kubanerinnen immer so zarte weiße Fußgelenke? Der gereckte Betonfinger der Seven Mile Bridge war ein derartiges Wunder von Menschenhand, daß die auf ihrer Erdumlaufbahn kreisende Besatzung der

Space Shuttle ihn noch aus dreihundertzwanzig Kilometern Höhe erkennen konnte, während St. Cloud auf dem von Rissen durchzogenen Bürgersteig entlangschlurfte. Alles mögliche schwebte dort oben im Himmel. Auch eine perfekte Gedichtzeile konnte wie ein glühender Komet oder eine abstürzende Raumfähre auf die Erde herabfallen, ein erdwärts gerichteter Metaphernwirbel mit rasantem Rückenwind, der irgendwann als Häuflein kosmischer Staub endete. St. Cloud mußte sein Kommen wachsam erwarten. Warum riechen Kubanerinnen, wenn sie schwitzen, wie aufgeplatzte Granatäpfel, dunkel rubinrote Früchte jenseits aller Düfte, der ideale Moment zum Inhalieren von Papayaleidenschaft und Mangoüberredungskunst. Hol ein letztesmal tief Luft und stirb ein kleines bißchen glücklich. Vollkommene Fußgelenke in einer unvollkommenen Welt. Es könnte schlimmer sein.

St. Cloud öffnete die Tür des Vogelladens, trat hinein in die kühle, klimatisierte Luft, die von farbenfrohen tropischen Schwingen bewegt wurde, begleitet von Gekreisch und Gequake, das sein männliches Eindringen ankündigte. Er stand in einer Grotte voller Stahlkäfige und versuchte sich auf den plötzlichen Temperatursturz von gut fünfzehn Grad und auf die kalt fluoreszierende Deckenbeleuchtung einzustellen, die ihren irisierenden Schein auf Pflaumenkopfsittiche, rotbrüstige Spechtpapageien und mißtrauische aztekische Soldatenaras warf. Er fragte sich, wo inmitten all dieser exotischen Federpracht wohl *sie* stecken mochte. Irgendwo mußte sie ja sein in diesem feinfiedrigen Spektakel. Von wegen perfekte Gedichtzeile, *sie* war ein klingendes Sonett, eine blaue Glockenblume auf einem steilen Gletscher, ganz klar »Kein Zimmer frei« in diesem Heartbreak Hotel, ein Blick genügte, und man konnte sich im Spiegel den Abschiedskuß zuwerfen. *Sie* war ein Ticket ohne Rückfahrt zur Straße der Einsamkeit. Aber wo war *sie*? Immer mußte man auf der Hut sein, irgend jemand mußte immer wach bleiben, darauf warten, man wußte ja nie, wann es auftauchen, welche Gestalt es annehmen würde, was täte man nicht alles für nur eine einzige perfekte Zeile von diesem Zeug, wenn man nur jenen möglichen, schicksalhaften Augenblick herausschälen könnte, der unerwiderte Liebe ein Leben lang bot oder die letzte Eisenbahn ins Vergessen. Alles einsteigen!

»Yeah, kann ich dir helfen?«

Sie war es. Kann ich dich retten, hätte wohl besser gepaßt,

dachte St. Cloud. Da war sie. Perfekte Linienführung in perfekter Form. »Ja... doch... kannst du«, log er. »Ich suche nämlich Evelyn.« Wie konnte man nur eine Stimme so wie sie haben, jede Silbe unendlich gedehnt, ganz groß gezeichnet mit der Spitze eines Stöckchens im roten Staub ihrer heimatlichen Erde aus Georgia. St. Cloud folgte ihrer Stimme entlang einer Reihe von Käfigen voller gefiedertem Leben, mit Pärchen von einander putzenden Pfirsichköpfchen und keckernden Gelbwangenamazonen. Dann stand er ihr direkt gegenüber; sie saß hinter einem Schreibtisch und sah von ihrer Zeitung auf, die bei den Kleinanzeigen aufgeschlagen war. Ihre weiße Bluse war bis zum Hals zugeknöpft. Wie ernst sie ihre Arbeit nahm. So ernst konnte man nur mit zwanzig sein, später niemals wieder. Sie rutschte fast unmerklich auf dem Stuhl herum, ein leicht befangenes, etwas unsicheres Schwanken. Sie war es nicht gewohnt, eine solche Machtstellung einzunehmen, auf der geschäftsführenden Seite eines Schreibtisches zu sitzen und mit der Kundschaft zu verhandeln, allein verantwortlich. Selbst hinter dem Schutzschild seiner Sonnenbrille mußte St. Cloud die Augen zusammenkneifen, um ihre Konturen klar zu sehen. So viel Weiß. Die gestärkte Rüschenbluse ließ die Luft rings um sie herum flirren und das klare Grün ihrer Augen erblassen.

»Yeah, Evelyn ist grade nicht da, aber du kannst gerne auf sie warten.«

Dieses *yeah* verlieh ihr plötzlich Konturen. Sie sprach das Wort pfeilschnell und schnittig aus, jäh wie die Bö, die die Yacht vor sich her jagt. Von allem, was St. Cloud an diesem Tag hören würde, kam es wohl der Lyrik am nächsten, es lag so ein würdiger Südstaatlerinnenklang darin. Er wagte nicht, die Sonnenbrille abzunehmen, weil er Angst hatte, sie würde dann die keineswegs bekleidete Wahrheit in seinen Augen sehen und die Polizei rufen oder einen Revolver hervorziehen und ihn niederknallen. Ihre Silben hallten durch sein Hirn. Es war gar nicht, *was* sie sagte, sondern der Ursprung ihrer Stimme. In den Silben schwang das ganze träge Rauschen des Sommerregens, der auf den roten Lehm einer verlassenen Landstraße prasselt. Gott sei Dank, daß Evelyn nicht hier war. St. Cloud traute Evelyn bei diesem Mädchen nicht über den Weg. Wer täte das schon? Er konnte überhaupt niemandem trauen, wenn es um dieses coole Kätzchen ging, diesen unübertrefflichen Südstaatenvamp. Sein Verlangen nach der jungen

Frau machte ihn ganz närrisch. Man muß ein Narr sein, um wie närrisch zu lieben.

Wieder sprach sie. Albern grinsend stand er da und hörte dem Sommerregen beim Rauschen zu. Der kurze Wolkenbruch von Silben war gefolgt von einer langsamen Brise, die durch das Laub stob, oder war das die Klimaanlage, die ihre Zeitung flattern ließ, die Brise raschelte mit den Worten, sanft wie eine Windharfe, in der leise Laute zum Flüstern davongetragen werden, eine Geistersprache unsichtbarer Modulationen. Er wollte seine Lippen auf die ihren legen, diesen uralten Geist der unsichtbaren Sprache einfangen, doch zunächst mußte er diese Frau entwaffnen, die des Lebens Regungen an einer so gänzlich anderen Skala maß. Soweit er seine Südstaatlerinnen kannte, konnte das unbewußt provokante Schmollen der roten Lippen vor ihm sich nur allzu rasch in den tödlichen Kuß einer Mokassinschlange verwandeln.

»Yeah, geht's dir nicht gut? Ich sagte, Evelyn ist grade kurz weggegangen.«

»Ja... äh, schon verstanden. Ich denke bloß nach... ich denke mir, daß ich jetzt schon vier- oder fünfmal hier war, und du siehst mich immer wieder so komisch an.«

»Wie denn?« Leiser Regen wieder, der den Staub aufwirbeln ließ.

»So als hättest du mich noch nie gesehen. Gerade jetzt zum Beispiel kommt es mir vor, als siehst du mich nicht an, sondern durch mich durch.«

»Tut mir leid.« Die grünen Augen schienen ihn erstmals zu erfassen, aber auf ganz ungelenke Weise, wie die Hände einer Blinden, die sich einer Stimme im Dunkeln entgegenstrecken. »Ich wollte nicht brutal oder dösig oder sonst irgendwie wirken.« Ihre Lippen entspannten sich zu einem komischen Lächeln. »Manche Leute sagen, ich würde eigentlich immer schlafen. Aber...« Das komische Lächeln kräuselte sich verlegen. »Das stimmt gar nicht. Ich bin sehr wohl da, die ganze Zeit über. Ich wollte nicht unhöflich sein. Yeah, du bist doch Evelyns Mann, oder?«

»Sozusagen.«

»Wie meinst du das?« Das komische Lächeln kehrte zurück.

»Die Scheidung ist noch nicht abgeschlossen.«

»Tut mir leid.« Das Lächeln verflog. Abrupt schien sie abgrundtief betrübt. »So sollte es nun auch nicht klingen, als ob es mir leid tut, daß ihr euch scheiden laßt. Ich wollte sagen, es tut mir leid, na ja, du weißt schon, das alles eben.«

Nein, St. Cloud wußte es nicht. Er verstand das alles gar nicht so gut, daß es ihm leid tun konnte. Daß Evelyn und ihre Freundin zusammen dieses Zoogeschäft führten, zwei sapphische Vögel im Paradies, tat ihr das vielleicht leid, oder tat es ihr leid, daß seine Frau immer noch eine unerklärliche, machtvolle Anziehung auf ihn ausübte und er ihretwegen in nächtlichen Gärten herumschlich wie ein liebestoller Romeo? Vielleicht tat es ihr auch leid, daß er so kaputt war, ein Mann, der fast doppelt so alt war wie sie, aber hier auf einmal eher an einen verklemmten Bernhardiner erinnerte, der versuchte, den Blick von einem verlockenden Leckerbissen loszureißen. Möglicherweise tat ihr auch nur leid, daß er, dieser »ältere Mann«, so eine furchteinflößende Intensität ausstrahlte, die nicht einmal er selbst recht verstand. Wem tat nun was leid?

»Mir tut's auch leid.« St. Cloud setzte sich auf den Schreibtischrand und hockte dort mit derselben Unnatürlichkeit wie der rotbrüstige Bunttukan, der sich in der hintersten Ecke des Ladens an eine Baumstammattrappe aus Aluminium klammerte. Der Tukan musterte ihn mit Fischaugen, während er mit seinem enorm großen Hakenschnabel Sonnenblumenkerne sezierte. Man muß ein Narr sein, um wie närrisch zu lieben. Wenn es klappen sollte, dieser Südstaatenmokassinschlange die Giftzähne zu ziehen, dann würde er seine ganze Trickkiste einsetzen müssen. Andernfalls könnte womöglich ausgerechnet er sie dazu veranlassen, zu scheuen und vor ihm davonzurennen, dem furchteinflößenden Narren.

»Yeah...« Sie setzte das komische Lächeln auf und zog die gefaltete Zeitung dicht an den Körper, als wäre es eine Bleischürze, die sie vor unerwünschter Strahlung schützen konnte. »Einen Molukkenkakadu kann ich dir wohl nicht andrehen?«

»Na, zeig mir doch trotzdem mal einen.« St. Cloud zog Trick Nummer eins aus der Kiste. »Ich interessiere mich sehr für seltene Vögel. Weißt du überhaupt, daß ich diesem Laden vor zehn Jahren seinen Namen gegeben habe?«

Sie stand vom Schreibtisch auf und ließ die Zeitung zu Boden gleiten. Ihr Körper hatte etwas Verwegenes, obwohl sie ihn äußerst keusch bewegte. Ganz in Weiß. Sie zog sich ganz in Weiß an, sogar der Rock, der ihr bis auf die Knie fiel, war weiß. Man hätte sie überallhin mitnehmen können, in irgendeine Südstaatenmetropole ebensogut wie in ein Hinterwäldlernest in den Sümpfen, das aus kaum mehr als einer Tankstelle bestand. Sie wäre überall die Pfirsichkönigin gewesen, das Herz der Magnolienblüte. Hinter der Wolke von Weiß, in die sie sich hüllte, war die Ebenmäßigkeit ihrer Haut, eine makellose, beunruhigende Farbe. Sie hatte nicht diese Ganzkörperbräunung, wie sie viele Mädchen der Insel, die sich barbusig am Strand sonnten, stolz zur Schau trugen, eher war es ein von innen her glühender Farbton, als wäre die Haut mit konzentriertem Nußöl eingerieben, ein Schimmer wie Bernstein. Sie ging zwischen den Stahlkäfigen hindurch, das braune, auf Schulterlänge geschnittene Haar flog ihr aus dem Gesicht, als sie sich jetzt umwandte, um ihn mit diesem komischen Lächeln zu betrachten. »Also von dir kommt dieser witzige Name für den Laden? Andauernd kommen Leute rein und fragen mich, was das bedeuten soll: ›Kiss My Linda.‹ Oft fragen sie, was hier eigentlich verkauft wird.«

»Ich finde ›Kiss My Linda‹ als Namen recht gut, es hat was.«

»Und?« Sie schob die Tür eines hohen, kegelförmigen Käfigs auf und hielt dem darin sitzenden Kakadu mit der lachsrosa Federkrone ihren schlanken Zeigefinger hin, damit er von seiner Stange herabhüpfte. »Was heißt es denn nun?«

»›Küß meine Süße.‹ Aber genausogut kann es auch heißen: Leck mich an meinem süßen kleinen Soundso. Und das heißt es auch in Wirklichkeit. Evelyn hat mich irgendwann mal gefragt, was der kleine Soundso wäre, und ich sagte, sie hätte den hübschesten kleinen Soundso, den ich je geküßt habe. Es ist ein Witz zwischen uns beiden, weil Evelyn nämlich nie geglaubt hat, daß der Laden es schaffen würde. Und darauf sagte ich zu ihr, wenn er einginge, na, dann könnten sie die Leute doch alle an ihrem hübschen kleinen Soundso lecken, so daß der Geschäftsname ganz prophetisch doch das letzte Wort haben würde.«

Der Kakadu schwang sich auf ihren Finger, und sie nahm ihn sanft aus dem Käfig. Der Vogel schob die gefiederten Schultern zurück und knabberte ihr an Lippen und Ohrläppchen. Ein leises zufriedenes Schnattern strömte aus der gereckten Kehle des flaumigen Tierchens und schwoll rasch zu einem lang ausgehaltenen, gellenden Getriller an, das alle anderen Vögel in den Käfigen ringsherum zu einem keckernden Dschungelchor aufpeitschte. »Das ist eine süße Geschichte.« Zwischen all dem schrillen Lärm sprach sie die Worte ganz ruhig aus.

Sie kam aus dem Land, wo alles süß war. Ein süßes Dies, ein süßes Das, süße Liebe, süße Morde, alles war so süß, und alles so verlogen. St. Cloud fragte sich, warum er sich so unerklärlich zu dieser Frau hingezogen fühlte, die erst vor ganz kurzer Zeit in sein Leben getreten war. Sie hatte angefangen, spät nachts auf der Duval Street zu flanieren, beschützt von ihrer gelassenen Schönheit, von der die üblichen Junkiestraßenräuber ebenso abgeschreckt wurden wie die Aufreißerromeos von der Marine, die die Bars nach Bräuten durchkämmten, denen sie dann Briefe aus der Ferne schreiben konnten. Ihr ging es um Musik, sie zog von Kneipe zu Kneipe, in denen Rock-'n'-Roll-Bands und Sologitarristen ihrem Gewerbe nachgingen, für die Einheimischen und für Touristen auf der Suche nach einem Lied, an dem sich verpatzte Liebesgeschichten aufhängen ließen. Nur selten machte sich jemand an sie heran, obwohl sie offenkundig die Antwort auf die Sehnsüchte der meisten Männer war, aber verpackt in so blendender, fleischlicher Realität, daß man eingeschüchtert und niedergeworfen wurde. An den Abenden zog sie immer ein loses weißes Baumwollkleid an, das der Phantasie des Betrachters nichts zu wünschen übrig ließ. Wenn sich ihr jemand näherte, sagte sie jedesmal ein paar Worte, stieß ein Lachen aus und legte den Kopf schief, was den Freier verlegen davontrotten ließ, zugleich gedemütigt und mit dem Privileg ausgestattet, sich wenigstens hinten am Ende der unsichtbaren Schlange anstellen zu dürfen, die zur Tür hinaus- und die neonerhellte, über einen Kilometer lange Duval Street entlanglief, jene Straße, die mit dem einen Ende den Atlantischen Ozean, mit dem anderen den Golf von Mexiko berührte. Manchmal hatte sie auch Lust zum Tanzen, und dann durfte einer der wenigen Mutigen, die sich ihr näherten, sie hinein in die schwitzende Menge geleiten, die vor Lautsprechern von Kühlschrankgröße in einer elektrischen Tonhölle durcheinanderwirbelte. Sie blickte ihren Partner niemals an, das komische Lächeln richtete sich irgendwo ins Leere, als tanzte sie mit jemandem, der Tausende von Kilometern entfernt war. Sie blieb cool und unwiderstehlich, egal welche Hitze in dem überfüllten Raum herrschte und egal wie penetrant lüsterne Zuschauer in ihrer Gier auf sie einquäkten. So etwas wie sie hatte St. Cloud noch nie gesehen, dabei dachte er eigentlich, er hätte schon Dinge gesehen, wie sie noch nie ein Mensch gesehen hatte, ob im Schnaps- oder Drogenrausch. Sie spielte die Süße, und wenn er sie bekommen wollte, mußte er ihr süßes Spiel mitspielen.

»Danke für das Angebot mit dem Vogel, aber ich brauche keinen.« St. Cloud setzte auf, was er für sein bezauberndstes Lächeln hielt. »Aber vielleicht kann ich den Burschen hier für dich kaufen.« Er zeigte auf den Kakadu, der auf ihrem Finger balancierte. »Du scheinst einen ziemlichen Eindruck auf ihn zu machen. Wär doch schade, wenn ihr zwei voneinander getrennt würdet.«

Der Kakadu reckte den Hals, die lachsfarbenen Spitzen seiner weißen Kopffedern sträubten sich zu einer prächtigen Krone. Sie streichelte die aufgeplusterte Kehle des Kakadus. »Ich bin nichts Besonderes. Dieses kleine Kerlchen hier ist einfach der geborene Liebhaber. Evelyn hat ihn unter ihre Fittiche genommen, seitdem er aus dem Ei geschlüpft ist. Außerdem steh ich eher auf Hunde. Ich spare gerade, um mir einen Hund zu kaufen.«

St. Cloud zog noch einen Trick aus seiner Kiste. »Hast du deshalb in den Kleinanzeigen gelesen, als ich vorhin reinkam?«

»Yeah, woher weißt du das bloß? Gerade eben hab ich nämlich von einem gelesen, ein Stück hinter Little Torch Key. Da hat ein Weibchen Junge geworfen, und ich hab angerufen und gesagt, ich würd ihnen fünfundzwanzig Dollar anzahlen. Es ist aber bloß noch einer übrig, und die wollen vierhundert Dollar haben. Ich weiß nicht, ob sie ihn für mich aufheben, bis ich das ganze Geld zusammenkratzen kann.«

»Evelyn ist in solchen Dingen sehr nett, warum fragst du sie nicht, ob sie dir einen Vorschuß gibt?«

»Nein.« Sie hörte auf, den Kakadu zu streicheln, steckte ihn rasch in den Käfig zurück und schob die Tür mit lautem Klappen zu. »Ich verdien mir mein Geld schon selbst.« Das komische Lächeln verschwand von ihren Lippen. Sie wandte sich ab und ging an den Schreibtisch zurück.

St. Cloud wußte jetzt, was es für ein Gefühl war, von ihr abgewiesen zu werden, wie einer der Kerle in der Kneipe, der auf einen Tanz mit ihr wartete, zurückgeschickt ans Ende der Schlange. Er mußte noch einen Trick aus der Kiste holen. Sie entfernte sich von ihm, ging die Reihe der Käfige entlang. Dann begriff er. Die fließende Art, in der sie sich bewegte, als wäre die Schwerkraft ein Störfaktor, den sie beiseite schieben mußte, das Wiegen ihrer Hüften, der Winkel ihrer gerundeten Waden, die vorwärtsgeneigte Schräge ihrer Schultern, all das zusammen ergab nicht das benebelte Wanken einer Schlafwandlerin, es vermittelte das Bild von jemandem, der unter Wasser geht. Endlich begriff er, worin die unerklärliche Anziehung bestand, warum er mit ihr sprechen mußte, statt ihr nur auf seinen nächtlichen Wanderungen nachzuspüren. Sie saß jetzt hinter dem Schreibtisch und erwiderte seinen Blick, ihre Augen waren strahlend meergrün. Nun wußte er es. Sie war die Frau auf dem Unterwasserriff in seinem immer wiederkehrenden Traum, in der Tiefe von Neptuns schummrigem, kobaltblauem Gelaß, Schlingen von Seetang wie ein Kranz ins Haar gewunden, ihr weißer Körper von Fischen durchdrungen, die zwischen ihren Schenkeln huschten. Mit einer ungekannten Schwere in den Gliedern ging er zwischen den Käfigreihen auf sie zu. Schwer für einen Stier, unter Wasser zu schwimmen.

St. Cloud erreichte den Schreibtisch, hielt sich an dessen Rand fest, als wäre es die Kante eines Rettungsfloßes. Er mühte sich ab, noch einen letzten Trick hervorzuholen, ehe er ertrank. »Kann ich dich sehen? Ich muß dich sehen. Ich muß mit dir reden.«

»Yeah, na, du siehst mich doch.« Sie setzte sich in ihrem Stuhl auf, schob sich weg von dem verzweifelten Flehen in seiner Stimme.

»Ich meine nicht hier. Ich meine, nachdem du hier aufhörst. Ich meine heute abend. Wo wohnst du?«

»Ich wohn in 'ner Straße, die heißt die Straße der Liebe.« Sie musterte ihn wachsam, die Leuchtstoffröhren warfen kühles Licht auf ihre Gelassenheit. »Yeah, kennst du nicht Love Lane?« Sie stieß die Frage ganz unerwartet hervor, als spürte sie, daß der Ertrinkende untergehen würde, wenn ihm nicht irgend etwas Auftrieb verlieh. »Klingt echt abgeschmackt, stimmt aber wirklich. Love Lane ist hinter der Bücherei. In Key West gibt's ja lauter so witzige kleine Sträßchen mit süßen Namen.«

St. Cloud beugte sich am Schreibtisch vorbei zu ihr und wich dann zurück, weil er fürchtete, ganz zu versinken. Das Wehen der Klimaanlage betonte den Fall ihres braunen Haars, legte die Seiten ihres Gesichts frei, die schmalen Knochen, die sich wie Mondsicheln in ihren Wangen abzeichneten. »Also, ich wohne in der Catholic Lane.« Er sprach die Worte ganz langsam, kämpfte darum, mehr Abstand zwischen sich und die grünen Seen des Ertrinkens zu legen. »Wenn wir unsere beiden Straßen aneinanderlegen, könnten wir ja eine lange Straße der christlichen Liebe daraus machen.«

Sie fiel auf seine plumpen Tricks nicht herein. »Wann wird eine Gasse eigentlich zur Straße? Ich bin aus Georgia hier runter gekommen, und da haben wir immer nur Main Streets und Second Avenues und so. Ganz egal wie klein der Ort und wie schmal die Straße ist, man würde niemals Gasse dazu sagen.«

»Die Gasse wird zur Straße, wenn ein Pier zur Brücke wird.«

»Yeah, wie meinst'n das jetzt?«

»James Joyce, ein Schriftsteller, sagte einmal, ein Pier sei eine enttäuschte Brücke.«

»Ich bin nicht enttäuscht über meine kleine Gasse. Ich lebe sehr glücklich da. Es ist mein eigenes Plätzchen, wo ich kommen und gehen kann, wann es mir beliebt. Ich hoffe, meine kleine Gasse wird nie zur Straße gemacht, dann wäre viel zu viel los und alles würde schwierig. Ich will nicht, daß es schwierig wird in meiner Gasse.«

»Auch nicht, wenn es eine Straße von brüderlicher Liebe und Küssen würde?«

»Ich hab genug Liebe und Küsse.«

»Und für wen sparst du dir das auf?«

»Na... für meinen Hund natürlich.« Die Oberfläche ihrer grünen Augen kräuselte sich vor Belustigung über seinen umständlichen Annäherungsversuch. »Ich spare vierzig Dollar pro Woche, und dann kauf ich ihn mir.«

»Vielleicht ist dein Hund ja der abenteuerlustige Typ und möchte gern mal einen Spaziergang in die Lasterhöhle der Catholic Lane unternehmen?«

Ihr Blick wurde kalt. Er war zu weit gegangen. Das grüne Wasser gefror und isolierte ihn in einem Moment der Totenstille, jener Stille, kurz bevor eine solide Eisfläche unter dem machtvollen Grollen aufgestauter Spannung zerbirst. »Ich bin ganz zufrieden mit meinem Leben... mit meiner... Unabhängigkeit. Yeah, wenn deine Scheidung erledigt ist, sehen wir weiter.«

»So einfach ist das nicht. Nichts ist je erledigt und für ewig. Weder Scheidungsentscheide noch Liebesschwüre.«

»Für mich ist es einfach und damit erledigt.«

Eine plötzliche Stromspitze ließ die Leuchtstoffröhre flackern, wodurch sich ein kaltes blaues Licht über sie ergoß. Die Seen ihrer Augen weiteten sich, das blaue Licht legte in der Tiefe jeder Iris eine schimmernde Perle frei, die gespiegelten Seelen uralter Austern. Die Madonna auf dem Riff.

St. Cloud versuchte es mit seinem letzten und durchsichtigsten Trick. »Aber wenigstens deinen Namen kannst du mir doch sagen, oder?«

»Lyla.«

Schwer für einen Stier, unter Wasser zu schwimmen.

5

»*No te me tangues*, St. Cloud! Laß mich nicht im Stich.« Justo rieb nervös an dem goldenen Glücksknochen, der von der dicken Kette um seinen Hals hing. Er spähte erwartungsvoll durch den langen, schwach beleuchteten Korridor auf die Glasdoppeltür des Eingangs zum Gerichtsgebäude, die man gegen das grelle Sonnenlicht des Nachmittags draußen geschlossen hatte. »Los doch, los doch! Wo bleibt bloß Voltaire?« Justo drehte sich wieder zu St. Cloud. »Hör mal, ich hab diesen Jungen nicht allzusehr zum Reden gebracht, und wenn er was gesagt hat, hab ich ihn fast gar nicht verstanden. Du mußt zu ihm durchkommen. Voltaire hat Angst, er traut niemandem von uns. Setz dich mit ihm in irgendein Nebenzimmer hier und überzeug ihn, verstanden? Danach gehen wir rein und reden mit dem Richter. Er muß zumindest auf die einfachsten Fragen antworten. Wenn der Junge nichts sagt, füllt der Richter das Formular selber aus. Und wenn der Richter das Formular selber ausfüllt, kriegt Voltaire eine Gratisfahrt zum Auffanglager in den Everglades, und von da wird er dann direkt zurück nach Haiti deportiert. *Cómo te cae eso?* Wie gefällt dir das?«

»Gefällt mir gar nicht. Voltaire ist viel zu verängstigt, um zu reden. Ein dreibeiniger Hund geht auch nicht gerade, wenn man ihm den Schwanz abschneidet.«

»Da hast du verdammt recht.« Justo schlug St. Cloud gönnerhaft auf die Schulter. »Aber ich will, daß du ihm diese Angst nimmst. Laß ihm ein viertes Bein wachsen, damit er von diesem ganzen Mist wegrennen kann.«

»Möglich. Vielleicht geht es auch nicht. Hast du wenigstens rausgekriegt, aus welcher Gegend von Haiti er kommt?«

»Wenn er auf die Karte zeigt, legt er den Finger immer auf die untere dieser beiden Halbinseln, die aus dem Hauptteil der Insel wie Krebszangen nach Westen rausragen.«

»Die Cibaoberge?«

»Genau.«

»Haiti heißt in der Indianersprache ›hohes Land‹. Voltaire kommt aus der gebirgigsten Gegend des ärmsten Landes in diesem Teil der Welt. Die Berge dort sind an die zweitausend Meter hoch, der Dschungel ist längst runtergebrannt, das Land wird seit einem Jahrhundert viel zu intensiv ausgebeutet, und jetzt gibt es kaum noch etwas her. Die *paysans* dort oben leben wirklich isoliert, das sind eher Afrikaner als Haitianer.«

»Grande Voodoo«. Justo pfiff leise durch die Zähne und rieb an seinem Glücksknochen.

»Mucho mucho grande. Sehr abergläubische Leute. Gott allein weiß, was da oben in diesen entlegenen Bergen vor sich geht, und der redet nicht drüber.« In diesem Augenblick wünschte sich St. Cloud, er hätte auch einen Glücksknochen oder irgend etwas, an das er glauben könnte.

»Da sind sie ja!«

Die Glasdoppeltür flog auf, ein bewaffneter Polizist kam aus dem grellen Sonnenlicht herein, dahinter in Handschellen der schmale schwarze Schatten von Voltaire, dahinter der Schatten eines weiteren Polizisten, und alle drei verdunkelten das Licht der Sonne, als sie durch den matt erhellten Korridor herankamen.

St. Cloud fragte sich, wieviel Zeit ihm wohl bliebe, um das Wunder zu bewerkstelligen, das Justo da von ihm erwartete. Er gratulierte sich zu der weisen Voraussicht, einen halben Liter Rum mitzubringen, vielleicht würde das seinen Körper vom Zittern abhalten und ihm einen Schuß Selbstvertrauen einflößen. Seine Finger krallten sich um den Hals der Flasche, die fest in eine Papiertüte gewickelt war. Er bebte in der überreizten Erregung eines Anarchisten, der kurz davor stand, der Obszönität einen Molotowcocktail ins Gesicht zu schleudern. Als sich nun Voltaires schmaler Schatten deutlich abzeichnete, trat Verachtung an die Stelle von St. Clouds Erregung, eine Verachtung für sein eigenes sinnloses Leben. Jeder mochte irgendwann jeden einmal verraten, aber St. Cloud wußte, daß er diesmal sich selbst verraten hatte. Er war hier der Obszöne, und dieser Kindmann in Handschellen, der da vor ihm stand, mit den verschorften Wunden auf dem vom Hunger und der Sonne gezeichneten Gesicht, war viel zu rein in seiner simplen Überlebenskunst, als daß man sich mit ihm messen könnte.

Justos Stimme holte St. Cloud vom Rande des Abgrunds der Selbstverachtung zurück. »Das ist also der Häftling. Du hast eine

Stunde Zeit, bevor der Staatsanwalt kommt, um den Häftling für die Voruntersuchung zu befragen.«

»Kann man ihm nicht die Handschellen abnehmen lassen?«

»Dem Häftling wird Mord auf hoher See zur Last gelegt. Er ist ein sehr gefährlicher Verbrecher.«

»Vielleicht ist er eher bereit zum Reden, wenn er sich nicht wie ein gefangenes Tier vorkommt. Außerdem: Wohin soll er schon fliehen?«

»Ich bin froh, daß du mich das fragst.« Justo grinste. Er nickte einem der steinern dreinblickenden Polizisten zu. »Binden Sie den Häftling los, und halten Sie vor der Tür dieses Zimmers hier Wache, während der Dolmetscher und der Häftling sich unterhalten. St. Cloud, du weißt, was du zu tun hast?«

»Ja. Wir haben das ja schon öfter geschafft, aber es funktioniert nicht immer.«

»Es wird schon funktionieren.« Justo rieb seinen Knochen und öffnete die Tür zu einem leeren Zimmer mit einem Tisch und zwei Stühlen. Eine schwarzweiße Uhr mit dicken Ziffern und einem langen, kreisenden Sekundenzeiger diente als einzige dekorative Erinnerung daran, worum es im Gerichtsgebäude im Grunde geht. *»No te me tangues!«*

»Keine Angst. Ich lass dich nicht im Stich.«

»Weiß ich doch.« Mit dem Todesmut eines Footballtrainers in der High School, der das Entscheidungsspiel retten will, indem er den letzten Bankhocker in die Schlacht schickt, klopfte Justo St. Cloud auf den Rücken. »Ach so, wenn die Stunde vorbei ist, dann gib dem Jungen das hier.« Justo überreichte St. Cloud einen Eierkarton, der mit dicker Paketschnur fest zugebunden war. »Er wird es brauchen.«

St. Cloud sah Justo den langen Korridor entlang in das grelle Licht der Glastür am Eingang des Gerichts verschwinden. Er wollte Justo in die Sonne hinaus folgen, sich in die nächstbeste Kneipe stürzen, um seinen vor Angst und Alkoholentzug zitternden Körper zu beruhigen. Widerwillig winkte er Voltaire in das leere Zimmer und ließ ihn sich unter den Sekundenzeiger setzen, der gerade über die Drei-Uhr-Marke hinwegglitt. St. Cloud machte die Tür zu und drückte den Schließmechanismus ein, der aus dem Türknopf hervorsah. Dann setzte er sich rasch hin, schob das Papier vom Hals der Rumflasche weg und kippte sich mit einem hastigen Schluck einen Viertelliter der braunen Flüssigkeit in die Kehle. Er hielt die Flasche auch Voltaire hin. Heimwehsirup für den Heimatlosen. Keine besonders gute Idee. St. Cloud wußte genau, daß der Junge die Flasche nicht anrühren würde, er würde lieber einer tollwütigen Fledermaus den Kopf abbeißen, als irgend etwas von diesem weißen Teufel anzunehmen, diesem korrupten Symbol der Macht, diesem pathetischen Botschafter aus dem Land der freien Meinungsäußerung. St. Cloud wußte, daß der Junge das alles ganz anders sah. Voltaire sah Macht, Autorität und jemanden, dem er nicht trauen durfte, jemanden, der seine Sicherheit bedrohte und ihn weiter gefangenhielt, ihn weiter ein unabdingbares Zahnrad in einem Mechanismus sein ließ, den er nicht verstehen konnte. Andererseits: Wer wußte schon, was der Junge in Wirklichkeit dachte? St. Cloud wußte, daß er es nicht wußte, er mußte sich auf seinen Instinkt verlassen, er mußte seine eigenen Schuldgefühle mit auf die Reise nehmen und auf einen Verständnistreffer hoffen. Fünfzehntausend von der Sorte Voltaires waren im letzten Jahr an Floridas Küsten festgenommen worden, von den schicken Villen mit Seeblick in Palm Beach bis hinunter zu den Korallenstränden der Keys. Wer konnte schon sagen, wie viele überhaupt durchkamen? Wer wußte, wie viele von ihnen während der tausend Kilometer langen Fahrt über das offene Meer ertranken oder an Auszehrung starben? St. Cloud nahm noch einen Schluck. Wer wußte, wie diese Leute auf Voltaires Schiff gestorben waren? Wer hatte das Drehbuch für diesen Alptraum? Wer wußte, was dieser Junge durchgemacht hatte, welches Entsetzen er mit angesehen hatte, wenn ihm sogar die Aussicht, zu dem Auffanglager in den Everglades verschleppt zu werden, falls Justo nicht sein Wunder zustande brachte, noch halbwegs annehmbar vorkam? Voltaire war nichts weiter geblieben als das nackte Leben, und selbst das war ein lächerlicher Witz geworden, denn für einen *paysan* bedeutete Leben immer Land. Land war nicht nur Leben, es war der Quell der Würde, die dem Menschen die Kraft verlieh, sich über das gemeine Tier zu erheben, voller Stolz auf zwei Beinen zu gehen. Wenn sintflutartige tropische Regengüsse in den kleinen Dörfern Haitis niedergingen und den Akkerboden auswuschen, ihn in Sturzbächen in Richtung Meer hinwegspülten, dann sagten die *paysans*: »Da geht unser Leben dahin.« St. Cloud hatte ihre Geschichten gehört, hatte für Hunderte von ihnen gedolmetscht. Dieses Volk war eingesponnen in einen Kokon des Elends. Dennoch besaßen sie, so wie der Junge hier vor ihm, ein staunenswertes Vertrauen, das es ihnen erlaubte, trotzdem weiterzumachen. Tapferkeit hieß in ihrer Sprache harte Arbeit. Ganz egal wie unsagbar groß die Widrigkeiten, seien sie nun vom Menschen gemacht oder naturgegeben, egal wie unerbittlich der bittere Fluß aus Tränen die Krume des Lebens ins Meer davonspülte, solange es Land gab, gab es auch Hoffnung. Solange es Hoffnung gab, gab es Familien. Dieser Junge hier wurde von all den Heiligen und Göttern beschützt, die Schulter an Schulter in den *houmforts* standen, den Zauberhäusern, herbeibeschworen zum Schutz der *matelots*, der Schiffsgefährten auf ihrer letzten Reise.

15 Uhr 15. Die Zeit verrann. St. Cloud nahm seine verschwitzte Schiffermütze ab und machte noch einen Schluck. Er grinste und sagte etwas Nettes zu Voltaire. Nichts. Er griff in die Innentasche seines »Gerichtsjacketts«, der Jacke seines einzigen Anzugs, eines ausgeblichenen blau-weiß gestreiften Teils, wie es die schnittigen Helden in billigen Filmen der vierziger Jahre trugen. Er zog ein abgestoßenes Taschenbuch aus der Tasche und legte es auf den Tisch. Ob es funktionieren würde? Es wäre nicht das erste Mal. Er begann zögernd zu lesen, in dem Kreolisch, das er vor zwanzig Jahren auf der Uni gelernt hatte. *»Der Kleine Prinz.«* Allzu lange brauchte er es gar nicht zu versuchen. Wenn es funktionierte, dann spätestens am Ende des sechsten Kapitels. Wenn bis dahin nichts passierte, würde es nie passieren. Es war ein blöder Trick, aber er besaß einen gewissen Zauber. Und Zauber brauchte St. Cloud momentan am nötigsten. Lieber hätte er die kraftvolle Lyrik und die schillernden Metaphern eines Lorca oder Neruda vorgelesen. Es tat geradezu weh, dieses naive Märchen darzubieten. Er mußte es glaubhaft machen, mußte den Jungen überzeugen. Hörte Voltaire überhaupt zu? Kein Lebenszeichen auf seinem ausdruckslosen Gesicht, auf dem kreuz und quer sichtbare Narben der Not verliefen, ein Stoiker. Kein Vertrauen lag im Raum. Laß die Geschichte wirken. Sie handelte von zwei verlorenen Seelen, zwei Reisenden in der Leere, die einander mit ihrem ähnlichen Gefühl von Verlust und Verlangen etwas beibringen konnten. Es war eine Welt, in der das Mißtrauen der Erwachsenen den vertrauensvollen Pfad der Kindheit kreuzte.

Ich war viel verlassener als ein Schiffbrüchiger auf einem Floß mitten im Ozean. Ihr könnt euch daher meine Überraschung vorstellen, als bei Tagesanbruch eine seltsame kleine Stimme mich weckte: »Bitte... zeichne mir ein Schaf!«

St. Cloud las die Worte des erwachsenen Ich-Erzählers, eines notgelandeten Fliegers, der in einer Wüste gestrandet war, wo all seine Technik ihm nichts nützte, und der plötzlich auf einen kleinen Prinzen von einem Planeten namens Phantasie trifft. Kaufte Voltaire ihm die Geschichte ab? Schwer zu sagen.

St. Cloud las weiter und dachte dabei nach. Die blitzende Galauniform des kleinen Prinzen müßte etwas sein, das Voltaire sich auch vorstellen konnte, es war eine Parodie auf das prahlerische Militärimage, das sich die heutigen Diktatoren Haitis so nostalgisch bewahrten, während sie ihren verhungernden Verehrern aus offenen Limousinen Wolken von Dollarscheinen hinwarfen; es verspottete aber auch die Urheber der säbelschwingenden Philosophie des *boule kay, coupe têt,* brennt die Häuser nieder, schlagt die Köpfe ab, nach der man in Haiti während des zehnjährigen Bürgerkriegs vor der Unabhängigkeit 1804 gehandelt hatte. Ja, dieser Prinz war das Bildnis einer anarchischen kindlichen Unschuld, gekleidet in den verhängnisvollen Wunsch, erwachsen zu sein. Ein sehr französisches Buch. Wie eigenartig, daß es in der Wüste Sahara spielte, auch einer von Frankreichs Kolonialdomänen. Und die Geschichte Haitis, das einst die Sklaven der Franzosen stellte, wo man die Illusion von Freiheit mit Mühe überlebt hatte und über Generationen hinweg von Zeremonienmeistern regiert worden war, die sich mit dem Pomp ihrer früheren französischen Herren ausstaffierten. Kein Herr ist härter als ein ehemaliger Sklave. Jeder Herr braucht einen Hund, jeder Hund einen Knochen.

St. Cloud schluckte noch einen Mundvoll Rum. Seine gelösten Gedanken ließen ihn frei zwischen den Zeilen von Saint-Exupérys schlichter Allegorie dahinschweifen, während der Klang seiner Stimme durch den Raum ging:

Jeden Tag erfuhr ich etwas Neues über den Planeten, über die Abreise und über die Fahrt. Das ergab sich ganz sachte im Laufe meiner Überlegungen. So lernte ich am dritten Tag die Tragödie der Affenbrotbäume kennen.

Natürlich, die Affenbrotbäume. Teufel, falsche Messiasse, Diktatoren, Hitlers und Attilas, Präsidenten auf Lebenszeit, totalitäre

Intoleranz und moralische Maßlosigkeit: *»Sie schlafen geheimnisvoll in der Erde, bis es einem von ihnen einfällt aufzuwachen.«* Der Affenbrotbaum beginnt als *»entzückender kleiner Sproß«* und wächst immer mehr, bis er den ganzen Planeten sprengt. Wo der kleine Prinz herkam, *»war der Boden des Planeten voll davon«*. Wo Voltaire herkam, floß der bittere Fluß aus Tränen endlos ins Meer und trug die Krume des Lebens davon. Die Tragödie der Affenbrotbäume.

15 Uhr 30. Vielleicht mißlang es ja auch, vielleicht würde der Zauber diesmal nicht wirken. St. Cloud ging der Rum aus, und die Zeit ebenso. Eine kräftige Rötung trat auf sein Gesicht. Er fühlte sich roh und heiß, wie ein Stück Fleisch, das man aufs Feuer wirft. Er kam sich wie ein Narr vor, seine Zeit mit diesem Blödsinn zu verschwenden. Er hätte einen anderen Ansatz versuchen sollen. Was war denn auf Voltaires Schiff eigentlich passiert? Aber St. Cloud war schon zu weit mit dem Märchen gekommen, um jetzt plötzlich danach zu fragen. Er war betrunken, und er lallte ein wenig. Was zum Teufel tat er überhaupt hier? Wie hatte ihn Justo nur da hineingezogen? Er konnte sein Geld doch viel einfacher verdienen, indem er für die Legionen fernsehender, Diätbier trinkender, ihre Ehefrauen verprügelnder lateinamerikanischer Rauschgiftschmuggler den Dolmetscher machte. Das hier brauchte er nicht, aber er steckte mittendrin. Sein einziger Trost war, daß er, wenn er wieder einmal ohne Paddel bis zum Hals in der Scheiße schwamm, ohne weiteres zu Fuß ans Ufer gehen konnte. Er ging ans Ufer.

St. Cloud las weiter in der Geschichte. In ihrer Geschichte. Die Geschichte der Welt in einem schlichten Kinderbuch. Beim Lesen spürte er, wie er mit jedem Augenblick schwerer wurde. Die genuschelten Silben torkelten durcheinander im Raum herum:

Ach, kleiner Prinz, so nach und nach habe ich dein kleines schwermütiges Leben verstanden.

Mit mühsamem, vom Dunst des Rums unterlegtem Atem taumelte St. Cloud in das sechste Kapitel hinein. Jetzt oder nie. Nur noch eine halbe Seite zu lesen. Wenn der Zauber nicht funktionierte, dann kam die Fahrt in die Everglades, wo die Alligatoren wohl Voltaires geringstes Problem sein würden:

»Ich liebe die Sonnenuntergänge sehr. Komm, laß uns einen Sonnenuntergang anschauen...« »Da muß man noch warten...« »Worauf denn warten?« »Warten, bis die Sonne untergeht.« »Ich bilde mir immer ein, ich sei zu Hause!«

Da kam es: ein heftiges Luftholen. St. Cloud sah von dem zerlesenen Buch auf und in Voltaires braune Augen, die sich mit Sehnsucht und Schmerz füllten, schwere Schluchzer warfen die schmalen Schultern nach hinten. Ja, mein Freund, wollte St. Cloud ihm sagen, wahrscheinlich fühlst du mit unserem kleinen Prinzen hier in diesem Buch, denn er ist du, und du bist er. So weit weg von zu Hause, so weit weg von Sonnenuntergängen, und immer denkst du, daß der Alptraum irgendwann aufhört und du zu Hause aufwachst. Aber dein Zuhause *ist* ja der Alptraum, ein Planet, der von Affenbrotbaumpräsidenten auf Lebenszeit oder noch schlimmeren Figuren gesprengt wird:

In der Tat. Wenn es in den Vereinigten Staaten Mittag ist, geht die Sonne, wie jedermann weiß, in Frankreich unter. Um dort einem Sonnenuntergang beizuwohnen, müßte man in einer Minute nach Frankreich fliegen können. Unglücklicherweise ist Frankreich viel zu weit weg. Aber auf deinem so kleinen Planeten genügte es, den Sessel um einige Schritte weiterzurücken. Und du erlebtest die Dämmerung, so oft du es wünschtest...

In stillen Strömen flossen Voltaires Tränen. Die von den Entbehrungen auf dem Schiff aufgeplatzten Lippen bebten. Blinzelnd versuchte er, die Tränen zurückzuhalten. Er sah St. Cloud an, um die Antwort flehend, die sein stilles Schluchzen beenden könnte. St. Cloud aber las weiter, der Rum rumorte in seinem Kopf und preßte gekrächzte Worte durch den Knoten in seiner Kehle:

»An einem Tag habe ich die Sonne dreiundvierzigmal untergehen sehen!« Und ein wenig später fügtest du hinzu: »Du weißt doch, wenn man recht traurig ist, liebt man die Sonnenuntergänge...« »Am Tage mit den dreiundvierzigmal warst du also besonders traurig?« Aber der kleine Prinz antwortete nicht.

Alles ist Magie im Dschungel. St. Cloud zog ein Taschentuch aus dem Sommerjackett und hielt es Voltaire hin.

»Merci.« Der Junge wischte sich fest über das Gesicht und riß damit die kreuz und quer verlaufenden blasigen Grinde auf. *»Merci beaucoup.«*

St. Cloud hätte gerne mit Voltaire getauscht. Er biß die Zähne aufeinander, um die Emotionen zu unterdrücken, die durch das vom Rum verlangsamte, durch seine Adern pulsierende Pochen in ihm aufstiegen. Wie sehr wünschte er sich, diesen Jungen aus dem Haifischbecken zu retten! Er schob den Eierkarton über den Tisch und grinste, dabei sprach er weiter in seinem an der Uni erlernten Kreolisch. »Mach es auf!«

Voltaire betastete den Pappkarton mit zitternden Händen. Er zog an der Schnur und hielt inne, blickte St. Cloud fragend an. St. Cloud lächelte. »Mach schon, keine Angst.« Voltaire zog die Verschnürung auf, hob langsam den Deckel des Kartons und legte den Kopf behutsam schief, um sich einen ersten Blick auf den unbekannten Inhalt zu verschaffen, der ja womöglich mit einer Wucht wie ein Löwe auf einen Lämmerrücken herausspringen konnte. Er knickte den Deckel ganz herum. Elf der zwölf Aushöhlungen für Eier waren leer. In der zwölften lag ein kleiner schweinslederner Beutel, der mit mehreren Strähnen geflochtenen Ziegenhaars verschnürt und an ein fettfleckiges Lederhalsband geknotet war. Ein *ouanga*-Beutel. Derselbe Beutel, den St. Cloud Justo hatte aufheben sehen; er war Voltaire aus der Hand gefallen, als man ihn am Mallory Dock auf die Krankentrage gehoben hatte. War sonst irgendwem aufgefallen, daß Justo den Beutel eingesteckt hatte? St. Cloud hatte nie erwähnt, daß er es bemerkt hatte. Justo besaß seine eigenen Methoden. Es gab Dinge auf der Insel, von denen Justo fand, daß sie niemals erklärt werden, sondern für immer verborgen bleiben sollten, und deshalb blieben sie es auch. Die Menschen hatten eben besseres zu tun, als ein Gleichgewicht aus dem Lot zu bringen, das sich über viele Generationen hinweg etabliert hatte. Dies ist das Fundament der Zivilisation, ein Gleichgewicht zwischen gegensätzlichen Kräften, Gut und Böse, Furcht und Macht. Bring das Boot nicht zum Schaukeln. Kümmere dich um deine eigenen Dinge. Sieh nicht zurück, es würde dir nicht gefallen, was du siehst. Das war Justos Philosophie, soweit St. Cloud sie begriff, und deswegen hatte er den Beutel nie erwähnt.

Voltaire nahm den *ouanga*-Beutel behutsam aus dem Karton, fuhr mit der Hand durch das Lederhalsband und legte es sich um, so daß der verknotete Beutel auf der nackten Haut in dem V-förmigen Hemdausschnitt ruhte. Zum erstenmal lächelte er. Etwas wie Gelassenheit ergriff ihn. Was war wohl in dem Beutel? fragte sich St. Cloud. Taubenherzen? Fledermauszähne? Schlangenknochen? Krähenfedern? Katzenaugen? Zaubersteine? Echsenbeine? Alles war gut für eine Portion schnelles Glück im Dschungel. St. Cloud würde wohl nie erfahren, was darin war. Er wußte nur eins: Er mußte nehmen, was er bekam. Und was er von Voltaire bekommen konnte, das waren fliegende Fische.

In Voltaires Dorf verhungerten die Menschen, überall in den Bergen verhungerten die Menschen, und trotzdem kamen die *tontons macoutes* immer noch des Nachts und suchten nach den *comoquins*, nach denen, die sie verdächtigten, zu der Bande von Verrätern zu gehören, die übel von der Regierung sprachen, zu jenen Spionen und Feiglingen, die eine Flucht nach Amerika planten. Mit Lastwagen kamen die *tontons*, sie dröhnten durch die Nacht, traten Türen ein und führten Männer an Stricken davon. Eines Nachts nahmen sie Voltaires Vater mit, eines Nachts Voltaire selbst. Mit gefesselten Händen und eingezogenem Kopf stand er zusammen mit vielen anderen Männern in einem Lastwagen, der viele Kilometer eine dunkle Straße entlangholperte, bis er anhielt. Dort zerrte man die Männer mit vorgehaltenem Gewehr heraus und stieß sie in eine von vier Schlangen, die vor einem steinernen Gefängnistor darauf warteten, von dem obersten *tonton* verhört zu werden. Einige wenige Männer kamen auch wieder aus dem Gefängnis heraus und wurden in den Lastwagen geschoben, aber die meisten kehrten nicht zurück. Kurz vor Morgengrauen fingen die, die immer noch in der Schlange standen, vor Angst zu heulen an. Als Voltaire vor den obersten *tonton* geführt wurde, konnte er nicht mit dem Heulen aufhören. »Was ist denn mit dir los!« wollte der *tonton* wissen. »Du hast kein Recht, hier so zu flennen! Los, verschwinde nach Hause und gib endlich Ruhe! Ich will nie wieder von dir hören!« Als der Lastwagen losfuhr, waren nur acht Männer darin. Der Wagen fuhr hinten an dem Gefängnis vorbei, rumpelte über eine Kopfsteinpflasterstraße, vorbei an der Abfallhalde des Gefängnisses, wo er eine Meute Hunde dabei aufscheuchte, wie sie an einem Haufen von totgeprügelten Männern herumzerrten, denen die Hände noch mit Stricken gefesselt waren. Die meisten im Lastwagen erkannten Brüder, Väter, Onkel, Freunde. Keiner gab einen Laut von sich.

Als Voltaires Mutter einmal die Reise zu dem Gefängnis machte, in dem man ihren Mann festhielt, wurde sie während der ganzen fünf Stunden, die sie brauchte, um zu Fuß zu ihrem Dorf zurückzugehen, von *tontons* in einem Jeep verfolgt. Die *tontons* stellten ihren Nachbarn Fragen, die Leute redeten danach nicht mehr mit ihr. Die *tontons* wußten nicht, daß sie ohnehin nicht mehr den Mut besaß, noch einmal zum Gefängnis zu gehen, denn was sie dort gesehen hatte, das war nicht der Mann gewesen, den sie liebte, sondern ein gefolterter, blutüberströmter Körper, das Gesicht so zerschlagen, daß kein Knochen darin mehr vertraut war, der Geist verwirrt umherwandernd, ohne daß ihn jemand zügelte, endloses Geplapper strömte aus seinen aufgeplatzten Lippen. Später hörte Voltaires Mutter, der Mann, den sie liebte, sei gestorben, als er sich Blut ins Gehirn geatmet habe. Da traf ihr Bruder Romulus den Entschluß, übers Meer nach Amerika zu fliehen. Romulus besaß die zweitausend Dollar nicht, die man den Schmugglern für die Fahrt bezahlen mußte, aber sie versicherten ihm, wenn er erst in Amerika sei, könne er das Geld verdienen und ihnen schicken, und er würde dort auch genug Geld verdienen, das er nach Haiti schicken könne, um seine sieben Kinder zu ernähren. Romulus' Schiff kam vom Kurs ab. Die Schmuggler hatten versprochen, es werde jemand an Bord sein, der navigieren konnte, aber es waren alles nur einfache *paysans*, die wußten, daß man beim vollen Mond sät und unter der hohen Sonne erntet, aber sie wußten nichts davon, wie die nächtlichen Lichter am Himmel einem Schiff den rechten Kurs weisen. An einem wolkenlosen Sommertag lief Romulus' Schiff in Miami ein, vorbei an flitzenden Motoryachten und winkenden Wasserskiläufern. Glitzernde Glaspaläste türmten sich hinter dem Sand zu einer Mauer, Autos dröhnten auf einer palmengesäumten Allee dahin, das laute Pulsieren rhythmischer Radiomusik lag in der Luft, und eine ganze Reihe Polizeiautos stand am Ufer geparkt, in denen uniformierte Beamte warteten und hinter ihren Sonnenbrillen zusahen, wie das haitianische Schiff ziellos auf das Land zutrieb. Es gab kein Zurück und nirgendwo einen Fluchtweg, die Polizisten hatten Gewehre und Hunde. Die Leute auf Romulus' Schiff sprangen über Bord in die warme Brandung, ihre wenigen Habseligkeiten in einem Bündel auf dem Kopf balancierend, während sie zwischen den ölig glänzenden Sonnenhungrigen auf dem vollen Strand hindurchgingen und resignierend die Hände hoben.

Romulus wurde ins Auffanglager in den Everglades gebracht, dort zwei Monate lang festgehalten und dann zurück nach Haiti deportiert. Die *tontons* steckten ihn ins Zuchthaus Fort Dimanche vor den Toren der Hauptstadt Port-au-Prince. Die wenigsten Männer kommen aus Fort Dimanche wieder heraus. Wenn sie nicht zu Tode geprügelt werden, sterben sie an Tuberkulose, Dysenterie oder daran, daß ihnen Unmengen von Ungeziefer das Blut aussaugen. Romulus überlebte sechs Monate und schaffte es zu seiner Familie hoch oben in den Cibaobergen zurück, sein entstellter Körper wog nicht einmal mehr vierzig Kilo. Romulus brauchte alle Sicherheit, die er bekommen konnte. Romulus brauchte *le bon Dieu* und Jesus Christus, er brauchte *Maît' Carrefour*, den Meister, der an den irdischen Pforten Wache steht und sein schützendes Auge auf Wohnungen, Straßen und Wege wirft, er hätte tausend *ouangas* gebraucht, um vor den Schmugglern Ruhe zu haben, denen er noch zweitausend Dollar schuldete. Weil Romulus die Seereise nach Amerika unternommen hatte und ohne Geld zurückgekommen war, erklärten die Schmuggler ihn zum Exempel, zu einem Exempel, das oft statuiert wurde, und davor konnte ihn keine Sicherheit dieser Welt mehr schützen. Romulus wurde wie ein Schwein geschlachtet, er schrie in die Nacht hinaus, und vor Schreck gaben die Ziegen Milch, während die Äxte seinen Körper zerhackten. Wer den Fahrpreis nicht zahlt, der zahlt mit dem Leben.

Also war es nun an Voltaire, dem ältesten, seine Mutter und die sieben Kinder seines Onkels Romulus zu ernähren. Die einzige Möglichkeit, das zu bewältigen, lag darin, vom Dorf wegzugehen und dorthin zu fahren, wo es Arbeit gab. Voltaire ging zu den Schmugglern und versprach, für seine Überfahrt zu bezahlen, sobald er in Amerika ankam. Anders als Romulus geriet Voltaire mit seinem Schiff sofort in Schwierigkeiten. Bevor er aber überhaupt aufbrach, nahm ihn seine Mutter zu einem Zauberhaus an der Wegkreuzung mit, zu einem *wété mo nâ dlo*, einer Zeremonie, bei der die Seele eines Verstorbenen aus dem Wasser gefischt wurde. Aber Voltaire kannte niemanden, der im Wasser gestorben war. Er begriff nicht, warum ihn seine Mutter zu dieser Zeremonie mitgenommen hatte. In der ersten Nacht auf dem Meer geriet sein Schiff in die karibische Strömung, die es in Richtung Kuba trieb, der Vollmond versilberte die See, und auf einmal fingen die Fische zu fliegen an, von überall her blitzten ihre Flossen über dem Wasser. Alle auf dem Schiff wurden ganz still und kauerten sich im Kiel zusammen, denn sie wußten, wer einen fliegenden Fisch berührt, der muß sterben. Ein fliegender Fisch ist der Pfeil, den der Geisterbogen eines Verstorbenen abschießt. Aber die Fische flogen und flogen. Niemand konnte sich verbergen. Geisterpfeile verfehlen niemals ihr Ziel.

16 Uhr. Lautes Klopfen riß St. Cloud aus Voltaires Vision von fliegenden Fischen. Voltaire hörte auf zu reden und sah angstvoll zur Tür. Wer den Fahrpreis nicht zahlt, der zahlt mit dem Leben. St. Cloud erhob sich und streckte zitternd die Hand über den Tisch, weniger um Voltaire aufzuhelfen, als um ihm in seiner schweren Prüfung beizustehen.

»Komm, mein Philosophenfreund. Auf dich wartet der Richter, wenn auch nicht Gerechtigkeit.«

6

Der Schöne Jimmy hatte einen toten Windhund vor sich und wollte gerade Nummer zwei umnieten. Er mußte das nächste startende Flugzeug abwarten, damit niemand seinen Schuß hörte. Der Schöne Jimmy fand Spaß an der Vorstellung, daß die Menschen in dem Flugzeug, das gerade am Ende der Startbahn in die Luft abhob, wo das Land wieder zu morastigem Mangrovensumpf wurde, gar keine Ahnung hatten, daß er direkt unter ihnen einen häßlichen Windhund aus dem Verkehr zog. Er hätte die Hunde natürlich auch zum städtischen Müllplatz schaffen können, um sie da abzuknallen, aber das wäre eine lange Fahrt gewesen, und die Viecher hätten ihm nur die Sitzbezüge seines teuren japanischen Sportwagens vollgesabbert. Ein weiterer Nachteil des Müllplatzes waren die Seemöwen dort, Schwärme von Seemöwen schwebten in den thermischen Aufwinden über dem riesigen Abfallberg, der zur höchsten künstlichen Erhebung auf den Florida Keys geworden war. Diese Möwen machten den Schönen Jimmy nervös, sie zerstörten seinen Sinn für Romantik und guten Stil. Auf seinen Stil war der Schöne Jimmy besonders stolz, und außerdem stank es da draußen auf dem Müllplatz. Der Schöne Jimmy war überzeugt, daß er enorm viel Stil hatte. Er war nicht irgendein windiger Gangster vom finsteren Ende der Stadt. Er hatte sich ein kultiviertes Image zugelegt. Er wieselte in maßgeschneiderten schwarzen Hosen herum, und egal was für ein Wetter war, er achtete peinlich genau darauf, daß die Bügelfalten immer messerscharf gezogen waren. Er trug gern schwarze Seidenhemden, die er vorne weit aufgeknöpft ließ, um die Kette aus doppelt faustgroßen Dublonen zu zeigen, die aus einem der spanischen Wracks draußen vor dem Riff stammten. Die Dublonen waren echt, keine Imitationen, wie man sie in der Stadt an die Münzsammler unter den Touristen verhökerte, sie waren vielmehr aus reinem Gold, das so schimmerte wie Jimmys schwere goldene Armbanduhr. Der Schöne Jimmy machte keine halben

Sachen. Er mochte den weißen Schnee und die weißen Frauen, beides kaufte und verkaufte, gebrauchte und mißbrauchte er, dazu hatte man als Mann das Recht. Der Schöne Jimmy kaufte und verkaufte Rennpferde und Windhunde, Flugzeuge und Schnellboote. Halbe Sachen machte er nicht. Er war keiner von den hiesigen weißen Gangsterbürschchen, die glaubten, man wäre gleich ein Pirat, wenn man nur enge Hawaiihemden und einen goldenen Ohrring trug, eine auffällige Tätowierung hatte und eine Ladung Marihuana aus Belize hereinbrachte. In Wirklichkeit war diese Sorte weißer Bürschchen nur ein kleines bißchen weniger blöd als die blöden Drogenfahnder, die sie nicht erwischen konnten. Aber das Schlimmste an diesen weißen Gangstern war, daß sie einen schlechten Musikgeschmack hatten, nein, keinen schlechten, einen grauenhaften. Der Schöne Jimmy sagte gern, er sei schwarz, weil er schlau sei, nicht umgekehrt. Unehrliche Einkünfte hielt er für romantischer als ehrliche Nachtarbeit. Er war stolz darauf, der Typ Gangster zu sein, der wegen zehn Cents einen erschoß, aber niemals das Wechselgeld schuldig blieb.

Der Schöne Jimmy war all das, und außerdem war er ungeduldig. Er wurde immer ungeduldiger, weil er darauf wartete, daß die nächste Maschine nach Miami donnernd vom Ende der kurzen Startpiste abhob. Die beiden Windhunde an ihren kurzen Leinen waren auch ungeduldig, verängstigt und verwirrt, sie warteten darauf, die Rennbahn entlangzuhetzen, sie warteten auf den nächsten Schuß aus Jimmys Revolver, aber sie wußten nicht, daß der Schuß für einen von ihnen bestimmt war. Jimmy trat mit der Spitze seines glänzendschwarzen Schuhs aus Alligatorleder in den Kies, der ringsherum zwischen den flachen Salzteichen bis ins Mangrovengestrüpp hinein den Boden übersäte. Vorhin war ein Junge auf dem Fahrrad vorbeigekommen, gerade als der Schöne Jimmy den ersten Windhund umgenietet hatte. Der Junge war etwa zwölf gewesen, ein Weißer, er kam plötzlich hinter einem Gebüsch hervor und bremste sein Fahrrad knirschend auf dem Kiesweg, als er den Schönen Jimmy sah, wie er mit dem Revolver auf einen der Windhunde zielte, die an den verschlungenen Mangrovenwurzeln festgebunden waren. Der weiße Junge hatte hastig umgedreht und war in einer Staubwolke verschwunden, während über ihnen donnernd ein Flugzeug abhob. Was der Schöne Jimmy jetzt nicht gebrauchen konnte, das waren die Bullen. Nicht daß ihm die Bullen viel ausmachten. Er wußte, daß die meisten Bullen sich gewisse Gefälligkeiten gern bezahlen ließen, mit Dingen, die Bullen gern über andere Leute wissen, über Leute, die der Schöne Jimmy nicht ungern aus dem Verkehr gezogen sähe. Manche dieser Leute hatten gutaussehende Frauen, sogar die Kubaner darunter. Der Schöne Jimmy selbst stand auf weiße Frauen. Er hatte seine Frauen gern wie Milch, schneeweiß, oder zur Not wie Kaffee, heiß und schwarz. Aber wenn es wirklich brenzlig wurde, nahm er auch Milch in den Kaffee. Beim Thema Frauen hatte Jimmy seine Prinzipien, und eins davon lautete: keine Kubanerinnen. Aber Ausnahmen von der Regel konnte es jeden Tag geben. Jimmy war nicht so dumm, nicht zu wissen, daß man zur Schule geht und dort die Spielregeln lernt, um sie dann brechen zu können. Auch für kubanische Männer hatte Jimmy nicht viel übrig, er fand sie zu aufbrausend, außerdem hatten sie einen schlechten Musikgeschmack, mit diesen schrägen Dudeltönen, mit ihren Pipifaxgitarren und den dünnen fröhlichen Stimmchen, uncool war das. Wenn es nach Jimmy ginge, dann konnte man die Kubaner für den Rest ihres Lebens alle in die Tiefkühltruhe sperren, sie wären immer noch nicht cool, wenn sie wieder rauskämen, und von Musik würden sie auch nichts verstehen. Das füßewippende Rhythmusgefühl der Kubaner hatte ungefähr die Grazie eines brünstigen Känguruhs. Der Schöne Jimmy hielt sich für einen Mann von vollendetem Stil und angeborener rhythmischer Eleganz, und er würde sich ums Verrecken nicht beim Fressen von Schweinefleisch erwischen lassen, das wäre uncool. Das Problem mit den Kubanern war einfach, daß sie lieber Schweine- als Hühnerfleisch fraßen. Wie sollte man solche Leute ernst nehmen? Schweine waren dreckige Bauernhofgrunzer, Hühner dagegen pickten mit sauberen Federn im Sand herum, mit fetten Keulen und saftigem Brustfleisch. Nicht daß der Schöne Jimmy gern Hühnchen aß, er stand überhaupt nicht drauf, es erinnerte ihn an die Kindheit. Er war eher ein Freund von Steaks und Hummer in den guten Restaurants der Stadt, er gab gern viel aus, und er gab auch gern viel Trinkgeld. Wenn ihm ein Barkeeper sieben Dollar auf seinen Zehner rausgab, fühlte sich der Schöne Jimmy beleidigt, und es war schon ein paarmal passiert, auch in eleganten Restaurants, daß er den Barkeeper angebrüllt hatte: Was soll ich denn mit diesem Kroppzeug anfangen! Damit kann ich ja nicht mal telefonieren! Behalt das für dich. Der Schöne Jimmy ließ sich nicht gern beleidigen, er verdiente einen Haufen Geld und maß sein Leben in Hundert-Dollar-Scheinen. Er mochte keine weißen Barkeeper, die glaubten, er hätte es nötig, daß man ihm Hühnerfutter als Wechselgeld rausgab, und er mochte auch keine oberschlauen Gangster in hautengen Hawaiihemden wie Karl Dean. Karl Dean hatte Mist gebaut, und jetzt war er Geschichte.

Der Schöne Jimmy hörte einen der Jets auf der Startbahn die Motoren aufwärmen. Das schrille Heulen machte die Hunde noch fickriger. Er strich ihnen über die gespannten, glattknochigen Körper, um sie zu beruhigen, und führte sie dann zu dem dritten Hund hinüber, der noch dort lag, wo er mit der Kugel im Kopf niedergesunken war. Die beiden Windhunde beschnüffelten ihren ehemaligen Kollegen, die Schwänze steil und zitternd aufgerichtet. Der Schöne Jimmy band die Hunde an einer rotglänzenden Mangrovenwurzel fest, trat zehn Schritte zurück und ging in Position. Vielleicht konnte er diese ausgebrannten Hasenhetzer mit zwei schnellen Schüssen gleich alle beide auspusten; einer pro Flugzeug war einfach zu langsam. Der Schöne Jimmy hatte ja nicht den ganzen Tag für diese Scherze Zeit. Es war schon sieben, und er war noch nicht ins Bett gekommen. Am Abend vorher war er beim Hunderennen gewesen, und danach hatte er seine übliche Geschäftsrunde durch die Stadt gemacht, bis der Morgen graute. Schließlich brauchte man einen Tag lang Ruhe nach einer Nacht voller Arbeit.

Der Schöne Jimmy hob den Revolver, hielt ihn fest mit beiden Händen, um den mächtigen Rückschlag zu mildern. Das Geräusch des Flugzeugs kam rasch näher. Er zielte auf den Windhund zur Rechten, der gespannt und wachsam dastand, jederzeit bereit, aus der Startbox loszuschießen und das Rennen zu machen, mit erwartungsvollem, aufgeregtem Blick, während das Heulen der vorbeifliegenden Maschine direkt über ihm war; die abrupte Wucht der Kugel schlug als zerschmetternder Schlag in das lange, spitze Gesicht ein und hob das Tier von den Beinen, riß seinen Körper fort, so daß die Leine sich straffte, ehe er leblos zu Boden fiel. Der andere Windhund sprang auf, er verwechselte den Revolverknall mit dem Startschuß für ein Rennen und dachte wohl, sein regloser Gefährte sei beim Antritt gestürzt. Der Windhund warf sich in seine Leine. Weil aber noch die Kette um seinen Hals lag, bäumte er sich abrupt auf und wurde umgeworfen. Das Flugzeug über ihnen entfernte sich. Der Schöne Jimmy fluchte vor sich hin. Er bekam den letzten Windhund am Ende der Leine einfach nicht richtig ins Visier, weil der nun wieder auf die Beine kam und hinter dem unsichtbaren Feld seiner Konkurrenten nicht zurückbleiben wollte. Verdammt noch mal, knurrte der Schöne Jimmy und gab unüberlegt zwei Schüsse ab, die kleine Wölkchen aus Kieselstaub neben dem hektischen Windhund aufwirbeln ließen. So ein Mistvieh!

»Die Waffe weg!« Die Worte übertönten die heulenden Motoren des aufsteigenden Flugzeugs.

Der Schöne Jimmy warf seinen Revolver nicht weg. Er drehte den Körper langsam in Richtung der Stimme hinter sich. Er ließ sich ungern sagen, was er zu tun hatte, er ließ sich ungern ins Handwerk pfuschen, vor allem wenn er einen geladenen Revolver hatte.

»Ich sag's nicht noch einmal! Weg mit der Knarre!«

Der Schöne Jimmy vollführte seine Drehung zu Ende, bis eine Gestalt an der Wegbiegung in sein Blickfeld kam. Jetzt hörte der Schöne Jimmy mit der Drehung auf. Der mit beiden Händen ausgestreckte Revolver zielte direkt auf diese Gestalt.

»Das Übungsschießen ist vorbei!«

Der Schöne Jimmy hatte etwas gegen Bullen, sie verdarben einem das Geschäft. Vor allem gegen schlaue Bullen, die die Spielregeln begriffen hatten, solche, die einen immer an der Spitze des Rudels laufen ließen und einem nie Steine in den Weg warfen, weil sie sich dachten, früher oder später würde man sowieso zu schnell unterwegs sein und sich verstolpern, einen Patzer machen. Nein, der Schöne Jimmy mochte keine schlauen Bullen, die so verdammt viel mitdachten. Lieber hatte er Bullen, die einem entweder die Fresse polieren wollten oder sich bestechen ließen. Das war einfacher und viel besser fürs Geschäft. Weiße Bullen boten kein Problem, da wußte er immer, welche Karte er aus dem Ärmel ziehen mußte. Aber kubanische Bullen waren unberechenbar, wie tollwütige Hunde. Kubanische Bullen ließen erst locker, wenn sie ihren Knochen sicher hatten, besonders der, den der Schöne Jimmy jetzt gerade keine zehn Meter vor sich stehen sah. Er sah die Ausbeulung der automatischen Pistole, die der Bulle sich in den Gürtel geschoben hatte und die unter der locker fallenden *guayabera* hervorlugte. Der Schöne Jimmy wurde nicht recht schlau aus dem Mann, halb war er Afrikaner und halb Kubaner. Er kannte ihn nun schon sein ganzes Leben lang, aber er traute der afrikanischen Hälfte noch immer nicht. Genausogut konnte man eine Münze werfen, nur ein Narr würde darauf setzen, welche Seite der Kerl einem diesmal zeigte. Der Schöne Jimmy spürte seinen Finger am Abzug des Revolvers, der auf diesen undurchschaubaren Kerl gerichtet war. Der verfluchte Junge auf dem Rad mußte die Bullen gerufen haben. Gegen die Bank zu spielen war nicht die Sache des Schönen Jimmy, er hielt sich lieber an sichere Chancen. Trotzdem hatte er echt große Lust, den kubanischen Teil dieses Bullen wegzupusten, die schwarzen Bohnen und den gelben Reis in den Mangroven zu verspritzen, und was danach noch übrigblieb, dem konnte man dann trauen. Ach, wäre das Leben nur so einfach! Der Schöne Jimmy ließ die Waffe sinken und rief: »Die Hunde hier, die sind echt ausgepumpt! Haben keinen Sprit mehr, um nach dem Hasen auf der Rennbahn herzujagen! Sind am besten dran, die alten Viecher, wenn sie 'n Fressen für die Sandflöhe werden!«

Justo ging auf den Schönen Jimmy zu, die Wucht seines schweren Körpers drückte die Sohlen seiner Schuhe in den Kies. »Gib mir den Revolver!«

Der Schöne Jimmy rührte sich nicht. Ein Grinsen zog seine Oberlippe mit den Büscheln schwarzen Haares zusammen, die er sorgfältig zu einem schicken Schnurrbärtchen kämmte und wachste. »Hab ja nix Verbotenes getan.« Er konnte sich ein rasches Lachen nicht verkneifen, das durch seine grinsenden Lippen drang. Er wollte sagen: Ich hab in meinem ganzen Leben noch nie was Erlaubtes getan, du alter Knecht der Weißen, aber statt dessen warf er sich in den Tanz einer Diskussion. »Die Hunde hier, die gehören mir. Ich hab das Recht, sie abzuknallen. Man braucht doch keine Genehmigung, wenn man seine eigenen Hunde abknallen will. Soll ich sie vielleicht zu irgend so 'nem weißen Tierdoktor bringen? Daß der sie einschläfert und von mir dafür so viel Moos haben will, daß ich mir auch 'n neues Cabrio kaufen könnte? Das beantworte mir mal, häh! Wieso sollte ein schlaues schwarzes Kerlchen wie ich so was machen, häh?«

»Gib mir den Revolver!«

»Nicht so todernst! Übst du hier für den Schurken in 'nem Hollywoodstreifen oder was?«

»Ich werde nicht noch mal darum bitten.«

Der Schöne Jimmy blickte in Justos braune Augen. Nichts zu machen, keine Gnade. Eine Bullenmentalität. Dennoch glaubte er, mit Justo eine Basis finden zu können. Justo kannte die Spielregeln, ihm war klar, wie man auf die Sonnenseite des Lebens kam, er wußte, daß die Heiligen gefüttert werden wollten. Der Schöne Jimmy lockerte seinen Griff um den Revolver, so daß er um den Abzugsfinger herumwirbelte, auf dem die Brillanten eines fetten Goldrings prunkten. Augenzwinkernd hielt Jimmy die Waffe hin. »Irgendwelche gute Musik gehört in letzter Zeit?«

»Nein, aber *du* hörst bald welche.« Justo nahm den Revolver an sich. »Ich nehm dich fest.«

»Hey! Nicht so todernst, hab ich gesagt. Was ist denn los? Wir können doch Kumpel sein. Ist das etwa was Schlimmes, wenn ich meinen eigenen Hund abknalle? Diese Hundchen hier sind ausgebrannt und häßlich. Gewinnen kein Rennen mehr für ihren Papa. Also tut man sie am besten von ihrem Leid erlösen. Sind eben vorbei, ihre Tage als Rennhund. Man kann doch von Glück reden, abgeknallt zu werden, sobald die Tage als Rennhund mal vorbei sind und die schlechten Zeiten einem auf den Pelz rücken. Wer will schon durchs Leben keuchen und sein Rennen dauernd nur verlieren? Ich bestimmt nicht. Wenn meine schlechten Zeiten kommen, dann werd ich genau die Knarre hier nehmen und mir ein Telegramm durch den Kopf schicken, von Ohr zu Ohr. Zurück an Absender. Begriffen, Bruder?«

»Gehen wir zu meinem Wagen rüber.«

»Ich setz mich in keinen Bullenwagen rein. Du mußt ein total verrückter Bohnenkubaner sein, wenn du das glaubst. Außerdem war ich die ganze Nacht nicht zu Hause. Man braucht seinen Schönheitsschlaf. Das wirst du sicher begreifen, wo du ja selber Familie hast und so.«

Es gab Augenblicke, da genoß es Justo, ein Bulle zu sein, da öffnete sich der Himmel und zeigte ihm, wie es stand, daß es auf der Welt Gut und Böse gab und das eine nicht ohne das andere existieren konnte. Dies war so ein Augenblick. Er wollte diese Kreatur ins Jenseits pusten. Natürlich hatte der Schöne Jimmy nicht geschlafen, er hatte so viel Kokain gesnieft, daß seine geblähten Nasenflügel fast an den Ohrläppchen befestigt schienen, außerdem litt er an einem üblen Kokserkrampf in der Schulter. Ein unbeherrschbarer Muskel ließ seine rechte Schulter zucken, als wäre er ein nervöser Werfer beim Baseball, der gerade den entscheidenden Ball lospfefferte. Der Schöne Jimmy besaß nicht den geringsten inneren Halt, und Justo hatte weniger als gar keinen Respekt vor ihm. Kein Respekt für Verlierer, die glaubten, sie wären die letzte Bastion der Romantik, tolle Burschen auf dem Piratentrip. Justo hatte mehr Respekt vor den armen Heinis, die jeden Morgen den Schnee vor der Garage wegschaufelten, damit sie zur Arbeit fahren und die Hypotheken abzahlen konnten. Es verschaffte ihm ein perverses Vergnügen, das Gegengewicht zu einer korrupten Welt zu sein. Die Ehrlichen waren heute die letzten wahren Banditen. Aber Justo wußte auch, daß er ohne den Schönen Jimmy nicht existieren konnte. Der Kuchen des Lebens war zwischen Gesetzeshütern und Gesetzesbrechern aufgeteilt, das würde sich niemals ändern, ohne einander wären sie beide arbeitslos. Es war eine Welt, wo der eine tolle Hecht den anderen fraß. In einer instinktiven Reaktion schnellte Justos entsichertes Knie nach vorn, genau in Jimmys Unterleib. »Sprich nie wieder über meine Familie!«

Der Schöne Jimmy krümmte sich auf dem weißen Kies, zog die Knie bis dicht vor die Brust, gab sich alle Mühe, den Schmerz in der Mitte seines Körpers wegzubiegen. Er hatte Angst, daß seine Eier geplatzt waren. Sein Mund war trocken, und er schrie heraus: »Was ist los mit dir! Hast du dein Herz im Arschloch, oder was?«

Justo richtete den Revolver auf den Mann in schwarzer Kleidung, der da in einer Wolke aus weißem Korallenstaub herumkroch. Ein toller Hecht weniger in der Stadt, der die Kokser auf der Straße, die Wochenendsniefer, die Löffelkocher auf den Klos und die Spritzendrücker in den Hinterzimmern versorgte. Er haßte tolle Hechte, vor allem die Sorte, die herumzog und auf der Suche nach irgendeiner halbwüchsigen Tochter war, um sie auf die Nadel zu schicken und das Leben des braven kleinen Mädchens aufzupeppen. Das war der schmale Grat, auf dem Justos eigene halbwüchsige Tochter ins Spiel kam und seine Meinung von tollen Hechten im allgemeinen beeinflußte. Seit einiger Zeit war er intolerant und irrational geworden, wenn es um tolle Hechte ging, er vergaß die Spielregeln. Es war keine Woche her, da hatte er einen tollen Hecht in einem schicken Motelzimmer auffliegen lassen, er hatte die Tür eingetreten, auf den Tip eines kleinen Dreckskerls hin, der durchgedreht hatte. Der tolle Hecht war ins Bad gerast, hatte die Tür verriegelt, und Justo war gerade durch die Tür gebrochen, als der Kerl ein verknotetes Kondom verschluckte, das mit billigem braunem Heroin gefüllt war. Justo versetzte ihm drei Schläge, die mit Sicherheit alles wieder aus dem

Magen hochbrachten, was man so verschlucken konnte, und der tolle Hecht kotzte das ganze Beweismaterial heraus, ehe er das Bewußtsein verlor und mit dumpfem Klatschen auf die Kacheln flog. Die Freundin des tollen Hechts im Schlafzimmer war jünger als Justos jüngste Tochter, dreizehn, rosa Haar und schwarze Fingernägel. »Du Wichser!« kreischte sie, zu blöd zum Wegrennen, während Justo ihren Freund im Badezimmer zum Herauswürgen seines Stoffs überredete. Justo schlug ihr ins Gesicht, so daß sie gegen die Wand geschleudert wurde. »Du beknackter Niggerbulle!« Er gab ihr noch eine Ohrfeige, und dann tat er etwas, was ihn immer noch beunruhigte und verfolgte. Er packte ihre Bluse und riß sie ihr herunter, legte ihre jungen Brüste frei. Sie verstummte, starrte ihn mit großen Augen an. Er wußte nicht mehr, was er in diesem Moment gedacht hatte, wie lange er sie angesehen hatte, einen Augenblick oder zehn Minuten lang. Dann hatte er ein Laken vom Bett gerissen und es ihr mit einem Knurren hingeworfen. »Leg dir das da um und verschwinde hier, bevor ich dich auch noch hopp nehme.« Nein, Justo war gar nicht dafür, daß die tollen Hechte seine Familie ins Gespräch brachten.

»Mein Gott, Alter! Ich bin ein total ehrbarer Geschäftsmann. Ich hab ein Recht darauf, meine Hunde abzuknallen.« Der Schöne Jimmy kam unsicher auf die Beine, die Hände vor der Hose gekreuzt, um einen eventuellen zweiten Tritt abzufangen. »Du wirst doch nicht auf die Idee kommen, mich wegzupusten, Kumpel, oder?«

»Ich nehm dich wegen illegalem Schußwaffengebrauch innerhalb der Stadtgrenze fest.«

»Das darf nicht wahr sein, Mann!« kreischte der Schöne Jimmy. »Jetzt mach mir hier doch kein Theater. Was willst du denn in Wirklichkeit von mir?« Er humpelte zu den beiden toten Hunden hinüber, die auf einem Teppich aus Blut hingestreckt lagen. »Wieviel sind zwei tote Köter wert, häh?« Er sah Justo an. »Geld willst du nicht, das weiß ich genau. Also raus damit. Sag mir, was für ein Spiel du spielst!«

»In der Stadt gehen ein paar eigenartige Dinge vor.«

»Aber immer! George Washington war der erste Präsident der USA, und Pinguine gibt's in Alaska. Sonst noch was Neues?«

»Nein, ich meine nicht die normalen Sachen.«

»Ach so, du meinst, daß Leute tote Hühner an die Türpfosten nageln, Ziegenschädel auf dem Friedhof und solches Zeug?«

»Genau. Seit dieses Schiff mit den Flüchtlingen aus Haiti gelandet ist, wird es ständig schlimmer.«

»Schon davon gehört. Gelaber hier, Gelaber dort, du weißt ja, was die Leute so alles zusammenlabern.«

»Mit meinen Leuten hab ich schon darüber geredet, aber das hat mit den Kubanern nichts zu tun. Vielleicht wissen deine Leute was davon. Könnte doch sein, daß es so ein Ding von euch Schwarzen ist, und das ist was andres.«

»Ganz was andres.«

»Wie anders? Wie wär's, wenn du etwas genauer wirst, oder willst du, daß ich deinen Revolver hier mal überprüfen lasse, um rauszufinden, was für eine aufregende Vergangenheit der schon gehabt hat?«

»Gibt 'n paar Sachen, da redet man besser nix drüber. Sei doch kein Kacketreter. So ein Kacketreter, weißt du, wenn der 'nen Riesenhaufen Kacke auf der anderen Straßenseite liegen sieht, dann rennt er rüber und tritt da mitten rein. Um so was macht man lieber einen Bogen. In dieser bösen Welt gibt's genug Maden und Fliegen, die kümmern sich schon um die Kackehaufen. Frag mich was andres. Hey, ich hab eine gute Idee. Willst du nicht einen Hund haben?«

»Ich geh über die Straße, um in die Kacke zu treten.«

»Das wär doch ein hübscher Hund für dich. Sei nicht blöd, laß dir die Gelegenheit nicht entgehen.« Die Schmerzen im Unterleib ließen den Schönen Jimmy zusammenzucken, als er neben dem angeleinten Windhund niederkniete. Er strich mit der Hand über den gekrümmten Rücken, fuhr um die Knochen des gewölbten Rippenbogens, nach hinten zum weichen Bauchfell, seine diamantberingten Finger streichelten die kurzen Härchen im Takt zum Pochen des rasenden Herzens. »Der Hund hier wär 'n guter Kumpel für dich. Macht keine Probleme, der kann nicht mal Scheiße von Apfelmus unterscheiden. Deswegen ist es ja auch mit dem Rennen vorbei für ihn. Dieser Bursche da, dem ist das Beißen lieber, als dem kleinen Metallhäschen hinterherzujagen. Der wird dir 'n Freund fürs Leben. Menschen beißt er nicht, nur andere Hunde, wenn sie mit ihm um die Wette laufen. Dieses Beißerchen hat mich über achttausend für Unterhalt und Training gekostet. Aber dir geb ich ihn ganz umsonst.«

»Bind ihn los!«

»Ah-haa!« Der Schöne Jimmy kicherte tief in der Kehle, während er an der Leine zerrte, die an den Mangrovenstumpf gebunden war. »Hab's ja gewußt, daß du 'n Tierfreund bist.«

»Du sollst ihn nur losbinden, damit er mir nicht im Weg ist, wenn ich dir das Apfelmus aus den Ohren rauspuste.« Justo zielte direkt auf den Kopf des Schönen Jimmy. *»Dos aves de rapiña no mantienen compañía.«*

»Hör mir bloß auf mit deinem kubanischen Gebrabbel. Sag mir einfach, was du da redest, Kumpel!«

»Zwei Raubvögel tun sich nicht zusammen.«

»Jetzt ist aber Schluß mit den Scherzen. Du machst mir zu viele Scherze. Ich bin nicht zum Scherzen aufgelegt.« Mit einem Ruck zog er den Knoten der Hundeleine auf.

Justo hielt den Revolver auf Jimmy gerichtet, während dieser den Hund losband. Vielleicht war von diesem gerissenen Vogel wirklich nichts zu erfahren. Vielleicht wußte der Schöne Jimmy gar nichts über die seltsamen Ereignisse und tat jetzt nur so, als wüßte er etwas, um Kapital daraus zu schlagen. Justo sah hinüber zum Ende der Startbahn, wo gerade ein Flugzeug die Schnauze in die Lüfte hob, der silberne Leib zog über ihnen vorbei, die heulenden Propeller hallten über den ganzen Mangrovensumpf. Es schien Justo eine perfekte Gelegenheit zu sein, einen dieser tollen Hechte aus dem Verkehr zu ziehen.

»Sei doch kein Kacketreter!« Der Schöne Jimmy spürte, was Justo vorhatte, und er wich mit erhobenen Händen ein Stück zurück in ein Gebüsch aus Mangrovenwurzeln. »Denk an die Hühner und die toten Ziegen! Leg dich nicht mit den Heiligen an!«

Justo ließ die Waffe sinken. »Bring den Hund auf den Rücksitz meines Wagens, und dann hau ab hier, bevor ich's mir anders überlege.«

»Gratis Hundeknochen für jedermann«, kicherte der Schöne Jimmy und beugte sich herab, um die Leine des Windhundes aufzuheben. »Ich schulde dir einen Gefallen.«

»Zwei.«

»Einen. Die Heiligen müssen auch gefüttert werden.«

7

Die Heiligen müssen gefüttert werden. Seit kurzem war das eher eine Hungersnot als ein Festmahl geworden. Justo fummelte in der Tüte mit fettigen gebackenen Muscheln, die auf der Sitzbank lag, während er von der Duval Street zum Friedhof abbog. Er kaute auf dem festen Muschelfleisch herum und schluckte es in einem Klumpen hinunter, der ihm garantiert Magenweh verursachen würde, noch ehe dieser *mal día* vorbei war. Vielleicht hätte er den Schönen Jimmy doch wegputzen sollen. Perfekte Gelegenheit, bewaffnet und bedrohlich. Andererseits befand sich der Schöne Jimmy in einer Art entmilitarisierter Zone der Unmoral, wo er in seinen Schuhen aus Alligatorleder einen Steptanz zwischen alten Göttern und neuen Dämonen vollführte, bei beiden in der Schuld stand, aber keinem die Treue hielt, dieser verwunschene Narr. *Aunque la mona se vista de seda, mona se queda.* Der Aff' mag sich in Seide kleiden, ein Affe bleibt er doch.

Der Windhund auf dem Rücksitz schob Justo seine lange Schnauze über die Schulter, weil er den würzigen Duft der Backmuscheln schnupperte, riß das Maul zu einem breiten Gähnen auf und leckte Justo in einer nonchalanten Geste der Vertraulichkeit die Wange. *Ocho*, Nummer Acht, so werd ich dich nennen, wie die Kugel im Poolspiel, beschloß Justo und fingerte aus der fettigen Tüte noch eine Muschel für den Hund. Nummer Acht, weil ich das Gefühl habe, daß du dein ganzes kurzes Leben dicht hinter der schwarzen Acht gelegen hast, immer kurz davor, daß dich einer abschießt. So, Ocho, da hast du, und Justo schob dem Hund eine Backmuschel ins willig geöffnete Maul, darfst nur keinem erzählen, wo du sie her hast. Ocho fixierte Justo mit dem mitfühlenden Blick eines guten Freundes, leckte sich die Lippen und schloß sie wieder. Ocho hatte das zufriedene Aussehen eines Hundes, dem sein Herr alle Sorgen erzählen konnte. *Mal día,* seufzte Justo, schon wieder so ein schlimmer Tag, wie gern wäre ich heute früh bei Rosella im Bett liegengeblieben. Ich glaube, manchmal steht ein Mann nur deshalb morgens auf und geht zur Arbeit, um sich das Vergnügen an seiner Frau zu verweigern. Ein Mann geht so den ganzen Tag herum und schleppt diesen Verzicht hinter sich her wie einen Schweif, mit dem er nichts anzufangen weiß, einen Schweif, der ihm direkt aus dem Hosenboden hervorwächst und hinter ihm im Staub schleift. Wahres Verlangen kann ein Fluch sein. Man muß es andauernd herunterschrauben, wenn man sich wieder aufheizen will. Und am Ende wird der Schweif, den man durch den Staub nachzieht, so offensichtlich, daß man selbst darüber stolpert. Das ist etwas, das wir beide gut verstehen, Ocho. Wir sind die letzten echten Familienväter, die die große Institution der Ehe zusammenhalten, während all die anderen Hunde ringsherum auf der Jagd nach ihren Schweifen im Kreis hetzen, ohne zu begreifen, wozu ihre Schweife überhaupt da sind. Wir sind das letzte Glied der Kette. Nach uns die Leere. Keine Romantik, keine Selbstverleugnung, keine Liebe zu der einen Frau, nur Männer, denen die Schweife aus dem Hosenboden wachsen, und kläffende Hunde. Je lauter das Kläffen, desto mehr Angst hat der Hund. Das verstehst du sicher, mein Freund. Justo tätschelte Ocho den Kopf. Weißt du, wovon ich rede? Ocho gähnte mit fröhlichem Gurgeln und reckte das offene Maul nach oben, als freute er sich schon auf eine volle Tüte mit Backmuscheln, die gleich wundersamerweise durch die Luft geflogen käme. Ein Mann oder ein Hund tut, was er tun muß. Justo stopfte Ocho eine weitere Muschel in den gierigen Schlund, während er diese jüngste Erleuchtung bedachte. Eine Frau aber tut, was sie nicht tun muß.

Endlich hatte Justo jemanden, mit dem er reden konnte. Immer wenn er mit seiner Rosella über diese Dinge sprach, knallte sie die Tür zu, und er fühlte seinen Schweif einen halben Meter länger werden. Mit wem er ganz bestimmt nicht darüber reden konnte, das waren seine Töchter, vor allem mit der ältesten nicht, mit Isabel, fast fünfzehn war sie und verdrehte jeden Sonntagmorgen bei der Messe allen Männern den Kopf. Mit jedem Tag spürte er seine Macht über Isabel schwinden. Mit dem zerbröckelnden Gefühl des wahrhaft Hilflosen beobachtete er sie auf ihrem vorbestimmten Weg, sie war wie ein Tarpun, der im Frühjahr aus den tiefen Gewässern Kubas nordwärts schwimmt, um in den flachen Kanälen und Korallenbänken vor den Keys zu spielen und zu laichen. Welcher Angler würde Isabels Schatz an den Haken bekommen, die sich aus der Dämmerung ihrer Reifezeit in die nächtlichen Leidenschaften des Frauseins erhob? fragte sich Justo. Er wußte, daß sie überall warteten. Junge Männer. Angler, die sie sich angeln wollten. Es machte ihm auf eine Weise zu schaffen, wie ihm noch nie etwas zu schaffen gemacht hatte. Angefangen hatte es letztes Jahr, als Isabel einmal in sein fast dunkles Zimmer kam, von hinten an ihn herantrat. Justo hatte damals gedacht, es wäre Rosella, sein Geist sprang um zwanzig Jahre zurück. Ja, es war Rosella, das Mädchen, das er geheiratet hatte, nur sah er sie durch eine seltsame, rasende Zeitschleife hindurch. Dann das brüske Begreifen, daß es Isabel war, seine Tochter. Eine gewisse Verlegenheit hatte ihn ergriffen, ein schmerzlicher Haken mit dem Stachel des Bedauerns, daß nicht wirklich Rosella in einem Moment jugendlicher Reinkarnation aufgetaucht war. Er bekam Schuldgefühle bei der unleugbaren Erkenntnis, daß er diese Schönheit der Jetztzeit nicht als selbständige Person anerkennen konnte, die um ihrer selbst willen liebenswert war. Isabel war ein Gespenst, das ferne Wirklichkeiten in der Dachkammer seiner Erinnerungen wachrüttelte. Männer sollten keine Töchter haben. Ein grausames Los für beide.

Immer wenn eines dieser gespenstischen Erlebnisse stattfand, setzte sich Isabel auf die Lehne von Justos Sessel und wollte wissen, ob etwas nicht stimmte. Er fragte sie dann, wie es ihr in der Schule ging. Eifersucht strömte in seinen Adern. Er wollte dieses Mädchen nicht aufgeben. Es war, als verlöre er die Jugend seiner Frau zum zweitenmal. Dann machte die Eifersucht dem Ärger Platz. Ärger nicht darüber, daß irgendein forscher Angler Isabel zum erstenmal haben würde. Nein, Ärger darüber, daß er mit Rosella dieses Erlebnis nie wieder haben würde. Warum sollte so ein gesichtsloser Bursche es haben, der die Macht, die darin lag, gar nicht begriff? Justo wurde ein kummervoller alter Mann, noch ehe es Zeit dafür war. Das hatte man als Mann davon, wenn man Töchter hatte. Ein grausames Los. Vielleicht war *quince* deswegen so wichtig für seine Frau Rosella. All dieses Getue und Gewusel wegen der Feier zum fünfzehnten Geburtstag, die ihn garantiert pleite machen würde. Zweihundertfünfzig Gäste, jeder Verwandte von Key West bis Tampa schnabulierte Schweinebraten, gegrillte Bananen und *yuca,* genug Essen, um das Antrittsbankett eines neuen Präsidenten abzufüttern, plus zwei Kapellen, sechs Priester und ein Ensemble von hübschen weißbehandschuhten Kellnern zum Bedienen des gesamten Zirkus im prunkvollen

Ballsaal des Casa Marina Hotel, mit Blick auf den Atlantik. Was für ein Festmahl, fünfzig Schweine, die für den fünfzehnten Geburtstag seiner Tochter ihr Leben gaben. Was für eine Rechnung. Eine Rechnung, die er zu begleichen gewillt war, eine Sache von Ehre und Pflicht, der Stern von Kuba brannte strahlend hell vor Stolz. Erst jetzt begriff Justo die innere Bedeutung von *quince*, den tieferen Sinn dieser Feier. Letztendlich ging es bei *quince* weniger darum, daß eine Tochter ins Frauendasein wechselte, sondern daß eine Ehegattin die Träume ihres Mannes zurückbekam.

Justo fuhr durch die schmaler werdenden Straßen, kaute auf fritierten Muscheln und sinnierte über die geheimnisvollen Wege des Weibes nach, die sich allen männlichen Gleichungen entzogen. Neben ihm auf dem Vordersitz lag ein Strauß mit Lilien. Ein prikkelnd süßes Aroma entströmte den weit geöffneten Blüten und erfüllte den Wagen mit dem Geruch nach Erstkommunion und Tod. Es war der erste Freitag im Monat. An jedem ersten Freitag im Monat kaufte Justo Lilien und fuhr auf den Friedhof, um die Vergangenheit in Ehren zu halten und so seiner immer brüchiger werdenden Gegenwart einen Sinn zu geben. An diesem ersten Freitag hatte ihn der Schöne Jimmy dabei abgelenkt. Justo hatte den Funkspruch gehört, als er gerade zum Friedhof wollte. Draußen beim Flugplatz seien Schüsse abgegeben worden. Wahrscheinlich nur eine Jungenbande, die da in den Mangroven herumtobte, Yankees und Schlitzaugen spielte. Spielten einen Krieg nach, den sie bedauerten, verpaßt zu haben, was ihnen mit jener fehlgeleiteten Inbrunst leid tat, zu der nur männliche Wesen in der Pubertät fähig scheinen. Die Jungen bauten Festungen in den Salzsümpfen, bildeten Teams von in Tarngrün gehüllten Marineinfanteristen und mit schwarzen Pyjamas bekleideten Vietcongs, und stellten so einen Videokrieg nach, der vor einem Jahrzehnt durch die Fenster von Zweiundfünfzig-Zentimeter-Bildröhren beschworen worden war. Das Spiel der Jungen war echter als die fernen Gespenster des Fernsehkrieges. Zu besonders wichtigen Anlässen luden sie echte Kugeln in ihre Kleinkalibergewehre und gaben ein paar Schüsse auf ein abhebendes Flugzeug ab, zum Ruhme der Menschheit und der einschießenden Hormone. So ein Schuß war in den ganzen Mangrovensümpfen zu hören, hallte dort in der erregenden Erkenntnis wider, daß der schmale Grat zwischen Brüderlichkeit und Feindschaft im Kopf eines Mannes überschritten wird, und zwar lange bevor die Strategie des Tötens ihn überschreitet. Doch an diesem speziellen Vormittag waren es nicht die munteren Sumpfsoldaten, die sich in den Mangroven am Ende der Flugplatzpiste einen Spaß machten. Es war der Schöne Jimmy, der seine gefürchteten Windhunde wegputzte, weil sie ihm zu windig geworden waren.

Passover Lane und der Friedhof lagen dicht vor ihm, als Justo den Wagen durch den dünnen Spalt der Olivia Street lenkte, auf der sich zu beiden Seiten die engen Baracken der kubanischen Zigarrenmacher drängten. Die meisten der Hütten waren von Leuten aus dem Norden sandgestrahlt und frisch bemalt worden, zu einer prüden Pastellnettigkeit, die ihren ursprünglichen Bewohnern sicher peinlich gewesen wäre; einzelne Baracken hatten sich ihre stahlgraue, sonnengeschälte Anonymität noch bewahrt. Nur wenige der putzigen Häuschen beherbergten noch echte Insulaner, Kubaner und Bahamaner. Gelegentlich sah man sie auf den Veranden sitzen, von wo sie mit einer gelassenen, hellsichtigen Gewißheit herabblickten, die aussagte, daß sie alles schon mal gesehen hatten und auch wußten, wie das alles enden würde, nämlich wenn der Hurrikan El Finito die Insel wieder einmal von den Fremden läutern würde.

Als Justo sich langsam durch die schmale Olivia Street tastete, wurden die alten Zeiten auf den hölzernen Veranden wach, an denen er so dicht vorbeifuhr, daß er aus dem Wagenfenster greifen und sie berühren konnte. Justo fiel gleich der würzige Duft der kubanischen Küche ein, der in seiner Kindheit aus diesen bescheidenen Hütten aufgestiegen war. In der Olivia Street war er aufgewachsen. Das Zischen von Knoblauch und Garnelen hatte einst die Luft erfüllt, von einer nach Jasmin duftenden Brise dahergeweht. Flammendrote Bougainvillea wuchs damals in stolzen Bögen über den Küchentüren, grellgelbe Allamandablüten ergossen sich entlang der Fensterbretter der offenen Schlafzimmerfenster. Olivia war eine Straße, die gesteckt voll war mit kleinen Häusern und großartigen Kindheitserinnerungen. Die jetzt verschwundene kubanische *grocería* an der Ecke hatte damals *productos latinos* verkauft, ihre Espressos konnten einem das Gehirn bis in die Bucht von Guantanamo blasen, und dort gab es auch wohlgeformte Laibe von fraulich schmalem kubanischem Brot. *Cerveza* hatte die Männer im Hinterzimmer des Ladens bei Laune gehalten, das vollgeräumt war mit Cidrefässern, gestapelten Blöcken von gelierter Mangopaste und Säcken mit Nabelbohnenmehl. Die

Männer stritten sich endlos darüber, was die große Seuche von '34 ausgelöst hatte, als das Meer plötzlich ganz still geworden war, tote Hummer, Schwämme und Muscheln ausgespien hatte und dann hell und jungfräulich geglitzert hatte, als läge eine Schicht Haifischtran darüber, so daß der seichte Grund in zitterndem Relief klar zu sehen gewesen war. Bei großen Gläsern mit kühlem *vino* wetteten die Männer im *bolita* und verbrachten verschwitzte Mittwochnachmittage rund um das Radio, warteten auf die piepsige Stimme eines Waisenknaben drüben in Havanna, die, begleitet von statischem Knistern, hundertfünfzig Kilometer weit von Kuba übers Meer herandrang und in ihrem Singsang die Gewinnzahlen der *Lotería Nacional* verkündete. Nach dem schweißtreibenden Warten auf die Ziehung stieg dann von den Männern ein Johlen oder ein Stöhnen auf, je nachdem ob an diesem Nachmittag Fortuna die hundertfünfzig Kilometer lange Reise auf den Ätherwellen von Kuba über die Straße von Florida mitgemacht hatte oder nicht. Dann dehnte sich das statische Knistern zu einem trägen spanischen Rhythmus, einem fernen Pulsieren von Rumbas und von Salzwasserbrechern, die auf sandigen Küsten anbrandeten. Die Musik aus Kuba erfüllte das Hinterzimmer der *grocería* mit dem Rascheln der schwankenden Palmen. *Zack!* Der Rohrstock von Justos Großvater knallte auf die hölzernen Dielen. »*Niño!*« rief der Abuelo ihm zu. »*Más mariquitas y bollos!*« Und mit der zielstrebigen Beharrlichkeit eines Jagdhundes, der einen Schwarm Wachteln aufscheucht, rannte Justo los, um bald danach mit Tüten voll gegrillten grünen Bananen und Schachteln süßer Krapfen zu Abuelo und den Männern zurückzukehren. Dann schenkte Abuelo kleine Gläschen mit *compuesto* aus. Der feurige Zuckerrohrschnaps brachte Gespräche über Hahnenkämpfe und vergangene wie zukünftige Revolutionen in Gang. Die Vehemenz der Leidenschaften ließ den jungen Justo erregt die Nackenhärchen aufstellen, als wären die Männer im Hinterzimmer das Zentrum eines gefährlichen Universums, das von den großen Idealen des politischen Spiels vorangetrieben wurde. Justo hatte das Gefühl, er stünde ganz am Rande dieses Universums, ein Junge unter Männern, eine Maus im Massenquartier, unbeobachtet, privilegiert durch das Dabeisein bei der fortwährenden Wiedergeburt des kulturellen Stolzes, der von wildem Gerede und selektivem Gedächtnis erzeugt wurde. Hoch oben im Hinterzimmer waren zwei verblichene Plakate an die Wand genagelt. Auf dem einen prangte das Gesicht von José Martí, dem George Washington und Märtyrer Kubas, samt grimmigem Blick und Schnurrbart. Das bunte Plakat gegenüber zeigte ein Bild der russischen Tänzerin Pavlova. Die Pavlova war dereinst über die Bühne des prächtigen Instituto de San Carlos gehüpft, das die Duval Street mit seinen hoch aufragenden Säulenbögen und den funkelnden kubanischen Kacheln dominierte. Die Pavlova hatte ihre Pirouetten auf ebenjener Bühne gedreht, auf der Martí einst seine glühenden Reden vor den Massen gehalten hatte, über die Saat der Auflehnung, die in Kuba zu einem Wald aus *Los Pinos Nuevos* wüchse, den neuen Kiefern der Unabhängigkeit. Auf der Wand des Hinterzimmers schwollen die Schenkel der Pavlova in einem weißen Tänzerinnentrikot, das auch ihr kräftiges, weit herausgerecktes Hinterteil umfaßte, auf dem gerade in einem Moment regloser Spannung ihr gewaltiger schwarzer Haarschopf zur Ruhe kam. Die Pavlova drohte in einem Energieschub aus dem Plakat herauszuexplodieren, sie sprang mitten durch den kolossalen Ring des unstillbaren männlichen Begehrens, der sie in diesem Zimmer umfing, um ganz genau in der Mitte der Kernfrage zu landen. Der junge Justo ließ sich von der Pavlova zu tiefem Begehren hinreißen, aber so ging es allen Männern, und keinem mehr als dem Abuelo. Für Abuelo war dies kein ehebrecherischer Trieb, bei dem die Lust eine Rolle spielte; Abuelo fand all die Lust, die er verkraften konnte, in den kirschdunklen Mulden seiner vierzigjährigen afrikanischen Frau. Nein, sein Begehren war von anderer Art. Er begehrte das Objekt der Phantasie, das unschicklichen Gedanken ein Ende machte. Gedanken zum Mysterium jener fremden Spezies, genannt Frau. Die Pavlova in ihrem Tanz des ewigen Deliriums war ein Objekt der Begierde für Männer mit primitiven Absichten und ungeschickten Methoden. Alle im Hinterzimmer gehörten zu dieser Gruppe, alle außer Abuelo. Abuelo war ein Mann von Bildung, zu dem alle ehrfurchtsvoll aufsahen. Abuelos Talent war der süße Wein wohlklingender Metaphern, die er mit profundem Bücherwissen würzte. Früh in seiner Jugend war Abuelo zu jenem Altar der Ehrfurcht aufgestiegen, den nur ganz wenige erklimmen. Schon im Halbwüchsigenalter von neunzehn Jahren war Abuelo Lektor geworden, der Vorleser in einer der Zigarrenfabriken, die einst das pulsierende, produktive Herz der kleinen Insel ausmachten.

Als Abuelo aus Havanna in Key West ankam, war er mit fröhlichem Wesen, frechem Tatendrang und einer großzügigen Portion Glück ausgestattet gewesen, denn sein Geburtsjahr war 1878, am Ende des fehlgeschlagenen Zehnjährigen Krieges, in dem die Spanier ihr Schwert des Schreckens mit diktatorischer Präzision schwangen, um alle Kehlen zu durchschneiden, die *»Cuba Libre!«* brüllten, und damit eine Flut von Märtyrerblut freisetzten, mit denen die Saat der *Pinos Nuevos* gedüngt wurde. Die Saat der *Pinos Nuevos* lag während der Dürrezeit der Unterdrückung brach und keimte erst 1895, als Martí die Kubaner dazu aufrief, sich wie ein Mann zu erheben und den letzten Aufstand zu unternehmen. Die Revolution begann ohne Abuelo. Die Spanier wollten ihn für die Armee rekrutieren: Brüder sollten Brüder bekämpfen. Doch Abuelos Familie konnte sich an Bord eines Schoners schmuggeln, der die Passage über die Straße von Florida nach Cayo Hueso, zum verheißungsvoll funkelnden Stern des Meeres in Angriff nahm. Dort gab es zweihundert Zigarrenfabriken, die hundert Millionen Zigarren pro Jahr produzierten, und eine schlagkräftige Zigarrenarbeitergewerkschaft, La Liga, die ihre Macht von den sechstausend Arbeitern bezog. Abuelos Vater war ein wahrer Künstler, der sich rasch durch das starre Kastensystem der Zigarrenfabriken Havannas gearbeitet hatte, vom einfachen Entripper, der das fächerförmige, dünnadrige Tabakblatt für die Einlage oder als Deckblatt vorbereitete, bis hinauf zum Wickler. Seine Finger erspürten das perfekte Federgewicht einer neu zu erschaffenden Zigarre, rollten sie und verklebten sie mit natürlichem Gummi, all das in einer flinken Bewegung von derart flüssiger Gewandtheit, daß dabei seiner Haut nur der leiseste Hauch von Feuchtigkeit entströmte, der in das zarte Erzeugnis eindringen und das natürliche Aroma verfälschen konnte. In weniger als einer Minute kam die neugeborene Zigarre in seine Hände und verließ sie wieder. Abuelos Vater war einer der wenigen, die das Zeug dazu hatten, die schwierige La Aristocratica herzustellen. Die Aristocratica war mit allerfeinstem Vueltatabak gefüllt, das geschmeidige Deckblatt lief am Ende konisch zu wie eine zierliche geblasene Glasflasche, die schlanke Spitze war zu einem flachen Mund geformt, der die Streichholzflamme leicht wie einen Kuß in sich aufnehmen würde, um dann eine rauchige Erinnerung an frisch umgegrabene Erde mitten im tiefsten Urwald zu verströmen. Die Armmuskeln von Abuelos Vater wurden stärker, und seine Finger flogen nur so dahin, während er Jahr für Jahr in der Mitte des zweistufigen Zigarrenmachertisches saß und dort die fein ausgewogenen, gerollten Konturen jeder Sorte schuf, von billigen Pinas-Stumpen bis zu den edlen Aristocraticas. Schließlich wurde er zum Sortierer befördert. Inmitten seiner gewaltigen, halbmondförmigen Arbeitsplatte, auf der ihm ständig große Bündel mit fertiggerollten Zigarren angeliefert wurden, wurde Abuelos Vater allmählich zum Meister in der Kunst des »Spanischen Sortierens«. Aus den losen Bündeln suchte er die passenden Stücke heraus und sortierte sie nach zweiunddreißig Farbschattierungen des Deckblatts, so daß die vier Lagen von Zigarren immer in genau der richtigen traditionellen Abstufung von Brauntönen verpackt wurden. So füllte er eine Zedernkiste nach der anderen. Das Zedernholz gewährleistete, daß sich an dem aromatischen Inhalt keine Würmer oder Käfer gütlich taten. Nur die besten Kennerlippen durften Kubas feinste Erzeugnisse berühren. All das meisterte Abuelos Vater und hatte es seinem Sohn schon beigebracht, ehe der Schoner, auf dem sie flüchteten, auf Key West landete.

In den Zigarrenfabriken seiner neuen Heimat arbeitete sich Abuelo bald wie sein Vater nach oben. Als Jugendlicher entrippte er Tabakblätter in einem *chinchalito,* einer kleinen, unabhängigen Fabrik mit nur zehn Arbeitern, alles Männer aus kleinen Siedlungen rings um Havanna, spanischen Bergdörfern und westindischen Fischerhäfen, und sie alle arbeiteten zusammen in einer Bretterbaracke, die als Ganzes auf einem Kahn von den Bahamas herübergekommen war. Von diesen Einzimmerbaracken standen Hunderte in langen Reihen nebeneinander am Rande der neugebauten Straßen, die sich über die Insel schoben, und boten der ständig wachsenden Zahl von Zigarrenarbeitern eine Behausung. Abuelos beengte Arbeitsbedingungen sollten recht bald einem besseren Schicksal weichen. Sein Vater war einer der *jefes* in La Liga geworden, weil er glaubte, nur die Gewerkschaft könne die Spanier daran hindern, den Kubanern wieder einmal ihr rechtmäßiges Eigentum zu stehlen. Es wurden zu viele arme Spanier angeheuert, um die Macht der Bruderschaft von La Liga zu brechen, deshalb nahm Abuelos Vater seinen Sohn aus der kleinen Klitsche heraus und verschaffte ihm einen Posten als Wickler in einer der dreistöckigen, endlos langen Fabrikbauten hinter der Duval Street. Und hier nun sollte Abuelos Leben zwei glückliche Anstöße bekommen, die das Schicksal des gerade erst zum Mann werdenden Siebzehnjährigen bestimmten.

Der erste dieser Glücksfälle kam in Form einer weiblichen Gestalt, die jede gefährliche Kurve ihrer schlanken Figur auf eine Weise nahm, daß einem Mann vom Hinsehen das Herz stehenbleiben konnte. Ihr Name war Pearl, und sie war das Schmuckstück einer Familie mit neun Söhnen und einer Tochter. Pearls Vater war ein Ibo, der als Junge in Ketten aus Westafrika auf die Bahamas gekommen war und erst 1838, fünfzehn Jahre später, von den Engländern freigelassen wurde. Freigelassen ausgerechnet von denen, die ihn in Afrika versklavt hatten, und als Lohn für seine Arbeit bekam er keinen Pfennig, nur einen neuen Namen in der Welt des weißen Mannes: John Coe. John Coe arbeitete auf den Plantagen der Bahamas, doch seine Blicke schweiften immer über die gewaltige Weite des Ozeans, in dem ein Reichtum lag, den der gierige Griff der Sklavenhalter nicht erhaschen konnte. Das Meer, das zwischen den Tausenden Inselchen der feinen Perlenkette der Bahamas brandete, war ein Ort, wo man Fische, Schwämme und Schildkröten fangen konnte. Dort konnte ein fleißiger Mann seine Rute in die jungfräuliche Wasseroberfläche eintauchen und daran eine ehrliche Mahlzeit oder gar ein Vermögen fürs ganze Leben herausziehen.

Als man ihn freiließ, wurde John Coe zum Lehrling des Ozeans. Der Ozean wurde Johns neuer Herr. Als erstes faszinierten ihn die Schildkröten, ihre fließende Nonchalance, die so wenig Flossenschläge brauchten, um ihr Unterwasseruniversum zu durchmessen, eine nachahmenswerte Ökonomie der Kräfte, in der sich ein Losgelöstsein vom Hier und Jetzt zeigte. John verspürte eine Verwandtschaft mit der gelassenen Leichtigkeit dieser Meereskreaturen, mit ihrem tiefen Atem von Freiheit. John war ein einfacher Mann, der nichts vom Ursprung der symbolischen Kraft der Schildkröte verstand, nur vom alltäglichen Dasein dieses Tieres. John lernte die Lebensweise der zehn Zentner schweren Lederschildkröte und der Unechten Karette begreifen, die umherstreifen und Wassersäulen ausstoßen wie junge Wale beim Spielen. Er studierte die sanften, sechs Zentner schweren Suppenschildkröten, die sich ausschließlich vegetarisch ernähren und damit zufrieden sind, sich durch Teppiche aus Seegras hindurchzukauen. Er bekam Respekt vor der kleinen, nur gut zwanzig Kilo schweren Echten Karettschildkröte, deren blitzschneller Biß einem die Hand abreißen kann wie ein Hieb mit der Machete, so daß man unter der heißen Sonne im seichten Wasser glatt verblutet.

John folgte den Schildkröten entlang der Bahamas, um die Insel Hispaniola herum, über die Karibische See, an die Küsten Mittelamerikas, wo sie den warmen Golfstrom begleiteten. John wurde ein Meister mit der Harpune. Wenn eine Schildkröte zum Luftholen an die Oberfläche kam, traf er sie mit dem ersten Wurf, trieb den spitzen Stahlstift sauber in die weichen Stellen unter dem wertvollen Panzer. Nie verlor John eine Schildkröte, wenn sie nach dem Harpunieren tief abtauchte, mit ihrem schweren Gewicht an der sausenden Leine zerrte und sich freizureißen versuchte. John zog es dorthin, wohin die Schildkröten zogen. Er konnte sein kanuförmiges Langboot mit freiem Auge durch rasiermesserscharfe Korallenbänke hindurchsteuern, die Blautöne des tiefen Wassers und die drängende Strömung zwischen den gelb schattierten Riffs erspüren. Allmählich begann er wie eine Schildkröte zu denken, hatte den Geschmack der flinken Gespensterkrabbe im Mund, den Geruch nach Salz und Schiffswürmern in der Nase, Seegras zwischen den Zehen. Im polaren Schein des spätwinterlich wärmenden Mondes konnte John die romantische Leidenschaft des Schildkrötenmännchens mitfühlen. Während dieser Paarungszeit fing er sich oft ein Weibchen, wuchtete es an Bord seines Boots und wartete dann geduldig mit seiner glitzernden Gefangenen der Triebe, bis ein umherschwimmendes Männchen plötzlich aus dem Wasser schnellte und in einem heldenhaften, todesmutigen Sprung seinen begehrlichen Leib über den Bootsrand zu heben versuchte, um dort für immer mit seiner Partnerin vereint zu sein. Den Stich von Johns Harpune spürte es erst, wenn es zu spät war. John wußte, wo die Schildkröten des Nachts ruhten, tief schlafend unter einer Schicht aus samtigem Tang, unter dem Seegras versteckt. John Coe hatte sogar ihre Träume.

Im Frühling wanderte John mit den Leder- und Suppenschildkröten die Küste der Florida Keys hinauf. In mondhellen Nächten folgte er den halbkreisförmigen Fährten, die die Paddel der Weibchen in den feuchten Sand bohrten, wenn sie ihre gepanzerten Körper mühsam aus dem Wasser an den Strand schleppten, um ihre Eier dort im sicheren Sand zu vergraben. John drehte die Weibchen genau in dem verwundbaren Moment herum, wenn die Flut der Eier aus ihnen herausströmte, warf sie auf den Rücken, so daß sie ohnmächtig und regungslos dalagen, während er ihnen seine Initialen, JC, in den weicheren Bauchpanzer kerbte, ein einfaches Mal als Hinweis für andere Schildkrötenjäger, daß diese

Tiere ihm gehörten. Die gestrandeten Weibchen ließ er so auf dem Rücken liegen, das frisch eingeschnittene JC auf ihren Bäuchen schimmerte im Mondlicht, während John im Laufe der Nacht schnell noch weitere Strände abgraste und überall so viele Weibchen umdrehte, wie er nur konnte, ehe der Mond vom Himmel verschwand. Im ersten Licht der Dämmerung kehrte John dann erschöpft und glücklich zu seinen Weibchen auf den sandigen Küsten zurück und nahm seinen wertvollen Schatz aus Eiern, Fleisch und Schildpatt in Besitz. So kam John Coe nach Key West, um dort die Bootsladung mit seiner Beute aus der reichen See zu verkaufen, überquellende Körbe mit frischen Schildkröteneiern und lebende Weibchen, deren Hinter- und Vorderpaddel durchbohrt und mit Palmfasern zusammengebunden waren.

Auf den Anlegestellen an den Kais der großen Konservenfabrik redeten die Schildkrötenjäger 1855 viel von dem Geld, das sich mit der Schwammsuche und dem Haifischfang verdienen ließ. Schwammsucher gab es viele auf Key West, und viele stammten von den Bahamas, Schwarze wie Weiße, die alle gleichermaßen danach trachteten, ihren Lebensunterhalt mit dem Meer zu verdienen. John kannte ihre Sprache, die abgehackten Laute von Männern, die wenig Worte machten und das Warten gelernt hatten, während sie ihre Skiffs über Sandbänke stakten. Eimer mit Glasböden, die sie aus den Booten ins Wasser hängten, dienten den Schwammsuchern an jedem langen, vom Gezeitenhub geprägten Tag, die Tiefen des Salzwassers nach dem sanften Kräuseln der dunklen, blumenartigen Wollschwämme abzusuchen, die sich in den Spalten der Korallenriffs und unter wogenden Unterwasserwiesen von Seegras verbargen. Aus dem Hafen von Key West liefen jeden Tag vor Sonnenaufgang über tausend Mann in Hunderten von Booten aus, um die riesigen Schwammwiesen auf den Sandbänken vor der Küste abzuernten. Mit dem scharfen Dreizack an der Spitze ihrer über fünf Meter langen Stangen holten sie Tonnen von Gelbschwämmen, Grasschwämmen und dicken Wollschwämmen heraus. Das Schwammgeschäft warf genug Geld für alle ab, aber John Coe ließ sich nicht als Schwammsucher in Key West nieder. John Coe wurde Haifischfänger.

Als er mit seinen Schildkrötenweibchen auf Key West ankam, redeten alle im Hafen davon, wie einer, der sich mit Haifischen gut auskannte, genausoviel verdienen konnte wie ein Schwammsucher, oder gar noch mehr. An den Tagen, wenn der Boden der

Sandbänke von fernen Seestürmen aufgewühlt wurde, wenn Wogen und Brecher tagelang gegen die Keys anbrandeten, konnten die Schwammsucher ihre Beute in der trüben Brühe nicht ausmachen. Sie harpunierten dann irrtümlich rundlich gewölbte Korallenstöcke, tanzende Venusfächer und schemenhafte Quallen, sie trafen alles und jedes, nur nicht das Ziel ihres geschickten Wurfs. So konnten sie ihre Skiffs nicht füllen. Ein Schwammsucher aber, dessen Skiff nicht voll war, konnte auch nicht die leeren Bäuche seiner Kinder oder sein Glas mit Rum füllen, deshalb wurde der Haifischjäger zum besten Freund des Schwammsuchers. Er besaß nämlich einen Zauber, der das vom Sturm getrübte Wasser klären konnte. Der Haifischjäger besaß den Tran aus jungen Katzenhaien. Ein Schwammsucher konnte eine Portion Katzenhaitran dreißig Meter weit zu beiden Seiten des Skiffs übers Wasser spritzen, und sofort verzog sich die Trübung über dem Meeresboden so rasch wie ein ozeanischer Bühnenvorhang, und der Unterseehimmel schimmerte wieder klar vor dem suchenden Auge des Schwammharpuniers am Bug. An grauen Tagen, wenn die Aussichten trist und das Skiff leer war, brauchte der Schwammsucher einen Haifischjäger. John Coe kannte sich mit Haifischen aus. Wer sich mit Schildkröten auskannte, der wußte auch über Haifische Bescheid.

Das Meer lehrte John Coe seine Welt, in der die Pferdehufmuschel den Schiffswurm fraß. Zum Ködern versah John seine Haken mit Makrelenköpfen und gefiederten Hühnerflügeln und suchte die seichten Gewässer der Keys nach den blaßbraunen Schatten von Katzenhaien ab, die über den sandigen Grund glitten. John zog Hunderte von Zwei-Meter-Exemplaren aus dem Wasser, den Haken im Maul, eine Seilschlinge um den gefährlichen, kräftig ausschlagenden Schwanz gezurrt. Über einem offenen Feuer kochte John literweise den dicken Tran aus den frisch herausgeschnittenen, massigen Haifischlebern. Die Häute verkaufte John an texanische Ledergroßhändler, für die getrockneten Flossen interessierten sich chinesische Matrosen, die auf der langen Schiffspassage zurück in die Heimat eine nahrhafte Suppe daraus kochten; und dort, in China, galt ein Pulver aus Haifischflossen auch als legendäres Aphrodisiakum, verlieh es dem Manne doch angeblich alle Eigenschaften, die notwendig waren, um mit der standfesten Sicherheit eines Walroßbullen durch den weiblichen Ozean zu pflügen. Haifische, Schwammsucher, chinesische

Matrosen und Geschäftsleute aus Texas ernährten also John Coe. Die Fülle des Meeres brachte John Coe genug Geld ein, daß er sich eine Frau kaufen konnte.

John Coe war ein abergläubischer Mensch. John war überzeugt, daß die Natur entlang des Lebensweges überall Zeichen aufrichtete, denen man gehorchen sollte. Wenn die hohen Zirrusfetzen zu Mittag vom Himmel verflogen und ein Vorhang aus geballten dunklen Wolken am Westhimmel aufzog, dann fuhr John am nächsten Morgen nicht zur Haifischjagd aufs Meer hinaus. Wenn der Vollmond seinen silbernen Schein über die schimmernde See breitete, spürte John in seinen Adern die Garnelen ziehen; dann nahm er den Pfad des Mondlichts über den kräftigen Golfstrom hinweg und stieß auf einen gewaltigen Schwarm aus riesigen Karettschildkröten. John hatte Vertrauen in die Götter der Menschen und Tiere aus der alten Welt Afrikas. Er glaubte an die Macht dieser Götter, ihm Tag für Tag in einer gottlosen Welt zur Seite zu stehen. Und so kam es, daß John Coe an dem Tag, als das Sklavenschiff *Wildwind* in Key West einlief, auf dessen großem offenem Deck sich schattendunkle, unbekleidete, von Hunger und Angst bis auf die Knochen ausgemergelte Afrikanerkörper drängten, ebenfalls am Hafen war, um sich eine Frau zu suchen.

John Coe wußte nicht, daß er gerade an diesem schicksalhaften Tage seine Frau bekommen sollte. John wußte nur, daß am Vortag die feinen, fedrigen Zirruswolken gegen Mittag vom Himmel verschwunden waren und sich statt dessen tief im Westen dräuende Gewittertürme herangeschoben hatten, deshalb war er statt der Haifischjagd zum Pier hinuntergeschlendert, wo er die fröhlichen Neckereien der Schildkrötenfänger und Schwammsucher im Dialekt der Bahamas hören konnte, der so schön in seinen Ohren klang. Die schwarzen Bahamaner sprachen an diesem Tage viel davon, daß ein Sklavenschiff von der Westküste Afrikas eingelaufen war, an Bord seien viele Mandingo, Ijos und Ibos. Reiche Baumwollpflanzer aus Natchez und New Orleans waren gekommen, um einzukaufen. Man sprach davon, daß in Amerika ein Krieg bevorstand, ein Krieg wegen der Sklaven. Niemand am Hafen wußte, ob dies nun hieß, daß es dann mehr Sklaven geben sollte oder gar keine mehr. Sie wußten nur, daß es Krieg geben würde, so sicher wie auf schlechtes Wetter gutes folgte. John Coe beschloß, sich unter die Menge zu mischen, die bei der Versteigerung der menschlichen Fracht aus dem Sklavenschiff zusah. Das war für ihn eigentlich unnatürlich. Das Meer hatte John Coe zwar innerlich frei gemacht, doch ein Teil von ihm fühlte sich immer noch versklavt. Ein zwangsverpflichtetes Stück von Johns Seele spürte immer noch unbehaglich den Fleischerhaken seiner jüngsten Vergangenheit. Nur widerwillig begab sich John in die Nähe der Lieferanten von Menschenfleisch. Er konnte das traurige, vertraute Schauspiel nicht ertragen, die Gerüche der Verzweiflung, den weiten, verlorenen Blick Afrikas in den Augen der Menschen. In seinem Herzen trommelten all die Eindrücke mit der Kraft eines Hammers, der Nägel in einen Sarg trieb. John hatte sich von dieser dunklen Ecke seines Lebens abgekehrt, die eigenen Wurzeln abgeschnitten. Egal was John dazu veranlaßt hatte, sich bei der Auktion unter die Menge zu mischen, er sah es nicht als Grund zum Grübeln; nein, es war, als ob ein Gebet erhört wurde. Dies geschah, als John den weißen Auktionator ausrufen hörte: »Brenda Bee! Eine Ibo-Dirne, Alter neunzehn!«

Brenda Bee stand unsicher auf einem Salzgurkenfaß, die knochigen Hände vor dem Geschlecht verschränkt, verstoßen und alleingelassen, für immer getrennt von ihrem einstigen Dasein. Brenda sah nicht aus wie neunzehn, sondern wie sechzehn, als sie da nackt und verletzlich auf einem umgedrehten Holzfaß unter dem Blick der Männeraugen zitterte, die sie ringsherum auf dem Pier anstarrten. Brenda war nicht bei bester Gesundheit. Nur knapp war sie dem Schicksal entronnen, eine der zweihundert zu sein, die an Bord des Sklavenschiffes verstarben, während Tage des Hungers auf einem Ozean verstrichen, der so breit wie ein Kontinent wurde. Auf diesem neuen Erdteil nun würde Brenda in den Baumwollfeldern der Südstaaten nur wenig Wert haben. Die gutgekleideten Gentlemen aus Charleston und Mobile sahen nichts Nützliches an Brenda, das es gelohnt hätte, ihre harten Silberdollars dafür zu bieten, sie hatten nicht einmal Interesse daran, Brenda für ihre Zuchtställe zu erwerben.

»Also bitte, meine Herren!« Der Auktionator deutete mit seinem Stock auf Brenda, als wäre es ein Zauberstab, der das weiße Krabbeln der Läuse in den verfilzten Zöpfen ihres Haars verschwinden lassen könnte. »Was hört die Gesellschaft als Gebot für dieses brave Weib?«

»Meinen Hund!« kam eine lachende Antwort aus der Menge.

»Meinem Hund seine Flöhe!«

»Von meinem Hund seine Flöhe das Blut!«

John Coe wußte, daß Brenda nichts davon verstand, doch es kam ihm vor, als verdunkelte sich ihre nackte Haut zu einer noch tieferen Schwarzstufe, weil die Scham das Blut in ihr aufsteigen ließ, zu einem Schwarz, das die schartigen, roten Schnittwunden und die violetten Blutergüsse überall auf ihrem Körper verdeckte. John Coes Hand ging ganz von selbst in die Höhe. John war ein großer Mann, der noch größer dadurch geworden war, daß er die Last von Haien und Schildkröten aus dem Meer gezogen hatte, er maß zwei Köpfe mehr als jeder andere in der Menge. Als Johns Hand hochging, entstand eine Stille, als hätte etwas Schreckliches aus großer Höhe mitten ins Herz einer zivilisierten Gesellschaft eingeschlagen. Diese Stille wurde von Johns donnernder Stimme gebrochen, tief wie das Krachen des Gewitters, das aus einem Haufen lastender, tintenschwarzer Wolken am Sommerhimmel auf die Erde niederbricht: »Jawohl, Sir, ich was bieten tu! Zweihunnert Dollah!«

Und so kaufte sich John Coe eine Frau, in einer Stadt, in der ein Mann von dunkler Hautfarbe sich nach dem Läuten der Abendglocke um halb zehn nicht einmal auf der Straße sehen lassen durfte, sofern er keine Erlaubnis seines Besitzers oder Dienstherrn vorweisen konnte oder von einem Weißen begleitet wurde. Ebensowenig durfte ein dunkelhäutiger Mann die Fiedel spielen oder die Trommel schlagen, falls er nicht neununddreißig Peitschenhiebe für öffentliche Ruhestörung gewärtigen wollte. John Coe brachte seine Frau, die ihre Häscher Brenda Bee getauft hatten, in seine Einzimmerbaracke in der Crawfish Alley, dem Langustengäßchen, in dem Teil des Ortes, den man La Africana nannte. Diese Baracke war John Coes Palast, errichtet und erbaut von den schwieligen Händen, die so viele Schildkröten und Haie aus dem Meer gezogen hatten. Und nun gab John all die Fülle, die das Meer ihm geschenkt hatte, an einen anderen Menschen weiter. Was John und Brenda Bee gemeinsam hatten, das war der Ozean der Not. Als John Brendas knochigen Körper mit seinem körnig weichen Lieblingswollschwamm abwusch, da gelobte er, dieser Frau immer mit Güte zu begegnen, das namenlose Grauen aus ihren Augen zu vertreiben. John sprach zu Brenda in einer Sprache, die sie verstehen konnte, er berührte sie nur mit heilender Hand. Er brachte Brenda rote Baumwollkleider mit, spazierte mit ihr am Samstagabend Hand in Hand durch die holprige Crawfish Alley, blieb hie und da stehen, um die Leute zu grüßen, die bequem auf den hölzernen Vordertreppen ihrer Hütten saßen. John pflanzte einen Papayabaum hinter dem Haus und eine Mango davor, denn an den Sonntagen fegte der Prediger über die Kanzel wie ein Kaskarillabaum im Wind und skandierte die Botschaft der Bibel, man solle Bäume pflanzen, die Früchte tragen. Man müsse säen, wenn man ernten wolle. John sah zu, wie Brenda von einem Knochengerippe zu einer stolzen Frau mit festem Blick und vollen Lippen heranwuchs. Seinen Wohlstand maß John am Anblick von Brendas Leib. Wenn er spät nachts mit den Fingerspitzen über die Konturen von Brendas starkem Hinterteil und über ihre Schenkel fuhr, empfand er tiefe Zufriedenheit. John Coe war Manns genug, seine Frau nicht vom Fleische fallen zu lassen. Als die Kinder kamen, schwollen Brendas Hüften und Brüste an, und John ging über vor einer nie gekannten Freude. Brendas stetig zunehmende Leibesfülle wurde ein lebendes Mahnmal für die kümmerliche Vergangenheit, der man knapp entronnen war.

Brenda Bee Coe hegte keinen Neid auf die Kapitänsgattin, der sie das Haus putzte und für die sie in einer rußigen Küchenhütte kochte. Über dem steilen Blechdach des dreistöckigen Hauses erhob sich ein Witwensteg, von dem aus man die hohen Masten der Schiffe beim Kreuzen vor dem Riff in den Inselhafen verfolgen konnte. Brenda empfand Dankbarkeit dafür, daß sie das Leben nach dem Tode lebte, dem Ozean der Not im Netz von John Coes Güte entronnen war. Neid nagte nicht an Brendas Seele, nur eine bittere Furcht, die tief und vor aller Welt verborgen in ihr brannte, es könnte sie eines Tages der böse Blick treffen und sie fort von Johns starken Armen tragen, zurück auf das Sklavenschiff, zurück in den Walfischbauch des weißen Elends. Deswegen trug Brenda immer eine Knoblauchzehe an einem schmalen geflochtenen Band um den Hals, um den Blick des Bösen abzuwehren, damit er sie nicht überrumpeln und ihrem Meer der Fülle entreißen konnte. Brenda bestand darauf, daß auch ihre neun Söhne ein Knoblauchband trugen, obwohl sie wußte, daß sie es abnahmen, wenn sie aus der engen kleinen Hütte in der Crawfish Alley weggingen. Doch Brendas einzige Tochter Pearl, das Schmuckstück in ihrem Meer der Fülle, nahm ihr Knoblauchband niemals ab. Pearl gehorchte ihrer Mama. Pearl wußte, daß der böse Blick sie ebenso rasch erwischen konnte, wie die Blattern das Leben aus einem Kinderherzen rissen.

Als Pearl sechzehn wurde und in die Zigarrenfabrik arbeiten

ging, trug sie das Knoblauchband noch immer um den Hals. Das war es auch, was den jungen Abuelo auf Pearl aufmerksam machte: die cremefarbene Knoblauchknolle auf ihrer schimmernden schwarzen Haut, in der die pure Lebensfreude pulsierte. Noch Jahre nach ihrer Hochzeit kam Abuelo bisweilen der Verdacht, Pearl habe das Knoblauchband gar nicht so sehr zur Abwehr des bösen Blicks getragen, sondern um ihn mit ihren sinnlichen Reizen und ihrem zutiefst zufriedenen Wesen zu betören. Vielleicht war er ja, dachte Abuelo lachend und mit dem strahlenden Bild von Pearls wunderschönem Gesicht vor Augen, von dieser Dschungelreligion verhext worden, die ihre Mutter auf dem Sklavenschiff aus Afrika übers Meer mitgebracht hatte.

Pearl wurde die Juwelenfassung, die den Ring von Abuelos jungem Leben schloß. Pearl war der erste von zwei Glücksfällen, mit denen Abuelos Schicksal sich für immer entschied. Als Abuelo von seinem Vater mit siebzehn plötzlich aus dem *chinchalito* herausgenommen wurde, glaubte er eigentlich, es habe weniger mit dem Wunsch seines Vaters zu tun, sein Sohn solle bei der sich gerade gründenden La Liga mittun, sondern eher mit einem afrikanischen Liebeskomplott, das Pearls Mutter ausgeheckt hatte, um noch ein weiteres Meer zwischen ihre einzige Tochter und die Sklaverei zu legen, ihre Pearl mit einem Kubaner zu verheiraten und sie in der See einer anderen Gesellschaft untertauchen zu lassen, wo das Böse sie niemals finden konnte. Abuelo glaubte, von einer Dschungelverschwörung umgarnt zu sein. Wie so viele Männer, die überzeugt sind, sie seien die Beute einer zauberhaften, von vielen anderen Männern begehrten Frau geworden, akzeptierte Abuelo ein vorherbestimmtes Schicksal, das höhere Leidenschaften lenkte und das ihn zum Opfer eines unausweichlichen Handstreichs des Herzens gemacht hatte. Abuelos Liebe zu Pearl kam so stark und unerwartet in ihm auf, daß sie sein Innerstes überwältigte und ihn zitternd zurückließ, mit dem blinden Vertrauen des frisch Bekehrten. *No te agites que el corazón no se opera,* hatte Abuelos Vater ihm geraten, als sein unerfahrener Sohn sich um die Jahrhundertwende mit Pearl einließ: Reg dich nicht auf, am Herzen kann man sowieso nicht operieren.

Nein. In jenen Tagen konnte man am Herzen nicht operieren, aber auch wenn es gegangen wäre, hätte es keinen Sinn gehabt. Abuelo gab sein Herz an jenem Morgen hin, als er Pearl sah, an seinem ersten Arbeitstag in der großen Zigarrenfabrik. Nur wußte er noch nicht, daß sie sein Herz geraubt hatte. Abuelo dachte, er habe in dieser Frage noch eine Wahl. Pearl war eine der wenigen Frauen, die in der Fabrik arbeiteten, die einzige Frau auf der dritten Etage, wo Abuelo seine neue Stellung als Wickler antrat. Die meisten Frauen rackerten in niederen Tätigkeiten wie beim Entrippen, wo sie Tag für Tag Hunderte von *tercios* aufbinden mußten, Bündel von Tabakblättern, die auf Lastkähnen aus Havanna kamen. Behutsam zogen die Frauen die wertvollen Blätter von den harten Stielen und preßten sie zwischen zwei Brettern, um sie dann als Deckblätter zu den Verlesern zu schicken. Noch nie hatte Abuelo eine Frau bei dieser Arbeit gesehen. Verlesen war eine gehobene Stellung für Menschen mit besonders scharfem Blick zum Unterscheiden der luftgetrockneten Tabakblätter nach feinsten Farbschattierungen. Vielleicht hatte Pearl ihre außergewöhnlich guten Augen vom Vater geerbt, der auf dem Grund der sturmgepeitschten See lesen konnte. Pearl zuzusehen, wenn ihre Hände sich rasch durch die Stapel der Tabakblätter arbeiteten, wenn ihre Blicke zwischen Farben aussuchten, die von Papayagold bis hin zu dem tiefen, *maduro* genannten Mahagoniton reichten, war so, als ob man eine Katze in einer dunklen Scheune beobachtete, die verschwiegen ihrem Geschäft nachging, die Mäusespreu vom Weizenhaufen zu scheiden. Pearl erledigte ihre Aufgabe nicht wie eine Maschine, eher wie eine gewandte Athletin, mit einem Lachen, die Arbeit fiel ihr leicht, weil sie ihr die angeborenen Talente abforderte. Die cremeweiße Knoblauchknolle an der Kette aus geflochtener Schnur hob und senkte sich dort, wo Pearls Brüste unter dem dünnen Baumwollkleid erste Wölbungen bildeten. Pearls Haut glänzte in der Hitze, ihre Finger flogen nur so, ihre Augen ließen keinen Stich aus. Die blauen Wölkchen der schmalen Zigarren, die sie beständig rauchte, ringelten sich um sie. Pearl schien in einem dunstigen Nimbus zu existieren, bestrahlt nur vom stetigen Licht der Nordfenster, die hoch gelegen waren, um launische Seewinde abzuhalten, die die säuberlich auf den langen Tischreihen der großen Halle ausgelegten halbfertigen Zigarren verblasen könnten. Pearls Körper verströmte Aromen, die in jedem Mann dort oben im dritten Stock der Zigarrenfabrik Verlangen entfachten. Pearls Duft war eine berauschende Mischung aus saftigen Erinnerungen, aus grünen Träumen und heftigem Sehnen, aus sprießenden Tabakblättern, die sich im verschwommenen Schatten schlammiger Berghänge verbargen, aus dem scharfen, verbrannten Geruch von Knoblauch, der fest in der Erde wurzelte. In einem Meer der Hitze sahen die Männer in der großen Halle Pearl verstohlen und von weitem zu, wie sie Tabakblätter in ausgesuchten Farbtönen verlas. Der Schweiß ehrlicher Arbeit rann an Pearls schönem Nacken herab und verschwand unter dem weißen Kleid aus dem Blickfeld, wo er an ihrem starken Frauenrückgrat hinunterlief. Für die Männer in der Halle war Pearl appetitlicher als *boniatillo*, die zuckrige Konfitüre, die man aus dem breiigen Fleisch der Süßkartoffel bereitete. Die Männer in der Halle wünschten sich ein Wesen, das sie beschnuppern, belekken und verspeisen konnten, ein großes, gewaltiges Festmahl von Frau. Pearl wurde zum Hauptgericht auf der Phantasiespeisekarte eines jeden Latino-Mannes in der Halle, der einen Funken Selbstachtung besaß. Das Problem war nur, daß Pearl ihrerseits einen Appetit an den Tag legte, der größer war als der von all diesen schnuppernden Männern zusammen.

Pearls Appetit konnte nur von einem Mann gestillt werden, dem jungen Abuelo, an dessen Armen die eisernen Muskeln von jemandem spielten, der zum Rollen vollendeter Zigarren geboren war. Pearls Appetit auf Abuelo sollte ihr ganzes Leben lang nicht gestillt werden. Sie versäumte auch keinen wertvollen Augenblick, ihm ihr Begehren darzutun. Der Beruf der Verleserin war es, fünfundzwanzig sorgsam ausgesuchte und dann gebündelte Deckblätter in einen Steingutkrug zu stecken und einen Laufburschen zu rufen, der diesen Krug zu den Werkbänken der Wickler brachte. Wenn Pearl einen Krug losschickte, von dem sie wußte, daß er auf Abuelos Tisch landen würde, enthielt er jedesmal zwischen den farblich perfekt abgestimmten Blättern eine kleine, sternförmige rosa Blüte. Die Blume verströmte keinen Duft, der das natürliche Tabakaroma hätte verfälschen können, trug jedoch die Andeutung recht unverhohlener Absichten in sich, die es im Mondschein einer zukünftigen Nacht zu verwirklichen galt. Als diese Zukunft zur Gegenwart wurde, blinzelte der Mond wieder und wieder, während die heißen Körper von Pearl und Abuelo sich vereinigten und die Knoblauchknolle zwischen sich in einem Schicksalsmeer der Fülle zerdrückten.

So wie La Liga unter den Zigarrenarbeitern größer wurde, so wuchs auch Pearls und Abuelos Familie. Um die Jahrhundertwende war Key West der größte Zigarrenerzeuger der Welt, und Pearl und Abuelo hatten fünf Kinder. Auch Abuelos Stimme hatte sich verändert, sie war tief und geschmeidig geworden von den vielen Freizigarren, den Fehlfarben, die die Arbeiter in der großen Halle von früh bis spät pausenlos rauchten. Abuelos Vokale klangen so kräftig wie die Noten eines tiefen Cellos, das auf dem Grunde eines Brunnens gespielt wurde. Und es war Abuelos Stimme, die zum Auslöser des zweiten Glücksfalls in seinem Leben wurde, ihn zum höchsten Rang unter den Fabrikarbeitern aufsteigen ließ: Abuelo wurde Lektor. Während der langen, eintönigen Tage in den großen Hallen der Zigarrenfabrik, unter dem matten Licht der hohen Fenster, die den Raum vor den Winden der Außenwelt schützten, erhob sich seine Stimme über die Leere der verstreichenden Zeit. Diese Stimme erfüllte die Ohren und Köpfe, sie wurde jedem so vertraut wie das eigene Gewissen, sie war wohlgesinnt wie ein alter Freund, boshaft wie ein verschmähter Liebhaber, donnernd wie ein Stier auf der Frühlingswiese. Der, dem diese Stimme gehörte, verdiente mehr als die hochmütigen Sortierer und Verpacker auf dem Gipfelpunkt ihrer Laufbahn. Dieser Mann war der Lektor, der auf einer Plattform in der Mitte der großen Halle saß, und dort noch extra auf einem hohen Schemel, den Strohhut keck in den Nacken geschoben. Wenn der Lektor vorlas, war allen anderen das Sprechen verboten, egal ob auf englisch, spanisch oder bahamakreolisch. Die Stimme des Lektors ließ frische Ideen durch den Tag hüpfen, wenn er die englischen Zeitungen der Insel ins Spanische übersetzte oder frisch mit der Fähre von Havanna angelieferte Gazetten vorlas, die Neuigkeiten von Kuba, Barcelona, Buenos Aires brachten. Der Lektor las auch aus den Klassikern und versetzte sich dabei in jede einzelne Figur aus *Don Quichote,* dem *Grafen von Monte Christo* oder *David Copperfield.* Beim Vorlesen bildete er sich und auch die anderen. Er wurde zu einer Einmannschule für die Zigarrenarbeiter. Sie zahlten ihm einen stattlichen Verdienst aus der eigenen Tasche und stimmten über ihre Lieblingslektüren ab, um sie immer wieder von ihm zu hören. Unter den Leuchten der Literatur, die Abuelo so zum Leben erweckte, war sein persönlicher Lieblingsautor der große Góngora, der Spanier, der in einen funkelnden Mantel aus Lyrizismen gehüllt daherkam und aus dem verkrusteten siebzehnten Jahrhundert auf magische Weise sein poetisches Ich mit der unerwarteten, gewaltigen »gähnenden Melancholie der Erde« entfaltet hatte. Der große Góngora war auch der Lieblingsschriftsteller von Abuelos Vater. Die ledergebundene Ausgabe von Góngoras Gedichten war das einzige Besitztum, das sein Vater damals vor vielen Jahren auf das nächtliche Schmugglerschiff aus Havanna mitgenommen hatte. Immer mehr wollten die Arbeiter von dem großen Góngora hören. Nicht weil Góngora der Lieblingsautor von Abuelos Vater war, der sich mit eiserner Faust zum *jefe* der Liga aufgeschwungen hatte. Nicht weil Abuelos Vater den Arbeitern seinen Sohn zum Vorlesen mitten auf die Bühne in der großen Halle gesetzt hatte. Die Arbeiter wollten etwas hören, das man nicht fälschen oder kaufen konnte. Und es war eben so, daß Abuelos Stimme beim Rezitieren des großen Góngora sich noch mehr als sonst aus dem gemauerten Brunnen der bedruckten Seite erhob und das Geheimnis der Unendlichkeit ertönen ließ, in einem inneren Rhythmus von schwebender Lyrik schwang:

... die Biene als ein Goldkorn, von der Luft gewiegt,
bald Feuchte trinkend aus dem frischen Winde,
bald Schweiß des Himmels, wenn sie saugesüchtig
der stillen Sterne Speicheltau befliegt.

Jahre später, als der junge Justo an Abuelos Seite im Hinterzimmer der kubanischen *grocería* stand, spürte man immer noch Respekt für den Lektor im Ruhestand. Man spitzte die Ohren, wenn Abuelos Stimme, noch immer getragen und kräftig, durch den üblichen Zigarrenrauch erklang, der sich um sein zerfurchtes Gesicht ringelte. Die Zigarrenfabriken hatte man schon lange vor den modernen Zeiten vernagelt, in denen Zigarren von Maschinen in klimatisierten Räumen hergestellt wurden. Eine Generation war vergangen, seitdem La Liga so stark unter den Arbeitern wurde, daß die Eigentümer fünfhundert Kilometer nördlich von der Pracht und Kultur Key Wests gewerkschaftsfreie Fabriken aufgezogen hatten. Die Fabriken waren in die sumpfige Fächerpalmengegend von Tampa verpflanzt worden, wo die Malaria lauerte und Insekten sich im wertvollen Trinkwasser tummelten, das von den Dächern der hastig errichteten Häuser in die Regenfässer floß. Dies war kein Ort für Abuelo. Nein. Abuelos Familie blieb in Stella Maris, beim Stern des Meeres, wo die Pavlova im alten San Carlos tanzte. Auch wenn die glitzernde, große Zeit nun zum Grau der Depressionsjahre verblichen war, brannte der Stern des kulturellen Stolzes doch noch hell in den Herzen und Erinnerungen der Männer, die die Insel auf dem Korallenfels auf die Landkarte gesetzt hatten, indem sie einhundert Millionen Zigarren pro Jahr herausrollten. *Peng!* Noch jetzt hörte Justo Abuelos Tamarindenstock auf den Fußboden des Hinterzimmers der *grocería* knallen. *Peng!* Wieder knallte die Metallspitze des Stocks, und alle Männer horchten auf, als Abuelo hochmütig den Stock erhob, wie ein Lehrer seinen Zeigestab in einer Klasse von schwerfälligen Jungen, die dazu verdammt waren, zu Männern zu werden, aber ihr Leben lang nichts von Frauen verstehen würden, außer sie hörten auf die Worte des großen Góngora. Abuelo hob den Stock noch höher, bis die metallene Spitze das weiße Tänzerinnentrikot berührte, das die kräftigen Schenkel der Pavlova umfing, deren Körper für die Ewigkeit in einem zeitlosen Sprung aus dem an der Wand angenagelten Plakat heraus festgehalten war. Während er den Blick nicht von dem schwungvollen Geist der springenden Pavlova nahm, ertönte aus Abuelos Mund die Weisheit des großen Góngora und erfüllte jeden Kubikzentimeter des kleinen Zimmers, als wäre es die Haupthalle einer gespenstischen Zigarrenfabrik:

Still die Armada treibt im Meer des Ostens
in festen Inseln, gar nicht zu beschreiben,
Deren Zahl, zwar nicht durch Eitelkeit,
Doch wegen ihrer Schönheit und der Vielfalt,
Als wunderschönes Chaos dar sich stellte,
Als aus den weißen Teichen Europas sich erhob
Jungfräulich und nackt der Stamm der Jäger...

Die Worte des großen Góngora hallten in Justos Ohren wider, als hätte Abuelo sie erst Minuten zuvor im Hinterzimmer der *grocería* deklamiert. Zum letztenmal hatte Justo Góngoras Gedichte vor zwanzig Jahren gehört, in einer Zeit des »wunderschönen Chaos«. Das war nun alles vorbei, war den Weg der handgerollten Zigarren und der Naturschwämme gegangen. Die Schildkröten waren vom Aussterben bedroht, und mancher Sportfischer warf jeden Fang, der nicht als preisverdächtig galt, vom Angelhaken ins Meer zurück. Was würde Abuelo von alledem wohl heute halten? Von dieser Zeit, in der Rocksänger mit Songs über Rauschgift steinreich wurden und tolle Hechte in Alligatorlederschuhen ihre Windhunde abknallten, weil sie zu langsam geworden waren.

Von einer Zeit der unverschleierten Korruption, die weniger mit dem simplen Überlebenstrieb, sondern eher mit spiritueller Habgier zu tun hatte. Stella Maris hatte mehr verloren als ihre Jungfräulichkeit und ihren Glanz. Die Góngora-Zeilen von »Schönheit und Vielfalt«, die Abuelo einst in den heute verlassenen Hallen der Zigarrenfabriken gepriesen hatte, waren für immer vergangen, zusammen mit den Schwämmen im Meer und den Arien, die zu den Kronleuchtern an der Decke des San Carlos emporgeklungen waren.

Justo stopfte sich noch eine Backmuschel in den Mund und ließ sie in das säuerliche Brodeln seines Magens rutschen. Die letzte schob er Ocho auf dem Rücksitz ins Maul, während er in die Passover Lane einbog, die zum Friedhof führte. Er parkte unter einem ausladenden Banyanbaum, der Schatten vor der heißen Vormittagssonne bot. Das Intermezzo mit dem Schönen Jimmy beim Flugplatz hatte Justo in seinem Zeitplan nicht allzusehr zurückgeworfen. Die Eisentore des Friedhofs wurden gerade erst geöffnet, es war noch früh genug, so daß er weder irgendwelchen fremden Trauergästen in die Quere kommen würde noch dem nachmittäglichen Gewühl der Touristen, die zwischen den Grabsteinen umherwanderten, die in den Granit gemeißelten seltsamen Familiennamen aus Kuba und den Bahamas bestaunten oder die schief stehenden Kalksteinkreuze nach jener Inschrift mit regionaler Berühmtheit absuchten, wo jemand auf Marmor seinen ewigen Vorwurf unvergänglich gemacht hatte: ICH HAB DIR GESAGT, DASS ICH KRANK BIN. Der Friedhof lag nahe des höchsten Punktes der Insel und damit volle fünf Meter über dem Meeresspiegel. Diese Tatsache ließ manch einen verächtlich lachen, die Ängstlicheren aber blickten oft auf den Ozean hinaus, ob vielleicht gerade eine sechs Meter hohe Flutwelle herangebrandet kam. Der Friedhof war vor über hundert Jahren auf die Anhöhe verlegt worden, nachdem ein wilder Hurrikan die Wellen so weit landeinwärts gepeitscht hatte, daß er aus dem ursprünglichen Friedhof der Insel einen Haufen Knochen und längst begrabene Familiengeheimnisse hervorspülte und die Gerippe von Sklaven freilegte, die am Ende ihrer Knechtschaft als letzte Belohnung immerhin ein christliches Begräbnis bekommen hatten. Die Stadtväter hatten seinerzeit verhindern wollen, daß noch einmal klappernde Knochen im Gefolge der brodelnden Flut eines Hurrikans herumschwappten und Nachtmahre der Vergangenheit aufstörten, aus denen die Träume der Zukunft geboren wurden.

Der Friedhof verströmte eine seltsame Stille mitten im Herzen der überfüllten Insel. Er war auf allen vier Seiten eingepfercht von den schmalen Gäßchen mit Zigarrenmacherhütten und den spitzgiebligen Häusern der Gegend, die sich ringsherum um eine bessere Aussicht auf diesen höchsten Punkt der Insel zu drängen schienen, der nicht den Lebenden, sondern den Toten vorbehalten war. Ein unnatürlicher Frieden herrschte hier, als wäre dies nichts als eine Grasebene, die zufällig mit Grabsteinen, Mausoleen und Denkmälern überwachsen war, wo die Vögel der Insel sich hinflüchteten, um in Ruhe nach Würmern und Käfern zu stöbern, unbeeindruckt von Leid und Neugier menschlicher Friedhofsbesucher. Langbeinige weiße Sichelreiher schritten gemessen über die Grasnarben zwischen den Gräbern, die gekrümmten Schnäbel bereit zum Zustoßen. Auf einem sechs Meter hohen Obelisken, der zum Gedenken an einen Mann von vergessener Berühmtheit errichtet worden war, hockte ein wachsamer Schwalbenweih und hielt Ausschau nach umherflitzenden Feldmäusen zwischen den Sträußen aus Plastikblumen, die hie und da in den Hunderten von vernachlässigten, unkrautüberwachsenen Grabsteinen aufblitzten. Würdevoll wurde Justo von dem Raubvogel beobachtet, während er die leeren Asphaltwege entlangging. An jeder Wegkreuzung hatte man niedrige Zementmale errichtet, die mit Straßennamen beschriftet waren: FIRST AVENUE, SECOND AVENUE, THIRD AVENUE, Alleen ohne Autoverkehr, eine Orientierung für die Geister in einer Stadt der Toten. Justos Familiengrab lag in der Third Avenue, gleich hinter dem jüdischen Teil und neben der Ziegelbaustruktur einer Vereinigung, die den Namen WELTGILDE DER HOLZFÄLLER trug. Noch früher am Tage kam Justo nicht gerne auf den Friedhof. In der Ferne hatten die Hähne mit ihrem schrillen Krähen aufgehört, waren ihrer Forderung nach längeren Dämmerungen und kürzeren Tagen müde geworden. Das Verstummen der Hähne beruhigte Justo, denn ein Santería-Ritual, das während der Nacht auf dem Friedhof abgehalten wurde, mußte vor Anbruch der Dämmerung beendet sein. Im Laufe der Jahre war der Friedhof Schauplatz vieler solcher Zeremonien gewesen. Oft entdeckte man im Morgengrauen Grabsteine, über die Hühnerblut gespritzt worden war, um das Böse aus den Gräbern zu verscheuchen. Oder man fand ein ganzes Huhn, mit gespreizten Flügeln, die ausgeweideten Gedärme verstreut wie bunte Gewichte zum Zurückhalten rastloser Geister. Das waren ganz normale Dinge, die manchmal als alarmierende Schlagzeilen in der Zeitung auftauchten. Aber es gab auch andere, weniger normale Dinge, die nervöse Neuankömmlinge ängstigten und bei den Alteingesessenen langgehegte Vermutungen über Voodoo-Geister bestätigten, die aus ihren Gräbern stiegen. Vor allem galt es zu vermeiden, vor dem ersten Hahnenschrei auf dem Friedhof anzukommen. Ein nächtliches Ritual, private Zeremonien und geheiligte Opfer unabsichtlich mitzuerleben, das bedeutete, sich gräßliches Unheil aufzuladen. Wer die Geister zu besänftigen versuchte, der mußte unerkannt bleiben, die Heiligen mußten gefüttert und die Dämonen gemieden werden. Ein unschuldiger Zuschauer könnte sonst in einer Raserei der transzendenten Erlösung oder des finalen Bösen über den Haufen gerannt werden. Manche Dinge ließ man am besten auf sich beruhen.

Justo rieb an seinem goldenen Hühnerknochen, während er diese Stadt der Toten rasch durchschritt. Der Schwalbenweih, der ihn von der Spitze des Granitobelisken beäugt hatte, stieß einen schrillen Pfiff in den Wind und stieg empor in den offenen Himmel. Ocho tollte zwischen den Grabsteinen und im Gestrüpp umher, weniger instinktiv jagend als auf zaghafter Erkundung. Der Hund blieb stehen und richtete die spitze Schnauze auf Dinge, die er nicht sah, sondern nur roch. Ocho drehte sich um und warf Justo aus seinen wilden Augen einen abergläubischen Blick zu, der bei Hunden so natürlich wirkt. Justo begriff und blieb ebenfalls unter den hohen, geschwungenen Ästen eines blattlosen Frauenzungenbaums stehen. Er glaubte etwas gehört zu haben. Er hielt den Atem an, und da war ein leises Rasseln in der Ferne. Justos Blick strich über den engen Horizont aus Grabsteinen und Grüften und die vom Salz zerfressenen Geländer zur Begrenzung der einzelnen Familiengräber mit ihren in Stein gehauenen ruhenden Lämmchen, den Alabasterengeln im Fluge, marmornen Amoretten und zum Himmel aufsteigenden, geflügelten Cherubim aus Zement. Alles war von der Sonne zu einem unirdischen Sepiaton gebleicht. Zwischen baufälligen Mausoleen und bröckligen Mauern von Grabgewölben standen hohe Bäume in welker, ätherischer Stattlichkeit. Mickrige Palmen säumten die Alleen der Toten bis hinunter zum Friedhofseingang, wo man, so ging das Gerücht, in einer dunklen Nacht 1909 sechshundert Mann heimlich bestattet hatte, deren zerfetzte Leichen in Stücken auf Pferdewagen herangeschafft worden und schließlich wild durcheinander als anonymes Puzzle im Massengrab gelandet waren. Die Männer, so hatte Abuelo es Justo erzählt, waren von einer gewaltigen Explosion zerrissen worden, die sich bei ihrer Knochenarbeit zur Fertigstellung der Overseas Railroad ereignet hatte, der über hundertfünfzig Kilometer langen Serie von Eisenbahnbrücken über die dreiundvierzig Florida Keys, die Key West mit dem festlandamerikanischen *way of life* verband. Justo glaubte daran, daß diese Männer auf dem Friedhof lagen. Als kleiner Junge hatte er einmal einen sauber abgetrennten Schweinekopf in einem Gestrüpp liegen sehen, genau an der Stelle, wo angeblich das Massengrab lag. Manche Dinge läßt man am besten auf sich beruhen. Das Geräusch, das Justo aus der Ferne zu hören geglaubt hatte, kam von oben. Das Rascheln eines Windstoßes brachte die bronzefarbenen Fruchtschoten des Frauenzungenbaums zum Klappern. Das war das Geräusch. Bei starkem Wind erzeugten die zungenförmigen Schoten einen klappernden Ton, den manche mit dem ohrenbetäubenden Lärm schnatternder Frauen verglichen. Über Justo erklang aber nur leises Geschnatter. Er ging weiter und bog in die Third Avenue ein, wo seine Eltern und Großeltern in Korallengestein unter einem lebensgroßen Marmorengel ruhten, der in seiner ewig ausgestreckten Hand einen Strauß Hundszahn darbot.

An jedem ersten Freitag im Monat kam Justo im Morgengrauen hierher, um vor dem sanft lächelnden Engel niederzuknien, der das Grab seiner Familie bewachte. Er brachte frische Blumen mit, die zu dem steinernen Strauß des Engels paßten, und sprach ein Gebet. Er betete für die Seelen seiner Lieben, für die Lebenden und die Toten. Er erflehte die Kraft, sich als Familienvater in den Winden des Wandels einen festen Halt zu bewahren. Eines Tages würden er und Rosella unter dem Engel ruhen, Hand in Hand für alle Ewigkeit. Justo fragte sich, ob seine Töchter ihnen wohl nachfolgen würden. Heutzutage änderte sich alles so rasch. Wer wußte schon, ob sie die Verbindung halten würden. Justo versuchte, ihnen diese Verbindung, diesen Stolz einzuimpfen. Vielleicht wäre es ihm besser gelungen, wenn er Jungen gehabt hätte. Er wußte es nicht. Er hielt sich für einen Versager bei seinen eigenen Frauen. Lieben und beschützen konnte er sie. Aber konnte er sie auch wirklich leiten? Justo spürte, daß seine Töchter die eigenen weiblichen Reize weitaus wichtiger schätzten als die Familiengeschichte. Vielleicht war auch das sein Fehler. In letzter Zeit zweifelte er an seiner männlichen Entschlußkraft. Das hatten ihm die

Frauen angetan. Würden sie Abuelo jemals so verstehen, wie er es getan hatte? Konnten sie Abuelo heraufbeschwören, wie er die Metallspitze seines Tamarindenstocks auf den Boden der *grocería* knallte und über den Verrat am Freikorps des General Narciso López schimpfte, der die Invasion Kubas von Amerika aus geplant hatte? Würden sie noch wissen, daß López' Armee damals auf Befehl Präsident Taylors aufgelöst und bei ihrer Landung in Cardenas 1850 von den spanischen Schakalen völlig aufgerieben worden war? Abuelo hatte im Hinterzimmer der *grocería* gewettert und gemeint, Amerika werde Kuba wieder verraten. Das war Abuelo bis ins Mark bewußt: Kubaner können sich nur auf Kubaner verlassen. So lautete die Lektion aus der Geschichte. Justo überlegte, ob seine Töchter ihren alten Großvater überhaupt verstanden hätten, der am Kummer und an seinem krebsigen Zigarrenhusten gestorben war, eine Woche nachdem der Verlauf der Schweinebucht-Invasion seine Prophezeiung bestätigt hatte. Abuelos Stock aus Tamarindenholz lehnte nun in Justos Wohnzimmer, neben einer Statue der Jungfrau Maria, vor der Rosella stets eine Novenenkerze brennen ließ. Würden seine Töchter sich daran erinnern, daß sie Tamarindos waren, geschnitzt aus dem Baum der kubanischen Befreiung? Diese Fragen stellte sich Justo immer, wenn er an das kleine Familiengrab kam und vor den sauber angeordneten Rechtecken der weißgetünchten Gräberplatten stand.

Ocho blieb wieder stehen, streckte die Nase in die Luft und schnupperte an etwas Ungewissem, dann lief er langsam zu Abuelos Ruhestätte, die in der Mitte von Justos Familiengrab lag. Ein großes Steinkreuz stand über der schlichten Platte, auf der die Worte eingemeißelt waren: *Manuelo Diego Rosa Tamarindo ?? – 1961*. Ocho sah zu Justo zurück. Justo packte ihn am Halsband und riß das verblüffte Tier von dem Grab weg. Über das weiße Rechteck von Abuelos Grabplatte waren zwei Streifen Blut geschmiert, die sich zu einem X kreuzten. Das Blut kam aus dem aufgeschlitzten Bauch einer südamerikanischen Agakröte, die tot und ausgeweidet im Zentrum des X lag. Die Augen des zwei Kilo schweren, warzigen Klumpens waren ungelenk mit Angelschnur zugenäht, das Maul verschloß ein Nagel, der durch den Schädel getrieben war und im Unterkiefer wieder austrat. Am Fuße von Abuelos Grab lag ein mit einem Stein beschwertes Blatt Papier. Vorsichtig drehte Justo sich um und blickte auf die lange Allee zurück. Niemand zu sehen. Ganz hinten am Horizont aus Grabmalen, beim Eingang zum Friedhof, bewegte sich nur die ferne Silhouette eines einsamen Radfahrers. Vermutlich nahm da jemand auf dem Weg in die Stadt eine Abkürzung über den Friedhof. Justo wandte sich wieder zu Abuelos Grab. Er hielt Ocho fest am Halsband gepackt. Die milchige Flüssigkeit, die der Kröte als Schaum vor den Mund getreten war und auf den fetten Lippen geronnen war, enthielt ein Gift, das einen kleinen Hund umbringen und bei einem größeren böse Krämpfe auslösen konnte. Das Blut auf dem Grab glitzerte, es war noch frisch. Jemand kannte Justos Gewohnheiten, jemand wußte, daß er an diesem ersten Freitag im Monat auf dem Friedhof sein würde. Justo zog das weiße Papier unter dem Stein hervor. Er hielt es hoch und las die Worte darauf, die in kunstvollen, eleganten Kursivbuchstaben geschrieben waren:

DER ALTE FILOR WAR SCHLAU WIE DIE MAUS
SPERRTE DIE NIGGER VOM MARKT IN SEIN HAUS
HIELT SIE DORT FEST BIS BALD NACH HALB ZEHN
FÜNF DOLLAR WOLLT' ER VON JEDEM SEHN

RENNE, RENNE, NEGERLEIN! DER ALTE FILOR
FÄNGT DICH EIN!
ACH, WENN ICH DOCH WÄR NUR AN FILORS STELL'
TÄTE DIE NIGGER SCHON KRIEGEN SCHNELL!

Darunter stand der Name »Zobop«, mit lila Filzstift gezeichnet. Unter dem Namen prangte eine Schlange mit Menschengesicht, zwischen dessen Lippen sich eine zuckende Schlangenzunge hervorstreckte. Auf dem Kopf trug die Kreatur einen kecken Zylinder.

Ocho wollte sich auf die Kröte stürzen. Justo zog den Hund noch weiter zur Seite. Er sah sich zwischen dem Unkraut und den Plastikblumen nach einem Stock um, mit dem er das gräßliche Krötenvieh von Abuelos Ruhestätte wegbefördern konnte. Er fand aber keine Stöcke, nur Eidechsen huschten bei seinem Herumstöbern davon. Justo bekreuzigte sich, dann trat er auf Abuelos Grab und stieß das tote Gewicht der Kröte mit der Schuhspitze weg. Er zerknüllte das weiße Blatt Papier zu einem kleinen Bällchen und warf es über den rechten Flügel des sanftmütigen Engels, der seine Familie behütete. Er erinnerte sich an die Worte *Cosa mala nunca muere.* Abuelo hatte diesen Ausspruch oft getan, hatte sich dabei auf den Griff seines Tamarindenstocks gestützt und in Justos junge Augen geblickt. Böse Dinge sterben nie.

Justo kehrte dem bösen Ding den Rücken und griff nach dem goldenen Glücksknochen an seinem Hals wie ein Mann, der nach lebensrettender Luft schnappt. Die Adern seines breiten Halses traten hervor, als er jetzt die Third Avenue in der Stadt der Toten entlangschritt. Aus dem Tumult seiner Gedanken fielen ihm zwei Gedichtzeilen aus der Vergangenheit ein, die ihn weit weg von diesem Bösen trugen, eine Offenbarung in der Stille, die erst jetzt zu ihrem wahren Sinn erwachte.

Als aus den weißen Teichen Europas sich erhob
Jungfräulich und nackt der Stamm der Jäger...

Manche Dinge läßt man am besten auf sich beruhen.

8

Da ist das Sirren der Hitze, das Huschen der Krabben, das Knarren der Lust, knackendes Licht. Da ist das stetige Wuseln von Verfall, das leise Summen der tropischen Zeit. Tamm-tamm, schlägt sie eine Twostep-Wirklichkeit im Hurrikantanz meiner vielen Sinne. Bald wird das zornige Auge durch tote Herzen fahren, gewittrige Wiedergeburt aufwühlen. Ich warte. Wer tanzen will, muß die Kapelle zahlen. Vor allem bin ich der Teufelstänzer, wenn schon nichts anderes, nichts anderes als Unsicherheit, Ungewißheit, die sich am Wetzstein der Vorahnung schärft. Ich bin die Biene in eurem Ohr, der Skorpion in eurem Bett, ich bin die Ratte, die in eurem Bauch nagt, in der Palme draußen vor dem Fenster kratzt und euch aus Bernsteinaugen beobachtet. Mein Kopf pulsiert wie die scharlachrot geblähte Kehle eines Chamäleons, das nach dem Zischen des Regens auf einem verrosteten Blechdach sitzt. Seid euch bewußt, daß eure Geschichte mir nicht entgeht, denn ich war schon hier, bevor Juan Ponce de León 1513 an dieser Küste landete, der große gierige Mann persönlich, ganz Federpomp und Wangenpuder, der weder Land noch Meer entdeckte, sondern eine Bastardwelt aus beidem, von der Sonne bis zur schimmernden See, ein schwüles Loch in der Mitte der Neuen Welt, ein Märtyreruniversum aus verdrehten, messerscharfen Korallen, die unter der lauwarmen Salzbrühe lauern, und de León gab seiner Vorhölle den Namen Los Mártires, überließ sie aber abrupt seinen Alpträumen und setzte rasch die Segel zu jugendlich leuchtenden Aussichten, hin zu Visionen von Wasserfontänen, die sich am fernen Horizont auftürmten, gefüllt mit dem angenehm süßen Geld anderer Männer und der verheißenen Schändung von milchigen Töchtern ohne Augenlicht. Schon vor allen anderen Lebensformen war ich hier, auf diesen Pleistozänfelsen der sumpfigen Florida Keys. Ich war hier, als Steinkrabben noch embryonische Geisterschatten waren, bevor ihre verkrusteten Schalen sich gelb verfärbten, bevor ihre zwickenden Scherenspitzen sich schwarz verfärbten, um ahnungslose Beute aus dem Salzwasserschlaf zu reißen. Ich bin ein Teufelswind, in der Sahara geboren, eine vorbestimmte Sandhose, die aus Afrika aufsteigt, ich spüre den heißen Atem des Atlantik, während ich auf meinem Weg zu euch übers Wasser wirble. Das alte Riff aus Korallen wird euch keinen Schutz bieten, noch die moderne Schnellstraße auf den Brücken übers Meer einen Fluchtweg. Keine Jungfrau aus buntem Gips in irgendeiner künstlichen Zementgrotte wird sich mir wundersam entgegenstellen, um euch vor meiner fürchterlichen Raserei zu schützen. Der Wind der Verachtung bläht meine Segel. Ich spucke auf eure kastrierten Werke, auf eure armselige Welt der Mikrochips, auf die Bibel und auf *Moby Dick*. Wenn ich mit Jesus rede, dann als R-Gespräch. Ich bin das, was in eurer Welt am wenigsten und in meiner am allermeisten gilt: ein stolzes Tier. Ich bin ein milchgebendes Drama mit verbundenen Brüsten. Ich säuge alle Generationen. Ich kopuliere mit den Fliegen und diniere mit den Flöhen. Den Fischen gestatte ich das Wehklagen, den Fledermäusen das Begatten von Kolibris. Ich habe eure *Lucy in the Sky with Diamonds* gesehen, ich habe unter dem Druck eurer Unzufriedenheit geruht. Wenn ich meinen Hut in die Wellen werfe, brennt er ein Loch bis hinüber nach China. Seid euch deshalb bewußt, wenn ihr mich seht, daß ich es gar nicht bin, denn ihr seht mich in euch selbst. Nach der Leidenschaft eines durchziehenden tropischen Gewitters legt sich immer eine unirdische Luft über meine Insel, bleierne Wolken senken sich herab, um diesen ehernen Schmelztiegel zu füllen. Die azurblaue See verstummt und seufzt, starrt leer und unbarmherzig in den freigelegten Himmel über sich.

Nehmt meine Hand. Ich tue euch nicht weh. Mittlerweile solltet ihr mich kennen. Wir sind Freunde, ihr und ich, nicht ganz wie Geschwister, eher vereint in unserer Vorliebe für Schweineknochen und im Haß auf das Blut der grünen Meerkatze. Nehmt meine Hand. Ihr braucht mich. Braucht meine tröstende weiße Wespenzunge. Ich bin der, der am Tor der Wasser Wache hält. Ohne mich gibt es keine Reinheit, alles wäre Unrat, eure Seele wäre nichts als Schimmel auf einem verdorbenen Brotfruchtkuchen. Nehmt meine Hand und laßt euch führen. Folgt mir in eure eigene Geschichte. Ihr kennt eure Geschichte gar nicht, oder? Deshalb seid ihr auch verloren ohne mich. Ihr kennt nicht die Geschichte eurer Welt, könnt euch nicht erinnern daran, was Tag für

Tag in eurem Leben geschah. Ihr seid als Menschen geringer als das Tier, denn nie fällt ein Hund zweimal in dieselbe Grube. Ihr braucht mich mehr als je zuvor, nehmt meine Hand. Fühlt sie sich feucht an? Ihr braucht meine feuchte Hand, die euch führt. Dies ist das Ende der Strecke, dies ist euer Ausweg aus der Vergangenheit. Eure Zukunft beginnt hier, auf diesem stummen Korallenriff, diesem verrenkten Rückgrat versteinerter Gedanken. Ja, ihr werdet einen Führer brauchen für diese Reise durch die gebrochene Gegenwart. Aus dem Nirgendwo könnt ihr nicht irgendwo hingehen, deshalb leuchte ich euch den Pfad. Fühlt sich meine feuchte Hand an wie das ungeschlüpfte Ei der Lederschildkröte, frisch aus dem Schließmuskel seiner elf Zentner schweren heiligen Mutter getropft? Seid vorsichtig mit meiner Hand, sie ist schwach und zerbrechlich wie alle Schildkröteneier, die knapp über der Hochwasserlinie in ihre sandigen Nester gedrückt werden, im Vollmondschein zurückgelassen von einer Mutter, die in ihrem ganzen Leben nur dann aus dem Meer kriecht, wenn sie neues Leben stiftet. Die schwappende See wiegt die Schöpfung, die Küste verleiht der Konsequenz Halt. Ist meine Hand warm wie die sonnenheiße Membran eines ungeschlüpften Eis der Lederschildkröte? Was kümmert es euch? Gar nichts. Deshalb baut ihr auch Apartmenthäuser und Einkaufszentren dort, wo die Schildkröten ihre erste Chance aufs Überleben bekommen, wenn sie frisch aus dem Ei geschlüpft sind und in diesem Augenblick benommener Einmaligkeit dann eure künstlichen Lichtstrahlen im Irrtum für das lockende Glitzern der wogenden Mutter See halten. So ziehen sie los in euer falsches Licht, ins malmende Verhängnis von Autoreifen, in die Klauen von Hauskatzen und Ratten, die vom Fressen eures Dreckmülls ganz verrückt geworden sind, ins Verderben eurer Neuzeittundra. Die Schildkröten sind wie *boteros*, wie die Flüchtlinge in den kleinen Booten, an eure Küsten gelockt von glitzernden Verheißungen, vom Leuchtfeuer schimmernder Pläne, wie man schnell reich wird, so reich, daß die Kinder gar keine Pläne mehr brauchen. Geködert von einem grell erleuchteten Universum der Falschheit, in dem eure mürrischen Nachkommen verhätschelt und gepriesen werden. Ihr glaubt mir nicht? Lauscht nur einmal euren Radiowellen, die die Sporen der Trägheit in der Luft ausbringen und in denen schräges, pubertäres Gewinsel knistert, atmosphärische Arroganz voll pickliger Gelüste, aus Langeweile geborene Begierden. Eure Ohren sind innen längst zerfressen von diesem ständigen Müll. Ihr hört das Geräusch eurer eigenen Ignoranz schon gar nicht mehr, beachtet nicht mehr die Gesetze der Natur, leugnet die Weisheit des Alters. Eure Hirne werden immer jünger, während ihr altert. Ihr haltet euch für den wiedergekehrten Ponce de León, ihr glaubt, ihr hättet eure persönliche Milchstraße in Milky-Way und ewigem Juicy-Fruit gefunden. Geht nur hin, nehmt einen Bissen aus euren perversen Produkten. Ihr kaut auf einer Riesenlüge herum, und ihr Kern der Fäulnis, den ihr geschluckt habt, wird in eurem Bauch zur Wespe werden, aus euren Ohren werden Bienen brausen. Still. Nicht weinen. Meine feuchte Hand liegt in der euren, eine totgeborene Schildkröte, die tugendhaft wird. Ihr wollt mich verlassen, nicht wahr? Ihr mögt mein Geschnatter nicht, habt Angst vor der Wahrheit. Ihr hört mich, aber ihr seht mich nicht. Ihr spürt nur die Nässe in eurer Hand, den Schweiß in eurem Nacken. Ihr wißt gar nicht, wer ich bin, stimmt's? Ihr wißt nicht, was für Gedanken durch mein totgeborenes Hirn jagen. Mein Gehirn ist wie der Golfstrom zwölf Meilen vor der Küste, ein gewaltiger blauer Fluß, der den grünen Ozean durchmißt, seine pulsierende Strömung preßt siebzig Millionen Tonnen Wasser pro Sekunde durchs Meer, eine mächtigere Kraft als all eure irdischen Flüsse zusammengenommen. Ich bin ein Sturzbach aus Gedanken, der in der mich umgebenden See der Gesellschaft strömt, ein Fluß der Ideen, in dem Plankton und Wörter wogen, eine gegenläufig kreisende Wut, die wie ein Raubtier ohne Kopf und Schweif durch ihren Unterwasserkäfig stapft, so wie der Golfstrom zwischen Afrika und Amerika dahinstapft, mit seiner großen muskulösen Stärke endlose Kreise zwischen der Alten und der Neuen Welt beschreibend, ohne Anfang, ohne Amen. Ich habe keine Geschichte, weil ich tot geboren wurde, belastet mit vorahnendem Wissen. Doch ich weigere mich, in eure Welt hineingeboren zu werden, eine unglückliche Schildkröte, geblendet vom grellen Licht der Parkplatzanlagen, meine jahrhundertealten Instinkte des Blutes sind verwirrt und glauben, daß meine Paddelfüße mich in den Schein des Vollmonds tragen. In eurer Welt sind die Vögel und die Krebse nicht mehr die einzige Bedrohung meiner Schildkrötenseele, denn es ist gar nicht der Zug des Mondes, der mich da leitet, sondern das falsche Licht.

Geht nicht. Kommt zurück. Ich verspreche auch, brav zu sein. Wenn ihr bleibt, erzähle ich euch ein Geheimnis. Mögt ihr Geheimnisse? Natürlich, alle habgierigen Kinder mögen Geheimnisse, und ihr seid ja nichts als ewige Halbwüchsige. Hat nicht eure Gesellschaft gerade das in euch hervorgekehrt? Wird nicht gerade das in dem Rückspiegel eurer Seele gezeigt, denn ist nicht die Seele eures Universums das Automobil? Das Automobil hat euch auch hierhergebracht, mit ihm seid ihr in diesen Ozean gefahren, der größer als Europa ist, auf Autobahnbrücken aus Beton über dreiundvierzig Inseln. Oder seid ihr auf Aluminiumschwingen gekommen, im Flugzeug? Ihr habt Glück, daß ihr Flügel zum Fliegen habt, denn ihr habt die wunderschönen westindischen Täubchen vernichtet, die einst hierhergezogen sind. Nur die Weißkopftaube hat überlebt, die einmal im Jahr ihren atavistischen Kurs von Kuba nach Florida über den Golf von Mexiko nachzieht. Die allererste planmäßige Flugverbindung übers Meer vom Ausland in die Vereinigten Staaten folgte der Route der jetzt ausgestorbenen westindischen Täubchen, von Havanna nach Key West. Damals hatten eure Piloten noch keine ausgeklügelten Funkgeräte. Sie hatten nichts als Brieftauben, die sie in kleinen Holzkäfigen mit in die Lüfte nahmen; im Notfall wurden sie freigelassen, um nach Key West zu fliegen, an den zarten Beinchen ein Papier mit einem Hilferuf. Ihr habt fast alle geflügelten Wunder der Natur vernichtet, die einst über diese Gewässer gezogen sind, den Rest habt ihr in Käfige gesperrt und so entartet, daß er eurem mörderischen Dasein dient. Ja, ich sagte: mörderisch. Ihr preist eure Mörder ja noch, wie diesen Sohn eines Sklavenschiffkapitäns, der hier in der ersten Hälfte des letzten Jahrhunderts eintraf, euer Mr. Audubon, der phantastisch gefiederte Kreaturen abschlachtete, der Hunderte von mächtigen Pfuhlschnepfen und gewaltigen Silberreihern flügellahm schoß, alles nur aus Eitelkeit, weil er seine Version ihres Ebenbildes malen wollte. Dieser Sohn einer dunklen dominikanischen Sklavin und Gespielin verglich sich gerne mit den ägyptischen Arzneikundlern, die die Pharaonen einbalsamiert hatten, und zu seinen engsten Freunden zählte er amerikanische Waffenhändler und perverse Aristokraten aus Europa, die eifrig ihre Sammlungen von Eiern seltener und ausgestorbener Vögel pflegten. Ja, euer geliebter Volksheld zog sein ganzes Leben lang auf der Suche nach ornithologischen Höhepunkten herum, in sich den elefantisch stampfenden Wunsch, Lebendes zu töten, um es zu bewahren. Dieser besessene Zeichner, bei dessen Namen man heute an ökologische Rechtschaffenheit denkt, war ein mutwilliger Zerstörer gerade dessen, was er zu retten vorgab. Ihr seht also, ich bin nicht die moralisch verkommene, bucklige Kreatur, als die ihr mich seht. Ich gehe aufrecht; es sind eure Helden, die kopfüber im Schleim der getürkten Geschichte liegen und denen die Lügenblasen aus der Nase quellen. Wenn ihr nicht an meine Wahrheit glaubt, dann werdet ihr aufgerieben. Denkt ihr, ich sage hier nur Dinge, die ihr gar nicht hören wollt? Denkt ihr, ich halte euch nur unter dem Vorwand fest, euch in mein kleines Geheimnis einzuweihen? Wird euch langsam klar, daß ich gar kein Geheimnis habe? Ach, ihr kennt mich doch jetzt schon gut genug, oder? Ihr wißt genug, um euch klar zu sein, daß ich etwas Besonderes bin, ein komisches Gefühl in eurem Hals, ein Stich in eurem Herzen, ein toter Vogel in eurer Hand.

Ihr habt ein interessantes Problem. Weil ihr eure eigene Geschichte nicht kennt, rennt ihr in den Untergang. Obwohl ich euch abstoße, wißt ihr genau, daß ihr mich braucht, weil ich euch auffangen muß, wenn der Absturz kommt. Und deshalb fleht ihr mich an, ich möge euch etwas anderes als die quälende Wahrheit erzählen, euch mit etwas Schönem beschwichtigen, vom Flug der Krabbenreiher säuseln, den strahlend bunten Engelfisch besingen, darüber jammern, daß man die Seekühe vor den Schrauben der Schnellboote retten muß, euren Sinn für Gerechtigkeit aufstacheln, indem ich von den praktisch ausgestorbenen Floridajaguaren plappere, die ihr Leben auf den Alligatorschnellstraßen durch die letzten Everglades-Sümpfe lassen müssen. Ihr sähet mich gern flitzen wie der Barracuda, huschen wie der Sandhai, gleiten wie der Reiher, segeln wie der Fischadler über die roten Mangroven. Alles mögliche wollt ihr von mir, nur nicht, was ich eben tue: die Wahrheit sagen. Seit Generationen habt ihr nun täglich zehn bis vierzig Millionen Liter von eurem Dreck durch ein halbmeterdikkes Rohr gepumpt, direkt in den Schiffahrtskanal kaum einen Kilometer vor der Küste dieser Insel, die ihr euer Zuhause nennt. Euer menschlicher Abfall treibt auf dem Meer und lockt herabstoßende Möwen und gierige Gründelfische an, dunkle Flecken auf reinem Wasser, Gase verströmende, schwimmende Schlieren, zu denen eure Kinder Scheißekleister sagen. Während ihr kichert und vor dem dunkel werdenden sonnenroten Himmel das Eis in euren Cocktailgläsern klimpern laßt, sterben ringsherum die Ozeane, weinen die Delphine und schreien die fliegenden Fische. Es war euch nicht genug, daß ein einziger Angler neun Zentner Königsmakrelen am Tag fangen konnte; wenn er seine blinkenden Köder nur ein wenig hüpfen ließ, flitzten schon ganze Schwärme von ihnen aufgeregt herbei. Nein, das Angeln von Hand war euch zu langsam. Heute jagt ihr die verstörten Schwärme von oben mit Aufklärungsflugzeugen, dann schickt ihr die lauernde Streife aus großen Dieselbooten los, um mit Netzen in wenigen Stunden einzupferchen, was hervorzubringen die Natur unendlich lange gebraucht hat. Bald werdet ihr die Meere leergefischt haben. Dann bleibt euch nur noch der Scheißekleister zum Umrühren. Dann müßt ihr Fleisch zu euch nehmen, das sich von euren eigenen Exkrementen ernährt hat. Und ihr verlangt, daß ich euch etwas Schönes erzähle. Euch die bequeme Lüge auftische, daß es euch nur um den Fortschritt geht. Ihr seid enttäuscht, weil ich nicht vom jamaikanischen Korallenstrauch in voller Blüte schwärme oder die zweiundfünfzig Farbschattierungen der karibischen Baumschnecke beschreibe. Warum sollte ich euch von illusorischen Baumschnecken erzählen, die sich von Borkenflechten ernähren, wenn ich doch weiß, daß ihr im selben Moment ihren winzigen Lebensraum mit Bulldozern bestürmt und ihr Inneres mit Insektiziden vergiftet? Ihr habt die gepeinigten Felsen der Florida Keys in Monumente des Profanen verwandelt. Um euren Überseehandel der Plünderei zu lotsen, habt ihr Leuchttürme von mehr als dreißig Meter über dem Meeresspiegel errichtet, deren lockende Strahlen die nächtliche Wildnis des Ozeans durchbohren und synthetische Wege über die Routen von Zugvögeln legen, die durch die Nacht fliegen und als erschöpfte, verwirrte Flugwesen in die funkelnden Fallen gehen, zarte Körper, die gegen die heißen Kreise des falschen Lichtes krachen. Im Frühling und im Herbst sind die Gewässer im Golf von Mexiko voll mit den gefiederten Opfern eurer Gefühllosigkeit.

Genug, ruft ihr, ihr seid nicht verantwortlich für die Übel dieser Erde! Warum kann ich also nicht großzügig sein und euch unterhalten, eure bebenden Glieder beschwichtigen, euch hätscheln so wie diese Alligatoren, die ihr in den Touristenfallen der Everglades gesehen habt, wo Indianerjungen mit den Reptilien ringen, sie auf den knorrigen Rücken werfen und ihnen dann den weißen Bauch mit Sand einreiben, bis das wütende Prusten zum Schnarchen geworden ist, wenn die uralten Viecher eindösen, ihre Schwimmfüße noch durch die Luft rudern, die mächtigen Schwänze aber erschlafft sind und nicht mehr damit drohen, einen

Menschen mit einem gewaltigen Schlag in zwei Teile zu hacken. Ins Heia-heia-Bettchen wollt ihr. Wenn ihr dann aus euren Träumen erwacht, soll ich immer noch da sein und euch den Bauch mit Sand einreiben, euch als Schlaflied ein Alibi im Amphibienfegefeuer singen. Ich bin aber kein Traum. Fühlt sich eure Hand feucht an, ist euer Mund trocken? Gut, dann können wir zur Sache kommen. Ich werde euch mein Geheimnis offenbaren, jetzt da ihr erwacht seid aus dem Stumpfsinn eurer lächerlichen Einfaltspinsel, die im Radio etwas von Sympathie für den Teufel predigen. Der Teufel braucht eure Schuldgefühle nicht, der Teufel verteilt auch keine Sympathie, der Teufel will nur Seelen haben. Ich weiß mehr über diese Dinge als jene, die diese Dinge sind. Ich sehe den Wald ohne die Bäume. Ich sehe mich selbst in einem Skelettkostüm. Ich bin durchsichtig geworden, unsichtbar exponiert, ein rachegieriges Gerippe, das die Straßen eurer Insel heimsucht. Schon auswendig kenne ich die Songs eures kindischen Rock 'n' Roll, Dreck und Kohl, pausenloses Geplapper, Stillstand im Gehirn, Jahr für Jahr. Werdet ihr denn nie erwachsen? *I am the Walrus. I am he as you are he as you are me and we are all together, whoowh whoowh!* Ich bin kein Teil eurer nicht enden wollenden kindischen Gegenwart. Ich bin nicht das Walroß. Ich bin nicht ihr. Wir sind nicht zusammen, niemals. Das habt ihr nicht gewußt? Ihr wißt überhaupt nichts. Aber dieses eine Mal denkt ihr vielleicht, ihr wißt etwas. Vielleicht denkt ihr, ihr braucht mich im Grunde nicht. Es wäre euer Ende, wenn ihr das denken solltet, *finito*. Ich muß jetzt gehen, weil ich mein Kostüm aus skelettalem Leuchten überziehen muß, in die Nacht hineintanzen, eine nackte Schlange mit Zylinder. Kommt ihr mit? Das dachte ich mir. Ihr habt die gummirauhe Haut meiner Hand so erpicht gedrückt. Also kommt, gehen wir. Was? Ihr müßt lauter reden. Ich kann euch nicht hören, weil das Wasser in meinem Kopf so rauscht. Mein Geheimnis? Ihr wollt mit mir kommen, um mein Geheimnis zu erfahren? Natürlich. Wenn ich die Missetäter entdecke, wird das Böse in ihnen auf den Straßen verbluten. Da ihr ebenso wie eure Vergangenheit auch eure Gegenwart vergeßt, braucht ihr mich, um euch daran zu erinnern. Wenn es eines gibt, was Zobop tut, dann gedenkt Zobop der Erinnerungen, er rächt das Gedächtnis. Haltet euch fest. Hört genau zu. Ihr habt eine letzte Chance zur Flucht, ehe ihr so werdet wie die Horden von Heuchlern, die auf diese Insel im Süden des Südens gezogen sind, jede Brücke der Hoffnung hinter sich verbrannt haben, wie im Flug von Zu Hause geflohen sind, ohne je vom Boden abzuheben, hinunter bis ans Ende des Festlandes taumelten. Von hier aus geht es nirgendwohin, außer man schwimmt mit den Haien und Barracudas. Es ist die südlichste Spitze, Meile Null genannt. Letzte Hoffnung für die Wesen unter schlechtem Stern, die auf der tropischen Weide am Ende der Straße Amerikas träumen. Letzte Hoffnung.

Zweites Buch

★

FALSCHES LICHT

9

Nichts währt für immer, nicht einmal die ewige Liebe. Wenn die Ratten dich nicht erwischen, dann kriegen dich die Skorpione. Dennoch hatte St. Cloud Hoffnung. Versunken in seinem eigenen Schatten, verfolgte er die feuchten Abdrücke nackter Füße, die Evelyn und ihre Gefährtin auf dem in der Hitze gesprungenen Bürgersteig hinterlassen hatten. Der Vollmond hing am verlassenen Ende der Straße, sein oranges Laternenauge eine starre Zielscheibe für den brennenden Wahnsinn der Katzen im Dunkel, die ihm die große Qual ihrer befreiten Triebe beichteten. Hinter dem Mond riß ein Blitz den fernen Himmel auf, ein Salto aus Sternen fiel im Süden über den Wendekreis des Krebses nach Kuba hinab, Donner grollte über der Großen Bahamabank. Die Straßen, auf denen St. Cloud ging, wurden alle zu Alligatorsackgassen auf einer Korallenriffinsel, die aus schiffbrüchigen Träumen und der Wirklichkeit der Hurrikans gebildet wurde. Eine besorgte Atmosphäre beherrschte diese schwebende Insel am Zusammenfluß des launigen Golfs von Mexiko und des tosenden atlantischen Golfstroms. Hier mißt sich Glück am Branden der Wogen. Egal was für ein kompliziertes oder einfaches Leben man führt, alle Köder sind einander gleich auf solch gewaltigen Wasserflächen, die dem Gravitationszug der Sonne und der Gegenkraft des Mondes gehorchen. Seit Jahrhunderten verlangt diese Realität jedermann den ehrfürchtigen Glauben an die blinde Macht des Zufalls ab. Alle Villen und Hütten auf der Insel, ob darin freie Bahamaner, kubanische Zigarrenmacher, abtrünnige Kapitäne, Schildkrötenjäger, Garnelenfänger, Schwammsucher oder Rumschmuggler lebten, waren mit dem Rücken zum Wasser gebaut, denn von dort tobten Hurrikans und Piraten übers Meer heran. Unvorhersagbare, die Gezeiten verändernde Stürme schufen eine nach innen gekehrte Architektur. Die Häuser standen Wange an Wange, nah genug beieinander, um ungestüme Witterung fernzuhalten und Warnrufe von einer höhergelegenen Veranda zur nächsten dringen zu lassen. Die Inselstadt verströmte ein unversöhnliches Gefühl der Unbeständigkeit, bekam etwas Inzestuöses durch die kollektive Furcht vor der Welt hinter dem schützenden Riff.

Skelettartige Häuserschatten stahlen sich im Mondlicht über verlassene Straßen, ihre vergänglichen Konturen sprangen über St. Cloud hinweg auf die gegenüberliegenden Dächer, die dunkel werdenden Fenster und Türen. Träume von Angst und Lust krallten sich durch Dächer und in die Betten des Unbewußten. Geheime Formen glitten in verschwommene Spalten, Schlafende vereinten sich und brachten die Nachkommenschaft einer unbestimmbaren Verschwörung hervor. Selbst die gesündesten Schläfer erlagen dieser inzestuösen Kraft. Beim Erwachen konnten alle die Verantwortung für die eigenen Taten abweisen, den kollektiven Mantel der Demenz anlegen, der ihnen während der Nacht von den wirklich Wahnsinnigen übergeworfen wurde, denn es gab nur zwei Sorten Menschen auf der Insel: Skorpione und Ratten. Das glaubten jedenfalls viele der Insulaner. St. Cloud glaubte es auch, und er stammte nicht von entlaufenen Sklaven der Engländer oder schiffbrüchigen Seeleuten ab. Wenn Ratten über das gedrechselte Geländer einer weißen Veranda huschten, dann fand man in diesem Haus niemals Skorpione, die sich auf dem Witwensteg sonnten. Wenn an den Kiefernwänden des Schlafzimmers Skorpione entlangflitzten, knabberten bestimmt keine Ratten auf dem Dachboden. Entweder leben in einem Haus Skorpione oder Ratten. So sagen die alten Insulaner der Karibik. Wenn die beiden zusammenwohnen, dann geht es mit dem Teufel zu, der unter dem Fels der Insel wohnt. So sicher wie aus schönem Wetter irgendwann einmal ein heulender Sturm wird und aus ungestümem Wetter der Hurrikan El Finito hervorgleitet, so sicher ist es, daß sich die nächtlichen Wanderwege von Ratte und Skorpion über die Insel irgendwann einmal kreuzen werden, und dann erwachen die Schlafenden zu einer Wirklichkeit, die noch nicht einmal geträumt worden ist.

Nichts währt für immer, nicht einmal die ewige Liebe. Dennoch verfolgte St. Cloud Evelyn unter den heller werdenden Straßenlaternen im Lichthof der schweren Salzluft, die frisch aus der Florida Bay hereingetrieben kam. Wie bleibt ein Mann einer Frau auf der Spur? Zwischen Evelyn und der übrigen Welt schien nur die nackte Haut zu liegen. St. Cloud nahm ihren vertrauten Duft als Fährte. Ihr Körper verströmte kühlen Schweiß, ein Band dünnen roten Stoffs lag über ihren Brüsten und war auf dem straffen Rücken verknotet, die kurzen weißen Shorts blitzten über braungebrannten Beinen. Sie trug weniger als wenig und mehr als nichts. St. Cloud spürte das Verlangen, das er noch nie hatte beherrschen können; Evelyn hatte es in all den Jahren verstanden, ihre Leidenschaft absichtlich immer ein Stück jenseits seiner Reichweite zu manövrieren. Dennoch streckte er die Hand aus, auch wenn er wußte, daß er Evelyn nicht würde berühren können, daß sie mit jemand anders zusammen war, so wie jetzt. St. Cloud folgte ihr und verbarg sich, nicht besser als die Phantomkatzen, die in der tiefsten Phantasie der Insel jaulten. Was nützte es schon, wenn er und Evelyn die Scheidung einreichten? Sie waren trotzdem verheiratet, und die jaulenden Katzen des Ortes mußten es trotzdem im Stehen miteinander treiben, weil die Straßen so eng waren, und die Hunde stellten sich auf den Kopf, nur um mit dem Schweif zu wedeln. Phantomhafter Vergewaltiger, warum konnte er Evelyn nicht ziehen lassen? Es war eben eine Insel, egal wohin man ging, man mußte irgendwann umkehren und wieder am Ausgangspunkt ankommen. Wer im Kreis geht, kommt immer wieder. Vielleicht lag es daran. Evelyn war seine Geschichte, sie repräsentierte sein Gedächtnis. Ohne Evelyn schwand seine Jugend, verblich sein Wesen. Vielleicht schlich er ganz einfach nur um seine Vergangenheit herum, ein Ersatzverführer ferner Erinnerungen, der die eigenen Träume schändete. Konnte er sie freilassen?

St. Cloud war ein Mann der begrenzten Mittel und der schmalen Straßen geworden, eine herumlungernde Eidechse der Hinterhöfe, Drei-Minuten-Liebesaffären in einer Zwei-Minuten-Stadt. Wie ging noch die poetische Zeile dieses wilden, besoffenen Poeten, den er so mochte? Dieser wüste Romantiker, immer auf der Suche nach der Muse im hohlen Wurm am Boden jeder Mescalflasche, dem Wurm, der in der holzherzigen Seele eines jeden Mannes kriecht, dessen Schicksal es ist, als Junge zu sterben. St. Cloud mußte mit dem Trinken aufhören. Er verlor sie schon. Komm zurück, kleine Erinnerung! Jetzt kam sie wieder näher, auf den Knien, ein Wurm von einer Idee kroch da herum. Es war etwas über das Auge. Ja, *das Auge ist eifersüchtig*. Jetzt kam es zurück. Genau. Eifersucht. *Das Auge ist eifersüchtig auf alles, was sich bewegt, und das Herz* – immer das Herz – *liegt zu tief im Sand begraben, um es zu merken*.

Evelyn und die schlanke Frau, die ihre Hand hielt, bogen am Ende der Straße um die Ecke. *Alles, was sich bewegt.* Das Herz bewegt sich trotz seines blinden Auges im Sand. Wollte St. Cloud Evelyns jetzige Wirklichkeit zerstören, um ihre Muse für immer in der vollkommenen Flasche ihrer gemeinsamen Vergangenheit gefangenzuhalten? Sterne in den Augen, das Hirn in den Schuhen, noch so ein Whiskeywalzer. Er dachte nicht mehr geradeaus. Würmer bewegen sich nicht geradeaus im Schlamm, oft ist ein Glitschen zur Seite der schnellste Weg nach Hause. St. Cloud war jetzt wieder unter Wasser, kämpfte sich auf die juwelenglitzernde Oberfläche zu. Soviel Geschichte gab es zwischen ihnen beiden. Soviel Wasser war den Bach runtergegangen, und über seinen Verstand. Er kam unter den ausgestreckten Armen eines nachtblühenden Feigenkaktus hindurch, dessen sternförmige Blüten zum Sternenhimmel zurückzwinkerten. Sterne in den Augen, das Hirn in den Schuhen, noch so ein Whiskeywalzer. Evelyn ging einen halben Block weiter vorn, geschmeidiges Huschen ihrer Haut. Frösche klagten, rastlos bullenkehlige Insektenfresser, die einen fremden Mond anjaulten. Sie spürten den Regen kommen.

Die Blitze zuckten jetzt dichter im Süden, ein Sturm vor der Küste Kubas. Es war spät. Radio Havanna hörte endlich auf zu senden. In die statische Leere drängten sich die starken Sender aus Miami, eroberten die Radiowellen des tropischen Arbeiterparadieses mit ihren Verheißungen auf schnellere Autos, reinere Haut und pflaumenglatte Regelmäßigkeit. Der amerikanische Rock 'n' Roll war im Kommen. Little Richard, *sí*! Marx, *no, viva* Elvis! Rock 'n' Roll aus voller Kehle für die revolutionäre Seele. Und währenddessen lauerte hinter den Dry Tortugas der Hurrikan El Finito, ein turmhoch tobender Wind, der seine Zeit abwartete, ehe er durch die ausgehenden Hundstage pfiff und die Probleme von Rockern und Despoten erledigte. St. Cloud wußte, es ging immer nur um Wasser, darauf hinauszufahren, Teil davon oder umringt davon zu sein. Die Insel war ein vielschichtiges Dock der Träume, das in seinem eigenen Meer der Zeit versunken war und nur von der Lust und Verlockung des endgültigen Sirenengesangs über Wasser gehalten wurde.

Ein Motorrad zerfetzte die Träume, jaulte eine dampfige Seitengasse am anderen Ende der Insel entlang, es hallte zwischen den Häusern wider und verhedderte St. Clouds Gedanken. Das Jaulen war genau dasselbe wie bei einem mit Marihuana beladenen Motorboot, das drei Längen und einen Herzschlag vor dem Kutter der Küstenwache dahinraste, sich im flachen Wasser des Mangrovenlabyrinths verlor und dem winkenden Millionen-Dollar-Profit gegenüber satten sieben Jahren in einem Gefängnis in Nordflorida schon erregend nahe war. Träume und Pläne vermischten sich, als St. Cloud jetzt um die Rückseite von Evelyns Haus stolperte. Er lehnte sich gegen den glatten Stamm eines Banyanbaums, tief im Schatten verborgen. Durch die Fensterläden von Evelyns Schlafzimmer fiel eine Leiter aus Licht in den Garten, deren letzte grelle Sprosse direkt vor St. Clouds Füßen begann. Schief gegen den Baum gebeugt, hatte er eine schräge Perspektive in das Schlafzimmer. Die Schemen zweier Frauen darin flackerten beharrlich wie ein Stummfilm durch die Schlitze der Läden, in Einzelmomente aufgesplitterte Bewegungen, das volle Motiv der weiblichen Gesten blieb unenthüllt. Orientalische Gewänder lösten sich von Leibern, Seide blitzte auf. St. Cloud stöhnte. Damit mußte Schluß sein. Das einzige, was schlimmer ist als betrunkene Verblendung, ist erhellendes Selbstmitleid. Gott sei Dank für die Krücke eines Banyanbaums mit tief im uralten Korallenfels verankerten Wurzeln, der einen Mann aufrecht halten konnte, ihn sein Begehren ruhig ins Auge fassen ließ, sein seitwärtiges Kippen abstützte.

Die Insulaner sagten, daß der Teufel unter dem Fels der Insel wohne. St. Cloud versuchte, sich in den Griff zu bekommen. Der Teufel war in ihm. Deshalb war er auch hier draußen und spähte durch das Fenster der Gegenwart, rieb seinen Verlust am rußigen Glas der Erinnerung. Er kam trotzdem nicht hinein. Es gab kein klares Glas hier, nur gespannte Kameraverschlüsse, die seidene Augenblicke bargen, von Schultern rutschende Umhänge, das Aufflammen eines Streichholzes, den feuchten Duft von Marihuana, der aus dem Innern wehte, sich mit den in der Luft liegenden Sekreten von Jasmin vermischte. Der Garten saugte St. Cloud in sein grünes Loch. War früher mal sein Garten gewesen, sein Schlafzimmer, seine Frau mit einer heruntergerutschten Seidenrobe um die Fußknöchel, seine Muse, seine Madonna. Warum es tun, warum es immer wieder tun? Welche Schlange glaubte er in diesem Eden zu finden? Welche Musik, die da die bizarre Haut ihres Liedes abwarf, erwartete er zu hören?

Ein Blitz erhellte den Garten und beleuchtete zu St. Clouds Füßen ein Gewusel von Ameisen, die einen auf dem Rücken liegenden kubanischen Totenkopfkäfer zerteilten, dessen viele Beine bereits verspeist waren. Der Donner dröhnte schon näher. Der Regen aus Neuspanien war beinahe da. Nicht mehr viel Zeit. Die Ameisen nagten eilig, ihr kreisendes, zielgerichtetes Gewirr ließ sauber abgetrennte Kadaverbrocken in geheimen Nischen verschwinden für ein ehrliches Festmahl in einer beunruhigenden Welt. Der Garten glitt zurück in seine dunklen Momente. Aus Neuspanien traf ein warmer Regen ein und besprenkelte breite Blätter. Eidechsen huschten durchs Gras, Frösche schnarrten. Was war auf diesen Seidengewändern eingestickt, die da von den Körpern glitten? Drachen, mit ineinandergeschlungenen feurigen Zungen? Die Fensterläden flogen auf, öffneten sich dem Regenwind, Skorpione huschten die Schlafzimmerwand hinauf. Evelyn erhob sich aus der Brandung einer weiblichen See. Eindringender Regen mischte sich mit dem Schweiß von nackter Haut. Sie beugte sich vor, um die klappernden Läden zu ergreifen, breitete die Arme aus, ließ ihre Brüste schwingen. Sie hielt inne. Ihre Worte durchschnitten den Regen, der im Garten rauschte, ehe die Fensterläden sie wieder einfaßten. »Gute Nacht, St. Cloud!«

Der Regen prasselte auf die zugeklappte Welt der Frauen. St. Cloud konnte jetzt nicht mehr hineinsehen. Evelyns Worte ertappten ihn unvorbereitet, ließen ihn in einem tropischen Stilleben unter dem Banyanbaum erstarren, die stumme Statue eines Mannes, die im Regen dampfte. Die Frösche verstummten, und im hohen Gras gingen Schnappschildkröten ihrem verstohlenen Tun nach. Die Insel öffnete sich dem dahineilenden Regen aus Neuspanien. Draußen im Karibischen Meer, hinter dem Rand der Welt, auf der Zielgeraden des Christoph Kolumbus, schluchzte die Madonna auf dem Riff ihr Unterwasserlied. St. Cloud wagte nicht, sich zu rühren, um den eigenartigen Ton nicht zu verlieren, den ihm der Seewind ans Ohr wehte. Vor seine Augen trat das verschwommene Bild von Lyla und rief den Sirenengesang der Muse von neuem wach. Wenn es nur Worte gäbe, ihre Illusion einzufangen. Die Madonna auf dem Riff war eine Illusion, so wie die spanischen Galeonen, die mit geraubtem Gold aus den Urwäldern und den hohen Bergen Neuspaniens beladen waren. Alles Illusion. Das vergrabene Gold besaß nicht mehr Wert als Kreide, bis die Menschen etwas darin investierten, bereit waren, dafür zu sterben, ein ganzes Bergwerk von Sünden auf zwei Kontinenten dafür zu begehen. Eine der alten Galeonen trug eine geschnitzte

Jungfrau Maria auf dem Bugspriet, mit einem Heiligenschein aus Gold um den Kopf, so schnitt sie durch Wind und Wellen, schützende Mutter, christliche Eroberin, Heilige aller Heiligen, Konquistadorenjungfrau. Dort draußen auf dem Meer traf die Jungfrau auf ein Riff, die Galeone zerschellte zu wertlosem Holz, barst in tausend Stücke durch die Kraft der unnachgiebigen Gezeiten. Matrosenfleisch wird so zu Fischfleisch. Eroberer werden erobert. Gott wechselt auch die Währung des Sandes, eine glitzernde Handvoll Legenden. Trotzdem gibt es jene, die dieser Madonna aufs Riff nachfolgen, mit ihr zusammen untergehen, die gewittrige Illusion umarmen, das alles nur um der vergänglichen Gelegenheit willen, mit der glitzernden Legende des eigenen Lebens in Kontakt zu kommen.

10

Rum-Rumba. St. Cloud fand, er sei genau im Rhythmus der Ratten und Skorpione. Ein schwieriger Whiskeywalzer, ein Hindernislauf auf geborstenen Bürgersteigen zwischen den kläglichen, fetten kubanischen Totenkopfkäfern, die zu einem urtümlichen Takt dahintorkelten und ihm auf seinem besoffenen Weg im Weg waren. Er wollte diese Tiere nicht zertreten. St. Cloud hielt sie für irgendwie verzaubert, wenn nicht gar heilig. Für andere waren es nur überdimensionierte Kakerlaken auf dreckbäuchiger Tour, deren Existenz es zu zerstampfen galt. Einen zu zertreten, das hieß, die Götter herauszufordern, oder noch Schlimmeres. Isaac sagte, es sei, als pißte man der Sphinx ins Auge. Zu Isaac wollte St. Cloud jetzt gerade. Nur Isaac konnte das Feuer in seinem Kopf löschen, sein Herz mit etwas Menschenverstand fluten nach dieser Nacht, die schließlich im Morgengrauen mit Brogan im Wreck Room geendet hatte, bei weiteren Erzählungen von MK. Brogan kannte so viele intime Details aus dem Leben seines Bruders, daß St. Cloud langsam glaubte, Brogan habe gar keinen Bruder. Vielleicht redete Brogan in Wahrheit von sich selbst aus einem früheren Leben, bevor er in Key West hängengeblieben war und sich dem Vorhaben verschrieben hatte, versunkene Schätze den Fängen der Zeit zu entreißen. Vielleicht war Brogan selbst MK. St. Cloud wußte es nicht. Jeder, der so weit im Süden des Südens lebte, schien irgendein Schattenleben hinter sich gelassen zu haben. Möglicherweise schmückte Brogan die eintönige Melodie seines Daseins nur zur vollorchestrierten Rätseloper von MK aus. Möglich, aber nicht wahrscheinlich. Es gab da eine seltsame geistige Verwandtschaft, die St. Cloud aus den Geschichten über MK heraushörte. Zu Brogan empfand er diese Verwandtschaft nicht. St. Cloud ahnte, daß die Wirklichkeit von MK gar nicht Brogans Gedanken entsprang, sondern aus einer tieferen Quelle rührte. Das Ganze hatte damit zu tun, daß MK und St. Cloud während des Vietnamkriegs auf verschiedenen Seiten gestanden hatten, der eine als abtrünniger Demonstrant, der andere als abgerichteter Mörder. Damit hatte es etwas zu tun, ein seltsamer Kreis, der sich eine Generation später schloß. Der eine hatte im Krieg gekämpft, der andere gegen den Krieg, und ironischerweise waren sie nun die letzten, denen er noch wichtig war. Damit hatte es zu tun, aber das war nicht alles. Alles war größer, verworren und ungreifbar. St. Cloud bezweifelte, daß Brogans besoffenes Gelaber über MK irgendwelche endgültigen Wahrheiten an den Tag bringen würde. MK war ein Gespenst, auf mehr als eine Art. St. Cloud hatte den Mann nie kennengelernt. Jahre vor St. Clouds und Evelyns Ankunft war MK mit seinen Leuten auf die Insel gekommen. MK war dauernd im Munde vieler, ein Mann, den man selten sah, dessen Gegenwart man aber immer spürte. St. Cloud hörte genau zu, wenn Brogan von seinem Bruder quasselte, denn Brogan schien dann über etwas zu reden, was St. Cloud ohne weiteres selbst hätte werden können. Wenn das Schicksalsrad zufällig auf der gegenüberliegenden Zahl stehengeblieben wäre, könnte St. Cloud MK sein; der eine war das Gegenstück des anderen, verkehrt herum ans Kreuz der Zeit genagelt. Was St. Cloud all die Jahre hindurch mit einem Meer von Alkohol wegzuspülen versucht hatte, das war der Krieg, den er nicht vergessen konnte, ein Krieg, an den sich niemand mehr erinnerte, außer denen, die in ihm oder gegen ihn gekämpft hatten, und so waren die beiden jetzt wie in einer schlechten Ehe widerstrebende Partner, die noch Jahrzehnte nach der Scheidung dazu verdammt sind, sich ihres gemeinsamen Schmerzes zu entsinnen, die diesen Kreuzweg ihrer Vergangenheit Augenblick für Augenblick nochmals durchleben müssen, bis die Vergangenheit für immer Gegenwart wird. Die Feinde von damals waren zu Überlebenskämpfern der Gegenwart geworden. Welch eine Ironie des Schicksals. Die wenigen Übriggebliebenen aus der Vietnamgeneration mit ihrem ausgebrannten Gewissen waren jetzt verurteilt, einen Pas de deux der Verzweiflung zu tanzen. Die unverfrorene Unschuld war schon eine Generation davor abgeschlachtet worden, und nun waren auch die Helden der Finsternis zum Licht am Ende des Tunnels verdammt. St. Cloud begriff, daß sowohl er als auch MK echte Kriegsgefangene der ausgemergelten Erinnerung eines fast vergessenen Konflikts waren, beide saßen sie da mit Lebensüberresten, denen sie Substanz geben mußten. Ihr Gewissen war nicht gefangengenommen worden, ihr Gewissen hatten sie beide längst verloren.

Je mehr Brogan in der vergangenen Nacht im Wreck Room von MK geredet hatte, desto mehr hatte St. Cloud die Zähne einer geschäftigen Ratte gespürt, die sich durch seine rumgetränkte Seele nagte. Zur Ruhe kam die Ratte schließlich in der quälenden Schuld von St. Clouds gescheiterter Vergangenheit. Es war viele Jahre her, seit St. Cloud die Jagd nach seinen Jugendträumen verlorengegeben hatte, weil er nicht imstande war, sich aus dem Inneren Vietnams zu erheben, unfähig, sein Wissen und seine Erfahrungen dazu zu verwenden, sich in einen anonymen Menschen zu verwandeln, wie es viele der Pazifisten nach dem Zweiten Weltkrieg getan hatten. St. Cloud fühlte den Sattel der Angst an seinen Schultern reiben. Es genügte nicht mehr, aus der Flucht vor der Vergangenheit eine Karriere zu machen, und auch nicht, ohne Netz auf dem Hochseil des Selbstmitleids herumzuturnen. Wer vor einer Generation für das Ende des Vietnamkriegs gekämpft hatte, der wußte heute, daß der Kampf verlorengegangen war. Vietnam war kein Krieg gewesen, der mit einem Frieden endete, dieser Frieden war selbst zum Krieg geworden, zum Krieg mit sich selbst. Was St. Cloud an MK so faszinierte, das war der Glaube, daß MK sich mühsam auf das erhellende Licht hingearbeitet hatte, indem er weder persönliches Scheitern noch die nationale Niederlage jemals hinnahm. MKs Ausweg war es, einfach weiter Krieg zu führen, immer in Bewegung zu bleiben, niemals nach Hause zu kommen, letztendlich das zu werden, gegen das die Zivilisation als solche Krieg führte. Brogan erzählte St. Cloud, MK habe mit sich selbst den gleichen Pakt geschlossen wie St. Cloud: Beiden war klar, daß ein Friedensschluß mit sich selbst den sicheren Tod bedeutete.

St. Cloud hatte in seinem rumseligen Dunst nach Erleuchtung gesucht, nach der lockenden Verheißung des brennenden Reifens der Vollendung. Während Brogan sprach, sah St. Cloud den Reifen auf sich zukommen, ein Flammenkreis im grünen Dschungel, der sich von der abgeworfenen Bombe einer B-52 ausbreitete. Jetzt blieb St. Cloud nur noch eines, nämlich durch den brennenden Reifen hindurchzuspringen. Jetzt begriff er. Für ihn und auch für MK hatte Vietnam eine Welt von Schmerz und Schuldgefühl eröffnet, ein Aphrodisiakum der ethischen Trauer, das zum Rauschmittel geworden war. An diesem Punkt, im Licht der frühmorgendlichen Verdammnis des Wreck Room, kippte St. Cloud noch einen Rum und verlor die Kontrolle. Er torkelte durchs All, eine verkohlte Seele. Er stolperte zur Tür des Wreck Room hinaus, schnürend wie ein Hund mit gestutztem Schweif, wankte in den frühen Tag hinaus. Alles kam ihm fern vor, weit weg wie seine verlorene Jugend, selbst Evelyns Welt hinter den Fensterläden ihres Gartens war ein gesperrter Planet, zumindest ein unerreichbarer Mond. Es gab größere Sicherheit hinter geschlossenen Schlafzimmerläden, wo feuerzüngige Drachen die Mondleiter regierten, als dort, wo St. Cloud hinging, die letzte Alligatoreinbahnstraße entlang in den Morast der Täuschung hinein. Sein Blut pochte in blindem, idiotischem Bestreben. Er fühlte sich plötzlich bemüßigt, diesem kaum volljährigen Südstaatenpfirsich, der kühl und gelassen inmitten der Schreie und Pfiffe von Evelyns Vogelgeschäft saß, seine Leidenschaft zu gestehen. Isaac würde verstehen, wie die Sinnlichkeit dieses Wesens mit dem gedehnten Südstaatenakzent das bereits eingezogene Radargerät eines alternden Mannes wieder aufrichten und die kümmerlichen Reste seines gesunden Menschenverstandes in die Luft jagen konnte. Zwar war St. Cloud immer noch in sein verlorenes Ich verliebt, das Evelyn für ihn bedeutete, doch das waren Kinkerlitzchen gegen den Narrengesang, der zu Lyla in seiner Kehle entbrannte. Er schob sich die Mütze in den Nacken und setzte in panischem Wahn die Segel in Richtung Isaac. Nur Isaac konnte St. Clouds gezauste Seele glätten, ihm dabei helfen, den versunkenen Schatz den unbarmherzigen Fängen der Zeit zu entreißen. Gerade Isaac brauchte St. Cloud jetzt wie verzweifelt.

Das unebene Wogen des geborstenen Fußwegs blitzte im Morgendunst vor St. Cloud, lebendig wie eine silberglänzende Kräuselwelle auf rauher See. Die Wurzeln eines hoch aufragenden Lorbeerbaums hoben den Bürgersteig zu immer größer werdenden, heimtückischen Wellen. St. Cloud kämpfte sich voran, ein stolzer Yachtkapitän in sturmgebeutelter Zeit. Er näherte sich dem Ende der Whitehead Street. Direkt vor ihm hörte abrupt die Straße auf. Die Brandung derAtlantikflut schwappte gegen die SÜDSPITZE DES US-AMERIKANISCHEN FESTLANDES, ein Punkt, der mit grellen Buchstaben auf einem granatenförmigen Betonmonument markiert war; wie als nachträglicher Einfall stand auf dem Kopf des Geschosses noch 90 MEILEN BIS KUBA. Wäre die Whitehead Street noch hundertfünfzig Kilometer weiter gegangen, statt urplötzlich an der scharfen Kante des Atlantik abzubrechen, hätte St. Cloud einfach weitergehen können, um auf den palmengesäumten Alleen Havannas zu flanieren, sich in der Floridita Bar einen Hocker zu nehmen, den Kellnern in weißen Handschuhen mit den schweren Silbertabletts auf dem Arm zuzuzwinkern und eine Runde Drinks zu bestellen, für einen Toast auf den tropischen Marxismus im Land der Papayamädchen mit den vollendeten Fesseln und dem lauteren Lächeln des Mangoglaubens. Er widerstand der Versuchung, über das Wasser zu gehen, und bog am Ende der Whitehead um die Ecke, wo ein anderer Lorbeerbaum, dessen mächtiger Stamm zum Himmel emporstrebte und mit massiven Ästen die Sonne verdunkelte, den Bürgersteig nicht nur aufgerissen und angehoben, sondern regelrecht gesprengt hatte. Von den Ästen hoch oben ringelten sich fünfzehn Meter lange Luftwurzeln wie Schlingpflanzen zur Erde zurück und bildeten einen Schnurvorhang, der völlig die Sicht auf Isaacs bahamanisches Haus dahinter versperrte.

Im Laufe der Jahre war ein Fußpfad durch den dichten Dschungel am Fuße dieses Baums gebahnt worden; er endete vor zwanzig breiten Stufen, die steil zu der rings um das Haus verlaufenden Veranda hinaufführten. Es schien, als wäre der Baum selbst das Haus, als wäre er allein von zentraler Dauerhaftigkeit, und alles andere nichts als Landschaft, kraftloses Ornament von Menschenhand. Nur unter einem Baum von solcher Majestät konnte Isaacs Villa zwergenhaft wirken. Der Bau galt in der Stadt als besonders großartig und exzentrisch; vor allem wurde er, wie die Insulaner von Key West selbst, als Zeichen des Überlebens gefeiert. Das Haus hatte ursprünglich auf einer fernen Bahamainsel gestanden, über die ein Hurrikan mit solcher Vehemenz hinweggerast war, daß er alles ins Meer gefegt hatte, Häuser, Menschen und Bäume, bis hin zur letzten Kokosnuß, alles bis auf die mehrstöckige Villa des Plantagenbesitzers der Insel, einen ziselierten Bau im viktorianischen Stil, der nach dem Abflauen als verlassenes Monument ganz allein dastand. Das sorgsam errichtete Sozialgefüge, das solche Größe hatte schaffen können, war verschwunden, in einem raschen Atemzug abgetragen vom Plan eines größeren Meisters. In jener heulenden Nacht wurde der Besitzer der Villa aus seiner Wohnung geworfen, mit seinen Sklaven hinausgestoßen ins Massengrab des Meeres. So blieb der herrschaftliche Bau in einsamer Pracht auf der Insel stehen und wurde eine Generation lang von allen gemieden, die sich noch erinnern konnten, wie rasch die wohlgeformten Pläne des Menschen bisweilen beiseite gefegt wurden.

Neue Stürme suchten die Villa heim. Die Fensterläden aus Mahagoni knallten und ächzten bei starkem Wind. Die fein gedrechselten Spindeln der Balustrade rings um den Außenbalkon im oberen Geschoß bogen sich und brachen, was den Eindruck eines breiten Grinsens vermittelte, dem etliche Zähne fehlten. Die Dächer aus getriebenem Blech auf den Kuppeln, die sich an allen vier Ecken über den oberen Stock erhoben und einst wie Burgtürme Wacht gegen den ungerührten Ansturm der Zeit hielten, hatten kapituliert. Die Kuppeln fielen ein und stürzten zusammen, eine nach der anderen, jede stieß einen tieferen Seufzer schmerzlichen Verfalls aus, während sie in die Stille der Verwahrlosung einbrach. Es brauchte einen Mann mit großen Ideen, um die ziselierten Überreste zu retten. Selbst in einer Zeit, in der die Menschen nichts Besonderes daran fanden, ganze Häuser von Insel zu Insel zu schippern, sie mit Tür, Tor und Treppenabsatz, samt Giebel und Mansarde übers Meer zu transportieren, mußte jemand mit Visionen kommen, um der Villa wieder Pracht zu verleihen. James Fredrick Isaac war so ein Mann. Von Beruf war er Bergungsschiffer, von Natur aus ein Spieler, und dazu ein demütiger Diener des Herrn, der am Sabbat vom Höllenfeuer predigte. So mancher meinte, James Fredrick wisse um die Macht des falschen Lichtes und habe sein Vermögen verdient, indem er auf die Wahrheit dieser Illusion setzte. Es gab viele wie James Fredrick, die ohne einen Penny in Key West ankamen, als das achtzehnte Jahrhundert ins neunzehnte überging, ausgestattet mit der Gelegenheit, das Glück zu finden. Das goldglänzende Glück lag zum Greifen nahe, vor dem westlichen Zipfel von Key West, wo die prächtigen Handelsklipper jener Zeit unter vollen Segeln durch die Straße von Florida kamen, ins enge Fahrwasser entlang der schartigen Wand des Riffs manövrierten, um endlich die sichere Tiefe des Golfs von Mexiko zu erreichen. Nicht all diese Segler gelangten in den sicheren Hafen. Wenn böiges Wetter aufkam, hatte es auch der gewiefteste Kapitän schwer, sein Schiff zwischen den meilenweiten Sandbänken vor Key West und dem Korallenriff auf Kurs zu halten. Entlang der gesamten Länge der Bahamarinne und der Straße von Florida blinkten nur wenige matte Lichter, um wachsame Matrosen vor den rasiermesserscharfen Riffen zu warnen, die auch den stärksten Schiffsrumpf zerreißen konnten. So viele Segler sanken mit Seide und Gold, Spitze und Zinn und allem Beutegut der sieben Weltmeere, daß Key West um 1850 zum reichsten Ort Amerikas geworden war. Die Männer, die diesen Reichtum einheimsten, waren die Bergungsschiffer und die Spekulanten, die sie finanzierten. Diese Männer warteten und wetteten auf die unvermeidlich widrige Witterung und die menschliche Torheit. Der Bergungsschiffer setzte sein Schiff und sein Leben aufs Spiel. Vom Spekulanten kam das Geld, das den Bergungsschiffer bezahlte. Es schien, als wären alle je verschifften Schätze dieser Welt, ungeachtet ihres ursprünglichen Bestimmungsortes, dazu ausersehen, in Key Wests gigantischen Lagerhäusern für Bergegut zu landen. Wenn es auf dem Riff ein Schiff zerriß, gellte bald der Ruf *»Wrrrrrraaaaack in Siiiicht!«* durch den Ort. Von den Kirchtürmen läuteten die Glocken, und die Männer eilten herbei, um den Ort des Schiffbruchs in schnellen Booten zu erreichen. Wer als erster dort ankam, wurde zum Bergungsmeister und hatte damit rechtlichen Anspruch auf die Ladung. Normalerweise jedoch fand der Wettlauf zum Wrack bei abscheulichem Wetter statt oder in einer Nacht ohne Mond, auf einem Kurs, der mit schartigen Unterwasserfallen nur so gespickt war. Auf den Felsen bezahlten viele Bergungsschiffer ihre Raserei zum Reichtum mit dem Leben. Andere starben bei dem Versuch, ein auf dem Riff krängendes Schiff wieder aufzurichten oder ein gesunkenes vom Meeresgrund zu heben. Noch mehr wurden vom tonnenschweren Druck der einbrechenden Flut zerquetscht, während sie sich abmühten, einen Laderaum unter der Wasseroberfläche zu leeren. So hatte James Fredrick den linken Unterschenkel verloren. In seinen Anfangszeiten, ehe er selbst Kapitän war, hatte er bei einem Bergungsschiffer angeheuert, dem der böse Ruf nachhing, daß er seine Taucher schon über die Reling hinabschickte, noch ehe das sinkende Wrack vollends zur Ruhe gekommen war. In einer unwirtlichen Nacht war James Fredrick als erster über Bord gesprungen, hinein in die stürmische See mit einem Haltetau in der Hand. Er landete auch sicher auf dem krängenden Schiff, da brach plötzlich eine schwarze Woge mit derartiger Wucht über den Bug, daß es ihm das Tau durch die Hand riß und ihn quer über das gesplitterte Oberdeck schleuderte, bis er, halb erstickt im Salzwasser, schließlich unter einem einstürzenden Stapel von schweren Fässern voll spanischer Oliven zu liegen kam.

Als James Fredrick die verlassene Villa auf den Bahamas entdeckte, hatte er schon graue Haare; sein gedrungener Körper wurde von einem Bein aus Fleisch und Knochen und einem zweiten aus massivem Gold aufrechtgehalten. An Deck seines Baltimore-Klippers klapperte er fröhlich auf seinem Goldbein hin und her. Der Baltimore-Klipper war kein echter Klipper, sondern ein flotter Toppsegelschoner mit knapp drei Meter Tiefgang, der nur eine Handvoll vertrauenswürdiger Männer als Besatzung brauchte. Selbst bei rauhester See konnte man es darin mit dem Teufel persönlich aufnehmen. Der Baltimore-Klipper war das perfekte Bergungsschiff, nur waren die hektischen Tage des Bergungsgeschäfts vor Key West vorüber. Auf den dreihundert Kilometern der ehedem pechschwarzen Fahrrinne, die James Fredrick sein Vermögen beschert hatte, funkelten inzwischen unzählige Feuerschiffe und Leuchttürme. Gerichte und Versicherungen hatten auch die Voraussetzungen der Bergungsarbeit geändert und ihr eine etwas bürgerlichere Form gegeben. All das kümmerte James Fredrick wenig. Er hatte sein Vermögen schon gemacht, so sicher wie Jahre vor ihm Kommandant Porter mit seiner berühmten Moskitoflotte die Piraten aus diesen Gewässern verjagt hatte, wodurch die Straße von Florida auch für Bergungsschiffer sicher geworden war. Manche Leute sagten, der einzige Unterschied zwischen Piraten und Bergungsschiffern sei die schriftliche Genehmigung. James Fredrick sagte nicht genau das, aber etwas ziemlich Ähnliches. Sonntag für Sonntag funkelte er seine Gemeinde auf den Kirchenbänken mit zornigen Blicken an. James Fredrick war ein bekehrter Sünder. Er war nicht mehr der Mann, der ein paar mutige Matrosen in Beibooten mit qualmenden Öllampen ins Ungewisse schickte, die in der Finsternis blinkten, um verwirrte Kapitäne mit falschen Lichtern herbeizuwinken, funkelnden Lügen, die den nächsten schwimmenden Schatz auf eine Untiefe locken sollten. Mit der Bergungsschifferei hatte James Fredrick seine Börse gefüllt, mit dem Christentum sein Gewissen geläutert. Er ließ sich zum Prediger weihen und stand jeden Sonntag wie ein störrischer Storch auf seinem einen Bein vor der Gemeinde, donnerte mit seinem goldenen Fuß auf den Kanzelboden und sprach mit persönlicher Überzeugung vom Sankt-Elms-Feuer und davon, wie der Herr ihn in jener Unwetternacht aus der Lawine spanischer Olivenfässer errettet hatte.

James Fredrick fühlte sich nie näher bei Gott als auf hoher See, wenn die Decksplanken des munteren Schoners sein künstliches Bein trugen. Obwohl die Tage der Bergungsschifferei vorüber waren, streifte er während der ruhigen Werktagswoche immer noch gern auf der Suche nach maritimem Mißgeschick umher. Er segelte vor dem Riff hin und her, nur auf die vage Aussicht hin, ein Schiff zu finden, dem der messerscharfe Fels den Stöpsel gezogen hatte. Um den Versicherungen und deren wahren Bossen, den Gerichten, aus dem Weg zu gehen, segelte James Fredrick auf seiner Jagd nach solchen Schätzen der Tragödie immer weiter und weiter weg von Key West, bis hin zu den Bahamas und den Abacos. Auf einer dieser Fahrten geschah es, daß der alte Bergungsmeister, der sogar auf See pflichtbewußt den weißen Rundkragen des Geistlichen trug, die viktorianische Villa entdeckte. Sie stand inmitten von unwirklich schimmernden Salzteichen, die in einer Wüste aus weißem Sand verstreut lagen. Die Wut des längst verwehten Hurrikans hatte die Insel selbst für die genügsamen Mangroven ungastlich gemacht. James Fredrick stellte seiner Besatzung die Aufgabe, die Villa zu demontieren und sie auf sein Schiff zu verladen. Auf der Heimfahrt passierte der Schoner das Alligator-Riff, die Fowey-Felsen und die Rebecca-Sandbank, alle strategisch mit Bojen beleuchtet, die vor unterseeischen Gefahren warnten. Obwohl diese Lichter auch das Ende der Bergungsschiffahrt signalisierten, hatte James Fredrick dennoch soeben das größte Wrack seiner Laufbahn geborgen.

James Fredrick stellte seine Bahamavilla an der Südspitze von Key West mit Blick auf den Atlantischen Ozean auf, als trotziges Monument der Naturkatastrophen von gestern und heute und als ironisches Zeugnis der menschlichen Torheit. Schindel für Schindel, Holzdübel für Holzdübel wurde der fein gedrechselte Bau mühsam wieder zusammengesetzt. Als St. Cloud die breite Vordertreppe hinaufstieg, wurde er sich bewußt, daß die Villa im Laufe der Jahre als einzige dem Schicksal all der anderen Herrschaftshäuser entgangen war, die sich Bergungsbarone, steinreiche Reeder und exzentrische Zigarrenmogule gebaut hatten. Die viktorianische Villa war nämlich nicht Zimmer für Zimmer, Stockwerk für Stockwerk in Apartments und schicke Pensionsräume aufgeteilt worden, um von Menschen bewohnt zu werden, die eine Kehlung nicht von einem Dübel, eine Mansarde nicht von einem Giebel unterscheiden konnten. Nur einem hatte die Villa nicht entgehen können, und das war der brausende Hurrikan der Zeit, denn sie war wieder ernstlich verfallen und kaputt. In den zwei Generationen seit dem Tod James Fredrick Isaacs war sie zu einer gefährlich schiefen Ansammlung exotisch zugeschnittener und ineinandergefügter Hölzer geworden, die beim leisesten Seufzer einzustürzen drohte, ganz zu schweigen vom Ansturm der vollen Wucht von El Finito, der aus Kuba heranbrauste.

Die Vordertür stand offen, wie immer. Das Buntglasfenster über der Tür mit seinem Spinnwebmuster aus Sprüngen drohte beim Knirschen von St. Clouds Schritten herunterzufallen. Er betrat die höhlenartige Eingangshalle, deren muffiger Raum so groß war, daß man sie nach dem Verhallen des letzten Kanonendonners im Bürgerkrieg als Ballsaal requiriert hatte, um die Krönung von Key West zum befestigten Gibraltar Amerikas zu feiern. Die tiefen Schatten der Halle boten immer noch die gespenstische Verheißung von uniformierten Offizieren und reifrockbekleideten Schönheiten, die im Walzertaumel durch einen gesplitterten Schleiflackwald aus imitierten griechischen Säulen wirbelten. Prallgepolsterte Sessel und Sofas standen in Weiß gehüllt, die wahren Formen unter wallenden Tüchern verborgen. In der Mitte der Halle erhob sich eine freistehende Wendeltreppe, deren einst glänzendes Hickoryholz die Zeit zu einer staubigen Schmutzfarbe verdüstert hatte. Jede Stufe knarrte hörbar unter St. Clouds Gewicht, das Geräusch hallte in der dunklen Höhle der Eingangshalle wider. Oben auf dem Treppenabsatz fuhr ihm aus einem luftigen, sechs Meter hohen Korridor der salzige Duft des Atlantik entgegen. St. Cloud ging bis ans Ende des Korridors, wo hohe Bogenfenster zum Meer hinaus offenstanden. Erwartungsvoll verlangsamte er die Schritte, denn er näherte sich der Tür am Ende des Korridors, die zum Schlafzimmer führte. Die Tür war offen. Er hielt den Atem an und lehnte sich vorsichtig gegen den Türpfosten, um Mut zu fassen. Er spähte in das Zimmer.

Er sah den nackten Rücken einer stehenden Frau in der Mitte des Schlafzimmers. Lichtreflexe vom Meer stoben durch die Glastüren im Hintergrund und fingen sich als goldene Flammen in ihrem blonden Haar. Ihre Finger fuhren auf bloßer Haut, über die Wölbung ihrer Brüste, verharrten kurz auf anschwellenden Brustspitzen, fuhren dann weiter zu ihrem schlanken Hals und hoben sich, so daß sich die Finger im Feuer ihres Haars fingen.

»Genau. Genau so würde ich es malen.« Die Worte erklangen als schweres Keuchen neben der Frau und endeten in einem Husten. St. Cloud konnte nicht sehen, wo die Stimme herkam, ihm wurde der Blick durch die Szenerie vor ihm verstellt. Das Husten verebbte, als käme es aus der Tiefe eines Brunnens. Plötzlich kamen wieder neue Worte, hervorgestoßen von einem rasselnden Atem. »Nimm die Finger nicht aus dem Haar! Mmmmmh, wunderbar. Genau so, wie ich es malen würde. Aber ich bin ein romantischer Dummkopf.«

St. Cloud preßte sich seitlich gegen den Türpfosten und versuchte so, den Sprecher zu Gesicht zu bekommen. Er erhaschte einen Blick auf das blinkende Gestell eines Messingbetts, vor dem die Frau stand. Auf dem Berg von Kissen lag eine zierliche Gestalt, die bis auf den erstaunlich großen, unbehaarten Kopf mit einem Laken zugedeckt war.

»Ich spüre dein Haar so gern. Könnte ewig mit den Fingern hindurchfahren. Könnte es dir bürsten. Lange Bürstenstriche am Nachmittag. Du und ich am Strand. Im Sand liegen. Ich möchte das Sonnenlicht auf deinem Haar, genau so. Dreh dich etwas nach rechts. Genau, noch ein bißchen, perfekt. Nachher werde ich dir das Haar zwischen den Beinen mit den Fingern kämmen. Da ist das Licht am schwersten zu handhaben. Aber das kommt später. So schnell biete ich dir den Mond nicht an. Langsam. Ganz langsam jetzt. Heb die Arme beim Bürsten... bürste dein Haar. Höher die Arme, damit ich daruntersehen kann. Ich liebe deine Achseln. Die Höhlen deiner süßen Achseln, geheimnisvoll und feucht. Ein nasser Ort für meine Lippen, wenn wir im Sand herumrollen.«

Die Stimme hob und senkte sich im Gewirr der Silben, sie schwankte hin und her zwischen Knurren und Winseln, sie formte Worte, die gleich weiter an den Rand des nächsten Gedankens rasten, dann blickte sie in den Abgrund dieser halbformulierten Ideen hinab, riß sich wieder zusammen und hob sich zwei Oktaven höher als ein Hund, der mit dem Schwanz in der Scheunentür eingeklemmt war.

»Haaaaaa! Weißt du, was mir an dir am besten gefällt? Der glitzernde Schweiß im Spalt deines saftigen Apfels. Gezeigt hast du ihn mir ja noch nicht. Aber der prüde Vogel fängt sich den Wurm. Das Licht ist ohnehin noch nicht richtig. Niemand hat Äpfel so gemalt wie der echte Renoir. Aber das ist keine Malerei. Eher wie ein Obstverkäufer, der seine Ware poliert. Ein französischer Affe, der seine Banane schält. Weißt du, was Malerei ist? Ich rede jetzt von den großen Bildern, den ganz großen Bildern, die den wirklichen Formen des Lebens angepaßt sind. Das sind diese finsteren, in die Nacht hinein bellenden Höllenhunde bei Goyas schwarzen Pharaonen, die da geheimnisvoll wie gut ausgeleuchtetes Schlachtfleisch im Prado hängen. Goya war der Meisterhund, nicht Velázquez, nicht El Greco, und keiner von diesen modernen Spaniern mit gewachsten Schnurrbärtchen und Wachteleiern als Augen. Nein. Wuff-*wuff*! Bis tief in die Seele hinein. Heb die Arme höher. Ich dachte, ich hätte dir gesagt, du sollst dich nie in den Achseln rasieren. Tu das nicht, es wirkt falsch, eine Tarnung des Fleisches: Akt, aber nicht nackt. Du mußt den kleinen Offenbarungen des Lebens vertrauen, denn so kann der Maler etwas freilegen. Nein, nein, schneide deine gottgegebenen Geheimnisse nicht ab. Das ist ein Schauspiel, so wie eine Nonne, die jede Perle ihres Rosenkranzes schluckt, nachdem sie sie gebetet hat.« Die Stimme wurde langsamer, der mächtige Kopf auf dem verschrumpelten Körper wandte sich mit einer Miene von gespielter Verachtung an einen elegant gekleideten Mann, der auf der anderen Seite des Raumes saß. »Renoir... mein lieber Renoir, mein kleiner Schabernack für die Götter, zieh bitte diese Vorhänge zurecht. Der Wind läßt sie zu sehr wehen, und das Licht wechselt dauernd. Ich möchte ihre Obstschale in ganzem Ausmaß und möglichst vorteilhaft dargestellt sehen. Aber was verstehst du schon davon?«

Renoir erhob sich aus einem Korbstuhl mit hoher Lehne und trat in St. Clouds Blickfeld, das dunkle Haar kurz geschnitten, eine schmale Schnurrbartborte als Kontur über der Oberlippe, was ihm die theatralischen Allüren eines energischen, aber altmodischen Kinohelden der Matineevorstellungen verlieh. Trotz der Hitze im Zimmer wirkte Renoir kühl. Er ging zu jedem Fenster und zog an den Vorhängen, bis das Licht sich nicht mehr blitzend brach, sondern gleichmäßig durch den Gazestoff fiel und den Frauenkörper in einen harmonischen goldenen Glanz hüllte.

»Viel besser so, Renoir. Setz dich, du stehst im Licht. Ich mag keine Schatten auf einem so herrlichen Stück Weiblichkeit. In meinem Alter kann ich mir keine Ablenkungen leisten. Ich habe keinen Muskel mehr zwischen den Beinen, der sich erheben und in Vorfreude auffahren könnte. Aber mein Verstand weiß das nicht, er glaubt, es gäbe da noch einen Muskel, der sich im fleischlichen Tun versteift. Lebenslange Gewohnheit hat mein Gehirn dazu gebracht, daß es glaubt, ich sei immer noch der Mann, der ich einmal war. Setz dich, setz dich hin! Du stehst im Licht.«

Renoir sah die Frau an und schüttelte ungläubig den schönen Kopf. Er fuhr mit einem Finger über den korrekt gestutzten

Schnurrbart und schnupperte geistesabwesend die Luft, als ob er einen Kellner mit einer schlechten Flasche Wein wegschickte.

»Renoir! Setz dich hin! Du ruinierst das Licht auf ihrem Arsch!«

»Licht ist eine wertvolle Ware.« Renoir sagte dies mit einem Seufzer, während er sich in den Korbstuhl gleiten ließ. »In der Nacht gibt es mehr Licht, wenn man weiß, wo man danach suchen muß. Goyas Hunde wußten das.«

»Was weißt du denn von Goya, das ich dir nicht beigebracht habe? Was weißt du von schwarzen Hunden? Die Wahrheit über den weiblichen Körper ist doch etwas, das dir vollkommen fremd ist. Du hast gar keine Palette, um ihr Licht zu malen.«

»Ich weiß, daß du ohne Brille kein bißchen sehen kannst. Nicht nur der Muskel zwischen deinen Beinen ist schlaff geworden, du kannst nicht mal genau erkennen, was vor dir steht. Statt dessen schwärmst du hier von Formen und fernen Erinnerungen, von bellenden Hunden im Prado und einem Impressionisten aus dem letzten Jahrhundert mit den Motiven eines Gemüsehändlers. Laß die arme Frau doch wieder ihre Sachen anziehen!«

»Haaaaaaaffff! Es gibt zwölf Dinge, von denen hast du überhaupt keine Ahnung. Angefangen bei der Kunst und den Frauen.«

»Und was sind deine beiden ersten? Mitgefühl und Toleranz?«

»Wenn du in die Tiefen der Kunstgeschichtsbücher eindringst und eine bedeutsame Fußnote wirst so wie ich, dann entwickelt die Umwelt Mitgefühl für dich, sie toleriert jeden Tick, den du hast.«

»Was hast du denn für einen Tick?«

»Ich mag es, wenn sie die Shorts auszieht, so daß ich ihr den reizenden Apfelarsch versohlen kann, bis er das richtige Renoir-Rot hat. Die wahre weibliche Farbe herausarbeiten. Um dir zu zeigen, wieso nicht Renoir sie ganz getroffen hat, sondern ich. Die Welt wird erfahren, daß ich es hingekriegt habe. Ich werde nicht in alle Ewigkeit eine Fußnote bleiben. Wenn keiner mehr damit rechnet, werde ich ganz an den Anfang von jedem Kapitel über die Kunst des zwanzigsten Jahrhunderts rutschen. Und das wär's dann, Schluß mit den Obstverkäufern dieser Welt und mit den dummen Schuljungeninterpretationen darüber, was wirklich ist und was nicht.«

»So wie ich das tue, ja? Meinst du das damit? Du hast zwar das Richtige getan, aber es kam etwas anderes dabei heraus. Hast du mich deshalb nach Renoir benannt?«

»Du bist ja gar nicht so dumm, wie einen dieser Schnurrbart glauben läßt. Aber wie meinst du denn, hätte ich wissen können, was dabei rauskommt? Da schickt man als Mann sein Sperma los in den Bauch einer Frau wie einen Botschafter, der einen Pakt abschließt. Man weiß nie, was daraus wird, was neun Monate später rausmarschiert. Ein Präsident oder ein Esel.«

»Na, dann los doch. Zieh ihr die Hose runter und versohl ihr den Apfelhintern! Deshalb hast du doch darauf bestanden, daß ich herkomme, oder?«

»Du bist grausam, du nutzt es aus, daß ein starker Mann seine schwache Stunde hat. Du weißt genau... ich... kann nicht.«

»Was? Keine Erektion kriegen? Nicht aus dem Bett steigen? Den Apfel nicht polieren?«

»Angelica! Zieh den Rest auch noch aus!« Der große Kopf drehte sich zu der Frau, die glänzenden Augen flehten.

»Auch meine Stöckelschuhe? Die hab ich noch nie ausziehen müssen.«

»Nein. Nein. Die laß an. Alles andere kommt runter. Dreh mir den Rücken zu. Ich will mich vom Licht auf dir überraschen lassen. Ich liebe es, wenn dieser Schatten über dein Schulterblatt wandert. Wenn das falsche Licht spielt. Das Geheimnis schafft die Frau, die Illusion verführt den Mann.«

Angelica verlieh ihrem Körper eine einzige, fließende Bewegung, unbefangen wie eine Frau, die aus der Badewanne steigt, eine unwahrscheinliche Aphrodite, die sich in Stöckelschuhen aus einem bebenden Meer des Lichtes erhebt. Der tätowierte Oktopus auf ihrer rechten Brust streckte seine Tentakeln, als sie sanft ausatmete. Sie blickte genau in St. Clouds Gesicht, der von der Tür aus in den Raum starrte.

»Ist das Licht jetzt da, wo du's haben willst?« Angelica sprach direkt St. Cloud an.

»Ja, ja. Perfekt.« Die Worte wurden vom Bett hinter ihr gekrächzt. »Klares Licht. Reine Illusion. Herein mit den bellenden Hunden.« Die Stimme hielt inne, rasselte mit endgültiger Ermutigung. »Und jetzt zieh die Shorts aus!«

Auch eine noch so abgegriffene Münze hätte zwischen Angelicas engen weißen Shorts und der glatten Haut ihrer Schenkel keinen Platz gehabt. Dennoch schaffte sie es, die Hüfte aufreizend anzuwinkeln, wodurch der Stoff sich löste und an ihren Beinen entlang zu Boden glitt, so einfach, wie eine Schlange ihre Haut abstreift. Sie trat aus der Hose heraus, ihre einzige Zierde waren jetzt die hochhackigen schwarzen Schuhe, die den glänzenden Waden eine feste Spannung verliehen. Angelicas Hände fuhren nach oben, die Finger schlossen sich hinter ihrem Nacken, und sie breitete die angewinkelten Arme zu Flügeln aus Fleisch. Das Sonnenlicht strich an den Spitzen ihrer Ellenbogen entlang und traf auf die kurzen blonden Haare, ein Anblick, bei dem sich zwischen St. Clouds Beinen unverkennbar etwas rührte. Als ihn Angelica nun direkt ansah, glitt er durch einen Dunst aus Alkohol in eine Zeit, die recht nahe schien, aber mindestens schon zwei Jahre zurücklag, als er noch ein glücklicher Ehemann mit gelegentlichen Seitensprüngen war. St. Cloud glitt durch die aufgerührten Gewässer seiner Erinnerung zu dem Tag zurück, an dem er Angelica in seinem kleinen Boot mitgenommen hatte, um nachzusehen, ob sich etwas in den Steinkrabbenfallen gefangen hatte. Angelica hatte zusehen wollen, wie er die Lattenholzkisten an seetangbewachsenen Seilen von der Sandbank an Land zog. Ihn faszinierte es, wie sehr es sie faszinierte, daß die Krabben deshalb in seine Fallen gingen, weil sie auf die darin liegenden durchlöcherten Dosen mit Katzenfutter scharf waren. Miezekrabben nannte sie Angelica und sah entsetzt zu, wie St. Cloud ihnen mit einer Stahlzange die mächtigen Scheren am ersten Gelenk abknipste. Klatschend warf er die Tiere wieder über Bord und sagte ihnen bis zur nächsten Saison *adios*. Dann ging es ans Knacken des Fangs von grellorangen Scheren. Es wurde ein Festmahl aus süßem Fleisch und kühlem Wein, bei dem sie ziellos im Hafen umhertrieben, inmitten der Bugwellen von gecharterten Fischerbooten, Sonntagsseglern und schmalen, dämonischen Flitzern mit Außenbordmotor, deren Piloten das arrogante Gehabe von Drogenschmugglern aufsetzten, wenn sie haarscharf an langsameren Booten vorbeirasten und den Insassen frech mit ihren Bierdosen zuprosteten. Später wollte Angelica dic U-Boot-Docks besichtigen. Das war kein Problem. St. Cloud lenkte sein Boot vorbei am Mallory Dock zwischen die langen Finger der Betonmolen am Rand der Marinebasis, wo man im Ersten Weltkrieg die U-Boote zum Reparieren aufgedockt hatte. Während des Zweiten Weltkriegs waren die U-Boote größtenteils von Torpedobooten ersetzt worden, und jetzt war hier wieder eine erstaunliche Flotte vor Anker gegangen. Hunderte von verlassenen Booten schaukelten im Kielwasser von St. Clouds Skiff, Wasserfahrzeuge jeder Art und Größe, von einmotorigen Neun-Meter-Vergnügungsyachten bis hin zu zwanzig Meter langen Hochseekreuzern, deren einst blinkende Türme aus rostfreiem Stahl inzwischen stumpf geworden waren. Zwei Jahre zuvor hatten all diese Schiffe eine dreihundert Kilometer weite Fahrt unternommen: zur Bucht von Mariel auf Kuba und wieder zurück, vollgestopft mit einer Horde, die Castro aus seinen Gefängnissen und Irrenhäusern freigelassen hatte. Unter diese Tausende von Menschen mischten sich echte politische Flüchtlinge, Freunde und Verwandte von Exilkubanern, die den Bootsbesitzern in einem verzweifelten Moment hohe Preise dafür gezahlt hatten, ihre Lieben rasch ins Land der Freien und Tapferen überzusetzen. Die US-Regierung honorierte die Aktion, indem sie sämtliche Schiffe beschlagnahmte, so daß die »Freiheitsflotte« nun tatenlos herumschaukelte und verfaulte, während ihr Schicksal noch in den Gerichten debattiert wurde. Der Staat konnte sich nicht entscheiden, ob die Bootsbesitzer nun heldenmütige Patrioten oder profitgierige Opportunisten gewesen waren. St. Cloud ließ sein Skiff ruhig dahintreiben. Vor ihnen erhob sich eine massige Betonwand, an der eine noch eindrucksvollere Ansammlung von aufgebrachten Booten lag. ZUTRITT VERBOTEN AUF ANORDNUNG DER US-REGIERUNG mahnten rote Blockbuchstaben auf jedem Rumpf einer ganzen Armada von Marihuanafrachtern und gewaltigen Kokainkuttern. Manche von ihnen hatten den Umfang kleinerer Schlachtschiffe, von deren stählernen Wänden Rostbahnen in das stille Wasser rannen. St. Clouds Boot glitt vorüber an den beschlagnahmten Träumen vom freien Unternehmertum und dem amerikanischen Handelsgenie. Angelica saß neben ihm, ihr Atem roch nach süßem Krabbenfleisch und Wein. Lachend zog sie sich das dünne T-Shirt über den Kopf, reckte ihre Schultern und Brüste einer Sonne entgegen, die in der Stille eines faulen Nachmittags herunterbrannte. St. Cloud hatte das Gefühl, aus der Jetztzeit in eine moderne Piratengeisterstadt zu treiben. Er zuckte zusammen, als er auf einmal eine Stimme von einem der beschlagnahmten Schiffe hörte. Eine heisere Männerstimme, deren Ton keine sichtbare Quelle zu haben schien. Die unmißverständliche Absicht der Worte klang über das Wasser zu ihnen. St. Cloud versuchte festzustellen, ob der Rufer auf dem unförmigen Schiff versteckt war, dessen Bug den Namen *Matto Grosso Trader* verkündete. Er sah niemanden. Wieder ertönte die Stimme. Ganz eindeutig war ihr Adressat Angelica. Sie trat kühn an den Bug des Skiffs, eine barbusige Galionsfigur. Ihr Blick streifte über das Wasser, fahndete nach der Stimme. Sie suchte den Ursprung dieser schwebenden, körperlosen Töne. Die Absichten, die sich in den Worten spiegelten, wurden von dem Ausdruck des Erkennens in Angelicas sich weitenden Augen konterkariert. Ihr nackter Rücken straffte sich. Der Blick übers Meer suchte jetzt intensiver, eine urzeitliche Jägerin mit erwachtem Jagdinstinkt. Die gutturale Männerstimme wurde zum herausfordernden Signal. Angelicas Blicke forschten nach dem Ursprung der lüsternen Absichten, entschlossen, sie auszulöschen, sie am brennenden Docht zu packen und mit raschem Druck von Daumen und Zeigefinger zu ersticken, diese Männerlust in einem heftigen Akt weiblicher Wechselseitigkeit auf sich selbst zurückzuverweisen.

Im schimmernden Licht des Schlafzimmers bargen Angelicas nackte Brüste dieselbe Herausforderung, die St. Cloud damals vor Jahren bei den U-Boot-Docks miterlebt hatte. Es war eine beunruhigende Erkenntnis sexueller Ursprünge, aus einer Zeit, in der Gesellschaften von Frauen beherrscht wurden. Während er zusah, wie Angelica sich langsam drehte, den Blicken eines ganzen Kreises von Männern völlig preisgegeben, suchte St. Cloud nach dem Sinn dafür im Alkoholsumpf seines dampfenden Hirns. Vielleicht wollte der Mann die Frau niemals wieder so hochkommen lassen. Wollte sie unter dem Absatz und der harten Faust halten. Pandora nicht erlauben, das grausige Pulver aus ihrer Büchse zu verstreuen. Ihr eine straffe Leine um den Hals legen. Um daran zu reißen, sobald sie vom Wege abkam. Es gab so vieles am Mannsein, dem St. Cloud zutiefst mißtraute. Angelica verkaufte ihren Körper, wenn sie neue Schuhe für ihre kleine Tochter brauchte, oder ein Grämmchen Koks. Ihre Regeln waren die von ehrlichem Handel in einer unehrlichen Welt. Sie kannte den Wert ihrer Ware, und sie würde sich nicht unter Preis verkaufen. Doch das war zu einfach. St. Cloud wußte, daß mehr dazu gehörte, auch die körperlose Stimme, die Angelica vor Jahren mit ihren wilden Blicken übers Meer gejagt hatte. Es hatte mit der urtümlichen Kraft ihrer Sexualität zu tun. Die Stimme des nackten männlichen Triebes, die an jenem fernen Tag als durchdringende Drohung über das Wasser klang, war von Angelica zum Ruf eines hilflosen Jungen reduziert worden, der am Ertrinken war und um Rettung bat. Das Glitzern der Jagdlust in Angelicas Augen war jetzt das gleiche wie damals, als sie in ihrer Phantasie den zarten weißen Körper des hilflosen Jungen dreimal fast ertrinken sah, ehe sie die Hand ausstreckte, sein Haar packte und mit freimütiger Leidenschaft das Opfer seinem wäßrigen Schicksal entriß, erkaltete Lippen küßte und einer weiteren irregeleiteten Seele neues Leben einhauchte. Angelica war ein anderer Typ Frau, die einen anderen Typ Mann verlangte. St. Cloud hatte die Unterschiede noch nicht zusammengefaßt, und er wußte auch gar nicht, ob er sie alle begriff, doch er empfand tiefsten Respekt für die Kraft, aus der sie sich speisten. Aus diesem Grunde war er entschlossen, die Zukunft zu überleben.

»Hast du jetzt genug von den Äpfelchen?« Renoir rutschte aus dem Korbstuhl und ging an das offene Fenster, wo er dem Meer draußen den Rücken kehrte und seinen Blick auf Angelica richtete. »Und du, meine Liebe, warum ziehst du dich nicht wieder an und läßt es für heute gut sein?«

»Sag Angelica ja nicht, was sie tun soll!« keuchte es vom Bett. »Ich bin noch nicht fertig mit ihr!«

»Du hast noch gar nicht angefangen.« Renoir wandte sich mit dem Ausdruck entnervter Resignation ab, sein Blick ging weit über den Raum hinaus, durch die Fenster hinaus auf den dünnen blauen Horizont.

»Es gibt hier noch eine Menge zu lernen, Renoir. Nicht nur über die Kunst, sondern über das Leben, über Sex. Sieh dir diese Schönheit an. Dreh ihr nicht den Rücken zu! Wovor hast du Angst? Davor, daß du dein tolles Würstchen in ihr Sandwich stekken könntest und nie wieder herauskommst? Sie will dein Würstchen gar nicht. Was ist ein Mann ohne Würstchen schon wert? Für sie überhaupt nichts, du dummer Junge. Gar nichts. Du hast nicht die geringste Ahnung von einer Frau wie sie. Angelica will ebenbürtige Partnerin sein, einen Kuß, eine Verbeugung, einen Händedruck, einen Fick mit dir tauschen. Es geht nur um den Tausch. Darum geht es bei Frauen doch überhaupt nur. Sie haben gar nicht vor, einem das Würstchen zu klauen. Sie denken nur an den Tausch, und der hat kein Gesicht, kein Zielfoto. Es ist einfach ein Ansturm der Wirklichkeit. Das bringt uns alle erst hervor. Frauen begreifen das, sie –«

»Wieso fragst du nicht Angelica, was sie empfindet?«

»Ich brauche sie überhaupt nichts zu fragen. Ich weiß, was Frauen von mir denken. Das lerne ich in ›Geschichte weiblicher Kunst‹. In jeder Uni prangern sie mich als Feind an. Weil ich ihr

Geheimnis kenne, bringen sie mich in den Seminaren zur Strecke, weiden meine Männlichkeit aus, studieren die stinkenden maskulinen Innereien. Sie wollen mein altes Waschbärenfell an die Wand nageln, als Trophäe der Besiegten. Diese blöden Hexen wollen selber malen. Sie glauben, sie könnten es besser. Aber das ist eine große Lüge. Frauen werden Frauen niemals so verstehen, wie es Männer tun. Ich kenne ihr Spielchen. Sie wollen, daß die Öffentlichkeit in mir einen Verrückten sieht, denn wenn man einen Künstler als Verrückten sieht und nicht die Inspiration seiner Kunst, dann ist es gleich schlechte Kunst. Meine Bilder verkaufen sich immer noch, aber nicht weil ich die Kraft der klaren Vision besitze. Vergiß es! Es liegt nur daran, daß ich ein kulturelles Artefakt bin. Ein Fossil, das man unter dem Mikroskop betrachtet wegen seiner anachronistischen Weise, mit der grandios materiellen Struktur des weiblichen Körpers zu verfahren, wegen seiner keineswegs transzendenten Konturen und seiner gefesselten Wahrheiten. Ich bin berüchtigt für die Fleischlichkeit meines Intellekts. Aber willst du die Wahrheit hören, mein ganz ungefesseltes Bekenntnis? Ich wollte sie eben einfach alle vögeln. Das ist mir auch gelungen, aber dabei habe ich mich selbst angeschmiert. Hier ist also mein düsteres Geheimnis, ausgesprochen, bevor ich ins Grab gehe: Selbst wenn man mich für den berühmtesten Maler des weiblichen Körpers in diesem Jahrhundert hält, empfinde ich mich selbst insgeheim doch als Betrüger. Ich hätte homophil werden sollen und die Frauen von innen nach außen malen. Sieh dir nur mal Michelangelos *Libysche Sibylle* in der Sixtinischen Kapelle an. Dieser Seidenhosenbubi hat es besser gebracht als irgend jemand sonst in den letzten zweitausend Jahren, und in den nächsten fünftausend wohl auch, dabei hat er nichts weiter getan, als den Männern Titten zu malen.«

Renoir trat vom Fenster zurück und drehte sich wieder um, so daß er das einfallende Licht in seiner Kraft abschwächte. »Bist du fertig? Seit zwanzig Jahren hältst du nun schon in jedem Interview deine Rede, du wärst im Grunde der bessere Maler, weil alle anderen schwul sind. Warum kommst du nicht zum Thema zurück, über das wir eigentlich reden? Komm schon, frag Angelica! Wovor hast du denn Angst?«

»Ich werde Angelica schon fragen...« Die keuchende Stimme verstummte pfeifend, dann kam ein Husten. »Ich frag sie alles, was ich will.«

»Dann frag sie.«

»Was?«

»Was sie empfindet.«

»Angelica...« Die Stimme nahm ihr keuchendes Pfeifen wieder auf. »Was eeeeem... pfiiiin... deeest du?«

»Langeweile.«

»Haaaaafff!« Die Stimme strotzte vor Vergnügen. »Angelica, du bist unbezahlbar.«

»Diese hohen Absätze bringen mich noch um.«

Renoir ließ sich wieder in den Korbstuhl sinken. »Los doch, Angelica, erzähl ihm, was du denkst. Das ist deine große Chance, also ergreif sie.«

Angelica winkelte ein Bein an und griff mit der Hand nach hinten, um einen Krampf im Wadenmuskel zu massieren. So auf einem Bein stehend, ähnelte sie einem prächtigen Reiher, der kritisch die Oberfläche eines seichten Gewässers mustert, um einen wahrhaftigen Fisch zu fangen. »Ich bin die Sorte Mädchen, dem ein Ja als Antwort nicht genügt.«

»Das lass ich mir gefallen!« Die Stimme gluckste derartig fröhlich, daß sie sich überschlug und einen Hustenanfall bekam.

»Was meinst du dazu, St. Cloud? Bin ich dein Typ?« Angelica ließ ihr makellos gerades Bein in provokantem Winkel sinken.

»St. Cloud!« Die Stimme hielt abrupt im Husten inne. »Wo ist er? Das ist ein Mann, der weiß, daß man ein Narr sein muß, um wie närrisch zu lieben.« Die Stimme enthielt einen anklagenden Seitenhieb auf Renoir. »Nicht so wie du. Ganz und gar nicht wie du. Wo ist denn mein Freund?«

Renoir setzte sich mit verächtlichem Knurren in dem Korbstuhl auf. »Er steht gleich hinter der Tür und sieht bei deiner geschmacklosen kleinen Peep-Show zu. Steht schon die ganze Zeit da. Ich hab dir doch gesagt, daß du ohne deine Brille überhaupt nichts siehst. Weshalb kannst du nicht aufhören mit dem Theater?«

»Laßt St. Cloud hereinkommen! Ich muß mit ihm über Goyas bellende Hunde reden, über das falsche Licht, über die Kunst, Frauen mißzuverstehen, über die Lügen, die wir leben. Dieser Mann hat Ahnung davon. Er kennt den Schmerz dabei. Niemand sonst versteht das. Niemand sonst ist romantisch und närrisch genug, um etwas darauf zu geben. Die Leute fühlen ja ohnehin nichts mehr, warum sollten sie also was darauf geben? St. Cloud? Bist du da?«

St. Cloud öffnete die Schlafzimmertür vollends und trat hinein in eine stickige Schwüle, die vom Duft nach weiblichem Schweiß durchdrungen war. Das besoffene Säuseln in seinen Adern verlieh seinen Schritten eine leichte Unsicherheit. Er dachte gerne von sich, er habe den Gang eines Steptänzers nach Feierabend auf dem Heimweg bergauf, oder zumindest das ungleichmäßige Wanken eines Barhockerromeos, der sich gezwungenermaßen in die Bürstenschnittwelt der Nüchternheit wagt. Er stolperte ans Kopfende des Bettes und ergriff die Hand des alten Mannes. Die Hand war zerbrechlich, ihre Haut wurde von prallen, schwarzen Venen durchzogen, die fast zu platzen drohten. St. Cloud streichelte die Hand. Er bewunderte den unbezähmbaren Willen dieses Mannes, die Vitalität seines Verlangens, die Flamme seiner Lust, die sich weigerte, von einem verfallenden Körper ausgelöscht zu werden. Lange bevor St. Cloud den Mann selbst kennengelernt hatte, hatte er den lustvollen Geist seiner Gemälde gespürt. Selbst als Reproduktionen in den grellen Farben der Illustrierten verströmten diese Bilder noch den blendenden Hauch männlicher Heimsuchung, als wäre abrupt ein Schleier vom Gemeinplatz weggezogen worden, nicht als Erleuchtung oder Trugbild, sondern einfach, um ins Herz einer unerwiderten Liebe zu stoßen. Die zitternden Hände, die St. Cloud jetzt beruhigend in den seinen barg, hatten einst Pinsel geschwungen und sinnliche Körper mit kühnen, sicheren Strichen abgebildet. Dabei hatte dieser Mann sein Leben kaum als Kandidat dafür begonnen, den Göttern eine Vision abzuluchsen und sich über seine lebenden Zeitgenossen in ein Reich zu erheben, das mit dem Zollstock der Unsterblichkeit gemessen wurde. Er kam von Key West, sein Urahne mütterlicherseits war der Bergungsschiffer James Fredrick Isaac gewesen, dessen Nachnamen er nun als Vornamen trug. Die Vorliebe von Isaacs Urahn für das Verlegen ganzer Häuser übers Wasser und für das Heben von Schiffen aus dem Meer wies ihm den Weg, das Unmögliche zu versuchen, ein gemaltes Universum auf einer vier mal vier Meter großen Leinwand zu erschaffen. Dieser Isaac war nicht mit der edlen Haltung seines schwadronierenden Vorfahren geboren, und auch sein Profil eignete sich nicht zum Prägen der Münzen des Reiches. Nein. Dieser Isaac ließ einen glauben, Gott wäre tatsächlich ein Gigant droben im Himmel, der Männer und Frauen nach seinem reflektierten Ebenbild schuf, fleißig ein Geschlecht mit lauter hübschen und schönen Eigenschaften herauskurbelte. Eines Tages aber, aus

Langeweile an dieser Fließbandperfektion, hatte Gott dann wohl die mächtige Hand gehoben, sie zur Faust geballt und präzise auf einen der hübschen Köpfe niedersausen lassen, hätte einen durchschnittlich großen Mann auf einen Meter fünfzig gekürzt, die Schultern auf übertriebene Proportionen verbreitert, das Gesicht leicht nach innen gestülpt, mit massigen, bulldoggenartigen Fleischwülsten, dicken, zu einem ewigen Schmollen geschürzten Lippen und schlaffen Wangen, die so tief neben dem schweren Dreifachkinn herabhingen, daß sie beinahe den überaus kurzen Hals verbargen, der nicht höher als eine auf der Straße plattgefahrene Konservendose war. Die gesamte Erscheinung dieses neuen Menschen war so bar jeder klassischen Ausgewogenheit, daß sie schon wieder eine trotzige Ästhetik verkörperte, die Vollendung des Unvollendeten. Die braunen Augen dieser Schöpfung linsten unter schweren Lidfalten hervor, sehnten sich nach Zuneigung mit der liebedienerischen Miene eines Hundes, der sich darauf freut, daß ihm von der himmlischen Festmahltafel ein saftiger Knochen zugeworfen wird. Nachdem er seinen neuen Menschen mit einer regen und wißbegierigen tierischen Natur ausgestattet hatte, gefiel es Gott im Himmel, ihn in die Welt zu schicken, um dort, den anderen um Haupteslänge unterlegen, zwischen den geringeren Sterblichen mit gemeineren Abnormitäten zu wandeln. Nur mit seiner Kunst überflügelte Isaac seine Mitmenschen. Wer Isaacs Bilder gesehen hatte, der wußte, daß er von Gott berührt worden war. Allerdings hatte nur Isaac einen launigen Schimmer davon, wie fest Gott ihn tatsächlich berührt hatte. Isaac verströmte den unverdrossenen Geist einer Kreatur, die einfach froh ist, am Leben zu sein. Isaac hielt sich für glücklich, weil er nicht gleich im Moment seiner Erschaffung zu etwas Geringerem als einer Ameise zerstampft worden war.

»Du hast Angelicas Frage nicht beantwortet, St. Cloud.« Renoir in seinem Korbstuhl streckte die Beine von sich und kreuzte die Hände vor dem Bauch, ein bleistiftdünner Buddha, der die ironische Antwort auf die Frage nach dem Sinn des Lebens überdachte. »Ist sie dein Typ?«

St. Cloud war noch nie aufgefallen, daß Angelica auf der Innenseite ihres linken Knöchels einen kleinen blauen Tintenfisch tätowiert hatte, oder vielleicht hatte er es vergessen, all das schien so lange her zu sein, beharrliche Stimmen über einer stillen See aus Alkohol. Er sprach ganz leise, um nicht in der stillen See zu versinken. »Angelica ist nicht die Sorte Frau, die man zu seiner eigenen mit nach Hause nehmen kann.«

»Hast du aber getan!« Angelicas Worte kamen in einem plötzlichen, unbeherrschbaren Lachen. »Manchmal hab *ich* sogar *dich* mit zu deiner Frau genommen.«

»Das war der Anfang vom Ende.« St. Cloud fühlte, wie er zu sinken begann.

Angelica hörte zu lachen auf. »Für sie das Ende vom Anfang.«

St. Cloud war eindeutig untergetaucht, er hörte seine Worte an die Oberfläche blubbern, schwach vor Anstrengung, ein Flehen um einen sicheren Halt, der ihn aus diesem Schlamassel retten könnte. »Nichts währt für immer, nicht mal die ewige Liebe.«

Ein trotziges Grinsen strich über Angelicas Miene. »Hör mal, wenn du deinen Orgasmus gehabt hast, dann wird es Zeit, von der Bühne abzutreten. Das weiß jeder Schmierenkomödiant.«

»Vor so was hat er keine Angst«, keuchte Isaac. »St. Cloud weiß, wie man aus dem, was ihm Gott gegeben hat, etwas Ordentliches macht. Es geht hier ja nur darum, daß es manche Männer in Gefangenschaft treiben und andere nicht. Ich hab es einmal in Gefangenschaft getrieben, in einem Moment der Schwäche. Und das Ergebnis ist das hier.« Isaac rollte seinen wäßrigen Blick zu Renoir, überlegte es sich dann aber. »Wenn man einem Esel nur lange genug ein Brett vor den Kopf schlägt, dann hört er irgendwann auf, Sterne zu sehen. Wach auf, St. Cloud. Ich hab es dir schon so oft gesagt: Verlieb dich in eine Stadt, nicht in eine Frau. Wenn du von einer Stadt genug hast, kannst du sie ganz einfach verlassen. Eine Stadt erwartet nicht von dir, daß du anrufst und sagst, wann du wiederkommst, sie will keine Blumen von dir, und sie vergießt keine Tränen über dein Selbstmitleid.«

»Sieh nur, wie es in seiner Hose schwillt.« Renoir kreuzte lässig die Beine. »St. Cloud könnte sich wohl wirklich in die Hauptstraße verlieben, er muß ja von Glück reden, daß er überhaupt noch auf einer Straße gehen kann, ohne über sein drittes Bein zu stolpern. Bände man jedem Telefonmast in der Stadt einen Rock um, hätte er sie bis zum Abend alle geschwängert. Sich in eine Stadt verlieben? Was ist denn das für ein Rat?«

»Einer, den du nicht verstehen kannst.« Isaac versuchte, den verschrumpelten Körper höher auf den mächtigen Kissenthron hinaufzuschieben. »St. Cloud denkt eben mit seinem Schwanz, sein Leben lang schwänzelt er im Kreis, in einem besoffenen

Rhythmus, und deshalb steckt er auch immer in Schwierigkeiten. Bis er überhaupt merkt, wo er ist, war sein Schwanz schon zwei Tage lang drinnen und wieder draußen. St. Cloud ist noch mehr vom Aussterben bedroht als der seltene Floridajaguar.«

»Ach ja, wie jammerschade um den armen Jaguar!« Renoir zwinkerte Angelica zu.

»Ich glaube, ich bin verliebt.« St. Cloud quetschte die Worte aus seinem Alkoholsumpf heraus. Er konnte es nicht fassen, daß er hier öffentlich über seine Leidenschaft referierte. »Wirklich verliebt. Als einziger Ausweg bleibt mir nur die Kugel, oder ich schmeiß mich vor die Schienen.«

»Schienen gibt's hier keine mehr, seit der Hurrikan von '35 Flaglers Eisenbahn weggeputzt hat. Also ist die Kugel deine einzige Wahl, wenigstens passiert den Jaguaren dabei nichts.« Renoir lehnte sich in seinem Korbstuhl zurück und zwinkerte St. Cloud lüstern zu. »Wie heißt denn der glückliche Knabe, in den du verliebt bist?«

»Was war das?« Isaac richtete sich auf seinen Kissen auf. »Meine Ohren lassen mich noch schneller im Stich als die Augen. Was hat St. Cloud da eben gesagt?«

»Er sagte«, Renoir erhob sich aus dem Korbstuhl, »daß er glaubt, er sei verliebt. Hat ihn wohl ziemlich angeregt, Angelica beim Modellstehen zu beobachten.«

»Ach, Schätzchen...« Angelica verlagerte das Gewicht von einem Stöckelabsatz auf den anderen. »Du bist doch nur eifersüchtig. Denk dran: Nur weil die Verpackung vom Schokoriegel runter ist, heißt das noch lange nicht, daß man ihn gleich essen darf.«

»Nicht doch, Angelica.« St. Cloud wollte das sofort klarstellen, obwohl es sich nicht abstreiten ließ, daß Angelica wunderbar aussah, ob mit oder ohne richtiges Licht. Sie wäre wohl auch wunderbar in einem dunklen Zimmer, bei dem man sämtliche Ausgänge versiegelt hätte. »Nicht in dich, Angelica. Nein, in das Mädchen, das in Evelyns Vogelgeschäft arbeitet.«

»Ach, du mein Schreck!« Renoir sank auf dem Korbstuhl in sich zusammen. »Dir reicht's wohl nicht, daß du die Umwelt vergewaltigst. Jetzt heißt es auch noch: *Hey little high school girl, where you goin*?«

»Sie ist schon zwanzig.«

»Na, eklatanter Unterschied.« Renoir setzte sich gerade hin. »Dann wird es eben Zeit fürs Heartbreak Hotel.«

»Hör schon auf damit, Renoir.« Angelica stieß die Spitze ihres rechten Stöckelschuhs ungeduldig auf den Boden, eine nackte Oberlehrerin vor der Gardinenpredigt. »Könnte ja etwas sehr Ernstes sein. Es könnte auch ein sehr ernster Fehler sein. Wir müssen sichergehen, daß er es schafft. Er leidet doch offensichtlich, und er will sein Leid teilen. Er ist sehr großzügig. Ihn schiebt der Trieb. Erzähl uns mal davon, Süßer.«

»Moment noch«, röchelte und hustete Isaac. »St. Cloud, gib mir meinen Inhalator. Halt ihn mir bitte.« Isaac krallte sich an St. Clouds führende Hand, legte die bebenden Lippen um das Plastikmundstück. Er inhalierte mit inbrünstigem Rasseln, während sein trüber Blick auf Angelicas Gestalt ruhte, die am Fußende seines Bettes stand. Er hob die feuchten Lippen vom Inhalator und war jetzt wieder sehr lebendig. »Sieh dir diese Frau an!« Isaac rieb sich vor Erregung die dicken schwarzen Venen seiner zittrigen Hand und grinste in unbekümmertem Vergnügen. »St. Cloud, das ist die Richtige für dich! Je sanfter sie aussehen, desto stärker kommen sie dann. Sie ist die wahrhaftigste Christin auf diesem gottverlassenen Stück Fels, sie braucht nur die Straße entlangzugehen, schon rennen alle Männer in ihrem Kielwasser gegen die Hausmauern, während sie ihr nachjapsen wie ausgehungerte Hunde auf der Suche nach einem Fleischer. Sogar ich bringe bei ihr noch einen hoch. Na ja, nicht mehr so richtig, seitdem sie mir die großen Arterien aus den Beinen entfernt haben, wo Renoir mir doch vor der Operation versprochen hatte, ihnen das nicht zu erlauben. Ich hab gesagt, lieber wär ich tot als nicht mehr imstande, mich zum Salut einer Dame zu erheben. Seit der Operation kann ich ihn überhaupt nicht mehr bewegen, geschweige denn hochkriegen. Am besten fühle ich mich frühmorgens , weil mein Hirn sich noch daran erinnert, wie zweiundsiebzig Jahre lang zwischen meinen Beinen das Blut in Wallung geraten ist. Mein Hirn erwacht mit einer Morgenlatte. Wenn ich dann Angelica morgens hier bei mir habe, bin ich wie ein Mann mit einem amputierten Bein, der seine Zehen jucken spürt. Ich sag's dir, Angelica ist bis in ihre Seele hinein aus purem Gold. Dieser Frau aus dem Vogelgeschäft hängst du jetzt schon zwei Monate lang nach. Das wird böse enden. Ganz egal wie hübsch sie ist, die Langeweile einer jungen Frau erfaßt einen selbst irgendwann auch. Man muß sie abrichten. Und was macht man dann mit ihnen? Das ist wie mit einem dressierten Seehund. Am Anfang ganz lustig, aber wer will schon den Rest seines Lebens dauernd mit Heringen in der Tasche herumlaufen? Vergiß diesen Pfirsich aus Georgia. Mit Angelica bist du besser bedient. Sie ist die Sorte Mädchen, dem ein Ja als Antwort nicht genügt. Angelica ist die gut verpackte Wahrheit. Meine Herren, was für eine Verpackung! Sieh sie dir nur an! Eine Hure im Kükenkostüm. Du kannst sie bezahlen oder auch heiraten. Welchen Unterschied macht das schon? Wenn es dich nichts weiter als Geld kostet, hast du doch ein gutes Geschäft gemacht. Angelica ist ein absolut einmaliger funkelnder Diamant, der in einen Ring aus Ignoranz und Liederlichkeit gefaßt ist. Nimm ihn dir, Junge! Nimm ihn dir! Enttäusche einen alten Mann nicht.« Isaacs feuchter Blick wanderte von St. Cloud zu Angelica, erkundete dann die Schatten im Zimmer und blieb schließlich auf Renoir liegen, der aus dem Fenster sah und so tat, als interessiere er sich für den großen Frachter, der gerade über den dünnen blauen Horizont in den Golf einbog. »Ich hoffe immer noch, weißt du, sogar jetzt hoffe ich noch, Angelicas Anblick würde Renoir vielleicht das fühlen lassen, was ich nicht mehr fühlen kann. Ich habe ihn Renoir getauft nach dem größten Maler des weiblichen Körpers aller Zeiten. Vor mir, meine ich. Der wahre Renoir war ein Kenner, ein Mann mit einem Blick für die Wissenden. Da benenne ich meinen Jungen nach ihm, und was wird aus ihm? Sieh ihn dir doch einmal an! Zieht sich so einen gebügelten weißen Tropenanzug an, daß man glaubt, er rennt gleich hinunter und deckt den Tisch fürs Festbankett. Ja, er sieht aus wie der Oberkellner beim heiligen Abendmahl.«

Renoir kehrte seinen maritimen Interessen am Horizont den Rücken. »Warum machst du nicht mal halblang, Dad, wenigstens im Krankenbett? Hör doch auf mit deinen Umkleideraumtiraden über Heterosex, und laß Angelica endlich zu ihrer Kleinen nach Hause gehen. St. Cloud wird auch irgendwohin verschwinden und sich zum Narren machen, wie üblich.« Renoir runzelte belustigt die Stirn. »Ganz offenkundig hat er noch nie einen Schwanz gesehen, der interessanter als eine Möse war.«

»Komisch, ich hab auch noch nie einen Schwanz gesehen, der interessanter als eine Möse war.« Angelica schob ihr Körpergewicht leicht nach vorn, als rechne sie mit heftigen Erwiderungen auf solch ungetrübten Tiefsinn. »Und ich kann dir sagen, ich hab schon ein paar enorme Geräte gesehen.«

»St. Cloud, komm zu mir ins Bett. Bring Angelica mit.« Isaac tippte mit einem Wackeln seiner kraftlosen Hand auf die weiche Matratze neben sich. »Genug geredet.« Seine Worte verebbten zu einem Flüstern. »Bringt den wahren Christen zu Bett, ihr beiden, legt euch zu mir.«

»Das kostet aber extra, Isaac.« Angelica beugte einen Fuß und bückte sich leicht, um den schmalen Riemen des Stöckelschuhs zu lösen. »Andererseits«, sie ließ den Schuh fallen und hob den anderen Fuß, »vielleicht kostet's dich auch überhaupt nichts.«

Renoir versank tief in seinem Korbstuhl. »Ihr zwei bringt ihn noch um. Wißt ihr nicht, wann ihr Schluß damit machen müßt, seine Illusionen zu nähren?«

»Mach dir meinetwegen keine Sorgen.« Isaac hob schwach die Hand. »Wollte schon immer im Sattel sterben.«

»Im Sattel?« Renoir schüttelte ungläubig den Kopf. »Du kannst ja nicht mal das Pferd aus der Scheune locken.«

»Hab ich dir das je erzählt?« Isaac berührte die weiche Haut an Angelicas Schulter, als sie neben ihm unter die Decke glitt, und seine Stimme wurde dabei zu einem kaum hörbaren Raunen. »Was mich zum Malen gebracht hat, noch vor den Frauen? Das waren die Wolken. Dieser ewige Wandel von Farbe und Form. So eindeutig. Sie schmücken sich ständig zum natürlichen Vorteil des prächtigen Himmelszelts. Verstecken sich vorm falschen Licht. Genau wie die menschliche Gestalt. Raum und Berechenbarkeit auf der Flucht vor der Wirklichkeit. Mit Form und Farbe haben Landschaften überhaupt nichts zu tun. Schönheit ist Bluff, sie ist falsches Licht. Man muß die Körper vom Raum abtrennen, den Betrug hinter dem Trick aufdecken, so daß am Ende nur noch rotierende Masse übrigbleibt. Energie ist alles. Der unauslöschliche Eindruck des Vitalen. Der Sonnenaufgangsmoment zwischen den Welten. Zwischen Monstern und Menschen, Unterwelt und Oberwelt, Dunkelheit und Licht. So wie das grüne Leuchten draußen auf dem weiten Meer, das so wenige Menschen jemals zu sehen bekommen, auch wenn sie ihr Leben lang darauf warten. Es ist diese trennende Farbe, die man sich einzufangen abmüht. Gebärende Farbe, die zu keiner Farbe wird im falschen Licht zwischen der kobaltblauen See und dem himmelblauen Himmel. Mein ganzes Leben lang habe ich versucht, dieses falsche Licht in meinen Bildern darzustellen.« Isaacs Raunen hielt inne, die schwache Hand rutschte von Angelicas Schulter herunter, seine Augen weiteten sich erwartungsvoll. »Seit zwei Monaten stehen keine Wolken über dem Meer. Totale Flaute, die toten Kalmen. Vielleicht werde ich euch alle bald verlassen müssen. So bald?«

11

Schönheit ist Bluff. Liebe ist ein Blinde-Kuh-Spiel. St. Cloud spürte, daß er auf seiner ganz persönlichen Alligatorgasse in die Fänge des Schicksals keine Rückfahrkarte in der Tasche hatte. Wie konnte ein Mann nur so weit kommen und immer noch so dumm sein? St. Cloud konnte seinen gesunden Menschenverstand nicht länger abhängen, indem er jedes rationale Fitzelchen Realität in einem Meer von Alkohol ersäufte. Wenn Schönheit ein Bluff war, dann hatte Isaac recht mit Lyla. Ab einem gewissen Alter läßt sich bei einem verliebten Mann schwer unterscheiden, ob er eine junge Frau von wahrhafter Schönheit vergöttert oder ob sie ihm nur deshalb schön erscheint, weil sie eben jung ist. St. Cloud wußte nicht, ob sein Herz von der fatalen Anziehungskraft der falschen Lichter der Romantik getäuscht wurde, die ihn auf eine verzweifelte Jagd nach der eigenen verlorenen Jugend hetzten. Vielleicht konnte er in seinem Alter nur noch eines abhängen, nämlich die Vernunft. Darin nun lag kein besonderer Sieg, kein Triumph über die Lügen, die er lebte. St. Cloud befand sich ganz eindeutig in seiner eigenen Alligatorgasse. Seine Lage hatte etwas Unbeständiges, ein vages Gefühl, vom Weg abgekommen zu sein. Er spürte, daß er sein Leben festhalten mußte, mit aller Macht. Das Schicksal trickste ihn aus, beraubte ihn all seiner Möglichkeiten. Er fühlte die Schlinge unentrinnbarer Umstände so eng um den Hals wie der illegale kubanische Flüchtling, für den er einige Jahre zuvor gedolmetscht hatte. Schon in Miami hatte der junge Kerl ein paarmal im Gefängnis gesessen, dann war er wie ein Stück Eisen, das den unausweichlichen Zug des Magneten spürt, wieder südwärts Richtung Kuba gestromert, und schließlich hatte er in einem Schnapsladen auf Sombrero Key Streit bekommen, wofür er prompt verhaftet wurde. Bei der Verhandlung war dem Kubaner ein braver Spießbürger als Richter zugewiesen worden, der auf dem soliden Boden seiner guten Beziehungen die Justiz der Weißen vertrat. Dieser Mann hatte genug davon zuzusehen, wie dahergelaufene Flüchtlinge sich an Amerikas Überfluß bedienten, und er genoß die Gelegenheit, einen dieser Ausländer einmal in die Finger zu bekommen, ehe die FBI-Leute ihm den Halunken wegschnappen konnten, um ihn nach Norden in eines ihrer Country-Club-Gefängnisse zu verfrachten, die für ihn nichts weiter als Sommerlager für Schmarotzer und Perverse waren. »Warum haben Sie dieses Getränkegeschäft betreten und dort den Besitzer erschossen?« verlangte der Richter von ihm zu wissen, und die Knochengerippe einer unsichtbaren Galerie gespenstischer Kumpel aus der konföderierten Armee, die er statt der fünf Anwesenden in dem ansonsten kahlen Raum anzusprechen schien, erbebten vor seiner Stimme. Der Kubaner zuckte verständnislos die Achseln; er hatte den schlaksigen Körper eines Jungen, in dessen Kindheit es mittags Hühnerhälse zum Auslutschen und zum Nachtisch harte Bandagen gegeben hatte. Der Kubaner bat St. Cloud, den Richter seine Frage wiederholen zu lassen, dann lächelte er aufrichtig, die Antwort fiel so leicht: »Weil der Besitzer *dinero* in seiner Registrierkasse hatte.« »Als Sie in das Geschäft hineingingen, wußten Sie da schon, daß Sie es ausrauben wollten?« donnerte der Richter. »*No*.« »Warum haben Sie dann einen Revolver getragen?« So was. Der Kubaner mußte sich die Frage von St. Cloud dreimal übersetzen lassen, er konnte es einfach nicht glauben, daß dieser mächtige Mann in der schwarzen Robe so einen Blödsinn redete. Das Lächeln des Kubaners wurde zum breiten Grinsen. »Warum? Weil ich ohne meinen Revolver nirgendwo hingehe.« So war das eben: Ein Hund geht nie ohne seine Flöhe aus dem Haus, das einzige, was in Geschichtsbüchern wirklich stimmt, sind die Seitenzahlen, und ein Mann, der sich in eine jüngere Frau verliebt, will nur dem Unausweichlichen einen Streich spielen.

Wie hoch ist die maximale Geschwindigkeit in der Alligatorgasse vor dem unvermeidlichen Aufprall? Vielleicht hatten Isaac und Angelica recht. Woran St. Cloud litt, war nichts weiter als eine gruslige Fixierung auf vergängliche Schönheit. Und wenn das so war, dann stand er kurz davor, nicht so sehr etwas über sich selbst, sondern mehr über Lyla zu erfahren, seinem Bluff ging langsam die Puste aus. Er hatte seine einst so hehren Überzeugungen schon lange zu einer simplen Weisheit reduziert, nämlich daß es nur zwei Sorten Menschen auf der Welt gab: die, die einen vögeln wollten, und die, die einen verarschen wollten. Er wußte, daß Lyla zu der einen Sorte gehörte, als er neben ihr im Bett ihrem leisen Atem lauschte. Ehe er nicht am Ende der Alligatorgasse angekommen war, würde er nicht erfahren, ob sie auch zu der anderen gehörte. Ein Mopswelpe lag zusammengerollt an Lylas Rükken, er winselte und zuckte mit den kleinen Beinchen, trieb in seinem Traum dahin, drückte sich dichter an Lylas feuchte Haut und grunzte dabei in tierischem Wohlgefühl. Das Mondlicht fiel vom anderen Ende des Schlafzimmers in versetzten Balken durch die Jalousien herein und zeichnete Lylas Körper nach, blitzte auf ihrer Haut auf, schuf die Illusion, sie sei die gefeierte Heldin in einem Schwarzweißfilm. Die Silhouette ihres Körpers erfüllte eine entnervend klassische Vision, sie schien aus einer anderen Zeit zu kommen, die fließenden Konturen zu besitzen, die man nur an bestimmten griechischen Statuen sieht, eine zeitlose, mit fraulicher Fülle ausgewogene Geschmeidigkeit, eine Verheißung auf etwas, das jenseits des Berührbaren lag, jenseits des Zugriffs eines sterblichen Mannes auf die Tiefe ihres Wesens. Lyla schimmerte von innen, etwas umgab sie mit einer irritierenden Aura von Altertum, was ihrer Jugend wegen nur um so beunruhigender war. St. Cloud wollte sie wieder berühren, einfach nur seine Hände auf diese Aura legen, die so greifbar und gewaltig schien. Doch er wollte sie nicht wecken. Wollte den mit einem solchen Anblick befrachteten Moment nicht verfliegen lassen. Statt dessen fuhr er sanft mit den Fingerspitzen über den freiliegenden rosa Bauch des Hundes. Der Mops grunzte vor Vergnügen, und in dem schläfrigen Versuch, sich näher an eine erträumte Zitze zu kuscheln, traten seine winzigen Pfoten in die Luft. So eine seltsame kleine Kreatur, das eingedrückte Gesicht war flach wie ein fleischiger Pfannkuchen, das fette Trumm seines Körpers endete mit einem unnatürlich kurzen Schwanzstummel. Es ging über St. Clouds Verstand, was Lyla an dieser Rasse mochte. Vielleicht lag es an der absurden Physiognomie des Tiers, daran, daß es Lylas eigener Vollkommenheit so diametral entgegenstand. Dieses seltsame kleine Paket war zweifellos am entferntesten Ende des ewigen Maßstabs der Schönheit abgeliefert worden. Was immer Lyla dazu gebracht hatte, ausgerechnet diese Hunderasse haben zu wollen, wurde nun dadurch kompliziert, daß der Mops auf einmal die unwahrscheinliche Rolle eines Liebesengels spielte. St. Cloud stellte sich vor, wie das blöde Vieh durch die Wolken schwebte, in der Hand einen Amorbogen, den scharfen Pfeil der Liebe zum Abschuß gespannt, bereit wie eine Rakete mit Wärmeortungssystem auf der Suche nach ihrem unseligen Ziel. Er hatte Lyla angeboten, sie zu begleiten, als sie endlich genug Geld gespart hatte, um den Welpen zu kaufen, und die Zeitungsanzeigen waren bis dahin ständig hysterischer geworden: MOPSWELPEN! NOCH DREI DER ALLERLIEBSTEN KNÄUEL ZU HABEN! Dann: NUR NOCH ZWEI REINRASSIGE MÖPSE! Schließlich: LETZTE CHANCE AUF DEN LETZTEN MOPS! Bei der letzten Anzeige hatte Lyla unbedingt zuschlagen müssen. Sie fuhren in ihrem Cabriolet ein Stück die Keys hinauf, mit offenem Verdeck, der Wind kräuselte das Kleid über ihren Knien, ihr Haar flatterte, während sie über die Brücken von einem sumpfigen Mangrovenflecken zum nächsten rasten und das Meer in der Ferne tintig verschwand, denn die Sonne tauchte gerade unter den Horizont. Die Nachwehen des schwindenden Tages ließen etwas Drängendes in Lylas Miene treten. Sie besaß eine Leidenschaft, die tödliche Absichten ablenken und klatschende Schläge auf sich ziehen konnte, ihre Bewegungen waren von einem rätselhaften Tanz choreographiert, und in diesem Augenblick hatte das nichts mit ihrem Fuß zu tun, der sich fest auf das Gaspedal ihres Cabriolets preßte. Aus dem Radio fetzte abgehackte Rockmusik, während sie weiterraste, immer näher zur LETZTEN CHANCE AUF DEN LETZTEN MOPS!

Am Nachmittag, als St. Cloud die in der Annonce genannte Nummer gewählt hatte, hatte eine laute Männerstimme am anderen Ende ihm den Weg beschrieben: »Nach achtundvierzig Kilometern auf der Straße nach Miami halten Sie Ausschau nach ›Tropenmamas Grillinsel‹, das kommt dann zu Ihrer Linken. Da biegen Sie ab und fahren achthundert Meter weit über zwei Kanäle. Dann scharf rechts auf eine ungeteerte Straße. Wir sind der zwölfte Wohnwagen links unter einem Strommast aus Beton, an dem sich jede Menge Seetraube hinaufrankt. Keine Angst vor unserem Dobermann, der frißt nur Schuldeneintreiber. Sie sind doch kein Kubaner, oder? Weil Kubaner frißt Dobbie auch, sogar wenn's keine Schuldeneintreiber sind.«

Im schwindenden Licht erspähte St. Cloud das abblätternde Schild der »Tropenmama« auf dem Blechdach einer baufälligen Imbißbude am Straßenrand. »Du bist gerade dran vorbeigefahren!« brüllte er gegen das Plärren der Musik aus dem Radio an.

Lyla trat voll auf die Bremse, schleuderte von der Straße auf den Kies des Seitenstreifens und riß das Cabriolet in einer wilden Staubwolke herum, so daß sie gegen die Verkehrsrichtung stand.

»Tut mir leid.« Sie lächelte in den Fahrtwind. »Yeah, du hast doch keine Angst gehabt, oder?«

»Nein, ich –«

St. Clouds Antwort wurde von dem Gehupe eines Wagens abgeschnitten, der dicht hinter ihnen gefahren war. Der Mann am Steuer war alt genug, um Soldat zu werden, aber zu jung, um legal alkoholische Getränke zu erwerben. Im Vorbeiflitzen schob er den Oberkörper halb zum Beifahrerfenster hinaus, die rechte Hand zum bekannten Gruß mit dem ausgestreckten Mittelfinger erhoben, wobei er *en passant* sein Urteil über Lylas Lenkradkünste brüllte: »Aaaaaaaarschloooooch!«

Lyla achtete nicht auf das Schimpfwort, das vom brausenden Fahrtwind nachfolgender Autos davongetragen wurde. Sie schaltete abrupt in den ersten Gang, preschte mit durchdrehenden Hinterrädern zehn Meter weit über den Kies, ehe sie nochmals bremste. Ihre Unterlippe bebte, sie spürte, daß ihr Hündchen ganz nahe war. »Bei der ›Tropenmama‹ biegen wir ab, stimmt's?«

»Stimmt.«

Sie kurbelte das Lenkrad herum, stieg voll aufs Gas, und das Cabriolet schoß in eine kleine Lücke der mit hundert Stundenkilometern dahinfegenden, hupenden Autos quer über die Straße.

»Wo hast du nur so Autofahren gelernt?« St. Cloud bemühte sich, das ängstliche Beben in seiner Stimme zu beherrschen.

»In Georgia.« Lyla lachte, und das Cabriolet ließ die »Tropenmama« seitlich liegen. Der Wind schaufelte Rockmusik von den hinteren Lautsprechern nach vorn, Gitarrengejaule und zerfetzte Liedertexte erklangen vor den dunklen Konturen der Mangroven. »Yeah, bei uns im Süden lernen wir fahren, bevor wir laufen können.« Lylas rechte Hand verließ das Lenkrad und berührte St. Cloud am Knie. »Hast doch keine Angst, oder?«

Es war das erste Mal, daß St. Cloud irgendeinen Körperteil von Lyla direkt spürte. Wenn er nicht antwortete, würde sie die Hand vielleicht nicht wegziehen. Es galt Zeit zu gewinnen. Er zog die Rumflasche heraus, die in einer Papiertüte zwischen seinen Beinen steckte, legte den Kopf zurück und nahm einen langen, genußvollen Schluck, ehe er in das Gitarrengejaule aus dem Radio murmelte: »Denk dran, gleich nach der zweiten Kanalbrücke müssen wir rechts abbiegen.«

»Yeah, hast du wirklich Angst?« Lylas Finger umfaßten sein Knie noch fester.

St. Cloud spürte die Verbindung zwischen ihnen, so hauchdünn sie auch sein mochte, Haut auf Haut nach so vielen langen Monaten, in denen er sorgfältig Distanz gewahrt hatte, er konnte sich nicht leisten, sie zu verlieren, er mußte die Verbindung entfalten, sie ausdehnen, so wie die über ihnen dahindonnernde Milchstraße sich ausdehnte. »Weißt du noch, wie das war, als du klein warst?« Er nahm noch einen Mundvoll Rum, ließ ihn sich über die Zunge gehen und schluckte ihn dann hinunter mit einem Lachen in Richtung Himmel, abgelenkt von den Sternen im Oriongürtel, dieser glitzernden Girlande, die sich um die Lenden der Nacht legte. Auf dem Sitz neben ihm, das wußte er, ohne hinzusehen, ließ der Wind ein Baumwollkleid um die schönsten Knie südlich der Mason-Dixon-Linie flattern.

»Wie, als ich klein war?« Lylas Finger lockerten ihren Griff. »Yeah, was redest du denn da? Ich hab dich gefragt, ob du Angst hast.«

»Weißt du noch, wie es war, als du klein warst, hast du dich da nie gefragt, wo die Sterne am Morgen hingehen?«

»Yeah, klar, fragt sich doch jeder. Na und?«

»Ich weiß, wo sie hingehen.«

»Du hast ein bißchen zuviel getrunken.« Lylas Finger ließen St. Clouds Knie ganz los, beendeten jede Intimität, die in dieser Geste gelegen haben mochte. Beide Hände lagen nun wieder fest auf dem Lenkrad. »Yeah, du redest ziemlichen Unsinn.«

Ihre Worte kamen nicht verurteilend, sondern ganz kühl, so wie die Wettermeldung über eine bevorstehende Hitzewelle, denn sie war viel zu sehr eine Südstaatenfrau, um sich zwischen einen Mann und seinen Alkohol zu stellen. Der Gedanke, von einem Mann zu fordern, er solle mit dem Saufen aufhören, war ihr ebenso fremd wie der, von einem Chinesen zu verlangen, nicht mehr mit Stäbchen zu essen. Lyla war auf der Verliererseite von Amerikas Eisenbahngleisen geboren, sie erwartete von ihren Männern schlechtes Benehmen und Brutalität. Wenn sie in die Tiefen des Alkoholrausches abtauchten, käme sie nie auf die Idee, ihnen nachzuspüren oder einen Rettungsring hinzuwerfen. Immerhin gab es ihr die Gewißheit, wo ihre Männer jeweils zu finden waren. Sie brauchte nur zu pfeifen, schon kamen sie aus ihrem Ozean des selbstauferlegten Exils heraufgeschwommen und hievten sich klatschend in die Sicherheit ihres Boots, auf den Lippen das zufriedene Lächeln wohlverdienten Selbstmitleids. Südstaatenmänner spielten ein vorhersagbares Spiel mit ihren Frauen. Lyla war mit diesem Spiel aufgewachsen, akzeptierte es. Sie erkannte es auch bei Männern, die eigentlich gar keine Südstaatler waren, so wie der, der sich da jetzt in ihrem Netz wand und mehr Schuldgefühle mit sich herumschleppte als General Lees konföderierte Armee nach der schmählichen Kapitulation bei Appomattox, wenn ihr auch der Grund dafür schleierhaft war. Wenn der Bursche viel Rum intus hatte und sein reizendes Wesen schlagartig hinter sich ließ, dann strömte manchmal dieses ganze Zeug über den Vietnamkrieg aus ihm heraus, daß eine ganze Generation dabei kaputtgegangen wäre. Er hatte allerdings nicht in Vietnam gekämpft, eigentlich sah sie sein Problem nicht ganz, diesen schweren Verlust, dessen traurige Last er sich offenbar rechtmäßig verdient zu haben glaubte. Da sie aus dem tiefen Süden kam, hatte sie Cousins und Onkel, die in Vietnam gefallen waren, aber niemand in ihrer Familie redete je viel darüber. Lyla verstand ganz einfach nicht, worin genau dieser Mann aus dem Norden neben ihr sein persönliches Scheitern sah, abgesehen davon, daß er zu den Leuten gehörte, die zu schlau für die normale Welt, aber nicht schlau genug für die wirkliche Welt waren. Aber er hatte etwas Seltsames an sich, bei dem sie einfach schwach wurde. Er hatte den verwundeten Blick des Verlierers in einer verdammt festgelegten Welt. Sie war eine einfache Frau aus dem Süden, die sich zu gegensätzlichen Nordlichtern hingezogen fühlte. Daß dieser Nordstaatler älter als sie war, bedeutete nur, daß er ihr eher gewachsen sein könnte, daß er eine größere Chance hatte, mit ihr mitzuhalten. Bis jetzt hatte nur ein Mann wirklich mit ihr mithalten können, auch er war doppelt so alt gewesen wie sie, aber dieser Mann hatte sie auch gleich aus ihrem Nest aufgescheucht. Sie wartete immer noch auf Nachricht von ihm. Aber das Warten, so fand sie, hatte auch seine netten Aspekte. Dieser Nordstaatenmann neben ihr war eine kurze Abwechslung für eine junge Frau, die nur an sich selbst dachte, gesegnet mit dem Schneid der Unerfahrenheit und besessen von der Macht, allen Männern, ob sie verheiratet waren oder sonst etwas, den Verstand zu rauben. Zu diesem Zeitpunkt ihres Lebens kümmerte sich Lyla nicht so sehr darum, wohin die Sterne gingen, sondern darum, woher sie kamen. Sie setzte ihre Emotionen geradlinig ein, sie ahnte nicht, daß es für ihre jugendlichen Aktivitäten keinen zweiten Akt gab, sondern daß die einst so heftig erwiderten Gefühle dann unweigerlich vergeudet, auf breiter Bühne vor leerem Haus gespielt werden würden.

»Yeah, weißt du was?« Lylas gedehnte Sprechweise trieb um die Biegung eines trägen Flusses im Süden. »Du bist schon irgendwie seltsam. Yeah. Weißt du das überhaupt?«

St. Cloud wußte nicht, was er wußte, außer daß Lyla ihre Augen besser auf den Weg richten sollte. »Gleich kommt die Abzweigung, nach der Brücke da vorne, dann rechts in die unasphaltierte Straße hinein.«

»Der Mann am Telefon, hat der dir gesagt, ob dieser letzte Hund ein Männchen oder ein Weibchen ist?«

»Du meinst, ob's ein Doktor oder ein Rechtsanwalt ist?«

»Genau!« lachte Lyla und bog mit dem Cabriolet so rasant in die ungepflasterte Straße ein, daß es St. Cloud gegen die Tür schleuderte. Jetzt hatte sie Lust, sich auf ihn einzulassen. Der Hund war nahe. Je näher sie ihrem Hund kam, um so näher schien sie auch St. Cloud zu kommen, hatte um so mehr Lust, ihn auf seinen vergnüglichen kleinen Eskapaden zu begleiten, zusammen mit ihm das Normale und Erwartete umzukippen. »Doktor oder Rechtsanwalt? Klar, warum nicht!« Sie mochte die Weise, wie er mit den Worten jonglierte, als gehörten ihm ihre wahren Bedeutungen, das war etwas ganz Besonderes an ihm, das, was ihn so lustig und abwechslungsreich machte. Sie war noch nie mit einem Mann zusammengewesen, der sich etwas aus Wörtern machte, hatte auch selbst noch nie viel darüber nachgedacht. Wörter waren für sie so etwas wie Eier im Karton, sie nahm sie nur heraus, wenn sie welche brauchte, und sie war eine gute Köchin, eine sehr gute sogar, sie verschwendete nie ein Ei. Bei diesem Mann aber flogen die Wörter nur so durcheinander wie bunte Vögel aus dem Zylinder eines Zauberers, um Gott weiß wo zu landen.

»Was würdest du sagen?« St. Cloud stieß sich vom Türgriff ab, der sich schmerzhaft in seinen Rücken bohrte, und seine Lippen wölbten sich zu einem Säuferschmollmund, während er nach dem Rest seines Gedankens tastete, ihn aber erst nach einiger Zeit fand. »Wenn ich dir sagen würde, daß ein paar der berühmtesten verschwundenen Sterne gleich hier in meiner Jackentasche sind, was würdest du dazu sagen?«

»Ich würd immer noch sagen, daß du seltsam bist.« Lyla lächelte und legte ihre Hand wieder auf sein Knie, um es neckisch zu drücken. »Yeah, sehr seltsam.«

St. Cloud fühlte, wie ihm die Sterne aus der Tasche rutschten und pulsierend in seine Schuhe polterten. Er hatte wieder Kontakt mit ihr. Er bewunderte ihre unbekümmerte Art, die kurzen Laute in dem Wort ›seltsam‹ in die Länge zu ziehen, so als schälte sie geistesabwesend eine Apfelsine. Im glimmenden Licht der Radioskala am Armaturenbrett wirkte Lylas Gesicht leicht verfärbt, wie heller Lavendel. Der ätherische Farbton, der sie erfaßt hatte, erinnerte St. Cloud an einen Schlager, der in seinen Teenagerzeiten oft aus Autoradios geplärrt hatte. Den Inhalt des sinnlichen Refrains lieferte ihm sein Gedächtnis beunruhigend rasch, obwohl der Text dieses Schlagers ursprünglich langsamer als schmelzende Lava gesungen worden war: *Laaaveeendeeer bluuue... dilly dilly*. Blauer Lavendel, dilly dilly, aber was zum Teufel hieß denn *dilly dilly*? St. Cloud zog die Rumflasche aus der Papiertüte und trank den restlichen Inhalt mit einem tiefen Seufzer leer. So lange her war dieser unerwiderte Schlager, der die Nachtmusik seiner Jugend erfüllt hatte. Es wurde ihm jetzt klar, nur war es viel zu spät, daß er den Sinn von *dilly dilly* nie erfahren würde. »Gott möge sich in einer Nacht wie dieser der Matrosen erbarmen.« Er schleuderte die leere Flasche über die Schulter und brachte sie damit auf einen Irrflug, denn Lyla trat im selben Augenblick auf die Bremse und hielt das Cabriolet vor einem Wohnmobil an. Es wirkte winzig klein neben dem turmhohen Betonsockel eines Mastes, der hoch oben summende Starkstromleitungen stützte. Sie starrten einander an in diesem jähen Augenblick flirrender Elektrizität, der noch betont wurde, als die weggeworfene Flasche gegen die verrostete Silberblechwand des kuppelförmigen Wohnmobils klirrte. In Lylas Blick blitzte ein Lächeln. St. Cloud hatte sie dort, wo er sie haben wollte. Sie war jetzt bereit, die Komik im Lächerlichen zu sehen. Ihre Lippen öffneten sich zu einem Lachen, als plötzlich aus dem Wohnmobil das bösartige Knurren eines Tieres zu hören war. Das Knurren wurde zu einem gefährlichen Heulen, und das Wohnmobil wackelte auf seinen in den sandigen Boden eingesunkenen Achsen. Im Innern des Wohnmobils kratzte ein großes Raubtier an der Tür. Die Tür sprang auf. Ein schwarzer Dobermann kam in großen Sätzen auf das Cabriolet zugerast, bevor sein Kopf abrupt zurückgerissen wurde. Eine dicke Metallkette, die am Halsband des Hundes befestigt war, straffte sich und hielt das erstickt knurrende Tier gerade noch in Schach.

»Sie haben doch gesagt, daß Sie kein Kubaner sind!«

»Französisch bin ich, und noch was anderes!« brüllte St. Cloud zu seiner Verteidigung. Wacklig stieg er aus dem Cabriolet und versuchte, seine Augen an das grelle Licht der Lampe über der Wohnwagentür zu gewöhnen. »Französisch in der dritten Generation! Vielleicht riecht er ja mein romanisches Blut.«

Der Mann mit dem Hund an der Leine antwortete nicht. Vielleicht hatte St. Cloud seine Dreistigkeit zu weit getrieben. Vielleicht trieb ihn der Rum in eine gut beleuchtete Ecke, aus der er nicht mehr entkommen konnte. Was für eine dumme Lage, in die er sich da gebracht hatte, einfach diese Flasche unbedacht wegzufeuern wie Kapitän Triefauge in voller Aktion. Er schob sich den Schirm seiner verblichenen Matrosenmütze etwas tiefer in die Stirn, um den bösen Blick abzuwenden, der auf ihm lag, ließ dabei aber den Dobermann nicht aus den Augen und war froh, als der Mann endlich etwas sagte.

»Alice mag nämlich keine Kubaner, besonders nicht, wenn sie bei diesem Fährunternehmen damals hergekommen sind.« Der Mann, der den nach vorn drängenden Hund zurückhielt, schien unsicher. Er ruckte an der straffen Leine, was den knurrenden Dobermann auf die Zehenspitzen hob. »Was haben Sie da in der Tüte? Ein Schießeisen?«

»Rum. War jedenfalls Rum drin. Hab noch 'ne Flasche voll im Auto. Wollen Sie 'n Schluck?« In einer Geste von Freundlichkeit streckte ihm St. Cloud die leere Tüte hin.

Den Dobermann irritierte die plötzliche Bewegung, und er riß den Mann zwei Schritte nach vorn, ehe dieser seine gewaltige Zugkraft bewältigen konnte. »Haben Sie etwa so was gegen mein Wohnmobil geschmissen? 'ne leere Rumflasche?«

»Tut mir leid wegen der Flasche, hab sie nach hinten geworfen, ohne hinzusehen, das war unvorsichtig.« St. Cloud bemühte sich, den schlotternden Frohsinn aus seiner Stimme zu nehmen. Der Bursche empörte sich völlig zu Recht. Vermutlich brauchte es nur einen Anstoß in die falsche Richtung, und er würde seine Alice in den Kampf schicken. Wäre ja gar nicht so schlimm, dachte sich St. Cloud, er wollte sich lieber von dem Dobermann zerreißen lassen, als mit Lylas Enttäuschung darüber fertig werden, daß man sie nicht in den Wohnwagen ließ, um den kleinen Mops zu sehen. »Wirklich, das wollte ich nicht, wir haben nur so plötzlich gebremst, daß ich nicht richtig zielen konnte.«

»Was ist mit Ihrer Frau? Ist die Kubanerin?«

Lyla stieg aus dem Cabriolet und trat ins Licht. Sie wirkte unschuldig wie ein Schulmädchen beim Picknickausflug, und ihre Haut schimmerte selbst bei der grellen Beleuchtung. Das Knurren des Dobermanns verebbte zu einem unmutigen Stöhnen. »Ich bin aus Georgia, und in Georgia, da gibt's keine Kubaner. Yeah. Ich heiße Ly-lah.« Sie streckte dem Mann die offene Hand zum Gruß hin. Der Dobermann knurrte, riß das riesige Maul auf und starrte mit hervorquellenden Augen auf Lylas Beine, die von seinen gebleckten Zähnen nur wenige Zentimeter entfernt waren.

»Platz, Alice!« Der Mann riß an der Kettenleine und zwang den Dobermann in eine sitzende Haltung. Er strich dem brüskierten Tier über den Kopf. »Die junge Dame hier tut uns ja nichts, Alice. Die will nur unsere Kleinen sehen, sonst nichts. Hallo, Ma'am.« Der Mann schüttelte Lyla die Hand. »Entschuldigen Sie diese Begrüßung, aber ich hatte ja schon Ihrem Mann am Telefon gesagt, daß uns alles recht ist, solange Sie nur keine Kubaner sind. Wir haben hier in der Gegend eine Menge Einbrüche von diesen Flüchtlingen gehabt. Irgendein Kerl ist sogar in unseren Wagen eingebrochen und hat den Fernseher geklaut, Alice hat dabei eins mit dem Baseballschläger übergezogen gekriegt, seitdem ist sie ziemlich nervös. Einen Eistee oder sonst was? Kommen Sie rein, sehen wir uns die Kleinen mal an. Eigentlich sind's die Kleinen von meiner Frau, aber die hat Nachtdienst im Krankenhaus, deshalb ist sie gerade nicht da, hätte Sie sicher gerne kennengelernt. Also, kommen Sie!«

Das Innere des Wohnmobils war in vorstädtischem Imitationsstil, das chaotische Mobiliar war angeordnet, als sollte ein solides Einfamilienhaus aus dem Mittelwesten nachgeahmt werden, das von einer mächtigen Windhose mitgerissen worden und intakt auf dem nicht allzu sicheren Fundament der Florida Keys wieder heruntergekommen war. Lehnstühle aus Kunststoff in grellem Orange boten als einziges einen wilden Moment farbenfroher tropischer Tollheit, alles andere schien in graue und sepiabraune Töne getaucht, gedämpft zu höchst synthetischen Schattierungen. Der Mann war sehr stolz auf seine fahrbare Burg, die so hart an der Kante des Golfstroms gebaut war. Er sagte, er heiße Ed, und er werde Eistee für alle machen, ganz egal, ob sie welchen haben wollten oder nicht, denn er wisse genau, wie weit der Weg von Key West sei, nur um die Kleinen zu sehen. Ed fand das nett, er fand es riesig nett, denn seiner Frau bedeuteten die Kleinen sehr viel. Ed bedeutete seine Frau auch sehr viel. Ihnen beiden bedeuteten ihre Söhne sehr viel. Da standen Fotografien ihrer Söhne auf der elektronischen Orgel, in ihren bisher besten öffentlichen Auftritten grinsten sie mit aller Macht in die unsichtbaren Blitzlichter. Es gab Bilder der Jungen als Wuschelkopfkinder, als Erstkläßler mit Zahnlücken und dann noch einmal etwas älter, schlaksig, unkonzentriert, mit einem Hauch von Hoffnungslosigkeit, der sich in ihr eingefrorenes Klassenfotolächeln stahl. Die Bilder der Jungen bedeckten die ganze Orgel, ein Wald aus fotografischen Erinnerungen, der selbst dann überladen gewirkt hätte, wenn er auf der breiten Fläche eines Konzertflügels aufgebaut gewesen wäre, und nicht auf dieser winzigen, nach Ratenkauf aussehenden Hammondorgel, die in eine Ecke geklemmt stand und von vielen anderen, zum braven Bürgerleben gehörenden Notwendigkeiten umringt war, etwa dem großen, neuen Fernseher, der ohne Ton auf eine Quiz-Show eingestellt war, und den Stapeln zerlesener Fernsehzeitschriften. Von der Decke baumelten an Kunststoffschnüren bedrohliche Übertöpfe mit steifen Arrangements aus synthetischem Blattwerk, das keinerlei natürliche Vorbilder zu haben schien. Den wenigen verfügbaren Platz an der hinteren Wand vergeudete ein schmutzfarbenes Sofa, das in einen durchsichtigen Plastikbezug gehüllt war, wohl um es vor dem brutalen Zerstörungswerk zu schützen, das die Söhne darauf entfesseln mochten. Alice saß wachsam vor der einen Ecke des Sofas, ihr großer Körper zwängte sich unbequem gegen eine hohe Vitrine, die mit Keramikkitschfiguren verschiedener Größe und Gestaltung angefüllt war. Jede zeigte die Nachbildung eines Mopses, manche mit buntem Fell, andere mit kurzen, gazeartigen Flaumhärchen, in allen Farben von Grashüpfergrün bis Spraydosenrosa. Einige blickten aus starren Glasaugen zu unsichtbaren Herrchen empor, andere hatten milchige rote Augen von Untertassengröße, die auf die flachen Gesichter mit den schwarzen Kopfnasen geklebt waren; es handelte sich um prosaische Preise, wie man sie auf Provinzrummeln als glücklicher Gewinner in lächerlichen Lotterien einheimste. Eingearbeitet in diese reglose Menagerie waren protzige rote, blaue, grüne und gelbe Bandschleifen, mit Titeln wie SCHÖNHEITSPRINZESSIN, ZWEITER SIEGER, DRITTER PLATZ bestickt, und weitere angesammelte Erfolgsnachweise bei Hundeausstellungen in Orten, deren Namen St. Cloud noch nie gehört hatte.

Während sich St. Cloud diese eigenartige Vitrine ansah, beobachtete ihn Alice mit heftigem Ingrimm. Auch die Hündin wirkte unwirklich in dieser Umgebung, ihre Stielaugen waren ein wenig zu glasig, der beilförmige, recht kleine Kopf nickte närrisch auf und ab, drohte aus dem schwarzmuskulösen Körper loszuschnellen und unaussprechlichen Schaden an Menschen anzurichten. St. Cloud fand, daß auch an Ed irgend etwas nicht ganz stimmte. Beim Betrachten der mit Schildern und gerahmten Zertifikaten gepflasterten Wände, die Lobeshymnen verkündeten wie LIEBLINGSVATER DER KINDERLIGA, FÜR DEN BESTEN PFADFINDERFÜHRER DER WELT, DEM POPULÄRSTEN CHEF VON SEINEN FANS, DADDY DES JAHRES, spürte St. Cloud, daß etwas an Eds ganzem Familienbetrieb ernstlich aus dem Lot zu sein schien. Er versuchte das vage Gefühl zu unterdrücken, in diesem vollgeräumten, mit lauter Utensilien eines braven Einfamilienhauses ausgestatteten Wohnwagen könne ein namenloses Unheil lauern. Eds Frau hatte vermutlich gar keinen Nachtdienst, sondern war schon vor langer Zeit abgehauen, mit den Jungen geflüchtet, und hatte nur Erinnerungsfotos auf der Hammondorgel hinterlassen. Ed könnte eines dieser Monster sein, die ihre Familien prügelten und bedrohten; Gott sei Dank waren die Ärmsten längst auf den Sonderzug in die Freiheit gesprungen. Und wo war nun der Mops? St. Cloud wollte nichts weiter als den Hund, und dann bloß raus aus diesem alptraumhaften Miniaturbiedermeier, weg von dem geifernden Dobermann als Wachhund, dem ein Einbrecher mit einem Schmetterschlag seines Baseballschlägers über den dicken Schädel längst das Hirn weichgeklopft hatte. St. Cloud fühlte sich eingesperrt und in der Falle, er wünschte sich zumindest einen kurzen Spaziergang zum Cabriolet, um noch einen Schluck von Haitis Feinstem zu nehmen. »Wenn Sie nichts dagegen haben, geh ich mal wieder raus und warte im Wagen.«

Lyla wandte sich von der Glasvitrine ab, wo sie vornübergebeugt die bizarre Menagerie begutachtet hatte. Ihre grünen Augen waren umwerfend in den gedämpften Tönen des Raumes, aber der Blick darin enthielt eine unmißverständliche Warnung: *Wehe, du rührst dich vom Fleck!* Ehe sie aber ihr Mißvergnügen noch in Worte kleiden konnte, kam Ed mit drei Teegläsern voller klingelnder Eiswürfel wieder herein.

»Nein, nein, nein. Sie können noch nicht weg!« Ed reichte St. Cloud ein Glas, sein Lächeln hatte einen jungenhaften Anflug, und auch das wahre Alter seines Gesichts wurde von den grauen

Stoppeln eines Fünftagebarts verschleiert. »Sie haben ja die Kleinen noch gar nicht gesehen.« Ed wartete kein Ja oder Nein ab, sondern schlängelte sich geschickt zwischen überladenen Möbelstücken zu Lyla weiter, um ihr das Glas Tee zu reichen. Alice beäugte Ed mit einem scharfen, besitzergreifenden Blick und ließ nervös die Zunge über die eisnadelspitzen Fangzähne gleiten, als Lyla das kalte Glas zum Mund hob.

Lyla merkte gar nicht, daß sie zum Gegenstand einer ungewissen Absicht des Dobermanns geworden war. Ihre Aufmerksamkeit galt jetzt der Orgel und dem Wald der erstarrten fotografischen Erinnerungen darauf. »Süß, Ihre Jungen.« Sie sprach diese Worte in einer Mischung aus leichter Herablassung und echtem Respekt vor etwas, das ihr als Frau eigentlich wichtig sein sollte. »Yeah, die sind ja wirklich *so* süß.« Sie fuhr mit ihren schlanken Fingern behutsam über die Bilderrahmen. Lyla hatte genügend von einem höflichen Südstaatenschulmädchen in sich, um dem Protokoll der Familienmanieren zu gehorchen. »Wie viele Jungen haben Sie denn?«

Lyla stellte Ed diese Frage mit so aufrichtigem mütterlichem Interesse, daß St. Cloud ganz verwirrt war. Er fragte sich, ob sie es ernst meinte, ob sie einfach auf diesen Typen einging, um endlich den Mops ansehen zu können, oder ob sie auch dem süßen Gedanken an Babys erlegen war. St. Cloud entschied, daß sich in Lyla wohl ganz einfach die verletzliche Seele regte, wie bei vielen Südstaatlerinnen, die Schuldgefühle plagen, wenn ein Mädchen nicht zur Mama geworden ist, noch ehe sie zur Frau wird.

»Zwei, oder auch fünf, wie man's nimmt.« Ed lachte nervös und kippte seinen Eistee so rasch hinunter, daß er mehrere Eiswürfel schluckte, die er dann mit würgendem Gurgeln ins Glas zurückhusten mußte. »Also, wollen Sie meine Kleinen mal sehen?« krächzte er.

»So eine nette große Familie.« Lyla fuhr mit den Fingern von den Fotografien über das polierte Holzimitat der Hammondorgel. »Wir hatten früher auch eine Orgel zu Hause.« Sie strich über die Konturen der schwarzen und weißen Tasten. »Mein Stiefvater hat drauf gespielt, hat mir auch ein bißchen was beigebracht.«

»Gehört meiner Frau. Wollen Sie noch ein bißchen Tee?« Ed klapperte mit dem schmelzenden Eis in seinem leeren Glas und bleckte sein ergrauendes Jungengrinsen.

»Nein«, fiel ihm St. Cloud ins Wort und stellte sein noch volles

Glas auf einem Stapel Fernsehzeitschriften ab. »Ich meine...« Lylas Blick lag schlagartig auf ihm und musterte ihn mißbilligend, als hätte sie den Verdacht, er könnte dieses vollgeräumte Zimmer jederzeit mit Benzin überschütten und ein Streichholz daranhalten. »Ich meine... klar hätten wir gerne noch ein bißchen Tee, gutes Zeug das, aber wir müssen ja noch zurück nach Key West. Könnten wir denn nun den Mops sehen?« St. Cloud war nüchtern genug, sich wie ein kompletter Narr zu fühlen, weil er sich von dieser jungen Frau einschüchtern ließ und weil er Ed, dem prügelnden Ehemann, gestattete, ihnen hier den generösen Gastgeber vorzuspielen. Er war nicht den ganzen Weg hierhergefahren, nur um mit einem verrückten, von sonstwoher verpflanzten Spießer Tee zu trinken.

»Den Mops? Na klar können Sie den Mops sehen. Dazu sind Sie ja hergekommen, dazu bin ich doch da, oder? Wie viele Mopswelpen gibt's wohl momentan auf den Florida Keys, was glauben Sie? Ich sag's Ihnen: null, außer meinen hier. So, dann wollen wir die süßen Kleinen mal auftreten lassen, Mister... Mister... wie sagten Sie doch, war Ihr Name?«

»St. Cloud.«

»Mister St. Cloud, komischer Name. Und wie sagten Sie, heißt Ihre junge Frau hier?« Ed richtete das ergrauende Jungengrinsen anerkennend auf Lyla.

»Hat sie Ihnen doch schon gesagt. Lyla.«

»Auch noch nie gehört. Aber okay, Alice mag euch beide gern. Stimmt's, Alice?« Der Dobermann sprang mit lautem Bellen auf und ließ die Keramikmöpse in der Vitrine scheppern.

»In Ihrer letzten Annonce hieß es doch, daß nur noch *ein* Mops zu haben ist.« Endlich hatte St. Cloud den prügelnden Ehemann bei einer Lüge ertappt. Lyla würde ihn später bestimmt dafür loben.

»Das ist, weil zwei sind schon verkauft, aber es hat sie noch keiner abgeholt. Glück für Sie: Sie können noch unter dem ganzen Wurf aussuchen.«

»Komisch, daß die ersten zwei noch gar nicht abgeholt worden sind.« Egal wie geschickt der Kerl seinen Schlägen auswich, St. Cloud wußte genau, daß alles gelogen war. Er nahm sein Glas und kippte die Bitternis eines nichtalkoholischen Getränks hinunter. »Warum holen Sie die Hunde nicht endlich raus? Wir haben noch eine weite Fahrt.«

»Ich hol sie ja schon. Ja!« Ed verschwand rasch aus dem Raum durch eine Schwingtür in einen schmalen Korridor.

»Stimmt das mit deinem Stiefvater?« St. Cloud stellte den Eistee wieder ab, so dringend brauchte er die Flüssigkeit nun auch wieder nicht. »Hatte der wirklich eine Orgel?«

»Yeah, aber klar!« Lyla dehnte ihre bekräftigende Antwort leicht irritiert, drehte sich zur Tastatur der Hammondorgel und berührte sie leicht mit den langen Fingernägeln. Sie schien weit weg zu sein, durch einen unerreichbaren Raum zu schweben, so wie beim erstenmal, als St. Cloud sie in der klimatisierten Kühle des Vogelgeschäfts gesehen hatte. Eine trügerische Mauer aus Eis trennte sie und drohte dabei, in Tausende von gefährlichen Splittern zu zerbersten. Einer von Lylas langen Nägeln drückte eine Orgeltaste und ließ einen schrillen Ton durch die Stille dringen. Der Dobermann fuhr schnaufend hoch, die Zähne gebleckt, jederzeit bereit, Lyla die Kniescheiben abzubeißen.

»Alice! Aus und Sitz!« Brüllend kam Ed durch die Schwingtür zurück, drei quietschende Hundewelpen gegen die Brust gedrückt.

Mit einem Winseln wich der Dobermann in die Ecke zurück, behielt aber die Welpen wachsam im Auge.

»Ist schon gut, Alice.« Ed setzte die Welpen auf dem haferbreifarbenen Teppich ab. »Den Hundchen passiert ja nix. Bist eine brave Mama.« Die Welpen torkelten durcheinander und stießen gegen Möbelstücke, während sie über den Teppich auf den winselnden Dobermann zustrebten. »Tut mir leid wegen dieses Lärms.« Ed strahlte sie an. »Aber Alice fühlt sich eben ganz besonders verantwortlich für die Hundchen. Weil sie selber nie eine Mama gewesen ist, denkt sie, diese Kleinen wären ihre.«

»Wo ist denn die richtige Mutter?« Diesmal würde St. Cloud ihm seine Zirkustricks nicht durchgehen lassen. Er würde darauf bestehen, daß Ed sich stellte. »Sie sagten doch am Telefon, Sie hätten beide Eltern der Jungtiere, und wir könnten sie sehen.«

»Die Mutter? Der Vater? Oh... ja... äh... Die sind gerade beim Tierarzt, mußte sie über Nacht zum Entwurmen dort lassen. So was ist ganz normal, Sie wissen ja, Spulwürmer.«

»Wie ist der Name des Tierarztes?« St. Cloud hatte Ed endlich dort, wo er ihn haben wollte.

»Der Name des...?«

Lyla ging vor den jungen Hunden in die Knie, ohne sich um den mißtrauischen Blick von Alice zu kümmern. »Die Eltern sind mir ganz egal. Ich will bloß ein Hundchen haben.« Sie hob einen der quietschenden Welpen in die Höhe und drückte seine Schnauze gegen ihre Lippen. »Dafür brauche ich keinen Stammbaum.«

Wieder hatte der Schuß Ed ganz knapp verfehlt, doch St. Cloud war sich sicher, daß er noch eine Kugel im Lauf hatte, die er diesem Lügner zwischen die Augen setzen würde. »Wieviel, sagten Sie doch gleich, kosten die Welpen?«

»Vierhundertfünfzig. Korrekter Preis. Wenn's Ihnen nicht paßt, müssen Sie bis Miami weiterfahren und von den Hinterhofzüchtern da einen kaufen, und zwar fast fürs Doppelte.«

Mitten ins Schwarze. »Am Telefon sagten Sie aber *vierhundert*! Dann fahren wir hierher raus, und Sie erhöhen den Preis.«

»Vierhundert haben sie gekostet, bis bloß noch einer übrig war. Angebot und Nachfrage.« Ed grinste sein graues Grinsen. »Ist doch klar.«

Ganz so klar war es nicht. Nun hatte St. Cloud den prügelnden Ehemann endlich festgenagelt.

»Ich finde den hier wunderhübsch.« Lyla achtete nicht auf das Gespräch, sondern war ganz mit dem Auswählen beschäftigt und traf nun ihre Entscheidung, nachdem sie ihre drei besten neuen Freunde lange gestupst und gestreichelt hatte. »Diesen hier hab ich am liebsten.« Sie hob die wohlig grunzende Kreatur in die Luft und rieb den pummligen Körper an ihrer Wange. »Ob es wohl ein Männchen ist?«

»Sieht mir sehr danach aus.« Ed nickte ermutigend. »Hat das meiste Schwarz im Gesicht, der Vater hat's auch so. Ich kann Ihnen gerne den Stammbaum des Vaters zeigen.«

»Was meinst du?« Lyla hielt St. Cloud den Hund mit ausgestrecktem Arm hin. Die winzigen Pfoten des Welpen rotierten in der Luft, angetrieben von pausenlosem Grunzen und Quietschen.

»Sieht nett aus, den hätte ich auch ausgesucht.« St. Cloud log, denn er war jemand, der sich nie auf die Schnelle entscheiden konnte. Das Aussuchen eines dieser Hunde war so wie ein Hemdenkauf, eine Tätigkeit, die er schon sein ganzes Leben lang hatte üben können; trotzdem war er bis zu diesem Tag nicht imstande, in ein Geschäft zu gehen und in weniger als zwanzig Minuten ein Hemd auszuwählen, Farbe und Kragendesign wohlweislich abzuwägen, als hinge das nukleare Gleichgewicht der Weltmächte davon ab, während er noch dazu vor dem Angestellten verlegen wurde, der ungeduldig seinen Entschluß bei einem so unwesentlichen Kauf abwartete. St. Cloud trug seine Sachen immer so lange auf, bis sie ganz fadenscheinig waren, ehe er einen Neuerwerb ins Auge faßte. »Gute Wahl, Lyla. Wirklich der beste.«

»Yeah, dachte ich mir auch.« Lyla hob den Hund wieder an ihr Kinn, um ihm einen liebevollen Stups zu geben. »Wußte gleich, daß es dieser hier werden wird. Intuition.«

»Einfach die perfekte Wahl.« Ed warf dieses Echo einer Ansicht ein, als wäre sie auf seinem Mist gewachsen, das graue Lächeln wand sich über sein Gesicht und verlieh ihm das fröhliche Aussehen eines Zeichentrickmondgesichts. »Sie geben ein hervorragendes Paar ab.«

Der Mond über Miami, die Sonne über Kairo, Sterne in seinen Augen, St. Cloud war es jetzt ziemlich egal. Sein Gehirn floß ihm in die Schuhe, das Blut pochte in seinen Zehen, er wollte aus diesem Wohnmobil hinaus, wollte zurück nach Key West fahren und dabei die süßen Sekrete von Haitis feinstem Zuckerrohrsaft schlürfen. Er wollte weg von diesem zwergenhaften Biedermeierghetto eines prügelnden Ehemanns, er wollte davonwandern wie der Wind durch den Mangrovensumpf, wo Eidechsen emsige Feuerameisen belauerten und Pelikane sich mit jungen Makrelen vollstopften. Verzweifelt sah er zur Tür. Er wollte auch auf den Sonderzug in die Freiheit, den Frau und Kinder dieses prügelnden Ehemanns genommen hatten. Er wollte das haitianische Gesicht Voltaires nicht mehr in seinen Träumen auftauchen sehen wie einen heliumgefüllten Luftballon, der zu einer grotesken Explosion des Todes aufgeblasen war. Er wollte ein für allemal frei davon sein. Was konnte er denn dabei schon ausrichten? Seine idealistischen Tage der Jagd nach rechtschaffenen Antworten waren vorbei, das Schiff seiner Seele war gesunken. Mit all dem Ringelpiez vom Überwinden der Ungerechtigkeiten dieser Welt hatte er nichts mehr zu schaffen. Momentan hielt er nur Ausschau nach dem Licht der Sonne hinter dem Meer voll Rum, um darauf zuzuschwimmen. Mußte Lyla mit auf den Zug in die Freiheit setzen, ehe der Prügler an sie herankam, grunzend und stöhnend über sie herfiel und mit ihr auf dem Teppich herumrollte, während der Porzellanzirkus der Möpse mit den toten Augen in der Vitrinengalerie einen obszönen Applaus dazu johlte. Fest entschlossen ging er auf Lyla zu, blieb dann aber stehen, denn er wollte die durchsichtige Glocke, die sie umgab, nicht zerbrechen, wollte die endgültige Erleuchtung noch nicht betreten. Er hoffte, daß der prügelnde Ehemann nicht sah, was er sah, was irgendwann zu erblicken er ein ganzes Leben lang erhofft hatte. Die kniende Lyla bot eine perfekte Kurve der Anmut, Narziß vor dem spiegelnden Teich, den Körper leicht vorgebeugt, der Rock auf den Schenkeln hoch hinaufgerutscht. Sie hatte etwas Verborgenes an sich, ein intuitives Nähren, das sich in der offenen Art zeigte, wie sie diesen häßlichen Hund an ihren Fingern lutschen ließ. Sie verharrte in der Schwebe eines unbestimmbaren, ganz weiblichen Daseinszustandes, schutzbedürftig und allein. Dieses Unbestimmbare, Ungreifbare an ihr war es, das ihn von Anfang an fasziniert hatte, der Grund dafür, daß er sie so viele Nächte lang über die Duval Street verfolgt hatte, durch Spießerkneipen, Rockerspelunken und schicke Touristenhotels. Was sie suchte, würde sie nicht in der Musik finden, die man dort spielte. Sie war die Musik, und das Lied handelte davon, daß jedermann sie haben wollte. In St. Clouds vom Rum verdicktem Blut pochte beharrlich die Botschaft, daß er sterben müsse, falls es ihm nicht gelänge, ihre Ungreifbarkeit zu ergreifen.

»Hallo, Dad.«

Die piepsige Stimme brach abrupt in St. Clouds Träumerei. War es eine wirkliche Stimme oder die eines Geistes?

»Solltest längst im Bett sein, Sohnemann, morgen ist Schule.« Ed richtete sein graues Strahlelächeln über St. Cloud hinweg auf die Schwingtüren im Saloonstil, die auf den schmalen Korridor führten. »Auf unsere Kleinen paßt Alice schon auf, keine Sorge.«

»Okay, Daddy.«

St. Cloud drehte sich langsam um und machte sich auf das Schlimmste gefaßt. Statt eines Geistes begrüßte ihn jedoch ein grinsender Siebenjähriger im Schlafanzug, der sich eine schäbige Decke um die Schultern hielt. Der Junge winkte ihm kurz verschwörerisch zu und verschwand dann wieder hinter der Schwingtür.

»So ein lieber Junge!« Lyla stand auf und streichelte ihr neues Baby. »Wie heißt denn Ihr Sohn?«

»Matt.« Ed strahlte. »Matthew Robert O'Grady.« Triumphal erfaßte er nun auch St. Cloud mit seinem Grinsen, um den vollen Effekt auszunutzen. »Mein Jüngster.«

Noch schlimmer als erwartet, dachte St. Cloud. Ed prügelte Frau *und* Kinder, und es war so schlimm gekommen, daß die Frau die armen Kinderchen alleinlassen und um ihr Leben laufen mußte. Was für eine widerliche Geschichte. Schon vorher hatte ihm Ed überhaupt nicht gefallen, aber nun mochte er ihn noch weniger. Gott sei Dank konnten sie wenigstens den komischen Hund aus dieser bürgerlichen Miniaturfolterkammer retten.

»Yeah, Ihr Sohn ist wirklich ein Goldstück. Sie müssen sehr stolz auf ihn sein.« Lyla drückte den Hund, bis der die rosa Zunge herausstreckte und ihr die Wange leckte. »Ihr Junge ist ja so...«

»Süß.« St. Cloud ließ das Wort aus der Kiste hüpfen, nicht um Lyla zu unterbrechen, sondern um ihr zu zeigen, daß auch er ein ganz Süßer sein konnte, etwas von süßer Liebe, süßen Jungen, süßen prügelnden Ehemännern verstand. Süß verwandelte alles zum Tröstlichen, Beruhigenden. Süß war nicht bedrohlich, etwas Sanftes ohne Stacheln, ohne häßliche Vergangenheit. Süß war blutige Schmiere ohne Gesicht.

Lyla musterte St. Cloud verwirrt, weil ihr nicht klar war, was er damit vorhatte, die wichtigste Vokabel in ihrem Lexikon an sich zu reißen. Versuchte er etwa, sie zu demütigen? Dagegen sprach allerdings seine bekümmerte Miene. Woran lag es, daß das Wort *süß* aus seinem Munde so fremd, ja bedrohlich klang? Der halbe Liter Rum, den er bei der Herfahrt von Key West getrunken hatte, forderte wohl seinen Tribut. Sie entschied, daß er sie nicht beleidigen wollte, sondern nur ziemlich voll war.

»Warum geben wir Ihnen nicht Ihr süßes Geld, Ed?« St. Cloud lallte ein wenig. »Dann können wir zurück in die süße Heia-Heia fahren, Ihnen eine süße gute Nacht wünschen und die süßen vierhundert Piepen abdrücken, und das wird dann das letzte Süße sein, was wir hier abziehen.«

Das war's, jetzt wußte Lyla es ganz sicher: St. Cloud war betrunken, und seine vom Rum gelöste Zunge machte sich bereit, gewaltige Wortkanonaden auf jeden abzufeuern, der ihm im Weg stand. Sie mußte ihn von hier wegbringen. »Ich hab das Geld dabei, hier ist es.« Sie stöberte hastig herum und versuchte, ihr Portemonnaie aufzuknipsen, wollte aber den Mops nicht loslassen, weil sie fürchtete, für immer von ihm getrennt zu werden. »Es ist alles da.« Sie zog ein Bündel Geldscheine heraus. »Zählen Sie's nach, vierhundert.«

»Vierhundert*fünfzig,* wenn ich bitten darf.« Ed grinste.

St. Cloud freute sich auch, aber aus einem anderen Grund als

Ed. Endlich hatte Ed sich ausgetrickst, war in die Bärenfalle getappt.

»Aber sagten Sie nicht vierhundert?« Lyla drückte den Hund noch fester an sich, nacktes Entsetzen lag in ihrem Blick, als rechnete sie damit, das Tier könnte ihren Armen entrissen werden. »Ich habe doch ein paarmal angerufen, und Sie sagten mir, Sie würden mir den Hund für vierhundert aufheben.«

»Mag sein.« Ed schraubte sein graues Grinsen einige Stufen hinunter. »Aber wie ich Ihrem Gatten schon sagte, als Sie mit den Kleinen gespielt haben, der letzte aus dem Wurf kostet eben vierhundertfünfzig.«

»Er ist nicht mein Gatte.« Lyla bedachte Ed mit einem verwirrten Blick, der gleich weiter zur Vordertür ging. Sie war bereit, mit ihrem geliebten Bündelchen in die Nacht hinaus zu fliehen.

»Wie süß.« St. Cloud beschloß, daß es Zeit war, den stählernen Arm der Gerechtigkeit auf diesen frauenprügelnden falschen Spießbürger niederkrachen zu lassen. »Echt süß, Ed, jetzt hätten Sie der Kleinen fast das Herz gebrochen. Hier.« Er zog seine Brieftasche heraus und zählte fünf Zehner ab. »Da haben Sie Ihren Zuschlag. So, und wo ist jetzt der Stammbaum?«

»Der Stammbaum? Tja... also... das ist nicht so einfach. Da muß ich an den Hundezüchterverein schreiben, und dann...«

»Süß. Bis wann also?«

»Zwei, drei Monate. Ich werde ihn Ihnen schicken.«

»Nein, ich komme lieber in drei Monaten wieder und hol ihn mir persönlich ab.«

Ed machte ihnen die Vordertür auf. »Gut, dann kommen Sie eben noch einmal, ich hab dann bestimmt wieder neue Welpen.«

»Wie denn das? So schnell kann doch keine Hündin... Ach, vergessen Sie's.« Er sah zu, wie Lyla ihre vierhundert Dollar loswurde. Er dachte an die vielen Stunden Vogelkäfigsaubermachen, die sie gebraucht hatte, dieses Geld zu verdienen.

»Dad, wann kommt denn Mami wieder?«

Der kleine Geist im Schlafanzug war wieder in der Schwingtür aufgetaucht, St. Cloud hatte ihn genau im Blick. Alice schlenderte mit einem herzzerreißenden Jaulen zu dem Jungen hinüber und leckte ihm die kleinen Hände.

»Bald, Sohnemann. Jetzt leg dich doch schlafen. Nimm Alice mit, die ist auch schon ganz müde.«

Der Junge winkte St. Cloud zu, als wären sie alte Kriegskameraden, und verschwand wieder.

St. Cloud bedachte die üblen Machenschaften, die er bis jetzt wußte. Es gab also wirklich eine Frau, und sie arbeitete wirklich im Krankenhaus. Er trat hinaus und stand unter dem Scheinwerfer über der Wohnmobiltür, der ein Loch in die Nacht brannte. Es war alles noch schlimmer, als er sich hätte träumen lassen. Nicht nur verprügelte Ed Frau und Kinder, die Familie war sogar so verschreckt, daß sie sich aus Angst ums nackte Leben für immer an ihn gekettet hatte. St. Cloud versuchte, das Entsetzen nicht allzusehr auf sich wirken zu lassen. Trost fand er darin, daß er wußte, wo die Sterne am Morgen hingingen. Er legte den Kopf zurück, um ihr vertrautes Muster am Nachthimmel zu sehen, aber bei dem grellen Scheinwerfer war vom Sternenlicht nichts zu erkennen. Was in der Vorstadt so alles passiert. St. Cloud schüttelte traurig den Kopf. Lyla trat hinter ihm aus der Tür, auf der Flucht vor Ed, dem Nachbarn und Terroristen, obwohl sie gar nicht wußte, wie brutal Ed seine Familie mißhandelte, wie sehr die unglücklichen Opfer jede Nacht um seine befleckte Seele beteten. St. Cloud wußte, wohin die Sterne am Morgen gingen, er wußte, daß die Dinge, die in den Vorstädten passieren, manchmal so schlimm sind, daß man besser gar nicht darüber nachdenkt. Er stolperte zum Cabriolet hinüber, es war genauso alt wie Lyla, immer noch schnittig, nichts war süß an seinen Chromflossen, die sich jederzeit über die weiße Mittellinie auf jeder Asphaltstraße hermachen würden. Lyla setzte sich hinters Lenkrad. Er konnte nicht glauben, wie ehrlich und reizend sie aussah, mit dem Hund, der an der Haut ihres Halses schlabberte. Das Verlangen nagte ein Loch in seinen Vorsatz, er sehnte sich danach, sie zu küssen.

»Ed verprügelt seine Frau. Das ist ein Wahnsinniger, der gehört hinter Gitter.« St. Cloud sagte es ganz sachlich, ohne jede Bosheit. »Wenigstens den Hund haben wir gerettet.«

Lyla setzte den kleinen Mops auf dem Autositz ab, er drückte sich sofort gegen St. Cloud, vergrub sich zwischen seinen Beinen, tappte mit der Entschlossenheit eines Bären herum, der Honig schnuppert. Lyla drehte den Schlüssel im Zündschloß. Mit einem Rütteln sprang das Cabriolet an und ließ einen Stoß schwarzer Auspuffgase hinter sich. Sie trat voll aufs Gaspedal, ein Regen von losen Steinchen schoß unter den Reifen weg, während sie in die Nacht hinausfuhr. Geschickt griff sie sich den Hund mit einer

Hand, die andere blieb fest am Lenkrad und steuerte das Cabriolet zwischen den schattenhaften Mangrovenschemen beiderseits der schmalen Straße entlang. Der Mops grunzte zufrieden in Lylas Ohr, von dem der Wind ihr das Haar wegwehte. »Weißt du was, du bist echt ganz schön seltsam.« Die Worte waren in den üblichen Zuckerguß ihres gedehnten Südstaatenakzents gehüllt und umfingen St. Cloud mit einer intimen Vertrautheit, bis der Gedanke darin endlich ganz ausgewickelt war: »Yeah, weiß gar nicht, ob ich das so gut finde.«

12

Hurrikan im Anzug. So jedenfalls sah Bonefish die Sache. Schwüles Wetter, bei dem die Sonnenstrahlen wie Blitzspieße runterkommen, ist immer ein sicheres Zeichen. Auch so 'n Zeichen war's, daß die Seetraubenbäume so viele Früchte trugen, daß die Äste mit den dicken Blättern sich fast bis zum Boden runterbogen. So was hatte Bonefish schon mal gesehen, damals vor dem großen Sturm von '35, er hielt die Augen offen, immer auf der Hut vor dem alten Mister Finito, der jederzeit bereit war, zurückzukommen und die böse, böse Welt wieder flachzupusten. Wenn einer was über Wirbelstürme wissen will, dann reicht's, einfach der guten alten Mama Natur unter den Rock zu gucken, wer hat da schon Wissenschaftler oder Wetterfrösche im Fernsehen nötig, und Satellitenfotos braucht man auch keine, es reicht einfach, wenn man einen Kopf zwischen den Schultern hat und Augen, um die Blitze zu sehen, und Ohren, um den Donner zu hören. Die Flammenbäume können mit einem reden, wenn man nicht zu blöd ist, ihnen zuzuhören. Diese großen alten, knorrigen Bäume mit ihren Stämmen in Gespenstergrau, die kannten sich aus in jeder Straße und jedem Gäßchen der Insel, von Madagaskar in Afrika waren sie rüber nach Jamaika gekommen, und dann weiter bis nach Key West, ein paar schlaue Inselleute hatten sie sich geholt, weil sie schattige Bäume haben wollten, um sich in der Hitze des Sommers abzukühlen. Flamboyants oder Königspoincianas nannten sie manche auch. Immer wenn einer der großen alten Bäume, so an die zwölf Meter hoch, mit Ästen, die einen strahlenden Sonnenschirm aus flammendroten Orchideenblüten über dreißig Meter breit entfalteten, abgehackt wurde, berichteten die Zeitungen, wieder einmal habe eine urgroßväterliche Königspoinciana umgebracht werden müssen, um den Weg zum Fortschritt zu verschönern. Aber vergiß Poinciana, das war nicht der richtige Name. Bonefish war mit dem richtigen Namen aufgewachsen: Flammenbaum. Wenn Tausende von Flammenbaumblüten in so vollem Rot erstrahlten, daß ein guter Christ es sich kaum leisten konnte, sie anzusehen, dann wußte Bonefish auf der Stelle, daß damit Mama Natur einen klugen Menschen bei den Schultern packte und ihm eine Warnung über den wahren Zustand der bösen, bösen Welt mitgab: daß nun bald die Regenzeit kam, daß die Saison der Dünste, die Zeit des flachen Wassers und der fetten Wolken im Anmarsch war. In den tintigen Tiefen da draußen brodelte der karibische Kessel, kochte ein tropischer Atlantikeintopf, wurden Wirbelstürme zubereitet. Wenn man Glück hatte, dann zog er vielleicht auch diesmal wieder an einem vorbei, verlagerte sich womöglich nach Westen, um mitten durch Louisiana eine Schneise zu schlagen. Vielleicht würde man es doch ein nächstesmal erleben, das Ende des natürlichen Kreislaufs des Flammenbaums, wenn die Blüten abgefallen waren und knallrot wie Hahnenkämme in den Rinnsteinen dahinströmten, wenn das Rauschen des Regens auf die Hitze der langen, stickigen Nachmittage niederging, wenn die feingeäderten Blätter trockneten und tot herabfielen, die prächtigen Bäume kahl zurückließen bis auf die ledrigen Samenkapseln, so lang wie ein Frauenarm, scharf und geschwungen wie eine Sichelklinge. Dann rasselten diese Samenkapseln mit ihrem Inhalt im Wind, rasselten zu einem neuen Anfang, die Windharfe der Wiedergeburt. Da konnte man von Glück und Dankbarkeit reden, das alles noch mal erleben zu dürfen, zu wissen, daß man dem tückischen Wetter neuerlich von der Schaufel gesprungen war, den Sommer doch in einem Stück überstanden hatte und am Ende des Oktobers wieder den *Día de Muertes* erleben konnte, denn dieser Tag der Toten markierte das Ende der Wirbelsturmzeit. Wenn einer klug genug war, den Donner nicht zu überhören, dann wußte er auch die Botschaft des Flammenbaums zu deuten, dann war ihm klar, daß dieser Baum Mister Finito ganz und gar nicht mochte, weil er tief in den Wurzeln spürte, daß er starkem Wind nur sehr feine, brüchige Zweige entgegenzusetzen hatte, die sich biegen und dann brechen würden, einen Stamm, der knicken und krachen würde, vielleicht würde er am Ende sogar ein Todesröcheln ausstoßen, wenn ihn der letzte Stoß einer wütenden Bö niederfegte und in ein frühes Grab stürzen ließ. Dieser Baum wußte all das und noch mehr. Er verstand es, in seinem letzten Frühsommer vor dem großen Sturm den strahlendsten Baldachin aus scharlachroten Blüten zu entfalten, den je ein Mensch gesehen hatte, um der ganzen Welt zu zeigen, wie prächtig es war, am Leben zu sein, und wie traurig es wäre, am Ende dieses Sommers nicht mehr da zu sein, weil El Finito die ganze Show abgeblasen hatte. Ein kluger Mann wußte diesen Baum zu deuten. Bonefish hatte auf dem Flammenbaum noch nie eine derartige Ballung brennender Blüten gesehen wie gerade jetzt. Gar keine Frage, der Baum sprach mit ihm, er sagte, daß der Passat des Teufels gerade tief Luft holte, um der Zivilisation die Lebenslichter auszupusten.

Bonefish hielt sich nicht für einen Teil der Zivilisation. Bonefish hielt sich für schlau. Nicht nur wenn das Wetter wieder mal tückisch zu werden versprach, rannte er hinüber in die Felsengrotte, wo im Schatten der beiden hoch aufragenden, metallgedeckten Türme der katholischen Kirche die lebensgroße, in Linnen gehüllte Statue der Unbefleckten Maria stand, um dort für die Errettung vor dem Teufelspassat zu beten. Nein. Bonefish betete an *jedem* Tag des Jahres in der Grotte. Bonefish war ein Mann von einfacher Gläubigkeit. Der Hase konnte dem Jagdhund entrinnen, solange er nur nicht haltmachte, um in den Wald zu scheißen. Jeden Tag sank Bonefish auf die Knie nieder, klatschte zum Gruß und Gebet in die Hände und hob sie hoch zur Unbefleckten Jungfrau empor. Bonefish war ein dankbarer Mann. Es gab mehr als das eigene Überleben von einem Tag auf den nächsten, wofür Bonefish dankbar sein konnte; er hatte auch Freunde und Familie. Und was für eine Familie. Für Bonefish war die ganze Insel seine Familie, sein ureigenes Reich, sein alltäglicher Fels der Hoffnung, auf den er seinen Glauben an die Menschheit gründete. Bonefish war ein alter Salzwasserinsulaner, auf der Insel geboren und aufgewachsen, lange bevor die tödliche gelbe Pest gekommen war und die Kokospalmen umgebracht hatte, lange bevor die Mauern der Apartmentblocks einem die anständige Aussicht auf die weite blaue See zu versperren drohten und auf die Schiffe darauf, die da draußen mit einem Viertel der gesamten Handelsfracht der Welt vorbeizogen, von Orangen aus Florida über arabisches Öl bis zu südamerikanischem Blech und Kokain. Bonefish war ein Salzwasserinsulaner, und als solcher ein Optimist, der jeden Tag den Scheck seines Vertrauens in die Menschheit einlöste. Das bedeutete, daß es für ihn Tradition war, bei den Leuten vorbeizuschauen, um ein bißchen zu plaudern und dabei das bedeutsame Tun der menschlichen Transaktionen voranzutreiben, sich zu erkundigen, wessen Katze wie viele Junge geworfen hatte, wessen

Hund gestorben war, wer von seinen erwachsenen Enkeln nicht mehr besucht wurde, dabei hatte man diese Kinder doch praktisch alleine großgezogen. Bonefish sah man immer auf der schattigen Straßenseite gehen, er blieb oft stehen und grüßte die Leute, oder er lehnte sich gegen einen weißen Lattenzaun und sprach jemanden an, der gerade die Zeitung aus dem Garten hereinholte oder seine Bougainvillea goß, und dabei erzählte er, nur so, weil es den anderen vielleicht interessierte, daß sich die Frau von Y. jeden Tag am Obstgroßmarkt für Überseeware mit einem Matrosen traf, der jenseits der Brücke über den Cow Key Channel an der Marinebasis Boca Chica stationiert war, oder daß der Sohn von R., das war der, der nicht einmal die High School geschafft hatte, aber einen nagelneuen Sportwagen mit dem Kennzeichen von Miami fuhr und seine drei kubanischen Freundinnen mit Brillantuhren und Goldkettchen zupflasterte, in der vorigen Nacht draußen auf dem Meer erwischt worden war, südlich des Torch Ramrod Channel, wie er Marihuana im Wert von zwei Millionen Dollar auf ein Korallenriff setzte, statt die Bootsladung in einen sicheren Hafen zu bringen. Mit seinen zweiundsechzig Lebensjahren besaß Bonefish einen gesunden Menschenverstand und kannte alle Drehs beim Zuhören und beim Erzählen. Seine knochige, aufrechte Gestalt hatte ihm in einer Stadt der Spitznamen schon sehr früh einen sehr deutlichen eingehandelt. Was Bonefish nicht wußte, lohnte sich nicht zu wissen, und was zu wissen sich lohnte, das erfuhr er garantiert sehr bald. Zum Beispiel wußte er, daß letzte Nacht jemand einer an den Hinterbeinen gefesselten Ziege die Kehle durchgeschnitten und ihren reglosen Leichnam mit einem Seil an einem Deckenbalken in diesem verrückten alten Fledermausturm draußen auf Sugarloaf Key aufgehängt hatte. Nur warum das passiert war, wußte Bonefish nicht.

Ziegenopfer und moskitovertilgende Fledermäuse gehörten aber zu den geringsten Sorgen, die Bonefish im Kopf herumgingen. Daß ein Hurrikan aufzog, war viel wichtiger und realer, gleich vor der Küste, draußen im Golf lauerte er, bedrohlich nahe, und damit blieb Bonefish nicht viel Zeit. Bonefish mußte noch eine Menge Sachen loswerden, er wollte nicht darauf hocken bleiben, sollte sie doch jemand anders von diesem alten Korallenfelsen abschleppen, das war nicht seine Sache. Seine Sache war es, die Zukunft und deren Wahrheit vorherzusagen, und die Wahrheit war eine Katastrophe jenseits des dünnen blauen Horizonts.

Eine Taschenlampe und Batterien, Konservendosen und Wasserflaschen mußte sich Bonefish besorgen und dann all das andere Zeug loswerden, das einem bei Orkanen von achtzig Metern pro Sekunde leicht um die Ohren fliegen konnte. Bonefish würde in seinem Haus bleiben, wenn der Große Sturm blies, ihn würde man bestimmt nicht über die Seven Mile Bridge flüchten sehen, zusammen mit lauter panischen Ratten in ihren Autos, die bis obenhin vollgestopft waren mit unnützem Zeug wie Fernsehern, Toastern und Fotoalben. Bonefish war sich über die Fakten des Lebens im klaren, und die besagten, daß die Florida Keys der Teil von Amerika waren, der am ehesten von einem Hurrikan erwischt werden konnte, und zwar gleich von beiden Seiten. Und noch deutlicher wurde einem dann auch bewußt, daß es auf den Keys nirgendwo festen Boden gab, überhaupt kein sicheres Land, das noch herausschauen würde, wenn das Meerwasser als Flutwelle darüber hereinbrach, wenn El Finito der Insel den K.o.-Schlag verpaßte.

Bonefish war mächtig in Eile, er rannte geradezu die Straße entlang und rekapitulierte dabei seine hektischen Gedanken, weil er fürchtete, etwas ausgelassen oder ganz vergessen zu haben. Dosenfleisch. Er mußte noch Unmengen von Dosenfleisch kaufen. Seine Klimaanlage war er auch noch nicht losgeworden. Dieses Eis verströmende Monstrum mußte er aus seinem Schlafzimmerfenster ausbauen und aus dem Haus bekommen. Er bog um die Ecke zum Fischerhafen und betrat ohne Zögern die Imbißstube von Diver Dave, um seine dringende Neuigkeit auszurufen.

»Braucht hier wer 'ne Klimaanlage? Hab 'ne funkelnagelneue zu Hause! Erst ein Jahr alt!«

Alle sahen Bonefish gern. Die Gesichter hellten sich auf wie die Lichtbalken der Taschenlampen, die Bonefish zu kaufen beabsichtigte, um die dunkle Welt zu erleuchten, nachdem El Finito hindurchgefegt war. Als Bonefish durch die Tür trat, war das der Startschuß zum Reden über alle Leute, die er kannte. Es war nicht so, als spräche er hinter jemandes Rücken, er sprach ganz geradeheraus, denn Bonefish war einfach eine soziale Institution, die Zuwendung und Respekt verlangte. Bonefish war nicht nur eine Stütze der Gesellschaft, er war der Quell allen Klatsches im Ort, der sich in seinem seit alters gewohnten Weg von Espresso zu Espresso verbreitete, in Cafés, Imbißbuden und Restaurants, von Treppenstufen über Balkons zu Veranden. Früher war es so, daß jemand auf einer der überfüllten Straßen der Insel nur um die Ecke zu biegen brauchte, schon hatte sich zu den Leuten am anderen Ende der Straße herumgesprochen, wer da zu ihnen unterwegs war.

»Wieviel willst'n dafür haben?« Am anderen Ende der Theke, auf dem letzten Barhocker, ließ Marilyn klirrend den Löffel in ihre Muschelsuppe fallen und wirbelte auf dem vinylbezogenen Drehstuhl herum. »In meinem Wohnwagen isses irre heiß. 'ne kühle Brise könnt ich gut gebrauchen.« Jeden Tag saß Marilyn genau zur Mittagszeit an der Theke und aß mit den Arbeitern. Manchmal war der Imbiß voller Garnelenfischer, die in ihren dreckigen weißen Gummistiefeln direkt vom Schiff herüberkamen. Zu anderen Zeiten drängten sich darin die Kapitäne von Charteryachten und jammerten in ihr Bier, der starke Wind mache die See so rauh, daß die Touristen mit ihrem zarten Magen sich gar nicht raustrauten. Oft waren auch ein paar von Marilyns alten kubanischen Freunden da und spielten Domino, hinten am Ecktisch unter dem großen Fenster, durch das man auf der anderen Seite eines unkrautüberwachsenen Platzes die hohen Rümpfe der Garnelenfangschiffe im tiefen Wasser ankern sah. In der Mitte des Platzes erhob sich ein rostiger Sendemast aus dem Ersten Weltkrieg mit stählernen Fußstreben und ganz oben einem mannsgroßen Käfig. Einst spähten nervöse junge Soldaten von diesem luftigen Ausguck nach Saboteuren, heute aber war er leer wie ein verlassener Adlerhorst. Marilyns erster Ehemann hatte auf diesem Turm Wache geschoben, oder auf einem ganz ähnlichen, sie wußte es nicht mehr genau, denn es gab noch viele solcher Türme auf der Insel, Jahrzehnte nach ihrem sinnvollen Einsatz waren es nun verfallene Denkmäler an vergangene Paranoia und eine zweifelhafte Zukunft. Die Türme ragten wie Talismane aus einer zwar keineswegs primitiven, aber ziemlich verwirrten Zivilisation. Inselbewohner sind traditionell besonders abergläubisch. Und Marilyn kam von einer Insel. »Ja, 'ne kühle Brise, ein kaltes Bier und einen heißen Matrosen. Das könnt ich echt gut gebrauchen, mein Bester.«

»Heißen Matrosen hab ich keinen. 'ne kühle Brise schon.« Bonefish zwängte sich auf den Hocker neben Marilyn. Er hatte es mächtig eilig, Hurrikan im Anzug, aber jetzt galt es noch Wichtigeres in Erfahrung zu bringen, Neues zu hören und weiterzuerzählen. Der Hurrikan konnte ein paar Minuten warten.

»Hier habt ihr erst mal 'n Bier, ihr zwei.« Diver Dave ließ zwei Dosen knacken und knallte sie auf den Tresen, so daß der Schaum daraus hervorschoß. Diver Dave machte sich auch ein Bier auf, schob die breiten Lippen ganz über die Dose und schlürfte sie leer, als wäre es ein Fingerhut voll Tee. Er reckte sich und tat sein Wohlgefühl mit einem bierbauchberstenden Rülpser des Beifalls kund.

»Arschloch!« zeterte der Amazonenpapagei, der auf Daves rechter Schulter hockte.

»Leck mich doch, Amigo!« gab Dave zurück.

»Leck mich«, echote der Papagei.

Dave war verliebt in seinen Papagei. Manche Leute sagten, daß Amigo ständig auf Daves Schulter saß, Tag und Nacht, und das eingetrocknete Bächlein von weißem Papageiendreck, das stets den Ärmel von Daves bierfleckigem T-Shirt zierte, verlieh diesem Gerücht zweifellos einen gewissen Wahrheitsgehalt. Manche Leute behaupteten sogar, Amigo sitze selbst dann auf Daves Schulter, wenn dieser sein Lager mit weiblicher Gesellschaft teile. Jedenfalls machten Amigos dreiste Art, sein verwegener Blick und der heisere Schwerenöterpfiff, mit dem er jede gutaussehende Frau unweigerlich bedachte, dies durchaus glaubhaft. Nur Marilyn pfiff er nie nach, obwohl sie auch ihre Reize besaß. Marilyn war eine solide gebaute Frau von Ende fünfzig, die ihr mädchenhaft brünett gefärbtes Haar in einer etwas altmodischen, aber lässigen Art Bubikopf trug. Sie war eine Frau, die an üblicherweise Männern vorbehaltenen Arbeiten Vergnügen fand. Einen großen Teil ihrer Jugend hatte Marilyn in einer der Ananaskonservenfabriken von Key West geschuftet, wo sie nicht etwa in der Abfüllung gearbeitet, sondern auf den Docks die reifen Früchte mit den widerborstigen Schalen tonnenweise von den Lastkähnen aus Kuba entladen hatte. Später war Marilyn mit den Garnelenfängern hinausgefahren, für gewöhnlich ja auch eine reine Männerdomäne. Und diese Zeit hatte sie auch nicht in der Kombüse über dem Petroleumkocher schwitzend oder mit fröhlichen Spielchen in den schmalen Kojen verbracht, während tief unter ihr kilometerlange Schleppnetze die rosafarbenen Schalentiere auf ihrem unterseeischen Wanderzug von den Dry Tortugas abfingen; nein, sie hatte zusammen mit den Männern im Schleim und im Schlick des glitschigen Oberdecks beim Einholen der Netze geschuftet. Marilyn besaß die breiten, braungebrannten Muskeln einer gesunden

Arbeiterin und war auf eine gewisse männliche Weise immer noch attraktiv. Nur Amigo dachte anders und pfiff ihr niemals nach. Manchmal, wenn Marilyn sich gerade besonders hübsch fand und vielleicht noch dazu eine neue Jeans trug, wartete sie geradezu auf Amigos bewundernden Pfiff. Aber der kam nie. Allerdings ließ sie ihn auch nie im Zweifel darüber, was sie von seinem beleidigend schlechten Geschmack hielt. »Du Pisser!« fauchte Marilyn ihn oft an. »Pisser!« äffte der Papagei sie dann nach, drehte den grünen Kopf weg und stieß einen mächtigen Pfiff aus, so als hätte Marilyn eine hinreißend schöne Schwester im Hinterzimmer sitzen, die niemand gewahren konnte außer ihm mit seinen dschungeldurchdringenden Augen.

»Fang bloß keinen Streit mit Marilyn an, Amigo«, beruhigte Dave den allzeit wachsamen Vogel, während er sich die nächste Dose Bier aufmachte. Amigo ignorierte seinen Rat, reckte den Hals und fixierte Marilyn mit seinem Knopfauge, der gefiederte Preisrichter bei einer Schönheitskonkurrenz, dessen fachmännisches Urteil nicht völlig außer acht zu lassen war.

»Mach bloß nicht so ’n Gedöns um deinen Papagei. Der ist doch kein Filmstar.« Marilyn schlürfte mißmutig ihre Suppe und musterte den Vogel trotzig. Sie wußte ganz genau, wie sie Dave an seiner empfindlichsten Stelle treffen konnte. Das Schlürfen wurde noch lauter, als ihre trotzige Miene nun einem hämischen Siegerlächeln wich.

Bonefish sah das Unheil voraus und versuchte, den Gang des Gesprächs umzulenken, indem er seine leere Bierdose auf den Tresen knallte, als wollte er einen metallischen Punkt setzen und schlüge nun ein neues Kapitel auf. »Okay, Marilyn, du kriegst die Klimaanlage. Mußt mir bloß helfen, sie aus dem Fenster auszubauen. Für mich alleine ist das Ding zu schwer.«

»Ist sie von demselben Kaliber wie die im letzten Jahr?«

»Nein, das ist ein Spitzenmodell. Die bläst so kalt, daß du Papayas damit einfrieren kannst.«

»Von wegen, du!« Die Worte dröhnten wuchtig aus Daves Wampe heraus, und sein massiges Gesicht lief rot an. »Na klar ist Amigo ein Filmstar!«

»Isser nicht«, knurrte Marilyn und nahm einen Schluck.

»Ach ja? Und was zum Teufel ist das da? Polaroids von Lassie etwa?« Dave fuchtelte in Richtung einer Galerie von verblaßten Schwarzweißfotos. Die Bilder waren an die Seitenwand gepinnt, unter der protzigen Fiberglasstrophäe des springenden blauen Marlins, den Dave am Tag der Schweinebucht-Invasion vor der kubanischen Küste gefangen hatte. Dave war damals von den eigenen Landsleuten fast im Wasser bombardiert worden, noch nie im Leben hatte er soviel Angst gehabt. »Dann guck dir doch mal diese Fotos hier an, häh? Amigo is 'n weltweit total popoleerer Vogel!«

Marilyn drehte sich nicht einmal um zu der mit Fotos bedeckten Wand, sie hatte sie schon hundertmal gesehen. In den fünfziger Jahren war ein Filmteam aus Hollywood nach Key West gekommen, um einen Streifen über die Geschichte der heftigen Auseinandersetzung zwischen einheimischen Insulanern und einer Gruppe von griechischen Einwanderern während der zwanziger Jahre zu drehen, die damals um die Besitzrechte an den Schwammkolonien der Florida Keys gekämpft hatten. Die Insulaner hatten letztlich gewonnen und die Griechen fünfhundert Kilometer weit nach Norden vertrieben, bis nach Tarpon Springs oberhalb der Tampa Bay. Von Key West hatten sie sich auf keinen Fall verjagen lassen wollen, nachdem sie ganze Generationen hindurch von nahezu jeder anderen Insel verjagt worden waren. Doch Mutter Natur behielt ironischerweise das letzte Wort: Die rätselhafte Wasserpest von 1934 tötete alle Schwammkolonien vor den südlichen Keys.

In den Fünfzigern war Diver Dave ein schicker Bursche gewesen, das pechschwarze Haar glatt aus dem sonnengebräunten Gesicht gestrichen. Für die Typen aus Hollywood sah Dave wie ein Grieche aus, deshalb steckten sie ihn in ihren Film. Dave mußte sich enge Jeans und einen blau-weiß gestreiften griechischen Fischerpullover anziehen und den Satz brüllen: *»Werft die Motorboote an, Jungs, die Insulaner kommen zurück!«* Die Hollywoodtypen drehten drei Tage lang, bis sie die Szene im Kasten hatten. Während jeder Aufnahme dieser Einstellung, in der Dave sich aus seiner schwingenden Hängematte erhob, aufs Meer hinausblickte und seinen Text brüllte, hockte Amigo auf einem Palmwedel über ihm und spielte die Rolle des Maskottchens der griechischen Schwammsucher. Amigos Rolle bestand nur darin, jedesmal einen unzüchtigen Pfiff auszustoßen, sobald das blonde Starlet des Films in ihrer recht zerknitterten, auf einer Seite verwegen über die Schulter gerutschten Bluse ins Bild kam. In all diesen langen Stunden, in denen Daves große Szene gedreht wurde, ließ Amigo auf Dave in der Hängematte weiter unten seine weißen Perlen der Weisheit herabtropfen. Von einer Einstellung zur nächsten durfte Dave seine Lage nicht verändern. Nach einer Weile lernte er genau abzuschätzen, wie lange es dauerte von dem Moment, in dem Amigo einen Sonnenblumenkern im Schnabel knackte, bis der unvermeidliche Plumps von Papageienpisse wie federgewichtiger Hagel auf seine Wange niederging. Die Fotos an der Wand der Imbißstube zeigten Amigo mit dem ganzen Filmteam und den Schauspielern, die alle lachten und winkten. Es gab viele Fotos von dem blonden Starlet, das hysterisch kicherte, während Amigo den grünen Kopf im fleischigen Tal zwischen ihren Brüsten vergrub. Dave kam dem Vogel während der Dreharbeiten also sehr nahe; danach kaufte er ihn und nahm ihn mit nach Hause in den Imbiß. Seitdem waren die beiden unzertrennlich. Dave liebte diesen Papagei von ganzem Herzen.

»Das Vieh ist doch 'ne Fälschung!« Marilyn deutete mit dem Suppenlöffel in Amigos Richtung. »Das ist niemals derselbe Vogel wie auf den Fotos da. Das is 'n Schwindler aus der Tierhandlung, irgendso 'n Gummiadler, den jemand kotzbrockengrün eingefärbt hat!«

Daves große Hände ballten sich zu Fäusten, er legte sie auf den Tresen vor Marilyns Suppenschüssel und stützte sich auf die massigen Arme. »Leck mich doch!« zischte Dave. »Leck mich«, quäkte der Papagei.

»Übrigens ist deine Muschelsuppe schon ziemlich hinüber.« Marilyn blinkerte dem bulligen Mann, der sie anfunkelte, mit den kurzen grauen Wimpern zu. »Hast wohl wieder mal drei Tage alte Makrelen reingetan, was?«

Jeder wußte, daß Marilyn in Dave verliebt war, und zwar schon immer. In Marilyns Augen gab es nur ein einziges Unglück im Laufe der langen Jahre, seitdem ihr vierter Ehemann damals bei den Bauarbeiten an der neuen Seven Mile Bridge umgekommen war. Dieser blöde Papagei hatte bei ihrem Anblick noch nie den Pfiff ausgestoßen, der Dave grünes Licht gegeben hätte, mit ihr ins Bett zu gehen. Dave nahm keine Frau mit ins Bett, der nicht auch Amigo sein Begehren kundgetan hatte. Neu an diesem Nachmittag war höchstens, daß Marilyn Daves mangelhafte Kochkünste und seinen besten Freund normalerweise nicht beleidigte, ehe sie mit ihrem zweiten Stück Limonenkuchen fertig war. Irgend etwas machte ihr zu schaffen.

Aber was Marilyn auch zu schaffen machte, dachte Bonefish, in ihrem Alter konnten es wohl nicht ihre Tage sein. Nein, schloß Bonefish, die Ursache des Problems mußte darin liegen, daß El Finito heraufzog und die Leute nervös machte. »Muß jetzt los. Kann nicht mehr warten.« Bonefish drehte sich auf dem Hocker. Er sah El Finito draußen vor der Küste mit dem Auge zwinkern, ein Ungeheuer der Vernichtung, das eine fünfzehn Meter hohe Flutwelle vor sich herschob.

Marilyn wußte, wie sie Bonefish zum Bleiben bringen konnte, sie warf ihm einen Köder hin. »Ach ja, ich hab was über diese Ziege gehört, die in dem alten Fledermausturm verkehrt rum aufgehängt worden ist.«

Bonefish ließ sich von dem rotierenden Sitz einmal ganz herumdrehen und kam direkt vor Marilyns grinsendem Gesicht zum Stillstand. »Was weißt du, was ich noch nicht weiß?« Bonefish traute seinen Ohren kaum, er war es doch, der immer das erste und das letzte Wort zu jedem Thema hatte, er war die Biene der Gerüchteküche, den Pollen des Klatschmohns trug nur er von Blüte zu Blüte. Marilyn wilderte in seinem Revier. Vielleicht hatte der heraufziehende Hurrikan ihn abgelenkt. Manchmal lenkt einen eben etwas ab.

»Das war Santería, hab ich gehört. Und ich hätte dann gern noch ein Stück Limonenkuchen, wenn's recht ist.« Marilyn warf Dave ein kokettes Lächeln zu.

»Schwachsinn!« Dave drehte sich um und schnitt den Kuchen. »Mit Santería hat diese Ziege überhaupt nichts zu tun. Das war irgendein Spinner, oder ein paar freche Kinder, die Streiche machen wie üblich.«

»Kinder und Spinner würden doch nicht extra 'ne Ziege abstechen.« Marilyns Worte verfolgten Dave. »Dieser Turm ist höher als 'ne Windmühle, wer klettert denn zum Spaß die zehn Meter innen rauf, hängt da oben 'ne Ziege mit 'nem Strick um die Hinterbeine auf und schlitzt ihr dann auch noch die Kehle auf? Erklär mir mal, was für 'n Spinner so was machen würde, häh?«

»Na, jeder Spinner.« Dave knallte Marilyn den Teller mit dem gelb-grünen Kuchen streitlustig auf den Tresen und fauchte: »Deshalb spinnt er ja.«

Die nächste Frage stellte Bonefish Marilyn nur ungern, viel lieber hatte er es, wenn die Informationen von selbst zu ihm kamen, wie Nägel zu einem Magneten mit unausweichlicher Anziehungskraft. »Woher weißt du eigentlich, daß die Ziege nicht schon tot war? Könnte doch sein, jemand hat ihr unten auf der Erde die Kehle aufgeschlitzt und sie erst dann in den Turm gehängt?«

»Warum sollte ich dir das erzählen?« Marilyn nahm einen damenhaften Bissen von dem Kuchen. »Plapperst es ja doch nur in der Gegend herum.«

»Weil ich es wissen muß! Deshalb!« Sein Gesicht verlor seine schmalen Konturen und sank traurig in sich zusammen. Er konnte Marilyns Gemeinheit nicht fassen. Und dieser Frau wollte er seine neue Klimaanlage geben. Wie viele Klimaanlagen konnte sie in ihrem kleinen Wohnwagen überhaupt brauchen? Während der letzten zwanzig Jahre hatte Bonefish Marilyn immer seine Klimaanlagen vererbt. Er beschloß, ihr nun auch den Fernseher nicht zu geben. Er beschloß, daß es für ihn aus war mit Marilyn, sie hatte verdient, was El Finito für sie in seinem windgeblähten Ärmel hatte.

»Ja, woher weißt du denn nun, daß die Ziege nicht unten am Boden getötet wurde, Marilyn?« Mit dieser Frage, die schon Bonefish gestellt hatte, schaltete sich Justo in ihr Gespräch ein. Er beugte sich am anderen Ende der vollbesetzten Theke auf seinem Hocker vor und sah an der langen Reihe von Daves zufriedenen Kunden entlang, die auf ihren zähen Haifisch-Sandwiches und hartgekochten Kalamariringen herumkauten.

»Na ja...« Marilyn richtete sich auf und nahm eine förmliche Haltung an. Mit Justos Einmischung war es eine offizielle Angelegenheit geworden, eine Polizeisache, nicht mehr lockeres Geplänkel unter Freunden. Es könnte zu etwas werden, das in die Zeitung kam, eventuell sogar mit einem Foto, vielleicht auf der Sportfischerseite, wo sie immer den größten Fang des Tages abbildeten; da würde dann auch die grinsende Marilyn zu sehen sein, direkt neben einem Zweihundertpfünder von Fächerfisch oder einem vier Zentner schweren blauen Marlin. »Mein dritter Ehemann hat's mir erzählt. Andy ist gestern da draußen gewesen, noch lange bevor dieser Bus mit der Schulklasse dort ankam, die ein Picknick an dem Turm machen wollte und dann den Schrecken ihres Lebens gekriegt hat. Also, weißt du...« Marilyn ließ den Gedanken in der Schwebe, ihr Gesicht leuchtete, der ganze Raum hing an jedem ihrer Worte. Endlich hatte sie das Publikum, nach dem sie sich schon so lange sehnte. Diese Gelegenheit, ihre Angel in den Strom des Schicksals zu hängen, wollte Marilyn beim Schopf packen. Vielleicht käme ihr Foto sogar auf die Titelseite.

»Ich hab keine Ahnung, womit Andy seinen Lebensunterhalt verdient. Er war neununddreißig, als ich mich vor zehn Jahren von ihm hab scheiden lassen. Andy wußte damals nicht, was er wollte, und er kann sich heute noch nicht ohne fremde Hilfe die Schuhe zubinden.« Marilyn sah ihre gefesselten Zuhörer nach der Antwort an, aber sie wußte, daß sie keine bekommen würde, und sie wußte auch, warum nicht. Marilyn hielt sich für eine hart arbeitende Frau, sie machte es sich nicht so leicht wie Andy, aber diese Stadt war nun einmal voll von Männern, die sich's leichtmachten und trotzdem für alles länger zu brauchen schienen als sonst irgendwer, nicht so wie die Rumschmuggler, mit denen sie aufgewachsen war, diese Pelikanjungs hatten ja noch Arbeitsmoral gehabt, jedenfalls war es ihr so vorgekommen.

»Was hatte denn Andy letzte Nacht da draußen bei dem Turm zu schaffen?« Justos Frage fauchte mit so kraftvoller Wißbegierde über die Theke hinweg, daß die Imbißkunden im Kauen und Schlürfen innehielten.

»Was hat Andy überhaupt irgendwo zu schaffen?« Marilyn zuckte die Achseln und warf den Kopf nach hinten.

»Ich meine ja nicht irgendwo. Ich meine *dort.*« Justos wißbegieriger Tonfall ging in Ungeduld über.

»Weiß ich wirklich nicht, und es interessiert mich auch nicht im geringsten.« Marilyn fuhr sich mit den Fingern durch das kurze Haar und wuschelte es durcheinander. Sie ließ sich von keinem Mann einschüchtern, schon gar nicht von einem, mit dem sie nicht mal verheiratet war, das mußte sie sich nicht bieten lassen, aber sie mochte Justo gern, der war keiner, der sich's leichtmachte, mehr noch, er hatte von sich aus ihren Köder geschluckt. Unwissentlich warf Marilyn Justo genau die Auskunft hin, von der er noch gar nicht wußte, daß er sie suchte. »Ich weiß bloß, daß Andy da draußen irgendwas Geschriebenes gefunden hat.«

Justo sprang von seinem Hocker und ging direkt zu Marilyn hinüber. »Jetzt erzähl mal: Was für Geschriebenes hat Andy da gefunden?«

In Justos Stimme schwang immer eine rauhe Tiefe, doch in seinen braunen Augen lag ein empfindsamer Glanz, den Marilyn beunruhigend attraktiv fand. Mehr als einmal hatte sie von diesem dunklen Mann mit dem kräftigen Brustkasten geträumt. Damals in der Zeit vor ihrem zweiten Ehemann war die Insel noch so dünn besiedelt gewesen, daß früher oder später jeder schon einmal von jedem geträumt hatte, auf die eine oder andere Weise. Von Justo träumte Marilyn ganz eindeutig immer nur auf die eine Weise. Als Justo nun so dicht neben ihr stand, daß sie seine Körperwärme spürte, fragte sie sich, ob er sich an die wilden Spiele erinnerte, die sie in ihren Träumen aufgeführt hatten, an all diese prallen Momente glitschigen Entrinnens. Marilyn war ziemlich sicher, daß Justo sich tatsächlich erinnerte, und sie beschloß, ihm eine weitere Belohnung zu geben, wenn er schon so brav all ihre Köder schluckte. Es kam ihr vor, als könnte an diesem Nachmittag überhaupt nichts schiefgehen. »So Hexenzeugs. Zaubergedichte. Mehr weiß ich auch nicht.«

»Was für Zaubergedichte?«

»Andy glaubt, daß es um Santería geht.«

Die beiden Kubaner vor dem großen Fenster hörten abrupt mit ihrem Dominospiel auf und sammelten die schwarzweißen Spielsteine so rasch ein, als wäre gerade angekündigt worden, daß in Diver Daves berühmtem Limonenkuchen eine Zeitbombe versteckt sei.

Dave war ein zu gewiefter Geschäftsmann, als daß er sich Kunden abspenstig machen ließ nur wegen irgendwelcher Gedichte über tote Ziegen, die ja auch gar nichts damit zu tun hatten, daß er seinen Imbiß jeden Tag in aller Frühe um sechs öffnete und die Maschine für viele hundert Tassen Espresso anwarf, mit denen sich die Fischer am frühen Morgen und die Säufer der langen Nacht wieder auf Trab brachten. »So ein Arschloch«, lachte Dave. »Arschloch!« echote Amigo. »Halt's Maul, Amigo, jetzt rede ich. Andy ist ein Arschloch. Was versteht denn Andy von Santería? Andy kennt ja nicht mal den Unterschied zwischen seinem Daumen und einem Thermometer im Arsch.«

Marilyn hörte nicht gerne, daß irgendwer abfällig über ihre Männer redete, selbst wenn es nur ihre Exmänner waren, lauter nichtsnutzige Wichte, die jede ordentliche Frau achtkantig aus dem Bett werfen würde. »Ach, und dein gebildetes Arschloch kennt den Unterschied, ja? Dein gebildetes Arschloch würde den Unterschied erkennen, selbst wenn man dir die Augen verbindet, du hast dich wohl schon auf genügend Daumen draufgesetzt, was?« Marilyn ließ diese scharfe Spitze auf Dave los und traf damit genau ins Schwarze.

Die zufriedenen Kunden grinsten und fingen wieder mit dem Kauen und Schlürfen an. Die Kubaner kicherten und breiteten ihre

Dominosteine wieder auf dem Tisch aus, um weiterzuspielen. Die Alte legte sich *mano a mano* mit Dave an und besiegte ihn sogar noch bei seinem eigenen Spiel. Die Kubaner mochten Marilyn sowieso lieber als Daves Papagei. Sie glaubten nicht, daß Amigo wirklich ein Hollywoodpapagei war. Die echten Hollywoodstars unter den Papageien beendeten ihre Tage nicht damit, daß sie in irgendeiner Fischerkneipe an der Anlegestelle der Garnelenfänger in Key West auf Diver Daves Schulter kackten. Die Kubaner stimmten darin leise kichernd mit ihr überein: Dieser kotzbrockengrüne Vogel war ein Schwindler mit losem Maul, vermutlich ein Angeber aus Miami.

Bonefish hüpfte vom Hocker, jetzt hatte er endlich, was er wollte, Pollen für die Gerüchteküche, eine tote Ziege, die Gedichte schrieb. Keine Zeit zu verlieren, Bonefish mußte die Neuigkeit ausposaunen, noch ehe der Hurrikan zuschlug. Eilig schob er sich an Justo vorbei zur Tür. Bonefish respektierte Justo, das war ein ehrlicher Mann in einer Welt der drohenden Hurrikans. Als Kind hatte Justo den Spitznamen »Käfer« gehabt. »Käfer« deswegen, weil Justo schon als Junge den Garnelen netzeweise die Köpfe abdrehen konnte, schneller als jeder ausgewachsene Mann, er hatte so vielen Millionen von Meereskäfern den Kopf abgezwickt, daß ihn alle Käfer nannten. Jeder auf der Insel hatte einen Spitznamen. Sogar die Wirbelstürme hatten alle Spitznamen. Bonefish wußte nicht, wie der Spitzname des fetten Hurrikans war, der sich draußen auf dem dampfenden Ozean zusammenbraute. Aber einen Spitznamen besaß er, und die Leute würden ihn bald respektieren lernen, das wußte Bonefish wohl. Jedes Jahr zu Beginn der Wirbelsturmzeit verschenkte er all seine irdischen Güter, weil er zum Schluß ohnehin alles zurückbekommen würde. Bonefish wußte nicht, warum der Große Sturm blies, er wußte nur, daß es eben so war.

13

Es gab keine Fledermäuse im Fledermausturm auf Sugarloaf Key. Der Turm war vor über einem halben Jahrhundert erbaut worden und stand seitdem einsam und verlassen da, eine Verrücktheit Südfloridas mitten in den sumpfigen Mangrovenhainen. Mit seinem Gerüst aus harter Kiefer, den mit dicken Zedernbrettern verkleideten Außenwänden und seiner mächtigen Masse, die auf festen, vier Meter hohen Stelzen ruhte, war der Turm stärker als der Traum, der ihn gezeugt hatte. Der Turm ragte hoch auf wie eine stillgelegte Windmühle, der man die riesigen rotierenden Flügel abmontiert hatte, doch hatte dieses Bauwerk keine so offensichtliche Zweckbestimmung. Der Turm war errichtet worden, um Legionen von Fledermäusen ein Heim zu bieten, die durch seine vielen lukenartigen Fensteröffnungen flattern konnten. Von einem geheimen Duft aus Liebeselixier, der aus den Eingeweiden des Turms drang, sollten die blinden, geflügelten Kreaturen schwärmerisch angelockt werden, um dort Paarung und Vermehrung zu treiben, dann in schwirrenden schwarzen Wolken über den Keys auszuschwärmen und sich an den gefürchteten Sumpfmücken zu laben, die während der Blutsaugerzeit selbst die Furchtlosesten ins Innere der Behausungen trieben. Keine Stufen führten in den Turm hinauf; sein längst verstorbener Erbauer wollte die geschätzten Lieblinge nicht von ihrem Lebenszweck ablenken, der darin bestand, seine Investition von hundert Quadratkilometern, halb zu Wasser, halb zu Lande gelegen, vom Saugrüssel der Sumpfmücke zu befreien und für das gefräßige Maul des Grundstücksgeschäfts vorzubereiten. Aber die Fledermäuse gingen nicht auf den Leim. Keine einzige nahm den aphrodisischen Köder an. Die Keys wurden auch diesmal nicht von der üblen blutsaugerischen Plage der Geschichte befreit. Der zweitgrößte Grundbesitzer Floridas wurde von den kleinen Moskitos besiegt. Jetzt, Generationen danach, war der Turm Teil der Vision, oder des Alptraums, eines anderen; Moskitos waren da das geringste Problem.

Wer immer es geschafft haben mochte, so hoch in dem verlassenen Fledermausturm hinaufzuklettern, um die Ziege dort aufzuhängen, der mußte selbst etwas von einer Ziege an sich haben, denn das war nachts ein waghalsiges, glitschiges Unternehmen – wenn es denn nachts passiert war; auch eine Frage, die Justo noch nicht geklärt hatte. Jedenfalls war er sicher, daß die gesuchte Person *uñas de gato,* Katzenklauen besitzen mußte. Irgend etwas, das eher Ziege und Katze als Mensch war, führte Justo an der Nase herum, das spürte er in den Knochen. Noch ehe Justo am Ort des Geschehens ankam, hatte der Lehrer der Grundschulklasse, die an jenem Vormittag auf die Ziege gestoßen war, die unselige Erscheinung beseitigen, unter den Tonnen von Unrat auf dem städtischen Müllabladeplatz begraben lassen. Die Ziege war jedoch eindeutig am Leben gewesen, als jemand sie in die Spitze des Turms geschleppt und ihr die Hinterbeine zusammengebunden hatte, bevor sie den fast zehn Meter hohen schmalen Turm hinabbaumelte. In ihr war noch genügend ums nackte Leben kämpfende Energie gewesen, um als glitzerndes Karminrot aus der durchschnittenen Kehle über die düsteren Wände des Fledermauspalasts zu spritzen. Santería war das nicht. Justo kannte Santería. Vielleicht waren es irgendwelche Kokaincowboys aus Kolumbien gewesen, die eine offene Rechnung beglichen hatten, aber von dieser Sorte Schwierigkeiten hätte Justo eigentlich Wind bekommen. Die Heiligen reden gern, vor allem, wenn sie einen spanischen Akzent haben. Sie kennen keine Geheimnisse untereinander.

Quién le pone el cascabel al gato? Wer soll der Katz' die Schelle umhängen? Er glaubte nicht, daß es etwas mit den Kindern zu tun gehabt hatte, es kamen ja andauernd Schulkinder auf Ausflügen zu dem Turm. Irgendein Unheil lag in der Luft, Justo konnte es förmlich riechen. Seit einiger Zeit betete er des öfteren zum heiligen Judas Thaddäus, immer gleich nach dem Aufstehen, neben dem Bett kniend, während sich Rosella gerade dem Ausklang ihres Traumes näherte. Justo stellte sich vor, wie blöde er für Außenstehende wirken mußte, ein großer, nackter Bulle, der auf den Knien den Himmel um Schutz anflehte, ehe er sich den Revolver ums Schienbein band. Die Heiligen waren sein Schutz und Trost. Die Menschen in den Tropen kamen und gingen, alles wurde schnell geboren und starb auch schnell wieder, ewig lag Fäulnis in der Luft, frische Fäulnis, die ironischerweise den Atem von Neubeginn in sich trug. Justos Glaube war beständig, er gründete sich auf die katholischen Heiligen und auf die der Santería, wie es ihm als kleiner Junge von der Kirche und Tante Oris beigebracht worden war. Er fütterte diese Heiligen, die ihn beschützten, mit einer Diät aus speziellen Gebeten und geweihten Opfergaben, er wußte, daß er sie anrufen konnte, um Hilfe in jeder Notlage zu erhalten. Außer wenn es um halbwüchsige Töchter ging, davon verstanden die Heiligen offenbar nicht allzu viel; falls doch, so sagten sie es nicht. Die Kirche hatte ja eine jahrhundertealte Theorie zum Thema der jungen Frauen: frühzeitig verheiraten, zu ihrem eigenen Schutz. Hatte er Rosella beschützt? So hatte Justo es noch nie betrachtet. Er sah sich selbst nicht als Beschützer, auch nicht als öffentlicher Aufseher oder Bewahrer des Bürgerfriedens. Jetzt aber war etwas entfesselt auf den Straßen, das nicht ganz ins Bild paßte, es raste und toste wie Angst, die einen Schatten erfüllt, Justo spürte es von der Tiefe seiner afrikanischen Seele bis ins Innerste seines katholischen Herzens. Eine einzige klare Botschaft kam von diesem Turm auf Sugarloaf Key, und die hatte nichts zu tun mit *guayabitos en la azotea,* mit Fledermäusen im Oberstübchen.

Was konnte Marilyns Andy mit den *guayabitos* im Oberstübchen des Turms zu tun haben? Vielleicht hatte er das Rezept für das geheime Liebeselixier gefunden, das die Fledermäuse in den Turm locken sollte. Justos Tante Oris hatte immer behauptet, dieses Elixier sei nichts weiter gewesen als Fledermausdreck, vermengt mit gemahlenen Fledermauseierstöcken, und deshalb habe es auch nicht gewirkt. Oris meinte, schließlich wisse doch jeder, daß jedes Elixier unbedingt Eulenleber und Falkenklauen brauche, um echte Wirkung zu entfalten, und ein paar Gebete zur heiligen Barbara würden auch nicht schaden. Es gab siebenundsechzig Moskitoarten in Florida, und noch nie hatte irgend jemand eine Möglichkeit gefunden, auch nur eine davon auszurotten. Man konnte sie mit Insektengift besprühen, aber nie brachte man damit alle um. Eine ganz ähnliche Niederlage erlebten die Behörden in ihrem Kampf mit den Rauschgiftschmugglern. Man konnte zwar drakonische Strafen gegen Schmuggler verhängen, aber aus dem Verkehr ziehen ließen sie sich nicht. Von diesen Dingen glaubte Justo eine ganze Menge zu verstehen, einfach weil er die Philosophie eines Insulanerjungen besaß und dazu noch eine Autoritätsposition innehatte. Es war alles die Frage eines Naturgesetzes des Handels. Solange die Moskitos sich weiter in Sümpfen und Swimmingpools vermehrten und die Regierung bestimmte, was legal war und was nicht, würden auch die Moskitovernichter und Burschen wie Justo immer etwas zu tun haben. Moskitos und Schmuggler waren Tatsachen des Lebens: Erwischte man einen, schwirrten gleich fünf neue hervor. Um den Schmugglern das Geschäft zu verderben, gab es nur eins, die Drogen zu legalisieren. Die Regierung hatte diese Denkweise ja schon praktiziert, als sie in den zwanziger Jahren den Schwarzbrennern das Geschäft verdorben und das Alkoholverbot wieder aufgehoben hatte. Allerdings waren Moskitos hartnäckiger als Schmuggler, sie würden nicht einfach davon verschwinden, daß man das Stechen legalisierte. Moskitos würde es in Florida immer geben. Ließe man den Menschen die Wahl, so würden sie vermutlich lieber mit den Schmugglern als mit den Moskitos leben. Die Menschen entschieden sich wohl immer eher dafür, mit einem juckenden Gewissen zu leben als mit einem zerstochenen Hintern.

Andy war einer der unregelmäßig beschäftigten und häufig verheirateten Männer im Ort. Frauen waren für ihn wie Jobs. Er heiratete sie und lutschte alles Weiche aus ihnen heraus, bis sie sich verhärteten und ihn samt seiner Komödie vom verlorenen kleinen Jungen wie einen Blutegel wieder aus ihrem Leben entfernten. Dann zog Andy weiter zur nächsten Frau, flunkerte sich auf einem fliegenden Teppich aus zahllosen Zärtlichkeiten und pathetischen Platitüden in das offene Tor eines weiteren verzweifelten Herzens hinein. Andy war ein schon etwas bejahrter Straßenlümmel, der immer für einen Drink zu haben war und oft im Rinnstein in der Rattenpisse lag. Für Justo war Andy so wertvoll wie ein leerer Scheck, er hielt ihn für einen käuflichen Ehrenmann, einen wahren *chivato,* einen Spitzel der niedersten Art, der aber enorm viele Informationen ausspuckte. Worauf man sich bei Andy verlassen konnte, das war seine Bereitschaft, sich das juckende Gewissen so lange zu kratzen, bis es blutete, nur um einen Stich in seinem so geschätzten Hintern zu vermeiden.

»Tamarindo, du mußt irgendwas wegen dieser verdammten Straßenräuber unternehmen. Die ganze Stadt ist voll davon. Man ist auf den Straßen seines Lebens nicht mehr sicher.« Andy piekte einen ungefügen Klumpen Austernfleisch aus der Schalenhälfte und ließ ihn im Mund herumgehen. »Diesche Verbrescher machen noch die gantsche Inschel kaputt.« Andy schluckte die glitschige Kreatur hinunter, die seine Zunge hin und her bewegte, dann wischte er sich feierlich einen Spritzer klaren Austernsaft von den dicken Lippen. »Spring doch einfach auf dein Motorrad, Tamarindo, fahr los und kauf dir diese Schweine! Die sind sowieso alle von außerhalb. Keiner von denen trägt auch nur das geringste zur Gemeindekasse bei.«

»Hab aber kein Motorrad.«

»Wir sollten 'ne Lotterie veranstalten und dir eins besorgen.«

»Gute Idee. Wie wär's, wenn wir die Lotterie unter deinen Exfrauen machen?«

»Du bist ja bloß eifersüchtig.« Andy spießte noch eine Auster mit der Gabelzinke auf und zwinkerte Justo zu. »Du bist jetzt schon so lange mit derselben Frau verheiratet, daß dein Schwanz gar nicht mehr weiß, ob er im Honig steckt oder nicht.«

»Jedenfalls weiß er so viel, daß er sich nicht mit lauter kleinen roten Punkten vollmacht.«

»Die gehen auch wieder vorbei.«

»Um bald wiederzukommen.«

»Ich denk mir, je mehr Frauen ich flachlege, desto mehr von den kleinen roten Blutsaugern werd ich an sie los, und früher oder später hab ich dann selber gar keine mehr. Das ist Andys Wahrscheinlichkeitsregel.«

»Tolle Regel, wenn man selber Andy heißt.«

»Rotpunktsicher.« Andy entspannte seine Miene zu einem Grinsen. »Willst du noch mehr von diesem Zeug hier?« Er schob den Teller mit leeren Austernschalen von sich weg. »Hab mehr davon im Haus, als ich knacken kann. Zwei Dutzend oder so. Kein Problem.«

»Mir ist der Appetit vergangen.«

»Schwacher Magen, wie? Sind wohl die vielen Backmuscheln, die du den ganzen Tag lang spachtelst. Die kleinen Dinger werden dir noch den Tod bringen. Der beste Mann von Key West wird nicht an einem Schuß durchs Herz sterben, sondern an dem Loch, das ihm das Fritierfett in den Darm gefressen hat. Diese verfluchten kleinen Muscheln sind zäh wie die Sünde, die werden uns noch alle überleben. Sogar nach der Atombombe werden diese Muscheln noch aus dem Meer kommen und aus ihren Schalen kriechen. Soll ich dir mal was über diese Muscheln erzählen, was du noch nie gehört hast?« Andy beugte sich zu Justo über den Tisch, sein Atem roch nach einem Austernrülpser.

»Wahrscheinlich die Geschichte, warum man sie auch Hurrikanhappen nennt.«

»Ach Quatsch, das weiß doch jedes Schulkind. Nein, ich erzähl dir was viel Besseres. Weißt du, was 'ne *virga* ist?« Andy lehnte sich auf seinem Stuhl zurück und ließ den Blick über den Tisch schweifen, über den Seetang und die Berge von leeren Austernschalen, die den schmalen Raum zwischen seiner winzigen Einzimmerbaracke und der Geißblatthecke am Zaun zum Nachbargrundstück füllten. Seine wäßrigblauen Augen richteten sich wieder auf Justo. »Na, gibst du auf? Du weißt nicht, was das bedeutet, was?«

»Ich weiß, was 'ne *virgo intacta* ist.« Justo gefiel die Richtung nicht, in die Andy ihn zu treiben versuchte. Von den beiden war Justo zweifellos der bessere Wortkünstler. Andy war ein Schwindler und Blender, der sich vielleicht fünf bis neun Dinge merkte und sie dann wie Kartentricks auf einer langweiligen Party hervorzog. Er hatte keinerlei Ähnlichkeit mit den paar Männern in der Stadt, die wirkliche Wortkünstler waren, so wie St. Cloud, der so viele Wörter für jede Gelegenheit bereit hatte, daß er sie größtenteils für sich behielt. »Ich geb auf. Also was ist eine *virga*?«

»Ein Pimmel.« Andy schleuderte den Teller mit den leeren Austernschalen in die Büsche. »So nennt man den Pimmel der Muschel.«

»Na und?«

»Siehst du, alles weißt du eben auch nicht. Wenn jemand der Muschel ihr Ding abreißt, zum Beispiel ein neugieriger Krebs oder ein hungriger Aal, dann läßt sie sich einfach ein neues nachwachsen.«

»Erstaunlich.«

»So ist das Leben auf den Florida Keys. Es beginnt und endet damit, daß der Aal der Muschel den Schwanz abbeißt.«

Justo fühlte sich unwohl, er wurde in die Ecke gedrängt und sah keinen Ausweg mehr. »Wieso erzählst du mir das?«

»Ich hab nur einen Schwanz, mit oder ohne rote Punkte. Ich werde bestimmt nicht riskieren, daß ihn mir einer wegschießt, indem ich dir was über Karl Dean erzähle.«

»Na ja, ich will ja auch gar nicht, daß du mir was erzählst, was ich ohnehin schon weiß.« Justo log, denn er wußte nicht einmal, was es über Karl Dean in Erfahrung zu bringen gab.

»Sehr gut, denn von mir erfährst du auch nichts. Warum fragst du mich nicht irgendwas, was mir nichts ausmacht?«

»Was ist also mit Karl Dean?«

»Karl Dean ist tot.«

»Ja, und James Dean auch. Wieso kommt das in die Nachrichten?«

»Schnelle Boote. Schnelle Autos. Schnelles Leben. Vietnam. Florida. Lateinamerika. Immer dieselbe Scheiße.«

»Dasselbe Lied mit einer anderen Band?«

»So ähnlich.«

»Mit einer kolumbianischen Band?«

»Ich sagte doch, ich erzähl dir nichts.«

»Mit 'ner Schwarzen-Band vielleicht?«

»Kein Wort mehr.«

»Dann reden wir von etwas, wo du keine Hemmungen hast.«

»Ja, tun wir das.«

Justo sprach ganz leise, um anzudeuten, er habe den Verdacht, jemand könnte auf der anderen Seite der Geißblatthecke im Nachbargrundstück lauschen. »Von toten Ziegen.«

»Ja, und weiter?«

»Von Kröten, denen einer das Maul zugenagelt hat.«

»Häh?«

»Von seltsamen Dingen auf dem Friedhof.«

»Keine Ahnung, wovon du sprichst.«

»Von toten Ziegen, die Gedichte schreiben?«

»Wie gesagt, keine Ahnung, also?«

»Also, was hast du in der Nacht draußen auf Sugarloaf Key gemacht?«

»Hab drauf gewartet, daß die Fledermäuse wiederkommen.«

»Und, sind sie gekommen?« Justo kannte die Antwort auf die Frage schon. In jener Nacht war eine große Schiffsladung Marihuana an den Keys vorbei nach Norden transportiert worden. Und als Kleingauner und Teilzeitganove machte Andy zwischen den Ehefrauen hie und da den Ausguck für Schmuggler, ein Nebenjob, bei dem er dafür sorgte, daß die Küstenwache nicht aus Versehen dort auftauchte, wo sie eigentlich sein sollte, wenn ein großer und gewagter Coup vor sich ging. Andys Aufgabe auf der Seeseite von Sugarloaf Key in jener Nacht hatte schlicht darin bestanden, ein Lichtsignal oder einen codierten Funkspruch zu geben, falls die Dinge nicht so waren, wie sie schienen. Andy war nur einer von vielen Minigangstern, die bei größeren Unternehmungen ein bißchen Kleingeld abstaubten. In dem weiten Ozean illegaler Unterfangen war Andy nichts als ein Karpfen unter Haifischen.

»Anscheinend frißt dein Hund Austernschalen.« Andy deutete mit einem Nicken auf Ocho, der in einem der Schalenberge herumschnüffelte und darin etwas Nahrhafteres als Perlen suchte. »Hast du den Hund von der Rennbahn? Einer von den Verlierern, wie?«

»Also, sind die Fledermäuse wiedergekommen?«

»Ach, die Leute sagen, daß in dem Turm noch nie Fledermäuse gewesen sind, daß der blöde alte Knacker, der ihn gebaut hat, weil er sein Mangrovengrundstück von den Moskitos befreien wollte, um es an irgendwelche Idioten aus dem Mittelwesten zu verscherbeln, bankrott gegangen und wahnsinnig geworden ist.« Andys Grinsen kehrte nun zurück, er ließ sich gern ein bißchen bedrängen, das hielt ihn in Form für die Frauen, die er dazu verleitete, ihn zu jagen.

»Wie ich höre, schreiben tote Ziegen auch Gedichte.«

»Ja, ganz merkwürdig. Da begreif ich überhaupt nichts mehr. Vielleicht ist dir das klarer. Du verstehst ja so einiges von diesem Santería-Zeug.« Nach Andys Meinung verstand Justo sogar viel zuviel von diesem Zeug. Andy hegte einen verächtlichen Hochmut gegenüber Justo, er fand, Justos Kopf war dermaßen mit toten Heiligen und Dichtern vollgestopft, daß er eine überhebliche Art an sich hatte, die weit über das hinausging, was Leute mit einer Polizeimarke am Hemd normalerweise an den Tag legten. Andy fand das höchst unpassend für einen Mann von so offensichtlicher Hautfarbe. Justo redete in Rätseln, er plapperte die Worte von längst toten Dichtern nach und unterhielt sich manchmal in einer Sprache, die ein ehrlicher Arbeiter gar nicht verstehen konnte. Andy war bei diesen Dingen sehr unsicher, das ging über seinen Begriff, und er wollte damit nichts zu tun haben.

»Weißt du noch etwas von diesem Gedicht der toten Ziege?«

»Noch besser.« Andy erhob sich. »Es stand auf einem Zettel, der an einen der großen Stützpfeiler genagelt war. Ich hab ihn mit der Taschenlampe entdeckt, weil ich ja zuerst dachte, als ich diese Ziege da im Dunkeln hab hängen sehen, daß da vielleicht jemand

Selbstmord begangen hat, eventuell auch mit fremder Hilfe. Deshalb hab ich den Zettel gleich angeleuchtet, um zu sehen, ob's etwa ein Abschiedsbrief ist. Womöglich hätte der ja all sein Geld demjenigen vermacht, der seine Leiche findet. Aber so was stand nicht drauf. Ich hab den Zettel trotzdem abgerissen, wer weiß, ob's nicht der Schlüssel zu irgendeinem verschollenen Schatz ist oder so.«

»Hast du ihn noch?«

»Im Haus. Komme gleich wieder.«

Ocho tappte zu Justo herüber, als Andy weg war. Der Windhund legte den Kopf schwer auf Justos Knie und sah seinen Herrn mit verwirrtem Blick an, da ihm nicht klar war, daß der Ursprung seines verdorbenen Hundemagens eine deftige Portion halbzerkauter Austernschalen war.

»Hier hast du es.« Andy gab Justo das Papier. »Lies mal.« Er setzte sich mit einem neuen Teller voller Austern hin und fing an, die schrundigen Schalen geschickt mit der breiten Klinge eines rostigen Messers aufzuknacken.

Justo strich den zerknitterten Zettel auf dem Tisch glatt. Die Buchstaben waren groß und offenbar absichtlich ungelenk mit verschiedenfarbigen, dicken Filzstiften geschrieben, ähnlich wie die Nachricht, die er auf Abuelos Grab gefunden hatte.

GRÜNER MATROSE BLICKT NACH NORDEN
ZU DEN MÄRTYRERN KUBAS,
WO DER BAUM DES LEBENS
AUS IHREN KÖPFEN WÄCHST.
DER ENGEL DES TODES
LÄCHELT AUF ALLES HERAB.

ZOBOP

Ein grüner Matrose blickt nach Norden? Justo hatte keine Ahnung, was das bedeutete, was Märtyrer und Engel, was Ziegen und Kröten bedeuteten. Der Schatten füllte sich sehr rasch mit Angst. Vielleicht war Andy unwissentlich eine Figur in Zobops Plan. »Begreifst du irgendwas davon?«

»Kein Wort.« Andy knackte eine Auster auf und schlürfte den Inhalt heraus. »Ist mir echt ein Rätsel, dieser Scheiß.«

»Was dagegen, wenn ich das behalte? Ich will es mit ein paar anderen Zetteln vergleichen.«

»Von mir aus gern.« Andy warf die leere Austernschale über die Schulter nach hinten in die Hecke. »Alles fauler Zauber, paßt sowieso besser zu euch Schwarzen. Aber wenn's doch irgendwas mit einem Schatz zu tun hat, dann sind wir Partner, ja?«

»Hast mein Wort drauf.« Justo stand auf und ging zu Ocho, der schon vor dem hohen Holztor wartete. Das schmale Gesicht des Windhunds verzog sich vor Schmerz, weil ihm der mit Muschelschalen vollgestopfte Bauch weh tat.

»Hey, Tamarindo!« rief Andy ihm nach, hob das rostige Muschelmesser hoch und rammte die Klinge tief in die zerfurchte Tischplatte hinein.

»Ach ja, ganz vergessen.« Justo blieb am Tor stehen. »Danke für die Austern.«

»Nein, das meine ich nicht. Wegen der Sache mit dem Schatz: Du kannst dein Wort für dich behalten, ich will's gar nicht haben. Wenn mir ein Bulle sein Wort gibt, dann verlier ich noch meinen Muschelfresserpimmel, und ich hab keinen zweiten.« Andy zog die rostige Messerklinge aus der Tischplatte und wischte die Holzsplitter an der Hose ab. Auf seiner Miene lag wieder das Grinsen.

Justo öffnete das Tor und ließ Ocho hinauswackeln, ehe er sich noch einmal umdrehte. »Keine Sorge, mein Freund, was deine *virga* angeht, da brauchst du dir keine Sorgen zu machen.«

»Und wieso nicht?«

»Weil *el rabo del puerco nunca estará como la flecha.*«

»Sprich amerikanisch, ja?«

»Ein Schweineschwänzchen wird nie einen guten Pfeil abgeben.«

Andys Grinsen verblaßte im Licht der Sonne, die über der Geißblatthecke am Zaun zum Nachbargrundstück versank.

14

»Ich würd meinen letzten Dollar dafür hergeben, daß ich's warm hab.«

»Na, da bist du ja hier richtig, Kumpel. Draußen auf der Duval Street ist heute abend eine derartige Hitze, daß es über vierzig Grad im Neon hat. Echt zu heiß, um den eigenen Schweiß am Leib zu tragen.«

»Für mich kann's gar nicht heiß genug sein.« Brogan rieb den glatten Rand einer Bierdose an seiner Stirn und genoß den kalten Schmerz, der die Haut zwischen seinen Augen betäubte. »Hab ich dir je erzählt, wie mein Bruder sich in Vietnam abgekühlt hat, in den Blutsaugernächten, bevor der Monsun da die Hitzewelle durchbricht?«

»Dein MK ist mir doch piepegal. Ist 'ne gute Zeit jetzt zum Haifischangeln, draußen bei den Brücken gibt's fette Gelbschwanzmakrelen, dreißig bis fünfzig Kilo schwere Dinger, und die Haie jagen ihnen nur so nach und spachteln sie weg wie Süßigkeiten. 'ne gute Zeit, um Haifische umzubringen. Willst du morgen mit mir rausfahren? Ich hab keine Charterkunden, ist so heiß, daß die Touristen nicht rausfahren wollen, alles läuft echt ruhig auf der spiegelglatten See. Am besten läßt sich die Zeit totschlagen, indem man Haifische umlegt.«

»Ist ja wohl das Langweiligste, was ich je gehört hab.« Brogan stellte sein Bier ab und musterte Bubba-Bob. »Haifische umlegen interessiert mich etwa so sehr, wie Möwen abschießen oder Koksnutten bumsen.« Brogans Blick verhärtete sich, es war der starre Blick eines Mannes, der mit Edelmetallen handelt, und zwar mit den Edelmetallen anderer Menschen. Brogan war an diesem Abend aus mehr als einem Grunde sauer. Einerseits schien er dem Schatz, dem er nun schon sieben Jahre lang nachjagte, kein bißchen näher zu kommen. In letzter Zeit fuhr er immer weiter und weiter hinaus und tauchte immer tiefer und tiefer hinab, bis fast zu den Tortugas, wo es so tief wurde, daß es keinen Sinn mehr hatte. Eine Galeone, die ein Riff gestreift hätte, wäre nie so tief gesunken, und so hatten all die renommierten Schatzsucher mit ihrer Spitzentechnologie und ihren Absauggeräten für den Meeresgrund längst die wissenschaftliche Unterwasserschnüffelei abgeblasen und waren in einen anderen Teil des Ozeans gezogen. Brogan suchte dort, wo der gesunde Menschenverstand erwarten würde, daß jede Galeone unwiederbringlich verschwunden sein mußte. Er war aber stolz darauf, daß er seinem Riecher und nicht dem gesunden Menschenverstand folgte. Der gesunde Menschenverstand war etwas für Sonntagsprediger und Montagssünder. An diesem heißen Abend war Brogan erschöpft von fünf Wochen draußen auf dem Wasser, in denen er wieder und wieder aus der Tiefe hochgekommen war, immer mit leeren Händen. Wenn ein Taucher so tief unten ist und etwas schiefgeht und er keinen Sauerstoff bekommt, dann dauert es nur vier bis sechs Minuten, bis er für den Rest des Lebens Windeln anziehen kann, falls er überhaupt noch rechtzeitig an die Oberfläche gezogen wird. Brogan brannten die Augen davon, daß er durch die zerkratzte Sichtscheibe der Tauchermaske nach Goldmünzen und zu abstrusen Formen verkrusteten Kanonenrohren ausgespäht, auf dem sandigen Grund der ewig sich wandelnden See nach den Phantomen des Reichtums von einst gesucht hatte. Brogans Augen brannten rubinrot. Wenn Brogans Augen rot genug brannten, bewegten sich seine Gedanken weg von allen momentanen Problemen hin zu dem brillanten, bösen Kerl, dem Vater aller Schwierigkeiten, der sein Bruder war. Wenn Brogan in diese Stimmung kam, waren seine Gedanken weit entfernt von dem gesunden Menschenverstand, den er so verachtete, und er riskierte sogar, sich den Zorn Bubba-Bobs zuzuziehen, der dafür berühmt war, zu dieser Spitzenzeit des frühen Morgens nach einer langen Nacht im Wreck Room schon an der leisesten Beleidigung heftigen Anstoß zu nehmen. Es erforderte fünf Männer, um Bubba-Bob aufzuhalten, wenn er anfing, seine Haifischtöterfäuste zu schwingen. Mehr als einmal war Brogan selbst einer von diesen fünf gewesen und hatte Bubba-Bob einen Stuhl über den Kopf ziehen müssen. Aber es half alles nichts, ganz egal wieviel Gewalt man im Steptanz auf Bubba-Bobs Kopf ausübte, er wollte trotzdem immer noch mehr Prügel, schien den Rhythmus der Zerstörung geradezu zu genießen. Ein Typ, der Haifische zum Vergnügen umbrachte, würde auch einem anderen Mann zum Spaß die Augen ausdrücken.

Bubba-Bob tat, als hätte er Brogans brüske Erklärung, er habe keine Lust, Haifischkehlen von Kiemen zu Kiemen aufzuschlitzen, gar nicht gehört. Vielleicht hatte er sie tatsächlich nicht gehört, oder er glaubte, bei dem Lärm im Wreck Room etwas anderes verstanden zu haben, im Schwirren der Deckenventilatoren und bei den Unterhaltungen, die durch ein Getöse betrunkener Silben gebrüllt wurden. Bubba-Bob dachte nur an Haifische und Frauen, vor allem an Angelica hinter der Theke, in ihren Shorts, die so kurz waren wie der kürzeste Whiskey. »Einmal haben es Angelica und ich miteinander gemacht.« Bubba-Bob legte Brogan eine schwere Hand auf die Schulter und versuchte, den unsteten Blick auf den Mittelpunkt von Angelicas dünnem Oberteil zu konzentrieren. »Ich nehm sie also mit zu mir nach Hause, leg uns ein paar Nasen Koks auf, quatsch ein bißchen was mit ihr und sag dann: Baby, ich bin ein toller Liebhaber, aber ich will auf jeden Fall, daß es auch für dich schön ist, wir Fischer sind ja geduldig, also sag mir die Wahrheit, wie lange hast du's am liebsten, bis es dir so richtig kommt? Angelica antwortet: Eine Seite lang. Ich sage, ich versteh sie nicht. Also erklärt Angelica, sie meinte eine Kassettenseite, sie legt eben gern Musik auf dabei, und sie hat's gern, wenn sie kommt, ehe die erste Seite zu Ende ist, und dann sagt sie noch, wenn's ihr bis dahin nicht kommt, ist es die Sache nicht wert. Also ich leg 'ne Kassette rein, so Zeug aus den Sechzigern, die Doors mit *Light My Fire,* weißt schon, *Come on baby, light my fire, light my fire,* richtig romantisch eben, und wir legen voll los, aber etwa in der Hälfte der Kassette fällt mir plötzlich mein Ständer zusammen, typisch beim Koksen, wird schlabbrig wie ein Aal am Haken, und ich denke mir, jetzt haben wir hier den musikalischen Countdown zum Orgasmus, aber ich bring's nicht, und ich hab's auch wirklich nicht gebracht. Die Kassette war dann zu Ende, und ich sag zu Angelica: Und was jetzt? Angelica verzieht keine Miene und meint: Na, die Kassette hat ja noch 'ne zweite Seite, und wie wär's, wenn ich mal 'n Stück an ihr runterrutsche und es ihr mit der Zunge besorge.« Spöttisch hob Bubba-Bob sein Glas mit Rum zum Mund. »Was glaubt sie denn, was ich bin: ein verdammter Bernhardiner?«

»Nein, aber 'n Blasebalg.«

»Blasebalg!« Bubba-Bob packte Brogan noch fester an der

Schulter, die kräftigen Finger bohrten sich mit der Entschlossenheit eines ersten Maats in die Haut, der mit bloßen Händen einen Hundertachtzig-Kilo-Marlin an Bord hievt, oder jedenfalls so als ob er sich dazu bereit machte, Brogan vom Hocker zu werfen und durch die große Rauchglasscheibe hinter der Bar in die wabernde Hitze der neonerhellten Duval Street hinauszuschleudern. Er schob sein Gesicht dicht an Brogans heran, die dicken Lippen waren von der Sonne verbrannt und aufgeplatzt, die großen Zähne weiß und scharf, sein Atem kam in einem heißen Keuchen. »Scha... scha... scha... Scheiße Mann, Bla... bla... Blasebalg! Wahnsinnig komisch!« Bubba-Bob knallte das leere Glas auf den Tresen und johlte: »Angelica! Bring deinem berühmten Blasebalg hier noch eine Runde!«

»Na, du bist ja heute so still, mein Bester.« Angelica lachte und goß Bubba-Bob neuen Rum ein. »Womit zieht dich denn Brogan diesmal wieder auf?«

»Ein Blasebalg! Ein gottverdammter Blasebalg!« Bubba-Bob konnte seinen Frohsinn einfach nicht zügeln, er prustete vor Vergnügen. »Die Geschichte muß ich unbedingt erzählen, wenn ich das nächstemal eine Ladung Texaner mit aufs Meer nehme.«

Brogan fand gar nicht so witzig, was er gesagt hatte. Er war immer noch aus mehreren Gründen verstimmt und nickte Angelica zu, sie solle ihm auch einen neuen Drink eingießen. Angelica gehörte zu den Frauen, die er gern mochte, nicht so wie diese Evelyn von St. Cloud, die er für ein verhextes Mannweib hielt. Brogan versuchte sich zu erinnern, ob er in der Zeit, als er mit Evelyn geschlafen hatte, auch mit Angelica geschlafen hatte. Das war eine seltsame Zeit gewesen, kurz bevor Evelyn ganz damit aufgehört hatte, mit Männern zu schlafen, manchmal dachte er, er könnte etwas damit zu tun gehabt haben. Etwas, das Evelyn zu ihm gesagt hatte, war ihm damals komisch vorgekommen. Daß sie nämlich nichts von MK und seinen Heldentaten in Vietnam hören wolle, daß sie genug habe von Vietnam, genug vom Krieg und von all den Arschlöchern, die immer noch nicht die Nase voll davon hätten. Angelica hatte nicht genug davon, und im übrigen konnte sie auch sonst nie genug kriegen, sie war die Barfrau des trinkenden Mannes. Wie bei den meisten ernsthaften Trinkern auf der Insel galt Brogans Loyalität nicht den Bars, sondern den Menschen hinter dem Tresen. Wenn er einen der Barkeeper nicht mochte, boykottierte er gleich den ganzen Laden. Was er ganz besonders verabscheute, das waren alternde Collegetypen, die einen halben Abschluß in irgendwas hatten und dann Barkeeper geworden waren, um ihren eigenartigen, vom Studentenleben inspirierten Drogen- und Trinkgewohnheiten frönen zu können. Solche Burschen ruinierten jeden gepflegten Drink mit ihrer Attitüde, daß sie auch was viel Besseres machen könnten, als ihn zu servieren. Am allerliebsten stürzten sie sich auf professionelle Pechvögel und Versager, über denen sie dann ihre aufgeblasenen Ansichten aus den weltfremden Tagen ihres Studiums an den Gedankensupermärkten der höheren Bildung auskippten. Die Pechvögel fielen auf den Trugschluß herein, daß die alternden Collegetypen doppelt mutig seien in ihrer Entscheidung für eine leicht anrüchige Existenz, da sie ja ganz offensichtlich auch etwas ganz anderes tun könnten. In Wirklichkeit konnten sie das natürlich nicht, die Collegetypen waren nur ganz einfach gewitzte Schwindler, die sich als waschechte Penner ausgaben. Solche Überlegungen gingen Brogan durch den Kopf, bis er seinen Gedankenfaden wieder aufnahm und gerade noch rechtzeitig wieder aufsprang, ehe der Zug ohne ihn aus dem Bahnhof abfuhr. »Ja, ich würde schon sagen, daß man meinen Bruder einen Abenteurer nennen könnte. Mein Bruder macht ziemlich schräge Sachen unten in Lateinamerika, viel schrägere Sachen als damals in Vietnam.«

»Was redest du da, Kumpel?« Bubba-Bob lockerte abrupt seinen Griff um Brogans Schulter. »Wer soll da schräge Sachen machen?«

»MK.« Angelica flüsterte die Abkürzung, als hätte sie Angst, sie könnte nur für das Aussprechen des Namens verhaftet werden. »Brogan ist mal wieder auf seiner MK-Schiene drauf, denkt dauernd an seinen Bruder.«

»Na, ich bin ja nicht St. Cloud.« Bubba-Bob nuckelte mürrisch an seinem Rum, irritiert darüber, daß die Unterhaltung sich von dem Witz mit dem Blasebalg entfernt hatte. »Ich will hier nicht bis zum Morgengrauen rumsitzen und mir diesen Quatsch anhören wie St. Cloud. Ich kenne MK. Ich hab für MK gearbeitet. Die Hälfte der Jungs hier auf den Keys hat doch für MK gearbeitet. Aber was geht er mich schon an? Mir macht der keine Angst. Bin ja nicht Karl Dean.« Bubba-Bob trank seinen Rum aus und schnalzte mit den Lippen. »Blasebalg. Echt urkomisch.«

»Wie wär's, wenn ich einen ausgebe?« Angelica ließ den Rum in Bubba-Bobs Glas fließen, ehe er noch antworten konnte. Sie wollte das Thema wechseln, es machte sie nervös, sie wollte damit nichts zu tun haben. Sie sympathisierte mit den Burschen, die etwas damit zu tun hatten, aber sie selbst wollte sich da heraushalten. Karl Dean war tot, und das war's. Schwer zu sagen, wer in diesen Dingen recht oder unrecht hatte, letzten Endes machte es ja auch gar keinen Unterschied. Etwas wurde erledigt, oder eben nicht. Jemand blieb am Leben oder starb, es schien gar nichts auszumachen, da die Dinge so oder so weiterliefen wie vorher. War doch ganz egal, ob man was vergessen oder nie gelernt hatte. »Warum erzählt ihr mir nicht mal, was an einem Blasebalg so komisch ist?« Angelica tupfte Bubba-Bob mit dem Lappen ein Rinnsal von Rum aus dem Mundwinkel, nachdem er ihre Gratisgabe hinuntergestürzt hatte.

Brogan ignorierte Angelicas Versuch, ihn aus seinen komplexen Gedankengängen herauszustoßen. »MK sagt immer, man braucht im Leben bloß zwei Dinge zu lernen. Erstens, wie man mit Leuten auskommt. Und zweitens, wie man um sie rumkommt. Hab ich euch je erzählt, wie MK seinen Namen gekriegt hat?«

»Tausendmal hast du das schon erzählt, zum Teufel!« brüllte ihm Bubba-Bob ins Gesicht. »Wenn ich den Salm noch einmal hören muß, dann hau ich dir –«

»Na gut. Dann erzähl ich's euch eben noch mal.« Brogan setzte die Miene eines Mannes auf, der einem gewundenen Pfad folgt, auf dem keine Markierungen einen Ausweg bieten. »Im Dschungel gibt es Pfade, die kein Jäger kennt, überall warten Fallen darauf zuzuschnappen. Ganz egal was einer an politischer Überzeugung im Herzen trägt, die Realität aller Revolutionen ist im Grunde ein einziger Satz: *Diese Kugel ist für dich*. Im Dschungel von Vietnam vergaß MK, wie er aussah, und er vergaß seine Herkunft, seine Kindheit, in der sich weite Felder bis zum Horizont erstreckten, so weit das Auge sah, eine ungezwungene, unkomplizierte Kindheit, so ganz anders als der Dschungel, der ihn verwandelte, ein gellendgrüner Dschungel mit dem Hauch der größten Unausweichlichkeit des Lebens, dem Hauch des Todes. Zuerst fühlte sich MK im Dschungel von Vietnam ganz ausgeglichen, weil er aus dem flachen, kalten Minnesota kam. Anfangs wog er die Ereignisse mit dem klaren Blick des Idealisten. Das machte ihn blind gegenüber der natürlichen Verschwörung des Dschungels, stieß ihn haltlos in die Kluft von Gut und Böse, während die Leichen seiner

Kameraden in Gummisäcken nach Hause geschickt wurden, wo man sie zählte und dann mit Erde bedeckte. MK wartete zusammen mit den Lebenden in der grünen Hölle ab. Jeden Tag sagten die Lebenden zueinander: Du wirst rauskommen aus diesem Dschungel hier, Mann, der Freiheitsvogel wird dich holen kommen, der Freiheitsvogel wird dich nach Hause bringen. Wenn der Freiheitsvogel dann kam, war es meistens kein dickbäuchiges Truppentransportflugzeug wie das, mit dem MK in den Dschungel gebracht worden war, sondern eine Linienmaschine, die über Thailand und Singapur flog, um auf ihrer Route Touristen und Geschäftsleute einzusammeln. MK bekam den Befehl, für den Freiheitsvogelflug nach Hause via Singapur seine Zivilkleider anzuziehen, er sollte nicht so aussehen wie das, was er war. Selbst in Zivil verströmte MK noch die Dschungelfäulnis, sie ließ sich nicht von der Haut schrubben. Während des Fluges ging er alle Viertelstunden auf die Toilette und wusch sich mit Seife. Er wußte, daß er für die übrigen Passagiere stank. Als MKs Freiheitsvogel aus Vietnam abhob, zählte man in den Vereinigten Staaten den täglichen Blutzoll des Dschungels. Als MK in Hawaii zwischenlandete, zählte man immer noch. In San Francisco zählte man immer noch. Er flog immer weiter nach Osten, Zahlen zählten die Leichen, heute waren zweihundert von den anderen gefallen und zwanzig von uns, leere Zahlen, die sich zu geistigem Novocain addierten. Als er zu Hause in Minneapolis ankam, wußte MK, daß es unmöglich war, zum Ursprung jener endlos sich erstreckenden Felder zurückzukehren. Er wußte nicht mehr, was diese Felder bedeuteten, wer ihm darin auflauerte, welche Fallen dort versteckt waren. Er kannte nur noch den Dschungel, der zu seinem wahren Mittelpunkt geworden war. Die Initialen *MK* markierten den Endpunkt seines Lebens. Er flog über die USA hinweg, um sich so weit wie möglich von den weiten Feldern zu entfernen, und trotzdem wurde er sofort am Flughafen wegen dieser Initialen befragt. Der Duft des Dschungels umgab ihn im Flughafen, er konnte ihn nicht herunterschrubben, jeder merkte es, deshalb hielt er sich abseits, weit weg von den Passagieren der Maschine, die um ein rotierendes Gepäckband standen. Endlich war das Geschubse zu Ende, die Menge hatte sich verlaufen, nur sein Gepäck stand noch auf dem stehengebliebenen Förderband, jede seiner Ledertaschen trug einen Anhänger mit dem Aufdruck *MK*. Eine Frau trat heran. Sie war so alt wie MK damals, zweiundzwanzig.

MK war Lichtjahre entfernt von der Frau, er war zwischen Dschungeln gefangen, er war uralt und er stank. Sie war in eine schmucke Uniform gehüllt, Flughafenpersonal, ein Lächeln von gütiger Autorität erweichte ihre Lippen. So jemanden hätte MK wohl geheiratet, wäre er nach der Schule in dem fernen weiten Land geblieben, wo alle Straßen und das Leben pfeilgerade verliefen. Sie wäre die Frau gewesen, die ihm Zwillinge geboren hätte, wäre er nicht in den Dschungel gegangen, ihr schmucker Körper hätte mit Verlangen auf den Lippen in seinen Armen gelegen, ihr wäre gar nicht klar gewesen, daß er nirgendwo war und daß er nicht stank, sie hätte geflüstert, daß sie nicht ohne ihn leben konnte, und ihre Seelen wären pfeilschnell auf ein reifes Alter in den weiten Feldern zugesaust. ›Sir, ist das Ihr Gepäck?‹ Die Worte der Frau in Uniform unterbrachen MKs Sinnieren darüber, was hätte sein können, ihre Worte füllten die Leere, die geflüsterte Liebesschwüre hätte beherbergen können, wenn sie ihn als ihren verlorengeglaubten Helden begrüßt hätte, der nicht stank. ›Ja‹, antwortete MK, ›das gehört mir.‹ ›Dann sollten Sie es wohl mitnehmen und die Gepäckscheine abgeben.‹ Ihr Lächeln wurde noch gütiger. MK trat an das Förderband, um seine Sachen zu nehmen. Die Ledertaschen waren noch geschmeidig und neu, dufteten noch nach Tier. Er hatte sie beim Zwischenaufenthalt in Singapur gekauft, hatte sie sorgfältig ausgesucht, je härter einer ist, desto weicher sein Gepäck. ›Ich war in Vietnam.‹ Seine Worte kamen wie von selbst, sie rutschten ihm von der Zungenspitze, als explodierten sie ohne sein Zutun, wie Rauchwolken, die von im Dschungel zurückgelassenen brennenden Leichen aufstiegen, Leichen, die im Maschinengewehrfeuer rasch gestorben waren und jetzt herumlagen im Schlamm zwischen strohgedeckten Hütten. Der scharfe Gestank der explodierten Phosphorgranate, die er auf sie geworfen hatte, biß ihm in der Nase, orangefarbene Flammen wurden zu weißen Wolken, wechselten die Form, bis sie sich in der Luft verflüchtigten, aber nicht ehe sie eine unauslöschliche Spur auf allem Irdischen hinterlassen hatten. MK erwartete, daß die Frau sich von seinem Gestank abwenden würde. Doch sie lächelte ihn kurz an, merkte gar nicht, daß es kein Geständnis, sondern ein Bekenntnis war, wenn er ihr sagte, daß er aus Vietnam kam, merkte nicht, daß sie die Mutter seiner Kinder hätte sein können, daß etwas Gefährliches, Unsichtbares in ihm brütete, daß er ihr sein explodierendes Herz auf dem Präsentierteller darbot.

Sie wies zerstreut auf den Namen DEBBIE, der ein geprägtes Metallschildchen über ihrer rechten Brust zierte. Ihr Blick ging auf das Gepäck, nicht auf der Suche nach einer Erklärung, sondern als freundliche Ablenkung. ›Das sind aber schöne Ledersachen. Wofür steht denn das MK auf den Namensanhängern?‹ MK wollte, daß diese Initialen mit ihm aus dem Dschungel zurückkehrten, hatte all seine Besitztümer so gekennzeichnet, damit die, die dafür bezahlt hatten, daß er wurde, was er geworden war, indem sie seine Taten verleugneten, sein Markenzeichen überall sehen konnten, ohne jedoch zu wissen, daß der Mörder selbst sich unter ihnen befand. Als er aus dem weiten Land in den Dschungel gekommen war, hatte er sich so kühl und gelassen gegeben, hatte sein Finger so bemerkenswert ruhig auf dem Abzug gelegen. Deshalb hatten sie ihn jenseits der Grenze eingesetzt, wo offiziell gar kein Krieg herrschte, hatten ihn, mit geschwärztem Gesicht und schwarzen Baumwollpyjamas getarnt, in ein Kostüm gesteckt zum Töten glatter, kahlgeschorener Männer in safranfarbenen Umhängen, und er hatte es getan. Offiziell existierte er gar nicht, es durfte kein Töten in dem Teil des Dschungels geben, den er heimsuchte, denn niemand dort hatte ihm oder seinem Land den Krieg erklärt. Er war ein Unsichtbarer, den die regulären Soldaten, die den irregulären Krieg führten, voller Angst und Mißtrauen ansahen, jene Soldaten, die genug verstanden, um ihn nicht zu fragen, wie viele Feinde er getötet hatte, denn er setzte seine Fähigkeiten dort ein, wo es einen erklärten Feind gar nicht gab. Die regulären Soldaten sahen die vielen Orden und Kampfauszeichnungen an seiner Uniform, wenn er auf Urlaub nach Saigon kam, und dann fragten sie: ›Na, wie viele *monkeys* hast du da drüben weggeputzt?‹ Diese Touristen mit Geheimauftrag waren als »Monkey Killers« bekannt. Das beschönigende Wort von den »Affen« bekam mit der Zeit etwas eigenartig Reales, denn das Team glaubte bald wirklich, es brächte nur Tiere um, nicht Dorfälteste und religiöse Führer. Jeder im Team sang still ein ganz persönliches Lied vor sich hin, wenn der Kolben seines Gewehrs ihm in die Schulter hämmerte und einen metallischen Tanz von Kugeln auswarf, die safrangelbe Umhänge zerfetzten. MK konnte sein Lied gar nicht mehr vergessen, der Refrain erklang wieder und wieder in seinen Ohren, während er Menschen vor sich niedersinken sah: *Hello I love you, won't you tell me your name?* Orangefarbene Umhänge färbten sich rot. MK kannte die Vergangenheit der Männer nicht, auf die er zielte, er wußte nur, daß ihre Namen vom Oberkommando zur Auslöschung freigegeben worden waren, auszulöschende Namen, die auf Luftaufnahmen als Zielobjekte in Dörfern und Siedlungen eingezeichnet waren. Ein paar Affen weniger, die der Dschungel ernähren mußte. Affen brauchten keine Waffen, um zu Guerillakämpfern zu werden, die Absicht geht der Ausrüstung voraus. Ein Monkey Killer vergißt, auf welcher Seite der Grenze er ist. Vietnam, Kambodscha, Laos, das alles machte keinen Unterschied, hatte keine Bedeutung mehr, die Grenzen zwischen Staaten, zwischen Patriotismus und Dämonismus waren verschwommen. Die Monkey Killers waren gute Soldaten, geübte Jäger. Ein guter Soldat denkt an nicht viel mehr als an die dicken Blutegel, die an seinem Hals saugen, an die Stolperdrähte vergrabener Minen unter seinen Stiefeln, an das Aufblitzen des Heckenschützenfeuers im Gebüsch. Der geübte Jäger bestimmt seinen Wirkungsradius an dem direkt vor und hinter ihm marschierenden Kameraden, sie definieren seinen Daseinszweck. MK hörte Debbies Worte durch den verworrenen Dschungel seiner Gedanken an sich herandringen: ›Ihr Jungs aus Vietnam habt schon einen recht eigenartigen Humor.‹ Sie stand vor ihm, auf den Lippen ein verzeihendes Lächeln, aber MK war immer noch im dampfenden Dschungel, er begriff nicht, suchte nach einem Ausweg, bat sie um Anleitung. ›Was? Wieso eigenartiger Humor?‹ Das Lächeln blieb auf Debbies Lippen. ›Ich habe Sie gefragt, was das MK bedeutet, und Sie haben gesagt: Monkey Killer. Ihr sucht euch schon seltsame Spitznamen aus da drüben.‹ MK war nun nicht mehr im Dschungel, aber als er sich unter denen bewegte, die ihn zum Mörder gemacht hatten, konnte er ihnen nicht erklären, was er vorhatte. Die Absicht geht der Aktion voraus, Unsichtbarkeit braucht keinen Namen, eine knappe Abkürzung ist mehr als genug. Am Ende des unterirdischen, mit Läufern ausgelegten Flughafentunnels wies ein Neonschild den Weg: VERKEHRSVERBINDUNGEN NACH MIAMI-ZENTRUM. MK hörte sich zu Debbie sagen: ›Nein, nein, da haben Sie mich falsch verstanden. Monkey Killer habe ich nicht gesagt. Ich sagte Miami. Ja, die Initialen stehen für Miami Kid.‹ Debbie gab ihm die Gepäckscheine für seine Taschen zurück, und ihr Mund bot ihm die ganze Sympathie einer Kriegswitwe: ›Willkommen daheim, Kid!‹«

Im selben Moment, als Brogan zu sprechen aufhörte, schaltete sich Angelica ein, in der Hoffnung, Bubba-Bob zuvorzukommen, ehe dieser etwas Dummes sagen konnte. »Das ist immer noch so ziemlich die traurigste Geschichte, die ich je gehört habe. Wie wär's mit einem Gratisdrink auf das Wohl deines Bruders?«

»Traurig?« krähte Bubba-Bob. »Diesen Blödsinn nennst du traurig? MK war ein Mörder, zum Teufel. Was immer mit ihm los ist, er ist selber dran schuld.«

»Das alles ist vor einer Million Jahren passiert«, fuhr Brogan fort, als nähme er die Unterhaltung ringsherum gar nicht wahr. »Jetzt ist MK unten in Mittelamerika, wo sie herumrennen wie Ratten ohne Köpfe.«

»MK ist selber eine von den Ratten!« Bubba-Bob brüllte auf Brogan ein, um zu ihm durchzudringen. »Seit Vietnam rennt MK ohne seinen Kopf herum.«

»Ich glaube, es war diese perfekte Frau, die MK in Bangkok getroffen hat, als er das erstemal auf Fronturlaub dort war, die hat ihn verwandelt.«

»Ach, die schon wieder.« Angelica hatte Brogan einmal zu St. Cloud etwas über eine perfekte Frau in Bangkok sagen hören. Manchmal grübelte Brogan monatelang im Suff über MK nach, und dann tauchten immer fragmentarische Einzelheiten über diese perfekte Frau wie die Spitzen eines Eisbergs aus seinen zerfahrenen Reden auf, um gleich danach im wahllosen Strom seiner zusammenhanglosen Gedanken zu schmelzen. Angelica wußte, daß Brogan lange Briefe von seinem Bruder bekam, die allerdings nicht allzuoft eintrafen, feste braune Umschläge, die mit dickem Bindfaden verschnürt waren und mittelamerikanische Marken trugen. Angelica hatte diese Briefe, die in einer Metalltruhe am Fuß von Brogans Bett verschlossen lagen, nie gelesen. Brogan öffnete die Truhe recht häufig, um ihr Kokain in beträchtlichen Mengen zu entnehmen, und dann sah man die gestapelten Briefe, Hunderte von zerlesenen Seiten, die zusammen ein Buch ausmachen mußten. Angelica glaubte, daß Brogan ihr deshalb vertraute, weil sie ihn nie wegen der Briefe fragte. Manchmal kam ihr der seltsame Gedanke, Brogan könnte die Briefe selbst schreiben und an die eigene Adresse schicken, denn sonst erzählte ihr Brogan alles ganz offen, etwa, wo er gelebt hatte und was er war. Brogan hatte ganz Mittel- und Südamerika durchstreift, und er war ein bißchen von allem. Nach dem, was Angelica wußte, war er eigentlich ein ausgedienter CIA-Agent von echtem Schrot und Korn, der irgendwann genug davon gehabt hatte, für ein paar Kugeln und einen Hungerlohn zu arbeiten, und den Job hingeschmissen hatte. Was Angelica an Brogan gefiel, das war seine Vision der Welt als herrlicher Himmel oder gräßliche Hölle. Angelica mochte Männer, die das Leben in Schwarz und Weiß interpretierten. Brogan schien immer sichtlich bewegt von den beiden Alternativen, immer nahe daran, auf die eine zu setzen, weil er Angst hatte, wenn er zögerte, würde die andere verschwinden. Brogan sagte ihr einmal, MK habe ihm beigebracht, ein Genie kenne weder moralische noch monetäre Schulden. Er selbst allerdings habe sehr wohl Schulden, weil er so auf Gold stand, Hartgeld war seine Geliebte. Kokain war Pulver, das in der Nase der Zeit verpuffte, Papiergeld konnte im nächsten politischen Sturm davongeweht werden, aber ein harter Schatz, der auf dem Meeresgrund lag, belohnte ausdauernde Männer für ihre Suche. Einmal erzählte ihr Brogan, er habe den Hurrikan der Zukunft in Lateinamerika gesehen, er zog über die Karibik hinweg in Richtung USA, berührte kurz Key West und blies dann weiter ins Festland hinein. Die erste Wolke der Zukunft, die Zusammenbruch und Umwälzungen erahnen ließ, war das Kokain. Brogan hatte das Barometer des Wandels abgelesen, er hielt sich für einen ehrlichen Zyniker auf dieser Insel der Ungläubigen. Er hatte Anteil an Mordkomplotten in Marihuanarepubliken und Kokaindiktaturen gehabt, hatte sich als amerikanischer Aktivposten Ländern angeboten, die mit sich selbst im Krieg lagen; die Ernte des Elends einzubringen, wo der Terror die Macht besaß, machte einen harten Mann noch härter. Brogans Vergangenheit war keine politische Parabel, nur eine Abkürzung zu der Erkenntnis, daß ein kluger Mann das Geschäft, Papiergeld zu verdienen, umgehen kann, indem er dem Geschäft nachgeht, hartes Geld wiederzufinden, das andere Männer verloren haben. Diese Erkenntnis hatte ihren Preis, und als Konsequenz hatte Brogan Schulden, im Gegensatz zu seinem Bruder MK, dem Genie.

»Vielleicht ist MK bei jenem ersten Mal nach Bangkok gefahren, um sich fortzupflanzen.« Brogan schien sich Antworten auf die eigenen Fragen zu geben. »Vielleicht wollte MK seinen Geist regenerieren, er war ja damals noch jung, obwohl er mit jeder Stunde mehr vergreiste. Er war nur neun Monate lang im Dschungel gewesen, ehe er in ein Delirium aus Opium und nackter Haut in den hintersten Kanälen von Bangkok hineingeriet. MK wollte den entferntesten Teil seines Ichs durchdringen, den er dem Tod vorenthalten hatte. Wenn er dieses innerste Wesen berühren könnte, gab es vielleicht noch Hoffnung, dem Dschungel zu entrinnen. Über viele Kanäle hinweg, auf denen Blumen und Dreck dahintrieben, fuhr MK in einem Taxi zu einem besonderen Haus, wo man Frauen nicht pro Stunde oder Tag bezahlte, sondern vielmehr gleich ihr ganzes Leben erwarb, es waren überzählige Töchter und Schwestern, die nach uralter Tradition veräußert wurden, ein reines Geschäft zwischen Verkäufer und Käufer. Schon im Dschungel hatte MK Gerüchte über dieses Haus gehört. Er sparte seinen Sold zusammen, um es beim ersten Urlaub aufzusuchen. Wenn er den Dschungel überlebte, wollte er dort die perfekte Frau aufspüren und sie sich kaufen, und dann würden die beiden zusammen all die Tränen und die Traurigkeit dieser Welt vergessen.« Brogan hielt inne, verlor kurzzeitig die Orientierung auf seinem gewundenen Pfad. Er sah durch das Rauchglasfenster auf die wabernde Hitze der Straße hinaus, wo eine fast nackte Frau die Spitze ihrer Zigarette in eine Streichholzflamme hielt, die ihr ein junger Mann auf einem Motorrad darbot. Brogan fühlte sich an etwas erinnert, es war ein verborgenes Zeichen. »Also bestach MK ein paar Leute, ihm dieses besondere Haus zu zeigen, und sah sich dort dreißig bis fünfzig Mädchen an. Der alte Mann, der das Haus führte, zwirbelte seinen langen Schnurrbart zwischen nikotinfleckigen Fingern, ehe er eine junge Frau enthüllte, sie aus ihren seidenen Fesseln wand, einen Gegenstand der Vollendung präsentierte, eine Verschmelzung von Anmut und Lust, die den Betrachter in begehrlicher Scham den Blick senken ließ. MK wandte den Blick aber nicht ab. *Hello I love you, won't you tell me your name?* Diese Vision war vielleicht seine Rettung. Behutsam wickelte MK die langen Seidenbahnen wieder um den nackten Körper der jun gen Frau, um anderen Augen den genüßlichen Blick auf so reine Haut zu verwehren. Er ließ ein großes Bankett auftischen, und in diesem Land, wo Frauen draußen vor der Tür kauern, während der Mann, der Meister, allein und in aller Ruhe speist, fütterte MK seine Frau mit seinen eigenen Fingern. Allein in einem Raum, den die Diener nicht betreten durften, saßen die beiden inmitten von kleinen Tellern mit Köstlichkeiten, und die junge Frau schleckte von MKs Fingern und Lippen winzige wohlschmeckende Flußfische, dunkle saftige Meeresfrüchte, Fleisch mit Rosinen und Kokosmilch. MK ließ sie sich auf den Kissen ausstrecken, ihr Körper schimmerte im Kerzenlicht, und er ölte ihn ein, knetete und massierte ihn behutsam. Noch vor dem Morgengrauen wollte er sie für immer befreien, von all den rohen Händen, die sie besudeln und demütigen würden. MK war gekommen, um sich selbst und sie zu retten, seine letzte Chance, der Ausweg aus dem Dschungel. Jetzt, da sie einander gefunden hatten, zog er die Phosphorhandgranate aus ihrem Versteck im Rucksack, wog ihr vertrautes Gewicht in der Hand. Die perfekte Frau betrachtete das unförmige Ei aus Metall neugierig, sie war ein armes Mädchen vom Land, das noch nie so tödliche Waffen gesehen hatte. Ihre Finger streckten sich nach dem Ei aus, streichelten über seine Härte, fuhren der Kontur des Sicherungsstiftes nach. Vor Morgengrauen wollte MK für immer den Dschungel verlassen, zusammen mit der Frau, die er in den weiten Feldern Minnesotas nie hatte bekommen können. *Hello I love you, won't you tell me your name?* MK hatte vor, dieses Haus der Sklaverei in die Luft zu jagen und so seine perfekte Frau in alle Ewigkeit festzuhalten. Nichts wäre übriggeblieben außer einem grellen Blitz, einer orangeroten Flamme und einem gewaltigen Trichter aus weißen Rauchwolken, die ihn und den Gegenstand seiner Vollendung emportrugen, hoch hinauf, dorthin, wo sich die Muttermilch der Sterne quer über den Himmel ergoß.«

»So ein Quatsch!« brüllte Bubba-Bob Brogan ins Gesicht. »MK hätte sich niemals selbst in die Luft gejagt, verdammt noch mal!«

»Als der Morgen graute«, Brogan ließ sich nicht aus dem Konzept bringen, »wachte MK auf. Die perfekte Frau war verschwunden, nur die Granate hielt er noch in der Hand, die hatte sie ihm gelassen, weil sie nicht wußte, was es war, ihren explosiven Wert nicht erkannt hatte. Die Brieftasche war weg, der Rucksack war weg. Einen Moment lang wollte MK den Stift der Handgranate ziehen, Hanoi hochjagen, Saigon hochjagen, Bangkok hochjagen, Amerika hochjagen, sich selbst hochjagen. Aber das tat er nicht. MK lachte, das erste Mal seit neun Monaten, daß er lachte. MK lachte ganz allein für sich in dem leeren Zimmer. MK lachte nie wieder, erst Jahre später, als er im Fernseher einer Kneipe in Belize den Fall von Saigon sah. MK lachte, denn er wußte nun, daß er sein Glück doch lieber im Dschungel versuchen sollte.«

»Pech, daß die kleine Nutte nicht so clever war, dem Dreckskerl seine scharfe Granate ins Bett zu legen.« Bubba-Bob zwinkerte Angelica verschmitzt zu. »Da hätte sie Typen aus zwölf Ländern die Mühe erspart, an ihn ranzukommen.« Bubba-Bob war in

Stimmung für knallharte Witze oder eine knallharte Schlägerei, aber nicht für Gleichnisse.

»MK sagt, nach dieser gescheiterten Begegnung mit der Vollendung hat er sich nur noch Frauen gesucht, die nicht perfekt waren, ganz und gar nicht perfekt.«

»Ich sag nur eins: Käferkacke, Kumpel! Käferkacke ist das mit deinem Bruder und seinen Heldentaten in der dritten Frittenwelt!« Bubba-Bob hatte jetzt genug. Er hielt sich für einen geduldigen Menschen, für einen Fischer, der immer darauf warten konnte, daß seinem Gegner das Glück ausging. Bubba-Bob hielt sich nicht für einen typischen Charterkapitän, weil in letzter Zeit zu viele Typen in das Geschäft einstiegen, die höchstens mal einem Flußlachs am Arsch geschnüffelt hatten und dachten, sie seien Sportler, die nach Fischen jagten, und keine Fischer, die nach Fleisch fischten. Bubba-Bob hielt sich für einen Salzwasserprofi, und er fand es zum Kotzen, wenn jemand einen Tarpun wieder freiließ, nachdem der sich an der Angel ordentlich gewehrt hatte. So war die Welt, mit der Bubba-Bob sich nun abfinden mußte: Da wurden Tarpune wieder freigelassen und Koksnutten gefragt, wie lange sie brauchten, bis es ihnen kam. Es war eine Welt geworden, in der ein Guppy den andern fraß, und haifischjagenden Salzwasserprofis wie ihm rammte es einfach eine Gräte in die Kehle, auch nur daran zu denken. »MK ist doch nur einer von vielen Exsoldaten, der ein bißchen Glück gehabt hat. Er war zur rechten Zeit am rechten Ort, und da hat er ordentlich abgesahnt. Beeindruckt mich überhaupt nicht. Da jucken mich ja nicht mal die Haare am Sack. Aber ich sag dir, was ich von MK wirklich halte.« Bubba-Bob kippte ein neues Glas Rum hinunter, das Angelica ihm rasch in der Hoffnung eingegossen hatte, es könnte seine Gedankengänge in eine Richtung von weniger tödlicher Konsequenz lenken. »Unterm Strich geht's nicht um Dollars, sondern um unsere Regierung. Wir haben hier ein freies Land, wo jeder genügend Freiraum zum Schmuggeln und zum Schieben hat. Unsere kleinen Profite werden gerechtfertigt, indem die Regierung sie illegal und damit erst profitabel macht. Aber MK macht all das total kaputt. MK macht seine Geschäfte da unten in Lateinamerika ja nicht nur wegen ein paar Dollars, sondern weil er unbedingt rauskriegen will, was es jenseits der kleinen Profite noch gibt. MK verhökert Waffen, Drogen, Elektronikzeug, und zwar an jedermann, ganz egal. Wenn MK wenigstens Kommunist wäre oder so, aber nicht einmal diese Ausrede hat er, der ist ja nicht mal ’n beschissener Liberaler. MK hat sein Land verraten, und er weiß es auch. Und deshalb sag ich Käferkacke, Kumpel, Käferkacke ist dein Bruder. Ein Fischer ist der bestimmt nicht, das ist mal klar. Irgendwann wird MK Pech haben, ganz großes Pech, denn dann wird er sich nämlich auf einmal am falschen Ende der Nahrungskette wiederfinden.«

Bubba-Bob zischte Brogan seine Worte ins Gesicht, und Angelica nahm es als deutliches Zeichen, einen ehrenvollen Rückzug anzutreten. Es war zu spät, um Bubba-Bob zurück in seinen Käfig zu sperren, selbst wenn fünf Löwenbändiger verfügbar wären, um diesen Job zu erledigen. Angelica schenkte anderen Gästen nach und ließ die Kasse klingeln, behielt aber Brogan und Bubba-Bob am Ende der Theke im Auge, wo sich ein Schweigen ausgebreitet hatte, das die beiden trennte wie eine unsichtbare Stahlklinge. Vielleicht bereitete sich Bubba-Bob darauf vor, jeden Knochen in Brogans Körper zu brechen, vielleicht dachte er sogar, er hätte es schon getan. Vielleicht war Brogan in seinem Suff auch zu sehr mit sich selbst beschäftigt, um überhaupt ein Wort von Bubba-Bobs Rede verstanden zu haben. Wie auch immer, Angelica fand das Schauspiel viel zu interessant, als daß sie es auslassen konnte, deshalb glitt sie mit einer etwas eingefrorenen fröhlichen Miene zurück an das in tödliche Stille gehüllte Ende der Theke. Sie kam gerade rechtzeitig, um Brogans Antwort zu hören, die benommen, aber bestimmt das Schweigen brach.

»MK fing dann an, seine nicht so perfekten Frauen zu fesseln, er wurde ein Fesselfanatiker. Er fesselte diese Frauen aus mehr als einem Grund, aber den wahren Grund fand er ganz zufällig heraus, bald nach Bangkok. Er hatte da eine Freundin in Saigon, Joy-Joy, eine vietnamesische Katholikin, keine Nutte, aber ’ne Heilige war sie auch nicht. Joy-Joy hatte ihre Eltern zu ernähren und zwei kleinere Brüder, sie war eine großartige Köchin und jünger als MK. MK besorgte Joy-Joy ein kleines Apartment, und wenn er aus dem Dschungel kam, wollte er, daß sie dort war. Zu Anfang fesselte er sie nur, um sie anzusehen, band sie am Bett fest. Später fesselte er sie an den Türknopf der einzigen Tür der Einzimmerwohnung. Er fesselte sie behutsam, mit einem weichen, aber festen Strick. Manchmal trug Joy-Joy gar nichts am Körper, nur eine goldene Halskette mit einem Kruzifix. Manchmal zog MK Joy-Joy aus, was sie anhatte, um das Farbenspiel auf ihrer Haut zu betrachten, während heißes Licht durch das staubige Fenster hereinströmte. MK saß dann nur da und sah sie an, lauschte all den Geräuschen, die von der Straße heraufdrangen, den knatternden Mopeds, den lauten, fremden Stimmen, er roch den Gestank von Fischtran, mit dem in den Nachbarwohnungen Essen gebraten wurde. Eines Tages, etwa einen Monat nach der Tet-Offensive, kam MK aus der Gegend um Huê nach Saigon zurück und ließ Joy-Joy niederkauern, so daß ihre nackten Knie auf dem Boden schabten, band ihre Hände am Türknopf fest und fesselte sie auch an den Füßen. Er zog sich die Hose aus und nahm sie von hinten. Joy-Joy verharrte regungslos, zuckte mit keinem Muskel. MK spürte die Haut ihres Hinterns kalt wie glatten Stahl, der sich gegen seine Oberschenkel preßte. Er bewegte sich in ihr, aber es tat sich nichts bei ihm. MK hörte nichts als den eigenen keuchenden Atem. Es war, als wäre Joy-Joy gar nicht da. Eine Stunde oder zwei war er so mit ihr verkeilt und spürte nichts außer einer schmerzenden Härte, die sich abzuflauen weigerte. Dann krümmte Joy-Joy langsam den Rücken, wie eine große Katze, die sich selbstsicher räkelt, und drehte den Kopf zu ihm um. MK beugte sich vor, um ihre Lippen zu küssen, ihm tat die ganze Mitte seines Seins weh. Sein Gesicht kam dicht an das von Joy-Joy heran, und da spuckte sie. Ein weißes Projektil aus Speichel explodierte in MKs Gesicht, er erschauerte und wich vor ihr zurück, und sein Schmerz war verschwunden.«

Angelica war oft stolz auf sich, weil sie recht gleichmütig unter die dampfende Decke des Perversen schlüpfte, doch in diesem Moment erhaschte sie einen Blick auf einen Schatten, der dunkler war als die Rückseite des Mondes, und sie wollte so rasch wie möglich zurück auf die Erde. Sie bot Brogan einen neuen Drink an. Kein Ausdruck lag auf seinem Gesicht, nur der neugierige rote Schimmer in den Augen. Sie versuchte, zu ihm durchzudringen, fürchtete aber schon, er würde diesmal nicht wieder zurückkommen, sondern nur dort draußen in der Dunkelheit in Gedanken an MK seine Kreise ziehen. »Wenn ich zumache, warum kommt ihr zwei dann nicht mit zu mir nach Hause und erklärt mir, was 'n Blasebalg ist?« Sie beobachtete Brogans Mienenspiel, um abzuschätzen, ob sie auf der Richterskala seines Daseins überhaupt registriert wurde.

Dem war nicht so. Brogans genuschelter Singsang ging weiter: »Danach konnte MK nur noch kommen, wenn ihm die Frau ins

Gesicht spuckte. Es gibt nur eine einzige Frau, bei der er das nicht braucht.«

»Hat die ein Glück!« prustete Bubba-Bob. »Was macht er denn mit der, dein MK? Schiebt er ihr 'ne Handgranate in den Arsch?«

Angelica mischte sich ein und hoffte immer noch auf einen versöhnlichen Abschluß. »Weißt du, so eine Fesselaktion macht Frauen manchmal einen Riesenspaß, das bringt die Säfte so richtig zum Fließen.«

Brogan biß nicht an, wohl aber Bubba-Bob: »Pah! Einmal hab ich 'ne alte Freundin ein bißchen gefesselt, gleich hat sie was von Vergewaltigung rumgebrüllt. Wie hätte ich sie denn vergewaltigen können? Verdammt noch mal, das war ja schon das dritte Mal, daß wir's an dem Abend getrieben hatten.«

Angelica sah ihre Chance, Bubba-Bob noch ein Stück weiter aus einer gefährlichen Situation wegzulocken. »Kommt immer drauf an, wer fesselt und wer gefesselt wird. Vielleicht war deine Freundin nur am falschen Ende des Stricks.«

»Dir gefällt so was, wie?« Bubba-Bob stellte die Frage, als stünde er kurz vor der Erkenntnis zu einer der unwägbaren Wahrheiten des Lebens. Hier war eine einfache Phantasie in jenem Teil von Bubba-Bobs Gehirn angesprochen worden, der direkt mit der abgebrühten Region unterhalb seiner Gürtellinie in Kontakt stand. Nach einem kurzen Augenzwinkern sah Bubba-Bob die gefesselte Angelica vor sich, in einem Chaos aus verknoteten Stricken, der tätowierte Tintenfisch, der ihre linke Brustwarze umschlang, schwoll zu Leben an und kroch in eiliger Flucht auf ihrer Haut davon. Bubba-Bob kniff nochmals die Augen zusammen, um das Bild zurückzuholen, aber es war schon wieder verschwunden. Er war glücklich, daß er es wenigstens einmal gesehen hatte. Eine zufriedene Miene von sexuellem Märtyrertum breitete sich von den dicken Lippen und den Mundwinkeln aus und blähte seine Wangen.

»Ah, hier kommt ein Mann, an dessen Bett wohl jede Frau gerne mit Handschellen gefesselt wäre.« Angelica deutete mit einem Nicken auf die Tür und wählte dann schnell eine besondere Flasche mit goldenem Rum unter den Hunderten von Flaschen aus, die hinter dem Tresen aufgereiht standen. Sie schenkte ein Glas davon ein und schob es Justo hin, als dieser sich krachend auf einem Hocker niederließ. Dann goß sie sich auch ein Glas ein und hob es in die Höhe. »Zeit für einen *añejo*.«

»Zeit für einen *añejo.*« Justo hob sein Glas an die Lippen und kostete die süße Flüssigkeit, wobei er sich bemühte, nicht wie gebannt auf die fast vollkommene Nacktheit zu starren, die Angelicas Aufzug hinter der Theke offenbarte. Justo hätte sie verhaften können, weil sie Minderjährige verführte, indem sie solche Shorts trug oder wie man diesen Stoffstreifen sonst bezeichnen mochte. Wenn er nicht verheiratet wäre, könnte er... tja, wenn er eben nicht verheiratet wäre. »Auf *la cucaracha.*«

»*Salud,* auf den Kakerlak.« Angelica rieb ihr frisch gefülltes Glas gegen Justos und schloß sich seinem Treueschwur auf den kubanischen Totenkopfkäfer an, der am entscheidenden Tag, so wollte es die Legende der Gegend, seinen hartgepanzerten Körper im Kreis drehen und dann abrupt innehalten würde, wobei die knorrigen Fühler in die Richtung zeigten, aus der El Finito vom Meer heranrasen würde. Es bedeutete Pech, wenn man diese den Hurrikan ankündigenden Insekten zertrat, die zu Tausenden über die gesprungenen Fußwege und die blitzblanken gekachelten Küchenböden der Insel huschten. Daß diese Tierchen eines Tages auf einmal in wilder Drehung stehenbleiben und so die Himmelsrichtung anzeigen würden, aus der das Ende der Welt herannahte, mochte man ernst nehmen oder nicht. Manche hielten es nicht so sehr für eine Legende, sondern eher für einen Scherz, mit dem die Kubaner gutgläubige Zuhörer zum Narren hielten. Andere wieder glaubten die Geschichte, daß, wer einen der fetten Totenkopfkäfer zertrat, im nächsten Hurrikan umkommen müsse. Angelica war sich nicht so sicher, ob Justo es ernst meinte oder nicht, wenn er seine deutliche Ehrenbezeugung vor den Kakerlaken machte, ehe er sein Glas *añejo* kippte. Sie hatte ihn aber im Verdacht, daß es ihm ernst war. Und nach einigen weiteren Glas *añejo* war sich Angelica da ganz sicher.

»Mein Bruder«, Brogan tauchte am ursprünglichen Ansatzpunkt des gewundenen Gedankengangs wieder auf, den er während der letzten Stunde entlanggewandert war, »der sagt, daß in Mittelamerika der Dollar nur so kullert.«

»Der Dollar kullert für jeden, der ihn zwischen die Beine nimmt, Kumpel!« Bubba-Bob knallte sein leeres Glas auf den Tresen. »Aber es ist noch nie einer bis in sein Grab drauf geritten.«

Angelica überlegte, wie schmal ihre Fesseln mit den Riemen ihrer Stöckelschuhe wohl aussahen. Sie sah in Justos braune Augen, fand sie verträumt und viel zu offen für einen gestandenen Bullen, dessen Körper vor soviel gezielter Kraft geradezu strotzte. Sie hatte das Verlangen, Justos breiten Ledergürtel ganz eng um die Taille geschnallt zu bekommen, die kalte Automatik im Halfter an ihrer Hüfte zu spüren. »Wann wirst du mich endlich von alldem hier wegbringen?« Angelica trieb den Wunsch in ihrer Frage tief hinein in Justos Blick.

»Ich bin verheiratet.«

»Aber mein Süßer...« Angelica goß ihnen beiden noch einen gehörigen Schluck *añejo* nach. »Nur weil du auf Diät gesetzt bist, heißt das doch nicht, daß du gar nichts essen darfst.«

Ein guter Gedanke. Justo erwog ihn eine Weile, während er die erfreulichsten Teile von Angelicas freigelegtem Fleisch betrachtete. Es gab Zeiten, da sehnte er sich bis ins Mark seiner Knochen danach, nicht verheiratet zu sein, ja im Grunde hatte er dieses Gefühl etwa zwanzig- bis dreißigmal am Tag; und wenn der Tag in die Nacht überging und noch weiter in den frühen Morgen, so wie es mit diesem Tag gerade geschah, und er bis auf die nackten Emotionen abgeschält war, dann schmerzte es ihn am meisten, und das Bett, in dem seine schlafende Rosella irgendwo in einem der schmalen Gäßchen der Stadt lag, könnte, was ihn anging, ebensogut drüben auf den Bahamas stehen. Wer wußte es schon genau? Nur Justo selbst und sein Gewissen. Mister Gewissen war ein gewaltiger Widersacher, dem sich Justo lieber nicht entgegenstellen wollte, vor allem da er die Hilfe der Heiligen benötigte, um das Böse von der Insel zu vertreiben, das er in der Herzkammer der öffentlichen Sicherheit wie einen Tumor wachsen spürte. Die ganze Nacht hindurch, und auch jetzt am frühen Morgen, war Justo ein Mann mit einer Mission gewesen; seine Suche nach Idealen stellte eine noch größere Verlockung dar, als Angelica es war. »Rühr den Reis lieber nicht so fest um, auch wenn er an deinem Löffel klebt.«

»Hast wirklich immer einen tollen Spruch auf Lager, Justo. Aber weißt du, was dein Problem ist? Du denkst zuviel. Ein Bulle sollte handeln, bevor er denkt, das macht seinen Vorsprung aus. Eines Tages wirst du mal nicht schnell genug sein, und dann ist es zu spät, die Gelegenheit vorbei.« Angelica drückte ihre Lippen gegen den Rand des kleinen Rumglases, um die wahre Bedeutung ihrer Worte auszudrücken. »Hast du schon jemals mit diesem breiten Gürtel da jemanden verprügelt?«

»Rühr nicht im Reis!«

»Ich mag eine lausige Köchin sein, aber ich lass bestimmt nicht meinen Reis in der Pfanne anbrennen.«

Justo konnte sich eines Grinsens nicht erwehren, es war das erste Mal seit vierundzwanzig Stunden, daß er grinste. Sein Knochenmark wurde langsam weich.

»Wo hast du das her, daß man nicht im Reis rühren soll?«

»Steht bei Cervantes.«

»Wenn Don Quichote heute wiederkommen würde, wäre er sicher ein kolumbianischer Kokaincowboy.«

»Oder ein Bulle auf den Florida Keys.«

»Nein, er wäre ein Drogenschmuggler, ganz bestimmt.«

»Und würde seinen Windmühlenkampf in einem schnellen Motorboot führen?«

»Na ja, vielleicht so ähnlich.« Angelica lachte, dann wurde sie sehr ernst. »Komm mit zu mir nach Hause. Ich bin nicht wie deine Frau. Ich lass dich auch in der Badewanne lesen. Wann hast du aus?«

»Ich hab nie aus.«

»Ein perfektes Paar. Aus hab ich auch nie.« Angelica goß sich noch einen *añejo* ein. Sie mochte das Zeug überhaupt nicht, flüssiger Honig, der die Arterien verhärtete und das Hirn marinierte. Aber das durfte man einem Kubaner nicht sagen, die älteren tranken nichts anderes als *añejo,* weil sie sich an die Zeiten erinnerten, als der *añejo* noch aus Kuba kam. Heute wurde er in Florida destilliert, war zum kubanisch-amerikanischen Standarddrink geworden. Von Angelicas Seite des Tresens aus schien es so, als gehörte es für die vehementesten Patrioten des kubanisch-amerikanischen Stammes einfach dazu, *añejo* zu trinken, und zwar in einer leidenschaftlichen Vermischung verworrener Empfindungen von Nationalstolz, in einer Art von verquerem Treuegelübde. Gläserweise *añejo* zu kippen, bis die Zunge schwer wurde und die Lippen verlernten, wie man Worte aussprach, die das Gehirn längst vergessen hatte, war zu einem quasi patriotischen Akt der Zerknirschtheit geworden. Nur mit Justo trank Angelica *añejo.* Justo trank nichts anderes, aber sicher nicht deshalb, so vermutete Angelica, um seine widerstreitenden nationalen Glaubensbekenntnisse an die große Glocke zu hängen. Nein, Angelica spürte, daß Justo ein harter Mann war, der weiche Dinge schätzte, ein bitterer Geist, der gerne am Zucker des Lebens leckte. Angelica vermutete, daß es Zeiten gab, in denen Justo einmal nicht im Mittelpunkt stehen wollte, sondern sich danach sehnte, einfach angenehm besoffen zu sein. In solchen Momenten gab sich Angelica der Phantasie hin, wie sie Justo die Kleider von seinem muskulösen Körper zog und seine dunklen Füße an den Knöcheln mit Handschellen fesselte, damit er nicht heulend zu seiner Rosella zurückrennen konnte, wenn am Morgen der Hahn krähte. In solchen Momenten wäre sich Angelica keineswegs zu gut dafür, Justo etwas in den Drink zu schmuggeln, um ihn dann in sich hineinrutschen zu lassen. Was der einen Frau guttut, tut einer anderen weh. Angelica hatte nicht vor, so leicht und rasch wieder aufzugeben, wie sie es früher getan hatte. In dieser frühen Morgenstunde würde sie diesem latenten Latino-Liebhaber die Klauen ihrer roten Fingernägel mitten ins Herz treiben. Sie würde Justo so tief in sich hineinstekken, daß sie am Ende beide keinen Ausweg mehr finden könnten.

»Añejo!« Bubba-Bob hob sein Glas Rum, um Justo spöttisch zuzuprosten. »Genau das Richtige für geldgeile Arschlöcher! Denk mal drüber nach, Dollarkumpel!«

Bubba-Bobs rüde Einmischung durchkreuzte Angelicas Absichten. Vielleicht war es ja doch keine Nacht der Romantik, statt dessen könnte ein Mord am frühen Morgen daraus werden. Angelica verließ ihre provokante Position und schlenderte hinter der Theke zu Brogan hinüber, der immer noch am Eingang zu seinem Labyrinth umhertappte.

»Ich wette...« Bubba-Bob brachte sein gerötetes Gesicht dicht an Justos heran. »Ich wette, du kannst rückwärts durch dein eigenes Arschloch hüpfen und dann noch auf einem Peso landen.«

»Die Wette nehm ich doch glatt an.« Justo schob seinen Hocker zurück und baute sich vor Bubba-Bob auf. Beide wirkten massig genug, um noch je fünf weitere Männer auf ihren breiten Schultern tragen zu können.

Bubba-Bob ließ ein breites Grinsen sehen. Nachdem er Brogan durch dessen Labyrinth hinterhergejagt war, ohne ihn zu erreichen, hatte er nun endlich Glück, er hatte einen Mitspieler gefunden. Oh, wie genoß Bubba-Bob diese Augenblicke reinen Zufalls, in denen er seine ganze Masse gegen einen anderen antreten lassen und sich bewähren konnte. Alles andere im Leben war ja nichts als leeres Gelaber und hübsche Fiberglassboote. »Wieviel willst du denn setzen?«

Brogan wirbelte auf seinem Barhocker herum, tauchte aus dem Labyrinth auf und klopfte Bubba-Bob mit der Faust auf die Schulter, um abrupt dessen Aufmerksamkeit für eine Zeile der Wahrheit zu erlangen, die für ihn ebenso strahlend funkelte wie der bereits verwettete imaginäre Peso. »Das ist es! MK war der, der gefesselt war, nicht Joy-Joy. Die ganze Zeit über, die MK in Vietnam war, hing er an einer Leine. Und jetzt ist er unten in Mittelamerika und rennt mit Ratten ohne Kopf herum.« Verwirrt sah Brogan von Bubba-Bob zu Angelica und zu Justo, benommen wie ein am Boden liegender Preisboxer, der gerade aus dem Nebel eines K.o.-Schlags kommt. »Verdammt! Warum hab ich das nicht schon längst begriffen? Jetzt ist alles klar. MK hat sich in die größte Fesselaktion seines Lebens verwickelt.«

Bubba-Bob bekam kein Wort von Brogans Offenbarung mit. Er wartete auf Justos Nachweis der Bonität. Bubba-Bob hatte etwas gegen Bullen, vor allem gegen den, der jetzt vor ihm stand, den er schon sein ganzes Leben auf der Insel kannte. Für andere war Justo ein Turm von der Härte eines Karatekillers, ein bedrohlicher Nigger mit kubanischem Akzent, der öfter mal rührselige Sprüche abließ. Aber Bubba-Bob wußte es besser. Als er und Justo noch Jugendliche waren, hatten sie gemeinsam auf einem Garnelenfänger gearbeitet. Und bei der ersten Ausfahrt, als das lange Tau mit den Schleppnetzen an Bord gehievt wurde, triefend und stinkend, eine volle Ladung von faulendem Dreck, wie ihn nur die verborgenen Nischen am Grunde des Golfs hervorbringen können, da war Justo an die Reling gestürzt und hatte sich die Därme herausgekotzt, und der Käpt'n des Garnelenfängers hatte gelacht und dem vollgekotzten Jungen durch den stinkenden Wind zugebrüllt: »Bleib lieber an Land, hey! Geh zurück an Land, da kannst du den Viechern dann die Köpfe abreißen. Aber hier an den Netzen mit den Männern schaffst du's nie! Hast ja 'nen Magen wie 'n Weib. Also hau ab hier, Käferchen!«

»El pez por la boca muere.« Der süße *añejo* erfaßte Justos Zunge. »Der Fisch stirbt am offenen Maul. Du bist Fischer, das müßtest du doch wissen.«

Bubba-Bobs lässiges Grinsen wurde noch breiter. Dieser abgegriffene Justo-Spruch gefiel ihm. Er würde ihn sich merken, aber er sah nicht ganz, weshalb er auf ihn zutreffen sollte. Die Adern an seinem Hals traten hervor, seine Hände ballten sich zu Fäusten, und eine davon holte rasch aus und krachte auf die Theke, so daß sämtliche Gläser darauf klirrten. »Zum Teufel, was ist jetzt dein Einsatz?«

Die klirrenden Gläser holten Brogan noch weiter aus seinem Labyrinth heraus. »MK!« schrie er auf Bubba-Bob ein. »Mein Bruder ist jetzt total ausgeklinkt!«

Bubba-Bobs Faust schnellte in heftigem Rückprall von der Theke hoch und erwischte Brogan an der Kinnspitze, den der Schlag vom Hocker riß und rücklings auf den Boden warf. »Mir ist dein MK und seine ganze Vietnam-Kacke doch scheißegal!« fauchte Bubba-Bob Brogan an, der nun in ein noch komplizierteres Labyrinth hineinstarrte. »Vor MK hab ich keine Angst! Und vor Bullen auch nicht!« Er wirbelte wieder zu Justo herum. »Vor beschissenen Bullen, die bestechlich sind und dabei immer auf ihrem hohen Roß rumreiten!«

»Algunos caen para que otros se levanten.« Justos Worte kamen wie ein nachträglicher Gedanke, als erforderte die explosionsartige Bewegung seines Körpers einen konkreten Anfangspunkt. Er gehorchte Instinkten, die durch sein vom *añejo* verdicktes Blut strömten, und die Kraft seiner Fäuste, Knie und Füße ordnete Haut und Knochen eines anderen Körpers neu an. Wenn ein Mann zur Waffe wird, achtet er nicht auf die Konsequenzen. Die Konsequenz war ein blutender Bubba-Bob, der sich neben Brogan auf dem Boden wälzte, die Hände vors Gesicht hob, um die schweren Treffer weiterer Schläge abzuwehren.

»Bubba-Bob wird wohl nie mehr so aussehen wie früher.« Angelica schob sich hinter der Theke zu Justo heran. »Sollten wir nicht die Bullen rufen?« Sie dachte, ihre schlaue Bemerkung könnte Justo zur Besinnung bringen, ehe er Bubba-Bobs Überreste ganz pulverisierte. Vielleicht war es Zeit, den Haken einzutreiben. »Wie wär's, wenn ich die Besoffenen und die Nachtleichen hier rauskehre? Wir könnten ja noch irgendwohin gehen, wo du in der Badewanne lesen kannst, ohne daß dich jemand anschreit.«

»Wohin denn?«

Den Haken eintreiben und dann ziehen. »Zu mir.«

»Okay.«

So leicht war es. Ein letzter Ruck an der Leine, damit der Haken aus dieser hart erkämpften Beute ja nicht wieder herausrutschte. »Was hast du da vorhin auf spanisch gesagt, bevor du Bubba-Bob mit dieser Karateshow fertiggemacht hast?«

»Manch einer fällt, damit ein anderer hochkommt.«

Angelicas aufreizender Schmollmund verzog sich zu einem Siegerlächeln. Sie hatte ihren Fang ins Boot gehievt, nun brauchte sie ihn nur noch nach Hause zu bringen, damit sie ihn dort braten konnte. »Süßer, bei mir fängst du mit dem Hochkommen aber gerade erst an.«

15

Auf dem Rücksitz von Justos Wagen träumte Ocho von gebackenen Muscheln und glänzenden Austernleibern. Der nahende Tagesanbruch schob einen Anstieg der Temperatur vor sich her, von glatten Asphaltstraßen und den steilen Blechdächern überfüllter Wohnhäuser strömte Dampf himmelwärts und bildete einen feuchten Nebel von aufsteigender Hitze, durch den sich Justo nun tastete. Die Insel waberte undeutlich vor ihm wie eine Unterwasservision, ein kurzer Sonnenstrahl von oben glitzerte, als träfe er auf eine weite Wasserfläche, was an ein völlig anderes Universum denken ließ. Rosella, Rosella, Rosella, *ojos que no ven, corazón que no siente.* Rosella, was dein Auge nicht sieht, bricht dir nicht das Herz. Der *añejo* in Justos Adern erfüllte ihn mit einer bleiernen Müdigkeit, er war zu erschöpft, um sich zu konzentrieren. Es schien, als wenn jeder in diesen modernen Zeiten zu erschöpft war, sich zu konzentrieren, vor allem auf die Dauerhaftigkeit des Lebens. Inzwischen galten ja schon fünf Jahre alte Ehen als etwas Besonderes, nicht so wie in den Tagen von Justos Großeltern, als die Leute fürs ganze Leben heirateten, in guten wie in schlechten Zeiten. Es war zu ihrem eigenen Besten, es bewahrte sie davor, denselben Fehler immer wieder zu begehen. Rosella, Rosella, Rosella. *Quien peces quiere, mojarse tiene.* Wer Fische fangen will, der macht sich dabei naß. Gestern hatte Justo sich darangemacht, mitten in einem Meer voller Fischer einen Fisch zu fangen, und nun war er auf dem Weg zu Angelicas Haus, auf dem besten Wege dazu, sich naß zu machen.

Alles wurde verworren durch die Müdigkeit. Wer waren nun die großen Fische? Und wer waren die kleinen? *Pez grande come al chico.* Große Fische fressen kleine Fische. Angelica und Justo waren beide Angler auf der Jagd nach einem offenen Maul. Vielleicht war er das offene Maul, aber er mußte seine Spuren verfolgen. Das erste, was ihm beim Betreten des Wreck Room aufgefallen war, noch vor dem ersten Blick auf Angelicas Shorts, war der witzige Spruch des Tages, der auf der Tafel hinter der Theke geschrieben stand. Justo wußte, daß er Angelica nicht fragen konnte, wer diesen gekrakelten Spruch verfaßt hatte. Angelica zu fragen würde sie zum Haifisch machen und ihn zum Karpfen. Angelica besaß etwas, das Rosella nicht besaß, und sie würde es nicht billig hergeben. Justo hatte versucht, sich ganz still an die Bar zu setzen und *añejo* zu bestellen, hatte keine Lust gehabt, Angelica seine Stimmung merken zu lassen, die sein ganzes Gesicht zu bedecken schien, hatte nicht gewollt, daß sie ihn fragte: Was ist denn los? Siehst ja aus, als hättest du einen Geist gesehen. Schließlich bestand die Möglichkeit, daß die Botschaft von Angelica selbst stammte. Wenn ja, dann hatte sich Justo eine Gefährtin gewählt, die imstande war, ihm eine Harpune in Hals und Herz zu treiben. Niemand stand außer Verdacht. Bubba-Bob war eher ein Umweg für ihn gewesen, Justo hätte ihn drauflosreden und das bißchen Verstand in seinem Hirn herausquatschen lassen sollen, damit er die Information preisgab, die er vielleicht besaß. Aber Bubba-Bob hatte Justo auf den Umweg des größten Widerstandes gezwungen, hatte ihn genötigt, sich ihm entgegenzustellen. Deshalb schied Bubba-Bob nun als mögliche Auskunftsquelle aus. Nur Angelicas Weg des sanften Widerstandes blieb noch offen. Der Spruch auf der Tafel hinter der Theke war in ihrer Handschrift, das erkannte Justo, er hatte diese Sentenzen schon oft gelesen. Im Wreck Room war es Sitte, daß immer irgendein Gast den rätselhaften oder witzigen Spruch des Tages aufwarf, und der Barkeeper schrieb ihn dann mit Kreide auf die Tafel, was oft weitere geistreiche Bemerkungen herausforderte oder einen ganzen Schwall spöttischer Assoziationen auslöste. Vor kurzem wurde etwa gefragt: WIE VIELE HAITIANER KOMMEN TÄGLICH BEI DEM VERSUCH UM, IN DIE USA ZU FLÜCHTEN? Die Antwort, die sich während des Abends unter den Eingeweihten an der Bar herumsprach, war recht einfach: so viele eben in eine Mülltonne hineinpassen. Der neuste gekrakelte Text auf der Tafel war von anderer Art als der, der die Stammgäste des Wreck Room auf den bedauerlichen Mülltonnenmangel auf Haiti hinwies. Die Botschaft war sehr direkt und forderte auch keine rätselhafte Lösung heraus; höchstens ihr Anfang blieb etwas unklar:

Hey, grüner Matrose!
Wenn du Spass haben willst, dann wähle 688 4352
– Zobop

Grüner Matrose blickt nach Norden zu den Märtyrern Kubas. Justo wurde immer noch nicht schlau daraus. Zobop mußte irgendwann gestern im Wreck Room gewesen sein. Während er durch den aufsteigenden Dunst fuhr, versuchte er, Zobops Spur zu verfolgen, und zugleich erflehte er Rosellas Vergebung, betete zu den Heiligen um Schutz bei dem, was er vorhatte. Schon früher war Justo auf die Knie gefallen und hatte die Heiligen gebeten, ihn zu retten, ihn davor zu bewahren, daß er Rosella betrog. Noch nie hatte er Rosella betrogen, hatte sich immer an seine strenge moralische Kost gehalten. Jetzt aber stand ihm ein kaltes Bad in Angelicas Meeresbett bevor, in das er auf der Suche nach Zobop, dem Fisch der Furcht, eintauchen mußte. *Zobop,* das klang wie ein Bebop-Typ aus dem Memphis der fünfziger Jahre. Der einzige schattenhafte Fetzen, an dem Justo auch nur einen Ansatz von Logik zu erkennen glaubte, war die Kröte auf dem Friedhof. In Südamerika hatten die Anhänger der Macumbamagie eine spezielle Methode im Umgang mit mächtigen Rivalen, die ihnen im Weg standen. Sie schrieben den Namen des Rivalen auf ein Stück Papier, das sie einer Kröte ins Maul schoben, und dann nähten sie dem Tier das Maul zu. So viele kolumbianische Cowboys in Miami glaubten an die Wirkung dieser Krötenzunäherei auf ihre Konkurrenten im Kokaingeschäft, daß schon das Gerücht ging, in Florida seien längst sämtliche Kröten verbraucht und müßten nun täglich kistenweise aus Bogotá eingeflogen werden. Vielleicht hatte Zobop einen mächtigen Rivalen, jemanden, der in seinem Revier wilderte? Aber weshalb hätte er die Kröte auf Abuelos Grab gelegt? Nein, das Ganze sah nicht nach einer Drogengeschichte aus. Justo kannte die meisten dieser Burschen im Ort, und von denen hieß keiner Zobop oder benutzte Macumba. Macumba war etwas für Südamerikaner, und Key West war kubanisch, das Revier der Santería. Was hier geschah, lag außerhalb der gewohnten Regeln, wie Justo sie kannte. Wohl wurden des öfteren in nächtlichen Beschwörungen an geheimen Stellen des Friedhofs Flüche deponiert, aber noch nie hatte jemand eine Kröte mit zugenageltem Maul geopfert. Gewisse zimperliche Elemente aus der Einwohnerschaft der Insel entdeckten hie und da Rattenzähne, Hundeherzen und

Katzenaugen, wenn sie im Morgengrauen auf den Friedhof kamen, um den Toten mit imposanten Plastikblumensträußen die Ehre zu erweisen, aber eine gefesselte Ziege mit aufgeschlitzter Kehle hatte noch nie jemand gefunden.

Allmählich war Justo überzeugt, daß die Antwort auf dem Friedhof selbst zu finden war; nicht nur Flüche waren dort an geheimen Stellen verborgen, auch so manche friedlose Verheißung lag in seiner Erde begraben. Justo konnte seine Gedanken nicht daran hindern, auf die Fährte einer weiteren plausiblen Möglichkeit abzuschweifen, womit er kopfüber in eine Richtung stolperte, die den Friedhof eher mit etwas Lebendigem als mit den Toten verknüpfen würde. Denn außer denen von Justos Eltern und Großeltern gab es noch andere Liebesgeschichten, die auf dem Friedhof beerdigt waren, und eine davon war noch sehr lebendig, ihr ruheloses Ende ließ die Stadt noch heute nicht schlafen.

Justo war damit aufgewachsen, mit der Geschichte vom Grafen und der tuberkulosekranken Acartonada, einer vage mythischen Geschichte, die jeden Anspruch auf eine geistig gesunde Vergangenheit zunichte machte, den die Inselstadt je gehegt haben mochte. Bei seinen Friedhofsbesuchen an jedem ersten Freitag des Monats hatte Justo noch heute das Gefühl, er gehe über Acartonadas Knochen, die nicht nur einmal, sondern gleich dreimal dort begraben worden waren, das letzte Mal heimlich, unter der Asphaltstraße, die kreuz und quer durch die Stadt der Toten im Herzen der Insel verlief, was Acartonada zum ruhelosen Frieden eines anonymen Grabes verurteilte. Wenn Liebe töten kann, so schenkt sie auch Leben. Der kränkliche Graf war um die sechzig gewesen, als er in den zwanziger Jahren auf Key West ankam, die kraftlose europäische Steifheit auf einen Gehstock gestützt, so flanierte er mit der Attitüde eines vertriebenen Aristokraten durch die Straßen, die knochigen Füße steckten in ausgetretenen Turnschuhen ohne Socken, in seinem linken Auge klemmte ein Monokel, für jedermann sichtbares Zeichen dafür, daß er der aus Dresden stammende Graf Karl von Cosel war, ein Gelehrter nicht nur der Grenzenlosigkeiten der Astronomie, sondern auch der Begrenztheit des Maschinenbaus und der Feinheiten der Metaphysik. Der Graf war ein schlaksiger Mann mit einem weißen Ziegenbärtchen und einer hohen, kahlen Stirn, hinter der ohne weiteres auch zwei Gehirne Platz gehabt hätten. Seinen Lebensunterhalt auf der Insel finanzierte er damit, daß er das Röntgen-Fluoroskop im

Marinekrankenhaus bediente. Dieses seltene Spezialwissen brachte ihn in direkte Berührung mit einem Schicksal, das ihm der Unsterblichkeit würdig erschien. Da der Graf Meister des einzigen Röntgendiagnosegeräts zwischen Havanna und Miami war, kam er dazu, eine junge Kubanerin namens Acartonada zu untersuchen. Ein Kamm aus geschnitztem Schildpatt zierte Acartonadas Haar, das nach hinten gesteckt war und in wilden schwarzen Wogen über die in Hustenkrämpfen gekrümmten Schultern fiel. In der Abgeschiedenheit eines Krankenhauszimmers, das der Außenwelt verschlossen blieb, ließ diese junge Frau von Anfang zwanzig ihre Bluse von den bebenden Schultern gleiten und entblößte zwei Brüste, die nur ein Mann einmal gesehen hatte, ein Ehemann, der Jahre zuvor gleich nach der Hochzeit verschwunden war. In diesem Zimmer, das undurchdringlich wie der schwärzeste Wald Deutschlands war, saß die blasse Acartonada, ohne zu ahnen, daß sie auf einen bizarren Altar gehoben werden würde, den der Graf im Geiste errichtete, um sie zu seiner ewigen nekrophilen Braut zu machen. Schnell wie ein Kuß verschmolz der erste ultraviolette Blitz ihr Schicksal mit diesem glatzköpfigen Europäer, als sein monokelbewehrtes Auge durch das entzündete Gewebe und die verkrümmten Knochen in den hohlen Atem ihrer Krankheit hineinblickte. Der Graf sah keinen verkümmerten Geist, keine verschmähte Frau oder einen skelettgewordenen Zigeunerfluch, ihm offenbarte sich die herrliche Blüte einer Weiblichkeit, die dazu bestimmt war, bewahrt zu werden. *El deseo hace hermoso lo feo.* Verlangen macht auch das Häßliche schön.

Die Krankheit entzog der kubanischen Blume des Grafen die Lebensenergie, deshalb plante er Rache an der Realität. Was der Graf beschwor, während die Wellen von ultraviolettem Licht die Haut seiner Schönsten durchdrangen, war ein Feuer, das in seiner Schlichtheit den Himmel läutern sollte. Der Graf plante nichts geringeres als eine Flucht durch die Lüfte der Ewigkeit. Sein Verlangen war ungezügelt, die Uhr und sein Herz klopften ihren Takt, zwei Zeitbomben, die für Acartonadas Seele um die Wette tickten. Der Graf öffnete großzügig seine Geldbörse und kaufte Geschenke für seine neue Geliebte, er legte das Gegenteil seiner teutonischen Steifheit, einen betulichen Charme, an den Tag. Er besuchte Acartonada im Haus ihrer Eltern, er ließ sich vor dieser Vision, die er insgeheim mit fluoreszierenden Röntgenstrahlen bombardiert hatte, auf die Knie nieder und bat um ihre Hand. Die einst verschmähte Braut fühlte sich von so viel intensiver, wenn auch taktvoll gedrosselter Aufmerksamkeit geschmeichelt, die ihr ein Mann entgegenbrachte, selbst wenn es ein so seltsamer, alter Mann war. Was Acartonada dem Grafen in jenem dunklen Krankenhauszimmer so unschuldig offenbart hatte, war der Wunsch nach Gesundheit; ihre Freundlichkeit ihm gegenüber war ein nur schwach verhülltes Flehen um körperliche Gesundheit und keineswegs ein Lustschrei, der den Engeln das Trommelfell platzen lassen konnte. Der Graf verstand es lieber anders, und seine Artigkeiten nahmen weiter zu. Acartonada weigerte sich, ihn zu empfangen, sie schloß für immer die Tür zu seinem dunklen Zimmer und dem eigenartig irisierenden Licht darin, das ihre Haut schimmern ließ wie einen blaugefrorenen Leichnam. Sie dachte, sie wäre nun sicher, und wußte nichts von der tickenden Uhr, von des Grafen komplottschmiedendem Herzen. Als sich die Zeiger des Schicksals vereinten, schlug der Graf zu.

Es war Halloween, der Tag der toten Geister, die Nacht vor Allerheiligen, wieder einmal das Ende der Hurrikanzeit, das mit einer prächtigen Parade entlang der Duval Street gefeiert wurde. Acartonadas Eltern, die sie hilflos immer mehr verfallen sahen, hüllten ihren ausgezehrten Leib in Decken und brachten sie zur Duval Street, weil sie hofften, das Spektakel und das bunte Treiben dieser besonderen Nacht könnten ihre geschwundenen Lebensgeister wiedererwecken. Statt dessen aber erweckte es in ihrem schmalen Brustkasten einen dumpfen Husten. In der immer gleichen Panik, in die verzweifelte Eltern geraten, riefen sie um Hilfe, egal woher. An ihrer Tür erschien der Graf mit seinem Röntgenapparat. Als endlich ein Arzt kam, war Acartonada tot, für alle außer für den Grafen; für ihn war nur die weltliche Verlobungszeit zu Ende, und nun begann die spirituelle Hochzeit.

Der Graf bedrängte die Familie, ihm die Ehre zu lassen, ein barockes Grabmal für ihre Tochter zu errichten, das sogar den Neid der Heiligen erregen würde. Nach der Beisetzung begann der Graf mit einer zwei Jahre währenden Totenwache an der Gruft, bis man endlich glaubte, nun habe auch er die Erinnerung an Acartonada begraben. Ein halbes Jahrzehnt verging, bis eine frühere Freundin Acartonadas entdeckte, daß ihr Leichnam schon lange nicht mehr in dem von Würmern bewohnten Inneren der prachtvollen Gedenkstätte ruhte. Als das Mädchen einmal durch ein verstaubtes Hinterfenster des ehemaligen Schlachthofs spähte, dessen brüchige Bretter und termitenzerfressene Balken inzwischen das Schloß des Grafen bildeten, sah es dort Acartonada liegen, die aus bernsteinfarbenen Glasaugen ins Leere starrte. Auf den hohen, gedrechselten Pfosten des reich verzierten Betts waren luftige Gazebahnen drapiert und formten einen Baldachin über dem halb sitzenden Leichnam, der in ein weißes Brautkleid gewandet war und einen glitzernden goldenen Ehering am Finger trug. Teure Ketten und Armreife schmückten Hals und Handgelenke dieses aus Draht und Wachs rekonstruierten Wesens, das mit einer Orgel, einem Operationstisch und dem verstaubten Röntgenapparat allein im Raum war. Ein über die Tür genageltes Schild verkündete LABORATORIUM.

In der Verhandlung kam heraus, daß der Graf das Grabmal seinerzeit mit dem Plan gebaut hatte, es eines Tages zu betreten und seine verwesende Gattin daraus heimzuführen. Im Brautgemach des Schlachthofs spielte der Graf gern auf der Orgel, die gleich neben dem Ehebett stand, damit seine Geliebte ihn auch gut hören konnte. Jeden Abend huschten seine Finger über die Tasten und unterhielten die schlafende Braut mit Wolken himmlischer Töne aus dem »Karfreitagszauber« des *Parsifal.* Wie dicht dieser Karfreitag der wahren Auferstehung bevorstand, wußte nur der Graf selbst. Ehe Acartonadas Freundin die häusliche Idylle in seinem Schloß enthüllte, hatte er fieberhaft das Holz- und Blechskelett eines alten Flugzeugs aus dem Ersten Weltkrieg repariert. Bald danach wäre der Graf samt Braut über den Atlantik ins Vaterland heimgeflogen, vielleicht um den Winter in einem Schweizer Sanatorium zu verbringen, wo Acartonada ihr Lungenleiden hätte auskurieren können. Der Richter entschied, dieser exzentrische Ausländer, der sich mit Totenmasken und kosmetischen Korrekturen so gut auskannte, sei schlicht verrückt. Als einfacher Grabräuber wurde der Graf geteert und gefedert. Justo erinnerte sich, wie er als kleiner Junge in der Schlange von über dreitausend Menschen gestanden hatte, die in Lopez' Bestattungsinstitut an Acartonadas offenem Sarg vorbeidefilierten. Die zarte, vom Tod auferstandene Braut des Grafen war dort für die Neugierigen des Ortes in aller Pracht ausgestellt. Abuelo hatte lange vor dem Sarg gestanden, hineingestarrt und Justo dabei zugemurmelt, jeder Mann, der jemals davon geträumt habe, die Liebe seines Lebens im Schrein eines strahlenden, ewigen Augenblicks festzuhalten, sei berührt von der Ergebenheit dieses verrückten Fremden. Daß der Graf über diesem Mädchen vollends toll geworden war, hatte ihm vielleicht erlaubt, die Wirklichkeit zu überlisten. Womöglich konnte allein der Wahnsinn einem Mann seine Braut für die Ewigkeit zuführen. Justo hörte noch ganz deutlich das Gespräch, das im Hinterzimmer der *grocería* nach der Parade der Schaulustigen durch das Bestattungsinstitut stattfand; Abuelo und die Männer hatten davon gesprochen, wie zart und rund Acartonadas Brüste seien, wie ihr langes schwarzes Haar immer noch stolz wie das einer spanischen Königin wirke. »Ich wäre ja auch die ganze Zeit auf ihr drauf gewesen«, scherzte einer der Männer. Alle lachten. »Ist doch die perfekte Ehefrau, wird nicht älter, jammert nie herum, daß man ihr Geschenke kaufen soll, und Widerrede kennt sie auch keine.« Was Justo damals als kleiner Junge nicht gewußt hatte, das wußte er jetzt als Mann. Die Höhenflüge der Phantasie des Grafen hatten sich nicht nur auf die geplante Atlantiküberquerung beschränkt. Zwischen den zerbrechlichen Schenkeln von Acartonadas wächsernem, drahtverstärktem Leichnam hatte man auch eine eingebaute glatte Gummiröhre gefunden, an deren Grund viele Wattebäusche als Polster lagen, die mit den vergeblichen Ergüssen der weltlichen Lust des Grafen getränkt waren, so daß der Samen seines Verlangens letztlich doch den Weg in die fruchtbare Höhle der Erinnerung gefunden hatte.

Ruhelose Flüche und klagende Versprechungen waren überall in den geheimen Spalten des Friedhofs verborgen. Während Justo durch die feuchte Hitze fuhr, die als Dunst in den aufklarenden Morgen aufstieg, konnte er seine Gedanken nicht davon abhalten, zum Friedhof hinüberzuwandern, wo sie versuchten, an eine Liebe anzuknüpfen, die über das Grab hinausging. Aus diesen Verstümmelungen von Kröte und Ziege sprach eine unbändige, ja sexuelle Kraft. Das war nicht Santería. Das Zielobjekt eines Santería-Geheimrituals wurde niemals vorher gewarnt, sondern es bekam einfach urplötzlich eine schlimme Gallenkolik oder ein unerträgliches Stechen im Herzen. Vielleicht hatte die Sache doch mit Voodoo zu tun. Justo mußte St. Cloud nach Zobop fragen. St. Cloud könnte vielleicht wissen, wer oder was Zobop war, falls er nüchtern genug war, um zwei Silben eines Wortes aneinanderzureihen. *Los niños y los locos dicen la verdad.* Kinder und Narren sprechen die Wahrheit. In letzter Zeit war schwer zu sagen, was bei St. Cloud die Wahrheit war; schlimm genug, daß er des Nachts seiner Exfrau nachschnüffelte, jetzt behauptete er auch noch, jemand wolle ihm Böses antun. Niemand tat St. Cloud mehr an als er selbst, der sich wegen einer Frau zum Narren machte. Wenn St. Cloud nicht aufpaßte, würde er so enden wie der Graf, als *viejo verde*, als Greis, der Mädchenröcken nachjagte. Etwas an St. Clouds eigenartigem Verlangen nach Lyla erinnerte Justo an die fixe Idee des Grafen. Der Graf jedenfalls hatte Acartonada nie erobert. Nachdem sie zum zweitenmal begraben worden war, hatte er versucht, die nunmehr verschweißten Stahltüren der Barockgruft aufzusprengen. Um Acartonadas kärgliche Überreste vor seinem irdischen Zugriff zu schützen, hatte die Familie sie dann angeblich zu geheimer Stunde ein drittes Mal begraben, in einem metallenen Sarg tief unter einer der breiten Asphaltalleen des Friedhofs. Nichts schien den Grafen abzuschrecken, diesen entschlossenen Jäger gespenstischer Schürzen; nach seinem Tod entdeckte man in seiner schäbigen Behausung noch ein weiteres wächsernes Abbild seiner ewigen Braut. Manche sagten sogar, der Graf habe die echte Acartonada die ganze Zeit über besessen, und was die Familie insgeheim begraben hatte, sei nur eine Nachbildung gewesen, die er absichtlich in dem gewaltsam aufgesprengten Grabmal hinterlassen habe. Justo war der Meinung, keine Spekulation, ganz egal wie bizarr sie war, lasse sich völlig verwerfen, wenn es darum ging, was ein Mann alles anstellen konnte, um eine Frau zu besitzen. St. Cloud war ein Kandidat, den man dauernd im Auge behalten mußte, er war ein Verlierer großen Stils, er verlor sein Geld, seine Erektionen, seine Frauen. Justo glaubte allerdings nicht, daß St. Cloud auch Gefahr lief, das Leben zu verlieren, denn er war ja einer der verzauberten Narren des Lebens. Aber gerade St. Cloud, der Verlierer, war für Justo ausgesprochen wichtig, um den Jungen aus Haiti davor zu bewahren, daß ihn die Einwanderungsbehörde schnappte und zum Everglades-Auffanglager in der ehemaligen Raketenbasis verschleppte. Die Zeit wurde knapp für Voltaire. Die Einwanderungsbehörde hatte gerade einen Haftprüfungsantrag gestellt, sie versuchte, ihn wieder in die Finger zu bekommen. Justo bezweifelte, daß er die Leute von der Staatsanwaltschaft davon überzeugen konnte, ihn so lange zu decken, bis eine Geschworenenverhandlung anberaumt war. Bei einem Prozeß vor Geschworenen, da war sich Justo sicher, würde Voltaire mit fahrlässiger Tötung davonkommen, dafür würde St. Clouds übersetzerische Gerichtssaalpoesie schon sorgen. Die Geschworenen würden sich bestimmt die Tränen trocknen müssen, wenn St. Cloud ihnen Voltaires Schreckensgeschichte vortrug. Aber Justo brauchte einfach Zeit, und in dieser Zeit mußte er St. Cloud, seinen Torjäger für den Notfall, ständig im Auge behalten, um ihn für jenen schicksalhaften Augenblick bereitzuhalten, wenn er die Bühne betrat und den entscheidenden Ball mitten ins Beratungszimmer der Geschworenen beförderte. Mochte es auch zu spät dafür sein, daß sich der große Verlierer St. Cloud selbst erlöste, er konnte zumindest den Wert seines Daseins retten, indem er einem anderen aus der Patsche half.

Justos Job war es, jeden auf der Insel der einen oder anderen Art von Schuldgefühl zu verdächtigen. Er glaubte nicht, daß St. Cloud ein grüner Matrose war, ein Zobop oder ein Todesengel, aber eins war klar: St. Cloud war ebenso verrückt wie Graf Karl von Cosel. Fünf Jahre lang hatte der Graf seine Brautattrappe aus Paraffin und Blumendraht mit einer besonderen Diät chemischer Lösungen ernährt und dabei immer gebetet, sein schönes Dornröschen möge eine zelluläre Wiederauferstehung erleben. Und in den zehn Jahren, die Justo St. Cloud nun kannte, hatte der Mann immer wieder gesagt, er habe kein Interesse daran, Vergebung durch Vergessen zu erlangen. St. Cloud wollte den Funken seiner gescheiterten Geschichte am Glimmen halten, als brennendes Andenken an die Fehler von früher, sein Gewissen war ihm Muttermilch. St. Cloud glaubte daran, daß es keinen Reim ohne Sinn, kein Verbrechen ohne Leidenschaft gab. Und Justo wußte, daß St. Cloud fähig war, aus Liebe zu töten, vielleicht war das ja bereits geschehen, indem er auf der Jagd nach Lyla seinen gesunden Menschenverstand getötet hatte. Justo hatte zugesehen, wie St. Cloud zum *turrudo*, zum Gehörnten wurde, noch dazu durch eigene Schuld. Aber welcher Mann war nicht letztendlich ein *turrudo* durch eigene Schuld, welcher Mann machte sich nicht aus eigener Kraft zum Narren? Niemand weiß, was zwischen einem Mann und einer Frau geschieht, darüber kann niemand richten. Über einen betrogenen Leidensgenossen zu richten entspräche dem Versuch, der Mutter Gerechtigkeit selbst Hörner aufzusetzen, und das bedeutete für Justo den letzten Schritt in den Wahnsinn. Justo selbst war auf dem besten Weg, sich dem Verein der Betrüger anzuschließen; er konnte nicht aufhören, sich selbst zu richten.

Justo hatte Angelica angewiesen, vom Wreck Room direkt nach Hause zu fahren, und er wollte in seinem eigenen Auto nachkommen, damit sie niemand gemeinsam in ihre Wohnung gehen sah. Ihm war klar, daß er sehr naß werden könnte. Die Heiligen, und auch das fast heilig scheinende Bild seiner süßen Rosella, flehte er an, ihm zu vergeben, was er gleich tun würde. Justo trug so schwer an seiner Last aus vorweggenommener Todsünde, schon bevor er auch nur bei Angelicas Türschwelle ankam, daß er beinahe die Erscheinung übersehen hätte, die direkt vor ihm über die Straße huschte. Die dunkle Silhouette schlingerte ein wenig, bewegte sich ruckartig wie ein aufgestörter Mantarochen. Justo nahm abrupt den Fuß vom Gaspedal und riß gleichzeitig das Lenkrad heftig herum, um eine Kollision mit dem Mann zu vermeiden, der da auf seinem Fahrrad direkt auf ihn zurollte. Der Mann auf dem Fahrrad machte keinerlei Anstalten, ihm auszuweichen, und die rauhe Spitze des einen Lenkergriffs streifte mit einem schabenden Geräusch an der Autotür entlang. Ganz kurz sah Justo das Gesicht von Kosmo-Spinner vor sich, leer wie ein bleicher Kürbis im Morgendunst. Sein dicker Zopf aus grauem Haar wehte im Fahrtwind hinter ihm her, während er unter dem schwirrenden Schaben des verbogenen Vorderrads weitersauste. Das plötzliche Ausweichmanöver hatte den Motor abgewürgt und Ocho mit einem erschrockenen Winseln vom Rücksitz geschleudert; der Hund steckte den Kopf durch das offene Autofenster und bellte seinen Unmut hinaus. Kosmo-Spinner war längst wieder unter der Decke der aufsteigenden Hitze verschwunden.

»La cabeza blanca en canas, y los sesos por venir!« Justo schlug krachend mit der Faust gegen das Lenkrad. Schon graue Haare und immer noch kein Hirn im Schädel! Dieser verfluchte Giftfresser wurde wahrscheinlich von seinem ganz persönlichen Astralwind angetrieben, völlig weg und zugeknallt von abartigen Kifferpilzen oder Designerdrogen aus dem Küchenlabor, und ließ sich von den grellen Lichtern irgendwelcher UFOs leiten, die nur er allein sehen konnte. Justo startete den Wagen und fuhr weiter. Er konnte seine Wut und seinen Ärger über diesen lebensmüden armen Irren nicht unterdrücken, der geradezu darum bettelte, überfahren zu werden, indem er sich der Wirklichkeit in den Weg warf. Justo erinnerte sich noch daran, wie Kosmo-Spinner aufgetaucht war. Es war gegen Ende des Vietnamkriegs gewesen, und er war mit anderen Langhaarigen über die Inselkette nach Süden gefegt wie ein Schwarm von Heuschrecken, die sich an die letzten Weizenhalme klammerten. Geschlüpft waren sie aus psyche-

delisch angemalten Kombiwagen und umgebauten Schulbussen, die ächzend am Ende des U.S. Highway 1 zum Stehen kamen. Nicht wenige der Einheimischen und etliche Matrosen, die sich gern einmal ihren Spaß machten, genossen es geradezu, diesen Eindringlingen mit ihrem Mundgeruch nach Sojasprossen ein bißchen Verstand einzubleuen, so daß sie schleunigst kehrtmachten und aus dem Paradies verschwanden. Trotzdem kamen immer neue, ja es wurden derart viele, daß die Insulaner schon klagten, es gebe gar nicht genügend Bierflaschen in der Stadt, um sie den langhaarigen Hippies über den Kopf zu ziehen. Dann aber geschah etwas Seltsames. Einige der Einheimischen liefen zu den Langhaarigen über, denn deren Frauen rannten barbusig oder in labbrigen Großmutterkleidern herum und rasierten sich nicht die Haare in den Achseln, die wie feuchte Melasse rochen. Die Einheimischen entdeckten auch, daß das Marihuana der Langhaarigen einen billigeren Rausch abgab als ein Sechserpack Bier, und so wehte sie herein, die endlose Brise aus Belize, der warme Wind aus Jamaika. Am komischsten war, daß die Langhaarigen ihren barbusigen Frauen gar nicht böse waren, sie ermutigten sie sogar, sich herumreichen zu lassen, genau wie die Vollkornkekse, die Joints und die Bob-Dylan-Platten. Langsam gesellten sich auch die Matrosen mit Marschbefehl nach Vietnam dazu, viele von denen brannten durch, um aus dem supertollen Trog der natürlichen Ernährung und des widernatürlichen Verkehrs zu naschen. Acid, Speed, jaulende Gitarren und zuckersüße Sitarklänge – es schien, als wollte alle Welt zu Hippies werden, und die heiße kleine Insel am Rande des Golfs von Mexiko zwinkerte ihr ganz modern und cool zu. Das war schon lange her, noch bevor Rosella Isabel im Bauch hatte. Inzwischen waren nur noch einige wenige Langhaarige in der Stadt übriggeblieben, so wie Kosmo-Spinner. Sie wanderten durch eine kulturelle Kampfzone, sie wankten langsam und kamen leicht aus dem Takt, erwischten immer nur jeden zweiten Pulsschlag des Lebens, die Welt war ihnen längst davongezogen, die meisten anderen hatten ihr Haar schon vor über zehn Jahren auf eine sozial akzeptable Länge gekürzt. Kosmo-Spinner war auf ewig verdreht, so wie die Felge seines klapprigen Fahrrads, auf dem er durch den Ort schlingerte, immer in seinem engen T-Shirt mit dem Aufdruck THE NEXT GENERATION, fest davon überzeugt, daß sich die Planeten irgendwann in einer Linie aufreihen und einander aus dem Universum hinausstoßen würden, als wäre Gott ein Poolspieler, der vorhatte, die Erde über Bande ins linke Schwarze Loch zu befördern. Wenn es nach den Kosmo-Spinnern dieser Welt ginge, dachte Justo und schlug wieder auf das Lenkrad ein, dann wird es gar keine nächste Generation mehr geben.

Das grellweiße Morgenlicht traf auf steile Blechdächer, hinter heruntergelassenen Jalousien wälzten sich Schlafende zum Geplärr von Radioweckern, die von einem weiteren bullig heißen Tag kündeten. Justo betete, daß die Heiligen nicht auch noch schliefen, sondern wachsame Begleiter seines Gewissens waren. In weiter Ferne vor ihm auf der Straße huschte schon wieder ein Wesen, flink wie ein Sendbote aus der Hölle. Gaben ihm die Heiligen damit etwa eine Antwort auf sein Gebet, ein warnendes Zeichen? Das gedrungene, blinkende Etwas rollte näher und legte seine prosaische Realität an den Tag, war nichts weiter als ein eckiger Lieferwagen mit einem runden Metalltank auf der Ladefläche, aus dem stummelförmige Rohre ragten, die die Luft mit einem dichten Vorhang aus moskitotötendem Insektizid verpesteten. Justo lenkte den Wagen ganz an den Straßenrand und kurbelte die Fenster hoch. Das Sprühfahrzeug, dessen Woge von Gestank er auf diese Weise fernzuhalten suchte, war auf der Jagd nach den geflügelten Blutsaugern, die es darauf abgesehen hatten, es der wachsenden Bevölkerung von Key West mit dem Stachel zu besorgen. Die meisten Menschen lebten eben lieber mit einem juckenden Gewissen als mit einem Stich im Hintern. Und im Augenblick kam sich Justo um keinen Deut besser vor. Er wartete, bis das knarrende Heulen des Sprühautos weit hinter ihm lag, ehe er weiterfuhr. Ocho saß auf dem Rücksitz und schob Justo die Schnauze in die Schulter, schnüffelte nach der verirrten Backmuschel, die ihm allein das Hundeglück bescheren konnte. Justo tätschelte die suchende Schnauze. *Manea la cola el can, no por tí, sino por el pan.* Wedelt der Hund mit dem Schweif, tut er's nicht für dich, sondern fürs Fressen. Das Menschenleben war gar nicht so anders, dachte Justo, wenn die richtige Person gerade hinsieht, wedelt man mit dem Schweif, oder auch mit einem Scheck, ein zutrauliches Bellen in der Nacht oder ein warmer Körper, der sich nachts neben einem ins Bett legt, das war so ziemlich das gleiche, so begnadet einfach war das. Der Mensch ist nichts als *el mismo perro con diferente collar.* Der gleiche Hund, nur mit anderem Halsband. Macht keinen Unterschied, ob das Halsband aus Gold geschmiedet oder aus Stroh geflochten ist, der Mensch ist ein Hund, der auf den Hinterpfoten einherstolziert und den Schweif seiner verräterischen Lust im Staub hinter sich herschleift.

Schon wieder etwas vor ihm. Auf dieser Straße war immer was los. Was denn jetzt? Justo holte tief Luft, rieb instinktiv an dem goldenen Glücksknochen an der Kette um seinen Hals. Vielleicht schützten ihn die Heiligen ja auch, indem sie ihm ein Hindernis nach dem anderen in den Weg legten, verhüteten so, daß er sich selbst fremdging, ehe der Hahn das Ende dieses frühen Morgens ausrief. Mitten auf der Straße stand Renoir in seinem weißen Anzug und gestikulierte mit wild wedelnden Armen, so daß Justo zum Anhalten gezwungen war. Renoirs Fäuste knallten so laut auf das Autodach über Justo, daß kaum zu verstehen war, was er dabei brüllte.

»Angelica ist bei uns, sie hat gesagt, daß Sie gleich kommen. Sie müssen uns helfen!«

Justo streckte die Hand nach dem Mikrofon des Polizeifunks unter dem Armaturenbrett aus. »Jemand verletzt?«

»Ja!« Renoir riß die Wagentür auf. »Kommen Sie einfach mit, keinen Krankenwagen. Angelica sagte, Sie würden uns helfen, Sie würden schon verstehen.« Renoir versuchte, Justo bei der Schulter zu packen und ihn aus dem Auto zu zerren.

Justo stieß die hektisch fuchtelnden Arme weg und stieg aus. »Wo ist Angelica?«

»Kommen Sie schon!« Renoir drehte sich auf dem Absatz um und rannte an einer hohen Mauer entlang, die in der Farbe eines geröteten Kinderpopos gestrichen war.

Justo rannte ihm nach, durch ein hölzernes Tor in der Mauer, über einen Kiesweg unter dem saftigen Laub der Bäume, die sich rings um kleine Hütten drängten. Renoir führte ihn in die Treibhausatmosphäre einer der vielen Schwulenpensionen auf der Insel. Justo war ihm so rasch nachgelaufen, daß er gar nicht wußte, auf welchem Grundstück er sich eigentlich befand; die meisten sahen einander ziemlich ähnlich: »Jasmine Arms«, »Plantation Oasis«, »Polly Parrot Perch«. Wenn auch manche nicht viel mehr waren als aufgetakelte Rostlauben schrottreifer Wohnwagen und termitenzerfressene Baracken, die auf Fundamenten aus bröckelndem Kalkstein ruhten, so prunkten wieder andere mit schockierender Eleganz: Hinter turmhohen Mauern verbarg sich da oft ein juwelenartiges Ambiente exotischer Gewächse. Einer wählerischen Klientel boten einige dieser Grundstücke verschwiegene

Vergnügungen oder auch, für die rasch Beherzten und weniger Wählerischen, vom Zufall bestimmte nächtliche Begegnungen mit stolzen, in apollonesken Schein gehüllten jungen Männern. Justo hatte in seiner Jugend mehr kubanische Slangausdrücke für »homosexuell« gelernt als für jede mögliche andere Vorliebe, Tätigkeit oder Gefühlsverfassung. Das war eigenartig, und Justo fand oft, er sollte einmal darüber nachdenken, doch aus irgendeinem Grund kam er kaum dazu. Was ein Mann mit einem anderen tat, interessierte ihn nur wenig. Justo erinnerte sich an seinen Cousin Manuel, der als Junge mit einem anderen Jungen eine verstohlene Affäre in den Büschen hinter dem Haus gehabt hatte. Manuels katholisches Gewissen quälte ihn dafür mit einer extremen Homophobie, so daß er sich zwanzig Jahre danach zwölf Kinder abgedrückt hatte, um zu beweisen, daß er die Frauen doch lieber mochte. Justos Einschätzung anderer Menschen beruhte auf einem einfachen Sinn für Gut und Böse; Gut und Böse konnte man spalten wie ein Scheit Holz, hier das Echte, dort das Schlechte. Wer in wen eindrang und wer sein *coming out* hatte, das war Justo völlig egal, Gut und Böse hatten für ihn mit Sex nichts zu tun. Nur diejenigen, die gleich zwei schlechte Seiten hatten, kamen Justo in die Quere, und wenn er sie beiseite stieß, standen sie selten wieder auf. In früheren Tagen, als Justo noch häufiger auf Streife ging und nicht so spezialisiert war, hatte er als Polizist mit den Schwulenpensionen nicht mehr Probleme gehabt als mit den Motels entlang der breiten Einfallstraße in den Ort. Nur einen Moment der Verwirrung hatte es in Justos Anfangszeit gegeben: Einmal hatte ihn der Besitzer einer Schwulenpension ganz verstört zu einem schäbigen kleinen Haus auf seinem Grundstück gerufen, bei dem die Türen vernagelt und die Fenster mit schwarzem Isolierband verklebt waren. Die Bewohner hatten seit zwei Monaten die Miete nicht bezahlt, aber der Besitzer hatte Angst hineinzugehen. Als Justo durch die Vordertür brach, schlug ihm aus der Dunkelheit klimatisierte Kälte entgegen. Er schaltete das Licht ein und stand in einem großen Raum, der ganz mit schwarzem Plastik ausgekleidet war; ein großes Abflußgitter aus Metall war strategisch in der Mitte des Fußbodens eingebaut, in einer Ecke lag ein zusammengerollter Gartenschlauch. Justo begriff niemals ganz, was in diesem Raum vor sich gegangen war, aber es konnte wohl nicht viel mit der Liebe von zwei Männern zueinander zu tun gehabt haben, ebensowenig wie Inzest etwas mit väterlicher Zuneigung zu tun hatte. Mochte ruhig die ganze Welt miteinander vögeln, bis es ihr zu den Ohren rauskam, so Justos Philosphie, solange man keine Kinder vögelte. Ihm war wohl bewußt, daß seine Meinung in dieser Hinsicht ein wenig vereinfachend war. Er hielt sich für durchaus vielseitig, wenn es galt, gegen die immer neuen Windmühlen des Lebens anzurennen, aber in dieser Frage blieb er das Produkt von anerzogenem christlichem Verhalten.

Während er Renoir über den knirschenden Kies nachlief, zog in Justos Gehirn jene seltsame Klarheit ein, die das Unerwartete begleitet. Ihm war aufgefallen, daß die Hosen von Renoirs normalerweise blütenweißem Anzug von den Knien abwärts pitschnaß und voller Sand waren. »Hey!« rief Justo Renoir hinterher, der so weit vor ihm rannte, daß er auf dem gewundenen Pfad schon fast außer Sicht war. »Nicht so schnell!« Die Worte trieben Renoir aber nur zu noch schnellerem Tempo an. Justo hatte immer noch sehr kräftige Arm- und Beinmuskeln, aber auf der Brust wurde er eindeutig kurzatmiger. Er wurde grau, die grünen Hasen rannten ihm davon, und er konnte nur darauf hoffen, daß wenigstens sein Hirn genug Sauerstoff bekam, um schlauer als die Hasen zu sein. Er verlor Renoir aus den Augen.

Justos gequältes Keuchen klang immer lauter in seinen Ohren, er stolperte auf das Ende des weißen Pfades zu, kam am letzten Bungalow vorbei. Vor ihm erstreckte sich der Atlantik, tintenschwarzes Wasser spülte über den harten Sand, den die Ebbe zurückgelassen hatte. Die geschwungene Bucht des Grundstücks war leer, am hinteren Ende marschierten die Pfähle eines Piers in das seichte Wasser hinein. Vor einem der dunklen Pfähle hob sich Renoirs weißer Anzug ab, er winkte mit beiden Händen. Justo atmete tief durch und spurtete den Strand entlang, die kräftige Salzluft belebte seine müden Lungen wieder. Renoir stand nicht mehr vor dem Pier, als Justo dort ankam; hinter den Stützpfählen, auf einem wirren Bett aus verfaulendem Seetang, den das zurückweichende Meer liegengelassen hatte, lag ein nackter Körper am Strand. Angelica kauerte über dem Körper. Sie hatte beide Hände auf die nasse Haut über dem Herzen gelegt und drückte mit raschen, rhythmischen Bewegungen darauf, um den reglosen Lippen ein Lebenszeichen abzupressen.

Justo wurde sich des eigenen keuchenden Atems besonders bewußt, als er zusah, wie Angelica versuchte, dem dahingestreckten Körper Leben einzuhauchen. »Was ist passiert?«

»Floyd hatte... einen...« Renoir fiel neben Angelica auf die Knie, als wollte er ein angstvolles Gebet beginnen. »Hatte... einen... Unfall.« Tränen überschwemmten Renoirs Gesicht, als er zu Justo aufblickte. »Floyd ist ans Ende des Piers gegangen, aber da war es noch dunkel. Er ist runtergesprungen, hatte ganz vergessen, daß Ebbe ist. Ob er sich das Genick gebrochen hat?«

»Mach weiter mit der Herzmassage!« sagte Justo ermutigend.

Angelica sah nicht auf, sie beugte sich konzentriert vor, die Muskeln ihrer nackten Oberarme spannten sich an, um Druck auf das reaktionslose Organ unter ihren Handballen auszuüben.

Renoir nahm behutsam Floyds Kopf in den Arm, wischte ihm Sand von der Stirn, strich das feuchte Haar glatt. »Bitte nicht, bitte nicht«, weinte Renoir über dem Gesicht mit den geschlossenen Augen.

»Ich muß wissen, wie lange Floyd schon in diesem Zustand ist.« Justo kniete sich in den Sand, setzte die Daumen an Floyds Augenwinkeln an und zog die steifen Lider zurück. Er legte zwei weiße Augäpfel frei, die Iris war nach oben gedreht, was auf ein bereits totes Gehirn hinweisen konnte. »Preß weiter!« rief Justo Angelica zu. »Versuch, noch schneller zu werden, achtzigmal pro Minute... genau, schon besser.«

»Vor fünf, höchstens zehn Minuten ist das passiert.« Wieder strich Renoir Sand aus Floyds feuchtem Haar. »Hab ihn selbst aus dem Wasser gezogen. Es war so früh am Morgen, daß kein Mensch hier war, nur Kosmo-Spinner, der ist plötzlich am Pier aufgetaucht. Ich hab ihm gesagt, er soll rüberfahren in die Petronia Street und Dr. Humphries holen, der kennt Floyd. Humphries könnte Floyd vielleicht wieder ins Leben holen, aber Kosmo-Spinner ist nicht zurückgekommen, und der Doktor bleibt auch weg. Dann hat Floyd Wasser rausgehustet, also bin ich zur Straße gerannt, um aus der Zelle zu telefonieren, als Angelica vorbeikam. Sie meinte, sie könne reanimieren und ich sollte auf Sie warten, weil Sie gleich kommen würden.«

»Wieso haben Sie nicht einfach den Notdienst angerufen?« Justo schob die grauen Lippen auseinander und sah die blutige Zunge.

»Wir können für uns selbst sorgen.« Renoir sagte es gepreßt, so als erläuterte er eine komplizierte Philosophie, statt eine einfache Aussage abzugeben. »Wir sorgen immer füreinander.«

»Sieht ja auch ganz danach aus, als wär Ihnen das bis jetzt hervorragend gelungen«, knurrte Justo und beugte sich über Floyds aschfahle Lippen. Er steckte ihm einen Finger in den Mund, beförderte einen klebrigen Sandklumpen heraus und schob die eingerollte, blutige Zunge vom Eingang zur Luftröhre weg. Justo vermutete, daß keine Hoffnung für Floyd bestand, keine Atmung, kein Puls, überhaupt kein Lebenszeichen mehr. Er hatte mehr als genug Friedhofskandidaten in diesem Stadium gesehen. Hunderten Opfern von Drogenüberdosen, Autounfällen und Herzinfarkten, Schnapsleichen und hoffnungslosen Selbstmördern hatte er noch einmal Leben einzuhauchen versucht. Nicht viel zu machen, wenn ein bestimmter Punkt überschritten war. Aber Gott allein kennt diesen Punkt, sagte sich Justo und setzte den Mund auf die grauen, mit Sand und Blut verklebten Lippen, drückte die eiskalte Nase zusammen und blies vier Luftstöße in die Mundhöhle, aus der ein leiser Gestank nach Erbrochenem drang, ein Gestank, bei dem Justo immer an den endgültigen Geruch des Todes dachte. Irgendwie hielt sich Justo für weniger männlich, weil er nicht imstande war, diese lebenspendende Aufgabe zu erfüllen, ohne daß ihm dabei leicht übel wurde. Ganz egal wie oft er Mund-zu-Mund-Beatmung machte, immer stieg ein galliger Geschmack in ihm auf, es war eine dumme Reaktion, denn schließlich stand der hohe Einsatz eines Lebens auf dem Spiel. Außerdem war es eine Sache, den Kuß des Lebens einer Frau zu geben, die am Zebrastreifen angefahren worden war, oder einem kleinen Kind, das man aus dem Schwimmbecken gezogen hatte, und eine ganz andere war es, in die Lungen eines vollkommen fremden Mannes zu pusten. Allerdings war Floyd kein vollkommen Fremder, eher schon ein unvollkommen Bekannter. Floyd war ein schnurrbärtiger Muskelprotz, der seine besten Zeiten hinter sich hatte. Viele Winter war es her, da hatte es ihn aus dem kalten Norden nach Key West verschlagen, mit einem reichen Freier im Schlepptau und so scharf, daß er seine junge Männlichkeit jede Nacht bis zum frühen Morgen in den Schwulendiscos verpraßte. Floyd wußte, was gewisse Männer aus dem Norden wollten, wenn sie aus ihren arktischen Nestern nach Süden zogen. Obwohl er inzwischen längst eine Halbglatze hatte, hielt er seine Muskeln durch Training in Form, den Schnurrbart und die Haare auf der Brust sauber gestutzt und gefärbt. Jeden Morgen, nach einer Nacht mit schneller Musik und noch schnellerem Leben, traf man Floyd an einem der verschwiegeneren Strände in einer Badehose, die eigentlich nur aus zwei Stoffetzen bestand, von denen der eine elegant um die

Hüfte geschlungen war und der andere sich eng zwischen den prallen Rundungen seiner nackten, von der Sonne gebratenen Hinterbacken spannte. Floyd war noch braungebrannter als Justos afrikanische Tante Oris bei ihrer Geburt, seine Haut glänzte mit der Künstlichkeit einer lackierten Puppe. Floyds fanatische Lust daran, sein Hinterteil den ganzen Tag über in der Sonne zu rösten, hatte ihm den Spitznamen eingebracht, der ihm in die gehässigeren Winkel der Insel nachhallte. Ein Kichern und ein Augenzwinkern gehörten zu dem Spitznamen dazu: Fan-Tan, gebräunte Arschbacke. Fan-Tan, so zischelten die spitzesten der bösen Zungen, der sieht doch aus wie ein verbrannter Schokokeks mit Cremefüllung, was um alles in der Welt findet Renoir bloß an dem Jungen, Schatzi? Meinst du nicht auch, daß Renoir was Besseres verdient hätte, als all sein gutes Geld in diese ausgelutschte Dose zu stecken, oder? Renoir könnte sich doch jede Menge straffe Muskeln und seidige Schnurrbärte an Land ziehen, wenn er nur nicht so ein herzensguter Kerl wäre, so zischelten die bösen Zungen. Für Renoir aber hieß Fan-Tan Floyd; und so laut die gehässigen Zungen auch zischelten, seiner Zuneigung zu Fan-Tan tat das keinen Abbruch. Renoir war einer der wenigen auf der Insel, der sich bis tief ins Mark hinein sicher war, mit wem er zusammen war. Wenn Justo mit dem Rücken zur Wand stände, würde sogar er auf Renoir zählen können, der ein verläßlicher und in seinen Ansichten sehr gerader Mann war. Was Fan-Tan anging, so hörte Renoir nie auf den böswilligen Klatsch, auch wenn ihm klar sein mußte, daß Fan-Tan sich an so manchem Spätnachmittag im Winter zu der sandigen Stelle vor der Seemauer am West Martello Tower davonstahl. Der rote Ziegelturm stand dort als die verblassende Spur einer Festung der Nordstaaten, die einst im Bürgerkrieg Soldaten und Gefangene beherbergt hatte. Mittlerweile gehörte die Zitadelle dem Key West Garden Club: Hinter den bröckligen Mauern wuchsen nun dichte Bäume, auf denen die Blüten seltener, luftwurzelnder Orchideen prangten. Unter den Schießscharten in der geschwungenen Brüstung zum Atlantik hin aber saßen bisweilen einzelne Männer, die hinter blitzenden Sonnenbrillen über den Sandstrand hinweg auf den hölzernen Finger eines niedrigen Piers spähten. Oft bevölkerten junge Männer in knappen Badehosen diesen Pier in der schwindenden Nachmittagssonne und waren in Gedanken gewiß nicht bei den Schwärmen von lustigen Glasbarschen, die unter ihren baumelnden, nackten Füßen im Wasser durcheinanderquirlten. Unter Eingeweihten war der Pier als Ständersteg bekannt, während weniger tolerante Mitbürger ihn den Tuntenpier nannten. Auf diesem Pier jedenfalls spielten sich täglich Turteleien ab. Im Laufe der Jahre hatte Justo dort nur selten ernsthaften Ärger zu klären gehabt, höchstens daß hie und da einmal ein hitziger Zeitgenosse, der meist frisch vom Shuttle-Flug aus Miami kam, auf die Idee verfiel, sich mit anderen Männern zu prügeln, nachdem sie ihm unverhoffte Lust- oder ungeahnte Schuldgefühle beschert hatten. Das Revier rund um die Zitadelle aus dem Bürgerkrieg war immer noch eine Stätte der Begegnung für Männer aus dem Süden und dem Norden, wobei die Gefahr von Schußwechseln dem Vergnügen am anonymen Austausch geschlechtlicher Warenwerte gewichen war. Letztlich galt Fan-Tans gelegentliches Umherstreifen zwischen dem Ziegelturm und den wie Pfauen über den Pier stolzierenden Tangatunten auch nur deshalb als schlechtes Benehmen, weil er damit öffentlich zur Schau stellte, daß er Renoir untreu war.

Und nun war Justo Mund an Mund in einem Tanz von Leben und Tod gefangen, und zwar mit jemandem, der in Justos Schulzeit mit Schimpf und Spott als *cundago, pargo, amanerado, parguela, loca, mariquita, partido, pájaro* oder *pato* verhöhnt worden wäre, alles nur eine schwache Ausrede dafür, daß man ihn wegen seines Verlangens für andere Männer schlagen und piesacken konnte. Justos mangelnde Wertschätzung für Fan-Tan hatte nichts damit zu tun, daß dieser Mann dem Zug des unersättlichen Zauberstabes zwischen seinen Beinen folgte und ihn unermüdlich in das Meer immer neuer Begegnungen eintauchte. Sie hatte damit zu tun, daß Fan-Tan seinem Freund Renoir öffentlich fremdging, und bei diesem Thema maßte sich Justo neuerdings gewisse Kenntnisse an, die ihn gar zum Ziel der eigenen Verachtung machten. Renoir in seinem weißen Anzug wurde auf der ganzen Insel als eine Stütze der Gesellschaft verehrt, er strömte die intellektuelle Gewißheit eines Mannes aus, der im Unreinen und doch im Frieden mit sich selbst war. Wie Justo hatte Renoir Wurzeln, die ihn fest mit dem Korallenkalk der insularen Geschichte verbanden, und auch er glaubte an das labile System aus Gewichten und Gegengewichten, das die täglichen Abläufe auf Key West bestimmte. Jenseits dieses Glaubens nahm Renoir ein Leben auf der Insel wahr, wie es ein Menschenherz allein während seines gesamten Daseins auf Erden wohl kaum begreifen mochte. Durch das präzise Auge von Renoirs hellwacher Seele konnte man nämlich beobachten, daß die Geister der Piraten und Bergungsschiffer ihre Schlupfwinkel auf der Insel niemals verlassen hatten, sondern immer noch durch die engen Gassen flanierten und die Kneipen heimsuchten, und ihre Tätowierungen glänzten im dunklen Gewölbe der Zeit. Renoirs feines inneres Ohr lauschte immer auf das Klirren ferner Säbel und Messer, das Klingen der Glieder goldener Ketten, das Ächzen hölzerner Schiffsplanken. Tief in seinem Piratenherzen sah Renoir Key West als eine Insel gesetzloser Menschen an, eine Art Dodge City direkt am Rande des Golfstroms, wo Männer Frauen duldeten, so wie Matrosen in den Häfen sie schon immer geduldet hatten, als Ablenkung. Frauen fahren nie mit den Männern zur See, niemals, so lautet das Gesetz, die Regel, die sich in der Bibel aller alten Seefahrer findet, auch jenes von Coleridge, denn jeder Sohn eines Matrosen zur See kennt dieses einzig wahre Gedicht, daß nämlich eine Frau an Bord das Schiff ins Unglück treibt. Für Seeleute ist der Tod eindeutig dem Unglück vorzuziehen. Key West war eine Insel im Meer, ein vor Anker gegangenes Schiff voll Piraten der Liebe und Bergungsschiffer von Träumen, die auf der Brandung des unausweichlichen Schicksals ritten. Wenn Frauen sich mit Männern vermischten, so würde der Teufel, der unter dem Fels der Insel lauerte, einen verhängnisvollen Wind blasen, der die Segel der modernen Zeit mit Tod und Verderben füllen mußte. Daran glaubte Renoir, glaubte es ebenso felsenfest, wie sein Vater Isaac an das Gegenteil glaubte und seine Erlösung in der Wiege der Weiblichkeit suchte. Renoir war nicht nur ein Bittsteller an Apollos weißem Altar, er war ein Mann unter Männern, der sich aus dem urwüchsigen Credo des Ozeans eine Philosophie formuliert hatte. Renoir lebte und liebte nach dieser Philosophie, ließ die Flagge seiner sexuellen Überzeugung hoch am Mast flattern, egal wie widrig die Stürme im jeweiligen Hafen waren.

»Floyd lebt!« brüllte Renoir Justo ins Ohr. »Gütiger Gott, Floyd lebt! Sehen Sie nur, er bewegt sich!«

Justos lebenspendender Kuß wurde erwidert. Gurgelnder Atem entrang sich Floyds Lunge und blies in Justos Mund. Angelica massierte das Herz noch fester. Justo richtete sich auf und schob Floyds schlaffe Lider hoch. Die Iris zuckte in angstvoller Erkenntnis dessen, was hätte sein können.

»Preß noch ein paarmal ordentlich drauf«, wies Justo Angelica an. »Gut so, das hätten wir. Du warst großartig.«

Angelica konnte Justo erst jetzt ansehen, ihr Atem ging schwer vor Erschöpfung. »Wir haben den Saukerl tatsächlich wieder zurückgeholt.«

»*Du* hast den Saukerl zurückgeholt.« Justo stand grinsend auf und reckte sich, um den Schmerz in den Kniekehlen loszuwerden.

»Mein Gott, Floyd!« Renoir vergoß Tränen der Erleichterung auf das Gesicht, das er in den Armen wiegte. »Mein Gott, Liebling, mach so etwas nie wieder!« Renoir beugte das Gesicht tief hinab zu den bebenden grauen Lippen. »Nie, nie wieder, bitte. Ich werde für dich sorgen. Ich werde dich nicht verlassen, bestimmt nicht... ich verspreche es dir.«

»Ich ruf dann mal den Krankenwagen.« Justo sprach beschwichtigend auf Renoir ein. »Floyd müßte geröntgt werden, er könnte sich an der Wirbelsäule verletzt haben.«

»Nein!« Renoir blickte Justo mit schmerzvoller Miene an. »Nicht ins Krankenhaus. Ich kann selbst für ihn sorgen.«

»Darum geht es doch nicht, er ist vielleicht –«

»Halten Sie sich da raus!« Der Schmerz in Renoirs Blick wurde zu kaltem Trotz.

»Hören Sie, ich muß das einfach machen. Es gehört zu meinem Job, daß ich –«

»Ihr Job hat damit überhaupt nichts zu tun!« Renoirs Stimme explodierte in einem gequälten Schrei. »Was wissen Sie denn schon? Gar nichts! Ich kann für ihn sorgen! Da können Sie sicher sein!«

Justo streckte eine Hand aus, um Angelica aufzuhelfen. »Dann gehen wir wohl besser.« Er fühlte sich ein wenig unwohl. Renoirs ungebremst sprudelnde Emotionen machten ihn verlegen, es war, als wäre er Zeuge einer markerschütternden Liebeserklärung und zugleich eines Schreis um Vergebung. Was es da zu vergeben gab, würde Justo nie erfahren. Ganz sicher wußte er aber, daß die beiden Männer in diesem privaten Augenblick von wiedergewonnenem Leben allein sein sollten. Justo legte Angelica den Arm um die Hüfte, als sie aufstand. Ob irgend jemand diese vertrauliche Geste in der vollen Helligkeit des Morgens sah oder nicht, war ihm ganz egal. Langsam ging er mit Angelica um die Bucht herum. »Wo hast du denn die Herzmassage so gut gelernt? Hab gar nicht gewußt, daß du Erste Hilfe kannst.«

»Wenn man in Kneipen arbeitet, muß man so was können. Man weiß ja nie, wann irgendein Schluckspecht an der Olive in seinem Martini erstickt.« Angelica lehnte sich eng an Justo; sie hatten gemeinsam etwas sehr Intimes gehabt an diesem Morgen, wenn auch etwas ganz anderes als das, was sie ursprünglich vorhatten. Sie waren nun auf eine Weise miteinander verbunden, die geraubte Augenblicke unter der Bettdecke nie hätten entstehen lassen können. »Willst du noch mit zu mir kommen?«

Justo lachte nervös. »Irgendwie fühle ich mich nicht mehr so romantisch.« Er rieb sich mit dem Handrücken über die Lippen.

»Doch nicht für das, was wir vorhin machen wollten.« Angelica sah Justo überrascht an. »Ich meinte ja nur für eine Tasse Kaffee oder so was. Ich fühl mich irgendwie komisch. Will einfach nicht alleine sein, sonst nichts.«

Justo mochte sich nicht für das, was er gleich tun würde. Er hatte den ganzen frühen Morgen hindurch geahnt, daß er sich noch schrecklich naß machen würde, und jetzt war es passiert: Er würde nicht mit zu Angelica hineingehen. Er versuchte das Thema zu wechseln. »Ich fühl mich auch komisch. Wie hast du die zwei da draußen überhaupt getroffen?«

»Ich bin ganz langsam gefahren, weil ich sehen wollte, ob du mir nachkommst. Ich dachte, vielleicht hast du geschwindelt und willst gar nicht mit. Als ich an dem Grundstück hier vorbeifuhr, stand Renoir da und winkte.«

»Warum er wohl nicht einfach jemanden in der Pension aufgeweckt oder von dort telefoniert hat?«

»Aus Panik vermutlich. Manchmal tun Leute ja genau das Gegenteil von dem, was vernünftig wäre, wenn sie in der Klemme sind.« Angelica blieb stehen und glitt aus dem beschützerischen Griff von Justos Arm um ihre Taille. »Genau wie du.«

»Wie meinst du das?«

»Na, kommst du nun mit zu mir oder nicht?«

Justo steckte in der eigenen Falle. Angelica hatte recht, er würde tatsächlich den Ausweg für Feiglinge nehmen. »Ein andermal.« Er beugte sich vor und küßte sie.

»Okay.« Angelica lachte und strich ihm mit erfahrenen Fingern über die Wange. »Ein andermal.«

Schweigend ging Justo weiter neben ihr über den Strand, die sexuelle Verbindung zwischen ihnen war zerbrochen, aber durch etwas Festeres ersetzt worden. Dann stand er vor der hohen

Mauer des Grundstücks und sah zu, wie Angelica in die nun aufgegangene Sonne davonfuhr. Seine Gedanken streiften quer über die Insel zu Rosella, die wieder einmal nach einer allein verbrachten Nacht aufstand. Er war wirklich ein sehr hungriger Mann. Er dachte daran, wie seine Töchter wirre Teenagerträume abschüttelten. Er war ein Vater und Ehemann. Er ging zur Telefonzelle an der Straßenecke und wählte die Nummer, die er sich vor Stunden von der Kreidetafel im Wreck Room gemerkt hatte. Das hatte er eigentlich nicht vorgehabt, hatte vermeiden wollen, daß Zobop merkte, wer da auf der Spur der toten Ziegen und Friedhofslyrik war. Das Telefon klingelte zwölfmal. Justo wollte gerade wieder einhängen, als das Klicken des abgenommenen Hörers kam, gefolgt von einer langen Stille. Auf einmal erkannte Justo die Nummer, die er gewählt hatte. Die rumgetränkten Silben, die da durch die Fernsprechkabel sausten, kamen zögernd, aber unverkennbar. Justo legte auf. Grüner Matrose blickt nach Norden? Der letzte auf dieser Insel, dessen Stimme Justo am anderen Ende der Leitung erwartet hatte, war St. Cloud.

16

»Irgendwie habe ich dabei die Orientierung verloren, und Lyla wurde auf einmal Fleisch und Blut, von oben bis unten attraktiv, ein verführerisches Aroma, das in meinen Adern kreist.« Während St. Clouds Worte in die feuchte Schwüle des Spätnachmittags entschlüpften, behielt er den Skorpion im Auge, der auf dem gelben Kiefernholz der Schlafzimmerwand entlanghuschte und seinen ankerförmigen Schwanz nervös durch die Luft zucken ließ. »Nein, sie ist mehr als ein Aroma. Ich bin hoffnungslos süchtig nach ihr.«

»Kein Junkie wird süchtig geboren«, sagte Isaac keuchend. »Junkies pflegen ihre Sucht und schleppen sie wie einen Affen auf dem Rücken mit sich herum, damit die Welt ihnen bei ihrer Selbstzerstörung noch applaudieren kann. Du bist kein Junkie aus eigener Schuld, du bist ein geborener Narr, das ist ein großer Unterschied.« Isaac rollte den Kopf auf dem Kissen und verfolgte mit St. Cloud den Lauf des Skorpions. »Aber weißt du, alle lieben die Verliebten, und du bist der zweitgrößte verliebte Narr nach mir. Ich versteh zwar dein Problem nicht, außer daß es das alte Problem der Männer mit den Frauen ist, seit Eva den Wurm aus dem Apfel gelutscht hat, ehe sie ihn Adam hinhielt. Kein Mann hat je was anderes angeboten bekommen als einen Apfel, übersät mit leeren Wurmlöchern. Du wirst auch nicht der letzte sein, der herausfindet, daß jeden Tag ein Apfelschmaus keineswegs den Teufel aus dem Haus hält. Aber Pfirsichnektar ist keine schlechte Titte zum Lutschen.« Ein leises Gurgeln mischte sich in das Lachen aus Isaacs Kehle. »Scheiße, ich werd wohl bald bei den Engeln sein.« Isaac wandte sich von dem Skorpion ab und zwinkerte. »Was meinst du dazu? Geflügelte Tussis und goldene Trompeten in alle Ewigkeit, ist doch 'ne tolle Art, tot zu sein.«

»Ich glaube, ich bin verrückt geworden.« St. Cloud sprach aus der Intuition heraus, ohne den Ausweg in den Humor zu nehmen, den Isaac ihm anbot. St. Cloud würde nicht von dem ablassen, was er zu sagen gekommen war, was er in Worte zu fassen suchte. Er fühlte sich wie ein Mann, der Selbstmord begehen will und in einem Anfall von weinerlicher Besoffenheit den besten Freund anruft, ihn anfleht, mit ihm zu reden und ihn in Freundschaft in die Wirklichkeit zurückzuführen.

»Was willst du mir denn eigentlich sagen?«

»Ich glaube, jemand will mich ermorden.«

»Krrrrrrpfff!« knurrte Isaac und beobachtete wieder den Lauf des Skorpions die Wand hinunter. »Erschießen müßte man dich, du verdammter Narr, du bist nichts als ein bedauernswerter Bandit der Liebe. Keiner von uns verdient es zu leben, na und? Wirst du jetzt diesen Skorpion da erschlagen, oder soll er uns in den Arsch beißen?«

»Laß ihn nur beißen, wir haben beide nicht mehr lange zu leben. Ich sage dir, Isaac, vielleicht werde ich ermordet. Ich möchte nur, daß du auch weißt, warum, das ist alles. Nicht daß es wirklich wichtig wäre, ich möchte nur, daß du es weißt, weil ich glaube, du könntest den Grund auch verstehen. Ich bin sicher, es hat damit zu tun, daß ich in Lyla verliebt bin. Irgend so eine verrückte Romeo-und-Julia-Geschichte, und ich spiele gleich beide Rollen, während sie in dem Stück ganz tief im Schatten hinter den Kulissen steht. Da ist etwas, das in Lyla verborgen liegt, an das ich nicht herankomme, etwas Gefährliches, das nicht freigelegt werden will. Ich würde für Lyla töten. Justo meint ja, ich hätte längst getötet, mich selbst nämlich, weil ich dermaßen den Kopf verliere, meinen gesunden Menschenverstand abtöte. Aber ich habe noch Verstand genug, um zu merken, daß jemand darauf aus ist, mich umzulegen. Ich rede nicht von der üblichen Koksparanoia, die hier alle haben. Ich rede von jemandem, der es direkt auf mich abgesehen hat.«

»Scheint mir eher ein Fall von tropischer Hexerei zu sein, mein Sohn. Diese Frau hat dir den Verstand aus dem Kopf gelutscht, und jetzt hast du nur noch deine Eier im Hirn. Warum zum Teufel sollte dich jemand ermorden wollen? Wenn du nicht aufpaßt, dann wird die Kleine das tun, was sie alle früher oder später tun, dich verlassen. Dann wirst du so ärmlich enden wie der bekloppte alte Graf Cosel, der jede Nacht in einen Haufen Wattebäusche reingewichst hat. Junge Frauen in den Tropen kommen und gehen, das weißt du doch. Sie kommen und gehen, aber sie bleiben niemals stehen. Sie können immer nur gehen. Sei darauf vorbereitet. Das ist der wahre Tod, der dir bevorsteht, der Abgang deiner Muse aus Georgia.«

»Hab ich dir das schon erzählt? Ich höre jetzt immer so seltsame Musik.«

»Krrrrrrpfff!« Isaacs knochiger Brustkasten entließ bebend einen abfälligen Luftschwall. »Keiner von uns verdient es zu leben. Ein Wunder, daß wir nicht in unseren Badewannen zerfließen, wie Picasso einmal sagte. Jetzt erzähle ich dir mal von einer der vielen dummen Sachen, die ich getan habe, als ich die magische Schwelle von vierzig Jahren überschritt. Eines Nachts trug ich meine Staffelei aus dem Atelier hinaus, weg von all meinen Modellen und in die Berge hinauf, legte mir noch in der Dunkelheit alles bereit und spähte hinter der Staffelei hervor auf den Rand der sichtbaren Welt, zapplig wie ein Junge, der auf seine erste Erektion wartet. Ich wollte diesen Sonnenaufgang so rasch wie einen Schnappschuß malen, so ewig wie mc-Quadrat dem urknalligen Anbeginn der Schöpfung entspricht, wollte ein Bild malen für die neue Welt zwischen Instinkt und Intellekt, sämtliche Farbentheorien auseinandernehmen und beweisen, daß ein Regenbogen nichts weiter ist als Gott, der auf die Erde pinkelt. Ich wollte diesen Regenbogen in Flaschen füllen, ihn in der Zeit arretieren, ihn wie einen Schmetterling aufs Brett pinnen. Dachte, ich könnte es schaffen. Dachte, ich hätte in meinem vorgerückten Alter genug gelernt, um alles wieder zu *verlernen*. Da stand ich also, bereit für den Augenblick. Die Leinwand vor mir, den Pinsel in der Hand, die fertige Palette mit Ölfarben neben mir. Das erste Licht lugte über den Horizont, die Vögel sangen los, der Himmel warf tausend Farben auf mich herab. Verblüfft und voller Ehrfurcht, war ich wie versteinert. Der helle Tag zog über mir auf, intensiv und grell nach all den Farben davor, und die leere Leinwand starrte mich an.« Isaac hielt inne, seine magere Brust hob sich zu einem weiteren mühsamen Atemzug.

Der Skorpion hatte nun fast die untere Abschlußleiste der Schlafzimmerwand erreicht. »Du hast ihn nicht einfangen können?«

»Natürlich nicht, kein Narr kann das, oder vielleicht nur ein Narr, und ich bin ein gescheiterter Narr. Wir wissen, daß alles Abstraktion, Sinnestäuschung ist. Wenn du einen gemalten Sonnenaufgang siehst, dann stehst du ja nur vor der armseligen Subjektivität des lausigen Künstlers, der den dummen Versuch wagte, ihn zu malen. Es ist Schein und Illusion, das falsche Licht in seiner reinsten Form. Das Licht ist gar nicht so wichtig, sondern die Dunkelheit, die dem Licht vorangeht und es erst bestimmt, der Ort, der noch vor dem Leben liegt. Jener Ort bestimmt diesen Ort.« Der Skorpion war am Fußboden angekommen. »Verstehst du, mein Sohn?«

»Ja. Jetzt weiß ich, warum du immer nur Frauen malst.«

»*Nein!*« Isaac schob seinen schmalen Körper höher auf den Kissenstapel hinauf. »Darum geht es nicht. Es geht darum, daß man versucht, sich aus der dunklen Höhle, die vor der Schöpfung liegt, freizumalen. Es geht um folgendes, St. Cloud: Wenn du in die Finsternis zurückwillst, werde ich dich nicht aufhalten. Ich werde dir keine intellektuellen Argumente dafür liefern, warum du es nicht tun solltest. Geh doch und reise in die Finsternis zurück, selbstvergessen wie ein Geisterfahrerfötus, nur jammere nicht herum, daß dich jemand wegen so einem Süßkartöffelchen aus den Südstaaten ermorden will. Du bist zu intelligent für Selbstmitleid, und ich bin zu alt für dummes Gelaber.«

»Ich erzähl dir was von der seltsamen Musik.«

»Verdammt, Mann, du hast mir überhaupt nicht zugehört! Ich rede hier vom Licht des Malers, nicht von Radioromanzen.«

»Licht und Musik hängen doch zusammen.« St. Cloud ergriff Isaacs kraftlose Hand und hielt sie fest, rieb die tiefdunklen Venen. »Ich verstehe ja, was du mir da sagen willst, und du hast wohl auch recht, außer daß mir diese seltsame Musik in den Ohren klingt, so ein hohes Kreischen.«

»Klingt nach 'nem Rotschwanzbussard.«

»Ja, nur hab ich das Geräusch bis jetzt immer nur nachts vor meinem Schlafzimmerfenster gehört, wenn ich mit Lyla im Bett lag. Ich bin dann oft rausgegangen und hab mich umgesehen, aber die Büsche stehen zu dicht, als daß ich etwas erkennen konnte. Bussarde jagen nicht in der Nacht. Das ist etwas anderes, es klingt eher wie eine dieser Blechtröten.«

»Scheint mir eher, als wenn da einer bei dir im Gebüsch lauert, der ebensogern mal einen Blick auf deinen Pfirsichnektar werfen will wie du.«

»Das geht jetzt aber schon eine ganze Weile so. Das Geräusch wird richtig manisch, unnatürlich.«

»Vielleicht pfeift dein Spanner durch die Zähne, während er zusieht, wie du deiner Aphrodite huldigst. Ich würde wohl auch pfeifen. Da fällt mir ein, wo ist denn Angelica? Und wo ist Renoir? Die sollten doch hier sein, es ist ja Mittwoch. Na, vielleicht ist Renoir endlich auf den Geschmack gekommen, nachdem er Angelica ein Jahr lang als Modell bei mir gesehen hat. Vielleicht sind die beiden zusammen auf und davon. Dann könnte ich glücklich sterben.«

St. Cloud sah zu, wie der Skorpion über den Boden huschte, der behaarte Schwanz zuckte tatendurstig, und das Tier näherte sich dem Messingbett. »Ich hab Angelica heute früh angerufen. Niemand zu Hause. Und noch etwas. Jemand hat *mich* bei Tagesanbruch angerufen und gleich wieder aufgelegt.«

»Die Leute verwählen sich doch andauernd, oder vielleicht war es auch dieser Zobop. Du hast mir doch gesagt, daß Angelica deine Telefonnummer auf die Tafel im Wreck Room gesetzt und mit Zobops Namen unterschrieben hat, damit dir eventuell irgendwer weiterhilft.«

»Ja, aber daraufhin haben sich bis jetzt nur zwei Kerle gemeldet, die ein Rendezvous mit mir ausmachen wollten.«

»Hast du noch mehr Gedichte mit Hühnerkrallen an die Tür genagelt bekommen?«

»Davon wollte ich dir ja eben erzählen, das meinte ich damit, daß die Musik immer seltsamer wird.« Der Skorpion sauste zum Messingfuß des Betts und stieß dreimal mit dem Kopf gegen das schimmernde Metall, ehe er sich an den Aufstieg machte. »Heute früh, nachdem mich das Telefon geweckt hatte, ist wieder dieses Pfeifen von draußen gekommen, ganz schrill. Ich geh also raus und seh mich um. Und auf dem Hochspannungsmast über dem Feigenkaktus in meinem Garten sitzt ein Bussard und starrt mich an. Schreit noch einmal und macht sich dann über die Blechdächer davon.«

»Ich sag dir doch, daß es ein Rotschwanzbussard war.«

»Im ersten Moment dachte ich ja auch, daß es einer war, die beiden Pfiffe ähneln sich sehr. Als ich wieder reingehe, stolpere ich fast über ein großes Glas, von der Sorte, in der Hausfrauen Obst einkochen. Das Glas stand auf der obersten Stufe, wo ich's nicht übersehen konnte, sehr alt und zerkratzt, und voll mit Zeug.«

»Voll mit Pfirsichnektar, wie?« Isaac zwinkerte ihm zu. »Reib meine Hand nur weiter so, das tut gut.«

»Voll mit rostigen Angelhaken, verbogenen Geldstücken, krummen Nägeln und wieder mit einem Gedicht, konnte das Gekrakel kaum lesen, es war auch mit einem dieser Filzstifte geschrieben.«

»Und, was hatte dein Freund Zobop diesmal mitzuteilen?«

»Erinnerst du dich an das Gedicht, das an meine Tür genagelt war, das mit dem ›grünen Matrosen‹ und den ›Märtyrern Kubas‹?«

»Klar.«

»Diesmal klang es noch seltsamer: *Acht Palmen weisen den Weg zu zweitausend Seelen, die im Stacheldraht gefangen sind.*«

»Sonst nichts?«

»Gezeichnet: *Zobop*.«

Isaac drehte den Kopf auf dem Kissen, der Skorpion war nun auf der Höhe seiner Augen und schlängelte seinen Körper auf der verzierten Messingkurve des Kopfendes. »Weißt du«, Isaac drehte den Kopf wieder zu St. Cloud, und die Runzeln seines Gesichts verzogen sich zu einem Grinsen, »vielleicht ist diese Sache ja doch realer als eine Koksparanoia oder Alkoholikerschuldgefühle. Irgend etwas geht da vor, aber ich glaube nicht, daß es mehr zu bedeuten hat als das übliche Affentheater, das sich hier auf der Insel eben so abspielt. Könnte nichts weiter sein als ein eifersüchtiger Kubaner, der auf deine Lyla scharf ist, und der hat eben jemanden dafür bezahlt, dir einen Santería-Liebeszauber anzuhexen. Ich erinnere mich noch, wie das früher hier war, und da meine ich nicht die Teufelstänzer, die in Säcke gehüllt und mit Tiermasken auf dem Kopf durch die Duval Street ziehen. Was ich meine, das ist lange davor passiert, südlich der Duval Street, in der Gegend, die damals African Town hieß. Dein Freund Justo kennt das noch, solltest ihn mal fragen. Es gab eine Zeit, da haben die Leute aus den Geheimgesellschaften jeden umgebracht, der eine böse Wahrheit ausgeplaudert hat. Und vielleicht war das ja auch gar nicht so schlecht. Wenn heutzutage jemand das gräßliche Geheimnis ausplaudert, wie man Atombomben im Hobbykeller basteln kann, dann wird er damit noch berühmt. Ich würde sagen, du solltest Justos Tante Oris bitten, daß sie dir einen dieser Glücksknochen macht, wie er einen um den Hals trägt. Man weiß ja nie, ob was dran ist, Justo hat er mehr als einmal die Haut gerettet. Gibt eine alte Inselbewohnerin drüben bei dem verfallenen Leuchtturm, die schüttet heute noch jedesmal ein Glas Wasser auf die Straße, wenn ein Fremder vorbeigeht. Damit will sie die schlimmen Keime der Ungläubigen abwaschen und böse Geister fernhalten. Vor der Baracke der alten Frau steht immer eine Pfütze, sogar mitten im Hochsommer. Es sucht sich eben jeder seinen eigenen Teufel.«

»Gute Idee, mir ein bißchen Beistand zu verschaffen. Werde mal mit Justo reden wegen so eines Glücksknochens.« St. Cloud nahm Isaacs andere Hand, begann sanft, die knochendürren Gelenke zu reiben. »Vielleicht besorge ich Lyla auch einen.«

»Kann nie schaden, vielleicht ist da jemand sogar noch verliebter als du, noch jemand, der die Frauen zu sehr liebt, und wenn er die perfekte Frau gefunden hat, sie gleich bis zur Raserei liebt. Die Raserei ist der Neid des Bösen. Du bist rasender als je zuvor. Deine Hände sind stark, das fühle ich, aber sie zittern noch mehr als meine, und nicht nur vom Schnaps. Ich meine ja nicht, daß du das Saufen aufgeben sollst, nichts so Schwerwiegendes, ich habe keine Angst, daß du aus dem Alkoholloch, das du dir dein ganzes Leben lang vollgeschüttet hast, nicht mehr rausschwimmen kannst. Mir macht nur angst, daß du womöglich nicht mehr allzuviel von deinem schlauen Köpfchen übrig hast, wenn du über die magische Vierzigerschwelle trittst. Ich baue darauf, daß du es schaffst. Enttäusch mich nicht wie Renoir, sei ein Mann, sei ein Mann zu allen Männern, für alle Frauen. Für einen Mann in meinem Alter ist es wichtig, sich einen jüngeren Mann zu suchen, zu dem er stehen kann, der für ihn weitermacht. Ich will nicht zusehen, wie du von einer kleinen Hexe aus Georgia übertölpelt wirst, die verzweifelt einen Ehemann sucht, der sie mit Kreditkarten und Kindern vollstopft. Denk dran, die Frauen, die du vögelst, sind immer die Endsumme aller Männer, mit denen sie je geschlafen haben. Du hast nicht die geringste Ahnung, wo diese eine vorher gewesen ist. Wie sie da oben sagen, wo sie herkommt: Unter der süßen Brust einer jeden schönen Südstaatlerin schlägt ein steinhartes Herz. Also nimm dich in acht!« Die Augen in Isaacs verschrumpeltem Gesicht leuchteten mit der Ehrlichkeit polierter Kastanien. »Jeder einzelne Augenblick, den wir auf Erden haben, ist gestohlen, aber der Trick besteht darin, nie mit dem Stehlen aufzuhören, nie bei einer Frau stehenzubleiben, sondern immer zur nächsten weiterzugehen. Letztendlich dreht es sich nur um Frauen, und die sind alle Meisterinnen der Täuschung. Es geht ja im Grunde darum, diejenige zu finden, die einen am besten täuschen kann. Und während die Zeit verrinnt, wird dir eines mehr und mehr klar: Die Frauen werden immer jünger und die Tage immer kürzer.«

Die violetten Lider von Isaacs Augen schlossen sich abrupt, seine Hand erschlaffte in St. Clouds streichelndem Griff. Die Angst schloß sich wie eine Faust um St. Clouds Herz. Entglitt Isaac ihm etwa gerade ins Land der Engel und Trompeten? Er sah auf, sein Blick ging aus dem Schlafzimmer der Bahamavilla durch die hohen Glastüren über die Kalmen des Atlantik hinweg auf die dünne blaue Linie des Horizonts, die für jeden auf der Insel den letzten Ausweg markierte. Vielleicht glitt Isaac schon dort draußen, körperlos und getrennt von Raum und Zeit, über das klare Wasser, durch das trügerische grüne Leuchten ins falsche Licht hinein, und suchte die Antwort, die ihm die lebenslange Jagd nach den Frauen über endlose Flächen von gespannter Leinwand voll grellbunter Ölfarben niemals gegeben hatte.

»Ich hab so wunderschöne Farben gesehen, so klar wie Zuckerguß auf einem Geburtstagskuchen. Vielleicht ist es doch mehr als nur falsches Licht.« Isaac zwinkerte ihm zu. »Verdammt noch mal, nun mach nicht so ein trübes Gesicht! Ich trete noch lange nicht ab. Hab doch schon immer gesagt, daß ich im Sattel sterben werde.« Er lächelte in Richtung des Skorpions, der nur Zentimeter von seinem Gesicht entfernt war und mit seinem schlanken Stachel ins Unbekannte tastete. »So, mein kleiner Freund, Zeit zum Verschwinden. St. Cloud, du kannst ihn jetzt rausschmeißen.«

St. Cloud schob blitzschnell die Hand über den Skorpion und schleuderte ihn durch das offene Fenster. Dann wandte er sich an Isaac. »Eines Tages wird dich noch einer stechen. Das wird dein Ende sein, nicht die Ärzte.«

Isaac stieß ein paar kurze Schnalzlaute aus, die in einem Kekkern endeten. »Ich hab mein ganzes Leben lang Skorpione um mich gehabt. Und in Großvater Isaacs Haus hat noch nie einer jemanden gestochen, wird auch nie vorkommen. Skorpione muß man beschützen, wenn nicht, kriegt man 'ne Rattenplage. In meinem Haus gibt's keine einzige Ratte. Ratten oder Skorpione, entweder oder, da mußt du dich entscheiden.«

»Ich glaube, ich hab beides.«

»Das bringt Ärger. Eins von beiden muß weg.«

»Hab's mir ja nicht ausgesucht.«

»Stimmt.« Isaac hörte ein Geräusch an der offenen Tür, wandte den Kopf und sah einen Schatten auf der Korridorwand. »Die Menschen suchen sich das nie aus. Ratten und Skorpione treffen ihre eigenen Entscheidungen, und man weiß bis zum Ende nie, wie es nun ausgeht.«

Durch die Tür kam Renoir, schmaler als der Schatten, den er warf, zu einer gespenstischen Silhouette im weißen Anzug erblaßt.

»Was bist du?« rief Isaac die schattenschmale Erscheinung an. »Ratte oder Skorpion?«

Renoir ignorierte die Frage und trat rasch ans Bett seines Vaters, nahm dessen kraftlose Hand und fühlte nach dem schwachen Puls. »Hast du deine Medikamente genommen?«

»Ob ich meine Medikamente genommen habe?« Isaac erstickte beinahe am Husten, ehe er weitersprach. »Mein Gott, ja, aber halt dir das bloß nicht zugute, du warst ja nicht hier, um sie mir zu geben. Wo bist du gewesen? Was ich jetzt an Medikamenten brauche, ist eine Dosis von Angelicas seidigen Schenkeln, ist dir jemals aufgefallen, daß ihre Haut zwischen Knie und Nabel ganz deutlich vier unterscheidbare Farbtöne hat? Und sie ist gar keine Blondine. Wo ist sie überhaupt, die kleine Schlampe?«

»Wahrscheinlich verbringt sie den Nachmittag mit ihrer Tochter, weil sie doch nachts arbeitet.«

»Hör mal.« Isaac atmete das bißchen Luft ein, das in seinen Lungen Platz fand, ehe er im Ausatmen seine Frage stellte. »Glaubst du, Angelica ist eine Ratte oder ein Skorpion?«

»Was redest du da?«

»Sie kann nur das eine oder das andere sein.«

»So einfach ist das nicht, Vater. Es gibt noch mehr zur Auswahl.«

»Mehr steht da nicht zur Wahl. Entweder man liebt Frauen oder nicht.«

Renoir ließ die Hand seines Vaters los. »Wirst du denn nie mit deinem heterosexuellen Heldengetue aufhören, nicht einmal jetzt?«

St. Cloud fürchtete, Renoir könnte die Fähigkeit verlieren, seine wahren Gefühle zu verbergen. Im Laufe der Jahre hatte Renoir die ständigen emotionalen Wechselbäder seines Vaters nicht nur erduldet, sondern erlitten. An diesem Nachmittag jedoch hatte Renoirs Benehmen etwas von einem in die Enge getriebenen Mann, der auch zurückschlagen könnte. Normalerweise brachte

Renoir seinem Vater eine unbeteiligte, eher verwunderte Haltung entgegen; er beobachtete die Vorgänge aus der sicheren Distanz des Humors und konterte oft mit seiner eigenen Spielart von sexueller Prahlerei. Jetzt aber spürte St. Cloud, daß Renoir irgendwie aufgelöst war. Nicht nur daß er körperlich immer dünner wurde, es schien auch, als straffe sich in ihm ein Seil aus krasser Realität, das bis weit über ein erträgliches Maß hinaus gespannt war.

»Na, ich mach mich dann wohl besser auf den Weg«, stammelte St. Cloud.

»Setz dich!« Isaac klopfte auf die Bettdecke neben sich, von der sich St. Cloud eben erhoben hatte.

Ungelenk setzte sich St. Cloud wieder hin. Er wußte schon lange, wie verletzend seine enge Beziehung zu Isaac für Renoir war, dieses lockere Verständnis von Mann zu Mann, die verblüffende Art, mit der jeder die Gedanken des anderen zu erraten schien. Früher hatte Renoir aus dieser Verletztheit einen Vorteil gemacht, hatte daraus zusammen mit den verworrenen Hirngespinsten seines Vaters eine persönliche Definition von genau dem gewonnen, was er selbst niemals werden wollte. In dem gedämpften Licht hob sich Renoirs rechte Augenbraue, gespannt wie ein Bogen, der gleich den Pfeil der Wahrheit abschießen würde. »Wirklich…« Wieder versuchte St. Cloud, vom Bett aufzustehen, und fühlte sich dabei als Zielscheibe für jeden Pfeil, der da fliegen mochte. »Ich muß jetzt los.«

»Geh nicht!« Isaacs schwache Hand zerrte an St. Clouds Ärmel. »Hab da noch was, das ich dir geben will.« Isaac wandte sich an Renoir. »Du mußt nämlich wissen, St. Cloud ist gefangen zwischen Besessenheit und Raserei. Er ist zu mir gekommen, weil ich eine lebenslange Expertise in allen Dingen habe, die mit dem Verlangen nach Frauen verknüpft sind. Jemand hat St. Cloud einen Liebeszauber angehext, und jetzt kann er nicht besoffen genug bleiben, um sich davor zu schützen. Was hältst du davon?«

Renoir hob die Augenbraue noch höher.

»Was würdest du sagen, wenn ich dir erzähle, daß jemand vorhat, unseren St. Cloud zu ermorden?«

»Ich würde sagen«, Renoir betrachtete St. Cloud unter den bedrohlich schiefen Bögen seiner Brauen hervor, »daß alle Frauen dieser Welt wohl einen kollektiven Seufzer der Erleichterung ausstoßen werden.«

»Jemand namens Zobop will St. Cloud in einen Kessel mit Voodoo-Suppe schmeißen. Was sagst du dazu?«

Renoirs Augenbrauen begradigten sich abrupt, sein bleistiftdünner Schnurrbart zog sich noch dünner über seiner Oberlippe. »Was hast du da eben gesagt?«

»Ich sagte, dieser Zobop –«

»Jemand namens Zobop hat mir heute früh ein gelbes X auf die Tür gesprüht. Und zwar mannsgroß.«

St. Cloud hatte ein Gefühl, das er schon immer gefürchtet hatte: Ein wohlvertrauter Alptraum aus Rauschvisionen wurde Wirklichkeit und winkte ihm zu. Es gab also tatsächlich einen Zobop, der im ganzen Ort seine Visitenkarte hinterließ. »War denn... war da noch ein Gedicht dabei? So kleine Papierzettel, die ganz vollgeschrieben sind?«

»Nein.«

Isaac schob sich höher auf die Kissen hinauf. »Woher weißt du dann, daß es dieser Zobop war, der das Kreuz gemalt hat.«

»Es war eine Unterschrift unter dem X: *Zobop*.«

Isaacs magerer Brust entrang sich ein zorniger Laut. »So was haben wir hier gerade noch gebraucht: einen Voodoo-Graffitikünstler. Also, wenn ich eins nicht ausstehen kann, dann ist es schlechte Kunst vor großem Publikum. St. Cloud, mach mal die Schublade da auf.« Er richtete einen knochendürren Finger auf den Nachttisch neben dem Bett, der mit lauter Medikamentenfläschchen vollgestellt war.

St. Cloud zog die Lade auf und sah darin weitere Fläschchen, in Zwölferreihen geordnet, Elixiere, die einen hochpeppen, runterbringen, seitwärts ins Aus befördern oder vom Planeten wegschießen konnten.

Isaac lachte. »Diese kleinen Dingerchen da heb ich mir als eiserne Reserve auf, falls irgendwann so ein verfluchter Doktor mal beschließt, mir den Saft abzudrehen. Zieh die Schublade ganz raus.«

St. Cloud zog behutsam weiter; zum Vorschein kam der klobige Griff eines Revolvers.

Isaac keuchte: »Nimm ihn raus.«

St. Cloud nahm den Revolver und schob die Schublade wieder zu.

»Das Schießeisen da hab ich schon seit Jahren. Für den Fall, daß je ein eifersüchtiger Gatte aufgetaucht wäre. Ein umtriebiger

Mann kann nie vorsichtig genug sein, aber da, wo ich jetzt hingehe, brauche ich es nicht mehr.« Isaac hob die Hand und packte den Kragen von St. Clouds verschwitztem Hemd, zog ihn dichter heran. »Aber vielleicht brauchst du es, da, wo du hingehst.«

»Nein.« St. Cloud schüttelte den Kopf. »Hab mir vor vielen Jahren, als ich in der Antikriegsbewegung war, etwas geschworen: keine Waffen.«

»Wie stellst du dir das vor?« Isaac bekam fast keine Luft, seine Stimme rasselte vor Anstrengung. »Glaubst du etwa, Zobop ist an irgend so einem Pazifistengelübde interessiert, das du mit glänzenden Augen vor deinem Collegeschüler-Ich abgelegt hast? Nimm die Kanone. Wenn du diesen verfluchten Voodoo-Sprayer vors Korn kriegst, dann sag dir, daß du ihn für mich abknallst, falls es dein altmodisches gewaltfreies Gewissen besänftigt.«

»Ich will sie aber nicht.«

»Ich aber.« Renoir nahm St. Cloud die Waffe aus der Hand und schob sie sich unter das weiße Jackett in einen schmalen Alligatorgürtel.

Isaac wandte sich an Renoir. »So ein Quatsch. Du kannst damit doch gar nichts anfangen, hast so was noch nie in der Hand gehabt. Was willst du denn jetzt auf einmal damit machen?«

Renoir erhob sich, ein rätselhaftes Lächeln kräuselte seine Lippen und drückte eine Mischung zwischen Verachtung und Besorgnis aus. »Homosexuelles Heldengetue, Dad. Du und St. Cloud, ihr könnt ja weiter eure Umkleideraumdiskussionen führen.« Sein Schatten verschwand durch die Tür.

»Teufel auch.« Isaacs braune Augen funkelten wieder wie blankpolierte Kastanien. »Wir müssen noch am Leben bleiben, St. Cloud. Anscheinend hat mein Sohn von seinem Alten doch noch ein bißchen Mumm für seinen Schwengel geerbt.«

17

St. Cloud war eine Ratte. Bisher hatte er sich für einen Skorpion gehalten. Der Skorpion war Lyla, die Wahl war getroffen. Ratten hatten sich bis zum Kern seiner rumgetränkten Seele hindurchgenagt und ihr Nest gebaut. Er war ein relativ dummes Nagetier, das sein Verlangen nach dem unvermeidlich lähmenden Stich des Skorpions nicht im Zaum halten konnte. Eine gewaltige Verwirrung kroch in seine gewohnte Leere hinein. Was er in Evelyn verloren hatte, glaubte er mit Lyla erneuern zu können. Er hatte seine Falle mit dem Fleisch der Nostalgie bestückt, um den Mann einzufangen, der er nicht mehr war, und diese Falle würde in Kürze zuschnappen. Die Übelkeit, die ihn jeden Morgen wachrüttelte, wenn er die ganze Nacht hindurch getrunken hatte, trieb ihn immer in einen weiteren Tag hinaus, an dem er so tat, als wäre er ein menschliches Wesen. Körperliches Elend war zu einem willkommenen Tonikum geworden, geistige Ausschweifungen boten die apathische Ablenkung, die er ersehnte, all das stutzte die Schwingen seines wackligen Fluges, zog ihn nieder auf den Boden der Realität. Jemand wollte ihm übel. Zobop war dabei noch sein geringstes Problem. Jemand hatte offenbar vor, ihm ernsthaft zu schaden. Er hatte den Verdacht, daß er selbst dieser Jemand war.

Ich selbst bin nicht ich selbst war ein tröstlicher Ausspruch, den St. Cloud vor Jahren bei einem toten Dichter gefunden hatte. Er glaubte, daß dieses Gefühl einen Absprungspunkt in die Unendlichkeit des eigenen Daseins markierte. Der Dichter, der diesen Gedanken festgehalten hatte, war eines Tages aus seinem Leben in die hohen Berge Kaliforniens davongegangen und niemals wieder zurückgekehrt, ein früher Soldat des Glaubens, der im Feld geblieben war. Erst jetzt wurde St. Cloud klar, daß der Dichter vor seinem Leben nicht geflüchtet, sondern ihm nähergekommen war. Vielleicht war ja auch sein eigener Weg von Kalifornien nach

Florida, weg von den Jugendidealen und hinein in den Springbrunnen der Hoffnung, ein Näherkommen und kein Fluchtweg. St. Cloud faßte sich mit der nervösen Erwartung eines Mannes, der am Ausgangstor zu seinem eigenen Verschwinden steht. Hinter dem Tor winkte verschwommen Lylas Gestalt, nicht einzuordnen zwischen Liebe und Trieb. Lyla war ein verwirrender Schmerz, ein blauer Fleck auf seiner Seele, der sich so unbeirrbar ausbreitete, wie der warme Wind sich jeden Winter nach Süden davonstiehlt und mit erfrorenen Apfelsinen behängte Bäume hinter sich läßt. Die Wärme von Lylas Lippen brannte sich durch St. Clouds Haut hindurch und schmolz das rationale Eis seines Verstandes. Während seine Leidenschaft wuchs, eröffneten ihm die Blütenblätter von Lylas wahrem Bestreben immer größeren Einblick, und sie war mehr, als er gedacht hatte. Lyla ließ St. Cloud erkennen, daß er ganz und gar nicht der Mann war, für den er sich hielt. Ein ernstlicher Schaden lag in seinem Blick, wenn er sich im Spiegel betrachtete, das ließ sich nicht mehr leugnen. Schlimmer noch, Lylas klare Augen, die in die seinen aufblickten, reflektierten ganz genau seine unausweichlich prekäre Lage. Selbst wenn Lylas Körper sich unter ihm bewegte und dann von der muskulösen Schere seiner nackten Beine niedergepreßt wurde, hielten sie beide inne, in einem geronnenen Moment, und spürten, daß sein beschädigtes Bild von der meergrünen Oberfläche ihrer Augen zurückgeworfen wurde, sie spürten, daß Lyla unter der glitzernden Meeresfläche rasch schon wieder anderswohin glitt, in ein trübes Universum, in das ihr St. Cloud unbeholfen nachfolgte, ein verlorener Narr, der einen fremden Geist beschattete und so lange auf der Woge der Überraschung ritt, bis sie sich am letzten Strand brach. Der Alkohol hatte St. Clouds verwundete Fische-Seele mariniert, seine Knochen schienen flüssig, Schuppen bedeckten sein Fleisch. Was er am meisten nötig hatte, das war Zähigkeit. Als er blubbernd und keuchend wieder an die Oberfläche der Gegenwart auftauchte, nachdem er Lylas flüchtenden Geist mit angehaltenem Atem in die Tiefe verfolgt hatte, erwartete ihn Gewißheit. Lyla liebte einen anderen. Aus dem Dunkel der Kulissen dieses Stückes trat langsam der Schatten hervor.

Seltsame Töne klangen durch das Fenster über St. Clouds Bett, Schweißperlen rannen über den Rand seines Körpers und fielen wie Regen auf Lyla herab. Er war wahnsinnig vor Hitze, Lyla war unglaublich kühl, ihr Körper ganz trocken, bis auf eine einzige feuchte Stelle, die ihn mühelos zwischen den Beinen festhielt. Die seltsamen Töne durchbrachen sogar das Summen des Blutes in St. Clouds Trommelfell. Er ertrug es nicht, in die Meeresklarheit von Lylas Augen zu blicken, die sein Bild reflektierten, während sie so kühl unter ihm lag. Lieber stellte er sich den Tönen als diesem Bild; er wollte dem Geräusch nachgehen. Lylas Hände schlangen sich um seinen Hals und verschränkten sich im Nacken, ihre Finger formten ein sich zuziehendes Netz aus Fleisch. Sie zog ihn wieder herab, der Duft nach Magnolien strömte ihm in den Mund. Seltsame Töne klangen ihm in den Ohren, er sah sich gezwungen, Lylas Verfolgung wieder aufzunehmen, in diesen Augenblicken hinterließ sie eine trübe Spur für ihn, auf der er sich entlangstehlen konnte, um ihre innersten Gedanken zu ergründen, in ihre unterseeische Vergangenheit einzudringen. Sie fand den Mut zu weinen und sich ihm anzuvertrauen, ging weit zurück in ihre Vergangenheit und nahm ihn dorthin mit.

Wie jung Lyla damals war, Miss Lyla Sue-Lynn Defore, nicht viel anders als die meisten Südstaatenmädchen von nebenan, bis auf eine gewisse schmollende Schönheit, die von Anfang an unverkennbar war und die Männer zwischen neun und neunzig um sie herumscharwenzeln ließ wie der dicke Mottenschwarm auf der Autokinoleinwand in einer schwülen Juninacht. Nicht daß Lyla dumm gewesen wäre, sie hatte einfach nie eine Chance gehabt. Wie bei vielen ihrer Schwestern aus jener Zeit ging ihr Bemühen um Kultur nicht viel weiter als bis zum Drehen am Radioknopf, worauf ihr die Städterstimmen der Countrysänger aus Atlanta ans Ohr klangen, die ihre seichten Liedchen mit professioneller Ungeniertheit abspulten, wie Anstreicher, die Innendispersion auf die Wände klatschen. Lylas Schönheit forderte der Welt einen gewissen Tribut ab, ließ jeden zunächst einmal zusammenzucken, und in ihrer Nähe schrumpfte das Alltägliche zum Belanglosen. Die Urtümlichkeit von Lylas Schönheit rührte nicht vom heißen Lehm Georgias, sondern aus einer Zeit, bevor Männer und Frauen existiert hatten, sie war wie aus einem fernen Universum, eine glitzernde Ahnung von Vollkommenheit, wäre diese in Fleisch und Blut geformt. All dies lag außerhalb von Lylas Bewußtsein, für sich selbst war sie nur der erwartete nackte Körper vor dem Spiegel. Lyla nahm nicht mehr Notiz von ihrer Erscheinung als ein Hund, der zufällig sein Spiegelbild in einer Regenpfütze sieht. Sie nahm an, daß die Männer sie nicht anders behandelten als alle anderen weiblichen Wesen, mit Eifersucht und Hartnäckigkeit, in ihrer primitiven Sturheit bereits spätere Schuldgefühle vorwegnehmend. Lyla hatte Brüder, sie hatte auch Schwestern, und sie behandelten sie ebenso normal wie einen Spatzen auf dem Dach, da sie zugesehen hatten, wie sie sich entwickelt hatte und erblüht war. Schon von früh an kamen wegen all der vielen Mädchen Männer ins Haus, das war nichts Besonderes, aber mit der Zeit änderte sich das. Als Lyla achtzehn wurde, kamen ihretwegen keine Männer mehr vorbei, sogar die Jungen, die sie aus der High School kannte, stotterten nicht mehr wegen Verabredungen am Telefon herum. Lyla war einschüchternd schön geworden. Um ihre Schönheit sammelte sich Anmut und bildete ein schützendes Magnetfeld, das junge und törichte Männer abstieß. Nach einer Weile jedoch kehrte dieses Feld sein eigenes Schutzprinzip um und zog auf einmal zunächst strohdumme und dann sogar zutiefst gefährliche Menschen an.

Roger »Immer dabei« Johnson war strohdumm. Das Dümmste, was Roger je tat, war seine Heirat mit Lyla. Bevor Roger getötet wurde, gab er gerne damit an, daß er der schlauste Bursche im ganzen Marihuanafeld sei. Hatte er etwa nicht die beste Braut der ganzen Gegend gekriegt? Und um diese Trophäe zu erbeuten, hatte Roger nichts weiter tun müssen, als eine Einladung zum Abendessen anzunehmen. Zu Lyla nach Hause war Roger nicht von Lyla selbst, sondern von ihrer Mutter Margaret-Lynn eingeladen worden. Margaret-Lynn war achtundvierzig und konnte noch etliche Tricks aus ihren ärmellosen Kleidern schütteln, die eine Figur unterstrichen, mit der sie den rasanten Kurven ihrer hübschesten Töchter Konkurrenz machte. Sie sorgte sich weniger darum, daß ihre letzte unverheiratete Tochter womöglich noch einen weiteren Freitagabend allein herumsaß, ihre Angst war eher, daß ihr dritter Ehemann, den sie geheiratet hatte, als Lyla noch klein gewesen war, nach ihrem letzten großen Streit nicht mehr zu ihr zurückkommen könnte, nie wieder. Margaret-Lynn dachte, vielleicht würde Roger eines von Lylas speziellen selbstgekochten Gerichten gut schmecken, und danach ein Glas kalifornischer Wein, und dann vielleicht ein paar von Rogers ganz speziellen Joints, denn Roger hatte immer was dabei, mit dreiundvierzig Jahren war er der größte Marihuanapflanzer der Gegend, er hatte eine rauhe Lache, zwölf schlammbespritzte Jeeps mit Vierradantrieb, kein Bankkonto, aber genügend Bargeld, um sich einen

Kleinstaat kaufen zu können, was er aber sicher nicht tun würde, denn Roger hatte das weite, aber recht menschenleere Land, in dem er geboren war, niemals verlassen, außer um in den Krieg zu ziehen. Eines aber war sicher: Roger kannte in seinem Gebiet alles und jeden, gesetzlich oder nicht. Roger war zu haben, und er sah auf eine gewisse Bauernart gut aus, und vor allem war er wohlhabend wie etliche der Einheimischen, die es verstanden, ein Anbauprodukt unter die Leute zu bringen, das leicht wuchs und noch leichter zu verkaufen war. Außerdem war Roger immer bereit, seine Frauen zu verprügeln oder einem anderen Mann glatt das Ohr abzubeißen, wenn er die Vermutung hatte, bei einem Handel beschummelt worden zu sein. Roger hatte einen Blick für Frauen, auf die schon andere ihr Begehren gerichtet hatten, und er hatte einen großen Bauch für selbstgekochtes Essen. Er war ein Mann mit einfachen Gelüsten, aber mit großem Appetit.

Margaret-Lynn war sich nicht sicher, ob Lylas Kochkunst Roger auch wirklich gefallen würde, denn ihre jüngste Tochter kochte, nun ja, nicht so wie alle anderen. Manche gingen sogar so weit, es eigenartig zu nennen. Margaret-Lynn plante den Abend mit Roger sorgfältig, war ja nicht ihre Schuld, wenn ihre süße Jüngste sich unbedingt hinter einer Küchenschürze verstecken wollte. Wenn Lyla tatsächlich die ganze Zeit am Herd stehen und ihre komischen Gerichte fabrizieren wollte, dann konnte man als gute Mutter wenigstens für ein anerkennendes männliches Publikum sorgen, das die Ergebnisse dieser Kochkunst vertilgte. Roger spielte seine Rolle auch sehr gut an jenem ersten Abend, als er eingeladen war, obwohl sein Appetit durch die zwei Joints bestimmt beflügelt war, die er auf der rasenden Fahrt zu Margaret-Lynns Haus in seinem hochrädrigen Geländewagen durchgezogen hatte. An diesem Abend nahm sich Roger sieben Portionen von der »Grashüpfer-Mousse«, ganz der Gentleman vom Lande, um am Ende des Mahls beifällig zu rülpsen und sein Glas mit kalifornischem Wein zum Lob der Köchin zu erheben. Lyla, der Kommentare über ihre Kochkunst neu waren, da die ganze Familie sich bereits an die eigenartigen allabendlichen Speisen gewöhnt hatte, hob ihr Weinglas zur Antwort und fragte Roger mit der gezierten Überzeugungskraft südstaatlerischer Gastfreundschaft: »Kommst bald mal wieder, yeah?«

Später am Abend dieses ersten von Lylas kulinarischen Triumphen wirbelte Roger mit Margaret-Lynn über den überfüllten

Tanzboden der Hotelbar Ace in the Hole, dann rüttelte er sie in seinem Geländewagen über gewundene Straßen, bis er mitten im Wald abrupt vor seinem zwölf Meter langen Luxuswohnwagen zum Stehen kam. Er zog Margaret-Lynn aus dem hochrädrigen Fahrzeug heraus und trug sie vorbei an seinem Rudel bellender Bluthunde direkt ins Schlafzimmer des Wohnwagens. Ohne ein Wort legte Roger auf seiner teuren japanischen Stereoanlage einen quäkenden Countrysänger auf, riß Margaret-Lynns ärmelloses Kleid mit gekonntem Schwung herunter und streichelte sie in nicht eben sanftem Vorspiel, ehe er ihr physisch seine Dankbarkeit dafür in den Leib rammte, daß sie es ihm ermöglicht hatte, in der Gegenwart einer so wunderschönen Köchin zu speisen. Am nächsten Morgen war Roger gleich wieder voll dabei: In der schicken Küche des Wohnwagens, die vor Elektrogeräten nur so funkelte, prügelte er Margaret-Lynn grün und blau, weil sie seine Rühreier hatte anbrennen lassen. »Wie kann die Mutter einer so wunderschönen Köchin bloß Rühreier verpatzen?« brüllte Roger die auf dem Küchenboden kauernde Margaret-Lynn an. Er warf die gummiartige Eiermasse seinen knurrenden Bluthunden hin, schob die weinende Margaret-Lynn ins Führerhaus des Geländewagens und fuhr durch seine Marihuanaplantagen davon, die unter dem schützenden grünen Baldachin der hohen Laubbäume so stolz wie Iowas Weizenfelder dastanden. Als Roger die heulende Margaret-Lynn vor der Baracke, die sie ihr Zuhause nannte, aus dem Wagen stieß, war Lyla gerade nicht da, aber Roger nahm die Einladung vom Vorabend dennoch für bare Münze. Im Wegfahren rief er Margaret-Lynn noch zu, er freue sich schon auf das schöne Abendessen am nächsten Freitag.

Lyla hatte nie einen richtigen Vater gehabt. Sie hatte einen Vater, aber der war für sie nicht ganz echt, weil sie ihn nach dem fünften Lebensjahr nie wieder gesehen hatte, danach war ein Stiefvater gekommen, der sie »Liebling« genannt und ihr den Kopf getätschelt hatte, weil sie so ein hübsches Kleid trug. Vielleicht war Lyla deswegen von genau den falschen Eigenschaften Rogers so angezogen. Manche Leute sagten, gerade deshalb habe sie ihn geheiratet. Als Roger an jenem zweiten Freitag wieder zum Abendessen kam, brachte er den kalifornischen Wein mit, zehn Flaschen. Margaret-Lynn sagte kein Wort, es war, als hätte sie einen ungedeckten Scheck ausgefüllt und nun stünde die Polizei vor der Tür und verlangte die Bezahlung. Aber es war nicht die Polizei, die da an der Tür klopfte, es war Roger, der mit lauter Stimme über seine Okraschotenernte redete und dabei mehrmals vertraulich zwinkerte, damit auch ja jeder begriff, daß er Marihuana und nicht Okraschoten meinte. Roger krähte herum, wie klug er investiert habe, wie er seine Bluthunde immer mit Eichhörnchenherzen und Alligatorschwänzen versorgen könne und wie sein Hintern immer schön trocken bleibe, wenn er in seinem Geländewagen durch den winterlichen Dreck von Georgia zum Ace in the Hole hinüberfuhr. All das bedeutete Lyla nicht allzuviel, denn so wenig ihr die eigene Schönheit galt, so wenig Sinn hatte sie auch für Dinge, die sich kaufen und verkaufen ließen. Lyla besaß ihre Wertmaßstäbe, ihr Leben verlief unkompliziert, nicht komplizierter jedenfalls als das von anderen amerikanischen jungen Mädchen, die über einen Fernseher und freie Senderwahl verfügten. Eines Tages, zwei Jahre vor Roger, war Lyla einmal emotionell völlig ausgelaugt gewesen von all den Countrysängern, die im Radio herumjammerten, und hatte deshalb mit dem Wählknopf im Nachmittagsfernsehen nach seifenoperativer Erleichterung gesucht. Dabei war sie auf eine neue Sendung direkt aus Atlanta gestoßen, die sie sofort in ihren Bann zog. Lyla war damals vierzehn, und wenn sie draußen spazierenging, zog sie die Schultern nach vorn, um ihre vollen Brüste zu verbergen. Sie sprach immer nur ganz leise, denn egal wie belanglos ihre Äußerungen waren, sie teilten sich grundsätzlich jedem männlichen Wesen innerhalb von sechzig Kilometern so rasch wie telegrafische Botschaften mit. Der Tag, an dem Lyla im Fernsehen auf »Suzys Südstaaten-Kochrezepte-Show« stieß, unterschied sich nicht im geringsten von jedem anderen Tag in ihrem Leben, doch auf seine Weise sollte er ihre Zukunft einbuttern, sie in eine Welt versetzen, von deren Existenz sie nie etwas geahnt hatte. Die nächsten zwei Jahre sollte sie mit Kochen verbringen, nur um überhaupt zu merken, wie hungrig sie in Wirklichkeit war.

Suzy machte Lyla zu dem, was sie war, obwohl von Suzy weniger blieb, als Lyla selbst wurde. Suzy appellierte an die altbewährte Maismehlrealität der kreuzbraven Südstaatenmentalität und strahlte ihre Fernsehshow mitten hinein in die öden Nachmittage von Hausfrauen und zukünftigen Bräuten, die ihre vorhersagbaren Tagesabläufe mit frisch aufgeputzten Rezepten würzen wollten, solange sie nur aus den Südstaaten kamen, von Kapaunen bis zu Kaldaunen. An jenem Nachmittag, als Lyla auf sie stieß, legte Suzy gerade letzte Hand an einen »Bayou-Reistopf mit Krebsen«, und dabei fiel besonders auf, wie sie an ihre Arbeit heranging, wie ihre schönen weißen Hände die Speisen, die sie zubereitete, gar nicht zu berühren schienen. Wo sich Suzys honigfarbenes Haar auf ihrer Stirn zu einem Löckchen ringelte, waren niemals Schweißperlen oder auch nur das geringste Runzeln zu sehen. Suzy bewegte sich in den großartigen Säulenkulissen des Fernsehstudios so lässig wie Scarlett O'Hara, die gerade Vorkehrungen traf, ganz allein ein dankbares Regiment verwundeter Soldaten der konföderierten Armee zu bewirten. Suzy flirtete und flitterte, sie plauderte in vertraulich gedehnten Silben, die aus dem Nichts Visionen von gebratenem Seewolf nach Dixie-Art und Alabama-Hühnerfrikassee auf Salzkeksen heraufbeschworen. Ein wahres Fest machte Suzy aus dem Kochen. Sie sprach nie herablassend von ihren Speisen, es war fast, als hätte jemand anders sie zubereitet und sie folge nur mit Vergnügen der Einladung, etwas darüber zu erfahren. Suzy machte weder Dreck noch Wirbel, sie zog die Tennessee-Maisbiscuits so geschickt aus dem Backofen wie der Zauberer Karnickel aus seinem Zylinder. Suzy leitete eine fabelhafte Familie von frohgemuten Köchinnen. Sie ließ sie nie vergessen, daß sie alle etwas gemeinsam hatten, nämlich das Geheimnis, wie leicht es doch war, Männer am Eßtisch vom Hocker zu hauen. Jawohl, Ma'am, so leicht wie Streuselkuchen. Wer nicht wußte, worum es im Land der Okra- und Gumboschoten ging, hatte einfach nicht das gottgegebene Südstaatlerinnenrecht dazu, sich Suzys Show überhaupt anzusehen, denn dann war ja wohl klar, daß man einen Florida-Tintenfischtopf nicht von texanischen Tomaten mit Mais- und Bohnenfüllung unterscheiden konnte.

Suzy führte Lyla langsam und behutsam ein, denn Lyla hatte gerade den ersten Teil der zwölften Wiederholung von Suzys zwanzigteiliger Serie erwischt. Es fiel Lyla nicht schwer, am Anfang die Schinkenscheiben mit Preiselbeeren auszuprobieren; von dort aus stieg sie allmählich die ganze Leiter bis zum wahren Zweck von Suzys Sendung empor: das Empfinden von echtem Südstaatlerinnenstolz. Bis Suzy kam, hatte Lyla nie über viel mehr nachgedacht als über die gewöhnlichen Abläufe des Tages. Erst jemand im Fernsehen, der Lyla gar nicht sehen konnte, sprach so zu ihr, als wäre sie ein richtiger Mensch. Lyla hörte zu. Für manche Leute sind es Mönche auf einem einsamen Berggipfel, die Licht in die dunklen Schluchten des Lebens werfen. Für Lyla klang Suzys Kochlöffel, der in der Schüssel ein Kohlrübengericht nach Natchez-Art zusammenrührte, so klar wie eine Kirchenglocke in der Wildnis. Lyla kochte für ihr Leben gern, sie brauchte nur noch jemanden, für den sich das Kochen lohnte.

Roger kostete Suzys Südstaatenspeisen, die Lyla zubereitet hatte, an zweiundzwanzig Freitagen nacheinander und öffnete dabei etwa hundert Flaschen mit kalifornischem Wein, ehe er Lyla endlich fragte. Sie war nie auf den Gedanken gekommen zu heiraten, ebensowenig wie sie vor Suzys Entdeckung gewußt hätte, wie man ein mittelgroßes Backblech gut einfettete, um darauf Louisiana-Walnußkekse zu machen, doch sobald sie die Idee einmal hatte, wollte sich Lyla dieses mögliche Rezept für das Glück ihres Lebens nicht durch die Finger schlüpfen lassen. Margaret-Lynn hielt den Mund, als Roger seine Frage stellte, denn sie glaubte, er habe sie damals verprügelt, weil sie nicht die jugendliche Schönheit war, die Paprikamus einmachen konnte, und außerdem verspürte Margaret-Lynn auch einen gewissen Stolz auf ihre Jüngste, wenn Lyla sich eine Schürze umband und in einer ordentlichen Küche ihr Können spielen ließ. Margaret-Lynn weinte bei dem Gedanken, daß ihre Jüngste weggeheiratet werden würde, einerseits weil sie wußte, daß es nun nie wieder Pfannkuchen mit Buttermilchguß zum Abendessen geben würde, aber andererseits auch, weil sie immer noch die wütend knurrenden Bluthunde bei Rogers Wohnwagen vor sich sah. Trotzdem war Margaret-Lynn noch froh, denn in einem Land, wo die meisten Mädchen Männer heiraten, die sich als Soldaten verdingen und ihre Bräute in fremde Städte im Norden entführen, blieb Lyla ja immerhin in der Nähe, im Gegensatz zu ihren Schwestern, die nach der Scheidung alle ewig weit nach Hause zu fahren hatten. Wenigstens würde Lyla nicht so lange Auto fahren müssen, wenn sie wieder heimkehren wollte.

Was Lyla aus Roger hervorbrachte, war nicht dessen beste Seite, denn Roger hatte keine beste Seite, oder auch nur eine gute Seite. Roger hatte nur die Roger-Seite, und die bestand in der einfachen Lebensart, wie sie in dieser Gegend eben jeder hatte, von den Schnapsbrennern und -schmugglern über die mit der Bibel fuchtelnden Prediger bis zu den Marihuanafarmern. Was sich im Laufe der Generationen änderte, das waren höchstens die Automarke, die einer fuhr, und die Hunderasse, der er jeden Abend seine Essensreste hinwarf. Aus irgendeinem Grund knurrten Rogers Bluthunde Lyla nie an, er meinte dazu einmal, daß sie sie wohl deshalb mochten, weil sie so eine gute Blaubeereistorte machen konnte. Alles lief hervorragend für Roger und Lyla im Wohnwagen während jenes ersten Winters, auch im Frühjahr und im Sommer, bis dann im Herbst auf einmal Suzys Fernsehshow abgesetzt wurde. Das Problem war allerdings nicht, daß Suzys Kochkurs nicht mehr kam, sondern die Sendung, die ihn ersetzte.

»Französisch Kochen mit Carl« war nach Rogers Ansicht eindeutig der Grund dafür, daß seine Ehe so rasch zerrüttet war, deshalb verließ er den Wohnwagen immer schon früh am Tag und ging bis spät in die Nacht ins Ace in the Hole, anstatt zu Hause herumzuhängen und zuzusehen, in was dieser schwule Franzmann seine Frau verwandelte. Anfangs hatte Lyla es ja auch nicht gemocht, daß Suzys südstaatlerische Schwesternschaft der guten Düfte und archaischen Aromen so abrupt aus ihren Wochentagsnachmittagen gerissen wurde. Doch Carl sah Lylas irregeleitete Loyalität voraus, er bettelte nicht um ihre Aufmerksamkeit, er drängte sie nicht gleich in die nächste Verschwörung hinein. Carl tat einfach das, was Suzy unterlassen hatte. Während Suzy ihre geballte Macht entfaltete, indem sie in dem mit falschen Kolonialsäulen protzenden Fernsehstudio der blasierten Selbstgefälligkeit aller Südstaatler nach dem Mund redete und kochte, forderte Carl seine kulinarischen Novizinnen zu etwas heraus, an das sie noch nie gedacht hatten: offen im Geiste zu sein. Offenheit bedeutete für Carl die kontinentale Küche, und auf *dem* Kontinent gab es nur ein Bekenntnis, nämlich französisches Essen. Carl bereitete Speisen zu, predigte dabei aber unausgesprochen eine Lebenseinstellung. In seiner Edelstahlstudioküche trug er einen Anzug und eine gestreifte Krawatte, und er war nicht nur bereit, sondern er bestand geradezu darauf, Lyla an Orte zu entführen, von denen sie nie auch nur geträumt hätte. Carl setzte seinen Ofen und die blauen Flämmchen der Gasbrenner als fliegenden Zauberteppich ein. Er lud seine »Damen« ein, aus dem Stumpfsinn ihrer Südstaatennachmittage abzuheben und zusammen mit ihm, nicht als Geliebte oder Schwestern, sondern eher als Forschungspartnerinnen, in fremde Reiche der Phantasie und der Wirklichkeit aufzubrechen. Zum Abschluß jeder dieser von Carl aufgetischten Reisen konnte man Platz nehmen und die Träume noch verzehren.

Als erstes bekam Roger das *sauté de lapin vin blanc* in die falsche Kehle. Es schmeckte ihm zwar, aber er hielt nichts davon, wie es genannt wurde. Essen war Essen, fand Roger, wenn er auch bis dahin einigermaßen mitgespielt hatte. Er war der Meinung, daß Lyla von Suzy Sachen gelernt hatte, für die er als Mann nicht geschaffen war, da ging es um die Schwesternschaft der konföderierten Köchinnen, um Wissen, das von Generation zu Generation zu Fernsehstation weitergereicht worden war. Roger war ein unkomplizierter Hackfleisch-mit-Kartoffeln-Mann, der sich durch Lylas kunstvolle Südstaaten-Cuisine vor allem deshalb hindurchschlürfte, weil er Lyla vernaschen wollte, deren Körper er seit jener ersten Nacht begehrte, in der sie sich ihm in seinem Wohnwagen hingegeben hatte, während die Bluthunde draußen nach einem Nachschlag von der Blaubeereistorte winselten. Roger konnte nicht glauben, daß etwas so Vollkommenes wie Lylas Körper existierte, jedenfalls außerhalb der bunten Ausklappbilder der Zeitschriften, die überall in seinem Wohnwagen herumlagen, ehe Lyla sie alle wegwarf. Was kümmerte es Roger schon, daß sie sie wegwarf? Gar nichts, denn er hatte ja nun das Original. Und jetzt versuchte dieser Franzmann Carl, ihm am hellen Tag sein Original im Nachmittagsgeflimmer des Fernsehers zu stehlen. Am liebsten wäre Roger nach Atlanta gefahren und hätte dem Franzmann ein paar Kugeln verpaßt, daß die rosa Eingeweide in der Edelstahlküche herumgespritzt wären, aber er wußte natürlich, daß der Franzmann so dumm auch wieder nicht war, der hatte seine Show längst im vorhinein aufgenommen. Während Roger an den langen Nachmittagen mit gerunzelter Stirn im Ace saß und sein Bier trank, rülpste er leise vor sich hin, wenn er daran dachte, welchen Streich ihm Lyla am Vorabend jeweils serviert hatte. Langsam haßte Roger *noisettes de porc aux pruneaux*, vor allem aber verabscheute er *rognons en casserole*. Zudem vernebelte der Franzosenfraß Rogers Fähigkeit, seine Geschäfte wie sonst zu führen, die Bluthunde bellten nicht mehr, und seine letzte Marihuanaernte bekam die Blattfäule, so daß sie beim Rauchen ganz bitter schmeckte. Er überlegte sich, was er falsch gemacht hatte, wo er weich geworden war. Sein Fehler war es gewesen, Lyla einfach jeden Dreck zu erlauben, den sie machen wollte. Er hätte es ihr schon früher beibringen sollen, hätte ihren hübschen Hintern knallrot prügeln sollen, dann wäre es dem französischen Fernsehfritzen bestimmt nicht gelungen, ihr den Verstand zu vernebeln und sie aufsässig zu machen.

Wenn Lyla ihre Nachmittage mit Carl verbrachte, Schweinekoteletts mit Küchenpapier trockentupfte und mit einem Spatel Porreeschichten auf einem eingefetteten Backblech zurechtschob, kam ihr nie im Traum in den Sinn, Roger könne nicht glücklich mit ihr sein, denn Roger hatte immer eine etwas rauhe Schale, er knurrte die harten Burschen an, die nachts auf seinen Feldern arbeiteten, verfluchte seine Bluthunde, wenn sie Eindringlinge nicht vertrieben, und musterte jeden Mann mit Mörderblicken, der im Ace auch nur einen kurzen Blick über seine Bierdose auf Lyla warf. Schlechte Laune war bei Roger ganz normal, seine Sachen gingen sie ja auch gar nichts an, ihre Sache war es, eine treue Gattin zu sein und die Artischocken am Kochen zu halten. Sie war daher nicht weiter überrascht, als Roger eines Abends in seinem Jeep vorfuhr und knirschend vor dem Wohnwagen zum Stehen kam, an den schweigenden Hunden vorbeistampfte, sich an den Küchentisch setzte und etwas zu essen verlangte. Lyla war noch nicht ganz fertig, er war etwas zu früh gekommen, aber sie freute sich, daß er da war. Sie hatte am Nachmittag eine Stunde mit Carl verbracht, in der sie alles über *bœuf à la mode en gelée* gelernt hatte, einen Rinderbraten in Aspik, bei dem diverse Kleinigkeiten den Ausschlag gaben, unter anderem Rinderextrakt, Gelatine, Pfefferkörner, Madeirawein, Fleischtomaten, kleingeschnittene Petersilie und Knoblauch. Es war ein Paradegericht erster Güte, eines von Carls Lieblingsrezepten, das pure Geschichte atmete, war es doch am französischen Königshof serviert worden, wenn man dort die weiten Rasenflächen von Versailles für gewaltige Freiluftpicknicks benutzt hatte. Lyla präsentierte Roger ihre Meisterleistung.

»Gott verflucht noch mal, ich kann diesen beschissenen Franzosenfraß nicht mehr sehen!« Roger schleuderte das mächtige Stück von hervorragendem Rinderbraten knapp an Lylas Kopf vorbei, so daß es gegen die Aluminiumwand des Wohnwagens krachte und einen Regen von Aspik verspritzte. »Ich hab's jetzt echt satt, verdammte Scheiße!« überbrüllte er die heulenden Bluthunde, die der Lärm aufgestört hatte. »Hab's total satt und genug von dem Dreck! Zum Teufel, warum kannst du nicht ganz normales amerikanisches Essen machen, Hamburger und so?«

Lyla konnte ihm darauf keine Antwort geben. Roger packte ihr

Haar und wirbelte sie herum, so daß sie gegen die Aluminiumwand und mitten in den glibbrigen Aspikschleim krachte. Seine geballte Faust hob sich und war kurz davor, die ganze Wucht seines Ärgers über das typische Tagesmenü in seinem Zuhause auszudrücken, als ihm ein verrückter Gedanke durch den Kopf ging und seine Faust auf halbem Wege verharren ließ. Die erhabene Schönheit von Lylas Gesicht blendete ihn, sie schien aus dem feinsten Stück weißen Marmors geschnitten zu sein. Sein verrückter Gedanke ging so: Wenn er Lyla schlug, dann würde er mit einer Faust aus Fleisch und Blut auf eine unzerbrechliche Marmorstatue losgehen, und seine Faust würde daran bestimmt zerbrechen. Roger ließ die Hand also sinken, und schon verflog der verrückte Gedanke. »Hol deinen Mantel!« Er schnarrte sein Kommando in demselben Tonfall brutaler Arroganz, den er auch benutzte, wenn er im Frühherbst den Lastwagenfahrern Befehle gab, ehe sie mit ihrer zu Ballen gebundenen Fracht von seinen Feldern davondonnerten. »Wir gehen ins Ace, zum Tanzen!«

Wie ihre Mama Margaret-Lynn tanzte Lyla für ihr Leben gern. Tanzen war das einzige, was Lyla noch lieber tat als Kochen, und ehe sie an jenem Nachmittag auf Suzy gestoßen war, hatte sie gar nichts anderes gehabt. Lyla war ein Naturtalent, das nie einen Lehrer gehabt hatte, voller graziös hingehauchter Bewegungen auch noch auf dem primitivsten Tanzboden. In jener Nacht des glibbernden Aspiks saß Lyla stumm im Geländewagen, während Roger in wilder Fahrt über kleine Feldwege raste, um möglichst schnell ins Ace zu kommen. Sie spürte eine neue Emotion in sich aufsteigen, nicht Angst, sondern das Gefühl, daß sie auf einmal in Berührung mit etwas Wichtigem, mit einer seltsamen Erregung gekommen war. Diese Erregung war nicht davon ausgelöst worden, daß Roger sie wie eine überreife Tomate hatte zermanschen wollen, sondern vielmehr durch Carl. Lyla begriff jetzt, was Carl vorher, am Nachmittag, gemeint hatte, als er ihr über dem aufblubbernden Aspik in einer großen Kupferpfanne auf einem steifen blauen Flämmchen mit einem Augenzwinkern gestanden hatte. *»Ich habe nicht deshalb kochen gelernt, weil ich gern esse.«* Lyla entdeckte soeben, worin das wahre Wesen ihres unterdrückten Hungers bestand. Rogers rascher Griff zur Gewalt legte in ihr ein reines, wagemutiges neugeborenes Wesen frei, denn bis dahin hatte Lyla noch nie in Frage gestellt, welche Rolle sie in ihrem eigenen Leben spielte. Sie würde nicht mit Roger zusammenbleiben; es überraschte sie selbst, wie entschlossen sie war, noch an diesem Abend deswegen etwas zu unternehmen. Als hinter einer scharfen Kurve der dunklen Schnellstraße der blinkende rote Neonpfeil in Sicht kam, der den Weg zum Eingang des Ace in the Hole wies, da wußte Lyla, was sie tun würde.

Roger wollte der gleichgültigen Welt in einem letzten Akt seinen Zorn über die demütigende Tatsache zeigen, daß ein schmieriger Franzmann aus der Fernsehkonserve ihm die Aufmerksamkeit seiner Frau geraubt und ihr außerdem ungehörige Flausen in den Kopf gesetzt hatte. Dieser Akt bestand darin, Lyla über die Tanzfläche im Ace zu schleifen und ihr die Hölle aus dem Leib zu tanzen. Wenn Roger sonst mit Lyla tanzte, schwiegen die Männer an der vollbesetzten Theke meist voll begehrlicher Eifersucht, und die Frauen platzten fast vor gehässiger Empörung und Kommentaren darüber, daß Lyla weder Nagellack noch Lippenstift noch Unterwäsche trug. Heute aber herrschte in der Bar noch mehr Gejohle und Getöse als normalerweise, weil eine neue Band auftrat, die gerade aus einem großen Motel irgendwo auf dem Interstate Highway kurz vor Atlanta gefeuert worden war. Die Burschen in der Band waren jung und hart und immer noch wütend über den Motelbesitzer; zum Hinauswurf war es gekommen, weil sie ihre fünfzehnjährigen Groupies dazu angestiftet hatten, sich in den frühen Morgenstunden um den Swimmingpool des Motels zu versammeln, die bunten Unterhöschen auszuziehen und in das chlorklare Wasser hineinzupinkeln, was die vorbeidonnernden Lkw-Fahrer auf der Autobahn mit anerkennendem Tuten ihrer Starktonhörner kommentierten. Die Band oben auf der Bühne spielte Sachen aus den sechziger Jahren, und das Publikum an der Theke fand diese Musik ganz hervorragend, man gab einander Tequila und Rum aus, daß es nur so spritzte. Als Roger seine Frau auf die Tanzfläche zerrte und sie zu einem Rhythmus durch die Gegend schleuderte, der so chaotisch und finster war, daß nicht einmal die Band ihm folgen konnte, wurde die Menge vor Neugier und Erwartung unruhig. Entweder Rogers Alte knallte ihm bald eine, oder sie zog mit einem anderen Mann ab, das war klar, und die Leute schlossen bereits Wetten ab, was von beidem wann passieren würde.

Was Roger wütend machte, was noch viel heftiger an ihm nagte als Lylas Herumgetue mit diesem kochenden Franzmann, das war ihre Art zu tanzen. Es lag nicht daran, daß Lyla besser tanzte als er, denn Roger war sich eigentlich nie ganz sicher, ob ein Mann überhaupt in aller Öffentlichkeit seinen Hintern herumschlenkern sollte, deshalb meinte er auch nicht, darin besonders gut sein zu müssen. Was Roger fertigmachte, das war die Art, wie Lyla sich von ihm entfernte, sobald sie zusammen auf eine Tanzfläche traten. Sie sah ihn nie an, wenn er mit ihr tanzte. Er war immer gezwungen, sich in ungelenken, uneleganten Stellungen um sie zu drehen, wenn er nur einen Blick aus den Augen seiner Frau erhaschen wollte. Sein Gedrehe hatte aber gar keinen Sinn, Lyla bemerkte ihn sowieso nie. Es war ganz egal, was für Musik gerade gespielt wurde, Lyla machte sich ihre eigene und glitt darauf davon, rhythmisch und immer weiter hinein in die Tiefe einer Trance. Und in diesen Momenten spürte Roger, daß sie ihn betrog. Er wußte, daß sie mit einem Unsichtbaren an einem fernen Ort tanzte. Auf der Tanzfläche fiel ein Zauber über seine Frau, legte sich wie eine dicke Nebeldecke zwischen ihn und sie. Roger besprach dieses betrogene Gefühl nie mit Lyla, aber es war immer da, trennend, feucht und undurchdringlich. Heute abend aber war Roger fest entschlossen, daß sie ihn würde wahrnehmen müssen, und sei es nur, um ihn um Gnade anzuflehen.

Tanzen rührte in Lyla immer ein heftiges Verlangen zum Fliehen auf, für sie existierten Paare beim Tanzen, um sich zu trennen und auseinanderzuwirbeln, an einen Ort von ungebremster Bewegungsenergie. Lyla wußte nichts von Rogers Haß auf ihre Art zu tanzen, ebensowenig wie sie überhaupt bemerkte, daß sie ihn vergaß, sobald sie zu tanzen begannen, denn dann war er für sie einfach nicht mehr da, und sie stieg in die Lüfte empor. Doch an diesem Abend des glibbrigen Aspiks hielt Roger sie nieder. Im Gewirbel der Menge und im hektischen Heulen der Gitarrensoli, die die Band auf der Bühne hervorbrachte, spürte Lyla, wie ihr von Rogers rohem Zupacken die Arme weh taten. Sie bemühte sich, im Rhythmus einen vertrauten Fluchtweg zu finden, auf dem sie entschlüpfen konnte. Doch Roger trat ihr mit plumpen Schritten auf die Füße und hielt sie so am Erdboden fest. Immer wenn sie versuchte, seinem langen Arm zu entkommen, krachte er gleich wieder roh in sie hinein, wollte ihren Blick mit einer boshaft starrenden Miene auf sich festnageln. Lyla stieg nicht empor, sie war zum erstenmal in ihrem Leben auf die Wirklichkeit der Tanzfläche fixiert.

Es war noch nie Lylas Art gewesen, das Verlangen der Männer

nach ihr zu ermutigen, kalkulierte Scheu war der Schild, mit dem sie die stetig steigende Flut von Anbetern abwendete. Ganz bestimmt ging Lyla niemals grundlos Blickkontakt mit einem Mann ein, doch an diesem Abend, an dem mitten in einem Marihuanafeld voll bellender Bluthunde das Aspik an einer Aluminiumwand hinabgeglitscht war, schweifte ihr Blick an der ganzen Theke entlang und machte bei einem einzigen männlichen Augenpaar halt, das sie nicht über einem grinsenden Mund musterte. Wie alle anderen an der Theke saß der Mann so, daß er die Tanzfläche sehen konnte, und beobachtete das Schauspiel eines Mannes, der seine Ehefrau in aller Öffentlichkeit zur Schnecke machen wollte, nur daß er sich nicht wie die anderen in geiler Schadenfreude nach vorn beugte; sein Rücken drückte sich gegen den langen Tresen. Lyla spürte seine Gedanken, die ihr wie ein Messer ins Herz drangen, ein Schmerz ging von ihm aus, quer über die Tanzfläche, und vereinte sich mit ihrem neuen unbekümmerten Lebensverständnis.

»Jetzt hab ich aber genug, Roger!« schrie Lyla in die Musik hinein, und sie staunte selbst über ihre Worte, staunte darüber, daß Roger abrupt stehenblieb. Sie stand in der Mitte der Tanzfläche, außer Atem und ganz allein. Etwas in ihr hatte sich endlich richtiggestellt, es war ein Erwachen, das sie zur Besinnung brachte. Ohne zu zögern, ging sie zu dem Mann hinüber, dessen Schmerz sie so anzog. Zum erstenmal im Leben glaubte Lyla, einem anderen Menschen helfen zu können, so stark hatte sie sich noch nie gefühlt.

Der Mann akzeptierte Lyla, als hätte er geduldig sein ganzes Leben lang auf sie gewartet, er drehte sich einfach auf seinem Hocker herum und bestellte für sie das, was sie immer nahm. Lyla drückte sich neben ihn und hob das Glas, das er ihr anbot, an die Lippen. Ihr Körper war heiß und gerötet, der Mann schien eigenartig kühl, und doch spürte sie ihre Macht über ihn. Sie brauchte keinen Schlüssel zum Öffnen der Stahltür, die er mit aller Macht zwischen sich und der Außenwelt geschlossen hielt. Was ihn für andere unerreichbar machte, machte ihn verwundbar für sie. Lyla brachte keine Geschichte mit, da sie ihr altes Leben auf der Tanzfläche gelassen hatte, und deshalb gab es kein Schloß, mit dem er sie aussperren konnte. Lyla existierte als unsterblicher Augenblick, ihr Bewußtsein ging nicht weiter als bis zu ihrem momentanen Seinszustand, und es beschwerte sich auch nicht mit Unterscheidungen ferner Vergangenheiten. Als Südstaatlerin lag ihr Bewußtsein brach zwischen dem Bürgerkrieg und Vietnam, diese beiden Auseinandersetzungen waren in ihrem Kopf vermengt und zu einem einzigen Begriff von einer Art vagem Heldenmut geworden, und deshalb konnte sie unmöglich verstehen, wen sie da vor sich hatte und wo dieser Mann gewesen war, und so näherte sie sich ihm ohne Furcht. Sie spürte den Schmerz, der von ihm ausging, und ob dieser Schmerz seinen Ursprung nun auf dem Feld von Gettysburg oder im Dschungel Vietnams hatte, das bedeutete Lyla nicht das geringste, aber alles für den Mann, neben dem sie nun plötzlich saß.

Lyla wußte es nicht, aber Roger wußte es. Roger haßte den Mann an der Theke mehr als die Art, wie seine Frau ihn mit einem Geist betrog, wenn sie tanzte. Der Mann an der Theke war nicht deshalb etwas Besonderes, nur weil er in Vietnam gewesen war, jeder junge Schnösel aus der Gegend zwischen fünfunddreißig und fünfzig war dort gewesen. Der Mann am Tresen war etwas Besonderes, weil er keinerlei Loyalität kannte. Weil er niemandem traute, hatte er auch vor niemandem Angst. Der Mann lebte lässig wie eine Python mit einer unverdauten Ratte im Bauch. Er schwitzte nicht, und er betrank sich nie, schlimmer noch, er wohnte gar nicht in der Gegend, sondern tauchte nur von Zeit zu Zeit aus dem Nichts auf und heuerte Männer an, für ihn zu arbeiten. Meist suchte er sich arbeitslose Garnelenfischer aus, die weit ins Land hinein gezogen waren, um sich in Festlandsarbeit zu verdingen; meist waren sie schwarz und verzweifelt. Der Mann dachte sich, daß diese Leute es früher oder später herzlich satt bekommen mußten, daß sie beim Kartengeben immer nur vier Joker ausgeteilt bekamen, und irgendwann würden sie sich das nehmen, was sie niemand rechtmäßig verdienen ließ. Und damit würden sie dann schließlich im Knast landen. So sah ihr Leben eben aus: Was sich nicht mit Geld bezahlen ließ, das bezahlten sie mit Zeit hinter Gittern, es war die einzige Handelsware, mit der sie rechnen konnten. Der Mann bot ihnen jedoch etwas an, womit sie nicht gerechnet hatten. Er bot ihnen fünfzigtausend Dollar dafür an, daß sie Bootsladungen mit Kokain durch die Straße von Yucatán brachten. Ein gewisser Prozentsatz von ihnen würde verhaftet werden, sie würden eine Weile in mexikanischen Gefängnissen absitzen müssen, und diese Zeit würde ihnen der Mann bezahlen, mit bis zu zehntausend Dollar pro Monat, bis es ihm irgendwann gelang, die mexikanischen Behörden so weit zu bestechen, daß sie seine Angestellten wieder laufen ließen. Für die schwarzen Garnelenfischer war der Job eine Lebensversicherung, denn sie würden so oder so eine harte Zeit in diesem Leben haben, also warum sich nicht dafür bezahlen lassen? Wenn sie es durch die Meerenge schafften, ohne geschnappt zu werden, gab es eine klingelnde Prämie. Deshalb wurde dieser Mann in den Hinterwäldlerdörfern rund um den Golf zwischen Mobile und Tampa immer so begrüßt, als wäre er der Weihnachtsmann im Tarnanzug, ein Ein-Mann-Sozialamt. Jeder sagte augenzwinkernd, der Mann sei von Beruf Seefrachtversicherer. Für manche verkaufte der Mann eine Alternative in einer unfairen Welt, aber nicht in Rogers Augen. Roger war auch in Vietnam gewesen und hatte selbst eine gehörige Anzahl von Schlitzaugen umgesäbelt, und er erkannte den grimmigen Gang des Mannes, es war ein Gang, den die meisten in Vietnam zurückgelassen hatten, genau wie das wahnsinnige Glitzern in den Augen. Dieser Mann jedoch trug seinen Gang und sein Glitzern zur Schau. Roger wußte, daß das Glitzern nicht das des Jägers war, der auf sein Opfer wartete, sondern das des Opfers, das auf die Kugel wartete. Und das Grimmige lag gar nicht in dem wiegenden Gang, sondern darin, wie der Körper zwischen dem magnetischen Zug zweier Pole hin und her schwankte.

Roger war Farmer, und darauf war er stolz, er baute guten Stoff für gute Laune an. Er haßte Kokainschmuggler und war der Ansicht, sie würden früher oder später jedermanns Leben kaputtmachen oder die ganze Welt mit ihrem weißen Pulver ersticken, das sie den Indianern aus den Adern schnitten. Roger war wütend, als der Mann in seine Gegend kam und jeder Penner sich an ihn ranmachte, um mit seinem lahmen Boot einen schnellen Dollar aus Kolumbien zu verdienen. Roger haßte den kleinen goldenen Affenschädel, den der Mann an einer dicken Goldkette um den Hals trug. Er haßte auch die kleinen weißen Visitenkarten, die der Mann austeilte und auf denen stand: INTERAMERICAS. SACHVERSTÄNDIGE FÜR SEEFRACHTVERSICHERUNGEN LTD., PANAMA CITY/PANAMA.

Was Lyla zu dem Mann hingezogen hatte, war der stumme Schrei, der von ihm ausging und den nur sie hören konnte. Lyla wußte nur indirekt etwas über ihn, was sie so gehört hatte, wenn Roger im Gespräch mit seinen Lastwagenfahrern schimpfte und knurrte, sie würden es bald sehen, die Koksbarone würden das

Drogengeschäft nur verderben, wo es doch gerade so gut lief. Dabei hatte Roger selbst auch kein Interesse daran, daß Marihuana legalisiert wurde, es war ihm ganz recht so. Roger wollte einfach nur das, was er »einen klitzekleinen Anteil an einem anständigen Geschäft« nannte. Wenn Mais verboten gewesen wäre, hätte Roger ihn auch angebaut, um seinen klitzekleinen Anteil daran zu verdienen, aber er schätzte es nicht, daß Fremde in seine Gegend kamen und mit dicken Brieftaschen, die sie im Ausland gescheffelt hatten, den Arbeitsmarkt durcheinanderbrachten. Die Koksbarone teilten derart viel Geld aus, daß es langsam unmöglich wurde, jemanden zu finden, der einen Lkw voll Marihuana über die Autobahn fuhr, wenn man ihm nicht den zwanzigfachen Gewerkschaftslohn zahlte. Der Koks ruinierte nur das Geschäft. Roger hatte sich mehr als einmal geschworen, wenn der Mann auch nur in seine Richtung blickte, würde er seine Eier an die Bluthunde verfüttern. Aber bis zu diesem Abend hatte der Mann nie in Rogers Richtung geblickt, er sprach nur mit denen, von denen er irgendwie wußte, daß sie mit ihm sprechen wollten. Der Mann hatte keine Freunde, keine Verbindungen außer seinen direkten Geschäftskontakten, er reiste immer allein. Manchmal sah Roger ihn in einem schicken Leihwagen über eine leere Nebenstraße düsen, um irgendeiner Braut, deren Macker für ihn in einem mexikanischen Knast vor sich hinfaulte, einen Haufen Bargeld auf den Tisch zu legen. All das beobachtete Roger und wartete ab, er war es schließlich gewohnt, auf das Reifen der Ernte und auf den Wetterbericht zu warten.

Die Band auf der Bühne spielte nur für Roger, der allein und verwirrt mitten auf der Tanzfläche unter der rotierenden Discoglitzerkugel schwankte, während seine Frau einen Drink hob, den ihr der Mann an der Theke bestellt hatte. Es war Roger nie in den Sinn gekommen, daß eine seiner Frauen ihn in der Öffentlichkeit sitzenlassen, aus einem ehrlichen Farmer einen Hanswurst machen könnte. Jetzt, da es geschehen war, gab es nur einen ehrbaren Ausweg. Mit dem Mann würde Roger später abrechnen. In Sekundenschnelle hatte er den Abstand zwischen sich und Lyla an der Theke überwunden, hatte sein Eigentum bei den Schultern gepackt, herumgedreht und zurück auf die Tanzfläche gezerrt. Die Band auf der Bühne stieß johlende Jubelrufe aus und legte los mit ihrem besten Honky-Tonk-Jammerlied, das sie zu schrägen Gitarrenheulern sang. Roger begann sein hektisches Gestampfe und brüllte die vollkommen stumme und stille Lyla an: »Sag mal, du bist wohl übergeschnappt, Kleines!«

Lyla drehte ihm den Rücken zu und ging durch die Schwingtür hinaus, über den Kies des Parkplatzes in die Telefonzelle unter dem blinkenden Neonpfeil. Ihre Finger zitterten, aber ihr Entschluß stand fest. Sie wählte die Nummer, und als sie die vertraute Stimme hörte, flehte sie: »Mama, ich bin hier im Ace. Yeah, kannst du mich schnell abholen?« Lyla hörte nur noch den ersten Teil von Margaret-Lynns Antwort, die durch das Knistern der Verbindung kam. »Was hast du denn, mein Kleines? Hat Roger etwa –?«

Rogers Hand drückte die Zelle auf und entriß Lyla den Hörer mit derartiger Kraft, daß die metallene Verbindungsschnur aus dem Apparat flog. »Setz deinen Arsch in den Wagen, los!«

»Ich fahr nicht mit dir mit!«

Roger zog Lyla aus der Telefonzelle, so wie er schwere Marihuanaballen auf seine Lastwagen lud. »Ihr verdammten Weiber seid doch alle gleich!« Er schnarrte seine Erkenntnis in die Nacht. Lyla strauchelte in seinem Griff, kleine Steinchen rissen ihr die Knie auf, Blut floß an ihren Beinen herunter.

»Roger, hör mir zu. Ich habe beschlossen –«

»Was hast du gesagt?« Roger blieb stehen.

»Ich habe beschlossen, daß ich von jetzt an mein eigenes –«

»Halt's Maul! Mit dir rede ich nicht! Ich will wissen, was *der* da eben gesagt hat!«

In ihrer kauernden Stellung hob Lyla den Kopf. Auf der anderen Seite des Kiesplatzes, der von dem Neonlicht rot schimmerte, stand der Mann aus der Kneipe, umrahmt von der Türöffnung des Ace.

Der Mann stellte seine Frage noch einmal, mit tonloser Stimme und einem Akzent, der nach Mittelwesten klang: »Ich wollte wissen, ob Ihre Frau wohl gerne noch einmal tanzen möchte, ehe Sie sie nach Hause bringen.«

»Aaaa-ha!« Rogers Finger öffneten sich in einem kurzen Muskelkrampf, und Lyla war frei. »Hab ich also doch richtig gehört, zum Teufel!« Rogers Worte richteten sich weder an den Mann noch an Lyla, er schrie seine Fassungslosigkeit zu dem blinkenden Pfeil empor. Er hielt die meisten Leute, die er in seinem Leben traf, für strohdumm, und jetzt stand vor ihm der Allerdümmste und wollte sich seinen Lohn abholen, und den würde er ihm auch verpassen. Wortlos marschierte Roger über den knirschenden

Kies zu seinem Geländewagen, riß die Tür auf, griff hinter den Sitz und zog sein Gewehr aus der Halterung im Rückfenster. Es ist doch wirklich traurig, daß manche Kerle keinen Saft im Hirn haben, zischte Roger leise vor sich hin, denn eine derartige Dummheit war ihm einfach unbegreiflich. Er legte den Sicherungshebel am Abzug des Gewehrs um und wirbelte herum, brachte den Mann mit einem Ruck ins Visier. Diesen blöden Heini würde Roger mit einem Bauchschuß vom Spielfeld putzen.

Den Schrei, den Lyla vorher in der Kneipe als einzige von dem Mann zu hören geglaubt hatte, hörte sie nun aus ihrem eigenen Mund. In der Hand des Mannes blitzte etwas auf, zu spät wurde ihr klar, daß er eine Waffe hatte. Die Kugel durchschlug Lylas Schrei und bohrte sich in Rogers Brust, ließ seine Knie weich werden, so daß er nach vorn sank, das Gewehr noch immer erhoben. Rogers Augen rollten nach oben auf den roten Pfeil, etwas in ihm war kaputtgegangen und würde nie mehr heil werden.

Lyla wagte sich nicht zu rühren. Vielleicht würde der Mann mit der tonlosen Stimme sie als nächste erschießen. Aus der Kneipe kam niemand, um ihr zu helfen. Das war ihr völlig klar. So wurden auf dem Land eben Probleme gelöst. Niemand mischte sich in die Streitigkeiten anderer Leute ein. Schließlich mußte jeder irgendwie sein Geld verdienen. Lylas Instinkt sagte ihr, sie müsse zu ihrem sterbenden Mann eilen. Es war kein allzu starker Instinkt. Rogers Versuch, etwas in ihr zu zertrampeln, hatte etwas Neues sprießen lassen. Ihre Stimme bebte, aber sie sagte, was sie auf dem Herzen hatte: »Sag mal, stehst du auf französische Küche?«

MK lächelte, und sein fremder Mittelwestenakzent klang seltsam sanft in Lylas Südstaatenohr. »Vor langer Zeit in Saigon, da hatte ich mal 'ne katholische Freundin, die hat immer nur französisch gekocht. Kannst du *coquilles Saint-Jacques*?«

18

Langsam nahm der versunkene Schatten der Realität für St. Cloud wieder Gestalt an. Der Überlebenstrieb zwang ihn dazu, einen neuen Pollen zu suchen, der die Blüte von Lylas wahrem Bestreben öffnen konnte. Er richtete seine Leidenschaft auf das höhere Ziel des Vertrauens, das Vertrauen wurde der Pollen. St. Cloud kroch vor Lyla herum, machte sich lächerlich, beging beschämende Akte, und alles nur, um ihr Vertrauen zu gewinnen. Er war sogar so weit gegangen, ihr beim Kauf des jungen Hundes zu helfen. In Augenblicken des Beichtvertrauens, wenn Lylas Lippen sich an sein Ohr preßten und sie gehetzt flüsternd ihre intime Vergangenheit für ihn beschwor, da spürte St. Cloud auch, daß sein durchsichtiger Plan gelungen war. Er tat alles, um Lylas Wesen zu gewinnen, er schwamm mit ihrer Seele, vermählte sich mit ihrer Haut, suchte wider alle Wahrscheinlichkeit die Nähe ihres fieberhaft erblühenden, geschmeidigen Körpers, der sich von ihm löste und um ihn herumwirbelte, bis er sich in einem schimmernden Augenblick eingesponnen fühlte, in einem Meer aus Seide, und dann schillerte das Seidenmeer und zerbrach, so daß einzelne Scherben aus Lylas Vergangenheit in ihr unmittelbares Verlangen schnitten. Es war eine heftige Vereinigung der Vorhaben, wenn auf der weiten Fläche des weißen Lakens unter seinem verstaubten Schlafzimmerfenster ihre nackten Körper jene innere Entfernung durchmaßen. Letztendlich behielt Lyla die Oberhand und kam mit der Kraft der Verzweiflung, in dem Wunsch, verborgene Begierden zu stillen und ein gewaltiges Bedürfnis zu befriedigen. Und auf einmal wurde St. Cloud klar, daß sein Konkurrent im Kampf um Lylas Seele mehr war als ein Geist.

St. Cloud hatte bereits einen ganzen Schatz aus Lylas versunkener Vergangenheit heraufgekurbelt, aber das ganze Gewicht der scheinbaren Wahrheit dieser Beute ließ noch auf sich warten. Als listiger Luchs, der die Welle der Überraschung bis zum letzten Ufer ritt, mußte er in seiner Raffinesse immer auf der Hut sein und Lyla geduldig von einem Augenblick in den nächsten locken. Anfangs war Lyla für ihn unversuchte weibliche Vollkommenheit gewesen, eine exquisite Statue, die ihn einschüchterte, weil er Angst hatte, sie könne zerbrechen, wenn er versuchte, ihre Einzelteile näher zu betrachten. Als dann die Risse in der Statue langsam hervortraten, sich öffneten und Adern der Kompliziertheit freilegten, da betäubte ihn das Dröhnen seiner Unwissenheit geradezu. Wie falsch er doch von Anfang an gelegen hatte, in seinem krummen Kriechen, seiner versoffenen Verfolgung von Lyla, in dem Netz aus Idealismus, das er über sie gebreitet hatte und das nun vor der brutalen Wahrheit ihres jungen Lebens schwand. Jeder warnte ihn, sogar Evelyn, die seine romantischen Leidensmaskeraden eher wie die eines Bruders als eines Exgatten duldete. Evelyn warnte ihn, er lasse sich nur von seiner eigenen poetischen Erfindung betören und er sei da in ein abgekartetes Spiel hineingeplatzt, in dem der Joker auch die Bank war. Lyla war ganz und gar nicht so kühl und unerschütterlich, wie St. Cloud anfangs geglaubt hatte. Er war nicht mehr als ein Wurm, der am Grund eines Frauenmeeres dahintrieb, ein blindes Männchen, dessen Jagd nach weiblicher Perfektion von der Gier des Fleisches angetrieben wurde, und von dem schlichten, unausgegorenen Wunsch, den Sex der Jugend direkt in Flaschen abzufüllen.

Lyla führte St. Cloud in Richtungen, die ihm gar nicht behagten. Vor Monaten, als sie noch allein bis spät in die Nacht von Bar zu Bar durch die Duval Street gezogen war, da hatte er bereitwillig jedes Ziel akzeptiert, das ihr in den Sinn kam. Als er eines Nachts von seinem versteckten Aussichtspunkt in der schiebenden Menge von Kneipengästen beobachtete, wie sie sich durch eine lange Reihe von Anbetern hindurchtanzte, auf dem Gesicht jenes eigenartige Lächeln, das weit in die Ferne ging, als hielte sie Schritt mit einem unsichtbaren Partner, da machte er die Entdekkung, daß es eine Konstante in ihrem Bemühen gab, jenseits der Peripherie gefühlsmäßiger Bindungen zu tanzen. Diese Konstante war Brogan. Der Mescalwurm mochte sich in St. Clouds Hirn gefressen haben, die kümmerlichen Reste seines Verstandes mochten vom Rum fortgespült worden sein, aber er brauchte nur einige Zeit, bis ihm klar wurde, daß Brogans Anwesenheit in der einen oder anderen Tanzbar, die Lyla abklapperte, unmöglich nur Zufall sein konnte: Lyla traf sich heimlich mit Brogan, und zwar am öffentlichsten aller Orte, eine einmalige Kombination von Absichten. Doch worin bestand die Absicht der beiden? Brogan war keineswegs unattraktiv, trotz seiner übersättigten Vorgeschichte blitzte in seinem Auge immer noch das verzweifelte Funkeln des Schatzsuchers. St. Cloud fand Brogan allerdings zu alt für Lyla; obwohl Brogan etwa sein Jahrgang war, hielt sich St. Cloud für den jüngeren der beiden, schließlich hatte er jede Hoffnung aufgegeben, seine jugendlichen Ideale noch einzuholen, und diese Preisgabe des Gewissens gab ihm das Recht, an einem ganz persönlichen Jungbrunnen zu schlürfen.

Dabei hatte Lyla keine Tricks nötig, um Brogan in allen möglichen verschwiegenen Situationen fern der wißbegierigen Blicke eines Kneipenpublikums zu treffen. Sie hätte ganz einfach zu Brogan nach Hause gehen können. Langsam bahnte sich ein Gedanke den Weg durch den Sumpf von St. Clouds Trunkenheit, der fast schon zu simpel war: Lyla wollte nicht, daß jemand sah, wie sie zu Brogan ging. Nie erwähnte sie seinen Namen im Gespräch, auf der Straße grüßte sie ihn nicht. Lyla sprach nur mit Brogan, wenn sie mit ihm tanzte. Aber Brogan war der einzige Mann, mit dem sie beim Tanzen sprach, das war das Merkwürdige. Nur St. Cloud fiel es auf, denn er allein beschattete Lyla bei ihren nächtlichen Ausflügen und sah zu, wie geile kleine Verehrer ihre Lust herausgrölten, um Lylas Aufmerksamkeit bettelten und dann wieder wegrannten, um sich einen neuen Schluck Mut aus der Flasche zu holen. Aus all diesem Chaos trat deutlich hervor, daß Lyla offenbar Brogan immer nur so begegnen wollte, daß es wie reiner Zufall wirkte. Den Grund dafür mußte sich St. Cloud allerdings selbst zusammenreimen.

Die bruchstückhafte Beichte von Lylas Kindheit und ihrer Ehe mit Roger fügte sich ineinander und endete auf dem Parkplatz des Ace in the Hole, wo ihr neues Leben angefangen und ihr Weg nach Key West begonnen hatte. Sie sprach nie davon, wohin und für wie lange sie mit MK gegangen war. Ihre Geschichte mit MK war St. Cloud auch völlig entgangen, bis er die Verbindung zu Brogan herstellte. St. Cloud hatte lange auf dem wackligen Steg des Vertrauens balancieren müssen, um bei Lyla so weit zu kommen; wenn er ihr Fragen, irgendeine Frage über ihre Vergangenheit stellte, das wußte er, dann wäre ihr Vertrauen in ihn zerstört. Sie mußte von selbst zu ihm kommen, und daß sie ihm so viel erzählte, rührte von einem neuen Bedürfnis. Er hatte Evelyn gefragt, was sie eigentlich von Lyla wisse, und sie wußte noch weniger als er. Evelyns Menschenkenntnis hatte er immer bewundert, früher in ihrer gemeinsamen Collegezeit in Berkeley konnte sie in einem Raum voller Antikriegsdemonstranten innerhalb von fünf Minuten unter all den erregten, langhaarigen Radikalen jene fünf herausgreifen, die mit größter Wahrscheinlichkeit Spitzel des FBI waren. Und Evelyn hatte ihm gesagt, hinter Lylas wunderschönem Körper verberge sich eine scharfe Handgranate. Vielleicht hatte die Detonation schon mit seiner Betörung begonnen und seinen Verstand längst zerstört. Ob grundlos oder nicht, jedenfalls war sich St. Cloud sicher, daß das Duell um Lyla zwischen ihm und MK stattfand.

Als er Brogan und Lyla wieder einmal beim Tanzen zusah, erinnerte er sich an die Warnung, die ihm Bubba-Bob in einer fernen und ansonsten auch längst vergessenen Suffnacht im Wreck Room gegeben hatte: »Nimm dich in acht vor MK, sonst endest du wie Karl Dean auf dem Meeresboden, und die Haifische fressen dir das Hirn raus.« St. Cloud hatte Bubba-Bobs Warnung damals nicht verstanden. Bubba-Bob schuldete ihm einen Gefallen, vielleicht war der Hinweis dieser Gefallen. Karl Dean war MKs Mann gewesen, einer der besten Schnellbootpiloten, die MK hatte. Er konnte besser als jeder andere Wasserjockey zwischen Key Largo und Key West mit halsbrecherischem Tempo Marihuanaladungen durch mondlose Nächte über die flachen Korallenbänke manövrieren. MK zog sich Karl im Alter von sechzehn heran. Karl hatte schon mit der Schule aufgehört, um sich schnelles Geld zu verdienen, indem er Marihuanaballen von Garnelenschiffen ablud, als MK auf ihn aufmerksam wurde und einmal seine Zukunft für ihn ausrechnete, was unterm Strich eine Nullsumme ergab. Als Einheimischer, der gerne Abkürzungen nahm, besaß Karl zwei Möglichkeiten: im Geschäft ein paar Stufen höher steigen oder den Rest seines Lebens an der Tankstelle stehen und darauf warten, daß seine Mama starb, damit er ihr Haus an einen reichen Pinkel aus dem Norden verkaufen konnte. Karl war ungeduldig, er wollte nicht auf den Tod seiner Mama warten; außerdem hatte seine Mama eben erst wieder geheiratet. Und Karl war ein hitziger Bursche, der sich beim Abladen von den Garnelenschiffen gern mit den anderen anlegte, und dabei hatte MK auch seine flinken Hände bemerkt. Sein Instinkt sagte MK, daß Karl auch in sehr gefährlichen Gewässern noch ein Boot steuern könnte, wo jemand mit Hirn im Schädel Angst bekäme. MK faszinierte besonders, daß Karls Gehirn viel langsamer arbeitete als seine Reflexe; wenn Karl auf den Gedanken kam, etwas lieber nicht zu tun, dann hatte sein Körper längst reagiert, war etwa mit einem vollbeladenen Schnellboot bei Ebbe gewagt über eine Korallenbank gefegt, wo selbst ein flinker Tarpun auf der Flucht vor einem Fischerboot nicht riskieren würde, sich den Bauch aufzuschlitzen. Durch die Arbeit für MK scheffelte Karl genug Geld, um sich und seiner Mama große Häuser auf Big Pine Key zu kaufen, wo man im Zickzack der mit Dynamit freigesprengten Kanäle wenigstens ein bißchen Platz für sich hatte und weit weg war von Key West mit seinen stinkenden Straßen und klaustrophobischen Gassen. Karl ging es prächtig, bis statt Gras auf einmal Kokain die Hochprofitware wurde, die bei nächtlichen Eiltransporten im Rumpf seines Neun-Meter-Schnellboots versteckt lag. Die Sache war nun profitabler, aber auch riskanter, nicht mehr so wie damals in den lässigen Tagen des Marihuana. Die Kerle beim Abladen auf den Mutterschiffen waren nicht mehr brave alte Garnelenfänger, sondern Typen, die ein schnelles Spanisch sprachen, hektisch um sich blickten und dicke Kanonen in den Gürtel geklemmt trugen. Von dem größer gewordenen Kuchen wollte auch Karl sein Stück. Da er nicht schlau genug war, sich jemanden zu suchen, der ihm mehr dafür zahlte, fing er an zu murren, MK gebe seinen Leuten weniger, als sie gerechterweise verdienten. Karls Gerede wurde bald so schlimm, daß jedermann einen weiten Bogen um ihn machte. Die Leute hatten keine Angst vor Karl, sie hatten Angst vor dem, was MK mit ihm machen würde, und sie wollten nicht in der Nähe sein, wenn es geschah. Es ging so weit, daß Karl, der ein kleiner Star im Rennzirkus der Offshore-Motorboote war, Probleme hatte, Sponsoren zu finden, die ihm seine Rennen finanzierten. Karl brauchte Sponsoren, ohne sie konnte er nicht antreten. Wie sollte er der Steuerbehörde erklären, woher er das Geld dafür nahm, eine ganze Saison hindurch Rennen mit Booten zu fahren, bei denen allein die Wartungskosten mehr ausmachten, als der Durchschnittsbürger im Jahr verdiente? Er konnte schlecht sagen, es sei die halbe Million, für die er das Haus seiner Mama auf Key West verkauft hatte, damit hatte er schon die Herkunft der Häuser auf Big Pine Key vernebelt. Allen war klar, daß Karl großen Ärger hatte, als er im Herbst keinen Sponsor für die Rennbootmeisterschaften vor Key West bekam. Als er dann im letzten Moment doch noch einen fand, dachten viele, nun ja, vielleicht ist MK ja doch nicht so ein harter Kerl, vielleicht war er zu lange von der Insel weg, hatte alles immer nur aus Mittelamerika geleitet, vielleicht wurde ja MKs profitables Paradies gerade von den hektischen Kolumbianern aus Miami übernommen. Früher hatte nie jemand mit MK gebrochen. Aber Karl Dean tat es. Vielleicht war MK nicht mächtig genug, um ihm eine Lektion zu erteilen. Es war ein Kräftemessen. Karl Deans dreiste Art und die Tatsache, daß er im letzten Moment einen Sponsor für das Meisterschaftsrennen fand, konnten bedeuten, daß MK auf Key West nicht mehr dazugehörte. Solche Gedanken machten sich die Leute, als Karl Dean im Herbst dann gar an der Spitze des Rennens lag. Sie machten sich diese Gedanken nicht mehr, als sie die Aufzeichnungen der Explosion sahen, bei der Karl Dean samt seinem Boot in einer Wolke aus Glasfaser und Gedärmen verschwand. Karls Copilot, der genau wie er als Haifischfutter geendet hatte, hinterließ eine Familie auf Sombrero Key, und man erzählte sich, daß die Familie jeden Monat eine Auslandsüberweisung von einer Bank in Panama erhielt. MK sorgte schon für seine Schäfchen. Die Leute begriffen die Lektion dieses Herbstes: MK konnte einen mit Geld groß machen und mit seiner Rache sehr rasch töten. Als die Küstenwache den Unfall auf Karl Deans Rennboot untersuchte, stellte man fest, daß die Wucht der Explosion viel zu groß gewesen war, um nur von den zweihundert Litern hochoktanigem Treibstoff herzurühren, die die drei Tanks des Boots enthalten hatten, eine derartige Detonation mußte eine andere Ursache gehabt haben. Die Möglichkeit von Plastiksprengstoff schloß man nicht ganz aus, aber es trieben zu wenig Überreste auf dem Wasser, um die Frage endgültig zu klären. Wer MK kannte, hatte sie sich längst beantwortet.

Brogan war Lylas Verbindung zu MK, von Bruder zu Bruder. MK war nicht der einzige in Key West, der mit viel Geld hantierte, da gab es noch viele andere, hoch oben und ganz unten, auf beiden Seiten des Gesetzes, die MK alle gern aus dem Verkehr gezogen oder ihm eine Lektion erteilt hätten. Deshalb ging Lyla nie zu Brogans Haus. Es sah so unschuldig aus, wenn sie einmal mit ihm tanzte, nie mehr als einmal, und ihn dann abblitzen ließ wie jeden anderen bemühten Verehrer. Falls die falschen Leute von Lylas Verbindung zu MK erfuhren, könnte man sie gegen ihn benutzen, und ihr Leben würde womöglich zum Racheobjekt in einem finsteren Spiel, von dem sie nichts verstand. St. Cloud wußte nun, daß der Geist, gegen den er kämpfte, MK war, aber vielleicht hatte noch einer diesen Schluß gezogen: Zobop. Das schrille Pfeifen, das St. Cloud vor seinem Schlafzimmerfenster hörte, könnte eine Todesmelodie sein, die an seine Tür genagelten Kritzelgedichte könnten das Spiel sein, mit dem ein Raubtier seine Beute quälte. Bubba-Bobs Warnung war dann wohl wirklich ernst gemeint, sich mit MK einzulassen, bedeutete Zerstörung, und wenn es so war, dann konnte St. Cloud seine restlichen Tage an einer Hand abzählen. Vielleicht war Bubba-Bob zufällig darauf gekommen, daß Lyla MKs junger Pfirsich war, dessen wertvolle Formen er im verschlafenen Key West versteckt hielt. Bubba-Bob war ein zu schlauer Fischer, um eine solche Entdeckung öffentlich auszuposaunen, er wollte sich ja nicht am falschen Ende der Nahrungskette wiederfinden, aber einem Freund, dem er einen Gefallen schuldig war, würde er bestimmt den Tip geben, daß er rauhe See vor sich hatte.

St. Cloud hörte auf, der Stier zu sein, der sich im Meer einer Frau wiegte und seine Orientierung nach dem Schwerpunkt ihres Gyroskops ausrichtete; die große Verwirrung, die sich nun in seine gewohnte Leere krallte, ließ seine ohnehin keineswegs ruhigen Hände in Vorahnung der Furcht zittern. Ich selbst bin nicht ich selbst, wie wahr. Wer seitwärts sause, sei oft am schnellsten zu Hause. Ein anderer Stier stand nun zwischen ihm und MK, und das war der Streit, der schon existiert hatte, bevor Lyla zwischen sie getreten war. Justo hätte St. Cloud etwas über diesen Stier sagen können, er hatte oft die Geschichte seines Abuelo erzählt, in der es um den Kampf *al alimón* ging, ein Duell des Blutes, einen Pas-de-deux des Todes, den in den alten Zeiten Spaniens zwei Matadore zwischen sich ausfochten. Nur wenige hatten je einem *al alimón* beigewohnt, aber es war verbürgt, die Zigeunerpoeten sangen immer noch von seinem traurigen Ruhm. *Al alimón* zu kämpfen erforderte nicht so sehr Tapferkeit als vielmehr den Glauben an Blutsbande, denn der Stier wurde dabei von zwei Matadoren zugleich bekämpft, die aber ohne Tuch und nur mit einem Degen bewaffnet waren und auch keine Lanzenreiter zur Unterstützung hatten, die den Gegner reizten und irritierten. Die Matadore wechselten einander bei jedem Angriff des Stiers ab; der eine setzte den Körper des anderen wie eine ablenkende Bewegung des roten

Tuchs ein, wobei der jeweils Unbewaffnete in höchster Gefahr war, wurde er doch als Angriffsfinte und als Schutzschild zugleich benutzt. Doch auch der mit dem Degen ging ein großes Risiko ein: Wenn er nicht haargenau erriet, wo er selbst sich als menschliches Tuch plaziert hätte, trieb er dem Partner die Waffe durch den Leib. Kein Wort wurde zwischen den Matadoren gewechselt, jede falsche Bewegung von einem der beiden bedeutete den Tod, ihr Instinkt im Angesicht des Angreifers mußte als gemeinsames Blut pochen, das Ziel der Harmonie war wichtiger als alles Denken. Die beiden waren mehr als Brüder, ihr Duell galt der Hoffnung, blindes Vertrauen zu erreichen; um nicht zertrampelt zu werden, machten sie aus ihrem Vertrauen im Augenblick der Wahrheit eine echte Offenbarung. Der Feind war nicht der Stier, sondern er war das, was zwischen den beiden stehen mochte und sie davon abhielt, ein Geist, ein Herz und eine Hand mit gemeinsamem Ziel zu werden. Wenn etwas zwischen ihnen stand, würde ihr besiegtes Blut in den trockenen Sand der Arena rinnen und sich dort vermischen.

Die Dinge waren jetzt nicht mehr so verwirrend für St. Cloud, der brennende Reifen der Vollendung hing schwelend vor ihm, und er begriff nun, was der Stier darstellte. MKs magische Oper lag in voller Breite vor ihm, und er selbst war ein Teil davon. Nach einer ganzen Generation hatte sich der eigentümliche Kreis geschlossen. Der Stier zwischen St. Cloud und MK war Vietnam, dieser Krieg ihrer Jugendjahre verband sie in einer Bruderschaft von Außenseitern, und wenn sie dem Stier nicht *al alimón* gegenübertreten konnten, waren sie dazu verdammt, in den Armen der Erinnerungen des anderen zu sterben, und ihr besiegtes Blut würde sich im trockenen Sand einer fernen Vergangenheit vermischen, ganz vergessen von einer Welt, die längst zu neuen Schmerzen weitergegangen war.

St. Cloud spürte, wie sich der Strick des Selbstverrats, der ihn mit MK verband, schmerzlich fest zuzog; um Lylas willen mußte er überlegen, wie er die Knoten durchtrennen konnte, die eine ganze Generation der Hoffnungslosigkeit in ihm gebunden hatte. Lyla war vielleicht der Ausweg, St. Cloud machte sich keine Illusionen über den Ursprung seines fanatischen Verlangens nach ihr. Wenn er Lyla davon überzeugen konnte, daß sein Vertrauensangebot der Anfang von Liebe war, begann er damit gleichzeitig, die Bande zu lösen, die ihn festhielten. Falls sich aber MK Lyla aus demselben Grunde in Key West warmhielt, falls er in ihr eine letzte Hoffnung bewahrte, zu der er vielleicht zurückkehren wollte, dann würde er jeden umbringen, der versuchte, auf diesem Zauberteppich davonzufliegen.

St. Cloud war entschlossen, Lyla nicht zu enttäuschen, wie es mit Evelyn geschehen war. Mit Evelyn hatte er so jung angefangen, aber man kann eben nicht das eigene Gewissen heiraten. Evelyn hatte schon in den frühen Collegezeiten des Protests eine Unschuld der Absichten in sich getragen, die ihr heute noch eigen war. Evelyn war immer noch anmutig, die Last ihrer jugendlichen Illusionen hatte sie so leicht hinter sich gelassen, wie eine Schlange im Wechsel der Jahreszeiten ihre Haut abstreift. Er erinnerte sich noch, wie sie einander 1966 bei einer Antikriegsdemonstration begegnet waren, die sich durch die Straßen der Universitätsstadt geschoben hatte, mit Spruchbändern, Sprechchören wie ZUR HÖLLE NEIN, ZIEHT UNS NICHT EIN! und Lautsprecherwagen, die politische Schuldzuweisungen skandierten. St. Cloud spürte Evelyns zielbewußte Sinnlichkeit, als er sah, wie sie sich durch die wogende Menge schob, zwischen den drängelnden Demonstranten wirkte ihr Körper noch mädchenhafter. Sie schien einem anderen Takt zu folgen als dem empörten Rhythmus, der ihre Mitstreiter motivierte; und so wurde sein Zorn über die Bomben, die auf entlegene Dörfer dreizehntausend Kilometer weit weg aus B52-Bombern herabregneten, von einem peinlichen Begehren nach dieser schmalen Frau an seiner Seite überlagert. Er glaubte, er sei entlarvt, sie müsse seine nackte Absicht spüren; er versuchte, seine Lust zu verschleiern, indem er ihr einen Arm um die Schulter legte, als wollte er sie vor der schiebenden Menge beschützen. Worum es ihm ging, das war die sexuelle Quelle ihrer politischen Überzeugung. Er hielt sie, so wie ein Krüppel eine Krücke hält. Er trug ein Fernglas um den Hals, was ihn auf eine Idee brachte. Er schlug ihr vor, daß sie sich von der militant entschlossenen Menge absetzten, es wurde ohnehin gerade härter, Flaschen flogen und irgendwo klirrte Glas. Er meinte, es liege Unheil in der Luft, eine klare Falle, all das habe er schon oft erlebt, er kenne das. Er kannte auch den Weg auf das Dach der Unibuchhandlung, von wo aus sich die ganze Demonstration mit dem Fernglas überblicken ließ und wo er sein Verlangen nach Evelyn würde ausleben können, hoch über der erhitzten Atmosphäre idealistischer Theatralik.

Sie ließen sich ans Ende der Parolen brüllenden Menge fallen, nahmen Straßen, die nach dem Durchzug der Demonstration völlig verlassen dalagen, durchquerten dann einige Höfe und kletterten die klapprige Feuerleiter an einer dreistöckigen Ziegelmauer auf das Dach der Buchhandlung hinauf. Der Blick nach unten war anders, als St. Cloud es erwartet hatte. Unter ihnen erstreckte sich das vertraute Straßennetz, man sah die üblichen Polizeibarrikaden an wichtigen Kreuzungen, die der Demonstration eine geordnete Bahn gaben, aber ein Stück vor der Spitze des Zuges, in der einzigen Richtung, die die Menge zwischen abgesperrten Seitenstraßen nehmen konnte, wartete ein Trupp von Polizisten mit Kampfhelmen und Schlagstöcken. Mit dem Fernglas suchte St. Cloud die Dächer über der Straße ab, in der der Protestmarsch gleich sein überraschendes Ende finden würde; auf den Dächern sah er mit Sandsäcken befestigte Stellungen, bemannt von jungen Nationalgardisten in Uniform, deren Maschinengewehre auf die Straße zielten. »Ratten im Labyrinth!« schrie St. Cloud in den Lärm der Lautsprecher und Sirenen, der von unten heraufdrang. Angeekelt wandte er sich ab, und sein Ekel zielte auf ihn selbst. Was für ein idiotischer Versuch, den Krieg zu beenden. Wo diese Menge war, da wollte er nicht sein. Er wollte dem Spiel immer einen Schritt voraus sein, mit einem Bein außerhalb des Labyrinths stehen, immer bereit, vor etwas wegzurennen, das ihm wie eine Übung in Massenimpotenz vorkam. Die Flucht vor dem Wahnwitz des Krieges sollte sein Schicksal werden, er würde sein Leben in stummem Protest abtöten, dem eigenen Entwicklungspotential den Rücken kehren. Als er an jenem längst vergangenen Tag seiner ersten Begegnung mit Evelyn durch das Fernglas blickte, da sagte sie, und er hörte es noch so deutlich wie damals: »Irrtum. Nicht die da sind die Ratten, die Ratte bist du, weil du davor wegläufst. Du wirst sehen, das da unten wird ein Ende setzen, aber nicht für dich.« Evelyns Worte klangen ihm immer noch in den Ohren, und mit ihnen erinnerte er sich an die Hubschrauber, die über ihnen auf dem Buchladendach knatterten, an die Wolken von Tränengas, die aus den stählernen Bäuchen der Hubschrauber in die Straßen herabquollen, und dann sah er nichts mehr, der Kies riß ihm die Knie auf, als er zu Boden ging, seine Augen pochten vor Schmerz, als hätte ein Regen aus Kaktusnadeln sie durchbohrt, in seiner Brust loderte ein Feuer, das von dem Erbrochenen, das ihm aus dem Mund schoß, niemals gelöscht werden konnte.

Die Unterschiede waren von Anfang an klar. Evelyn trug ihre Ideale in sich, St. Cloud rannte vor den seinen davon. Man kann nicht sein Gewissen heiraten, doch St. Cloud war Narr genug, es zu versuchen. Er war nicht sicher, ob er Evelyn geheiratet hatte, weil er sie liebte oder weil der gemeinsame Idealismus ihrer Jugend sich letztlich als eine stärkere Leidenschaft erwies als die heiße geschlechtliche Lust, die sie eigentlich zusammengeführt hatte. Es stimmte, was Evelyn ganz am Anfang über ihn gesagt hatte, der Ursprung seiner Unruhe ließ sich nicht ausmerzen. Er gehörte zu der unter der Wolke Hiroshimas gezeugten Generation, die in der Zeit des Vietnamkriegs erwachsen wurde, er war eines der gezeichneten Kinder von Uncle Sammy. Ein seltsamer Makel der Schuld befleckte ihn, ein unbarmherziger atomarer Staub fraß an seinem Innersten. Evelyn ließ es nicht zu, daß der Schatten dieser Wolke sie zitternd in die dunkle Spalte der Angst trieb, sie wußte wohl, daß niemand vor der Wolke davonlaufen konnte, jeder trug sie im Herzen, für immer. Aber sie wußte auch, daß das Herz noch andere Dinge beherbergt, die ausgleichenden Gewichte von Wahrheit und Überleben, das Wissen darum, wann es die Überreste früherer Leben abzustreifen gilt. Evelyns Überlebensinstinkt war stärker als St. Clouds, sie wußte, daß ihre Stärke ihn Hals über Kopf zu ihr hingezogen hatte, aber nichts hält ewig, nichts bleibt immer gleich, das hatte sie ihn gelehrt. Oder auch nicht. Vielleicht würde St. Cloud es nie lernen, sich immer wieder in Abstraktionen verlieben, um den wahren Lektionen des Herzens aus dem Weg zu gehen. Evelyn ging ihm verloren, als ihr gemeinsamer Weg sie von diesen frühen Collegezeiten politischer Betätigung davontrug, sie ging ihm verloren, weil er sich selbst nicht finden konnte.

Das beharrliche Schuldgefühl wegen Vietnam wurde zur Geliebten St. Clouds, es schwoll zu ungeahnter Größe an und stellte sich zwischen ihn und Evelyn. Selbst während langer leidenschaftlicher Augenblicke wußte Evelyn, daß sie St. Cloud mit etwas anderem teilte, daß sie sich seiner Treue nur deshalb sicher sein konnte, weil er seine Tapferkeit vernichtet glaubte. Sie spürte, daß er seine sexuelle Energie in sich aufstaute, als wäre es eine Sünde, seine Lebenskraft an etwas Intimeres als an jenes schreckliche Gefühl des Verlustes zu verschwenden. Was zwischen ihnen anfangs schön gewesen war, wurde bald häßlich. Evelyn konnte den Weg bis zu jenem ersten Tag auf dem Dach zurückverfolgen, als der Tränengasregen sich über ihnen zusammengeballt hatte; es war ihr gemeinsamer Anfang und St. Clouds persönliches Ende gewesen, weil er keine Kraft gehabt hatte, das vorhersagbare Schicksal der Antikriegsdemonstration unten auf der Straße abzuwenden, und schon gar nicht, den dahindonnernden Zug der Zeit namens Vietnamkrieg zum Stillstand zu bringen, der dazu bestimmt war, erst später krachend in entmutigender Verzweiflung zu entgleisen. Auf jenem Dach des Buchladens hatte St. Cloud seine Jugendideale aufgegeben. Während er die winzigen Demonstranten im Labyrinth der Straßen unter sich gesehen hatte, wie sie auf ihr unvermeidliches Scheitern zumarschierten, war ihm klargeworden, daß sein Weg darin bestand, ein Krieger der Schatten zu werden, sein Leben für den totalen Krieg gegen den Krieg hinzugeben, seinem eigenen Land den Krieg zu erklären, zur menschlichen Bombe zu werden, zum lebenden Brandsatz, zum Werkzeug einer Zerstörungskraft, die es aufnehmen konnte mit jener Zerstörungskraft, die in den dampfenden Dschungeln dreizehntausend Kilometer weit entfernt tätig war. Um den Krieg zu beenden, würde St. Cloud sich selbst opfern müssen, Pardon konnte nicht gegeben, Zurückhaltung nicht geübt werden, es ging nicht anders, er mußte die endgültige Waffe werden, um die Infrastruktur der eigenen Gesellschaft zu zerstören. Für jede Bombe, die dreizehntausend Kilometer weit entfernt aus den Schächten der B52-Bomber herabfiel, würde er für ebensolche Explosionen in seinem Heimatland sorgen. Stromleitungen, Brücken, Dämme, Straßen, alles würde in die Luft fliegen. Erzittern würde das Land vor dem gewaltigen Finger des Verderbens, den einer der eigenen Brüder erhob. Jenen, die gebrochene Versprechungen im Munde führten, würden die Knochen gebrochen werden, Gefangene würden keine gemacht. Das war die Erlösung: Terrorist zu werden, ein böser Wind der Vergeltung, der in der brennenden Rache an sich selbst gipfelte. Die Erlösung war die Ausrottung des Wahnsinns durch Wahnsinn.

Evelyn allein begriff St. Clouds innerliches Scheitern; er war nicht imstande, jene Grenze zu überschreiten, konnte den Punkt ohne Wiederkehr nicht hinter sich lassen, konnte nicht vor sich rechtfertigen, was der Sieg verlangen würde. Selbst wenn er sich dazu hätte durchringen können, selbst wenn es ihm vorstellbar gewesen wäre, Blut und Gedärme seiner Landsleute über die Landkarte gerechter Vergeltung zu verspritzen, es ließ sich letzten Endes doch nicht machen. Nicht daß er ein Feigling war, er war ganz einfach kein Mörder. Deshalb war er ja überhaupt gegen den Krieg gewesen. Er konnte kein Mörder werden, auch nicht um einer Sache willen, die ihm viel bedeutsamer erschien als die Mittelmäßigkeit des eigenen Daseins. Evelyn verstand, wie sehr St. Clouds Seele litt. In welche Wirklichkeit er letztlich auftauchte, war im Grunde egal; wichtig war nur, daß er der schwarzen Wolke entkam, indem er begriff, daß er zur Veränderung fähig, jedenfalls nur sich selbst verantwortlich war. Auf diese Wahrheit war Evelyn schon gestoßen, lange bevor sie auf St. Cloud gestoßen war, denn es war nicht St. Cloud gewesen, der sie im Tohuwabohu jener längst vergessenen Antikriegsdemonstration gefunden hatte, sondern *sie* hatte *ihn* aufgespürt. In ihren staubigen Sandalen und dem dünnen Kleid hatte sie sich an das verwundete Männchen herangeschlichen, hatte die Fährte der Furcht gewittert, die sie so gut kannte. Obwohl sie damals erst zwanzig war, hatte sie in wenigen kurzen Jahren ein ganzes Leben voller Schuld und Verzweiflung wegen des dreizehntausend Kilometer weit entfernten Krieges durchgemacht, der einen endlos langen Pfahl durch das Herz ihrer Generation trieb. Während sie zusah, wie der Pfahl immer tiefer einsank, bemerkte sie mit Entsetzen, wie wenige Menschen seine tödliche Wirkung überhaupt spürten, so als hätte der Pfahl die Fähigkeit zur Reue zerstört: Ein großer Teil ihrer Generation lag reaktionslos auf dem hirntoten Schlachtfeld der Apathie. Vor allem diese Erkenntnis trieb Evelyn in verzweifelte Extreme, erzeugte in ihr die eindeutige Berufung, sie allein müsse die quälende Schuld auf sich nehmen, die anderen nicht gegeben war. Demonstrationen gegen den Krieg und öffentlicher Protest reichten für Evelyn nicht mehr aus. Sie sah sich zu schicksalhaften Schritten genötigt. In der Ewigkeit der wenigen Jahre, ehe sie St. Cloud auf den verstopften Straßen einer Universitätsstadt traf, hatte sie in der Nähe eines riesigen kalifornischen Luftwaffenstützpunkts, der inmitten von weit über den Horizont reichenden Zwiebelfeldern angelegt war, nackt auf der Theke eines Stripteaseschuppens getanzt. Allnächtlich hatte sich Evelyns Teenagerkörper zum donnernden Getöse der nach Vietnam abhebenden Transportflugzeuge gedreht, das selbst die metallenen Gitarrenbeschwörungen aus den Lautsprechern rings um sie herum erstickte. Rauchschwaden umwehten ihre schweißgeölten Pirouetten auf der Theke, während Achtzehnjährige ihre Bewegungen gebannt verfolgten. Das Haar der jungen Burschen war zur Rekrutenbürste geschoren, ihre gestärkten Tarnanzüge knisterten in ungeübter Verlegenheit, und ihre aufwärts gewandten Gesichter ersehnten einen rettenden Reflex im Aufblitzen von Evelyns turmhohen Absätzen, die zu den jammervollen Gitarrenklängen über den Tresen stampften. Evelyns Wadenmuskeln spannten sich in Nylonstrümpfen, ein Straps schmiegte sich als geklöppelte Schlinge um ihre Taille. Mit den Fingern fuhr sie die Konturen ihrer Brüste nach, bis zu den ekstatisch nach hinten geworfenen Schultern, sie bog den Körper und stützte die Arme hinter sich auf, bildete eine geschwungene Brücke unter der sich an der Decke drehenden Discoglitzerkugel. Die Gesichter im Licht der Kugel waren erregt von diesem nackten, ölglänzenden Körper, der darum flehte, mit derselben Zärtlichkeit und Zügellosigkeit in den Arm genommen zu werden, mit der ein Rekrut sein erstes Gewehr streichelt. Nach jedem ihrer nächtlichen Go-go-Auftritte nahm Evelyn einen dieser Rekruten mit in die winzige Kammer ihres Motelzimmers neben dem Stripteaseschuppen, hielt sein leeres, verschwitztes Gesicht in ihren kühlen Händen und sah ihm in die Augen, voller Hoffnung, die sie aus ihrer festen Überzeugung gewann, so wie eine Wahrsagerin einem frisch Bekehrten das Mark in den Knochen weich werden läßt. Die ganze Zeit über bebte das ohnehin bebende Bett in dem Motelzimmer vom Getöse der Transportflugzeuge. Maschinen landeten und starteten auf Pisten, die bis über den Horizont des offenen kalifornischen Ackerlandes reichten. Weißblühende Zwiebelfelder umzingelten die Geschäftigkeit der Männer auf den Startbahnen, deren Maschinen nichts mit dem Bebauen des Bodens zu tun hatten. Hinter den Startbahnen, hinter den tarngrünen Klötzen der Kasernen und den zinkblitzenden Lagerhallen voll mit zu verladendem Kriegsgerät stapelten sich riesige Haufen frisch geernteter Zwiebeln, wahre Gemüseberge, die einen scharfen Geruch nach erdigem Salz verströmten, den der Wind verwehte und der so stark war, daß es den Männern Tränen in die Augen trieb, und während Düsenantriebe die Luft zerfetzten, öffneten sich gähnend weit die Flugzeugbäuche, um Leichen in grünen Gummisäcken freizugeben, die in Stapeln von blitzenden Aluminiumsärgen lagen, und machten sich die langen Reihen der Rekruten bereit zum Einmarsch in die gähnenden

Bäuche. Den augenbrennenden Salzduft der Zwiebeln roch man meilenweit, er wehte die Straße entlang, vorbei an rammelvollen Go-go-Bars und Oben-ohne-unten-ohne-Stripteaseschuppen, durch das Sirren der saugenden Klimaanlage des Motelzimmers bis in Evelyns geblähte Nasenflügel, wenn sie ihren Mund über ein leeres, verschwitztes Gesicht wandern ließ, wenn ihre Hüften sich auf dem wackligen Bett der stoßenden Last eines zitternden Körpers entgegenhoben. In diesem Augenblick erblühte auf ihren Lippen ihre wahre Absicht, und sie ließ ihre heißen Worte in ein ahnungsloses Ohr frei: *»Geh nicht! Dreh dich einfach um und geh weg von hier! Zum Teufel, nein, steig nicht ein!«*

Den Krieg konnte Evelyn nicht stoppen, aber sie konnte das Gewissen eines Mannes in Gang setzen. Manche der Rekruten mit den leeren Gesichtern standen von ihrem Bett auf und gingen nicht zum Flugfeld zurück, zogen weiter die Straße entlang und entfernten sich vom Mörderdasein, ehe es zu spät war, gaben ihre Namen und Familien auf, setzten sich in neutrale Staaten ab oder rutschten in die Ritzen eines blühenden Untergrunds. Manche marschierten zum Takt eines neuen Trommlers, der Inspiration, andere waren für immer zur Ungewißheit verdammt, bekamen langes Haar und ein kurzes Gedächtnis, begannen ein neues Leben, vergaßen die alten Wunden. Wer von Evelyns Bett aufstand, die verschwörerischen Worte in den Ohren klingend, der hatte auf die eine oder andere Weise den dünnen Faden gekappt, der ihn mit der auf dem schimmernden Asphalt des Flugfelds gängigen, großspurigen Meinung verband, man verlasse ein Land, das im Frieden liege, um in einem anderen Land Krieg zu führen. Diese Trennung geschah nicht in einem Blitz von erleuchtender Feigheit oder dank einer gesteigerten Wahrnehmungsfähigkeit, sondern in einem unerwarteten Moment, in dem eine junge Frau im klimatisierten Hauch süßer Zwiebeln flüsterte: *»Geh nicht!«* Manche gingen nicht. Evelyn erfuhr es nicht, Evelyn zählte sie nie.

Evelyn trug ihre Botschaft von den Zwiebelfeldern in die Großstädte mit Universitäten, wo man sich noch nicht bewußt war, welche Folgen es hatte, daß sich ein Pfahl durch die Herzen gerade jener bohrte, die am allerwenigsten davon ahnten. Sie fiel auf dem Unigelände überhaupt nicht auf. Sie schien weder für noch gegen etwas zu sein, dozierte keine politischen Parolen und brach nach außen hin keinen der Gesellschaftsverträge, die von ihrer Altersklasse erwartet wurden. Still beackerte sie die akademischen Felder. Nachts im Bett bestand ihr Erfolg im Überraschungseffekt ihrer flüsternd verkündeten Absicht. Nackte Studenten waren in ihr, ehe sie die wahre Tiefe dieser Absicht so recht begriffen. Die jungen Männer erhoben sich sprachlos aus dem zerwühlten Bettzeug, versuchten sie zu bezahlen oder zu küssen, doch der Ausdruck ihrer Augen zeigte ihnen deutlich, daß es nur eine Bezahlung auf Erden gab, die sie von ihnen wollte. Evelyn war ja für *sie* da, sie bot ihnen im irrationalen Moment der Leidenschaft die einzige rationale Möglichkeit, die Rechnung zu begleichen. Sie wußte nie, ob sie es auch taten oder welchen Weg sie nahmen, wenn die Einberufung mit der Post kam. Sie schaffte es nicht zurückzublicken, es gab noch so viele Colleges im ganzen Land, sie hatte nicht genug Zeit, und sie spürte, daß sie den Kampf verlor, sie kehrte zurück zu dem Luftwaffenstützpunkt in den Zwiebelfeldern, auf die Tanztheke, die jetzt von noch mehr leeren Gesichtern umringt war, nicht von Hunderten, sondern Tausenden, schwarz, braun, weiß, rot. Aus dem Herzen kam ihre Berufung, sich nackt auszuziehen und auf den Tresen zu steigen, nur auf die vage Chance hin, daß eines der leeren Gesichter seine Straße der Erlösung im Aufblitzen ihrer Stöckelschuhe gespiegelt sehen könnte. Wenn die Musik schon lange aus war, wußten all die leeren Gesichter nichts von ihr, weder jene, die sich entschieden, dem roten Faden vom Land im Frieden bis in das Land im Krieg zu folgen, noch jene, die in einen freilich unsicheren Frieden mit sich selbst weiterzogen, sie alle wußten nicht, was mit dem so uramerikanisch aussehenden Mädchen passiert war, das nackt auf dem Tresen des neonerhellten Stripteaseschuppens am Rand der Zwiebelfelder getanzt hatte. Für sie wurde sie ebenso zum Traum, wie ihre eigene Jugend es schon war. Sie konnten nicht wissen, daß als Folge der endlosen verschwitzten Nächte neues Leben in ihr wuchs. Obwohl dieses tief in ihrem Bauch wachsende Menschenwesen sie von ihrer erklärten Absicht ablenkte, ließ Evelyn es entstehen.

Vielleicht lag es daran, daß Evelyn mitten in einer Zeit des Tötens lebte? Jedenfalls konnte sie nichts zerstören, das in ihr war, nur um andere am Leben zu erhalten. So zu handeln, wäre ein Verrat an ihrer Person und am Grund dessen, was sie geworden war. Wieder zog sie weiter, aber diesmal in eine andere Richtung. Sie wählte sich eine große Stadt an der San Francisco Bay, wo die

Waggons voller Soldaten durchkamen. Dort legte sie sich mit anderen Demonstranten auf die Schienen vor die Züge mit johlenden und grölenden Soldaten, die sich aus den offenen Fenstern lehnten und die Fäuste mit dem hochgereckten Victory-Zeichen hinaushielten. Das machte sie, bis sie hochschwanger war und sich nicht länger von nervösen Polizisten von den Schienen zerren und in Handschellen zur jaulenden Sirene eines wartenden Transporters abführen lassen konnte. Die Notwendigkeit diktierte ein gesetzteres, aber nicht unbedingt ruhiges Leben. Die Stadt an der Küste lag oft im Nebel und war voller junger Männer, die sich hinter langen Haaren und Bärten versteckten. Diese Männer hatten auf die eine oder andere Weise den Faden zwischen Krieg und Frieden gekappt und sich ein eigenes Universum exotischer Drogen geschaffen; sie sangen zu einer verwegenen neuen Musik, die ihre eigene, sich im Kreis drehende Geschichte machte, und aus alledem, so beteten sie, sollte neues Leben erwachsen, für das sie Kinder benötigten, die nicht mehr an den alten Fäden hingen. Evelyn lag mit vielen dieser Männer im Bett, obwohl sie selbst neues Leben in sich trug. Sie hatte sie nicht zu diesem Zweck aufgesucht, aber sie begriffen rasch, weshalb sie so sehr nach ihr hungerten. Die bärtigen Männer beneideten sie und liebkosten sie, während sie unter ihnen nach demjenigen Ausschau hielt, der den Haferschleim ihrer erklärten Absicht am nötigsten hatte. Schließlich fand sie einen, der schon in dem dreizehntausend Kilometer weit entfernten Krieg gewesen und dann vom anderen Ende des roten Fadens wieder zum Ort des freilich unsicheren Friedens zurückgeklettert war. Sein Gesicht war nicht mehr leer, nur unsicher. Er hatte das Mannsein übersprungen, war vom Jungen gleich zum Mörder geworden, schon mit neunzehn. Anfangs hatte er den Faden vom Frieden zum Krieg verfolgt, weil sein Vater in einem anderen Krieg als Soldat gekämpft hatte und stolz war, daß auch er einen Sohn opfern durfte. Der Sohn wußte wenig über den Krieg, nur daß der Vater sein Opfer brauchte, also brach er auf, dreizehntausend Kilometer weit weg, um zu beweisen, daß der Faden noch standhielt. Mit seinen flinken Fingern und den scharfen Augen wurde er bald zum »Schweinetreiber«, zum Piloten eines Chinook-Helikopters. Er lernte schnell in den Lüften, lernte Finten und Hakenschlagen, kreuz und quer hüpfte er in seinem Himmelsschwein durch den heißen Regen zum nächsten Grundstück im qualmenden, entlaubten Dschungel, auf das der

Vietcong gerade eine frische Anzahlung gemacht hatte. Er lebte dafür, daß man ihn per Funk zu den heißesten Stellen beorderte, und dann sog er den heulenden Wind ein, der durch die offenen Türen des Hubschraubers pfiff, bahnte sich fluchend einen Weg durch das Schwirren, Flirren und Knattern der Schrapnellgeschosse, die sein Schweinchen so schrecklich gern durchlöchert hätten wie eine Dose mit Regenwürmern, er winkte und spuckte hinab auf die kleinen gelben Götter, die ihre blau-grüne Leuchtspurmunition zu ihm hinaufpumpten, um seinen metallenen Kokon zum Platzen zu bringen und seinen armen Arsch zurück auf Höhenmeter Null zu befördern. Höher stieg er hinauf, ins kühle Schlaraffenland, siebenhundert Meter hoch und noch höher, die Rotorblätter kämpften und heulten, und ihr Lied der Freiheit übertönte das Stöhnen der blutbespritzten Verwundeten, die in seinem Hubschrauber lagen. Wenn er dann wieder niederging, hing seine Maschine böse und tief über nassen Reisfeldern, so dicht über dem Boden, daß er hätte hinauslangen und einem der Wasserbüffel einen Phosphorbrandsatz in den Hintern schieben können, um schnell ein kleines Büffel-Barbecue für Victor Charley und Konsorten zuzubereiten. Später, am Abend, aalte er sich dann im kühlen Sog der Klimaanlage, das Moskitosirren des Dschungels in den Ohren, Eis in den Adern, Wodka im Glas, Opium in der Pfeife, *My my my, said the spider to the fly* im Radio. Daddy konnte stolz sein. Sohnemann hatte es geschafft und einen großen Tag gehabt, der starke Faden blieb weiter intakt. Der Traum des jungen Fliegers hatte abgehoben, immerhin wollte er auch keinen größeren Krieg.

Er wollte keinen größeren Krieg, aber recht bald begannen ihn kleine goldene Wölkchen heimzusuchen, sie umfingen seinen erdverbundenen Körper des Nachts mit nassen Offenbarungen. Zuerst kamen die goldenen Wölkchen nur sporadisch, da bemerkte es noch niemand. Dann aber tauchten die Wölkchen immer öfter und beständiger auf, bis er schließlich jeden Morgen in kleinen Wölkchen lag, aus denen eine große Wolke wurde, die sich auf dem Laken ausbreitete. Kein waghalsiger Fliegerjunge war er mehr, sondern ein Matrose, der in der See trieb. Er erwachte von dem beißenden Gestank unter sich und mußte bemerken, daß die ganze Kaserne von schnarchenden Fliegern in den Kojen rings um ihn das Vertrauen in ihn verloren hatte. Aus seiner keineswegs ehrenhaften Lage wurde er ehrenhaft entlassen. Uncle

Sam konnte seine Piloten mit den stählernen Nerven nicht mit Windeln durch den Dschungel flitzen lassen. Drei Dinge fragte er sich: Pinkelte er aus Angst vor dem Kampf? Aus Angst vor dem Tod? Oder aus Angst vor der Vergeltung seines Vaters? Drei Fragen, aus denen sich nur eine denkbare Antwort ergab. War er ein Feigling? Er hatte sich vom Jungen zum Mörder und dann zu einem erwachsenen Baby entwickelt, das ins Bett machte. Die Militärpsychiater versicherten ihm seine Tapferkeit. Es sei ganz normal, was ihm da passiert sei, das passiere den besten Soldaten andauernd in Streßsituationen wie der seinen, und sobald er erst wieder in den Staaten sei, werde das Problem in ein oder zwei Wochen bald eintrocknen, das komme schon in Ordnung. Nichts kam in Ordnung, und er geriet in Panik. Ein Jahr verging, und immer war am Morgen die goldene Wolke da. Nichts konnte sie stoppen, weder bewußtes Vergessen von all dem, was er in seinem Himmelsschwein dreizehntausend Kilometer weit weg getan hatte, noch wochenlanges Wasserfasten. Selbst als er auch das Essen einstellte, half das nichts, er pißte weiterhin seine Lebenskraft aus, würde sich selbst noch leerpissen. Das Ganze brachte ihn furchtbar durcheinander, doch es war nicht einmal so schlimm wie ein zweites Problem, das ihn noch direkter und schmerzlicher traf. Dieses Problem war ihm im Dschungel nie begegnet, wohl aber begegnete es ihm in den Städten der USA. Er begann durch Kneipen zu ziehen, weil er nach Frauen suchte und weil er den Alkohol mochte, den betäubenden Effekt auf seine Finger, bis alles Gefühl aus ihnen gewichen war und er scharf überlegen mußte, welche Empfindungen er in seinen Extremitäten früher gehabt hatte. Er trank immer mehr Alkohol, bis die Betäubung auch sein Hirn erreichte und er alles vergaß, worüber er gerade nachdachte, bis sein Bewußtsein tot war, abgestumpfter Abgang. In dieser Phase wurde er den Frauen in den Kneipen recht sympathisch. Er wußte zwar nicht im mindesten, was er ihnen erzählte, dennoch fanden Frauen ihn offenbar witzig, diese gnadenlose Leere in ihm. Sie nahmen ihn dann zu sich nach Hause mit, doch da er kein Gefühl in den Extremitäten hatte, mußten sie ihn stützen, ihren Körper unter seine schlaffen Arme wuchten, ihm eine Krücke in Frauengestalt sein, die irgendwann schließlich nachgab und ihn auf ein fremdes Bett fallen ließ. Nach einer Weile spürte er wieder etwas, das heißt, fühlte er in Wirklichkeit auch nichts, so glaubte er doch daran, dann aber verschwand dieses Etwas wieder, und der Morgen brach an mit einem gewaltigen

Schwall der goldenen Wolke, und er erwachte vom Kreischen der unter ihm liegenden Frau, die wild darum kämpfte, sich von weit mehr als den Rückständen des abendlichen Schabernacks zu befreien.

Die goldene Wolke verfolgte ihn überallhin. Oft brach die Wolke ganz unerwartet mit einem Schwall los, wenn er an einer Bushaltestelle stand, ein peinlicher Strom floß ihm am Bein hinunter, und dann befühlte er seine Hose, tastete sie ab, doch sie war immer ganz trocken. Oder er wartete vor einer Supermarktkasse und rang mit sich, um die Wolke aufzuhalten; er konnte ihr sachtes Sickern spüren, ein unbarmherzig verräterisches Sickern, doch wenn er die schwere Tüte mit den Einkäufen anhob und einen verstohlenen Blick auf seinen Reißverschluß warf, war alles trocken. Die goldene Wolke trieb ihn fast in den Wahnsinn, sie verfolgte ihn bis in die Träume. Die ganze Nacht hindurch schwamm er in einem gelben Meer, eine Küste war nie in Sicht. Wenn er aufwachte, halb am Ertrinken, war das Bettlaken niemals naß. Erst im Morgengrauen, wenn er in den Tiefschlaf sank, erschöpft davon, der Wolke immer wieder zu entgehen, übermannte ihn die feuchte Realität dann doch. In seiner Verzweiflung gab er die Frauen auf. Er fing an, Drogen zu nehmen, weil er glaubte, ihre psychedelischen und halluzinogenen Eigenschaften könnten seine unreinen Gedanken austrocknen, sein Gehirn rösten und ihn so leicht wie die Zauberfeder machen, die dem Elefanten Dumbo seinen magischen Flug ermöglichte, hoch über die Reisfelder und Zirkuszelte, über Bambushütten und stählerne Wolkenkratzer, vor allem über die Wolken hinaus. Er ließ sein Haar lang wachsen und verbarg sich hinter einem Bart. Seine einst so grimmigen Augen bekamen einen abwesenden wäßrigen Blick, zwei bodenlose Brunnen. Wie eine Wünschelrute zog diese feuchte Verzweiflung eine schwangere Frau an, die er eines Nachts auf einmal in seinem Bett fand, nachdem er seinen Charme in einer kleinen Kneipe hatte spielen lassen. Von einem unsichtbaren Magnetismus besessen, war diese Frau eine Wasserhexe der Seele, die seine Tiefen auslotete. Er liebte den runden Berg ihres Bauches. Als er seinen Kopf zwischen ihren gespreizten Beinen begrub, erinnerte er sich wieder daran, wie es war, mit einer Frau zusammenzusein. Er legte ein Ohr an ihren geschwollenen Bauch und lauschte den fernen Wassergeräuschen eines anderen schwimmenden Wesens, das in einer dunklen, fremden Flüssigkeit trieb und so wie er darauf wartete, in einer Welle geboren zu werden. Die Frau schien alles über ihn zu wissen, was er selbst nicht zu gestehen wagte. Als sie an jenem ersten Morgen mit ihm erwachte, in einer stinkenden goldenen Wolke schwimmend, da streichelte sie seine Stirn wie die eines Neugeborenen. *Du hättest nicht dorthin gehen sollen,* sagte sie sanft. *Ich werde bleiben, bis du damit aufhörst.* Sie sagte nie, daß das, was er dreizehntausend Kilometer weit entfernt getan hatte, etwas Schlimmes gewesen sei, sie sprach niemals über den Dschungel. Endlich verschwand die goldene Wolke aus seinem Leben, doch in die Leere, die sie hinterließ, drückte sich unsagbare Furcht, eine allumfassende Angst vor Vergeltung. Was sein Vater von seiner feigherzigen Flucht aus dem Feld der Tapferkeit hielt, war nun das geringste seiner Probleme. Er begann, sich Nadeln in die Venen zu stechen, gefüllt mit jedem neuen und brennenden Rauschgift, das auf der Straße zu haben war, in dem Bemühen, sein unaussprechliches Schuldgefühl im Fixen zu fixieren, seine Seele zu anästhesieren. *Armes Kind,* sagte Evelyn sanft, und ihr eigenes kam tot zur Welt. Evelyn zog die Nadeln aus den Adern des Himmelsschweinpiloten, der auf einer Zauberfeder durch die Lüfte flog, und trieb sie sich dann ins eigene Fleisch. Wieviel kann man opfern, um einen Krieg zu beenden, wenn man weiß, daß es andere geben wird?

St. Cloud war auf dem Protestmarsch an jenem lang vergangenen Tag ihrer ersten Begegnung nicht zufällig auf Evelyn gestoßen. Sie hatte ihn aufgespürt. Aus den Trümmern ihres alt gewordenen jungen Lebens wankend, war sie nicht die verletzliche Kreatur, für die er sie hielt. Vielmehr sah sie in ihm einen neuen Heiligen, den es zu erretten galt. Sie schlug damit eine neue Richtung ein, weg von den psychedelischen Stolperdrähten der Drogen, die St. Cloud als rückwärtsgewandte Ablenkungen vom Kampf gegen den Krieg verachtete. So wurde er zu ihrem neuen Zielobjekt. Sie entschied, als letztes gelte es nun die Soldaten der Antikriegsbewegung zu retten, denn eines Tages würden sie nicht nur mit einem verlorenen Krieg, sondern dazu noch mit dem eigenen verlorenen Kampf dastehen. Der Ingrimm ihrer Überzeugungen schweißte St. Cloud und Evelyn zusammen. Sie fielen sofort in den gleichen Tritt. Ehe sich St. Cloud abwenden konnte, war er Teil von Evelyns Berufung. Sie strich seine Saiten, baute sein Ego auf und gelobte, durch dick und dünn und noch dünner zu ihm zu halten. Mit den Jahren schöpfte sie ihre verborgenen Reserven voll aus. In Augenblicken der Ekstase vergrub sie bisweilen die Nase im feuchten Haar seiner Achseln, ihre Nase sog den nackten Duft tief in sich ein, eine verzehrende Frau an der unerschöpflichen Salzlecke männlicher Verwundbarkeit. Letztendlich überdauerte ihre weibliche Nährkraft seine profane Politik. Die schonungslose Wirklichkeit ließ sich nicht verleugnen. Sie selbst war das Salz der Erde. Und als sie endlich von St. Cloud abließ, da wandte sie sich Frauen zu. Sie wandte sich nach innen, zur Sinnlichkeit von Freundschaft hin, und ließ die Last ihrer jugendlichen Illusionen hinter sich, so graziös, wie eine Schlange die alte Haut abstreift. Während ihr Plan als rote Rose in den Gewächshäusern von Key West erblühte, rutschte St. Cloud immer tiefer in die Spalte seiner Schuld hinein. Je weiter sie sich der erleuchtenden Sonne entgegenstreckte, desto mehr verschmolz er mit den Schatten und verschwand schließlich ganz in der Fuge der Fügsamkeit, vom Mitspieler zum reinen Beobachter geworden. Es war nicht so, daß Evelyn in einem plötzlichen Putsch des Herzens zum eigenen Geschlecht hingezogen wurde. Es geschah einfach eines Nachts, daß zwei Hände ihre nackten Füße berührten und sie so streichelten, als wäre es der seidige Teig frisch geformter Brotlaibe. Diese Hände gehörten einer Frau, und die Reibung machte sie immer wärmer, was in Evelyn erwartungsvolle Hitze aufsteigen ließ. Wissende Daumen und knetende Finger legten in ihren festen Fußsohlen eine unbeschreibbare Pein frei. Es war weder Zärtlichkeit noch schwesterliche Direktheit, die Evelyn so gefügig machte. Sie gab einfach nur der tränenreichen Offenbarung einer heilenden Hand nach, der Ehrlichkeit der gemeinsamen Absicht. Zum erstenmal war sie frei von einer Vergangenheit, die von nichts als Verzweiflung geprägt war, von einer Zukunft, die Zerstörung verlangte. Sie jubilierte. Sie fühlte sich nackt und erfüllt wie Jesus am Kreuz.

Endlich hatte Evelyn einen Friedenspakt mit sich selbst geschlossen, auch wenn sie dies von St. Cloud entfernte. Jedes neue Leben fängt mit neuen Problemen an. Sie nahm sich immer noch ihrer früheren Kümmernisse an und öffnete sich auch für St. Cloud, wenn er zu ihr kam, getarnt vom Schatten seiner schwarzen Wolke aus Schuld. Doch immer wenn sie ihn in sich einließ, schickte sie ihn in Wirklichkeit fort. Er war nun auf sich selbst gestellt. Je näher er der Selbstvernichtung kam, desto näher kam er auch der Erleuchtung. Evelyn gab dem Gedanken an ihn einen

Abschiedskuß. Im Herzen wünschte Evelyn St. Cloud alles Gute, und diesen warmen Gruß entbot sie allen Rittern der schwarzen Wolke. Macht's gut, viel Erfolg und alles Liebe. Gott sei mit euch.

19

Hört ihr meine seltsame Musik? Jetzt kennt ihr mein Geheimnis. Ich kann euch gar nicht alle Dinge aufzählen, die ich bin. Ruhig schlafen dürft ihr nicht, denn ich bin nicht, wofür ihr mich haltet. Habt ihr meine Hand gehalten? Sehen wir einander in die Augen? Könnt ihr mit ohrenlosen Ohren hören, was ihr mit Ohren nicht hören konntet? Vertraut ihr mir, daß ich alles in Ordnung bringe? Erinnert euch an das, was der Wilderer in den Everglades gesagt hat, der Mann mit dem tätowierten Anker auf dem Arm, der sich rühmte, er habe zehntausend Alligatoren in den Mangrovensümpfen abgeschlachtet? Ihr wißt es nicht mehr, kennt nicht eure Weltgeschichte, erinnert euch nicht daran, was von einem Tag auf den anderen in eurem Leben passiert? Der tätowierte Wilderer, der zehntausend von einer Tierart getötet hat, die schon auf der Erde lebte, bevor der Witz von Mensch auch nur eine embryonale Erbse in irgendeinem Affenhirn war, der prahlte: »Wenn man nicht redet, wird man kaum je erwischt.« Ich rede überhaupt nicht. Die Reinheit meiner Taten rührt aus meiner Erinnerung, denn ich bin der große Berichtiger, und ich werde berichtigen, mein Wille geschehe mit Macht. Wenn jemand aus dem Kreis tritt, wird Vergeltung geübt, dann läßt der Teufel die Puppen tanzen. Mein Wille geschehe auf Erden wie in der Hölle, alles muß in den Kreis zurückströmen. Was kann man sonst schon erwarten von einer Welt ohne Hoffnung, von Menschen, die sich von falschen Göttern zu sehr in Verzweiflung haben treiben lassen? Ihr sagt, die Menschen suchen sich schon ihre eigenen Teufel? Darauf sage ich: Was ist denn ein Teufel anderes als auch wieder ein falscher Gott? Wenn ihr euch in die Verzweiflung treiben laßt, dann könnt ihr auch in die Erlösung getrieben werden, denn was ist das Küken anderes als das Kind des Eis? Seht mir in die Augen und sagt mir, daß ihr nicht verzweifelt. Ihr könnt es gar nicht. Lieber überfahrt ihr den letzten Floridajaguar auf einer Spritztour mit euren Autos, lieber verwöhnt ihr euren Schnellimbißgaumen mit dem Ei des letzten Reihers, ehe ihr mir in die Augen sehen wollt. Seht nur. Ich bin der grüne Matrose. Und ich bin die Märtyrer Kubas. Ich bin der malariakranke Arbeiter an der Flagler's Overseas Railroad. Ich bin all das, tot und begraben auf dem Friedhof der Insel, auf dem acht hohe Palmen den Weg zum Eingangstor weisen. Ich bin all diese auf Inkarnation wartenden Mysterien. Ich bin euer Lehrer. *Yâ yé, moin nan sang hé! Ja, yeah, ich bin im Blut, hey!* Und ich sage euch, daß eine sausende Sintflut aus Afrika naht, größer als jeder heulende Hurrikan. Seht mir in die Augen. Seht ihr die gelben Kreise? Seht ihr den Stier zu Boden gehen, mit der Klinge im Nacken? Ihr solltet lieber niederknien, darum beten, daß ihr den Stier in der Mitte des gelben Kreises in die Knie gehen seht. Der Gesunde kann den Kranken nicht gesund machen, aber der Kranke macht den Gesunden krank. Ich spüre, wie eure Hand sich mir entziehen will. Ihr mögt nicht, was ich euch bringe. Ihr haltet es für geschmacklos, wie der Lehrer seinen kranken Schüler behandelt? Wißt ihr, ihr werdet nirgendwohin gehen, denn es gibt gar keinen Ort mehr, an den ihr gehen könnt. Ihr könnt aus dem kleinen Kreis dieser Insel flüchten, aber dann geratet ihr nur in größere Kreise, in denen andere Stiere in die Knie gehen. Nein, ihr geht nirgendwohin, weil der letzte Kreis immer der kleinste ist, es ist der Kreis in euch drin, Unwissenheit ist die Zielscheibe der Selbstvernichtung. Ihr tragt die Saat eures Untergangs in euch. Ich brauche nur abzuwarten und zuzusehen und dann euren ohrenbetäubenden Schreien den Rücken zu kehren, wenn ihr um Gnade bettelt, um einen wiedergeborenen Körper, um eine neue Seele. Auf blutigen Knien bittet ihr mich, das Unumkehrbare umzukehren, das Wunder aller Wunder zu vollbringen. Diesen einen Rat will ich euch auf die flehende Zunge legen, spitzt nur die Ohren, ehe ich sie mir nehme, um eine neue Trommel daraus zu machen. Wenn ihr anstellig seid im Unheilverkünden, wenn ihr nicht nur übersensibel und mit offenem Maul den falschen singenden Propheten hinterherrennt, die ihr pausenloses Gewäsch in die Ätherwellen schütten, dann kann ich euch vielleicht helfen. Wenn euch nicht sämtliche Sinne ausgerissen sind von all dem sinnlosen Gerede, dem sinnlosen Sex, dem geschmacklosen Essen, den Familien ohne Väter, Vätern ohne Mütter, Müttern ohne Kinder, Kindern ohne

Vergangenheit, der Zukunft ohne Menschen, dem Wasser ohne Reinheit und den scharfen Bomben, die gefüllt sind mit dem besten Angriff als bester Verteidigung, gefüllt mit dem Feuer der endgültigen Auslöschung, dann seid ihr vielleicht doch richtig bei mir. Ja, so ist es besser, eure Hand entspannt sich in der meinen. Weint nicht, wischt euch die Tränen ab. Ihr habt kein Recht zu weinen, Tränen sind die Milch der Eitelkeit. Der letzte Jaguar in Floridas Everglades weint nicht. Der letzte Jaguar jagt, um zu überleben.

Es gab eine Zeit, da konnten die Menschen glücklich sein wie zahme Schweinchen, die dem Fleischer mit seinem Stock nachgehen, oder einem schnurrbärtigen Anstreicher. Eine Zeit, da trotteten die Menschen bereitwillig jedem Moses nach, der einen heiligen Stab schwang, sie aßen Bananen vom Baum des Lebens, den Adam im Garten Eden gepflanzt hatte, sie tranken Lackverdünnung aus silbernen Kelchen und fühlten sich dabei erleuchtet, satt und zufrieden, vor allem aber erlöst. Es gab eine Zeit, da verschafften einem drei Fledermausflügel, ein Alligatorzahn und ein Rattenfell Schutz, wenn ein böser Wind sich zusammenbraute. Kein *ouanga* ist mächtig genug, um abzuhalten, was jetzt droht. Es gab eine Zeit, da erschien die Jungfrau der Wunder auf wundersame Weise auf einer Palme, um die Zukunft zu heilen und die Vergangenheit zu vergeben. Die Jungfrau ist geflohen, flink wie ein weißes Täubchen, das in die untergehende Sonne davonsegelt. Hört mir zu, wenn ihr wollt, daß eure Babys mit weniger als zwei Köpfen geboren werden, eure Bohnen gekocht, reif die Kassavefelder und heiß der Kaffee, wenn ihr wollt, daß die Toten aus den Gräbern auferstehen und die Lebendigen auf dem Wasser laufen. Hört mir zu, durch das Tosen des Wassers, denn ich bin kein Bettler auf einem Pferd, kein frommer Politiker auf einer Ziege, kein plappernder Priester, der eine Kröte als Zunge im Mund hat. Ich bin die Reinheit, eine kriechende Schlange, ein Choral in den Lüften, ein Wiegenlied aus dem Mund eines Kindes, eine Klinge, die den Nacken eines Stiers zertrennt. Ihr könnt entlang der Flußufer Kerzen für mich entzünden, aber sehen werdet ihr mich nicht. Ihr könnt rotes Fleisch, roten Mangold, rote Bohnen essen, roten Rum, roten Wein und rotes Stierblut trinken, doch mich nährt all das nicht. Leben ernährt mich nicht, Licht erleuchtet mich nicht, Feuer verbrennt mich nicht, Zeit bestimmt mich nicht. Ich nehme euer verschwitztes Gesicht in die Hände, Hände so weich wie frisch geschlüpfte Schildkröten, ich halte euer Geschick in meinen seidigen Fingern, ich küsse euren Lügnermund, ich lecke euch Eidechsen von den Lippen und quetsche euch Kolibris aus dem Herzen. Beißt nicht auf die Zunge, die euch füttert. Ihr seid meine kleinen Hunde, ihr seid meine kleinen Hunde. Euer Kopf auf meinem Schoß, eure Hand auf meinem Geschlecht, ich bin eure lustige Guillotine.

Ich hab schon ALLES probiert. Eure hirnverdrehenden Drogen, zusammengekocht von Mittelklassemonstern, eure Pseudoreligionen, erfunden von Schlägern in Kammgarnanzügen, eure sinnlosen Kriege und euren schlafwandlerischen Frieden, eure für demnächst versprochenen Lustsensationen, die niemals eintreffen. Ich bin keine dieser ausgelaugten Kreaturen mit Einschußlöchern als Augen und einer Büchse voll Bohnen als Gehirn. Ich bin die Dreifaltigkeit der Magier, der Meister des nächtlichen Urwalds, Herr der dunklen Erde und König der strahlenden Friedhöfe. Ich bin der alleinige Herrscher in all diesen Reichen. Ich beuge mich nieder, um euren gequälten Körper zu berühren, euch die Binde von den wunden Augen zu nehmen, meine Hände liegen auf euren schmerzenden Füßen, meine Fingernägel bohren sich in das Schmalz eurer Ohren. Fühlt ihr, wie meine Lippen über eure Haut huschen, mein warmer Atem haucht in das Fell auf eurem Bauch, eure Schenkel öffnen sich. Ich strebe auf als phallische Kraft, breite mich aus als antibiotischer Verrat, wirble im Kreis als violetter Leichnam. Lest die Karte meiner Lippen, wenn ich dort sauge, wo keine Biene sich je hinwagt.

I Love
you Love
he Loves
she Loves
they Love
all Die.

Ah! Jetzt begreift ihr langsam, werdet im Finstern sehend. Ihr ahnt etwas von eurem ganz speziellen *Yankee Devil Dandy,* ihr kostet vom Salat der Widersprüche, erfaßt die Wissenschaft hinter all meinen Rätseln. *L'amour.* So einfach ist das, mein Kind: Die Liebe wird uns alle töten.

Sperma wird eitel vergossen, die Frucht des Leibes verschrumpelt in Bitterkeit. »Aber was kann ich tun?« so fragt ihr fieberhaft. »Ich habe die Welt nicht erschaffen«, stöhnt ihr. Ist euch denn je in den Sinn gekommen, daß *ich* diese Welt erschuf? Schöpfung zeugt Zerstörung. Selbst euer Einstein wußte, daß die Welt mit einem Knall beginnt und mit einem Winseln endet. Höre ich da wieder euer Schluchzen, euer impotentes Lied, sind das eure Tränen, so sinnlos wie ungeschlüpfte Schildkröteneier, die von den Möwen erspäht und in der Sonne zerfetzt werden? Jetzt reißt euch zusammen und rettet euch. Kein Star aus der Seifenoper kann das Leben für euch leben, es kann euch keine Guru-Diät gesund machen, kein Rock-'n'-Roll-Rattenfänger anleiten, kein Fernsehprediger die Absolution erteilen, und es ist nichts Großartiges an einem Rattenarsch. Ihr könnt euch nicht länger unter den Röcken der Unwissenheit verstecken. Ihr seid schuldig, und ihr müßt eure Sünden mit dem Lohn der Vergeltung abzahlen. Ihr habt die Wasser unrein gemacht. Ich bewache den Schnittpunkt der großen Schleusentore, ich beherrsche die Sintflut, ich berichtige das Ungleichgewicht, ich zerstöre, um neu zu schaffen. Kommt näher. Nun sagt mir, wer war zuerst da, die Made oder die Fliege?

Ach, fast hätte ich's vergessen. Kommt ihr zu meiner Geburtstagsfeier? Es kommen eine Menge Leute. Ich feiere jedes Jahr auf dem Friedhof, bei Anbruch des Allerheiligentags, bei euch ist das der Morgen nach Halloween. Das ist ein Fest für die Loas der Finsternis, die Herren der Unterwelt, die in den Körpern der Lebenden wiedergeboren sind, in den frischen Seelen von ausgestoßenen Ungläubigen. Dieses Jahr wird es drei neue Gräber geben, tief und leer, und ich werde sie füllen. Ich werde Reiter vom Grunde des Meeres ausschicken, die mir drei befleckte und besudelte Seelen bringen sollen, Seelen, die den Heiligen Gift in der Nahrung sind und von denen der Tod ins Wasser tropft. Dann werde ich diese drei in die Unterwelt hinabsenden, wo alle sie verspotten werden. Ich werde sie in Mäntel aus brennendem Benzin kleiden und durch die ganze Hölle und noch weiter jagen. Sie können der Reinheit des inneren Kreises nicht entrinnen. Ich werde sie läutern und mit dem Feuer rein machen. Was von ihnen übrigbleibt, wird jungfräulich rein sein. Das, was von ihnen übrigbleibt, ist gerade richtig für einen Loa, der es sich überstreifen kann am hellen Morgen meiner Geburtstagsfeier, wenn die Sonne am Himmel in rechtschaffenem Rot über dem grünen Matrosen glüht, über den Märtyrern Kubas, über den Schwingen des Racheengels. Die drei Gräber werden dann mit Erde bedeckt sein, die Zeichen der Zerstörung darin von Steinpyramiden beschwert und ihre früheren Insassen zur Hölle geschickt, auf dem Rücken einer Ziege ohne Ohren. Erst dann sind die Loas in frische Seelen entlassen, sind sie frei, unter den Lebenden zu wandeln und sich in Ruhe auszusuchen, wen sie retten wollen, wenn die Sintflut kommt. Die Loas und die Heiligen sehen immer zu, aber ihr kennt sie nicht und ihr erkennt sie nicht, denn wenn sie eure Köpfe in Besitz nehmen, dann erben sie eure Zukunft, ihr hört auf zu sein. Zu spät, ihr seid schon indoktriniert.

Wenn die Welt in einem Korb zur Hölle treibt, dann ist dieser Korb mein. Wenn die Flut kommt, wird mein Floß sicher schwimmen. Manche nennen mich einen Gangster, einen Hexendoktor, einen Scharlatan ohne Berechtigung, einen Zauberer ohne Reim und Religion, ohne Singsang-Spirituals, ohne aromatische Kräuter, ohne magische Mühlsteine. Hört nicht auf ihre Spinnenzungen, ich habe den Impfstoff. Ich habe das Heilmittel, ich brauche nichts als den Kieferknochen eines Hundes, und alles wird gut. In meinem Auto-Zobop, meinem Tiger Car, könnt ihr mich gar nicht verfehlen. Ich fahre durch die Nacht, meine Lampen werfen einen blauen Schein voraus auf den Weg. Manche nennen mich einen Gangster, aber hört nicht auf ihr Schlangengezisch. Ich bin eine Meute, ein heulendes Rudel, eine Kraft, die von einem Herzschlag zum nächsten einen Mann in ein Tier verwandelt, das man ins Schlachthaus führt. Meinem Geisterauto kann man nicht entkommen. Während das Wasser in meinem Schädel schreit und das Blut durch meine Adern pocht, während haarlose Schweine auf schlammigen Berghängen in der Ferne scharren und grüne Meerkatzen in den Dschungeln kichern und keckern, bin ich hier, um euch zu sagen, daß es zu spät für euch ist. Dem ewigen X entkommt niemand, es wird allen Ungläubigen aufgebrannt. Wer aus dem vollkommenen Kreis heraustritt, der wird sofort zur Räson gebracht, dem blüht rasche Verurteilung in dieser Welt und immerwährende Verdammnis in der nächsten.

Ich sehe euch erschaudern. Immerhin seid ihr gekommen, um bei mir Trost zu suchen, ihr habt mein kaltes Hirn gesucht, meine heiße Stirn, mein stahlhartes Fell, und vor allem habt ihr die Vergebung von droben mit euren verheulten, flehenden Augen gesucht. Versucht nicht, mir die Hand zu küssen! Erhebt euch von den Knien! Durch Betteln bekommt ihr von mir keinen Schutz. Ihr könnt mich nicht einfach als euren neuen Loa willkommen heißen, mir salutieren wie einem Feldwebel in der Armee. Ihr könnt nicht auf dem Pfad meiner Rechtschaffenheit hinter mir hertrotten wie eine läufige Hündin, die auf einen harten Knochen hofft. Es nützt nichts, vor mir zu kriechen und zu winseln, denn ich bin nicht Eitelkeit, ich bin Lauterkeit. Ich bin nicht Macht, ich bin Realität, der Hüter der irdischen und himmlischen Tore, der Meister am Kreuzweg aller Geschicke, der Bewahrer aller Trugschlüsse, die Antwort auf eure unausgesprochenen Gebete. Haltet mich bloß nicht für den Messias. Wenn der Tag kommt, da ihr auf die Knie sinkt, wird es nicht aus Gehorsam zu einem falschen Propheten sein, sondern um die Klinge des Schwertes in eurem Nacken zu empfangen. Ich werde euch auftrennen wie ein Briefkuvert und der ganzen Welt den Inhalt des toten Dokuments darin verkünden. Genau wie einer Opferziege das Gehirn aus dem Kopf geschlagen wird, mit schnellen Hammerschlägen zwischen die Hörner, noch ehe ihr das Messer durch die Kehle gezogen wird und alle im Kreis ihr sprudelndes, lebenspendendes Blut kosten können, genauso werdet auch ihr die Erlösung finden. Ich höre, wie ihr euch mit Unwissenheit entschuldigt, ihr wendet ein, ihr hättet keine Ahnung gehabt, daß es diesen vollkommenen Kreis der Absolution gebe, ihr behauptet, ihr wäret ohne ein Wissen vom Reinen geboren worden, schon von Geburt an korrumpiert vom mühelosen Profit und der straflosen Ausbeutung der Natur. Plünderung und Verwüstung bleiben auf eurem Weg zurück, während ihr aus eurem Babylon der Moderne davonschlurft, euch in eure Raumkapseln quetscht, um von eurer barbarischen Geschichte fortzusausen und eure Saat des Zerfalls in einem reinen Universum auszusäen. Dann laßt euch eines sagen: Diesmal wird es euch nicht gelingen, ihr werdet nicht ungestraft davonkommen. Zobop ist hier, um es zu verhindern, ein Ende zu machen, Amen. Also setzt euch hin, haltet den Mund, paßt gut auf. Spitzt die ohrenlosen Ohren, und lernt die kurze, knappe Lektion. Wenn sie zu Ende ist, werdet ihr wissen, warum ich nicht der bin, für den ihr mich haltet.

Es ist falsch zu versuchen, den Tod zu betrügen. Wißt ihr noch, wie 1906 die Armee der Arbeiter beim Bau der Flagler's Overseas Railroad sich auf primitive Barometer verließ, die nichts weiter waren als wassergefüllte Marmeladegläser mit ein paar Blättern darin? Nein, ihr erinnert euch an gar nichts. Wenn die Blätter im Wasser langsam nach oben trieben, so bedeutete das fallenden Luftdruck. Dann war ein rachgieriger Wind aus Afrika im Anzug. In einer Oktobernacht 1906, da stiegen die Blätter in den Gläsern bis ganz nach oben, aber es war schon zu spät, der Sturm pfiff mit weit über vierzig Metern pro Sekunde heran und zerriß die Stahltrossen, an denen die schwimmenden Baracken von Flaglers Arbeiterheer verankert waren. Das Auge des Hurrikans öffnete sich erbarmungslos, Haifische huschten durch die sechs Meter hohe Sturmflut. Viele der schreienden Männer nahmen große Schlucke Opiumtinktur aus den Erste-Hilfe-Kästen, entrückten sich in Gedanken, während die Wellen ihre Hausboote zerschmetterten. Ein grauer Geist erschien aus dem Auge des Hurrikans, warf Boote, Maschinen und Menschen um und riß sie südwärts in den tosenden Golf von Mexiko. Mit einem Pusten machte der graue Geist Fischfutter aus Flaglers großartigem Heer. Warum ich euch das erzähle, fragt ihr? Wegen meines Abscheus vor Flagler, diesem korrupten alten Kapitalisten mit seinem steifen Strohhut, der für seinen Plan vom Reichwerden um jeden Preis das Leben Hunderter einfacher Tagelöhner riskierte, nur um durch sein Eisenbahnnetz aus Eisen und Beton die Florida Keys als Stachel nach Südamerika zielen zu lassen, als kunstvolles Dock der Träume, auf dem der Klischeekapitalist seine Beute aus dem Plündern des Planeten immer höher aufstapeln konnte, die rohen Fässer mit Rohöl, die plumpen Säcke voll Gold? Nein, deswegen erzähle ich euch das nicht. Es ist einfach Geschichte, die ihr kennen solltet, die Banalität der Habgier schlechthin. Ich erzähle es euch, weil mein Schädel voller Wasser ist und die Blätter schnell nach oben steigen. Seid nicht so blind und glaubt, es gebe ein Rezept dafür, verschont zu werden, das ihr schlucken könnt wie Opiumtinktur, ehe der heulende Wind der Vergeltung herannaht. Glaubt nicht, es gebe einen Fluchtweg zu Lande oder zu Wasser. Versucht nicht, den Tod zu betrügen. Vergeßt nie: Schon vierhundert Jahre, bevor Flagler mit seinem pornographischen Habgierplan begann, da nannten die Spanier viele dieser gepeinigten Inseln der Keys *matahombres,* Menschentöter. Menschen zu töten, genau das habe ich vor.

Kommt zurück! Ich habe doch gesagt, daß es keine Rettung gibt. Seid nicht dumm, es ist schon fast vorüber für uns alle, bald kommt das Ende. Ihr habt nicht mehr Fluchtwege als die jungen Matrosen im Maschinenraum der *U.S.S. Maine,* deren Schiff vor einem knappen Jahrhundert in der Nacht von einem stahlzerfetzenden Krachen erschüttert wurde und auf den Grund des Hafenbekkens von Havanna sank. Kein Fluchtweg zu Lande noch zu Wasser. Noch ein Jahrhundert vor dieser Explosion im Hafen von Havanna verfolgten die Engländer und ihre gekauften Schakale die Caloosa-Indianer bis an die Spitze der Keys, dann entrissen sie ihnen ihr armseliges Hab und Gut, rissen ihnen die rote Haut vom Leib und feuerten ihnen Musketenkugeln durchs Herz, und der Union Jack flatterte über den von der Sonne gebleichten Schädeln. Den Caloosa standen nicht mehr Fluchtwege offen als José Martí und seiner bunten Brigade von Märtyrern der Freiheit, als sie von hier aus ihre Kreuzfahrt begannen, um Kuba Spanien zu entreißen. Martís Traum war ein freier Inselstaat von Kuba über Key West und bis zur Spitze der Halbinsel Floridas. Martí, der Poet und Patriot, dessen Landsleute Judasküsse zu ihren iberischen Herrschern hinüberbliesen, während andere einen blutroten Teppich aus revolutionärem Pathos ausrollten, der sich bis ins einundzwanzigste Jahrhundert erstreckt. Martí, dessen flammende Reden von Gerechtigkeit, Freiheit und Demokratie die harte Währung zum Ausrüsten einer Armee aufbrachten und dessen Dichtung seine Soldaten im Kampf anspornte. Keinen Ausweg gab es für Martí, eingekesselt von den kolonialen Häschern, verraten von einem Mördergespinst, verkauft von den eigenen Leuten für nicht viel mehr als den Preis eines Brotlaibs. Ich höre euch sagen, was gehen sie mich an, die zerschmetterten Schädel vergessener Indianer, die gebrochenen Knochen wachhabender Matrosen in fernen Häfen, der erstickte Schrei nach Freiheit im todbringenden Treibhaus der lateinamerikanischen Politik, die eingewanderten Eisenbahnarbeiter, die von Haien und Alligatoren gehetzt, von Klapperschlangen gebissen und Malariamücken zerstochen, unter Brückengerüsten zerquetscht und vom Hurrikan aufs Meer hinausgeschwemmt werden? Was hat all das mit meinem Leben zu tun? ruft ihr! Immer mit der Ruhe, ich bin gleich soweit.

Das Leben ist nur etwas für Füchse und Hühner, habt ihr schon gemerkt? In Wahrheit ist es so, daß ringsherum auf diesem gepeinigten, versmogten, ozonlöchrigen Erdball jeden Morgen Männer mit unwillkürlich zuckenden Fingern aufwachen, und diese Männer müssen entweder onanieren oder irgend jemand erdrosseln. Es ist überall dieselbe Welt, weit in der Stadt und eng auf dem Land. Alles da draußen ist eine Füchse fressende, Hühner abknallende Schießbude. Hättet ihr Hirn genug, um auch nur ein bißchen darüber nachzudenken, es würde euch die Haare an euren Schwänzen zu Berge stehen, die Milch in den Mutterbrüsten gerinnen lassen. Das Ende der Welt ist eine Notwendigkeit, die Notwendigkeit ist eine liebende Mutter, meine Lieben. Was ich hier predige, das ist der *Adios, zwanzigstes Jahrhundert, Cha-cha-cha*. Manche tanzen, manche nicht, manche wollen auch nicht. Hört meine Worte, verbreitet meinen Rat, tanzt zu meiner Melodie, lauscht meiner seltsamen Musik. Wenn ich nur unvollkommenen Sinn in eine unvollkommene Welt bringe, dann habe ich recht. Ihr seid ohne Geschichte, unheilvoll verfolgt ihr den Weg zum unabwendbaren Gemetzel, während ich aus dem Erinnern geboren bin. Wenn der atomare Staub auf die letzte Parade eurer heroischen Possen fällt, dann werde ich allein den Fluchtweg kennen. Wenn es stimmt, daß die Hoffnung das letzte ist, was in einem Menschen stirbt, dann sage ich, daß die Angst das erste ist, was in ihm erwacht, die Angst vor dem Nächsten. Begreift ihr langsam? Seht ihr die Blätter nach oben steigen?

Hört nur auf die Stille, entstanden aus dem Lärm eurer Radiowellenunternehmungen von halbstarker Angst und Lust. Werdet ihr denn nie erwachsen? Während ihr an der Verstärkung elektronischer Instrumente dreht, um eurer kollektiven Stimme mehr Kraft zu geben, fällt ringsherum alles ein, vorhersagbar wie Vulkanasche. Ohne mich als Führer habt ihr keine natürliche Chance, dem Korallenschutt dieser Insel zu entfliehen, und doch verweigert ihr euch dem Selbstverständlichen. Ihr würdet auch den Blitz nicht sehen, bis er euch die Nase aus dem Gesicht fetzt. Richtig, jetzt versteht ihr allmählich. Ich bin hier, um euch zu führen. Ich bin schon seit 175 Millionen Jahren hier, so wie die Meeresschildkröten. Haltet ihr immer noch meine Schildkrötenpfote in euren Händen? Ich bin der Überlebende, der sich weigert, in euren verschmutzten Gewässern umzukommen, in euren vergifteten Flüssen, euren industriellen Eiterseen, euren toxischen Pisseströmen. Ich bin Macht und Reinheit, nicht irgendein Graureiher, der spindelbeinig durch einen schwarzen Mangrovensumpf stakst, mit radioaktiven Schlammwürmern im Bauch, die an den Eingeweiden fressen. In mir nagt die Rechtschaffenheit, knabbert an den Rändern meiner Seele, beißt mir in die Zehen, treibt mich in die Nacht hinaus, wo ein neues Reich erschaffen werden muß, wenn ein neuer Tag blutrot aus dem Meer steigen soll. Ihr sagt, all das versteht ihr nicht, es ist für euch Mummenschanz und Kauderwelsch, das nichts mit euresgleichen zu tun hat. Aber gerade das wird euren Tod bedeuten, denn ich kenne sogar schon eure Sarggröße. Es gibt keine Flucht ohne mich, andere haben's versucht, ich werde euch die Geschichte von einem erzählen. Vielleicht habt ihr inzwischen genug von meiner Sprache gelernt, um zu begreifen, daß meine Geschichten nicht das sind, wofür ihr sie haltet, aber zuerst muß ich euch etwas fragen: Ist euch je aufgefallen, daß die Menschen wie Glühwürmchen sind? Sie verlieren an Leuchtkraft, wenn sie älter werden, sie brennen aus und verblassen. Schon mal gemerkt? Klar habt ihr das gemerkt. Gut, denn wenn ihr mit mir zusammenbleibt, werdet ihr ewig leben, ewig *glühen*. Mein heller Feuerschein leuchtet auf dem Wasser, die Reinheit ist nicht weit weg.

Mein Herz ist eine tickende Bombe, so wie die Bombe, die die grünen Matrosen im Hafen von Havanna zu Fischfutter zerfetzte. Ich bin schlau wie die Maus. Niemand rennt schneller als ich, niemand kann vor der eigenen Geschichte wegrennen, ob Schwarzer oder Weißer. Erinnert ihr euch noch an diesen großen, dunklen und düsteren Mann, der nach dem Ersten Weltkrieg auf die Insel zurückkehrte? Natürlich wißt ihr das nicht mehr. Elanya hieß er, hochdekoriert war er, ein ganzer Koffer voller Medaillen für besondere Tapferkeit vor dem Feind, doch man ignorierte ihn so wie all die übrigen, die aus dem Schlachtfeld jener fernen, vergifteten Schützengräben heimkehrten, aus jenem in launenhafte Gasschwaden gehüllten Krieg. Männer wie Elanya waren nicht wie die Jungs, die drei Kriege später aus dem saugenden Schlamm Südostasiens heimkehrten und dann in ihr Bier murmelten, sie seien nicht glücklich über das Blut, das sie dort vergossen hätten. Würdet ihr dem Zimmermann eine Medaille anstecken, der dafür bezahlt wird, daß er einen Nagel einhämmert? Würdet ihr dem Raubtierbändiger eine Medaille anstecken, der seinem Löwen den Kopf ins Maul steckt? Nein. Also warum dem Soldaten eine Medaille anstecken, der den Auftrag hat, anderen Soldaten eine Kugel ins Herz zu schießen? Es ist ein Job, und wenn man dafür eingezogen wird, dann macht man's eben. Wenn man es nicht machen will, dann muß man etwas dafür tun, daß man davon wegkommt.

Also werdet erwachsen, trinkt euer Bier und haltet den Mund. Elanya wußte das, er wollte nach seiner Heimkehr einfach nur seine Ruhe haben. Er blökte und quäkte nicht herum, man solle Heldenparaden abhalten oder im Stadtpark eine grandiose Statue zu Ehren seiner Morde errichten. Niemand scherte sich um die Schußwunden in Elanyas Haut, und er prahlte auch nicht damit. Sie scherten sich erst um Elanya, als er sich mit einer Frau von der anderen Seite der Duval Street einließ, der schwarzen Seite der Stadt. Sie sperrten ihn für das öffentliche Ärgernis ein, daß er eine Frau von anderer Hautfarbe liebte. Einen Prozeß brauchten sie Elanya gar nicht zu machen, ein Lynchmob brach das Bezirksgefängnis auf, man fesselte ihn an Händen und Füßen, band ihn wie ein Huhn zusammen und schleifte ihn dann johlend den kilometerlangen ungepflasterten Weg zum Martello Tower hinaus, zu der roten Ziegelfestung am Meer, wo einst Soldaten Kanonen bemannten, um ihre anstürmenden Brüder totzuschießen, das war im sogenannten *Civil War,* dem zivilisierten, dem höflichen Krieg. Am allerletzten Strommast vor der Zitadelle aus dem Bürgerkrieg wurde Elanya aufgehängt, willkommen daheim, du Held. Hühner und Füchse. Die Füchse wußten von Anfang an, daß Elanya von der Insel Elanya in den Kleinen Antillen stammte, einer Insel, wo Fragen der Hautfarbe keine Rolle in Herzensangelegenheiten spielten. Auf Key West war Elanya als Weißer gekommen, allerhöchstens als Mulatte, jedenfalls immer auf der bleichen Seite des schwarzen Tons, und die braven Bürger glaubten ihm, immerhin war er ja Kriegsveteran. Was die Füchse an jenem Tag erhängten, das war der Gedanke eines weißen Mannes, der eine schwarze Frau liebte. Was sie umbrachten, war nicht der Schwarze, der eine Schwarze liebt, sondern ein Mann, der eine Frau liebt. Renn, Nigger, renn! Ich bin das Opfer und der Täter. Deshalb erzähle ich euch all das hier, um euch etwas über vergangene Fehler zu lehren, damit ihr dereinst doch einmal klüger als irgendein Insekt werdet, eine Erinnerung bekommt, euch eine Geschichte schafft. Denkt daran, die Fliege oder die Wespe weiß nicht, wer ihr Vater war, und von deren Welt trennt euch kaum etwas oder überhaupt nichts.

So, da habe ich euch also eine der versprochenen Geschichten erzählt, und so viele bleiben mir gar nicht mehr. Nun werdet bloß nicht gleich naseweis mit eurem neuen Wissen, gehört und gelernt ist längst nicht das gleiche. Denkt nicht, nur weil ihr Wesen seid, seid ihr auch notwendigerweise menschlich, das wäre ein fataler Trugschluß. Hier geht es also um Fatalität, um die Realität des Überlebens. Wenn einige sterben müssen, damit die Ideen anderer gedeihen können, dann sei es so. So sei es am Anfang wie auch am Ende. Seht ihr die grüne Meerkatze in Afrika grinsen, hoch oben auf dem Baum? Die grüne Meerkatze hat ein Geheimnis, das sie mit mir teilt und vor euch verbirgt. Was ihr seht, ist ein verspielter Affe, eine Kreatur von kindlichen Proportionen. Doch wenn einer von ihnen schwach wird und sich nicht mehr durch den Blätterbaldachin des Dschungels schwingen kann, wenn er danebengreift und zum Boden hinabsaust, fallen die anderen kreischend und schnatternd über ihn her, reißen dem Gefallenen die Glieder aus, schlagen wütend mit Fäusten auf ihn ein. Der Tod ist kein exotischer Ausweg. Der Tod ist eine Tür, die zugenagelt wird. Die sogenannten menschlichen Wesen sind nicht so elegant wie die grünen Meerkatzen. Die menschlichen Wesen laben ihre Leidenden, verhätscheln ihre Kranken, und so holen sie den Tod ins Leben hinein. Das Blut der grünen Meerkatze ist in euch, und ihr seid nicht affenschlau genug, es auszumerzen. Ich bin gezwungen, auf der Suche nach Lauterkeit weiterzuziehen, um den Kreis reinzuwaschen. Das Schwert meiner Rechtschaffenheit zielt auf jene unter euch, in deren Adern grünes Meerkatzenblut pulsiert. Sie werden nicht entkommen, dem ewigen X kann niemand entfliehen. Ich habe vor, meinen Plan auch zu Ende zu führen. Ich bin Wespengesumm im Ohr der Vernunft, das den Namen eurer Mütter flüstert und den schnöden Verrat eurer Väter aufdeckt. Ein kleines Flämmchen bin ich, das rasch größer wird. Ich bin eine große *bamboché,* ein gewaltiges Fest der Befreiung. Ich bin die kleine Welt, die auf einmal die große Welt erlösen soll. Grüne Matrosen, grüne Meerkatzen, alle zu Mikrochipsplittern zerborsten. Ihr könnt gerettet werden, wenn ihr eure Geschichte kennt, wenn ihr begreift, daß ich nicht einfach eine Abweichung von der Regel bin, eine legendäre Erscheinung, ein totes Dokument im Innern einer Flasche, die in den Teichen eines geträumten Gartens treibt. Ich bin die unvermeidliche Intoleranz, und das solltet ihr nicht vergessen, wie ihr alles andere vergessen habt. Es ist meine Aufgabe, das Unerträgliche erträglich zu machen. Ich bin so unbeugsam wie der Golfstrom, der in jeder Sekunde siebzig Millionen Tonnen Wasser vor sich herschiebt, eine größere Kraft als alle Flüsse der Erde zusammen. Hört ihr das Brausen des Wassers über meinem Kopf, seht ihr die Blätter im Glas nach oben treiben, seht ihr den sich schließenden Kreis, begreift ihr jetzt, daß ihr in seiner Mitte steht, ohne Augen zum Sehen, ohne Ohren zum Hören? Alle Geschöpfe Gottes müssen ihr Leben fristen, und ich bin euer Führer. Auf meinem Schädel brennt eine Kerze, einen einzigen Schritt gilt es noch zu tun, ein letzter Akt muß vollendet werden. Nein, es ist kein Akt der Zerknirschung, sondern ein Akt der Vergeltung. Der Stier wird gereinigt und mit Parfum besprüht, bevor seine viehische Masse himmelwärts gemetzelt wird. Schhhh! Ist ja gut, mein Kleines. Hör auf zu weinen, wir sind gleich da.

Habt keine Angst, Kinders, Mami sitzt am Lenkrad der Vernunft, Zobop sitzt am Lenkrad des Geisterautos. Man sagt, Zobop ist eine Meute von Hexern und Magiegangstern, die ihre Opfer in Ziegen und Kröten verwandeln, ehe sie sie schlachten. Man sagt, Zobop hat einen Feuerzauber von den Loas bekommen, denn Zobop reinigt die Erde von den Siechen und Gescheiterten, zum Marschrhythmus einer Trommel führt er sie in den Schlachthof. Man sagt, Zobop hat Verkehr mit bösen Geistern, er trinkt aus einem Quell von frischen Schrecken. Man sagt, Zobop fährt durch die Nacht in seinem Tiger Car, ein Auto-Zobop, der über den Himmel fegt, über einsame Landstraßen, deren Dunkel er mit hellen Scheinwerfern blendend blau erleuchtet. Man sagt, Zobop gibt den Zombies Salz zu essen, was sie aufweckt und wachrüttelt zu freien Willensakten. Man sagt, Zobop entführt kleine Kinder. Lügen! Zobop stört die Toten nicht. Zobop wohnt in den Toten. Zobop entführt niemanden. Zobop hat euch nicht entführt. Zobop lädt nur gerne Leute auf eine kleine Fahrt in seinem Geisterauto ein, die Straße der Illusionen hinauf, den Boulevard der Träume entlang, um die Kurve der Erleuchtung herum, den Abgrund des Verderbens hinab.

You-bop
He-bop
She-bop
They-bop
We-bop
To-Zobop

Schau, wie du tanzt, bis du gar nicht mehr kannst! Glaubt ihr, ich mache Spaß? Wartet nur. Ich fahre durch die Nacht. Seht ihr meine schlaue Seele? Wieder ein neugeborener Affe der Neuen Welt am Steuer des Unheils. Und los geht's! Alles festhalten!

Das gefällt euch nicht, was? Wenn ich alles bin, was ihr nicht seid, dann seid ihr alles, was ich bin. Ihr wollt wegrennen, wollt eure Augen verschließen, dem Verrat der fehlgezündeten Vernunft entrinnen, aber ihr könnt es gar nicht. Ihr seid weiterhin bei mir, weil ihr ich seid. Sieh doch nur, mein süßes Spanferkel, mein unermüdliches Schildkrötenjunges, das Festmahl steckt im Holz. Ihr wißt nicht, wovon ich rede? Seit dreihundert Jahren wißt ihr nicht, wovon ich rede. Vor dreihundert Jahren wurden die mächtigen Flotten der kastilischen Plünderer von den Korallenriffen vor der Straße von Florida in Fetzen gerissen, mit Goldbarren und Edelsteinen schwer beladen, sanken sie auf den Meeresgrund. Seit dreihundert Jahren zieht diese Ladung genau solche Männer an wie jene, die mit den Schiffen untergingen, Männer, die kein eigenes Vermögen schaffen, sondern ihr Leben damit verbringen, alle Spalten dieser Erde nach Schätzen abzusuchen, die der Schweiß anderer Menschen erzeugte. Männer, die nach der Währung aus Zivilisationsabfall schürfen, der in die Ritzen der Geschichte gerutscht oder auf den Boden des zeitlosen Ozeans gesunken ist. Ringsherum um diese Insel, egal in welche Richtung man segelt, liegen noch unberührte Schätze auf dem Meeresgrund. Das Holz der gesunkenen Galeonen, die einst sagenhafte Schätze beförderten, nährt heute die erbarmungslosen Schiffswürmer. Schiffswürmer schnabulieren bei ihrem Bankett aus gut abgelagertem Plankenholz, während sie der wertlose, stumpfe Glanz von Gold und Smaragden umgibt. Seht ihr jetzt endlich den Wert meines Angebots? Eure Reichtümer haben keinen Wert in der natürlichen Welt. Richtet euch nach meiner Welt, wenn ihr nicht als tote Dokumente enden wollt. Das Festmahl ist überall rings um euch, und ihr seht es nicht in eurer Blindheit, ihr kümmert euch nicht um die frisch geschlüpften Schildkröten, die dem falschen Licht der Einkaufszentren entgegenstreben, um die Jaguare, die aus den Everglades hervorkommen, um die Todesfallen der nirgendwohin führenden Autobahnen zu überqueren. Also bin ich zum Handeln gezwungen. Ich lasse meinen Motor an. Erwache dröhnend zum Leben nach dem Leben. Das Geisterauto geht auf die Jagd heute nacht. Zobop, der große Begleicher, ist unterwegs. Er ist nicht der, für den ihr ihn haltet. Er ist ein Festmahl im Holz, ein blauer Streifen am Himmel, Wasser im Gehirn.

Wasser und Wind, Wind und Wasser, sie trugen zu Anbeginn alles Pflanzenleben auf diese Insel. Wasser und Wind brachten das Leben, Wasser und Wind werden es auch wieder nehmen. Ich lege die Lippen an die *lambi*, an die heilige Meeresmuschel. Mein Atem bläst eine Botschaft, die den Himmel öffnet, die Perlentore aufschließt und alle Schiffe auf dem Wasser vom Wind zu einem magischen Ort treiben läßt, wo die Überlebenden in nie endendem Mysterium verharren. Ich gebiete dem Wind, das Meer über dieser Insel zusammenschlagen zu lassen, ertränke die Ungläubigen ein für allemal. Ich verurteile besudelte Seelen zu einem Schicksal, das schlimmer ist als das Leben auf diesem verwesenden Erdball. Nichts wird es noch geben außer den Stimmen über dem stillen Wasser, keine tosende Kaskade in meinem Kopf mehr, eine große Ruhe wird herrschen, während die Wellen sich über mir glätten. Das kreischende Geschnatter der grünen Meerkatzen, die die Sintflut verkünden, ist dann endlich verstummt. Im Osten geht die Sonne auf, in der ausgestreckten Hand des rächenden Engels, rings um ihn tun sich gähnend Gräber auf, während die Reiter vom Grunde des Meeres emporstürmen, auf ihren Pferden donnernd an Land kommen in der aufgewühlten Flut aus toten Dokumenten. Ich nähre die See, ich säe die Wellen, ich ernte die Gezeiten, ich reite auf der Strömung, die Zeit ist auf meiner Seite. Ich tanze die Zeit meiner Geschichte, während Gott gerade zum Essen weg ist und die Würmer sich am Holz gütlich tun. Ich berichtige den Weg. Ich berichte über den Weg. Ich beschreibe, und ich schreibe. Ich bin Zeuge. Ich bin Zeugnis. Ich schreibe zur rechten Zeit, beschreibe den rechten Ausweg. Immer schneller treiben tote Dokumente an die Meeresoberfläche. Wütende Blätter steigen in einem Glas nach oben. Der gelbe Kreis schließt sich. Der stählerne Käfig fällt krachend über uns alle herab. Seht mich an, seht mir in die Augen. Späht in mein Gesicht. Der Ausweg bietet sich in meinem Auge. Der einzige Fluchtweg führt durch das Auge des Hurrikans. Ich bin der Hurrikan. Verschwindet, solange ihr noch könnt! Habt ihr mich verstanden? Ja! Dann also los! Wir sind die Reiter des Sturms! Wir kreisen im Orbit! Endlich! Versteht meine Sprache! Aa-lso gut! Von A bis Tse-Tse-Z, Be-Bop a-lu-la! ZEROBOP!

Jetzt sehen wir einander Aug in Aug, ihr und ich. Ihr wußtet doch die ganze Zeit schon, daß ihr ich seid, stimmt's?

Dritte Buch

★

MADONNA AUF DEM RIFF

20

Cayo Hueso es el país de la siguaraya. In Key West ist alles möglich. An diesem Vorabend von Allerheiligen wußte Justo nicht, ob es besser für die Götter oder für die Teufel lief. Eines war klar, die Dinge liefen schon jetzt so verrückt wie üblich. Justo berührte den goldenen Knochen an seinem Hals, während er auf die dröhnende Musik in der vollgestopften Duval Street zuging. Der Vorabend von Allerheiligen war ihm immer unheimlich, schon als Kind war das so gewesen, und jetzt war es noch schlimmer. Daß der Abend auch Halloween genannt wurde, half nicht viel. Auf dieser Insel war Halloween kein Anlaß, bei dem fröhliche Kinder in bunten Kostümen um Naschwerk bettelten. Statt dessen wurde das Kind im Erwachsenen freigelegt. Es war eine Ausrede für maskierten Mummenschanz in der Nacht, Tanzen auf den Straßen, rastloses Durchstreifen von wüsten Kneipen und Discos auf der Suche nach verbotenen Naschereien. Diese Nacht verbrachte man hinter dem Kostüm eines Gorillas, eines Clowns oder eines abgesetzten Präsidenten, man konnte das Ich eines anderen überstreifen, und alle Späße wurden extrem überzogen. Wundersame Verwandlungen gingen vor: Buchhalter wurden zu Thekenromeos, Bankkassiererinnen zu geschmeidigen Lolitas in kurzen Röckchen, geschiedene Männer lüstern und schlüpfrig wie ein pomadisierter Valentino, und nervöse Matrosenfrauen in schwarzen Trikots gurrten schmachtend wie frisch gestriegelte Katzen. *La vida es un tango.* Das Leben ist ein Tanzvergnügen.

Die Geister von Allerheiligen und die Kobolde von Halloween waren neuerdings einer offiziellen, dem Fasching ähnelnden Lustbarkeit gewichen, einer großen Zeit bürgerlicher Tollerei, die von der Stadt *Fantasy-Fest* getauft war. Hinter dem Kostümstoff des derben Trubels bei diesem Fest der Phantasie steckte der kaum verhohlene Plan, noch mehr Touristen aus dem Norden in den Rachen der Insel mit dem unersättlichen Hunger nach schnellen Dollars und raschen Umsätzen zu locken. Die klugen und erfahrenen Insulaner knallten ihre Fensterläden zu und warteten ab, bis die freche Flut von maskierten Trickbetrügern im Wirbelsturm von Katerstimmung, schlechtem Gewissen und leeren Brieftaschen wieder abebbte. Das Fantasy-Fest verwischte ein ehemals sehr wichtiges Datum auf dem Kalender, das Ende der Hurrikanbedrohung. Wieder hatte man eine wütende Jahreszeit überlebt, obwohl es natürlich immer noch tropische Stürme vor der Küste Afrikas gab, die imstande waren, Überraschungen mit einem Tempo von neunzig Metern pro Sekunde zusammenzubrauen. Die Insulaner wußten jedoch, daß die Hauptgefahr vorbei war, auch wenn die Hurrikansaison offiziell erst einen Monat später endete. Die Insulaner kannten das Wesen ihres Wetters, mit jedem schwülen Hundstag im August bis hinein ins verschwitzte Ende des Oktobers wurden die sich ballenden Stürme häufiger und angriffslustiger. Eine steife Brise konnte sich über Nacht zu einem Wirbel aus verheerenden Windhosen entwickeln, der die Bewohner der Insel aufs Meer hinausspülte und unter einer sechs Meter dicken Mauer aus Wasser begrub. Justo kam gut ohne das Fantasy-Fest aus, es war eigentlich kein einheitliches Ganzes, nur viele kaputte Dinge zugleich. Weder war es ein einfacher Festtag für die Kinder noch eine religiöse Feier für die demütig Abergläubischen, es war nicht einmal der offizielle Schluß der Wirbelsturmzeit. Und weil es nicht war, was es zu sein vorgab, strengten sich eine Menge Leute mächtig an, einen gewaltigen Vorwand für wüstes Betragen daraus zu machen. *Cada uno tiene su modo de matar pulgas*. Jeder knackt eben Flöhe auf seine Art.

Das Fantasy-Fest war nicht gerade der Lieblingsfeiertag eines Polizisten. An diesem Abend war Justo normalerweise zu Hause, im Kreise guter *compadres* trank man im Wohnzimmer miteinander *compuesto* und spielte Domino, während die Düfte von Tintenfisch, Hühnchen und Garnelen aus der Küche herüberwehten, wo das fröhliche Geplauder von Rosella und den anderen Frauen einem brodelnden Topf mit *paella valenciana* zusätzliche Würze verlieh. Wenn dann die feiernden Masken auf fernen Straßen zu ihrem unruhigen Rhythmus tanzten, dachte Justo, während er zusah, wie die Dominobrücke eines seiner Gegner kurz vor dem Einstürzen stand, gemütlich bei sich: *Puerco con frío y hombres con vino hacen gran ruido*. Frierende Schweine und trinkende Männer machen gerne viel Krach. Doch diesen Halloween-Abend verbrachte Justo nicht gemütlich zu Hause. Er war mitten unter den

Betrunkenen, überall betrunkene Schweine, betrunkene Löwen, Zorros, Attilas und Andrew Jacksons, ein johlender Mob von Säufern in Tarnkleidern. Er befand sich in einem *sofocón*, in einer echten Patsche, weil er zu Fuß unterwegs war, ohne die Autorität einer *perseguidora*, eines Streifenwagens. Warum? Tja, *eres como Canuto, mientras más viejo más bruto*. Je älter man wird, um so dümmer stellt man sich an. Sein ausgeklügelter Plan, mit dem er Macht über Voltaires Schicksal behalten wollte, war gescheitert. Nicht nur hatte die Küstenwache mit einem Trupp von Anwälten feststellen lassen, daß der Stadt Key West keinerlei Gerichtsbarkeit über die Ereignisse auf Voltaires Schiff auf hoher See zustand. Wegen einer ganzen Batterie von Verfahrensmängeln weigerte sich die Geschworenenkammer überhaupt, den Fall zu verhandeln, nicht zuletzt angesichts der mangelnden Beweise dafür, daß Voltaire überhaupt mehr als fast das eigene Verhungern verschuldet hatte, geschweige denn mehrfachen Totschlag. Ausgerechnet als Justo den Drogentod eines flüchtigen Schwerverbrechers aus Massachusetts untersuchen mußte, den der Schuß aus einer abgesägten Schrotflinte hinter der Einheitspreis-Brathähnchenbude draußen auf dem Boulevard in der Blüte seiner Jahre niedergemäht hatte, waren dann zwei Bundesbeamte aus Miami in einem Ziviltransporter mit dunkel getönten Scheiben vor dem Gefängnis vorgefahren, um Voltaire zum Internierungslager in den Everglades zu verschleppen. *Mal día*. Zu allem Überfluß war da noch dieser neue Kollege aus den Südstaaten, der vor kurzem bei der Polizei angeheuert hatte, ein knapp zwei Meter langer Genius, für den der Name Don Cervantes Saavedra wie der irgendeines kubanischen Flüchtlings klang, der sich zur Bürgermeisterwahl stellte oder beim Windhunddoping für das Spitzenrennen erwischt worden war. Der Bursche hatte eine Beschwerde bis in die oberste Etage ins Rollen gebracht, weil Justo während der Dienstzeit einen Hund im Auto hatte. Dieser pickelgesichtige Rekrut beharrte darauf, Justo verletze mit seinem Verhalten die Vorschriften und sei eine Bedrohung der Würde, die die Polizei angesichts einer gleichgültig bis feindselig gestimmten Öffentlichkeit so mühsam zu wahren suchte. Aus zuverlässigen Quellen unter den kleinen Gaunern in den dunkleren Seitenstraßen der Duval Street wußte Justo, daß dieser Südstaatler jeden Tag ziemlich unverfroren größere Mengen der bei Razzien beschlagnahmten Drogen für sich einsteckte. Diesem Weißen in Blau paßte Justos Hautfarbe nicht, und er beargwöhnte Justos Art, bei kleineren Vergehen eher ein Auge zuzudrücken, um später einen um so größeren Fang zu machen. Die Beschwerde wegen Ocho zusammen mit der zweifelhaften Ehre, die Justo seiner Dienststelle im Falle Voltaire gemacht hatte, gab seinen Vorgesetzten Grund, ihm etwas Nettes einzubrocken. Trotz seines Rangs wurde er mitten in der schlimmsten Woche des Jahres, beim Fantasy-Fest, zur Fußstreife degradiert. Und er durfte auch nicht etwa in einer bequemen, losen *guayabera* durch die Straßen patrouillieren, sondern mußte sich in die stahlhart gebügelte vorschriftsmäßige Uniform aus blauem Rayon zwängen, die er seit Jahren nicht mehr angehabt hatte. Eine Polizeimütze mit zu kleinem Schirm saß ihm auf dem Kopf; während des Streifengangs baumelten Revolver, Schlagstock und Handschellen an seinem Gürtel, und aus dem in die Gesäßtasche gequetschten Funkgerät quäkte statisches Knistern. *Mal día*, was für ein schlimmer Tag. Was für eine dumme Situation. *Quien al cielo escupe, en la cara le cae.* Wer in den Himmel spuckt, dem klatscht es ins Gesicht zurück.

In letzter Zeit regnete vom Himmel nur Mißvergnügliches auf Justo herab. Er machte sich Vorwürfe wegen Voltaires Schicksal. Klar, man tut keine gute Tat ungesühnt. Er wußte, er hätte diese verrückte Aktion gar nicht erst versuchen dürfen, Voltaire in die Mühlen des Justizsystems geraten zu lassen, um ihn so davor zu bewahren, daß ihn die Bundesbehörde schnappte und ins Maul des Haifisches zurückwarf. Aber einen Versuch war es immerhin wert gewesen, und wenn St. Cloud mitspielte, so hatte er gedacht, nun ja, es tat ihm jetzt leid, was er damals gedacht hatte, als die Jungs von der Küstenwache das Flüchtlingsschiff am Mallory Dock vertäuten. Er hatte sich geirrt. *Se la dejaron en la mano.* Er hatte den ganzen Mist allein auszubaden. Immerhin hatte er noch einen Trumpf im Ärmel, ehe das Spiel aus war. Er war entschlossen, ein letztes Spiel zu wagen, um Voltaire zurückzubekommen. Damit es funktionierte, brauchte er noch einmal St. Cloud. Irgendwo im Gewühl der Feiernden, die sich in dieser Halloween-Nacht der Phantasiefestivitäten auf den Straßen drängten, würde er bestimmt auf ihn treffen. St. Cloud war jemand, der bestimmt keine Party ausließ, vor allem wenn dabei die Aussicht auf Gratis-Rum in der Luft lag.

Was ist 1 Meile lang?
Bunt und schrill?
Macht dabei Musik?
Und ist total verrückt?

Die mit Kreide gestellte Frage auf der Tafel hinter der Theke des Wreck Room forderte die nach neuen Drinks brüllenden Gäste nicht allzusehr heraus. Die Antwort war: die große Kostümparade, die lärmend über die ganze Länge der Duval Street dahinzog, vorbei an den Fenstern des Wreck Room. Justo bemühte sich, Angelicas Blick aufzufangen, die voll damit beschäftigt war, Carmen Mirandas mit obstbeladenen Hüten, Dolly Madisons in Reifröcken und intergalaktische Reisende mit Aluminiumantennen auf dem Kopf bei Laune zu halten. Selbst der poltrige Bubba-Bob hatte seine Kapitänsmütze gegen einen breitkrempigen Cowboyhut eingetauscht. Ganz eindeutig war heute nichts so wie sonst. In dem schmalen Gang hinter dem Tresen, wo Angelica normalerweise ganz allein arbeitete, huschten fünf Zapfer mit Tabletts voll schäumender Getränke hin und her. Justo kam mit seiner Frage nach St. Cloud nicht zu Angelica durch. Das Getöse in dem Raum war lauter als der dröhnende japanische Rock' n' Roll aus den Lautsprechern eines draußen vorbeirollenden Lastwagens. Ein zehn Meter großer Godzilla mit Glitzerschuppen erhob sich auf der Ladefläche des Wagens. Aus dem Maul der Bestie ergoß sich ein endloser Strom von einzeln in Folie gewickelten Schokoladenküßchen auf die dankbaren Festgäste, die die Straße säumten.

»Willst du nach Hollywood?«

Justo wandte den Kopf, um die Stimme zu lokalisieren, die sich in der vollen Kneipe an ihn richtete.

Es war eine kratzige Stimme. Ihr Besitzer trug ein rotes Trikot und lila Stöckelschuhe, eine rosa Kaninchenfellstola schlang sich um die schmalen, kakaofarbenen Schultern, und eine blonde Perücke mit einer Tiara aus funkelndem Straß krönte die Aufmachung. Der grüne Lippenstift rund um den Mund dieser Stimme rundete sich zu einem großen: »Oh, oh, ohh! Komm mit mir, Süßer, dann kommst du nach Hollywood!«

Justo starrte in das glatte Gesicht der Stimme, deren Augen hinter einer schwarzen Lone-Ranger-Maske verborgen waren. Er wußte nicht, ob er da von einem Mann oder einer Frau angemacht wurde, obwohl er einen starken Verdacht hatte. Die Kreatur streckte eine knochige Hand aus, und ihre lackierten Nägel bohrten sich in Justos Ellenbogen.

»Komm schon, mein Bester, fliegen wir dahin, wo ich dich zum Star machen kann!« zischelte die Stimme, und ihre Zunge war dicht bei Justos Ohr.

Justo saß in der Falle, in die ein guter Polizist nie hineingeraten sollte, er war überrascht worden. Eine eigenartige Verlegenheit ließ sein Gesicht violett anlaufen. Er konnte nicht entscheiden, ob er diese Type, die ihn da belästigte, einbuchten sollte oder die ganze Sache mit einem Lacher abtun.

»Sei nicht so schüchtern, Schatz. Ich bin so lieb wie Lassie. Vielleicht traust du mir nicht zu, daß ich dich zum Star mache? Vielleicht traust du den Frauen gar nicht? Ich will dir mal was erzählen über die Frauen.«

Die grünen Lippen erwärmten sich allmählich für ihr Thema. Justo fühlte die heiße Luft auf seiner Wange, als er sich wieder umdrehte, um sich bei Angelica bemerkbar zu machen. Wenn er diese klammernde Kreatur einfach ignorierte, würde sie vielleicht wieder zurück unter den Barhocker rutschen. Aber da hatte er Pech.

Die grünen Lippen öffneten sich in philosophischer Inbrunst. »Frauen haben keine Ahnung von der Wahrheit. Lügen, Lügen, Lügen. Quak, quak, quak. Sagen einem, was ihnen gerade paßt. Kennst ja das Sprichwort: Die Lüge ist das letzte Mittel des Mannes und die erste Hilfe der Frau. Hast du schon mal gemerkt, daß eine miese Frau immer einen guten Mann kriegt? Und was bist du, Süßer, eine miese Frau oder ein guter Mann?«

»Ein *mieser* Bulle.«

»Ich hab sofort gewußt, daß du kein echter Bulle bist. Gleich beim Reinkommen. Du bist so steif und gezwungen in deiner knackigen blauen Uniform, während du versuchst, nicht aufzufallen. Hab ich zu mir gesagt: Dieser schwarze Bursche da fühlt sich so unwohl, der hätte sich lieber als Superman verkleiden sollen oder vielleicht auch als die süße Dorothy aus dem *Zauberhaften Land.*«

Es war schlimmer, als Justo geglaubt hatte. Grünlippe hielt ihn für einen falschen Polizisten, für einen Schuhverkäufer oder einen Anwalt, der sich als einer von Key Wests Ordnungshütern verkleidet hatte. Das war das Dumme beim Fantasy-Fest, daß niemand das war, als was er sich ausgab. Irgendwie hatte Grünlippe sogar recht. Justo könnte sich womöglich mehr Respekt verschaffen, wenn er an einem Abend wie diesem im Superman-Kostüm herumlief. »Hör zu!« knurrte er noch grimmiger. »Ich bin ein echter Bulle. Also übertreib's nicht!«

»Echte Bullen gibt's ja gar nicht«, kicherte Grünlippe. »Nur Verkehrsbullen und korrupte Bullen.«

»Jetzt hör mal zu –« Justo packte die Kaninchenstola, die über den knochigen Schultern lag, und drehte sie unter Grünlippes Kinn fest zusammen. In Momenten wie diesem kam sein Kuba-Spanisch instinktiv rascher als sein Englisch. *»Agila! Vete a la puñeta!«*

»Heißt das, daß wir jetzt verlobt sind oder so?«

»Verpiß dich! Geh zum Teufel!«

»Ich will aber nicht zum Teufel gehn.« Die grünen Lippen schmollten, die lackierten Fingernägel gruben sich noch tiefer in Justos Ellenbogen. »Ich will bloß mit dir nach Hollywood. Da mach ich dich zum Idol der Matineen.«

Justo hatte keine Zeit für so etwas. Aus den Augenwinkeln sah er, wie Bubba-Bobs weißer Cowboyhut sich über den wogenden Köpfen auf die Tür zubewegte. Er spannte den Zeigefinger an und stieß ihn blitzschnell in die Grube unter Grünlippes Adamsapfel. Ein überraschtes Keuchen entrang sich den grünen Lippen, die magere Gestalt taumelte auf hohen Absätzen haltlos nach hinten.

Bubba-Bobs Cowboyhut verschwand durch die Tür. Wie ein Stier drängte Justo hinterher, durch eine Menagerie aus bizarren Bestien und Femmes fatales beiderlei Geschlechts hindurch und hinaus auf das noch größere Gedränge auf der Duval Street. Sein Gefühl sagte ihm, daß Bubba-Bob ihn zu St. Cloud bringen würde. Nur wenige Männer, die nicht von der Insel stammten, hielt Bubba-Bob für würdig, mit ihm einen zu trinken. St. Cloud stand zweifellos ganz oben auf dieser Liste. Bubba-Bob schuldete St. Cloud einen großen, lebensrettenden Gefallen. St. Clouds flinke Zunge hatte Bubba-Bob einmal vor einem grausamen Schicksal bewahrt, das noch schlimmer als Karl Deans Ende gewesen wäre. Obwohl St. Clouds Rettungsaktion für Bubba-Bobs Haut schon vor einigen Jahren passiert war, wurde in den diversen Kneipen immer noch so davon erzählt, als wäre es gestern gewesen, was St. Cloud bei manchen zu einem kleinen Helden machte. Justo kannte den wahren Kern der Sache: St. Cloud war einfach im rechten Moment in der falschen Kneipe gewesen. Weit mehr als nur St. Clouds vom Rum gelockerte Zunge hatte Bubba-Bob vor dem drohenden Schicksal gerettet. Was ihm da gedroht hatte, das waren drei frisch aus Bogotá eingeflogene *marimberos* gewesen. Nicht nur irgendwelche kolumbianische Kokaincowboys, diese drei standen hoch oben auf MKs Gehaltsliste. Sie hatten schon in den Tagen für MK gearbeitet, als er noch kleine Flugzeugladungen mit Marihuana herangeschafft hatte, während er inzwischen mehr Frachtschiffe mit Kokain nach Florida brachte, als Fähren über den Ärmelkanal fuhren. In all diesen Jahren hatten die *marimberos* MKs wichtigste Geschäftsbedingung durchgesetzt: Zahlung für die Ware zwei Wochen nach Lieferung. Diese Zweiwochenfrist hatte die *marimberos* damals auch in einem gemieteten Cadillac mit getönten Scheiben nach Key West gebracht. Sie kamen, um dem Kapitän eines Hummerfängers eine Lektion zu erteilen, der die Unhöflichkeit besessen hatte, nicht für die Ladung Kokain zu bezahlen, die er aus einem von MKs Mutterschiffen erhalten hatte. Der Kapitän schwor, die Küstenwache habe sein Schiff dreißig Kilometer vor Kuba aufgebracht, aber die Uniformierten bei dieser Razzia waren verkleidete Komplizen des Kapitäns gewesen, ganz eindeutig eine abgekartete Sache. MK fand, daß die Dinge ein wenig zu locker liefen, da mußten Daumenschrauben angezogen werden. Er sah sich gezwungen, den Leuten seine Position deutlich klarzumachen, und für solche Lektionen wurden die *marimberos* ständig gebraucht. Weihnachten zuvor waren sie in Tampa gewesen und hatten einem Drogenanwalt, der für beide Seiten arbeitete, eine kleine Einführungsvorlesung über das ABC der panamerikanischen Handelsethik gehalten. Der Anwalt hieß »Schnüff«, ein Spitzname, den er bekommen hatte, weil er sich ein halbes Kilo Koks schneller reinziehen konnte als ein Ameisenbär einen Honigtopf, und auch, weil er sein direkt an der Bucht gelegenes Anwesen von zwei bösartigen Bullterriern bewachen ließ. Schnüff unterhielt gern seine Gäste, indem er den Tieren befahl, den glatten Stamm einer Königspalme zu attackieren, die neben dem Sprungbrett an seinem Swimmingpool in den Himmel ragte. Sobald sie von ihren Ketten losgelassen waren, gingen die axtförmigen Schädel der Kampfhunde mit ihren rasiermesserscharfen Zähnen auf den Stamm los, wobei ihre Körper mit jedem wilden Biß höher stiegen, wie Affenmutanten aus der Hölle, die den letzten Baum im Garten Eden erkletterten. Die Wauwaus waren kein Problem für die *marimberos*, als sie an Heiligabend vor den verriegelten Toren von Schnüffs Haus ankamen, denn MK wußte alles über Schnüff. Schnüff unterschied sich nicht von den vielen anderen Anwälten, denen MK ihr Jurastudium mit Geld finanziert hatte, das sauberer gewaschen war als die Unterwäsche einer Klosterschülerin. Als die *marimberos* Schnüff in seinem Wohnzimmer fesselten, sagten sie ihm, er sei sehr unartig gewesen, aber sie würden ihn trotzdem gut füttern. Sie setzten ihn auf das funkelnagelneue rote Dreirad, das er seinem Neffen zu Weihnachten schenken wollte, von dort aus durfte er zusehen, wie sie seine Geschenke unter dem geschmückten Tannenbaum auspackten. Sie ketteten die beiden Bullterrier an die verchromten Beine eines Wildledersofas und bedienten sich an Schnüffs Champagnerkübeln, Koksvorräten und Quaalude-Pillen. So viele Geschenke zum Auspacken, und so wenig Zeit bis zur Stunde der jungfräulichen Geburt. Aber die Geschenke ließen in den *marimberos* nicht die rechte Weihnachtslaune aufkommen. Sie rauften um einen Diamantring für den kleinen Finger, um seidene Krawatten, die man zu Hochzeiten oder auch Begräbnissen tragen konnte, und um einen goldenen Armreif, auf dem SCHNÜFF MEIN RETTER, IN LIEBE KIT-KAT eingraviert war. Schachteln mit Schweizer Pralinen und Florida-Fruchtschnitten teilten die *marimberos* mit ihrem gefesselten Gastgeber, sie schaufelten ihm Bonbons und kandierte Feigen in den Mund, bis seine Backen fast platzten und der Speichel ihm von den Lippen auf den fetten Bauch tropfte. Die ausgehungerten Kampfhunde knurrten zwar, bekamen aber nicht einmal eine Zuckerpflaume zugeworfen. Etwas festlichere Stimmung kam bei den *marimberos* auf, als ihnen einfiel, Schnüffs Anrufbeantworter abzuhören. Neben geschäftlichen und familiären fanden sich dort Nachrichten vieler junger Frauen, die um die Gunst eines Rückrufs baten. Mit einer samtweichen Stimme, die die *marimberos* schier zur Raserei brachte, während sie ihre Zinken in fingerdicke Linien Koks eintauchten, schnurrte eine von ihnen: *»Schnüff, mein Schatz, bist du da? Hier ist Miau-Miau. Fünf Uhr früh, und ich komme gerade aus Coconut Grove heim. Bin schon richtig gierig nach deinem Na-du-weißt-schon. Meine Zunge ist ganz pelzig und weiß. Miau-mii-auu. Wo ist denn mein Schnüff, wenn Kit-Kat ihren speziellen Liebling braucht?«* Die *marimberos* johlten, die hungrigen Bullterrier knurrten. Jeder wußte doch, wo Kit-Kats spezieller Liebling war, er saß vollgestopft mit Weihnachtsnaschwerk auf ein Kinderdreirad gefesselt. Die *marimberos* waren nun in der richtigen Festtagslaune, sie warfen noch ein paar Handvoll Quaaludes ein und fingen an, Schnüff schön zu dekorieren. Zuerst verklebten sie ihm Kopf und Mund mit Isolierband, dann drapierten sie eine lange Reihe von koscheren Hot dogs über seine Schultern und über den fetten Bauch. Die beiden an das Sofa geketteten sabbernden Raubtiere musterten die Fleischwarendekoration knapp außerhalb ihrer hechelnden Reichweite mit besitzergreifendem Interesse. Schnüff hatte noch kein Wort gesagt, da er annahm, die *marimberos* seien nur geschickt worden, um ihm Angst zu machen, aber als er nun mit zehn Pfund Hot dogs behängt wurde, beschloß er, es sei Zeit für ein Angebot, schließlich wußte er genauestens über MKs Machenschaften Bescheid, er war unentbehrlich für dessen Geschäft. Er versuchte, seine Vorschläge herauszuschreien. Die Geräusche, die aus seinem zugeklebten Mund drangen, klangen wie das hohle Keuchen eines Kaninchens, dem man eins über den Hinterkopf gezogen hatte. Es wurde Tag, und das Telefon klingelte wieder ein paarmal. Die *marimberos* spulten zurück und hörten sich einen kleinen Jungen an, der wissen wollte, ob das Christkind ihm ein rotes Dreirad bringen werde, und eine andere Stimme sagte mit rauchigem Whiskeytimbre, sie komme gerade aus der Dusche und sehne sich nach Schnüffie-Liebling. Die *marimberos* brüllten jetzt auf Schnüff ein. Sie kannten sich nicht aus. Sie verstanden einfach nicht, wieso ein Mann mit der Lizenz zum Klauen, ein wohlhabender amerikanischer Drogenanwalt, seinen Boss um lausige hundert Riesen beschummelte, indem er etwas von dem Geld für MKs eingebuchtete schwarze Garnelenfischer unterschlug, das er zu mehreren sicheren Banken in Mexiko leiten sollte. Wieso kam ein so gebildeter Mensch, der eine Villa an der Tampa Bay mit einer Segelyacht davor und einem Haufen Kittikatti-Bräuten hatte, auf die Idee, gegen die Abmachungen zu verstoßen? Stimmte es etwa, daß die Bundespolizei ihn in zweiundzwanzig Punkten der Beihilfe überführen wollte? Hatte er ihnen schon irgend etwas gestanden? Die *marimberos* waren plötzlich voller Fragen, während sie Schnüff weiterhin wie den Christbaum einer Fleischerei schmückten. Sie verlangten Antworten, aber sie hörten nichts als erstícktes Röcheln aus Schnüffs zugeklebtem Mund und immer hartnäckigere Anrufe von der miauenden Kit-Kat. Die Kampfhunde risssen beim Duft ihrer Mahlzeit an den Ketten. Wußte Schnüff eigentlich, daß Bullterrier ihre Beute immer vollkommen auffraßen, nachdem sie sie totgebissen hatten, samt Knochen und allem? »Ich will meinen Liebling!« flehte Kit-Kat. »Gott segne euch, ihr braven Herren!« Die *marimberos* prosteten einander mit Champagner zu und ließen die raubgierigen Tiere dann los. Während die Bullterrier das Fleisch ihres langerwarteten Weihnachtsgeschenks zerrissen, machten sich die *marimberos* zum Flughafen davon und waren schon am Nachmittag wieder in Bogotá. Ähnlich den Heiligen Drei Königen aus dem Morgenland knapp zweitausend Jahre zuvor hatten sie nur eine vollendete Tatsache zu bezeugen gehabt. Andere konnten dann darangehen, die Wahrheit hinter den Rätseln zu entschlüsseln, seien diese nun himmlisch oder irdisch.

Als die *marimberos* in Key West aus ihrem Cadillac stiegen, hatten sie dem Hummerfängerkapitän eigentlich eine ähnliche Lektion wie die in Tampa erteilte zugedacht, aber nie sind zwei Lektionen gänzlich gleich, vor allem weil die *marimberos* den Falschen erwischten. Sie fanden den Wohnwagen des Kapitäns, der zwischen hundert anderen auf einem staubigen Platz hinter der Hunderennbahn aufgereiht stand. Rings um die bucklige Behausung auf Rädern lagen Stapel von kaputten Hummerfallen aus Holz. Über der verschlossenen Tür klebte ein Aufkleber mit der Parole TÖTET CASTRO. Die *marimberos* traten die Tür ein. Innen bewegte sich nichts außer einem Goldfisch, der in einem Glas über dem ächzenden Kühlschrank seine Kreise zog. Die *marimberos* vermuteten, der Kapitän sei wohl auf See, wo er den Tagesfang in seinen Fallen einsammelte. Sie beschlossen, das langsame Sinken der Sonne über Key West in der düstersten Kneipe abzuwarten, die sie finden konnten. Am Abend, wenn die Windhunde auf der Rennbahn dem Metallhasen nachhetzten, würden sie wiederkommen und ihre Lektion erteilen.

Als sich die *marimberos* auf den Barhockern im Wreck Room niederließen, hielt Angelica sie für die üblichen Cowboys, die nach einem erfolgreichen Deal mit prallen Brieftaschen aus Miami auf die Keys hinunterzischten und nichts weiter vorhatten, als stapelweise Hundertdollarscheine zu verheizen. Sie servierte ihnen Gläschen mit teurem französischem Cognac. Unter ihren dunklen Brauen hatten die Männer den glosenden Blick von Latino-Sex in den Augen, auf den Angelica so stand. Der älteste war etwa fünfundzwanzig und sprach perfekt Englisch. Ihr gefiel es, daß er kein hautenges Hawaiihemd anhatte, das bis zu den Eingeweiden aufgeknöpft war und schwere Goldketten um seinen Hals freilegte. Er trug einen italienischen Maßanzug mit einer dezenten Seidenkrawatte, an seinem kleinen Finger glitzerte ein Brillantring, und sein Handgelenk wurde von einem Armreif umschlossen, auf dem SCHNÜFF MEIN RETTER, IN LIEBE KIT-KAT eingraviert war. Sie fragte Schnüff, ob er Gitarrespieler sei, weil er mit den manikürten Fingernägeln so auf die Theke trommelte. Er heiße nicht Schnüff, sagte er, sondern Hectore. Er prahlte ein bißchen damit, daß er an einem College in New Jersey Bauwesen studiert habe. Er war kein Indianer, der irgendwo im Dschungel damit angefangen hatte, daß er in Steintrögen Cocablätter zu Paste vermahlte, und heute eine Zweitausend-Dollar-Uhr trug, aber nicht mal die Zeit darauf ablesen konnte. Er gehörte zur gebildeten Elite, er war ein integraler Bestandteil der Industrie, die über die Hälfte der Handelsbilanz seines Heimatlandes erwirtschaftete. Und wenn er nicht zu den Besten und Klügsten gehörte, so immerhin zu den Bösesten und Wendigsten. Angelica hätte ihn ohne Zaudern mit zu sich nach Hause genommen, nur mußte sie leider arbeiten und den Laden später allein zumachen. An dem Hof, der um die Pupillen in Hectores braunen Augen lag, sah sie, daß er bis zur Halskrause mit Koks und Quaaludes vollgestopft war, also würde er längst auf einem Mondflug ohne Pilot sein, wenn sie an der Bar die letzte Runde zapfte. Als Hectores triefnasige Kompagnons sich zum zwölften Mal in sechs Stunden aufs Klo zurückzogen, erkundigte er sich höflich, ob Angelica wohl kubanische Zigarren habe. Doch ehe sie antworten konnte, mischte sich Bubba-Bob, der auf dem Hocker neben Hectore residierte, mit einem schallenden Gratisratschlag ein: »Kommunistenkippen gibt's hier keine. Wenn du diesen linken Scheiß haben willst, warum schwimmst du nicht schnell die hundertfünfzig Kilometer rüber und steckst dir im Paradies der Werktätigen eine an?« Hectores huschender Blick verriet nicht, ob er die Beleidigung begriffen hatte, aber St. Cloud am anderen Ende der Theke hörte Bubba-Bobs schwerfällige Silben durch ein Meer aus Rum zu ihm hinübertreiben. St. Cloud versuchte, sich auf dem wackligen Barhocker gerade zu richten. Es war spät, und die meisten der hartleibigen Whiskeynipper und Ginkipper waren längst in die jähe Nacht hinausgetorkelt. Als er sein Glas zu einem Trinkspruch hob, stellte er überrascht fest, daß Angelica, Bubba-Bob und ein dunkler Typ, der mit den Fingernägeln auf die Mahagonitheke trommelte, die einzigen in der verrauchten Kneipe waren. »Gott erbarme sich der Seeleute in einer Nacht wie dieser!« stieß St. Cloud hervor. »Was soll denn das bedeuten?« fragte ihn Bubba-Bob. St. Cloud hielt sein Glas mit Rum weiter hoch, ein schwankender goldgelber Leuchtturm, mit dem er allen den Weg wies, die zu Lande oder zu Wasser durch die dunkle Nacht navigierten. »Wenn da einer wegen 'ner Zigarre nach Kuba schwimmen will, dann sei Gott mit ihm!« »Das ist doch das Blödeste, was ich je gehört hab!« Bubba-Bob ließ die Faust auf den Tresen krachen. »Angelica, gib diesem Tintenfischköder da drüben noch einen Rum.« Angelica zog eine Grimasse: »Hast ihm ja schon die letzten dreizehn spendiert.« Bubba-Bob zog die breiten Schultern hoch. »Irgend jemand muß ihm doch Vernunft einschenken, da kann es ebensogut auch Bubba machen.« Hectore hielt in seinem Trommelwirbel auf der Theke abrupt inne; der Hummerfängerkapitän, nach dem er suchte, hieß Bubba Jonesby. St. Cloud prostete mit seinem neu gefüllten Glas zu Bubba-Bob hinüber. »Auf den größten Haifischkiller der Florida Keys!« Er sah hinunter auf Bubba-Bobs dicke weiße Socken und zwinkerte Angelica kurz zu. »Auf den bestangezogenen Kapitän der ganzen Insel, mit oder ohne seine weißen Socken!« Bubba-Bob schob Angelica sein Glas hin. »Schenk mal nach, und gib dem Kommunisten da auch was.« Hectores Gedanken sausten durch den Raum. Da hatte er die letzten sechs Stunden direkt neben dem Mann gesessen, dem eine Lektion zu erteilen er hergekommen war. Das Leben spielte einem eben immer wieder Streiche. Hectore lächelte Bubba-Bob an. »Ich mag kommunistische *muchachos* ja selber nicht. Was ich meinte, das war eine Zigarre, die von hiesigen Kubanern gemacht ist. Key West war doch einmal berühmt für seine Vueltas.« Bubba-Bobs massige Hand klopfte Hectore auf die wattierte Seidenschulter. »Kubanische Zigarren aus der Gegend hier sind denselben Weg gegangen wie rosa Flamingos und zwölfjährige Jungfrauen.« Hectore hob das Glas Rum, das ihm Angelica eingoß, an die schmalen, milde lächelnden Lippen. Beim Nippen daran musterte er Bubba-Bob genau. Er hatte seinen Mann: häßliches rotes Gesicht, fischfleckige Hosen, eine Kapitänsmütze, die schief auf dem struppigen Haar saß und darauf in Druckbuchstaben die Losung HIER LÄSST BUBBA KULLERN. Hectore dankte Bubba-Bob für den Drink und fragte ihn nach seinem Nachnamen. »Nachnamen haben wir hier nicht.« Bubba-Bobs schwielige Finger preßten Hectores Seidenschulter zusammen. »Wir sind alles Kumpel hier.

Ist nicht sehr höflich, einen nach seinem Nachnamen zu fragen, oder nach seinem Beruf. Verstehst du mich?« Hectores mit Kokain befeuertes Gehirn verstand ihn bestens, er war froh, daß seine hin- und herflitzenden Gedanken mit Quaalude-Fallschirmen ausgerüstet waren, es galt so viele Optionen abzuwägen, rasche Lektionen mußten erteilt werden. Der ruhige Blick seiner großen Augen ging hinüber zur Tür der Toilette, wo seine Freunde waren. Er fuhr mit der Hand in sein Jackett und tastete nach dem scharfen Stilett; zugleich hakte er einen Fuß um ein Bein von Bubba-Bobs Barhocker. Vierundzwanzig Gedanken purzelten hinter seiner Stirn herum, er packte den letzten am Schopf und zog Bubba-Bob den Hocker unterm Hintern weg. Noch während dieser zu Boden krachte, stürzten die beiden *marimberos* aus dem Klo herbei, wischten sich die triefenden Nasen und schwenkten ihre Revolver. Hectore hielt Bubba-Bob nieder, indem er ihm ein Knie in den Brustkasten preßte, und das Messer blitzte in seiner Hand. Am Ende der Theke drehte sich St. Cloud langsam auf seinem Hocker herum. So also geht die Welt zu Ende, sinnierte er und sah dabei zu, wie die zwei *marimberos* die Eingangstür verriegelten und das Telefon aus der Wand rissen. Hectore drückte die Messerklinge gegen Bubba-Bobs Kehle. »Wie heißt du mit Nachnamen?« »Bubba-Bob.« »Und weiter, du weißer Arsch?« Erste Blutstropfen quollen aus dem Schnitt. »Robert Anthony Sweeny.« »Lüg mich nicht an!« zischte Hectore. »Weshalb sollte er das denn tun?« fragte St. Cloud in perfektem, wenn auch etwas gelalltem Spanisch und drehte sich dabei auf dem Hocker zu Hectore. »Wenn Bubba-Bob lügt, schneidest du ihm die Eier runter. Lügt er nicht, hackst du seinen Kopf ab. Er weiß doch genau, daß ihr ihn zerstückeln werdet, da wird er ja wenigstens mit seinem richtigen Namen sterben dürfen.« Die beiden *marimberos* gingen auf St. Cloud zu, Hectore winkte sie zurück. Er brauchte Zeit, ein ganzer Ozean voller Optionen schwappte in seinem Kopf, schlaue Ideen, die flink wie Fische in einem Eimer umherhuschten, er packte einen der Fische, der dann von seinem Mund zu St. Cloud hinüberflog, in einem breiten Gelächter, dem pfeilschnelle Worte folgten: »Anstatt deinem Kumpel den Kopf abzuhacken, sollte ich mir vielleicht lieber deine Eier holen.« Die *marimberos* blickten zu Angelica hinüber, um zu sehen, ob sie Hectores sprühenden Humor teilte; er hatte immer so gute Ideen, wie die mit den Bullterriern, die einen koscheren Rechtsanwalt zum Frühstück bekamen, oder die mit dem

Frosch, den sie einer Bankiersgattin in Panama City in den Mund eingenäht hatten. Angelica allerdings fand die ganze Situation nicht allzu lustig. Einer der *marimberos* fixierte sie mit verschwörerischem Grinsen, und sie wich gegen die Registrierkasse zurück, wobei sie defensiv zurücklächelte. Hectore ließ von dem dahingestreckten Bubba-Bob ab und kam auf St. Cloud zu. Der hob die Hände und sagte: »Okay, ich sehe schon, du wirst keine Ruhe geben, bis du bekommst, was du willst. Angelica, gib dem Mann eine echte Kubanische.« Angelica wischte sich die verschwitzten Handflächen an den weißen Shorts ab. »Echte Kubanische? Ääh ... ach so, ja. Eine kubanische Zigarre.« Sie bewegte sich sehr langsam, damit der sie angrinsende *marimbero* nicht glaubte, sie hätte einen Trick im Sinn. Sie griff hinter die Kasse und zog eine hölzerne Zigarrenkiste hervor. Der *marimbero* riß sie ihr aus der Hand und klappte den Deckel auf. »Diese Kiste mit den süßen Dingern da in Zellophan, das ist der wahre Jakob«, kommentierte St. Cloud. »Goldechte kubanische Vueltas, der feinste Tabak, den Menschenhände nur rollen können.« Die beiden *marimberos* gaben einander Feuer und hielten Hectore zufrieden grinsend die Kiste hin. Hectore zögerte, das Messer baumelte in seiner Hand, silbrige Fischlein huschten ihm durch den Kopf. So viele Optionen, Köpfe sollten rollen, Eier abgeschnitten, Zigarren geraucht und eine Blondine ausgewickelt werden. Der grienende *marimbero* beugte sich über die Theke und schob Hectore seine brennende Zigarre in den Mund. Eine Wolke aus blauem Rauch stieg auf, während Hectore versuchte, die durch seinen Kopf zuckenden Silberblitze zu ordnen. Er beschloß, seinem Sinn für Fairneß nachzugeben. »Roll mir mal einen Dollarschein!« befahl er Angelica. Angelica ließ die Kasse aufspringen, rollte eine Banknote zusammen und reichte sie ihm. »Alonzo, leg eine Line über die Theke, von mir bis zu dem *borracho* da, dem Besoffenen!« Der grienende *marimbero* neben Angelica sah zu St. Cloud hinüber, der an seinem Rum nippte, und knurrte. »Es ist zu weit, und er ist zu betrunken, das ist doch schade drum.« »Alonzo!« Der *marimbero* zog mürrisch eine Glasflasche mit Kokain aus der Hosentasche, schraubte den Plastikdeckel ab und zog eine Line schneeweißes Pulver über die schimmernde Mahagonitheke. Hectore schlenderte zu St. Cloud hinüber, in der einen Hand das Messer, in der anderen die zusammengerollte Banknote. Seine Worte kamen aus den Mundwinkeln zu beiden Seiten der Zigarre: »Rechts oder links, was ist dir lieber, *borracho*?« St. Cloud wog die beiden Alternativen ab. »Wär ja sehr unhöflich, dir deinen Dollar abzuschlagen.« Hectore gab ihm den Geldschein und zwinkerte ihm zu. »So, dann laß es mal kullern, für deinen Bubba.« St. Cloud betrachtete die lange Kokainspur, die sich über die Theke zu ihm hinzog. »Wenn ich das ganze Zeug hier wegmache, dann werd ich wohl selbst kullern, und zwar bis zum nächsten Sommer. Warum schneidest du mir nicht einfach die Eier ab und läßt es damit gut sein?« Hectore klopfte St. Cloud auf den Rücken. »Das wäre zu einfach. Wenn du es nicht schaffst, dir die ganze Line reinzuziehen, *dann* hol ich mir deine Eier.« St. Cloud rutschte ungelenk vom Hocker, schob sich ein Ende des zusammengerollten Dollarscheins tief in die Nase und beugte sich über den Koks, kurz davor, sich wie ein Schneepflug durch anderthalb Meter hundertprozentig reinen kolumbianischen Stoff zu arbeiten, und ziemlich sicher, daß er es nicht überleben würde, um später davon zu erzählen. »Laß uns nicht warten«, spornte ihn Hectore lachend an. »Wir haben noch einen Job zu erledigen.« Was Kokain anging, so war St. Cloud nicht besonders scharf darauf, er konnte davon kosten oder es auch lassen. In dieser Stadt, wo es überall mit dabei war, ließ er es lieber sein. Nicht daß er auf einem hohen Roß saß oder prinzipiell etwas gegen Modeerscheinungen hatte; er hielt sich nur für den Bewahrer einer feineren Tradition, der des plaudernden Trinkers. Obwohl er gar nicht so viel plauderte, abgesehen von dem Dialog, der in seinem marinierten Gehirn ablief, gelüstete es ihn immer nach der Art, wie der Alkohol die Silben lockerschüttelte und dann gegeneinanderschlug wie gut gefettete Säbel, wodurch Sätze ins Leben kamen, die mit ihren grandios abwegigen Inhalten voneinander abprallten. Als einem Mann des Wortes mit erhabenen alkoholischen Maßstäben mißfiel ihm an Kokain am allermeisten der billige Streich, den es dem Tier im Menschen spielte. Kaum hatte sich einer ein oder zwei kleine Dosen verpaßt, glaubte er immer gleich, er hätte etwas Wichtiges zu sagen. Oft genug hatte St. Cloud die nächtliche Folter eines dieser Tiere über sich ergehen lassen, voll unterwegs auf dem hektischen Pulver, aber ohne jedes Ziel. Jeder war überzeugt, sein primitivster dumpfer Rülpser sei schon der Vorbote einer ganzen Lawine syntaktischer Inspiration, die allen Anwesenden kundgetan und dann noch schaulustig seziert werden mußte. Wenn diese nervösen Tiere endlich ihren Satz herausbrachten, ganz egal wie entsetzlich flach der Inhalt war, glaubten sie, sie hätten mit ihrer Äußerung dem Stein der Weisen sein geheimes Wissen entlockt. So ein Benehmen brachte einen betrunkenen Mann des Wortes zum Kotzen. St. Cloud war vehement dagegen, Kokain zu legalisieren, nicht weil es ein übles Gift fürs Gehirn war, sondern weil er eine viel heimtückischere Bedrohung darin sah. Er fürchtete, er wäre dann zu einer ganzen Koksschnupfergeneration verdammt, die nichts zu sagen hatte, aber sich weigerte, das Maul zu halten. »Wir warten, *borracho*! Wird Zeit, daß du dir die Kerzen ausbläst.« Bei Hectores Worten beugte sich St. Cloud näher zu der weißen Linie. Was soll's, dachte er, einen Muntermacher vor dem Morgengrauen konnte er ohnehin gebrauchen. In einer heroischen Inhalation sog er die ganze Line auf, das brennende Stechen des Kokains fuhr ihm wie eine Eisnadel die Nase hinauf, hinter die Augen, durch sein Hirn, es knallte ihm gegen die Schädeldecke und machte ihn ganz benommen, als er sich zum Einatmen wieder aufrichtete, wobei seine weit aufgerissenen Augen auf Hectores Messer gerichtet waren, das als grelles Licht auf ihn zukam und mit der scharfen Spitze direkt vor seiner Stirn zum Stehen kam. Hectores Stimme durchdrang das grelle Licht: »Vielleicht löst dieser Trip dir die Zunge. Wie heißt dein Freund, der Kapitän, der da auf dem Boden herumliegt, als wollte er ein ungeborenes Küken spielen?« St. Clouds Zunge war keineswegs gelöst, sie war geschwollen und taub von der Wurzel bis zur Spitze. »Rubba-Bub Beany, hatterjaschongesagt«, murmelte St. Cloud und versuchte, seine gefühllose Zunge in Gang zu setzen. Die Messerspitze bohrte sich in seine Stirn, öffnete den Ausweg für einen ersten Blutstropfen, der an seiner feuernden Nase hinabrann. Dann aber nahm Hectore die Klinge von St. Clouds Haut weg, er mochte diesen *borracho*, der keine Angst hatte vor dem Sterben, es waren nicht mehr allzu viele Joker wie dieser im Spiel, die meisten waren eher wie der Käpt'n, der da auf dem Boden kauerte. Hectore schätzte, dieser *borracho* war keiner, der sich dauernd betrank, weil er ein Feigling war, im Gegenteil, er war ein Mann, der sich dauernd betrank, weil er so tapfer war. Dies war einer der flinkesten Gedanken, die durch Hectores Hirn huschten, er fand ihn so brillant, daß er sich den Luxus erlaubte, einen tiefen Zug von der qualmenden Vuelta zu nehmen und St. Cloud eine scharfe Rauchwolke ins Gesicht zu blasen. »Lügst du mich da nicht an, *compadre*? Heißt dein Freund, der Kapitän, nicht Bubba Jonesby?« »Nein, er lügt nicht!« rief Angelica. Jetzt wurde ihr völlig klar, was hier vor sich ging: Die *marimberos* waren von MK hergeschickt worden, um Bubba Jonesby dafür eine Lektion zu erteilen, daß er die Spielregeln übertreten hatte. Sie wünschte, Brogan wäre in der Bar, um den Cowboys die Sache klarzumachen, aber der war drüben in der Karibik und jagte wieder einmal dem Gerücht einer vor dreihundert Jahren gesunkenen Galeone nach. »Sieh doch mal in Bubba-Bobs Brieftasche nach. Dann wirst du gleich merken, daß ihr den Falschen habt.« Hectore lächelte durch die blauen Rauchschwaden, die ihn umgaben. »Brauche mir keine Brieftasche ansehn. Ich hab schon den richtigen Bubba.« Endlich bekam St. Cloud den Gedanken von der Spitze seiner tauben Zunge frei: »Angelica sagt die Wahrheit, das ist nicht *dein* Bubba.« Die Worte kamen in fehlerfreiem Spanisch heraus. Immer wenn St. Cloud zuviel Koks schnupfte, begann er auf spanisch zu reden und zu denken, weil seine Gedanken dann mit Latino-Klängen versetzt waren. Die Alchimie von Alkohol und Kokain machte ihn kribblig wie eine Katze, der eine Gräte in der Kehle feststeckt. Diese Gräte war die Lyrik von Pablo Neruda. Einzelne Passagen daraus peitschten aus St. Cloud heraus wie aus dem Mund eines anderen Mannes in einer anderen Zeit, der das Kitschige und das Sentimentale hinausposaunte, das erhaben Demütige und das unrettbar Verlorene, ein schwungvoller sprachlicher Tusch, der gefährlich daherrollte wie Whiskeyfässer auf dem schiefen Deck eines sturmgepeitschten Schiffes beim Umfahren von Feuerland, das in einer regellosen See für immer vom Kurs abgekommen war. Prahlerische Wogen krachten über ihm zusammen und versprachen, die häßlichen Hymnen der Hoffnung außer Sicht zu versenken, während die Stimme des Poeten sich aus raschelnden Seiten erhob, die dichte Dichtung schwang sich wie Wildenten in den aufkommenden Wind, zog hinweg über Ladungen aus Lüge, deren Last Silben aus Apfelsinen und Samenkörner aus Zungen hätte abquetschen können. Gott habe Erbarmen mit den verschrumpelten Kokainsirenen, die in einer Nacht wie dieser jaulen mußten:

Balboa, Tod und Krallen trugst du in die äußeren Winkel des lieblichen Landstrichs von Mittelamerika, und unter all den Hetzhunden der deine war deine Seele. Mutter des Steines, Sperma des Kondors, scharfes Riff der Dämmerung der Menschen, der vielen Menschen, die ich bin, sie verschwinden in meinen Kleidern. In Filmen voller Wind und

Kugeln bestaune ich die Cowboys, bewundere die Pferde gar, doch wenn ich nach dem Helden rufe, kommt nur das eigene Ich behäbig hervor. Alles soll einen Griff haben, soll Tasse oder Werkzeug sein, Vögel will ich freilassen, Bilder stürmen, Lampen vergraben. Wie schön wäre es, einen Advokaten mit einer frisch geschnittenen Lilie zu erschrecken oder eine Nonne mit einem Klaps hinters Ohr zu töten. Die Moral meiner Ode ist die: Das Schöne ist zweimal schön, und was gut ist, das ist doppelt gut. Aneinander legen sich die Abende der Schürzenjäger und die Nächte der Ehemänner wie zwei Bettlaken, mich zu bedecken. Die Affen flechten an der Schnur des Begehrens, die weiter und weiter bis an die Gestade des frühen Morgens reicht. Ich spreche von Dingen, die es wirklich gibt. Gott bewahre mich davor, Dinge zu erfinden, während ich singe!

Hectore war wie erschlagen von St. Clouds Sprachschwall. Von all den flitzenden Fischen, die das konfuse Wasser in Hectores koksverhangenem Hirn aufwühlten, hatte sich soeben derjenige, mit dem er am wenigsten gerechnet hatte, emporgeschnellt. Das letzte, was er in einer Kneipe auf Key West zu hören erwartete, waren die monumentalen Strophen Pablo Nerudas, dessen Dichtung, zusammen mit Geschichtsdaten wie etwa dem Tag, an dem Simón Bolívar Kolumbien von den Spaniern befreite, jedermann in Lateinamerika auswendig kannte, sei er Schuljunge, rechtsextremer Richter oder kommunistischer Priester. »Ein Wunder«, verkündete Hectore, während er St. Cloud eine kubanische Zigarre in den Mund rammte und ihm Feuer gab. Er starrte in die geweiteten Pupillen dieses abgefahrenen *norteamericano*, der nicht wie ein Spanier aussah, aber epische Dichtung in reinstem kastilischem Zungenschlag deklamierte, ein so unwahrscheinliches Wunder, als würde ein Hund auf einmal Opernarien im süßesten Italienisch singen, das man seit Michelangelos Malerarbeiten im Petersdom gehört hatte. Hectore war benommen, dieser poetische Caruso neben ihm war so weggetreten, daß er direkt ins Gehirn eines anderen eingedrungen zu sein schien. Er ließ sich von Alonzo ein paar frische schneeweiße Lines auf der Theke ziehen, um das Wunder zu feiern. Angelica teilte neue Zigarren aus und öffnete die nächste Flasche Cognac. Sie hatte keines der spanischen Wörter verstanden, die von St. Clouds Lippen geschwallt waren, doch ihr war bewußt, daß da eine Sensation geschah. Hectore erklärte, dieser Caruso neben ihm sei fast so etwas wie ein Heiliger, denn nur ein Heiliger könne solch himmlische Klänge erzeugen. Der frisch kanonisierte St. Cloud sagte darauf, er sei ja ein Heiliger, schließlich heiße er Saint Cloud. Er sagte zu Hectore, er mache einen schrecklichen Fehler, der große Mann, der da reglos wie eine Billardkugel auf dem Boden liege, habe zwar tatsächlich den Namen Bubba-Bob, nur hießen auf Key West eben alle Bubba. Jedenfalls habe Hectore den falschen Bubba erwischt, sein Bubba wohne draußen bei der Hunderennbahn. Wenn das nicht stimmte, könne Hectore dem frischgebackenen Heiligen gerne die Eier zwischen den Beinen abschneiden, gleich ein ganzes Dutzend. Hectore war verwirrt; je mehr Cognac er trank, desto schwindliger wurde ihm. Er war überzeugt, einem Wunder beigewohnt zu haben, aber seine Ideen verflogen noch rascher als das Kokain. Als das Licht des neuen Tages durch die Jalousienschlitze des Wreck Room fiel, vertraute Hectore St. Cloud an, daß er ihn gern hatte. Er flüsterte, er wolle dem Heiligen ja gerne glauben, was er ihm da von Bubba-Bob erzählte, denn natürlich erteile er nicht gerne dem Falschen eine Lektion, aber wie könne er sichergehen, daß der Heilige ihm auch die Wahrheit sage, daß es nicht der Trick irgendeines Fischleins sei, das die brausenden Gewässer in ihrer beider Gehirne aufwirbelte? Hectore verlangte von dem Heiligen nichts als die Wahrheit, und dann geschah das wirkliche Wunder. St. Cloud sah auf die Wanduhr über der Bar. Es war fünf vor fünf. Er erklärte, noch vor dem ersten Hahnenschrei werde Hectore die Stimme des echten Neruda hören. »Unmöglich!« rief Hectore. Alle Welt wußte doch, daß Neruda als gebrochener Mann gestorben war, nachdem man Chiles letzten frei gewählten Präsidenten erschossen hatte, in seinem eigenen Palast und im Pyjama. St. Cloud fragte nur gelassen, ob Hectore, wenn er trotzdem Nerudas Stimme höre, Bubba-Bob dann freilassen werde, ob er ihm dann vertraue. Hectore wußte, daß dies nichts als der gesegnete Wahnsinn eines verrückten Heiligen war, aber was konnte er schon verlieren? Hatte der Heilige recht, gab es ein Wunder, und wenn nicht, Rührei ringsherum. St. Cloud bat Angelica, das Radio hinter der Bar auf eine ganz bestimmte Frequenz einzustellen. Der Sender brachte nichts als statisches Rauschen, das den verqualmten Raum erfüllte. Alonzo preßte die Hände gegen die Ohren und brüllte, Hectore sei ein Idiot, daß er das Spiel dieses Verrückten mitmachte. Hectores Verwirrung verwandelte sich in Erregung, er hob das Messer und richtete es auf St. Cloud. »Keine Tricks, klar!« Als die Zeiger auf genau fünf Uhr standen, gellte aus dem Rauschen und Knistern Marschmusik durch die Kneipe. Ein fetziger Trommelwirbel leitete einen rauhen Soldatenchor ein, die Stimmen hoben sich in rhythmischem Unisono und priesen mit ihrem Lied die Tugenden der glorreichen Revolution. Hectore stand jetzt kerzengerade. Nach der Militärkapelle kam ein Kinderchor, und jetzt schwang sich Kubas Nationalhymne durch die Kneipe, auf den Wellen des stärksten kubanischen Radiosenders. Hundertfünfzig Kilometer südlich rief die Hymne Bauern zur Arbeit, ließ Bürokraten zusammenfahren, motivierte Liebhaber und Lügner, weckte Babys auf, hieß fremdgehende Ehemänner und verirrte Fischer zu Hause willkommen. Als das geträllerte Liedchen verklang, donnerten über die Straße von Florida hinweg die sonoren Klänge von Pablo Nerudas Stimme, dessen Atem eine poetische Hemisphäre des Südens aus wolkenverhüllten Vulkangipfeln, brausenden Strömen, Wüsten von Kupfer und Dschungeln aus Gold ins Leben rief. Hectore ließ das Messer sinken, sein Gesicht glühte vom Alkohol und vom Drogenmißbrauch, und Tränen traten ihm in die Augen. Er war Zeuge eines echten Wunders geworden, er befand sich in Gegenwart eines wahren Heiligen. Draußen, im aufziehenden Morgengrauen, krähten die Hähne von Key West. Abgemacht war abgemacht. Hectore weinte und warf die Arme um St. Cloud. Leben war gerettet worden.

Beim Verfolgen des weißen Cowboyhuts durch die kostümierte Menschenmenge, die sich auf der Duval Street drängte, lachte Justo über den lebensrettenden Gefallen, den Bubba-Bob St. Cloud da schuldig war. Am lustigsten fand er dabei, daß ein derart mit Meersalz gesottener Kerl bei all seinem Kapitänswissen von Sternen und Gezeiten, der die schwierigsten Strömungen am Riff und die tiefsten Geheimnisse der Gründelfische kannte, von anderen Naturgesetzen keine Ahnung hatte, nichts wußte von abstrakten und unsichtbaren Energien. Dieser erfahrene, weitgereiste Mann, der alle Unternehmungen verachtete, die nicht darin bestanden, seinen Lebensunterhalt mit roher Willenskraft und starken Händen zu verdienen, der aufrecht die Fahne der Bruderschaft aller Stundenlöhner hochhielt, verstand nicht das geringste von Poesie, geschweige denn daß er von dem chilenischen Dichter je gehört hatte, dessen Worte St. Cloud in jener lange zurückliegenden Nacht aus dem knisternden Äther beschworen hatte, als er zur falschen Zeit in der richtigen Kneipe gewesen war. Nicht alle hielten St. Cloud für einen Helden, manche meinten, er habe ganz einfach eine gefährliche Show für die *marimberos* abgezogen, bei der Bubba-Bob zufällig das Leben gerettet worden war. Justo wußte es besser, er wußte, daß St. Cloud jede Nacht erst im frühen Morgengrauen vom Wreck Room nach Hause taumelte und genau der Mann war, der in der Erleuchtung seiner alkoholischen Betäubtheit zuhörte, wenn Radio Havanna mit erhebend revolutionärer Inbrunst und mit Tonbandaufnahmen der Verse des südamerikanischen Shakespeare des zwanzigsten Jahrhunderts seinen Sendebeginn einläutete. Wenn St. Cloud bei diesem Spiel nicht so auf Draht gewesen wäre, hätte Bubba-Bob wohl wirklich so geendet, wie Hectore versprochen hatte, nämlich mit dem Arschloch an eine Palme gekettet. Als Hectore an jenem schicksalhaften Morgen von Bubba-Bobs erster Lyriklektion aus dem Wreck Room ging, drohte er St. Cloud noch, falls dieser ihn beschummelt habe und sie Bubba Jonesby nicht in seinem Wohnwagen bei der Hunderennbahn fänden, könne selbst ein Neruda, der von den Toten auferstanden wäre und die hundertfünfzig Kilometer von Kuba nach Key West zu Fuß übers Wasser zurücklegte, St. Clouds Eier nicht davor schützen, zu Pulver zerstampft zu werden, während sein Leib schon zur Hölle fuhr. Justo wußte, daß Hectore nie zurückgekommen war, von den *marimberos* war keine Spur geblieben, und von Bubba Jonesby auch nicht. Nur in der nächsten Krustentiersaison wurde unter einer Wolke aus hungrig kreisenden Seemöwen eine Krabbenfalle aus dem Meer gezogen, und im Innern der von tropfendem Meeresglibber überzogenen Holzlatten hockte die größte je gefundene Steinkrabbe, deren orangefarbene Scheren fast einen halben Meter von dem radkappengroßen Körper abstanden. Zusammen mit diesem fetten Ungeheuer fand man in dem Kasten zerstückelte Knochen und die bleiche Halbkugel eines Menschenschädels. Die Gerichtsmediziner in Miami konnten die Knochen dieses eigenartigen Krabbenköders nicht identifizieren, doch der Darm des riesigen Scherentiers gab ein höchst informatives Juwel preis: einen Ring, wie man ihn zur High-School-Abschlußfeier bekam. Der Ring trug die Insignien der Key West High, das Datum war dasselbe wie das von Justos Schulabschluß. Zwei Initialen, die im Innern des zerkratzten Goldreifs eingraviert waren, ließen sich gerade noch entziffern: B.J.

»Wird bald losbrechen, der Hurrikan! Diese Parade hier ist 'n großer Fehler! Der alte Mister Finito bläst bald ein Riesenloch in die Insel!«

Justo fuhr zusammen, als ihm diese Worte von hinten aus der schiebenden Menge zugerufen wurden, und da legte sich auch schon eine Hand auf seine Schulter. Er entzog sich dem hartnäckigen Griff, drehte sich um und hatte das zahnlose Grinsen von Bonefish vor sich.

»Woher ich weiß, daß Finito kommt, fragst du?« Bonefish fuhr mit dem mageren Finger an seiner sonnenverbrannten Nase entlang und tippte sich auf die knallrote Spitze. »Dieses Gerät hier sagt mir, daß er kommt. Ich kann Mister Finito schon riechen, wenn er in Afrika aufbricht, wenn er noch nix weiter ist als 'ne winzige Bö. Kann ihn schnuppern, wie er übers warme Wasser kommt. All die Leute, die hier auf Parade sind, die kennen Mister Finito nicht so, wie ich ihn kenne, die wissen nicht, daß er da draußen lauert. Finito legt keinen Feiertag ein an Halloween, der führt Übles im Schilde. Diese Parade hier, sind ja alles Betrunkene, die machen einen Fehler, sie machen einen tödlichen Fehler. Laß dir's von 'nem müden alten Fischer gesagt sein, der weiß, was er redet!«

Justo verlor Bubba-Bobs Cowboyhut aus den Augen, der in der Menschenmenge davontrieb, während Bonefish mit seinem Weltuntergangssprüchlein gegen die Messingmusik einer Negerband von den Bahamas anbrüllte, die als Kolonne in schneidigen weißen Uniformen vorbeimarschierte.

»Hey, brauchst du 'ne Klimaanlage? Ich hab gleich zwei!«

Justo antwortete nicht, sondern schob sich weg von Bonefish weiter in die Menge.

»Und weißt du, was ich noch hab, außer den Klimaanlagen?« Bonefish schob die Hände in die ausgebeulten Jackentaschen. »Hab mir ein paar Alligatorbirnen eingesteckt!« Er hielt zwei der knorrigen, runden grünen Früchte in die Höhe. »Diese Avocados, die können einen retten. Nachdem Mister Finito vorbeigerast ist, wird's nix mehr geben außer Alligatorbirnen! Komm schon, Kumpel! Finito braust heute nacht hier durch. Da gehst du alle, wenn du nichts zu fressen hast.«

Ein Keil aus tanzenden Kürbissen in Menschengröße versperrte Justo den Weg. Er hatte Angst, er könnte Bubba-Bobs hüpfenden Cowboyhut völlig aus dem Auge verlieren. Deshalb stieß er zwei der Tanzkürbisse zu Boden, die ihm keinen Platz machen wollten, kam aber nur knapp zehn Meter weit, ehe er erneut aufgehalten wurde. Eine etwas ältere Frau in einem Wonder-Woman-Kostüm mit Augenmaske stand vor ihm und schwenkte einen langen Stab, an dessen Spitze ein zackiger Blechstern angenagelt war.

»Sind Sie 'n echter Bulle oder was?« wollte Wonder Woman wissen und piekte Justo mit dem scharfen Stern ins Gesicht.

»Ja, ein echter.« Justo packte wütend den Sternenstab. »Aus dem Weg!«

»Sicher keiner von diesen schwulen Bimbos? Die Stadt ist ja voll von Discotransvestiten und schwulen Bimbos. Läßt sich kaum noch sagen, wer hier wen aufreißt. Hab meinem Mann gleich gesagt, er soll mich nicht herbringen. Gegen den Karneval von New Orleans ist das hier ja das letzte, ein ganz fetter Blindgänger.«

»Dann gehen Sie doch zurück nach New Orleans, aber machen Sie mir jetzt Platz!«

Wonder Woman trat trotzig vor und blähte ihr Bettlakencape mit ausgestreckten Armen vor ihm auf, was ihm den Blick auf ihren recht ansehnlichen Körper in einem hautengen Trikot aus rot-weiß-blauem Sternenbannerstoff gewährte. »Mein Mann ist Präsident Lincoln, da drüben steht er und quatscht mit der Palme da. Der Typ mit dem falschen grauen Bart und dem schwarzen Zylinder. Er ist gut eins neunzig groß, aber was ihm fehlt, das ist der lange magische Zauberstab, der Abe Lincoln zwischen den Beinen hing. Ich meine, der hat da gar nichts. Genau wie die ganze Stadt hier, ein ganz fetter Blindgänger. Verstehn Sie?«

»Nein, und es ist mir auch egal.« Wenn dieses flotte Mütterchen nicht Grips genug hatte, ihm Platz zu machen, dann würde er sich bald nicht mehr beherrschen können. Über ihrem ausgebreiteten Cape sah er Bubba-Bobs weißen Cowboyhut. Er überquerte gerade die Duval Street vor neun marschierenden Männern, die als Sägeblätter verkleidet waren und ein Banner mit der Aufschrift DIE KETTENSÄGERMUSIKANTEN AUS MIAMI trugen.

»Wenn Sie 'n echter Bulle sind, dann tun Sie mir einen Gefallen.« Wonder Woman lächelte gepreßt unter ihrer Maske. »Rufen Sie mir ein Taxi. Bin hier vor zwei Tagen eingeflogen, und jetzt fliege ich eben wieder ab.« Sie richtete das gepreßte Lächeln auf Abraham Lincoln und einen jungen Mann, der bis auf einen knappen Tarzanlendenschurz völlig nackt war und einen Kranz aus gewundenen Palmwedeln auf dem Kopf trug. »Abe kann ja hierbleiben und diese Dattelpalme da heiraten, mit der er sich seit einer Stunde verplaudert. Wenn er denkt, daß ich mir das noch lange mit ansehe, dann spinnt er. Wonder Woman wird sicher nicht herumsitzen und darauf warten, daß die Emanzipation der Geschlechter ausgerufen wird, nicht solange es noch Düsenflugzeuge gibt. Hey, was soll denn das? Sie sind ja wirklich ein Bulle!« Ihre Worte wurden vom Pfeifen des Funkgeräts an Justos Gürtel übertönt; die Zentrale meldete einen Einbruch fünf Blocks weiter südlich, ein Beamter war bereits am Tatort und forderte dringend Verstärkung an.

Justo wußte, daß es praktisch unmöglich war, mit einem Streifenwagen durch die Menge der kostümierten Umzugsgäste zu kommen, und das bedeutete, daß er selbst der Polizist war, der dem Tatort am nächsten war. Er wußte auch, wer der Beamte war, der da fünf Blocks weiter um Verstärkung bat. Er rannte los.

Wonder Woman juchzte vor Aufregung, sie fuchtelte mit ihrem Sternenstab durch die Luft, als hätte sie sich in die gute Fee aus dem Westen verwandelt, die jetzt der verwirrten Dorothy ihren Segen für den Weg nach Oz erteilte.

Justo entfernte sich von der Menge, spurtete durch eine kleine Seitenstraße und kam auf der Whitehead Street heraus. In der Ferne erhob sich die Silhouette des Leuchtturms, der nach dem Hurrikan von 1840 gebaut worden war, hoch ragte der Ziegelklotz über die Baracken der Zigarrenmacher hinaus. Das strahlende Laternenauge des Leuchtturms war schon eine Generation lang dunkel, es wies keinem Schiff mehr den Weg. Aber für Justo war der Turm ein Wegweiser; kurz davor bog er ab und blieb stehen, weil er den Lärm einer Alarmanlage hörte, die im Innern eines im Laufe von Hunderten von Sommern verwitterten Holzschuppens schrillte. Die kaum noch lesbaren Buchstaben auf dem uralten Blechschild über dem Eingang der Bude hatten sich seit Justos Kindheit nicht verändert: A. GARCIA & SÖHNE ★ ESPRESSOS ★ BOLLOS ★ KUBANISCHE SANDWICHES. Es war immer noch Justos Lieblingsladen, wenn er einen guten, starken Kaffee wollte. Unter dem Schild ging ein Beamter der Polizei von Key West hektisch auf und ab, der junge Südstaatler, dessen Meckerei Justo diese Fußstreife in der Nacht von Halloween zu verdanken hatte. Eine Hand des unerfahrenen Polizisten zappelte nervös am Halfter seiner Achtunddreißiger, die andere hielt eine Taschenlampe, deren wild umherschweifender Lichtkegel mit grellem Schein in Justos Gesicht landete.

»Verdammt, wieso brauchst du denn so lange?« nölte der junge Mann in seinem kehligen Akzent. »Seit zwanzig Minuten fordere ich hier Hilfe an.«

»Mach das Licht aus!«

Die Lampe ging aus.

Justo trat vor. »Was ist los hier?«

»Einbruch«, zischte Rod. »Von hier ist nichts zu sehen, sie müssen ein Fenster auf der Rückseite eingedrückt haben. Aber sie sind sicher noch drin, hinter dem Laden steht der Kaktus so dicht, daß nicht mal ein Affe drüberkäme. Sie müssen auf jeden Fall vorne raus.« Er riß die Waffe aus dem Halfter. »Ich werde hintenrum gehen, klemme die Alarmanlage ab und scheuche sie dann auch gleich raus.«

»Nein.« Justo zog seinen Revolver ebenfalls. »Wir gehen zusammen rein, falls es eine Überraschung gibt. Wenn sie ausbrechen und wir sie verlieren, Pech gehabt, aber so ist es jedenfalls sicherer.«

»Jämmerliche Taktik, aber bitte, du bist der ranghöhere von uns.« Rod huschte an der Seite des Ladens in die Dunkelheit davon.

Justo wartete, bis der Strom abgeklemmt war und die Alarmanlage verstummte. Aus der Ferne drang gedämpfter Lärm von der Parade herüber. Er bemerkte, daß die Häuser rings um die Baracke dunkel und verrammelt waren. Tief gebückt ging er vorsichtig an der Wand des Ladens entlang. Er hörte, wie Rod das Schloß der Hintertür aufsprengte und hineintrampelte, ohne auf ihn zu warten. Von der anderen Seite des vergitterten Fensters, vor dem Justo stand, ließ Rod seine Taschenlampe grell aufflammen, was Justo zur perfekten Zielscheibe machte. Er ließ sich sofort zu Boden fallen und robbte auf dem Bauch nach vorn; der Lauf seines Revolvers wies ihm den Weg, als er durch die Hintertür huschte. Wieder erfaßte ihn Rods Taschenlampe und strich über seinen Körper.

»Mach doch das verdammte Licht aus!« flüsterte Justo.

Die Lampe ging aus, und Rod rutschte an Justo heran. »Wollte bloß sichergehen, daß du's bist.«

»Wen hast du denn erwartet? Du hast mich jetzt schon zum drittenmal angestrahlt wie beim Rehejagen!«

»Schhh!« Rod legte Justo eine Hand auf die Schulter. »Da ist es wieder, hörst du's?«

Justo hörte gar nichts, seine Ohren waren mit vierzig nicht mehr das, was sie einmal waren; zu viele Revolver waren direkt neben ihm losgegangen. Manchmal verstand er Rosella nicht, wenn sie ihm etwas Zärtliches ins Ohr raunte. Aber er wollte diesen Südstaatenarsch, der ihm da seinen Mundgeruch ins Gesicht keuchte, nicht merken lassen, daß er schwerhörig war. »Klar hör ich das.«

»Kommt von irgendwo da vorne bei der Espressomaschine. Ich dachte schon beim Reinkommen, ich hätte was gehört, hab gleich hingeleuchtet, aber nichts gesehen.«

»Vielleicht versteckt sich jemand hinter der Theke.«

»Los, wir überrumpeln sie!«

»Nein, warte. Könnte ja bloß ein Kind sein oder so, finden wir das doch erst mal raus.«

»Und wenn der Kleine nun bewaffnet ist? Das Risiko können wir nicht eingehen.« Rod blies ihm seinen Atem ins Gesicht.

»Doch, wir riskieren's. Wenn sie losknallen wollten, hätten sie es schon getan, als du durch die Tür gekracht bist.«

»Ich finde, wir sollten nicht noch auf Verstärkung warten, sondern sie voll angreifen.«

»Nein, verdammt!« Justo hatte Mühe, seine Wut zu beherrschen. Er hatte sich schon viele Arten zu sterben vorgestellt, aber in der Nacht von Halloween in einer kubanischen Imbißbude erschossen zu werden gehörte nicht dazu. »Ich sagte, wir warten!«

»Ich will hier nicht ewig auf dem Bauch rumliegen. Wer weiß, ob wir in einer Nacht wie heute überhaupt Verstärkung kriegen?«

»Na gut, dann rutsch du rüber zur Wand, damit wir nicht beide Zielscheibe sind, wenn ich ihnen was rüberbrülle.«

»Klingt schon besser.« Rod stupste Justo mit dem Ende seines Revolverlaufs in die Rippen und robbte davon.

Justo wartete, bis sein nervöser Atem ruhig war, dann schrie er: »Polizei! Werfen Sie die Waffen weg, und stehen Sie mit erhobenen Händen auf! Es wird Ihnen nichts geschehen!«

Alles schwieg am anderen Ende des dunklen Ganges. In der Stille kam jetzt Justos schwerer Atem wieder, das Blut pochte ihm in den Trommelfellen. Er beschloß, ruhig sitzenzubleiben; die Zeit war auf ihrer Seite, die Zeit ist immer mit dem Verfolger verbündet. Hinter der Theke im Vorderteil des Ladens ertönte ein Rascheln, und dann hörte Justo nur noch die fünf Schüsse aus Rods Revolver, die zu einem einzigen ohrenbetäubenden Donnern zusammenfielen.

Rods Taschenlampe ging klickend an, strahlte den dunklen Gang entlang und erfaßte die hölzerne Theke, die von den Einschüssen ganz zersplittert war. Der Strahl fuhr hinauf und erhellte die schimmernden Chromarmaturen einer uralten Espressomaschine. Über dem Gerät standen Dosen mit Kondensmilch in einem Regal, zwei davon waren zerschossen, die Wand dahinter zeigte weiße Flecken. Das Licht ging wieder aus.

»Justo?« Rods heiseres Flüstern kam durch die Finsternis vom anderen Ende des Raums. »Glaubst du, ich hab sie erwischt?«

»Warum zum Teufel hast du überhaupt geschossen?«

»Hab gehört, wie sie auf uns losgehen wollten.«

»Ich sagte dir doch, du sollst abwarten.« Justo machte die eigene Taschenlampe an und richtete den Strahl auf die Theke.

Jetzt ging auch Rods Lampe wieder an, ihr Strahl kreuzte den ersten. »Sieht aus, als wenn ich was getroffen hätte, was? Aber es ist nirgends Blut zu sehen, bloß Milch.«

Vorsichtig erhob sich Justo, die Lampe und seine Achtunddreißiger weiter auf die Theke gerichtet. »Geh mal nachsehen, was du erwischt hast. Ich geb dir Deckung.«

Rods massige Gestalt kam auf der anderen Seite schattenhaft in Sicht, er ging in der Mitte des Ganges entlang, so daß Justos Lichtstrahl seinen Rücken erfaßte.

Justo knurrte ungeduldig etwas vor sich hin. Schon wieder beging der Kerl eine Dummheit. Falls tatsächlich jemand hinter der Theke hochkam und das Feuer eröffnete, stand Rod genau in der Schußlinie.

Rod blieb stehen und lugte über die von Kugeln durchlöcherte Theke, wobei er seine Waffe schußbereit hielt. »Also, da leck mich doch der Teufel am Arsch!«

»Was ist denn?« Rasch ging Justo den Gang nach vorn. Vielleicht hatte Rod einen Jungen bei dem Versuch erschossen, die Zigarrenkiste mit Geld zu stehlen, die der alte García dort versteckte. Justo schob Rod beiseite, beugte sich über die Theke und leuchtete mit der Lampe dahinter. In einer Pfütze aus Milch, die aus den zerschossenen Büchsen auf dem Regal tropfte, saß der größte kubanische Totenkopfkäfer, den Justo je zu Gesicht bekommen hatte, fett wie eine Ratte und mit irritiert bebenden Fühlern. Irisierende Augen schillerten auf dem ehrwürdigen Kopf, und unter seinen vielen Beinen, die durch den sahnigen Brei tappten, war ein dünner Draht zu sehen; das eine Ende des Drahtes führte zu einer Alarmglocke an der Wand, das andere zu einer mit Geld vollgestopften Zigarrenkiste unter der Theke. Beim Plündern einer Zuckertüte neben der Zigarrenkiste hatte das Insekt den Alarm ausgelöst. »Gratuliere!« Justo leuchtete mit der Lampe in Rods verdattertes Gesicht. »Hättest um ein Haar einen preisverdächtigen Käfer umgelegt.«

»Werd hier nicht frech, du Gartenaffe.« Er richtete seinen Revolver nach unten und feuerte, was ein faustgroßes Loch in den Boden riß und den Käfer vernichtete.

Durch den ohrenzerfetzenden Hall des Schusses brüllte Justo: »Wie hast du mich eben genannt?«

»Hast mich schon verstanden«, brüllte Rod zurück.

Justo war sich klar, wie dicht Rods große Gestalt vor ihm stand, und daß sie beide etwa gleich groß waren, eine schwarze und eine weiße Version, die einander anfunkelten. Er fühlte die Muskeln in seinem rechten Arm zucken, er stand kurz davor, Rod den metallenen Schaft der Taschenlampe in das hitzepicklige Gesicht zu schmettern. Er zögerte. Er spürte, wie in seinem Bauch ein schmerzendes Loch aufging, ein Loch so wie das, das die eben in den Fußboden geschossene Kugel gerissen hatte. Überwältigender Zorn wallte aus dem Loch heraus, und er wußte, daß er Rod umbringen würde. Er mußte sein Gehirn einsetzen, ehe es zu spät war. Er wirbelte herum und ging den dunklen Gang entlang, zur Tür hinaus, weg von seinem wütenden Instinkt, und blieb erst stehen, als er sich vor dem Leuchtturm befand. Zitternd stand er vor dem Turm, der nicht mehr verirrten Seefahrern heimleuchtete, aber immer noch der markanteste Punkt über dem Viertel mit den bescheidenen kleinen Hütten war, der Gegend, in der auch Tante Oris wohnte und wo in kleinen Gärten mit tropischen Obstbäumen die Hühner pickten, der Gegend, die auf alten Karten von Key West als African Town verzeichnet war. Auch heute noch hieß sie Nigger Town, Black Town, Tan Town oder auch Zuhause, je nach Hautfarbe des Sprechers. In dieser Gegend hatte es generationenlang Kirchen, Schulen und Kinos *nur für Farbige* gegeben, und es hatte dort völlig anders ausgesehen als in der fernen Welt nur wenige Blocks weiter, auf der anderen Seite der Duval Street. Wenn Justo als Junge zu Tante Oris in ihre Hütte zu Besuch gekommen war, dann kam er von jenseits der Duval, wo seine Familie wohnte, denn sie galten als Kubaner, nicht als Farbige. In jenen Tagen rief der Eismann noch auf der Straße vor Tante Oris' Hütte die Kinder zu sich. Die Männer standen plaudernd vor dem Krämerladen an der Ecke, und hinter den Lattenzäunen überwachten die Frauen alles von den Veranden herunter. Damals hatte der Scheinwerfer im Leuchtturm noch gebrannt, sein heller Strahl hatte die Insel gleichmäßig erhellt, aber Gleichheit hatte es keine gegeben. Das stete Licht hatte offenkundige Diskriminierungen, heftigen Haß und institutionalisierte Angst verblassen lassen. Jetzt war dieses Licht selbst zu einem Nichts verblaßt, doch die Wirklichkeit war für Justo trotzdem taghell erleuchtet. Wie gerne hätte er Rods weißen Kadaver in die dunkle See geschleudert, aber es gab Momente, da mußte ein Mann sein eigenes Leben über andere stellen, sich vor sich selbst retten. In solchen Momenten mußte man nach innen schauen, das leitende Licht suchen, sein Schiff abseits von allem Schaden steuern. Justo zwang sich, in die Richtung des Lärms der Duval Street zu gehen. Der Schatten der Angst füllte sich mit dem Bösen, und es mußte noch viel passieren, ehe die Hexenstunde schlug. Er mußte unbedingt St. Cloud finden, bevor für alle das Licht ausging.

21

Jeder handelt mit Imitationen, Schuldgefühle sind das Kleingeld der Narren, das hatte Evelyn St. Cloud oft gesagt. Er fragte sich, warum er sich ausgerechnet daran erinnerte, als er in der Menge stand, die einer Blechbläserband von den Bahamas zugrölte, selbst das Schwirren des Rums in seinen Adern konnte den Gedanken nicht auslöschen. Sein Hirn war die Hauptfeder einer zerlegten Uhr, er war außer sich, ein Kuckuck in einem Kakerlakenkörper, ein Skorpion in einer brennenden Palme. Sogar Bubba-Bob hatte ihn vor einer Weile nicht erkannt, aber das mochte auch daran liegen, daß er da gerade erst von seinem Barhocker aufgestanden war, um sich dem Halloween-Getümmel auf der Duval Street anzuschließen. Normalerweise ließ St. Cloud Partys auf sich zukommen. Heute aber warf er sich in eine passende Verkleidung und mischte sich unter die kreuzfidele kostümierte Menge, die durch die Straßen der Stadt wogte. Vielleicht hatte ihn Bubba-Bob auch deshalb nicht erkannt, weil er den Arm um Scarlett O'Hara gelegt hatte. Das Rüschenoberteil von Scarletts tief ausgeschnittenem Kleid legte den Blick auf volle Brüste frei, die von einem engen Mieder nach oben geschoben wurden. Beim Anblick dieser Superfrau blieb jeder Mann wie angewurzelt stehen, doch ein Flattern ihrer langen Lider über den kühlen grünen Augen verwies verwegene Säufer und fehlgeleitete Abenteurer rasch wieder in die Menge der Masken zurück. Bubba-Bob war nur deshalb nicht stehengeblieben, um ihr ebenfalls ein paar Macho-Komplimente hinüberzugackern, weil er zielstrebig auf der Suche nach St. Cloud war. Als er in seinem weißen Cowboyhut an ihnen vorbeiging, wäre Bubba-Bob nie darauf gekommen, daß der Rhett Butler, der den Arm eng um Scarletts Taille gelegt hatte, St. Cloud war. Wie beinahe jeder andere im Ort hatte Bubba-Bob St. Cloud noch nie etwas anderes tragen sehen als verbeulte Hosen, ein zerschlissenes Leinenjackett und eine schweißfleckige Seglermütze. Bubba-Bob war an Rhett und Scarlett vorbeigegangen, ohne ihnen auch nur ein wissendes Zwinkern oder einen johlenden Pfiff zukommen zu lassen, aber Bonefish blieb abrupt vor ihnen stehen. Er folgerte, dieses Paar aus dem echten alten Süden, dieser Gentleman und seine Lady müßten für das Herrschaftshaus auf ihrer Plantage wohl dringend eine Klimaanlage benötigen. Er hatte noch genügend Klimaanlagen übrig, er half gerne denen, die es brauchten, selbst wenn sie bereits reich waren.

»El Finito ist am Kommen.« Bonefish hüpfte aufgeregt vor Rhett und Scarlett von einem Bein aufs andere. »Zu Mitternacht wird er dasein.« Er hob die krumme Nase zum Himmel, die Nasenflügel blähten sich in die Nacht. »Spürt ihr, wie einem das Wetter kalt übern Rücken läuft? Drückend, dieses Wetter. So ein Wetter ist heiß und berechnend. Das will einem direkt ins Gesicht explodieren. Will einen erledigen. Vielleicht habt ihr noch 'ne Klimaanlage nötig? Oder wie wär's mit 'nem brandneuen Toaster, noch nicht mal ausgepackt? Paar Heizdecken und Autoreifen hab ich auch noch. Ihr könnt die Sachen billig haben, weil ich müder alter Fisch zu schlau bin, als daß ich versuche, vor Mister Finito wegzurennen. Wenn ihr von dieser Insel hier über die Brücken abhauen wollt, dann habt ihr Mister Finito auf den Fersen. Er jagt euch nach, und er wird euch auch kriegen.«

Lyla stupste St. Cloud an, sie wollte, daß er Bonefish wieder loswurde, weil das wirre Gerede ihr angst machte und weil er ihr mit seinem knochigen Körper zu nahe kam.

Bonefish griff in seine ausgebeulten Jackentaschen und zog dunkelgrün glänzende Avocados heraus, hielt sie mit ausgestreckten Armen in die Höhe. »Nehmt euch 'n paar Alligatorbirnen!« Er öffnete den Mund zu einem gewitzten Grinsen. »Ihr braucht Fleisch zum Überleben.«

Lyla stupste St. Cloud noch heftiger, aber sie bemerkte, daß er wegen Bonefishs Gerede keineswegs beängstigt, sogar eher belustigt war. Sie wollte weggehen, aber das Geschiebe der Menge hielt sie davon ab. Zu viele seltsame Dinge waren in letzter Zeit zwischen ihr und St. Cloud geschehen. Dinge, deren Bedeutung ihr gar nicht recht klar war, kamen ihr bedrohlich nahe.

»Ich nehm eine von deinen Birnen.« St. Cloud hielt Bonefish die offene Hand hin, um eine der segnenden Früchte zu empfangen.

»Nimm zwei!« Bonefish schob ihm gleich beide Avocados hin, ganz überrascht darüber, daß endlich jemand seine Warnung über die bevorstehende Katastrophe anhörte. »Diese Alligatorbirnen, die werden euch retten.« Er wich in die Menge zurück und hob dabei einen Finger zum Himmel. »Achtet drauf, wie die Luft riecht. Kurz bevor Finito kommt, stinkt's immer nach toten Schildkröten.«

St. Cloud schob die Früchte in die fadenscheinigen Taschen seiner langen Smokingjacke. Wie ein echter Gentleman aus dem Süden nahm er einen Schluck aus dem Flachmann, einer gar nicht so kleinen Flasche, in der der Rum gluckerte. »Hey, komm zurück!« rief er Bonefish nach, dessen schmächtige Gestalt vom Strom der Masse von ihm weggetragen wurde. »Ich könnte so eine Klimaanlage gebrauchen. Hab noch nie eine gehabt, und jedes Jahr geht das von neuem los mit dem Schwitzen. Komm zurück, du!«

»Keine Zeit! Achtet auf den Schildkrötengeruch! Paßt auf euch auf!« Bonefish verschwand hinter einer Mauer aus Sekretärinnen aus Miami, die alle in rosa Schweinchenkostüme verkleidet waren und sich bemühten, näher an die muskulösen schwarzen Bandmusiker von den Bahamas heranzukommen, die lässig über die Duval Street marschierten.

St. Cloud blickte zum Nachthimmel empor. Er roch gar nichts. Und zu sehen waren nur ausladende Balkons voller fröhlicher Zuschauer, die Wasserballons, Feuerwerk und Konfettibomben hinabwarfen. Er spürte keinerlei Anzeichen von schwerem Wetter, das draußen auf dem Meer lauern mochte. Es herrschte die übliche trübe Luftfeuchtigkeit, in der alles seine Konturen verlor, ob nah oder fern, und jeder genaue Unterschied verschwamm, so daß alte Verwesung rasch und unauffällig durch neu Entstandenes ersetzt werden konnte. Keine toten Schildkröten prasselten vom Himmel herab, Chaos richteten einstweilen nur die kostümierten Trunkenbolde an. St. Cloud grinste, Bonefish war vermutlich der einzige im ganzen Ort, der keine Imitationen zu verhökern versuchte. Bonefish wollte überhaupt nichts verkaufen, er gab sich nur Mühe, es zu verschenken. Mit einem hatte er ja völlig recht: Früher oder später würde Mister Finito, von dem er immer sprach, mit aller Macht aus Afrika herüberpfeifen und die Insel auf den kleinsten gemeinsamen Nenner organischer Währung reduzieren, die natürliche Ordnung wiederherstellen. Dann gäbe es keine phantastischen Feste mehr, nur noch die Muscheln würden in den Rotalgen rauschen, die Seekühe in den Mangroven muhen und die Flamingos am wolkenlosen Himmel über eine Insel ziehen, die von sämtlichem Handel und Wandel gesäubert war, abgesehen davon, daß Eidechsen und Sumpfwaldsänger fabelhaft köstliche Feuerameisen unter sich aufteilten. So etwas hoffte St. Cloud zu sehen, doch wenn das Ende kam, würde es wohl niemand überleben, der später erzählen konnte, was passierte, wenn die heiße Luftmasse mit einer Geschwindigkeit von neunzig Metern pro Sekunde westwärts raste und die Stadt niederwalzte. Niemand, vielleicht mit Ausnahme von Bonefish, würde das überleben, und er hätte dann ganz bestimmt keinen Bedarf an Menschen, ihn würden keine Schuldgefühle plagen. Übrig bleiben würden nur, in der schlichten Perfektion einer Perlenkette, die Inseln von den Dry Tortugas weit draußen bis zu Key Biscayne kurz vor Miami, so nackt wie an dem Tag, als sie Ponce de León im Frühjahr 1513 sichtete, in der Zeitlosigkeit treibend, genau dort, wo St. Cloud sein wollte, auf jungfräulichem Land zusammen mit Lyla. Man muß ein Narr sein, um wie närrisch zu lieben. Nach dem Hurrikan konnte St. Cloud dann unter dem Felsen der Selbstverachtung hervorkommen und auf das Licht an der Oberfläche zuschwimmen, wo Lyla winkte. Die Versuchung hatte Auftrieb, St. Cloud war bereit, das Katzengold seiner Narrheit einzulösen, alle Verzweiflung über sein gescheitertes Leben zu vergessen, um eine neue Niederlage zu riskieren. Er stand im Zweikampf um Lyla mit dem allgegenwärtigen Schatten MKs, doch sein Hauptgegner war Lyla selbst. Sie besaß den Instinkt der Jugend, ihre Freiheit zu behalten, dieser Instinkt war sein schlimmster Feind. Um seine eigene Erlösung zu schaffen, mußte er Lylas Unabhängigkeit vernichten. Ihre makellose weibliche Ganzheit drohte er nun zu beflecken. In den meergrünen Tiefen ihrer Augen spiegelten sich die wahren Einsätze des Spiels. Der Kampf ging darum, ihr Vertrauen zu gewinnen, um ihre Seele zu beherrschen. Lyla hatte nicht vor, sich kampflos zu ergeben, ihr Instinkt, die Freiheit zu bewahren, war eine straff gespannte Schnur, die womöglich kein Mann je zertrennen konnte. Egal wie verwickelt und unberechtigt St. Clouds Streben nach Lyla sein mochte, so war er doch gezwungen, es weiterzuführen, bis sie für immer verbunden oder für immer getrennt waren. Wie jeder intelligente Mann im Kampf gegen die betörenden Waffen der Weiblichkeit, die mit intuitiver Macht geführt werden, begriff er, daß er von beiden Kämpfern der schwächere sein mußte, doch er war entschlossen, am Ende zu siegen, und er war sich nicht einmal zu gut, niedrige Tricks zum

Erreichen seiner erhabenen männlichen Absichten einzusetzen. Eifrig nutzte er jede Gelegenheit, seine Schwäche hervorzuheben und zu demonstrieren, daß er der weniger Starke von beiden war, warf sich nieder auf die Schwelle des Selbstmitleids, erniedrigte sich, um an die mütterlichen Instinkte seiner Gegnerin zu appellieren, die darin bestanden, die Schwächeren ihrer Spezies zu nähren. Als dieser durchsichtige Trick nicht ausreichte, machte er sich auf die Suche nach einem anderen Arsenal, mit dem sie niemals rechnen würde und bei dem man Geister, Gespenster und geheiligte Namen aus weißer wie Schwarzer Magie zu Hilfe rief. Aus diesem Grunde hatte er sich einige Monate zuvor von Justo dessen Tante Oris vorstellen lassen.

Justo hatte St. Cloud zu seiner Tante Oris mitgenommen, nicht weil er glaubte, dieser Mann verzehre sich nur in verzweifelter Leidenschaft nach einer jüngeren Frau, sondern weil er der Meinung war, sie könnte St. Cloud das Leben retten. Es gab eine Menge Dinge auf der Insel, die man lieber gar nicht zu erklären versuchte, und von diesen Dingen verstand Tante Oris etwas, sie arbeitete auf beiden Straßenseiten der Spiritualität, indem sie Gottheiten aus zwei Kulturen anrief. In ihrem fast hundert Jahre alten Körper mit seinen zweigdünnen Knochen und dem winzigen Schädel, der von dunkler, aber durchscheinender Haut überspannt war, wohnte ein Geist, der weit mehr wußte, als menschliches Bemühen allein erfahren konnte. Tante Oris besaß eine vorausschauende Überlebenspraxis, der eine von Formallehren völlig unbehinderte Religiosität beiseite stand; sie speiste sich aus reinem Pragmatismus, und dies in einer nicht doktrinär regierten, sondern von der schieren Kraft des individuellen Willens beherrschten Welt. Tante Oris warf ihr Netz weit und breit aus, jung und alt auf der Insel fingen sich darin, doch ihre Fähigkeiten wurden vor Außenstehenden nie erwähnt, selbst untereinander sprachen die Eingeweihten niemals direkt davon. Die Glaubenskraft von Tante Oris mit dem eigenen Wunsch nach Sicherheit und Gesundheit zu verknüpfen bot ein mächtiges, in sich geschlossenes Band. Ihr gehorchte eine Macht, die nicht nur auf Gehorsam und Zeremoniell basierte, sondern vielmehr in der einfachsten aller Formen des Glaubens ruhte, nämlich im Vertrauen auf sich selbst und im Vertrauen darauf, aus sich selbst herauszutreten.

Tante Oris war blind, doch auch wenn sie hätte sehen können, wäre es ihr egal gewesen, daß St. Cloud ein Weißer war, Hautfarben waren ihr einerlei. Sie blickte nicht in die Menschen hinein, sondern durch die Dinge hindurch. Ihr brauchte man nichts von Kröten mit zugenageltem Maul auf dem Friedhof zu erzählen, von erhängten Ziegen mit abgehackten Ohren im Fledermausturm, und auch nichts über die bizarren Gedichte und deren unerklärlichen roten Faden zwischen ihrem Großneffen Justo und dem Fremden, den er in ihr Haus gebracht hatte. Sie mußte nicht daran erinnert werden, daß der Schatten der Angst sich rasch füllte, daß Justo tief in seiner Seele etwas viel Dunkleres erahnte als ein paar kolumbianische Kokscowboys auf den Straßen, etwas, das jederzeit losschlagen konnte. Justo brauchte ihr nicht zu erklären, warum er wollte, daß St. Cloud am Leben blieb: weil er mehr war als nur ein guter *compañero*. Er war eine begnadete Seele, die die Gabe der Zungen besaß. Diese Gabe konnte, wenn sie gelenkt wurde, auch andere berühren. Justo plante immer noch, daß sie Voltaire berührte. Er hatte Tante Oris nicht im voraus von seinem Besuch informiert. Sie wußte trotzdem immer, wann Justo auftauchte, und entzündete schon Tage vor seinem Kommen Duftkerzen für ihn am Altar der heiligen Barbara in ihrem Schlafzimmer. Sie war mehr als eine Blutsverwandte, sie war seine spirituelle Patentante, eine Beschützerin in dieser Welt und eine Begleiterin in die nächste, sie war es, die Heilige über sein Leben wachen ließ, um ihm den Weg zu weisen. Wenn er die Heiligen verriet, würde sie es bemerken. Er mußte seinen Glauben ständig beweisen, gegen die Geister aus dem Jenseits konnten nur die Gläubigen ankommen. Mit den Heiligen auf seiner Seite konnte Justo gegen Zobop kämpfen, aber damit auch St. Cloud überlebte, mußte er ihr vorher dessen Glauben beweisen. Zobop war nicht ein Wesen, sondern viele, ein magischer Verbrecher, der seine Opfer in Tiere verwandelte, ehe er sie schlachtete. Das hatte Justo von Tante Oris gelernt. Ihre Augen konnten zwar nicht mehr in die Gegenwart, aber immer noch in die Vergangenheit sehen. Sie sprach mit Justo und St. Cloud von der alten Heimat, von einer Zeit, noch bevor die Sklavenhändler kamen, von Dörfern, wo die Menschen Angst hatten, sich aus der Sicherheit ihrer Lehmhütten hervorzuwagen, weil draußen im dunklen Urwald Zobop lauerte, den niemand leugnen konnte. »Und was soll das hier?« fragte Justo Tante Oris. Er erhob sich von dem Küchenstuhl, auf dem er ihr zugehört hatte, und stellte zwischen ihre glänzend weißen Handflächen das alte Glas mit den verrosteten Angelhaken, verbogenen Münzen und krummen Nägeln, das jemand geheimnisvollerweise auf St. Clouds Schwelle deponiert hatte. Er setzte sich wieder und zwinkerte St. Cloud beruhigend zu, der keine Ahnung hatte, was überhaupt vor sich ging. Die Küche war vollgestopft mit gebündelten Kräutern und getrockneten Blumen aller erdenklichen Farben und Duftnoten, verblichene Fotografien von schwarzen Heiligen waren aus Geistheiler-Zeitschriften herausgerissen worden und verkleideten die Wände. Ein bronzenes Kruzifix auf dem Kühlschrank, an dem sich ein gekreuzigter Christus krümmte, wurde von flackernden roten Votivkerzen erhellt. In einer Ecke schimmerte die Klinge einer bedrohlich geschärften Machete. Neugierige Jugendliche beobachteten St. Cloud durch ein offenes Fenster, dahinter standen muskulöse Männer und bewachten die alte Frau, die schon länger in der kleinen Hütte wohnte, als irgend jemand zurückdenken konnte, die freigebig Schätze aus der Fundgrube des großmütigen Geistes verteilte, eine Frau, für die sie alle ihr Leben hingeben würden. Auf dem Hof gackerten die Hühner, als sich eine weiße Karibentaube auf dem violett blühenden Jakarandabaum niederließ. Tante Oris schüttelte das Glas, das Justo ihr gegeben hatte, und lauschte gespannt auf das Geklapper der Haken, Münzen und Nägel darin. Sie hob das Glas ans Ohr, neigte sich zu der runden, kühlen Form hin, als lausche sie dem Rauschen des Meeres in einer Muschelschale. Das weiße Haar fiel ihr vor das Gesicht und verhüllte das Glas. Sie spannte die Knie unter dem einfachen Baumwollkleid an, lehnte sich kräftig in ihrem Korbschaukelstuhl zurück und summte etwas, keine Melodie und keinen Choral, sondern eine ferne, ganz private Beschwörung, die langsam in Schwung kam. Der knarrende Schaukelstuhl trug ihren fast schwerelosen Körper über dem schlichten Dielenboden hin und her. Auf einmal erschien über den Köpfen der neugierigen Kinder am Fenster die Karibentaube in einem wilden Geflatter ausgebreiteter Flügel und ließ sich genau auf der Schulter von Tante Oris nieder. Ihr plötzliches Auftauchen verblüffte St. Cloud, er hatte zwar schon genügend Tauben gesehen, die im Park umherflogen und ihre weißen Kotspritzer auf so manche Statue hinabklatschen ließen, aber er war noch nie Zeuge gewesen, wie sich eine wilde Taube einem Menschen auf die Schulter setzte. Nur ganz kurz hielt das Tier auf seinem Landeplatz die Balance, dann erhob es sich auch schon wieder von Tante Oris, flatterte im Zimmer herum, ein gefangener Geist im trüben Licht der Sonne, bis es schließlich das offene Fenster fand und über die Köpfe der ungläubigen Kinder hinweg davonzog, die gleichzeitig beim abrupten Klang von Tante Oris' Stimme zusammenfuhren. Ihre lauten Worte übertönten das heftige Quietschen des Schaukelstuhls, und in diesen Worten schwang die nervöse Intensität einer jungen Braut mit, die in einer Kirche voller Fremder ewige Treue schwört. »So was Schlimmes hab ich nich' mehr gesehen seit die Tage von Mistah Roozvelt. Seit 'm Großen Wind damals, in die Tage, wo der Große Atem von O über die Insel hier drübergefegt ist. O Gottogott, da hat's die Leute aber Hals über Kopf ins nasse Grab im Ozijan geblasen. Und der wird wiederkommen, jaja, wiederkommen wird er. Das war in dem Jahr, wo's die Eisenbahn von diesem Flagler kaputtgemacht hat, und die Schwämme im Meer sind auch alle totgegangen damals. Und mein Mann, der hat so viel geweint, weil die ganzen Fische im Ozijan sind auch alle totgegangen. Und ich sag zu mein Mann, mein lieber Mann du, wird alles wieder besser werden mit der Zeit, warte du nur mal ab. Mußt nur immer zum O beten tun. O vergißt schon nicht, daß du auch Geld verdienen mußt.« Tante Oris hielt den Schaukelstuhl an, umfaßte das alte Glas mit bebenden Händen, ihre wäßrigen grauen Augen gingen direkt durch Justo hindurch, der vor ihr saß, sie runzelte besorgt die Stirn, und ihre Stimme verwandelte sich mit einem Mal zu der eines verängstigten kleinen Mädchens, das im Dunkel einer schmalen Gasse umherwirbelnde phantomhafte Schemen anruft. »O ja, Mistah Filor, der ist schlau wie die Maus, aber er ist nicht, was ihr von ihm glauben tut, daß er ist. Seht bloß mal hier rein in diese Flasche aus 'm Meer. Man könnt fast meinen, da sieht man Jesus in 'nem Gefängnis aus Glas. Könnt man doch meinen, die Nägel da, die wärn vom Jesus sein Kreuz, und die Angelhaken da, die wärn von Sankt Petrus sein Schiff auf'm See Ginazzareth, und die Münzen da, die wärn direkt aus Juwelius Zäser seine Schatzkammer. Nöö! Da habt ihr alle falsch gedacht. Das Glas hier, das ist kein Zeichen für, daß Jesus wiederkommt. Das hier ist dem Filor sein Werk, und der ist 'ne Kröte, die was auch mit zugenähte Lippen reden kann. Filor ist wie die Krabbe, und die ist besser als der Mensch, weil wenn die Krabbe ihr Häuschen im Sand bauen tut, dann hat sie von niemand Hilfe nötig. Das hier, das ist kein *Guédé ni bo*, kein Jesus, der was vom Himmel her kommt. Das ist

Ti puce lan dlo, ein kleiner Floh im Wasser drin. Das ist *Danbhalah* persönlich, und der herzt und küßt seine vielen Ichs. Müßt alle gut aufpassen, daß er keine Trommel kriegt, auf der er den Großen Wind herbeitrommeln kann. Schlangenmann *Danbhalah* hat keine Ohren. Der Herrgott hat sie ihm abgenommen, ist schon lange her, hat sie auf die Tempeltrommeln gespannt, und darum können heute nur die Priester mit *Danbhalah* reden. Manchmal geht *Danbhalah* in Verkleidung unter die Menschen und will eine falsche Trommel machen, daß er die Leute täuschen kann und daß sie denken, er ist eine Große Trommel, die was aus 'm Tempel sprechen tut. Da nimmt er sich die Ohren von 'ner Ziege für, der *Danbhalah*, daß seine Lüge wie Wahrheit klingt, und so bringt er die Menschen ab vom rechten Weg.« Tante Oris' zarter Körper sank auf dem Schaukelstuhl in sich zusammen. Das Sonnenlicht im Fenster über den silhouettenartigen Köpfen der Kinder war fast verschwunden, die Kerzen auf dem Kühlschrank flackerten schwach und warfen Schatten auf die Wände mit den geheiligten schwarzen Gesichtern. Tante Oris schloß jedoch nicht die Augen. Sie saß beinahe vollkommen regungslos da, ihr flacher Atem war kaum noch wahrnehmbar, als wäre sie in tiefen Schlaf gefallen, wenn auch mit weit geöffneten Augen, wo sie einen Traum im Sitzen träumte, während das Sonnenlicht zerschmolz. Das Gemurmel der muskulösen Männer auf dem Hof wurde leiser, hörte dann ganz auf. Wie eine Wolke ballte sich die Vorahnung in der kleinen Hütte zusammen. In einer Kokosnußschale auf einem hohen Schreibtisch zündete Justo eine Bienenwachskerze an. Tante Oris stieß ein Stöhnen hervor. Ihr Leib erbebte in einem Schauder, erneut sprudelten angstvolle Worte von ihren Lippen und ließen Justo zusammenfahren. »O mein göttlicher Reitersmann! Laß dich nicht einfangen von ihnen! Lauf, guter Mann, lauf! Bete zur Großen Trommel, schnell, bevor das Schiff untergeht!« Diese Worte schleuderte Tante Oris Justo entgegen, dabei saß sie wie gebannt auf dem vorderen Rand ihres Schaukelstuhls, streckte die zitternden Hände in das Dunkel vor, ließ sie über sein Gesicht wandern, während über ihr eigenes Gesicht die Tränen liefen. »O mein süßes Blut, meine Seele, mein mächtiger Reitersmann!« Sie krächzte die Worte in fast atemlosen Schluchzern hervor. »Laß dir nicht von Zobop sein gelbes X in die Brust schneiden! Sei nicht so dumm und trete in Zobops gelben Kreis rein!« Dann sackte Tante Oris in sich zusammen, ihr Schluchzen wurde leiser, während das besorgte Gemurmel der Muskelmänner auf dem Hof wieder einsetzte. Justo nahm neben St. Cloud Platz. Tante Oris' Baumwollkleid wirkte nur wie ein dünnes Tuch, das ihre zerbrechlichen Konturen einhüllte, ihre Unterschenkel schienen unsichtbar, ihre Schuhe keine Füße zu enthalten. Eine körperlose Stimme drang mit erschreckender Kraft von ihr, fest und direkt auf St. Cloud gerichtet. »Du da, du Pechvogel! Verhext bist du! Geboren mit dem Namen *Saint.* Nur Heilige sind heilig, die was ohne Sünde geboren sind. Später sündigen die Heiligen, wenn sie an die heilige Wahrheiten zweifeln tun. Man muß dran glauben, daß man heilig ist. Die Zweifel alle ausrotten. Aber über dir, da seh ich Zweifel, die tun sich zusammenbraun wie Regenwolken. Und ich seh Pfeile in deinem Herzen, die sind von der Königin Erzulie, der Herrin des Wassers. Du hast tiefes Wasser im Hirn. Erzulie tut dich ertränken in ihrem Sumpf aus Küssen. Die Königin, die lacht dich aus, weil du bist ja doch kein Heiliger. Ihre Küsse sind feucht, aber ihr Herz, das ist trocken. Weil du zweifeln tust, will dich Erzulie ertränken. Und Zobop, der wird dir sein gelbes X aufmalen, wenn du nicht endlich aufwachen tust. Glauben mußt du. Hier, tu dir das ummachen, Junge!« Tante Oris fuhr mit der Hand in die Falten ihres Kleides. St. Cloud konnte nicht sehen, was sie dort tat. In dem schwachen Licht kam ihre Handbewegung dann sehr überraschend, als sie ihm einen Gegenstand zuwarf. Er traf ihn an der Wange und fiel zu Boden. »Mach dir den Zauber um!« drängte ihn Tante Oris. »Häng dir den Zauber um den Hals, daß dich Zobop nicht in seine Schlinge kriegen tut.« St. Cloud tastete auf dem Boden nach dem Gegenstand. Seine Finger erspürten einen gabelförmigen Knochen an einer geflochtenen Schnur, in den Vertiefungen haftete noch ein wenig getrocknetes Geflügelfleisch. »Der Zauber da tut dich beschützen, ist so gut wie dem Justo sein Glücksknochen, bloß aus Gold ist er nicht. Justo glaubt, wenn er Gold anfassen tut, dann spüren es die Loa-Götter besser, daß er sie ruft. Du mußt den Knochen anfassen und dran glauben. Und trotzdem hören die Loa-Götter deinen Ruf vielleicht gar nicht.« In der Dunkelheit hängte sich St. Cloud den Knochenzauber um den Hals. Nach einer Weile hörte er wieder das Quietschen von Tante Oris' Schaukelstuhl. Sie gurrte wie eine zufriedene Taube. »Schon besser so! Jetzt tust du nicht mehr so viel zweifeln. Glaubst mir wohl, was ich dir von der Königin erzählt hab. Hast keine Erzulie abgekriegt wie ein richtiger Heiliger. Die will was Besondres von dir. Aber keine Gebete und Kerzen. Auch nicht Geld und duftende Parfüms. Sie ist wie Meer, die Perle aus 'm Ozijan. Dem Fisch seine Perle ist sein Auge. Der Schildkröte ihre Perle sind ihre Flossen. Einem Oktopus seine Perle ist sein Leib. Mußt der Königin besondre Sachen zu essen geben, wenn du die Reise machen willst nach *Zilet en bas dlo*, zu der Insel tief unten im Meer. Da mußt du hingehn, wo die Seelen ohne Augen leben tun. Da mußt du hingehen, wenn du doch 'n Heiliger bist.«

Tante Oris instruierte St. Cloud in Verschlagenheit und Überlebenstricks, was sogar Justo überraschte, der St. Cloud hergebracht hatte, damit er Schutz fände vor einem Bösen, das auf uralten Regeln und pervertierten Ritualen beruhte. St. Cloud verließ Tante Oris nicht als Bekehrter, sondern mit einem Rezept dafür in der Tasche, seine persönliche Erzulie auf die abgelegenste Weise einzufangen. Er war entschlossen, die Tür zu Lylas gutem Willen aufzuschließen, sich auf jede beliebige Weise in ihr jugendliches Herz einzuschleichen. Tante Oris gab ihm zwar nicht den Schlüssel zu Lylas Tür, aber sie gab ihm den Schlüssel zu einem Meer aus grünem Bananenchutney und süßem Schaumgebäck aus Yam. Wenn eine Frau einen Mann fragt, ob er sie liebt, erwartet sie darauf keine Antwort, sondern sie will tätige Bestätigung. Wenn ein Mann für eine Frau kocht, so bereitet er damit keine Mahlzeit für ihren Bauch, sondern er entblättert die Seele seines männlichen Mysteriums. Wenn es etwas gibt, was den meisten Frauen gemeinsam ist, dann ist es das: Wenn sie lange genug darüber nachdenken, werden sie immer einen Mann mit Substanz einem geheimnisvollen vorziehen. Ein kluger Mann entledigt sich allen Geheimnisses, weil er weiß, daß in Angelegenheiten des Verkehrs mit dem anderen Geschlecht das vorhersagbare tägliche Brot meist die Oberhand über den Salat aus versprochener Zukunft gewinnt. Dies war also St. Clouds neues Credo, seine Geheimwaffe im Duell um Lyla. Er wurde dabei mehr als nur einfach ein Koch, auch kein Küchenchef von kulinarisch exemplarischer Kühnheit, denn hier war Lyla selbst unübertrefflich; statt dessen rührte er einen Sturm von leidenschaftlicher Liebe auf, wobei er für seine gute Sache auch Kräuterextrakte und Wurzelessenzen einsetzte. Mit Eisenkraut wurde die Geliebte gelockt, mit Rosmarin die Hingabe angespornt, sobald die Liebe erst ins Bett gelockt war, eine Prise zermahlenen Korallenkalks sorgte dafür, daß die Zeit im Bett mit der Geliebten harmonisch und anhaltend war, es gab Passionsblume zum Durchsetzen der Liebe mit Leidenschaft, Senfkörner, um schöne Kinder hervorzubringen, schwarze Schlangenwurz, um das Herz der Geliebten zu erweichen, Basilikum, um ihren Körper geschmeidig zu erhalten, und Orangenblüten, damit die Geheimnisse der Liebe am Morgen immer unter dem Kopfkissen bewahrt blieben. All diese Elemente gingen in die Parade aus Gerichten ein, die St. Cloud allabendlich für Lyla zubereitete, ein exotischer, stetig sich wandelnder Speiseplan mit karibischen und westindischen Ursprüngen, die noch weiter zurück bis nach Afrika reichten, von Tante Oris' Lippen direkt an St. Clouds Ohr. Er durchstreifte die kubanischen *botánicas* auf der Suche nach schwer erhältlichen Substanzen von ebenso natürlicher wie fragwürdiger Herkunft. Er fand sich jeden Morgen an den offenen Ständen der beiden Grünwarenhändler der Insel ein und ging zwischen den Haufen von Tangerinen, Tangelos und Tamarinden umher. Am Nachmittag suchte er die Ankerplätze der Charterboote heim, in der Hoffnung, irgendein ahnungsloser Angler aus dem Mittelwesten könnte aus der Tiefe des Meeres einen häßlichen Fisch voller Stachelschuppen und mit klebrigen Eierpaketen im Bauch heraufgekurbelt haben, den er in Kaffernkornmehl und zusammen mit glitschigen Haifischflossen braten konnte, um das geruchsintensive Ergebnis mitten in Lylas Seele hineinschwimmen zu lassen. Wenn sie in seinem kleinen Häuschen am Ende der Catholic Lane aßen, brannte immer eine zauberkräftige Lampe zwischen ihnen. Sie bestand aus einer halben Kokosschale, gefüllt mit kristallisiertem Ahornsirup und einer Likörmelasse; unter diesem Kleister steckte ein schwarzer Magnet, und darin stand eine einzelne Bienenwachskerze, genau wie die, die in jener langen Nacht auf dem alten Schreibtisch brannte, als St. Cloud von Tante Oris alles über List und Tücke der Erzulie erzählt bekam, als sie ihn darin unterrichtete, wie ein einfacher Sterblicher sich schützen konnte, wenn er auf der gefahrvollen See dieser Königin die Segel setzte.

Lyla wußte sich St. Clouds plötzlichen Hang zur Häuslichkeit und den wahren Regen von köstlichen Leckereien nicht zu erklären. Er kochte den ganzen Tag in der Küche eines winzigen Hauses, in dem man sich vorkam wie im Innern einer etwas zu großen Zigarrenkiste, die jahrhundertealten Zypressenwände waren von Termitenkanälen durchzogen, und es stank nach feuchter Erde und brodelndem Gemüse. Etwas von St. Clouds neu angelegtem Mantel aus unverhülltem Wahnwitz aber wirkte auf sie. Seine Possen schienen noch verspielter als die ihres hektischen jungen Mopses, der in der Küche endlos seinem Stummelschwanz nachjagte, während St. Cloud Dinge in die qualmenden schwarzen Kessel auf dem Ofen warf, die nur Gott allein kannte. Lyla fragte ihn, warum er in jeder Ecke dieses Brutkastens von einem Haus Kerzen mit Jasminduft brennen ließ. Er lachte darauf und erklärte, er habe sie mit einem Liebeszauber behext, und wenn sie nicht brav sei, werde er ihren Hund auch noch verzaubern. Sie wollte wissen, warum er nie das Halsband mit dem Hühnerknochen abnahm. Die Spitzen des spröden Gabelbeins waren abgebrochen, der Glücksbringer war nur irgendein verkalktes Dings, und doch trug er es sogar noch beim Duschen. Er antwortete ihr todernst, wenn er den Knochen abnehme, würde seine gute Fee davonfliegen. Sie fragte, warum er einen gespaltenen Mondstein unter dem Bett aufbewahre. Er erklärte, das liege daran, daß man Schlangen nicht nur mit dem Duft allein fangen könne. Allmählich begriff Lyla, wie weit St. Cloud gegangen war, um sie von sich selbst wegzulocken. Es war für sie sehr reizvoll, daß er sich so bereitwillig etwas überließ, das größer war als alles, was er kannte. Darin lag das Seltsame an ihm. Sie stellte ihm eine Frage, die ihr noch nie in den Kopf gekommen war, eine Frage, die sie noch keinem Mann je gestellt hatte. Sobald sie gestellt war, wußte sie auch, warum sie es nie getan hatte.

Lyla fragte St. Cloud, ob er sie liebe. Er schwieg und drehte sich zu der Maschendrahttür um, sah hinaus in seinen Garten und zu den senegalesischen Kalebassenkürbissen, mexikanischen Yambohnen, den Bermudazwiebeln und dem jamaikanischen Geißblatt, das sich am Stamm eines Papayabaums emporringelte. Auf der Außenseite der Tür saß ein Chamäleon, die Klauen in den Maschendraht verankert, der Schwanz wischte über das Metall. In der Kehle der Eidechse pulsierte eine rote Hautblase im gleichen langsamen Takt des Herzschlags, der den grünen Körper beben ließ. »Ich gebe dir ein Stück von meinem Herzen«, hörte sich Lyla nur so in den vagen Raum der dampfigen Küche sagen. »Ich will aber nicht dein Herz, ich will deine Seele«, erwiderte St. Cloud und rührte dabei mit einem Holzlöffel in einer Schüssel voller Erdbeerspeise. »Ich will ganz in dich hinein, bis zu dem, was du vor mir verbirgst. Ich will tief hinabtauchen und es mir holen.« Das war das Seltsame, von dem sich Lyla so verwirrt fühlte. »Warum ich?« St. Cloud kostete etwas von der Erdbeerkaltschale mit der hölzernen Kelle. »Weil ich weiß, wie deine Seele aussehen wird.« »Was?« »Die stille Meeresfläche vor den Mangrovensümpfen an einem hellen Nachmittag. Durch die Stille wird deine Seele herausbrechen, der wirbelnde hohe Bogen eines silbernen Tarpuns, der in purem Sauerstoff aufblitzt und sich aus der Tiefe freischnellt. Ich will dieses silberne Blitzen.« Lyla kam auf den Holzlöffel zu, den er ihr hinhielt, und schlürfte die Obstsuppe. Mit Erdbeersamen auf den Lippen widersprach sie ihm. »Du willst nichts weiter, als mich einfangen und dann verschlingen.« St. Cloud legte die Arme um sie und zog ihren Körper an sich, ein schwerer Duft nach Erdbeeren lag auf ihrer beider Lippen. »Nein, ich will diesen Tarpun nicht fangen, um ihn zu braten und aufzuessen. Ich will seinen silbrigen Leib mit der Zunge streicheln, seine feuchte Wirkung spüren.« Das Chamäleon verschwand von dem Maschendraht, hechtete rücklings in den Garten, einem surrenden Käfer hinterher. Der kleine Mops winselte an Lylas nackten Füßen, was sie aß, wollte auch er haben. St. Cloud umfaßte Lylas geschmeidige Taille; falls sie gleich durch die grelle Wasseroberfläche brechen würde, wollte er bei ihr sein. Sie stöhnte leise, weder lustvoll noch entnervt: »Du bist so seltsam.« Das Hündchen stöhnte auch, vor hungriger Gier. Gedämpfte, dumpfe Trommelklänge wurden von einem heißen Wind vom Friedhof einen Block weiter in die Küche hineingetragen und kündeten von der Begräbnisprozession eines wohlhabenden schwarzen Mitbürgers von der anderen Seite der Duval Street. St. Cloud schob eine Hand unter Lylas Kinn und hob ihr Gesicht zu sich hinauf: »Komm... nach oben, aus dir... heraus, dorthin, wo ich bin. Wirst es nicht bedauern. Vertrau... mir.« Lylas Augen schimmerten jadegrün, Leopardenaugen, die über ein schmelzendes Eisfeld wanderten, keine Fußspuren blieben zurück auf den blendenden Kristallen, da war nur tierischer Magnetismus und seine unwiderstehliche Sogkraft. »O Mann«, seufzte St. Cloud, »das grüne Leuchten.« Die Erdbeerblüte ihrer Lippen berührte die Spitze seines Herzens. »Bist du da? Komm näher.« Sie zog sich aus, verlieh dem, was sie war, den vollen Schmuck, jedes abgelegte Kleidungsstück entblößte ein manifest werdendes Muster aus Haut, den silbernen Schatten, der über das straffe weiße Laken huschte, eine seidige Erfindung von solcher Reinheit, daß die Geschwindigkeit ihrer Absicht unkontrollierbare Wucht bekam. Seine

Hände fuhren über ihren nackten Rücken, die Finger breiteten sich über einen kühlen Mund. Doch er hatte sie immer noch nicht. Er mußte sie noch dazu bringen, ihm zu vertrauen, ein eisbrechendes Lachen aus der Tiefe ihres Inneren heraufholen, sie zu guter Letzt zur Ruhe bringen. Seine Lippen gingen an ihr Ohr und wisperten ein kreolisches Gedicht, von dem er hoffte, es würde die Gezeiten der Leidenschaft umkehren, das Gedicht von einem Mann, der von weiblicher Verehrung fett geworden war, einem Mann, der nicht genug bekommen konnte und immer wieder mehr haben wollte:

»Schwarze Amsel meines Herzens, deine Brüste wie Orangen,
köstlicher als Auberginen mit Krabbenfleisch gefüllt,
du bist nach meinem Geschmack, noch mehr als Kaldaunen
im Pfeffertopf:
Klößchen mit Erbsen und duftender Tee
sind nicht heißer als du.
Du bist das Schmalzfleisch im Zollamt
meines Herzens;
Das Mahl ist Sirup in meiner Kehle;
Dampfendes Rebhuhn auf dem Silberteller,
gefüllt mit Reis.
Knackiger als süße Kartoffeln,
brauner als gebratener Fisch.
Mein Hunger verfolgt dich,
deren Hinterteil so
saftige Nahrung bietet!«

Lyla war vollkommen still. Wieder einmal dachte St. Cloud, er sei zu weit gegangen, um die Kurve ohne Wiederkehr herum, habe mit seinem riskanten Einsatz auf einen noch größeren Gewinn die Stimmung zerstört. Durch die verstaubte Fensterscheibe über seinem Bett drang die seltsame Musik, wie der schrille Pfiff eines kreisenden Bussards, den er so oft hörte, während er mit Lyla auf dem weißen Laken lag. Er hielt den Atem an, und das seltsame Pfeifen hörte auf. Vom fernen Friedhof kam jetzt eine andere Musik, über die Köpfe von Cherubim aus Zement und Engeln mit Marmorflügeln weckte ein fröhlicher Trompetenstoß die traurigen Trommeln auf, die einem Mann den letzten Marsch schlugen. Lyla wandte sich um, ihre Brüste strichen über St. Clouds Oberkörper, die Worte von ihren Lippen flossen direkt in seinen Mund. »Du bist... so... seltsam.« Ihre Worte wirbelten im engen Raum aus feuerentfachenden Zungen herum. Da wußte St. Cloud, daß er ihre Seele endlich hatte. Es war zu spät zum Feiern, Lyla hatte ihm alles Gefühl für sich selbst geraubt. Im Morgengrauen wanderte er in den kleinen Garten hinter dem Haus hinaus, setzte sich zwischen die Reihen der Kohlköpfe, unter den Papayabaum, an dem sich das Geißblatt hinaufrankte. Er zog sein zerrissenes T-Shirt aus, legte Hals, Brustkorb und Arme frei, die mit runden blauen Flecken von der vergangenen Nacht bedeckt waren, als Lylas weiche Küsse auf seiner Haut Abdrücke wie Einschußlöcher hinterlassen hatten. Als die Morgensonne über ihm dahintrieb, zu immer strahlenderer Höhe aufstieg, machte St. Cloud eine Entdeckung. Er war ein mit Wunden gezeichnetes Opfer, mit Wunden, die nur er selbst sehen konnte. Er erhob sich aus den Kohlköpfen, kam langsam auf die schwankenden Beine, hob eine Hand vor die Augen, um sich vor dem sengenden Himmelskörper dort oben abzuschirmen, der erst jetzt seine wahre Gestalt offenbarte, die eines Schiffes, das mit gesetzten Segeln in voller Fahrt im Wolkenwind dahinraste. Das Opfer der unsichtbaren Wunden begrüßte die über ihm vorbeiziehende Königin. Segle nur, Matrose auf dem Meer der Erzulie.

22

St. Cloud hatte Alligatorbirnen in den Taschen und den Stumpf von Tante Oris' Glücksknochen fest an der Schnur um den Hals. Er hatte einen altmodischen Smoking an und die wunderschönste Südstaatenbraut auf dem Hexenball des Teufels an seiner Seite. Er hatte alles, und er war bereit, sich allem zu stellen, was ihm aus der schiebenden Menge auf der Duval Street drohen mochte. Er war besser vorbereitet als ein Pfadfinder, der in einem unbekannten Urwald abgesetzt wird. Er hatte Avocadofleisch zum Essen bei sich, falls der von Bonefish angesagte Mister-Finito-Wirbelwind in die Stadt gerast kommen sollte. Obwohl die Luft unbewegt und bar aller Schildkrötenfäule blieb, vielmehr vom Duft des nachtblühenden Jasmins erfüllt war, blieb er wachsam, und sein Flachmann war mit *clarín* gefüllt. Falls plötzlich ein Fluch über die Hauptstraße fetzen sollte, der es auf ihn abgesehen hatte, so war er vorbereitet. Der Rum und Tante Oris' Knochenzauber stärkten seine so furchtsame Natur; sollte er in der Eile gezwungen sein, zwischen den beiden zu wählen, würde er ohne Zögern zuerst die geheime Sirupkraft in der Flasche leeren. Nicht daß er Tante Oris' Wegweisern zur Erlösung in dieser Welt und zur ewigen Gnade in der nächsten ungläubig gegenüberstand, das Problem war nur, daß viele der Offenbarungen, die sie an jenem Abend ihrer ersten Begegnung hatte verlauten lassen, ebensogut aus ganz banalem Klatsch rühren konnten wie aus dem Wissen einer aktiven Spiritistin. Tante Oris war blind und konnte nicht lesen, aber dennoch hätte ihr jemand den Artikel in der Lokalzeitung über die Entdeckung einer verstümmelten Ziege im Fledermausturm auf Sugarloaf Key vorlesen können. Wenige Menschen wußten von dem gelben X auf Renoirs Haustür, aber viele hatten das X auf der Gefängnismauer gesehen, nachdem Voltaire nordwärts zu dem Lager in den Everglades verschleppt worden war. Jemand könnte Tante Oris von all diesen mysteriösen Geschehnissen berichtet haben.

Es war nicht einmal sicher, daß ihr Wissen um Zobop Hellseherei war. St. Cloud selbst hatte dafür gesorgt, daß Zobops Name auf die Tafel im Wreck Room geschrieben wurde, weil er hoffte, so die Identität des kryptischen Kritzlers zu lüften. Von Zobops Friedhofgedicht über den alten Filor und die schlaue Maus könnte Justo ihr erzählt haben. Da Tante Oris im Familiengrab beerdigt werden würde, war er vielleicht auf die Idee gekommen, ein wenig weiße Magie heranzuziehen, um den heiligen Boden gegen Frevler aus der anderen Welt zu verteidigen. Gänzlich ungläubig stand St. Cloud den mystischen Kräften der Tante Oris allerdings nicht gegenüber, da sie beim Wichtigsten recht gehabt hatte. Was sie über den Schmerz in seinem Herzen gesagt hatte, das stimmte, und er hatte ihre Kur mit dem aphrodisischen Speiseplan mit äußerster Sorgfalt ausgeführt, hatte sich mit ihren Trankrezepten und eßbaren Kompositionen den Weg zum Glück gebahnt. Wenn er nicht Tante Oris getroffen hätte, wäre es in dem weiten, wäßrigen Universum der listigen Erzulie wohl völlig unmöglich, daß er in dieser Nacht von Halloween als Rhett Butler den Arm um seine Scarlett O'Hara legte und gemeinsam mit ihr die maskierten Männer in schwarzen Trikots und Zylindern bestaunte, die hinter einer ganzen Lastwagenladung von zu Rumbarhythmen dahintänzelnden Carmen Mirandas marschierten. Schrill durch den vom Lastwagen dröhnenden Latino-Beat gellte ein einzelner Dauerton, wie das Kreischen eines hoch oben kreisenden Bussards. St. Cloud kannte diesen Ton genau, es war der Ton, den er jedesmal vor seinem Fenster hörte, wenn er mit Lyla schlief. Der Ton kam von den marschierenden Männern mit den eleganten schwarzen Zylindern auf dem Kopf, sie alle bliesen auf Blechpfeifen, die zwischen ihren Zähnen klemmten, und erzeugten damit ein ohrenzerreißendes Unisono, das am Nachthimmel schabte. Die Pfeifer zogen vorbei, nur einer blieb zurück, der ein weißes Stöckchen schwenkte und damit auf den Text eines Pappschildes in seinen Händen deutete: VOODOO-WELTRAUM-INVASOREN AUS FORT LAUDERDALE. Der Kopf des Mannes ruckte hektisch hin und her, sein Gesicht war teigig weiß gepudert; durch die Augenlöcher in seiner Maske funkelten blutunterlaufene Augen. St. Cloud spürte einen heftigen Stich im Rücken.

»Hey, Kumpel! Ist das etwa dein müder Arsch in diesem Smoking? Als was gehst du denn, als Zirkusdirektor oder als konföderierter Zuhälter?«

St. Cloud fuhr herum. Bubba-Bob stand direkt vor ihm und grinste unter seinem Cowboyhut auf ihn herab. »Mensch!« brüllte St. Cloud ihn an, während eine ausgelassene High-School-Kapelle, als schwanzwedelnde Krokodile verkleidet, vorbeizog, den Voodoo-Weltrauminvasoren knapp auf den Fersen. »Du hast mich zu Tode erschreckt! Mir so den Finger in den Rücken zu pieken!«

»Ist doch Hallowee-noch-nie, Kumpel!« Bubba-Bob lachte und schlug St. Cloud auf die wattierte Schulter des Smokings. »Rück was raus, oder die Geister lachen dich aus!«

»Da rück ich lieber was raus.« St. Cloud reichte Bubba-Bob den Flachmann mit Rum. »Pures Gold aus Haiti, haut dir den Hut vom Kopf.«

Bubba-Bob hob die Flasche und nuckelte daran wie ein Kalb. Rum rann ihm aus beiden Mundwinkeln. »Guter Stoff«, sagte er rülpsend und wischte sich die feuchten Lippen ab. »Meine Verehrung, Miss Scarlett!« sagte er in gedehntem Südstaatenakzent, zog schwungvoll seinen Cowboyhut und verbeugte sich. »Tut mir so leid, daß ich Eure liebliche Erscheinung bis jetzt noch gar nicht erkannt hab.« Er zwinkerte ihr zu. »Dabei muß ich wohl schon tausendmal an Eurem süßen kleinen Arsch vorbeigekommen sein, bis mir endlich klargeworden ist, wer Ihr und dieser Rebellengigolo da seid.«

Lyla hob ihren Second-Hand-Fächer und wedelte damit vor ihrer Gesichtsmaske aus Plastik mit den Zügen von Vivien Leigh. Ihre Stimme hinter der Maske war gedämpft und ebenfalls im süßen Singsang der Südstaaten: »Sir, ein wahrer Gentleman würde nie eingestehen, daß er den schönsten Teil der Anatomie einer Tochter der Konföderierten Staaten nicht erkannt hat, ganz egal wie oft er dran vorbeigelatscht ist.«

St. Cloud nahm sich die Taschenflasche wieder und kicherte hinter seiner Clark-Gable-Maske aus Plastik. »Kein bißchen Feingefühl, Bubba.«

»Von wegen Feingefühl! Wenn ich Lylas kleinen Finger auch nur anfaßte, würdest du mich und mein Charterboot doch direkt in die Hölle befördern, mit einer von diesen Brandbomben, die du an der Uni bauen gelernt hast. Wahrscheinlich würdest du auch noch dafür sorgen, daß ich eine Ladung Dozenten aus Miami mit an Bord hätte, daß es sich auch ja lohnt.«

»Stimmt schon.« St. Cloud nahm einen raschen Schluck Rum. »Aber die Lehrer würde ich vorher aussteigen lassen.«

»Jetzt seht euch das an!« Lyla zeigte auf den allergrößten Festwagen in der Parade, der von einem hochrädrigen Wagen gezogen wurde und direkt auf sie zukam.

»Teufel auch, wenn das nicht King Kong ist!« Bubba-Bob trat auf die Straße, als wollte er den zehn Meter großen Gorilla, der ein Hula-Röckchen aus Palmwedeln trug und sich mechanisch zu dröhnender Hawaiimusik wiegte, zum Zweikampf fordern. In den haarigen Armen der turmhohen Gestalt ruhte bequem Angelicas nahezu völlig nackter Körper. Die Blondine wand sich im Takt der tropischen Rhythmen und kreischte den johlenden Zuschauern zu, sie werde gekidnappt. Ein Schild inmitten der Tausenden von Blumen, die zu Kongs tappenden Riesenfüßen aufgesteckt waren, verkündete: IM WRECK ROOM SAUFEN – VOM TRUBEL VERSCHNAUFEN!

»Juuhuu! Hee, huhu, Süßer!« Angelica lehnte sich aus ihrem luftigen Hochsitz zu Bubba-Bob hinab. Sie schlängelte ein nacktes Bein aus dem plumpen Griff ihres tanzenden Partners, und ihre rotlackierten Zehennägel wiesen direkt auf Bubba-Bob. »Komm doch rauf zu mir! Baby beißt dich schon nicht!«

Bubba-Bob winkte mit seinem Cowboyhut. Mit einem Grinsen von einem Ohr zum anderen wandte er sich zu Lyla. »Die bringt Zunder ins traute Heim, was?« Er riß St. Cloud die Flasche aus der Hand. »Laß mich noch mal die Kehle anfeuchten, das wird noch 'ne heiße Nacht!« Er kippte einen Mundvoll Rum und schlang brüderlich einen Arm um St. Clouds wattierte Schultern. »Weißt ja, du hast noch was bei mir gut. Verstehst du mich, du hast was *gut.* Also sag Bubba-Bob sofort Bescheid, wenn irgendwas oder irgendwer dir Schwierigkeiten macht, zeig mir, wie der Wackelarsch aussieht, dem ich reintreten soll. Ich schneid jedem die Eier ab und zieh sie auf Halbmast hoch.« Er nahm noch einen philosophischen Schluck Rum und bot die Flasche dann wieder St. Cloud an, indem er sie ihm gegen die Smokingbrust knallte. »Sag dem alten Bubba, wenn du Ärger hast. Das ist mir so ernst wie 'ne dreifache Bypassoperation. Wer sich mit St. Cloud anlegt, der legt sich auch mit dem großen Bubba an.« Mit seinem breiten Daumen zog er an seiner Wange und ließ sie mit lautem Klatschen gegen die Zähne zurückschnellen. »So jemand kann dem Arsch von seiner Alten ruhig schon mal Adieu sagen, denn der wird das letzte Schöne sein, was er vom Leben sieht.«

St. Cloud putzte den kleinen Rest Rum weg, den Bubba-Bob übriggelassen hatte. »Da wäre schon jemand, dem du mal die Eier stutzen könntest. Wenn ich ihn bloß finden würde. Aber keiner findet ihn.«

»Schau an, was da kommt!« Bubba-Bob blickte St. Cloud über die Schulter. King Kong und seine Blondine waren schon weitergezogen, und nun kam die zehnte High-School-Kapelle des Abends. Diese war kostümiert wie der Alptraum eines mexikanischen Essens und spielte eine stürmische Fassung von *Seventy-six Trombones.* »Wem soll ich die Eier stutzen? Hab dich nicht verstanden. Verdammt laut, diese Blechbläser! Hey, die Bräute aus den Schulen werden ja jedes Jahr hübscher. Heiß, heiß, heiß! Sieh dir mal die kleine *enchilada* da drüben an. Die neben der im roten Bikini, die als 'ne Flasche mit *taco*-Sauce kostümiert ist. *Chili con carne*, echt scharf!«

St. Clouds Blick erfaßte etwas Seltsames, das sich durch die Menge bewegte. Er wußte nicht genau, was es war, aber er konnte es spüren. Er sah es durch die Reihen von nackten Knien der marschierenden Schulmädchen hindurch, drüben auf der anderen Straßenseite, es huschte gerade um einen dicken Kerl in einem Humpty-Dumpty-Kostüm herum, der sich in den Rinnstein übergab. Hinter der eiförmigen Gestalt des Dicken glaubte St. Cloud einen schwarzweißen Schemen in der Menge verschwinden zu sehen. Vielleicht hatte er ja auch Gespenster gesehen. Vielleicht war er nur überreizt vom Rum und von dem Gewühl der Kostüme in dieser lärmenden Nacht. Er legte Lyla den Arm um die Taille. Sie lachte und fuchtelte mit dem Fächer vor seiner Filmstarmaske aus Plastik herum. Ihre Hand fuhr unter die Schöße seines Smokings, massierte die verspannten Muskeln über seinem Steißbein, knetete die Verkrampfung hinaus, löste den Knoten seiner Paranoia auf. Er schloß die Augen und konzentrierte sich auf die Kraft ihrer Finger. Er dachte an das Rezept für den Rhabarber-Jujuben-Kuchen, das ihm Tante Oris gegeben hatte. Er wollte nach Hause gehen und diesen Kuchen backen, der die Kraft besaß, eine Frau zu einem Mann hinzuziehen. Tante Oris hatte ihm versprochen, der Kuchen habe noch mehr Anziehungskraft auf Frauen, als wenn St. Cloud einen toten Kolibri um den Hals trüge. Tote Kolibris hätten ja ihre Vorteile, oft seien sie sogar der einzige Zauber, mit dem sich die schwarze Amsel eines Frauenherzens in den Käfig der Liebe lokken lasse. Ein großes Problem mit toten Kolibris ergab sich aber dann, wenn der Verehrer sie an einem Tag trug, der nach dem Kalender der Heiligen und Loas nicht der richtige war. Beging ein Verehrer diesen Fehler, so war für ihn die Wahrscheinlichkeit viel größer, vom Blitz erschlagen zu werden, als das ahnungslose Objekt seines Verlangens mit dem Amorpfeil zu treffen. Warnend erzählte Tante Oris St. Cloud von den jungen Männern, die jedes Frühjahr auf einsamen Pfaden karibischer Inseln gefunden wurden, mit vom Blitz zerfetztem Körper und einem toten Kolibri an einem Halsband. St. Cloud hielt deshalb den Rhabarber-Jujuben-Kuchen doch für sicherer als den toten Kolibri. Er wollte nicht wie ein rumgetränkter Blitzableiter herumlaufen und Loas reizen, die er nicht einmal identifizieren konnte, vor allem da er erstmals in seinem Leben das Gefühl hatte, es mit einer Frau richtig getroffen zu haben. Er ging nicht ganz auf der glatten Seite der Straße, wie Justo es ausgedrückt hätte, aber er war auf dem rechten Weg dorthin. Neben dem beruhigenden Gefühl von Lylas Berührung spürte er auf einmal einen groben Stoß in seinem Rücken, dicht unter der rechten Schulter. Er glaubte, es sei wieder Bubba-Bob, der ihn piekste, doch dann sah er, daß dieser neben Lyla stand und den als scharfe *enchiladas* und gepfefferte *tacos* verkleideten Mädchen zujubelte. St. Cloud drehte sich um und sah sich einem Skelett gegenüber, das ihn erneut in den Rücken tippen wollte; es war der schwarzweiße Schatten, den er auf der anderen Straßenseite hinter Humpty-Dumpty hatte verschwinden sehen. Das Skelett bot eine finstere Erscheinung, die schwarze Gummihaut war mit sehr realistischen Knochen in Leuchtfarbe bemalt.

»Tolle Verkleidung!« Bubba-Bob wandte sich um und beglückwünschte das Skelett. »Scheiße, Kumpel, deinen Gummiarsch würde ich echt gerne mal als Köder nehmen, wenn ich blaue Marlins fangen geh. Ich wette, wenn ich dich an die Schleppangel hänge, dann hab ich sofort einen Weltklassefisch dran.«

Das Skelett hob ein silbernes Messer.

»Scheiße, das Ding sieht verdammt echt aus.« Bubba-Bob

streckte die Hand aus, um die schimmernde Klinge zu berühren.

Das Skelett zuckte zurück, hob die Klinge noch höher in die Luft, so daß Bubba-Bob mit seinem langen Arm nicht herankam.

»Hey! Wer bist du eigentlich?« Bubba-Bob trat auf das Skelett zu. »Brogan? Scheiße, bist das du in dieser abgefahrenen Verkleidung? Zuzutrauen wär's dir ja!«

Das Messer fuhr herab, auf St. Cloud gezielt.

Bubba-Bob packte das knochige Handgelenk, das das Messer führte, und versuchte, ihm den Schwung zu nehmen. Die Hand des Skeletts glitt ab, das Messer vollendete seine Abwärtsbewegung und verfehlte sein Ziel nur knapp. Es sauste an der Seite von St. Clouds Smoking entlang und traf noch die Avocados, die die Tasche seines Jacketts ausbeulten. Bubba-Bob rammte seinen Körper gegen St. Cloud, warf ihn zu Boden, ehe das scharfe Messer Zeit hatte, sich wieder zu heben und nochmals zuzustoßen. Die kostümierte Menge stob schreiend auseinander. Bubba-Bobs Faust holte aus, die breiten Knöchel zielten mitten in das Totenschädelgesicht des Skeletts. Die silberne Klinge blitzte wieder auf und nahm Bubba-Bob die Luft aus dem Körper, als sie sich tief in seine Brust bohrte.

Von seiner Position hinter einer hysterischen Kostümfigur im Reifrock sah Justo, wie Bubba-Bob zu Boden ging. Wieder ließ das Skelett sein Messer aufblitzen. Justo zog seine Waffe und schoß in die Luft. Alle Umstehenden duckten sich, so daß das Skelett auf einmal allein dastand, das Messer über St. Cloud erhoben. Das Totenschädelgesicht fuhr herum, um zu sehen, woher der Schuß gekommen war. Justo legte den Revolver an. Es war ein schwieriger Schuß: Wenn er das Skelett verfehlte, könnte er St. Cloud treffen. In der Sekunde, die er für den Entschluß zum Abdrücken brauchte, sprang das Skelett über St. Cloud hinweg und verschwand hinter den blumengeschmückten Auslegern eines Festwagens in Space-Shuttle-Form.

Justo stieß schreiende Menschen beiseite und rannte der Raumfähre nach. Er sah ein schwarzweißes Etwas über die Kreuzung flitzen, in Richtung der Whitehead Street und des alten Leuchtturms. Er verließ sich auf seinen Riecher. Wenn das Skelett annahm, daß er über Funk Verstärkung anfordern und die Whitehead beim Leuchtturm absperren lassen würde, dann müßte es sich eigentlich in die andere Richtung wenden, in Richtung des ehemaligen Marinestützpunkts, wo es im Gewirr der verlassenen Gebäude untertauchen könnte, das sich zwischen dem hell erleuchteten hektischen Treiben der Stadt und der gewaltigen Dunkelheit des Atlantik erstreckte. Justo benutzte sein Funkgerät nicht. Wenn sein Riecher stimmte, blieb keine Zeit dafür. Er wandte sich in eine schmale Gasse, die zur Whitehead hinüberführte. Falls er schnell genug war, konnte er dem Skelett den Weg abschneiden, wenn es die Richtung wechselte und die sichere Zuflucht des Marinestützpunkts zu erreichen suchte. Als er keuchend auf der Whitehead Street ankam, sah er, daß er den richtigen Riecher gehabt hatte. Das Skelett kam auf dem Bürgersteig direkt auf ihn zugerannt. Justo ging schußbereit in die Knie, er zielte auf die stampfenden, leuchtfarbenen Stiefel. Wenn er dieses Wesen festnehmen konnte, ohne es zu töten, würde er es tun. Wenn es nicht stehenblieb, würde er es umnieten. Er hatte keine Ahnung, was unter dem schwarzen Gummianzug steckte, vielleicht konnten Kugeln es ja auch gar nicht aufhalten. Sein Finger fand den Abzug. Das Skelett schien seine Gedanken zu lesen. Es wirbelte herum und hetzte quer über die Straße, knallte mit metallenem Klang gegen das massive verriegelte Tor des Marinestützpunkts. Noch ehe Justo einen Schuß abgeben konnte, sprang das Skelett an dem eisernen Gitter des Tors hinauf, hantelte sich daran hoch und hechtete hinüber, wo es dumpf auf allen vieren aufkam. Dann huschte es in eine leere Straße davon, die unter dem Schutz riesiger Banyanbäume in tiefer Finsternis dalag.

Justo rannte ihm an das Tor nach. Er wurde zu alt und zu langsam für solche Sachen. Vielleicht sollte ihm dieser Abend zeigen, daß die Zeiten vorbei waren, in denen er versuchen konnte, im Dschungel der Straßen den Frieden zu bewahren, mit oder ohne Streifenwagen. Er fühlte sich wie ein klappriger Gorilla, als er keuchend und stöhnend das Eisengitter hinaufkletterte, sich schmerzhaft die Kniescheiben prellte und die Haut am Kinn aufschürfte. Die pfeilförmigen Spitzen oben auf dem Tor zerrissen ihm die Uniform, unsicher hing er am höchsten Punkt, gut vier Meter über dem Straßenpflaster. Mit einem letzten Kraftaufwand wuchtete er sein Körpergewicht über die Zaunspitzen und ließ sich auf der anderen Seite fallen, wo er so heftig landete, daß es ihm den Atem verschlug. Er lag der Länge nach hingestreckt, der Revolver im Halfter drückte ihm schmerzhaft gegen den Hüftknochen. Er zwang sich, schwankend aufzustehen, seine Uniform war zerfetzt und blutig. Jeder Körperteil tat ihm weh, aber es schien noch alles zu funktionieren. Er hatte erfolgreich das verschlossene Präsidententor zum »Little White House«, Harry S. Trumans Urlaubsresidenz, erklommen.

Justo beschloß, keine Verstärkung über Funk anzufordern, um das Skelett durch die militärische Geisterstadt zu jagen. Diese spezielle schwarzweiße Nadel im Heuhaufen zu finden, erforderte einen Mann, nicht fünfzig. Eigentlich mußte man das Skelett gar nicht verfolgen, sondern austricksen. Um eine winzige Nadel aufzuspüren, braucht es einen starken Magneten. Justo hielt sich für den richtigen Magneten. Er rieb den goldenen Glücksknochen am Halsband, zog den Revolver aus dem Halfter und humpelte los. Vor sich in der Dunkelheit hörte er ein Geräusch, einen hohen Ton, wie das Kreischen eines Bussards, aber merkwürdig melodisch und auf menschliche Weise beharrlich, eine seltsame Musik, die er noch nie gehört hatte. Er verließ die mit Schlaglöchern übersäte Mitte der einstigen Prachtstraße, die zum »Little White House« führte, hinkte auf den rissigen Bürgersteig und folgte dem Alleesaum aus überwucherten Banyanbäumen. Die Musik schien ihm aus dem leergeräumten Militärpostamt zu kommen, das in tiefem Schatten auf der anderen Seite einer sonnenversengten Rasenfläche lag. Behutsam bewegte er sich vorwärts, von einem Banyanbaum zum nächsten. Die Musik hörte auf. Er lehnte sich gegen einen Baumstamm und hielt den Atem an, bis sie wieder einsetzte. Sie kam jetzt von anderswo, von weiter vorn in der Allee, wo die alte Marinegießerei wie ein Monolith im Mondschein aufragte. Das Geräusch schien aus dem Innern der Gießerei zu dringen, deren Stahltüren offenstanden, so daß man dahinter einen höhlenartigen Raum mit Ziegelwänden sehen konnte. Justo überquerte die Allee und erreichte die Ecke des Gebäudes. Den Rücken gegen die Mauer gepreßt, bewegte er sich langsam auf die Stahltür zu, doch als er sie erreichte, hörte die seltsame Musik auf. Er zögerte nicht und schob sich rasch in das Gebäude. Er schaltete die Taschenlampe ein, womit er sich als Zielscheibe anbot, um mit dem schußbereiten Revolver bei der kleinsten Bewegung sofort abzudrükken. Seine Augen gewöhnten sich langsam an die zunächst pechschwarz erscheinende Finsternis, allmählich schälten sich

Konturen heraus und wurden zu identifizierbaren Gegenständen. Flügelrascheln kam von hoch oben, begleitet von gellenden Fieptönen. Fledermäuse huschten im Deckengewölbe herum, segelten in den heißen Luftströmen, die durch die Dachluken entwichen. Selbst bei Tageslicht war es schwer, die komplizierte Struktur der gewaltigen Gießerei zu erfassen, die arkadenartigen Stützpfeiler aus Ziegelsteinen marschierten rechtwinklig davon und führten zu verlassenen Bürostuben, Lagerräumen, Kesselkammern und dahinter zur Haupthalle, wo einst Hämmer und Zangen von muskulösen Männern geschwungen wurden, wo weißglühender Stahl über ziegelgefaßten Feuerlöchern geschmiedet und zu riesigen mechanischen Teilen geformt wurde, die in den Antriebsaggregaten von Schiffen oder U-Booten Verwendung fanden. Von den Holzbalken der Decke baumelten Flaschenzüge herab, mit denen sich Motoren von einer halben Tonne Gewicht so locker anheben ließen, als nähme man ein Baby aus der Badewanne. An einem davon hing ein Amboß, dessen stählerne Nase abrupt sichtbar wurde, als seine Masse an der ächzenden Kette durch die Luft sauste, um dicht neben Justos Kopf in einer Explosion aus Ziegelstaub und Mörtel gegen die Mauer zu krachen. Die Mörtelstückchen spritzten ihm in die Augen, er ging geblendet in die Knie und versuchte zu erspüren, von wo der nächste Angriff kommen würde. Wieder fing die seltsame Musik an, schrill wie eine Trillerpfeife, und sie kam aus allen Ecken der Gießerei, bis sie plötzlich von draußen erklang, sich die Allee hinauf zum »Little White House« bewegte.

Justo tastete sich im Dunkeln aus der Gießerei hinaus, stolperte die Straße entlang, bis er zwischen mehreren hohen Dattelpalmen stehenblieb. Er rieb sich die brennenden Augen. Vor ihm fiel das Metalldach des »Little White House« über zwei Stockwerke steil ab, das Eingangstor war mit Brettern vernagelt, an einem Fenster direkt daneben hatte jemand ein Stahlgitter herausgehebelt. Justo kletterte durch die Öffnung in die stinkende Dunkelheit hinein. Das Haus war seit Jahren verlassen, doch sein verfallener Zustand, und wohl auch der Glanz der früheren Bewohner, zog einen Strom verwahrloster Vagabunden an, denen es immer wieder gelang, in das Gebäude einzubrechen, trotz aller patriotischen Bemühungen von örtlichen Beamten mit Bürgersinn. Im Laufe der Jahre waren in den ausgeweideten Gemächern der Ferienwohnung des toten Präsidenten

Hunderte von Pennern vor dem Regen untergekrochen, hatten einen heißen Nachmittag im Schatten verbracht, eine Nacht durchgesoffen oder sich kurz mal einen Schuß gesetzt. Die einst so erhabenen Räume zierten jetzt verschrumpelte Kothaufen, eingetrocknetes Erbrochenes und ein überwältigender, beißender Gestank nach Urin. Schimmlige Matratzen, Bierdosen und Schnapsflaschen lagen auf dem termitenzerfressenen Fußboden des Wohnzimmers herum, wo früher braungebrannte Reporter aus aller Herren Länder unter dem kühlenden Schwirren der Deckenventilatoren nach Presseerklärungen gelechzt hatten, während Geheimdienstmänner schweigend ihrer Arbeit nachgegangen waren. Versehentlich versetzte Justo einer der Bierdosen einen Stoß. Die seltsame Musik, die er verfolgte, hörte sofort auf. Er machte behutsam einen Schritt nach vorn und spürte, wie etwas unter seinem Fuß zerquetscht wurde. Der faulige Gestank einer verwesenden Ratte wehte ihm in die Nase. Wieder begann die seltsame Musik. Sie kam jetzt aus dem Obergeschoß. Er folgte dem Geräusch eine steile Treppe hinauf, das Mahagonigeländer unter seiner Hand war splittrig und verklebt. Auf dem letzten Absatz wurde die Musik noch lauter, sie kam aus einem der Schlafzimmer, wo Präsident Truman seinerzeit wilde Träume von grollendem Krieg und gemunkeltem Frieden heimgesucht hatten. Als Justo knirschend auf die geschlossene Schlafzimmertür zutrat, hörte die Musik auf, er drückte sich gegen die Wand und zählte bis zehn, bevor er herumwirbelte und die Tür eintrat. Der Raum stank nach Tod, er befürchtete eine Falle. Der Strahl seiner Taschenlampe erfaßte etwas, das von den Rotoren des Deckenventilators herabhing. Es war Marilyns Andy, der austernschlürfende Gangster, nackt und an den Füßen aufgehängt, mit abgeschnittenen Ohren und aufgeschlitzter Kehle. Auf der Wand dahinter prangte ein riesiges gelbes X, in dessen Mitte ein Zettel angenagelt war:

FÜNF DOLLAR WOLLT ER ALS LÖSEGELD SEHN!
DER ALTE FILOR IST SCHLAU WIE DIE MAUS!
FILOR FÄNGT DICH EIN!
RENN, NIGGER, RENN!

Justo hörte den Pfeifton der seltsamen Musik. Er spähte durch die geborstenen Scheiben in die Nacht hinaus. Ein schwarzweißer Schatten huschte unter den Palmen davon und verschwand in den Nischen der Dunkelheit. Seit drei Monaten hatte Justo niemanden mehr so schnell laufen sehen, seit damals, als Renoir bei der atemlosen Jagd zum Atlantikstrand vor ihm hergerannt war.

23

»Es ist gar nicht so, daß man als jüngerer Mann einen größeren sexuellen Appetit hat, nur wenn man älter ist, hat man einfach schon zu viele mittelmäßige Mahlzeiten hinter sich. Die kleinsten Männer haben immer die größten Phantasien über die Frauen, aber ich weiß genau, wann ich das Handtuch zu werfen hab.«

»Du hast doch jede Menge Zeit, Süßer. Mach dir mal keine Sorgen.« Angelica verlagerte ihr Körpergewicht von einem Fuß auf den anderen und wischte sich lachend eine Träne aus dem Augenwinkel. »Du hast doch mich: Modell, Muse und Pflegeschwester. Was willst du noch mehr? Du bist einfach egoistisch und eigensinnig.«

»Ja, egoistisch bin ich. Der Egoismus des Altwerdens besteht darin, daß man immer nur zuhört, während die anderen immer nur reden. Mein Problem ist leider, daß ich nicht genug zugehört habe, als ich noch Gelegenheit dazu hatte.«

»Weil du Maler bist. Maler hören mit den Augen. Dafür hast du genug gesehen.«

»Ich hab alles verschissen. Wie alle Künstler war ich allein und absurd, und dann kam das Gift, der *Ruhm*. Ich hatte einfach zuviel Aufmerksamkeit. Erfolg ist das Ende von allem, der Anfang von gar nichts. Weißt du, eine Ratte kann innerhalb eines Jahres hundert weitere Ratten gebären, aber sie kann weder Tauben noch Löwen zur Welt bringen, immer nur neue Ratten. Ich kenne viele Maler, die so sind. Ich versuche mit jedem Bild immer, ein neues Ich in mir hervorzubringen. Nur wissen die Leute nicht, daß all meine Werke, die in den Museen der Welt hängen, immer nur wieder das gleiche sind, tote Ratten in vergoldeten Rahmen, tote Ratten mit Millionen-Dollar-Preisschildern.«

»Laß das doch!« Angelica konnte ihre Tränen nicht zurückhalten. Sie stand am Fuß des großen Messingbetts, vollständig angezogen mit einem leichten Sommerkleid; sie trug sogar Schuhe. »Mach jetzt ja nicht Schluß!«

»Hab ich etwa vom Schlußmachen geredet? Im Kopf skizziere ich dich gerade, auch wenn du nicht nackt bist. Bloße Haut ist nichts als formbarer Ton, es kommt darauf an, wer sie in der Hand hat.«

Angelica lachte beherzt. »Fühl mich weiter im Kopf, da bin ich dir viel sicherer.«

»Das ist aber nicht alles, was ich im Kopf anstelle.«

»Gut. Mach weiter so!« Angelica bemühte sich um den Tonfall fröhlicher Neckerei. »Woher weißt du eigentlich, daß ich nicht nackt bin? Du kannst doch nicht weiter sehen als bis zu deinem Nachttisch.«

»An... An... Angelica, wofür hältst du mich? Für einen alten Mann, der einmal im Monat zur Hunderennbahn geht, um dort seinen Scheck von der Sozialhilfe zu verwetten?« Ein Ausdruck von neu erwachtem Stolz funkelte in Isaacs Blick. »Ich könnte dich als Aktentasche voll schmutziger Socken und Wiener Würstchen malen, und trotzdem würdest du als üppiger Akt von der Leinwand hüpfen. Maler und Preisboxer müssen rechtzeitig von dem viereckigen Tuch wegkommen, bevor sie ausgezählt werden.«

»Gut, also dann kein Wort mehr von Ratten.«

»Ratten haben auch Beine, und sie haben auch eine Aufgabe.«

»Beine mögen sie haben, aber meinen Arsch haben sie nicht.«

»Nein, hoho.« Das Lachen bereitete Isaac Schmerzen, es kam als hohles Pfeifen aus der hageren Brust. Er holte tief Luft, um neue Worte zu formen. »Sie haben auch nicht dein Licht, dieses Licht ist der letzte Winkel im Himmel, aus dem ich mich bis heute nicht hinausmalen kann. Ich werde dir etwas erzählen, das ich noch niemandem erzählt habe. Ich habe nie mit meinen Modellen geschlafen, bevor ich sie malte. Aber jetzt sieh mich an!« Der Atem seiner Worte schien zu ersterben, er verhallte zu einem Flüstern. »Ich bin wie der verwirrte alte Walt Whitman, der bis ganz zum Ende für den Schöpfungsakt lebte, während die Läuse durch sein ausgedünntes weißes Haar krochen und seinen Skalp nach einer guten Mahlzeit absuchten, derweil er unter seiner dicken Schädelplatte von Birkenhorizonten und von knackigen Jungs aus dem feinen Boston träumte. Ich glaube, Schriftsteller kommen am besten von der Matte hoch, sogar noch besser als die Preisboxer. Weißt du, letzte Woche war Justo hier und erzählte mir eine Geschichte über diesen Dichter, den er so gern hat, Gorgonzola heißt er oder so. Jedenfalls wurde dieser Gurgelzora wohl am Ende genauso verrückt wie Whitman, fragte jeden, den er traf, nach der Uhrzeit, und dann ging er ans Fenster und jammerte, daß er keine Landschaft mehr sah, nur einen großen blauen Tupfen. Und dahin bin ich jetzt auch unterwegs, in das, was hinter der Landschaft aus Fleisch liegt, auf der anderen Seite des wilden blauen Jenseits. Nur ein einziges Mal will ich die Farbe richtig hinkriegen, es muß das richtige Licht sein. Weißt du, wie viele Blautöne es gibt?«

Angelica setzte sich schweigend ans Fußende von Isaacs Bett und starrte auf den Fußboden. Sie erschauerte.

»Die Länge der Ewigkeit, in menschlichen Maßstäben, ist der Schatten eines Lebens. Alles, was lebt, schafft Licht, und alles Licht schafft Schatten. Man muß die Schatten erfassen, wenn man es richtig hinkriegen will. Die Schatten habe ich nie richtig hingekriegt, und jetzt ist es zu spät. Na ja, aber selbst ein Fehlschlag währt nicht ewig. Stimmt's, St. Cloud?«

»Bin noch dabei, das rauszufinden.« St. Cloud drückte Isaacs kraftlose Hand, die nach der seinen griff. Er saß auf einem Stuhl neben dem Bett und sah aus dem Fenster über das dunkler werdende Meer bis zu der dünnen blauen Linie am Horizont. Je länger er auf die schwankende Linie starrte, desto mehr schien sie sich zu einem einzigen blauen Tupfen zusammenzuziehen.

Ein hohles, hustendes Lachen entrang sich Isaacs Lippen. »Es gibt noch Hoffnung für dich, St. Cloud. Dir könnte gelingen, woran ich gescheitert bin. Ich war mein Leben lang ein Schwindler. Aber ich will nicht im Tod auch noch ein Schwindler sein, so wie dieser Zwerg, der auf dem Friedhof der Insel begraben liegt und der darauf bestanden hat, daß sie ihn in einen Sarg von normaler Größe legen. Keine billige Negerkinderkiste, nein, er wollte auf den Schultern der Sargträger geschleppt werden wie jeder andere. Hat aber keinen überlistet außer sich selbst. Sobald sie erst mal in der Erde liegen, ist jeder für die Würmer gleich groß.«

Isaac schien über seiner Matratze mit dem weißen Laken zu schweben, gehalten von gelassener Ruhe. St. Cloud und Angelica waren seit dem frühen Morgen an seiner Seite, während er kam und ging wie Ebbe und Flut, immer wieder zurückkehrte nach langen Stunden des Schweigens und auf einmal mit verblüffter Miene hochfuhr. Die aufgereihten Tablettenflaschen auf dem Nachttisch blieben unangetastet. Er hatte keine Lust, unter Drogen zu stehen, wenn er aus dieser Welt herausgerissen wurde, er wollte sehen, ob der Tod ein Gesicht hatte und von welcher Farbe das Gesicht war. So spät wollte er nicht noch ausgetrickst werden. Er fühlte sich sicher, weil Angelica an seinem Bett saß; dieser Engel verankerte ihn in jenem Himmel der Lust, dem er im Leben nachgejagt war.

Ein Schluchzen erfüllte den Raum, es kam vom Fußende des Messingbetts, wo Angelica saß. Isaacs violette Lider öffneten sich langsam. Er brachte ein Augenzwinkern in ihre Richtung zustande. »Aber liebes Engelchen, ich bin ja noch gar nicht tot.«

»Verdammt, Isaac.« Angelica sprang auf und kam zu ihm, legte eine Hand auf seine Stirn. »Sei doch nicht so ein alter Mistkerl, und erschreck mich nicht andauernd so!«

»Ich und Renoir«, wieder entrang sich Isaacs schmalen Lippen ein Flüstern, »wir sind zusammen aufgewachsen.«

»Er liebt dich.« Angelica fuhr mit den Fingern sanft über seine verschwitzte Stirn.

»Du hast versprochen, daß du ihn nicht anrufst.«

»Mach ich auch nicht. Er ist immer so besorgt. Ich wette, er kommt sowieso gleich zur Tür rein.«

»Einerseits werfe ich ihm gar nichts vor, aber andererseits finde ich, daß ich keine Schuld habe.«

»Es geht nicht um Schuld. Du weißt genau, worum es geht.«

Isaac sagte nichts, seine Lider gingen wieder langsam zu.

Angelica wollte Isaac weiter wachhalten. »Und du, St. Cloud? Hast du Renoir gesehen?«

»Nicht mehr seit kurz vor dem Fantasy-Fest.«

»Fantasy-Fest?« Isaacs Lider hielten in ihrer Abwärtsbewegung inne, sein Kopf wandte sich St. Cloud zu. »Gibt's was Neues über Bubba-Bob?«

St. Cloud verlor den dünnen blauen Horizont hinter der Glastür aus den Augen, der Himmel ballte sich über der See zusammen, eine salzige Brise wehte ins Schlafzimmer, schwer und voller Feuchtigkeit. Er spürte einen Druck im Kopf, einen Wirbelsturm im Werden, einen Regen zum Wegspülen der Hundstage des Sommers, die über ihren drückenden Gipfelpunkt hinaus bis in den Herbst fortgedauert hatten. »Bubba-Bob kommt schon wieder in Ordnung. Er meinte, ich soll dir sagen, daß er jetzt weiß, wie sich ein Marlin fühlt, wenn er mit dem Spieß an Bord gewuchtet wird.«

»Jedenfalls ist er zäh wie ein Marlin.«

»Genau wie du, zu störrisch zum Sterben.«

Isaacs Brust hob sich in ersticktem Lachen, und er räusperte sich, um wenigstens wieder flüstern zu können. »Hast du immer noch den Glücksknochen, den Justos Tante dir gegeben hat?«

»Hängt um meinen Hals.«

Isaac richtete seine vom Star getrübten Augen in St. Clouds Richtung. »Auf dieser Insel kann's nie genug Magie geben. Läßt dich Oris immer noch deinen Dixie-Pfirsich mit ihrer verhexten Liebessuppe füttern?«

»Lyla ist jetzt zu mir gezogen. Offenbar gefällt ihr, was ich so backe.«

Ein Lachen preßte sich aus Isaacs Kehle. »Da hast du ja wohl ein Problem. Wenn eine Frau erst mal eingezogen ist, läßt sie sich nicht mal mit Voodoo wieder rausbringen. Da kann dir sogar Oris nicht mehr helfen.«

»Lyla ist anders. Ich glaube, ich habe da eine große Chance, wahrscheinlich meine letzte.«

»Du weißt es noch nicht, aber deine letzte Chance ist zusammen mit Evelyn zur Tür rausgegangen. Das war eine, um die zu kämpfen sich gelohnt hätte.«

»Ich hab ja gekämpft.«

»Ja, gegen dich selbst. Tust es immer noch.«

»Hey...« Angelica lachte. »Was ist mit mir? Vielleicht sollte ich auch um Evelyn kämpfen. Bei euch klingt das ja wie ganz was Tolles.«

»Du kämpfst um gar niemanden, du gehörst mir.« Isaacs flatterndes Lid hielt auf halbem Wege zu einem Zwinkerversuch inne.

Angelica gab St. Cloud mit den Augen ein Zeichen, er solle Isaac wachhalten. »Hat Justo dieses Skelett schon erwischt?« Sie nickte St. Cloud heftig zu, er solle etwas sagen. »Was gibt's *Neues* von dem Skelett?«

Isaacs gehauchter Atem gab ein Echo auf Angelicas Worte, während er wieder zu entgleiten drohte. »Was gibt's Neues von dem Skelett?«

St. Cloud strich über die blauschwarzen Venen auf Isaacs Handrücken. »Justo sagt, bei diesen Voodoo- und Santería-Sachen weiß man nie, ob man's nur mit einem Täter zu tun hat oder einer ganzen Bande. Justo läßt sich nicht in die Karten sehen.«

»Karten sehen«, keuchte Isaac.

»Justo glaubt, er kennt jetzt die Erklärung für das Zobop-Gedicht.«

»Zobop-Gedicht«, hauchte Isaac kaum hörbar.

»Die *zweitausend Seelen, die im Stacheldraht gefangen sind,* das ist der Friedhof und sein hoher Zaun. *Acht Palmen weisen den Weg,* das sind die Palmen von Passover Lane rechts und links vom Eingang zum Friedhof. *Ein grüner Matrose blickt nach Norden zu den Märtyrern Kubas, wo der Baum des Lebens aus ihren Köpfen wächst,* das bezieht sich auf das Matrosendenkmal über dem Grab, in dem die Crew der *Maine* ruht. Die rechte Hand der Figur hebt sich zum Gruß nach Norden, wo die Leute von José Martí begraben liegen, die getötet wurden, als sie versuchten, Kuba zu befreien. Gegenüber dem Grab der Kubaner wächst ein riesiger Affenbrotbaum. Klingt ganz einfach, wenn man erst mal draufgekommen ist, aber wer denkt denn an so was? Justo sagte, bei der Lösung hätte ihm eine Kröte geholfen.«

»Kröte hätte geholfen«, flüsterte Isaac.

»Was Justo noch nicht geklärt hat, das ist der *Engel des Todes, der auf alles herablächelt.* Engelsstatuen stehen überall auf dem Friedhof verstreut, kleine aus Plastik, große aus Marmor. Wo man hinsieht, dräuen da Engel über Gräbern, oder sie breiten die Flügel aus und sind kurz vor dem Abheben in den Himmel. Welcher davon ist der Engel des Todes? Sind sie das nicht alle?«

»Sind sie das nicht alle?«

»Irgendwie bringt dieser Zobop alles mit dem Friedhof in Verbindung, sogar das gelbe X. Ein X war im Schlafzimmer des ›Little White House‹, wo Marilyns Exmann Andy umkam, eins war auf der Gefängnismauer, als Voltaire abgeholt wurde, und noch eins auf Renoirs Eingangstür. Und dann war da das erste X, das Justo auf dem Grab seines Großvaters fand. Alle Wege scheinen auf dem Friedhof zusammenzulaufen.«

»Wege zusammen.«

»Du hast doch einmal erzählt, es gebe Leute aus Geheimgesellschaften, die bereit wären, jeden umzubringen, der eine böse Wahrheit ausplaudert. Tante Oris meint, da hättest du recht. In manchen dieser Gesellschaften wurde einem neuen Mitglied die Brust rasiert und mit einem gelben X bemalt, und so mußte er in einem gelben Kreidekreis niederknien, der auf die Erde gezeichnet war. Er trank das Blut einer Ziege, der man die Kehle aufgeschlitzt hatte, während die anderen Nanga, den Großen Bösen, anriefen, er möge den Novizen töten, wenn er die Bruderschaft an Außenstehende verriet.«

»Bruderschaft?«

»So hat Tante Oris sie genannt. Das letzte Mal hat sie ihre Parade in den zwanziger Jahren gesehen, sie waren als Teufel mit Zylindern verkleidet und bliesen Trillerpfeifen. Die Ritualmorde hatten schon lange davor aufgehört. Natürlich wurden immer noch Hühner und Ziegen geopfert, auch mal ein paar Katzen und Hunde, sogar Taubenherzen und Haifischaugen findet man hie und da immer noch zu Füßen der Hurrikanjungfrau in der Grotte der katholischen Kapelle. Fast jedes Lebewesen, das man sich vorstellen kann, ist schon irgendwann dort aufgehängt und ausgeblutet worden, um jemandem auf dieser Insel einen Wunsch zu erfüllen oder etwas zu rächen, um Dinge ins Lot zu bringen, das Böse zurückzuwerfen, das Gute zu stärken. Es gibt heute noch *botánicas* hier im Ort, die gesichtslose Stoffpuppen verhökern und dazu die Zaubernadeln, die man in sie hineinstechen muß, sowie Böses-Auge-Essenz aus der Spraydose, um die Puppen zu bemalen, und eine Fledermausblut-Weihwasser-Mischung zum Einreiben. Die Hälfte aller Koksschmuggler in der Stadt kaufen diese Art Schutz von Santería-Paten. Sie kämen nie auf die Idee, eine Sache steigen zu lassen, ohne vorher die Heiligen mit Gebeten und Tausend-Dollar-Spenden zu besänftigen. Wer sich auf diese Dinge einläßt, wird nicht mehr losgelassen. Manche sind religiöser als der Papst, andere fürchten sich einfach nur, die sind noch mehr eingeschüchtert als 'ne Ratte im Scheißhaus.«

»Eingeschüchtert.«

»Irgendwie ist ja jeder eingeschüchtert und will etwas dagegen tun, eine Kerze anzünden, sich einen Schnaps genehmigen, ein Gebet aufsagen, einen Joint rauchen, Urlaub machen, 'ne junge Katze opfern, den Fernseher einschalten, irgendwas eben.

Weiß gar nicht genau, wovon ich da rede. Vielleicht ist dieser Zobop auch totaler Quatsch. Vielleicht ist das die Antwort: Ist alles totaler Quatsch, alles ohne Sinn.«

»Sinn?« Das Wort schaffte es auf Isaacs Atem kaum über die zitternden Lippen. »Zu... meiner Zeit... da stellten die Leute nicht so viele Fagen. Zu meiner Zeit wollten sie auch... nicht so viele Antworten. Ich brauche einen blauen Tupfen.«

Im schwindenden Licht des Schlafzimmers ließ die verschrumpelte Haut von Isaacs kahlem Schädel auf dem Kissen ihn wie eine frisch ausgewickelte ägyptische Mumie wirken, ein wettergegerbter Königsknabe, dessen Blick über die Welt und ihre mittlerweile wertlos gewordenen Schätze glitt. Der rasselnde Atem hob seine schmale Brust. Durch die Glastüren dunkelte der Abend über dem Meer in die Nacht hinein, der ferne Horizont wurde von Blitzfingern erhellt, die nach Kuba deuteten. Grollender Donner zog vom Ozean heran und erschütterte Isaacs Bahamavilla bis ins Korallengestein ihrer Grundfesten.

Angelica starrte Isaac im grellen Blitzlicht an, auf den Lippen die leise Krümmung eines Lächelns, als habe sie schon immer gewußt, daß der wahre Wert einer Muse nur gerechtfertigt ist, wenn sie am Ende zur Erleuchtung führt.

Regen fiel auf Isaacs Villa, blies durch die Schlafzimmerfenster herein, Nässe beschlich den Holzboden und näherte sich dem Königsknaben, der auf seinem Thron aus Messing schwebte, mit zuckenden violetten Augenlidern und Lippen, auf denen jetzt wieder viele Worte zitterten. »Angelica... sag mir... was siehst du dort draußen... welche Farbe hat es?«

Angelica fuhr zusammen, sie hatte geglaubt, Isaac sei gestorben. Ihr Gesicht wandte sich dem Regen zu, der durch die Fenster wehte. »Silbern.«

»Silbern?«

»So ein lebhaftes, schillerndes Silber, wie die Farben auf billiger Samtmalerei, oberflächlich, aber aufrichtig.«

»Billige Malerei, oberflächlich... aber aufrichtig.«

Der Wind draußen drehte sich und änderte den Einfallswinkel des Regens. Das Wasser drang nun nicht mehr in den Raum, sondern fiel gerade zu Boden.

St. Cloud spürte keine Bewegung mehr von Isaacs Hand, die in seiner eigenen lag. Er zwang sich zum Sprechen. »Willst du noch einmal hören, was mir passiert ist, als ich nach Norden gefahren bin, um Voltaire das Geld zu geben, mit dem er diese Schakale in Haiti bezahlen kann?«

»Ja... will ich hören. Kann es... nicht glauben.«

Ein leichter Puls war in Isaacs schlaffem Handgelenk zu fühlen, als St. Cloud mit seiner Geschichte begann.

24

Voltaire hatte seine Sicherheit verloren. Als die Einwanderungsbehörde ihn von Justo losbekam, war es nur noch eine Frage der Zeit, bis er zurück nach Haiti verfrachtet wurde. Wenn er dort die *tontons* überlebte, mußte er immer noch irgendwo zweitausend Dollar auftreiben, die er den Schmugglern schuldete. Seine Lage war verhängnisvoll. Voltaire war, genau wie sein Onkel Romulus, auf dem besten Weg ins Schlachthaus, wo man ihn wie ein Schwein zerlegen würde. Ich hatte den Plan, ihm zweitausendfünfhundert Dollar zu besorgen. Fünfhundert, um die *tontons* zu bestechen, den Rest für die Schmuggler. Wenn er damit eine goldene Gans war, und das in einem Land, wo ein *paysan* nicht einmal zweihundert Dollar pro Jahr verdient, dachte ich mir, würden ihn die *tontons* nicht umbringen, weil sie mit weiterem Gold von ihm rechneten. Das Problem war nur, daß ich keine zweitausendfünfhundert hatte, ich hatte überhaupt nichts, aber Justo legte einen Tausender auf den Tisch. Den Rest lieh ich mir von Evelyn. Sie gab es mir gern, holte sogar den uralten Spruch hervor: »Wen du nie wieder sehen willst, dem leihe dein Geld.« Sie sagte, wenn ich es ihr zurückzahlen würde, dann hieße das, daß ich mich geändert hätte und ein geregeltes Leben führte. Und wenn nicht, dann hätte zumindest Voltaire das Geld für eine zweite Chance bekommen. So oder so konnte sie nichts dabei verlieren, dachte Evelyn und lieh mir sogar noch ihren Kleinbus. Also fuhr ich nach Norden zu dem Internierungslager auf einer alten Raketenabschußbasis am Rande der Everglades, gar nicht weit von Miami entfernt. Hinter hohen Zäunen wanderten da Hunderte von Haitianern vor Betongebäuden herum, in denen früher mal Interkontinentalraketen untergebracht waren. Die Wachen durchsuchten mich, als wäre ich der Mittelsmann eines Ausbrecherteams; ich zeigte ihnen einen getürkten Brief, der mir irgendeine offizielle Funktion zuschrieb. Reinzukommen war also noch recht leicht, schwierig wurde es erst, Voltaire dort auch zu finden. Die Haitianer haben kein Recht auf Besuch, sie haben überhaupt weniger Rechte als abgefeimte Verbrecher. Im Verwaltungsgebäude, das ursprünglich der Kommandobunker des Stützpunkts war, prüfte man meine Papiere nochmals. Ich wurde einen Gang entlang in einen Büroraum voller Schreibtische geführt, eine rasselnde Klimaanlage erzeugte eine muffige Brise am Platz einer Frau hinter einem Stapel von Formularen. »Mrs. Mulrooney«, stellte sie sich mit forschem Händedruck vor, »nehmen Sie Platz. Wir haben hier nicht viele Besucher aus Key West, Sie sind der erste. Meistens kommen Reporter her, vor allem seit letzter Woche.« Ich wollte nicht unwissend erscheinen, hatte aber keine Ahnung, was in der letzten Woche passiert war. »Ja, die Sache letzte Woche«, erwiderte ich vielsagend, »unter anderem deshalb bin ich auch da.« »Gut, daß Sie nicht früher gekommen sind. Wir haben eine Zeitlang überhaupt niemanden hereingelassen, nicht mal die Presse. So schlimm war das.« »Wie schlimm denn genau?« »Schlimm genug.« Mrs. Mulrooney hob die Nase zu meiner schweißfleckigen Mütze, als wollte sie herausfinden, wer nun häufiger die Welt umrundet hatte, die zerknitterte Leinenmütze oder mein sonnenzerfurchtes Gesicht. »Weshalb sind Sie denn nun hier, Mr. Sitclod?« »St. Cloud. Ich habe schon am Eingang gesagt, ich möchte Voltaire Tincourette sprechen.« »Sie wissen aber doch, daß die Häftlinge hier kein Besuchsrecht haben, solange sie im Gewahrsam der Einwanderungsbehörde sind.« »Das ist mir bekannt, aber da Ihre Behörde dem Justizministerium untersteht, glaube ich, bei Ihnen Verständnis für meine Lage erwarten zu dürfen. Als Tincourette auf Key West illegal in die USA einreiste, warf man ihm Straftaten vor, die dann jedoch nicht weiterverfolgt wurden.« »Und warum sind Sie dann noch hier?« »Ich war vom Gericht als Tincourettes Dolmetscher bestellt worden. Es gibt immer noch einige offene Fragen bezüglich der Vorfälle auf dem Schiff, mit dem er nach Florida gekommen ist. Alle Passagiere dieses Schiffes, mit Ausnahme von Tincourette, waren nämlich tot.« »Was ist daran so besonders? Beinahe mit jeder Flut werden illegale Einwanderer aus Haiti tot in Südflorida angespült.« Mrs. Mulrooney entspannte ihre gerunzelte Stirn. »Allein im letzten Jahr sind dreißigtausend an Land gekommen, weitere zehntausend wurden schon auf See aufgegriffen. Dreißig Prozent der Flüchtlingsschiffe sinken während der tausend Kilometer langen Überfahrt. Wir würden allen einen großen Gefallen tun, wenn wir diese Schiffe daran hindern könnten, überhaupt auszulaufen. Leider handelt es sich um eine politische Frage, nicht um eine humanitäre.« »Lieber vom Haifisch gebissen, als vom Diktator geküßt.« »Sie haben leicht reden.« »Das sage ja nicht ich, das sagen die Flüchtlinge.« Mrs. Mulrooney runzelte jetzt erneut die Stirn. »Wollen Sie mir erzählen, Sie wären den weiten Weg gekommen, um für die armen Haitianer zu sprechen?« »Ich spreche für niemanden. Ich spreche nur ganz leidlich Kreolisch, sonst nichts. Kennen Sie den haitianischen Ausdruck *youn ti chape?*« »Ich bin keine Linguistin, Mr. St. Cloud. Ich bin Beamtin.« »Das bedeutet ›kleiner Entkommener‹. Voltaire sagte mir, daß man auf Haiti so die Kinder nennt, weil die Hälfte von ihnen an Krankheiten stirbt, noch bevor sie fünf Jahre alt sind.« Mrs. Mulrooney nahm einen Bleistift vom Schreibtisch und drückte sich die Radiergummispitze in die Wange. »Wir sind hier alle überarbeitet und unterbesetzt, unsere Wachmannschaften sind keine Soldaten, sondern nur Mietpolizisten. Wir halten Leute fest, die illegal in unser Land einzuwandern versuchen. Dieses Lager ist ja nicht nur für Haitianer, es wurde auch während der großen Flüchtlingswelle zur See aus dem kubanischen Hafen Mariel benutzt, damals kamen stündlich einhundertvierzig dieser *marielitos* hier bei uns an. Die Kubaner sind aber inzwischen weg. Unsere Behörde bestimmt nicht, wer ein politischer Flüchtling ist und wer nicht. Wir sorgen nur dafür, daß die Gesetze eingehalten werden.« »Auch wenn die Gesetze für verschiedene Menschen verschieden ausgelegt werden?« »Wir haben eintausendvierhundert Haitianer hier, und in den Lagern weiter nördlich sind noch mehr. Wir alle sind in einer schwierigen Lage, und es kommen immer noch mehr.« Mrs. Mulrooney war sichtlich erschöpft, von einer unerbittlichen Flut ausgewaschen, die über sie hinwegspülte. *»Très triste.«* Ich schüttelte den Kopf. »Was heißt das?« Sie musterte mich mißtrauisch. »Es heißt ›sehr traurig‹. Darf ich Voltaire nun sprechen?« »Ja, es ist alles so traurig.« Sie drückte sich den Radiergummi noch tiefer in die Wange. »Wir hatten letzte Woche einen Ausbruch.« In diesem Moment wurde mir klar, warum sie so unverbindlich war. »Voltaire ist geflohen, wollen Sie das damit sagen? Ich kann nicht mit ihm sprechen, weil er weg ist? Und niemand weiß, wohin?« Mrs. Mulrooney legte den Bleistift auf den

Tisch und stand abrupt auf. »Kommen Sie mit.« Ich folgte ihr auf den langen Korridor, sie ging mit einer Miene von unkommunikativer Entschlossenheit voran, endlich waren wir draußen und gingen an langen Reihen von Zelten vorbei, die mit Haitianern vollgestopft waren. Die Zelte standen auf Betonplätzen, wo einst die Gefechtsköpfe auf ihren Einsatz warteten. Hinter den Zelten lehnten sich Männer sehnsüchtig gegen einen drei Meter hohen Maschendrahtzaun, der sie vom Lager für Frauen und Kinder trennte. Manche hatten Fingerkontakt mit ihren Frauen, die sich auf der anderen Seite gegen die Stahlbarriere drückten. Nur geflüsterte Wortfetzen waren zu hören, alle Bewegungen waren von der Hitze verlangsamt, so daß der Eindruck entstand, die Männer sprächen und bewegten sich unter Wasser, als trieben sie durch eine diffuse Traumwelt. Sie waren Gefangene im Land der Freiheit, wobei nicht einmal die Dauer ihrer Gefangenschaft feststand, sie waren eingesperrt in einer käfigartigen Vorhölle, während das Gesetz sich unsichtbar einer Entscheidung über sie näherte, und ihre Mienen drückten Niedergeschlagenheit und Resignation aus. Ein paar kauerten um Kofferradios herum und warteten darauf, daß der Sender aus Miami eine Meldung in ihrem Kreolisch brachte, irgend etwas, das Hoffnung auf zielgerichtete Bewegung verspräche. Mrs. Mulrooney blieb vor der offenen Tür eines Gebäudes aus Löschbeton stehen und drehte sich um, wie um mich zur Eile aufzufordern. Ich folgte ihr in einen brütendheißen Saal mit Hunderten von Feldbetten. Durch vergitterte Fenster fielen einzelne Sonnenstrahlen auf eine große Schultafel, auf der mit Kreide geschrieben stand: DATUM, UHRZEIT. SIND SIE STUDENT? ARBEITER? LEDIG? VERHEIRATET? HAITIANER? KRANK? WIE KRANK? Ich holte Mrs. Mulrooney ein, die rasch zwischen den Betten hindurchging und das Meer der sich ihr zuwendenden Gesichter mit herrischem Winken abfertigte. Vor einem hageren Mann blieb sie stehen, der auf dem Rand seines Feldbetts hockte, den Kopf in die knorrigen Hände gestützt, während er auf den Fußboden starrte. Er hob den Blick, auf seiner Stirn waren tiefe Furchen eingegraben, unter der Nase sprossen graue Bartstoppeln. Er sah aus wie fünfzig, wahrscheinlich war er dreißig, und er sagte kein Wort. »Das ist Hippolyte.« Mrs. Mulrooney tippte dem Mann auf die Schulter wie einem Schlafwandler. »Er kann kein Englisch und ich kein Kreolisch. Nur ganz wenige von unseren Leuten sprechen auch nur französisch. Vielleicht können Sie Hippolyte dazu bringen, Ihnen zu erzählen, was mit Ihrem Freund passiert ist.« Auf dem Bett neben Hippolyte unterbrachen zwei Männer ihr Dominospiel und musterten mich, sichtlich besorgt, daß da wieder ein Fremder kam, der ihnen das Leben schwerer machen würde. Mrs. Mulrooney spürte mein Zögern. »Fragen Sie Hippolyte nach dem Ausbruch.« Mit möglichst entwaffnender Freundlichkeit stellte ich meine Erkundigungen an. Hippolyte hörte mir mit stoischer Miene zu und sagte nur: »*Très triste.*« Er fand den Fußboden interessanter als meine Fragen. Die Männer auf dem Nachbarbett nahmen ihr Dominospiel wieder auf. Vom anderen Ende des Saals drang plötzlich lautes Geschrei und wilder Applaus, jemand hatte eine Quiz-Show eingeschaltet. Ein Kreis aus schweigenden Männern beobachtete die Menschen im Fernsehen, ohne ihre Worte oder die Bedeutung der blinkenden Zahlen und schrillen Tonsignale zu verstehen, das die Bildschirmwesen zu unbeherrschten Gefühlsausbrüchen und Kußorgien anregte. In dem riesigen Saal erhob sich die Stimme des Quizmasters über alles andere: *Wird das dritte Paar auf die Optimum-Karte setzen oder sich an die Risikofrage wagen?* Ich kniete neben Hippolyte nieder und wechselte beim Fragen vom Französischen zu verschwörerischem Kreolisch. »Ich bin ein Freund von Voltaire Tincourette. Ich bin hierhergekommen, um meinen Freund zu besuchen und ihm ein Geschenk zu bringen.« Hippolytes Blick hob sich vom Boden und richtete sich langsam auf mich, er musterte diesen Weißen, der Kreolisch mit fremdem Akzent sprach, einen Fremden, der zwar die Sprache seines Volkes besaß, aber nicht sein Herz, und schon gar nicht seine Hautfarbe. Sein Blick blieb an Tante Oris' Glücksknochen hängen, der an meinem geflochtenen Halsband baumelte, und ging dann von dem Amulett zu meinen Augen. Seine Worte kamen mit gedämpfter Ehrfurcht: »Frag diese Polizistin, warum sie uns gefangenhalten und warum sie uns zu Frauen machen wollen!« Ich übersetzte für Mrs. Mulrooney. »Sagen Sie Hippolyte, das ist Unsinn.« Sie lächelte beruhigend. »Wir versetzen die Nahrung der Häftlinge nicht mit weiblichen Geschlechtshormonen, damit ihnen Brüste wachsen. Das ist ein idiotisches Gerücht aus Miami, das die Unruhestifter in Little Haiti in die Welt setzen. Sagen Sie ihm, er soll nicht alles glauben, was er im

Radio hört. Wir versuchen hier nicht, Männer gefügig zu machen. Sagen Sie ihm, er kann das Essen ruhig zu sich nehmen, es ist gutes amerikanisches Essen. Er fällt ja völlig vom Fleisch.« Ich wiederholte Mrs. Mulrooneys Besorgnis für Hippolyte. Er bekannte, er selbst habe gesehen, wie Männern im Lager Brüste gewachsen waren, er habe gehört, wie ihre Stimmen jeden Tag höher wurden, und das habe am Tag vor dem Ausbruch begonnen, die Leute von der Polizei versuchten, aus den Haitianern Ziegenweibchen im Gatter zu machen, was denn eigentlich ihr Verbrechen sei, sie im Lager wollten nichts weiter als eine ehrliche Arbeit, dafür hätten sie ihr Leben riskiert, sie seien keine Diebe, keine Drogendealer, keine Mörder, drüben in Haiti spreche jedermann von Miami als einem Ort der ehrlichen Arbeit, wo man sich Sicherheit verdienen könne, aber jetzt sei alles klar, weiße Ziegen seien anders als schwarze, er glaube auch an den *Bon Dié* und an Jesus Christus, aber warum verteilte die Lagerpolizei englische Bibeln, wo doch die Haitianer kein Englisch könnten, und jeden Tag gebe es vergiftetes Essen, sie müßten draußen in der Hitze stehen, dann wieder vergiftetes Essen, zurück in die Kaserne, man schlafe den ganzen Tag hindurch, jeder Tag sei wie Sterben, viele hätten schon Selbstmord versucht, sie wollten doch nichts weiter als einen *viktoua net*, einen großen Sieg, sie hätten keine Invasion der Vereinigten Staaten geplant, ihnen gehe es nur um den Sieg der ehrlichen Arbeit, und dafür würden sie nun schlimmer als Hunde behandelt, in verängstigte Ziegenweibchen verwandelt. Hippolyte verstummte, als würde ihm auf einmal klar, daß er dem Falschen zuviel erzählte. Ich beugte mich näher heran und suchte seinen gesenkten Blick. »Ich kann nicht jedermanns Freund hier im Lager sein, aber für Voltaire war ich ein Freund. Ich bin gekommen, um ihm zu helfen, bitte hilf mir dabei.« Die Furchen auf Hippolytes Stirn vertieften sich, er biß sich auf die Unterlippe, wie um einen Versprecher zu vermeiden. Ich versuchte es anders: »Hast du auf Haiti Land besessen?« Sein Kopf fuhr hoch, trotziger Schmerz lag in seinem Blick. »Hältst du mich für einen Landstreicher? Ich bin kein Vagabund. Ich hatte ein wenig Land auf Haiti. Ich hatte dort meine Sicherheit. Ich hatte sogar eine Ehefrau für Gartenarbeiten, die hat aufgepaßt, wie mein Mais und Yam gewachsen sind, aber dann kommt immer länger und länger kein Regen mehr, ich muß in die Dominikanische Republik gehen und auf den Zuckerrohrfeldern arbeiten, und wie ich zurückkomme, haben die *tontons* meine Sicherheit besetzt, sie sagen, jetzt sind sie die Chefs, sie nehmen auch meine Gartenfrau und sagen, wenn ich nicht weggehe, nehmen sie mir noch das Leben dazu, also gehe ich weg, nach Port-au-Prince, wo die *paysans* ohne Sicherheit auf der Straße wohnen, und alle sagen, in Miami gibt es Mut, da gibt es Arbeit, also breche ich auf, ich habe noch Geld vom Zuckerrohrschneiden in der Dominikanischen Republik, ich fahre zusammen mit vielen *paysans* auf dem ersten Boot zu den Bahamas, von dort kaufe ich für viel Geld die Überfahrt nach Miami auf einem kleineren Boot, einem Fischerboot, ich muß mit den anderen *paysans* immer unten im Laderaum bleiben, allen ist ganz schlecht von dem Gestank, die Schmuggler wollen uns nicht Luft schnappen lassen, sie sagen, überall fährt die amerikanische Küstenwache herum, die sucht nach uns, wir sollen den Mund halten, dann gehen die Motoren auf einmal aus, und ein Schmuggler kommt runter und schreit, die Küstenwache kommt mit einem großen Schiff direkt auf uns zu, alle sollen ihm ihr Geld, Uhren und Wertsachen geben, weil wir mit Rettungsringen über Bord springen können, dann sieht uns die Küstenwache nicht im dunklen Meer, sie werden nur die Lichter am Fischerboot jagen, aber wenn sie dort keine illegalen *paysans* finden, dann kommt das Fischerboot uns wieder holen, und wir sind frei, aber die *paysans* rufen alle, warum sie denn ihr Hab und Gut abgeben sollen vor dem Sprung ins Wasser, da sagt der Schmuggler, weil das Meer so stürmisch ist, die Wertsachen können unmöglich trocken und sicher bleiben, wenn man im Wasser darauf wartet, daß das Fischerboot zurückkommt, aber manche glauben dem Schmuggler nicht und sagen das auch laut, und er schreit, keine Zeit mehr, die Küstenwache dampft schon heran, wenn wir *paysans* Beweise wollen, dann können wir an Deck gehen und uns selbst überzeugen, und wir tun das auch, über den hohen Wellen sehen wir ein blinkendes Licht und hören lautes Tuten, die *paysans* geben also ihre Wertsachen her und springen über Bord, mit Rettungsringen um den Hals, das Fischerboot dreht ab und brummt davon, wir hören es schon nicht mehr, da merken wir, das Blinklicht bewegt sich gar nicht, das Tuten kommt nicht näher, es war nur eine Leuchtboje, die das Fahrwasser für Schiffe markiert, und fast keiner von den *paysans* kann schwimmen, die einfachen Bauern aus dem Hochland sind hilflos in der Strömung, viele weinen und beten, sie flehen die großen Loas um Gnade an, aber wir treiben schon fort von der Leuchtboje, bald hören wir ihr Tuten nicht mehr auf dem Wasser, ein paar von uns kommen zusammen und binden Rettungsringe zu einem Floß zusammen, und bei Tagesanbruch sehen wir auch die Küste, jetzt wissen wir, wohin wir rudern müssen, ich bin Zuckerrohrarbeiter, habe starke Arme zum Rudern, ich packe eine Frau an den Haaren und ziehe sie mit mir mit, und wie das Wasser immer kälter wird, wird sie ganz schlaff, bis ich merke, ich ziehe eine Leiche hinter mir her, also lasse ich sie los, und dann kommen die Haifische, aus der Dunkelheit hören wir die Schreie von anderen, die nicht an unserem Floß sind, eines davon war ein kleines Mädchen, ich weiß noch, sie hatte ein rotes Kleid an, das hatte ihre Mutter ihr auf den Bahamas gekauft, damit sie hübsch aussieht, wenn sie ankommt in Miami, ich schwimme zu ihr hin, auf dem Wasser steht roter Schaum im Mondlicht, ich rufe allen zu, sie sollen ruhig sein, nicht ins Wasser schlagen, nicht strampeln, nichts tun, was die Haifische anlockt, ich bin überrascht, daß die Haifische nicht gleich wiederkommen, ich hatte schon geglaubt, mein Körper würde zerrissen, bei der kleinsten Berührung an den Beinen zucke ich zusammen, ich lache sogar bei dem Gedanken, daß die Haifische besser essen werden als ich je in meinem Leben, und am Morgen sehe ich das Glitzern der Häuser von Miami Beach, bald kommt die echte Küstenwache auf uns zugedonnert, und sie bringt uns hierher, und hier habe ich auch Voltaire getroffen, aber erst bei dem Gefängnisausbruch, vorher kannte ich ihn nicht, auch er ist übers Wasser gekommen, und wie alle anderen hatte er Angst.« Hippolytes Blick schweifte ab über die Reihen der Feldbetten, auf denen reglose Männer lagen wie dahintreibende Leichname. Sein Blick konzentrierte sich auf die hintere Saalwand, auf deren harter Oberfläche die farbenfrohe Buntheit des Dschungels aufgemalt war, hoch aufragende Palmen in einer kühlen Welt, an Lianen schwingende Brüllaffen, grellrote Papageien im Flug, minzgrüne Schmetterlinge über einer Lagune, ein weißer Jaguar am Ufer, mit Augen, in denen nicht die Raubgier funkelte, sondern die offen und fragend wirkten, wie große, menschliche Augen. »Voltaire«, begann Hippolyte, »war kein starker Zukkerrohrschneider so wie ich, ich hab nie was von ihm gehört, bis wir zusammen über den Zaun sind, am Tag des Ausbruchs neulich, da bin ich nicht mit dem Gedanken an Flucht im Kopf aufgewacht, am frühen Nachmittag stand ich in der Schlange vor der Latrine an, schon seit Tagen gab es Gerüchte, viele Autos mit Sympathisanten wollten aus Miami kommen und alle Welt aufmerksam machen, daß wir hier Medizin für Frauen kriegen und von vergiftetem Essen ganz ausgezehrt werden, und als ich die Latrinentür aufmache, höre ich Autohupen von der Rückseite des Verwaltungsgebäudes, Demonstranten rammen gegen das Tor des Lagers, Flaschen und Steine fliegen, Schüsse krachen, Rauch und Tränengas brennen mir in den Augen, ich muß kotzen, renne zum hinteren Zaun hinüber, klettere zusammen mit einem Haufen anderer hinauf, der Stacheldraht zerreißt mir die Hände, ich springe ins Gras auf der anderen Seite, neben mir ein zerlumpter Junge, seine zerfetzten Kleider blutverschmiert, wir rennen weg, und in der Nacht im hohen Gras, da erzählt er mir, er hat in Haiti seine Sicherheit verloren, die *tontons* haben seinen Onkel von Zobops jagen lassen, haben den Onkel mit Äxten zerhackt wie ein Schwein, er sagt, die Zobops haben ihn noch übers Meer verfolgt, haben mit fliegenden Fischen auf ihn geschossen, deshalb hat er zu Papa Agoué um Erlösung gebetet, und dann sind in der Nacht die Reitersmänner aus dem Meer emporgestiegen, als die Sterne rings um sein Schiff aus Haiti herabgefallen sind, die Reitersmänner haben ihm einen *ouanga*-Beutel umgehängt, haben seine Stirn mit heiliger Asche aus dem *richaud* gesalbt, haben ihm ins Ohr geflüstert, die Freiheit ist nah, er soll keine Unruhe stiften, er soll in die Vergessenheit schwimmen, die Erinnerung ablegen, all diese Dinge sagte mir Voltaire, und dabei pfiff der Wind über das Meer aus Riedgras rings um uns herum, die Nacht war von Blitzen taghell erleuchtet, weit hinten grollte Donner, heißer Regen spuckte nieder, die Erde dampfte, die fliegenden Fische in der Erinnerung waren vergessen, die Sicherheit war nah, Papa Agoué würde uns retten, ich glaubte, was er auch glaubte, es gibt keinen anderen Glauben, er war mein braves Lamm, und wir schliefen ein, wachten wieder auf in einer Welt aus dichtem Rauch von dem Feuer, das die Blitze geschlagen haben, wir weinten, wir waren verloren, dann war der feste Boden mit hohem Gras zu Ende, und es kam ein Sumpf, knietief sind wir gewatet in unserem Streben nach Freiheit, hoch über uns das Heulen von Flugzeugen, ich weiß nicht, ob sie uns suchten oder gegen das Feuer ringsherum kämpften, grauer Tag verrann zu grauer Nacht, schwarze Sonne wurde zu schwarzem Mond, Voltaire redete wirr, war ganz beschmiert mit Asche und Blut, er wurde ohnmächtig, aber die Freiheit war nah, wir durften nicht stehenbleiben, ich legte den Arm um ihn, er war leichter als ein fliegender Fisch, so trug ich ihn weiter, nur einmal schlug er die Augen auf, murmelte etwas zu Papa Agoué, der Schlamm saugte an den Füßen, in der Nase hatten wir Gestank von faulenden Pflanzen, die Moskitos summten uns in den Ohren, unsere Haut war geschwollen von ihren Stichen, so wanderten wir von hier nach dort, der Rauch wurde auf einmal strahlend rot in der Morgendämmerung, ein neuer, klarer Tag zog auf, und weit vor uns marschierten Riesen am Horizont, eine Armee von Heiligen, ich hatte auf einmal keine Angst mehr, ich war kein Vagabund vom Ozean, sondern ein stolzer *paysan*, mir würde man Beistand gewähren, die Riesen wurden immer größer, und im Näherkommen sah ich, es waren keine Heiligen, die in eine neue Welt marschierten, sondern Strommasten, ganz verkohlt vom Feuer, der Rauch quoll immer noch aus dem Boden ringsherum, und die Masten standen an einem Kanal, der führte in die Richtung des Sonnenaufgangs, die schwarze Erde zu unseren Füßen war ganz heiß, als wir den Masten folgten, an denen sich sirrende Drähte spannten, im Kanal weiter unten strömte das Wasser rasch dahin und sang ein sauberes Lied, dann erwachte Voltaire und meinte, Wasser führt immer zu etwas Gutem, und es führte zu einer Brücke, auf der Autos fuhren, aber das Wasser verschwand im stählernen Maul eines Rohres, und wir stolperten die Böschung hinauf auf einen harten schwarzen Platz mit parkenden Autos zwischen aufgemalten weißen Linien, vor uns glitzerte ein Glaspalast inmitten von blühenden Bäumen und Wasserfällen, da mußte wohl das Wasser aus dem Kanal hingehen, und wir waren so durstig und schmutzig, wir wollten trinken und baden, also folgten wir der Menschenmenge in den Palast hinein, wo die Hitze aus dem Tag geschluckt wurde und ein kühler Wind wehte, wir sahen keine Tiere, aber wir hörten den süßen Gesang von unsichtbaren Vögeln, Voltaire humpelte auf schlammigen Füßen vorwärts, der blitzblanke Fußboden unter ihm reflektierte gewaltige Schätze, Berge von Kleidungsstükken, Schmuck und Fernsehgeräten, ich rief ihm nach, er soll zurückkommen, ich wußte nicht, ob ich in seinem Traum war oder er in meinem, vielleicht hatte man uns beide erschossen, als wir über den Lagerzaun geklettert waren, wir waren im Feuer der Everglades zur Hölle gegangen, aber Voltaires Gebete zu Papa Agoué hatten uns eine Zuflucht geschaffen, und nun waren wir im Himmel. Wenn ich aber noch am Leben war, dann wußte ich nicht, wie lange es her war, daß ich zum letztenmal gegessen oder geschlafen hatte, zwei Tage oder zwei Wochen, ich jagte Voltaire durch die Schätze hinterher, er blieb unter einem Schild stehen:

OBST-UND-GESCHENK-KÖRBCHEN

Körbe voller Obst winkten uns zu, Voltaire wiegte den Kopf zur Musik der unsichtbaren Vögel, seine Finger glitten über goldene Orangen, rubinrote Äpfel, smaragdgrüne Birnen, eine Perfektion, wie man sie in unserem insektengeplagten Land der vertrockneten Bäume nicht sieht, Speisen wie für ein Festmahl der Heiligen, er zog die Plastikhaut von einem roten Apfel ab und hob die Frucht an die Lippen, als eine Frau auf ihn zukam und ihn mit wütenden Worten anschrie, die er nicht verstehen konnte, da war er wie ein wachgerüttelter Schlafwandler, er streckte der Frau den Apfel hin, sie blieb stehen, als wäre der Apfel eine Bombe, mit der man Glaspaläste zerstören konnte, hinter uns war Geschrei zu hören, ich drehte mich um, ein schwarz uniformierter Polizist schob sich durch die Menge, Voltaire lächelte und stolperte auf ihn zu, hielt ihm das Obst hin, sie wären fast zusammengestoßen, ich rief ihm zu, er soll stehenbleiben, aber er hörte mich nicht in seinem Traum, der schwarze Polizist hatte plötzlich einen Revolver, und da trat Entsetzen in Voltaires Blick, die *tontons* hatten ihn gefunden, die Obstjuwelen fielen zu Boden, und er rannte über die spiegelglatte Sinnestäuschung, der schwarze Polizist verfolgte ihn, ich rannte auf blasigen Füßen hinterher, und Voltaire war schnell wie ein Hase, er lief hinaus auf eine befahrene Schnellstraße, wich den rasenden Autos aus, die ihn anhupten, der schwarze Polizist brüllte, und Voltaire rannte unter einer hängenden Ampel hindurch, sah nicht den Lastwagen, der ihn erfaßte und auf die Motorhaube eines anderen Autos warf, das mit quietschenden Bremsen ins Schleudern kam, und er knallte auf das Pflaster, genau auf einem gelben X, so groß wie ein Mensch, und als ich zu ihm kam, quoll ihm Blut aus den Lippen, ich nahm ihn in die Arme und betete, die Heiligen mögen uns aufwecken aus dem schönen Traum, der zum Alptraum geworden war, unter dem gelben X waren weiße Buchstaben, ich weiß nicht, was sie heißen, aber in meiner Erinnerung sehen sie so aus:

NUR LINKS ABBIEGEN

Oh, mein armes Lamm.«

25

»Ich glaube, er hat es geschafft. Hörst du mich?«

St. Cloud versuchte, seine Gedanken zu ordnen, das Bild des toten Voltaire loszuwerden, der vor einem Einkaufszentrum am Rande der Everglades lag, an einem Ort, wo der Vormarsch der Moderne das jahrtausendealte Kriechen des Ozeans überholte, der damit neues Land preisgab. Das Bild weigerte sich zu verschwinden: Voltaire auf dem gelben X, das gegen den Uhrzeigersinn herumwirbelte, in der Schwebe zwischen zwei Welten. Angelica tauchte vor ihm auf. Es hatte zu regnen aufgehört, das Morgengrauen erhellte den dünnen blauen Horizont.

»Du hast die ganze Nacht hindurch geredet.« Angelicas Fingerspitzen berührten St. Clouds Wange. »Ich mochte dich nicht aufhalten, Isaac hatte es ja so haben wollen.«

In St. Clouds Kopf schwirrte alles. Die schwache Hand, die er in der seinen hielt, war leblos.

»Hab noch mal versucht, Renoir anzurufen, immer noch keine Antwort.«

»Antwort?« St. Cloud blickte Angelica ins Gesicht. In ihren Augen standen keine Tränen, nur ein klarer blauer Blick. Vielleicht war es das letzte, was Isaac gesehen hatte, jenseits aller Landschaften: sein riesengroßer blauer Tupfen, bis ans Ende. St. Cloud wollte Isaacs Hand nicht loslassen, solange er daran festhielt, blieb die Verbindung zwischen ihnen bestehen. Seine Gedanken wanderten zurück zu Voltaires Geschichte, es gehörte noch etwas dazu, ein eigenartiger Schluß. Er erinnerte sich an das Schweigen, nachdem Hippolyte mit der Schilderung des Ausbruchs geendet hatte. Während Hippolyte zu Boden blickte, starrte er selbst auf den Dschungel, der auf der hinteren Saalwand aufgemalt war, und der weiße Jaguar starrte zurück. Donner grollte über die Sümpfe der Everglades ringsherum, und langsam überwanden Hippolytes Worte seine schrundigen Lippen: »Einst war ich ein starker Mann mit Sicherheit, ein Mann, der zwölf Stunden täglich Zukkerrohr schneiden konnte, aber manchmal verliert ein Mann beim Schneiden aus Müdigkeit die Kontrolle über den Schwung seiner Machete, und die Klinge trifft in der Hitze des Augenblicks ihn selbst, das vom Herzen gepumpte Blut pulsiert innerhalb weniger Minuten aus der Wunde, so stirbt er auf dem Feld, ich selbst habe mich zweimal so geschnitten, tiefere Wunden als der Biß eines Wildschweins, und mir dann die Wunde mit Stoff von meiner zerrissenen Hose verbunden, bin noch fünfzehn Kilometer nach Hause gelaufen, über Berge und durch Flüsse, so stark war ich, und sieh mich jetzt an, ich verfalle hier, weil es keine Arbeit im Lager gibt, ohne seine Sicherheit ist ein Mann gar nichts, sein Körper gibt auf, wenn er nicht so eingesetzt wird, wie die Loas es planten, ich wiege heute nicht mehr als einer von Voltaires fliegenden Fischen.« Hippolyte brach ab, als hätte er an seinem Atem schon genug zu tragen. St. Cloud beugte sich wieder vor ihm nieder, griff in die Tasche und zog den Umschlag heraus, der zwanzig Hundert-Dollar-Scheine enthielt. Er schob den Umschlag in Hippolytes knorrige Hände und behauptete, es sei ein Geschenk von Voltaire, der ihm geschrieben habe, sein Freund Hippolyte solle das Geld bekommen. Hippolyte wendete den zugeklebten Umschlag in den Händen, überlegte, was darin sein mochte, er hatte um keine Geschenke gebeten, die Furchen auf seiner Stirn wurden tiefer, vielleicht war das ja ein Trick, immerhin hatte St. Cloud nur *gesagt*, er sei ein Freund von Voltaire. Eines aber war ganz klar: Hippolyte wußte, daß Voltaire ein *paysan* wie er selbst war, ohne Schulbildung. Voltaire konnte nicht schreiben. »Ich bin nicht wegen des Sonnenscheins nach Florida gekommen«, flüsterte Hippolyte heiser. »Ich auch nicht«, flüsterte St. Cloud zurück. Hippolyte erhob sich von seinem Feldbett, kauerte vor einer Feldkiste nieder und öffnete mit einem kleinen Schlüssel den Metalldeckel. Er legte den Umschlag hinein und nahm mit einer raschen Bewegung etwas aus der Kiste in die hohle Hand. Er setzte sich wieder auf das Feldbett und hielt St. Cloud die geschlossene Faust vors Gesicht. »Voltaire ist ohne Sicherheit gestorben, aber nicht ohne Geist, denn ich habe ihm das hier vom Hals genommen, als die Loas ihn heimgerufen haben, und wenn du sein Freund bist, dann solltest du es haben.« Hippolytes Faust öffnete sich und gab die schweinslederne Kugel eines *ouanga* frei, mit Ziegenhaar zugebunden, blutbefleckt und schlammbeschmiert. St. Cloud berührte den Beutel nicht, es war die einzige Sicherheit, die Voltaire in dieser Welt gehabt hatte. »Nimm ihn«, drängte Hippolyte. »Manche Dinge sind einfach vorherbestimmt, vielleicht bist du gar nicht so weiß, wie es scheint.«

Hippolytes Worte gingen St. Cloud wieder durch den Kopf, als er jetzt Isaacs Hand hielt. Manche Dinge sind vorherbestimmt, ganz einfach, weil sie eben so sind, aber das macht sie nicht leichter verständlich. Er dachte an das, was er nach seiner Unterhaltung mit Hippolyte erfahren hatte, als er in Mrs. Mulrooneys Büro mit der kühlen Klimaanlage zurückgekommen war, während hinten in dem großen Saal Männer auf Feldbetten den ganzen Tag hindurch schwitzten. Auch er schwitzte, als Mrs. Mulrooney ihm sagte, daß Voltaire sowieso gestorben wäre, auch wenn er nicht diesen Autounfall gehabt hätte. Sie sagte, die haitianischen Demonstranten hätten dieses dumme Gerücht über die Östrogene im Essen der Häftlinge so aufgebauscht, daß es eine medizinische Untersuchung gegeben habe. Die Ärzte fanden dabei heraus, daß manche der Männer an Framboesie litten, einer auszehrenden Krankheit, die laut den Vereinten Nationen schon ausgerottet war. Sie fanden noch etwas, nämlich eine schleichende Lungenentzündung, die ihre Opfer langsam dahinsiechen ließ. Diese Lungenentzündung sei auf ein afrikanisches Virus zurückzuführen, das von grünen Meerkatzen oder so ausging, niemand wußte es genau, und die Krankheit war so neu, daß sie nicht einmal einen Namen hatte. Einwanderer aus Haiti hatten die allergrößte Chance, sie zu bekommen, genau wie Homosexuelle. Die Ärzte hatten keine Ahnung, wie viele der Männer im Lager homosexuell waren, aber sie wußten ganz genau, wie viele vor kurzem aus Haiti kamen. Sie hatten um Erlaubnis gebeten, Voltaires Leiche eine Blutprobe entnehmen zu können. Er hatte das Virus der grünen Meerkatzen, und sie nahmen an, Hippolyte habe es auch.

Angelica drang zu St. Cloud hindurch. »Warum gehst du nicht nach Hause und schläfst ein bißchen, Schatz? Du bist ja die ganze Nacht aufgewesen.«

St. Cloud drückte Isaacs Hand, er konnte sie einfach nicht loslassen. Angelica schien weit weg zu sein, die Dämmerung ließ ein violettes Licht hinter ihr am Fenster aufgehen. »Du bist doch auch die ganze Nacht aufgewesen.«

»Für mich ist das leicht. Ich arbeite in einer Kneipe. Isaac konnte sich darauf verlassen, daß ich für ihn wache. Rufen wir seinen

Arzt an und gehen weg von hier, bevor die Presse eintrifft, das hätte Isaac seinen Freunden bestimmt nicht zugemutet.«

»Ja... hast recht. Wenn wir Renoir nicht erreichen können, müssen wir den Arzt anrufen.«

»Geh schon. Ich erledige den Anruf.«

»Soll ich wirklich nicht noch dableiben, solange du das machst?«

»Geh!«

Es war Zeit. St. Cloud griff tief in seine Hosentasche und zog Voltaires *ouanga* heraus, er legte ihn in Isaacs Hand. Er bog die steifen Finger über den schweinsledernen Beutel, dann legte er die Hand über Isaacs regloses Herz. Er brauchte den *ouanga* nicht, er hatte Tante Oris' Glücksknochen. Wo er auch hinging, er hielt sich für kugelsicher. Er erhob sich aus dem Sessel.

Die Vorhänge, die Angelica am Fenster umrahmten, wehten im Wind wie weiße schwebende Schwingen um ihre Schultern, bereit zum Abheben. Ihre Lippen rundeten sich. Isaac war glücklicher als die meisten Männer.

St. Cloud ging hinunter in die höhlenartige Eingangshalle, tastete sich an den mit Laken verhüllten Möbeln entlang. Er trat auf die verfallene Veranda hinaus und schob sich durch den Vorhang der Luftwurzeln des spanischen Lorbeers. Vor ihm lag die Whitehead Street, die bis an den Zementfinger des Monuments der südlichsten Landspitze am Rande des Atlantik führte. Die steife Brise drehte gerade von Süden nach Nordwesten, ein sicheres Zeichen, daß die Hundstage endlich das Land aus ihren Fängen freigaben. Der brodelnde Ozean hatte nicht seine normale durchscheinende blaue Farbe, sondern ein tiefes Indigo. Das Unwetter, das in der Nacht durchgezogen war, hatte einzelne Wolken am Horizont hinterlassen, unter denen spinnenartige Wasserhosen wirbelten, tanzende Geister auf dem Weg zu Kubas raschelnden Zuckerrohrfeldern und flirtenden Papayamädchen mit Mangoaugen. St. Cloud achtete nicht auf die tropischen Versuchungen hinter den Wasserhosen. Er schlug die andere Richtung ein, ging quer über die Insel nach Hause, wo Lyla wartete.

Die schmalen Straßen waren erfüllt vom quakenden Chor der Frösche in den feuchten Gärten, wo der verdunstende Regen auf den Wellblechdächern dampfte, Eidechsen aus den Ritzen der Bürgersteige huschten und in den Palmen die Ratten raschelten. St. Cloud betrat das Haus in der Catholic Lane leise, weil er die schlafende Lyla nicht wecken wollte. An der Schlafzimmertür war ein Zettel befestigt: *Du bist das Schmalzfleisch im Zollamt meines Herzens, mein Hunger verfolgt dich, kein Wunder wie roh.* Er lächelte; unter seine Nachricht hatte Lyla geschrieben: *Dein Fleisch mag schmalzig sein, aber dein Wunder nicht roh!* Er stieß die Tür auf. Lyla lag schlafend da, der Deckenventilator fächelte die Luft über ihren nackten Rundungen. Zum Beruhigen seiner Nerven brauchte er jetzt keinen Drink, er brauchte nur den Anblick in sich hineinzustürzen, der da im Morgenlicht auf dem Bett lag. Seltsame Musik kam ihm in den Sinn. Er glaubte, er bilde sie sich nur ein. So rasch sie gekommen war, verklang sie auch wieder. Vielleicht hatte er nur das elektrische Surren des Ventilators gehört. Er befürchtete, nur zu träumen, so ähnlich wie Voltaire geglaubt hatte, den Glaspalast nur zu träumen. Er berührte den Glücksknochen an seinem Hals. Ein schrilles Geräusch ließ ihn zusammenzucken, es klang wie ein Bussardschrei oder wie eine Trillerpfeife. Lyla öffnete die Augen, ein Schatten huschte hinter ihr am Fenster vorbei. »Bleib, wo du bist!« flüsterte St. Cloud. Er ging rasch durch das Haus, trat durch die Hintertür in den Garten und schob sich durch die Bananenblätter. Die seltsame Musik hörte wieder auf. Über den Gemüsebeeten ragte der Papayabaum auf, und auf halber Höhe des Stammes hing Lylas Mops, der Schädel von einem Pfahl durchbohrt, die Kehle aufgeschlitzt. St. Cloud sah Lyla nackt am Schlafzimmerfenster stehen, sie hielt sich eine Hand vor den Mund. Zwischen blutbefleckten Kohlköpfen unter der Papaya blinkte ein Marmeladeglas. Er schraubte es auf und nahm einen zerknüllten Zettel heraus, der mit lila Tinte beschrieben war:

DER ALTE FILOR IST SCHLAU WIE DIE MAUS! HAH!
UNTER 2000 EINGESPERRTEN SEELEN WARTET DER TODESENGEL
IN DER HAND HÄLT ER DIE AUFGEHENDE SONNE DEINES SCHICKSALS
KOMM NICHT ZU SPÄT ZU DEINER GEBURTSTAGS-PARTY!

St. Cloud ließ das blutige Glas aus der Hand gleiten und warf den Zettel in die Kohlköpfe. Justo hatte recht gehabt damit, daß alles zum Friedhof hinführte. Er setzte sich in Bewegung, zertrampelte Tomaten und Rüben. Er hörte, wie Lyla ihm nachschrie, er solle nicht gehen. Dann rannte er aus dem Garten.

Das Tor zum Friedhof stand offen, jemand hatte das Kettenschloß aufgesprengt. St. Cloud zögerte und schnappte nach Luft. Eine Reihe von acht Palmen bewachte den Eingang, ihre Wedelröckchen raschelten über ihm. Das erste, was ihn in der Stadt der Toten begrüßte, war die Statue eines Matrosen zwischen den Gräbern der auf der *U.S.S. Maine* Ertrunkenen, der dort auf seinem Granitsockel stand. Der Matrose aus Kupfer war meergrün verwittert wie eine Unterwasservision, ans Land geträumt von den in der Tiefe begrabenen Seeleuten, eine Hand hielt ein Ruderblatt, die andere war erstarrt zum Gruß nach Norden, heimwärts. Jemand hatte die Augen des Matrosen gelb angemalt, seinen suchenden Blick um Hilfe blind gemacht. St. Cloud sah in die Richtung, in die der Matrose nicht mehr sehen konnte, über die Silhouetten der Grabsteine und über die mit Schlingpflanzen überwucherten Blechdächer von Mausoleen. An einem Flaggenmast klirrte die Metallschnalle der Schnur im Wind und schlug einen rätselhaften Rhythmus. Der Wind trug auch ein hohles Klopfgeräusch von der anderen Seite eines Betonhügels heran, in dem Familiengräber untergebracht waren. St. Cloud schlich an die große Grabstätte heran, drückte sich mit dem Rücken gegen die Betonwand, schob sich bis an die Ecke und erschreckte dort einen Windhund, der mit der Schnauze in einer Vase mit Plastikblumen steckte und daraus zu trinken versuchte. Der Hund schlug die Vase gegen die Grabstätte, um seine ungeheuer lange Schnauze wieder zu befreien. Dann rutschte die Vase ab und verstreute Plastikblumen. »Ocho!« rief St. Cloud dem weglaufenden Hund nach. »Wo ist Justo?« Nur ein Heulen des Windes kam als Antwort. Wenn Ocho hier war, dann konnte Justo nicht weit sein. Nichts rührte sich auf den Wegen. St. Cloud ging in die Blickrichtung des blinden Matrosen, auf das Denkmal der Märtyrer Kubas zu. Seltsame Musik setzte ein, ihr scharfer Klang führte zu einem Obelisken, der über dem Wald aus Marmorsteinen seinen Finger himmelwärts reckte. Von der Spitze des Obelisken beäugte ein Bussard St. Cloud, als wäre er eine streunende Maus. Er öffnete den Schnabel, stieß einen Kehllaut der Verachtung aus und schwang sich über den steinernen Engeln, die für immer an die Erde gekettet waren, in die Lüfte. Gedenksteine und Gräber, an denen St. Cloud vorbeieilte, verschwammen vor den Augen, jeder konnte sich hier unter den Toten verstecken. A LOS MARTIRES DE CUBA, der Bogen mit den Metallbuchstaben erhob sich vor ihm, er schob sich an einem Granitpfeiler entlang, auf dem die Daten von jahrhundertealten kubanischen Schlachten eingraviert waren. Wo die seltsame Musik herzukommen schien, stand ein gläserner Behälter mit einem eigenartigen Stück Holz darin, und ein Schild verkündete: *Tronco de tamarindo bajo cuya sombra conspiraban los patriotas cubanos.* Das Holz stammte von dem Tamarindenbaum, in dessen Schatten die kubanischen Patrioten die Befreiung Kubas geplant hatten. Von seinem Aussichtspunkt unter den begrabenen Freiheitskämpfern hatte St. Cloud einen guten Blick auf den Matrosen, der ihn aus gelben Augen anstarrte. *Ein grüner Matrose blickt nach Norden zu den Märtyrern Kubas, wo der Baum des Lebens aus ihren Köpfen wächst.* Er wirbelte herum, dort an der Pforte zum Märtyrerdenkmal breitete sich ein Brotfruchtbaum aus; die mächtigen Wurzeln hatten eine ganze Reihe von Grabsteinen wie Dominos umgestoßen. Zwischen den umgestürzten Steinen waren drei frisch ausgehobene Gräber. St. Cloud sah in eines der Gräber hinein. Auf dem Grund stieß eine Agakröte wütend gegen die glitschigen Wände und versuchte zu entkommen. »Justo«, flüsterte St. Cloud. Nur Justo kannte die Bedeutung von Zobops Gedicht. Er wandte sich von den Gräbern ab und suchte nach Justo, nach einem klärenden Zeichen. *Der Todesengel wartet, in der Hand hält er die aufgehende Sonne deines Schicksals. Komm nicht zu spät!* Komm nicht zu spät? Im Osten des Friedhofs, über dem Grab des Juden, das außer Sicht hinter einem hohen Zaun mit der verschnörkelten Aufschrift B'NAI ZION lag, ging die Sonne auf. St. Cloud rannte auf den emporsteigenden Feuerball zu. *Komm nicht zu spät!* Vor ihm ragte ein Engel auf, die mächtigen Schwingen angehoben, das Haar fiel ihm als Kaskade auf die Schultern, eine ausgestreckte Hand hielt einen Lilienstrauß über ein Grab, das vom Gestrüpp überwachsen war. Seltsame Musik wehte über die Friedhofswege und strebte auf den Engel zu, der in blutrotes Licht getaucht war. Hoch oben erzeugte ein Frauenzungenbaum mit seinen im Wind rasselnden Samenschoten einen Höllenlärm. Hinter dem Baum erschien nun eine Gestalt auf einem Fahrrad, eine schwarze Gummihaut, in Leuchtfarbe mit den Knochen eines menschlichen Skeletts bemalt, ein schmaler Zylinder auf dem Kopf, die Augen hinter einer Sonnenbrille verborgen, eine gellende Pfeife zwischen die Zähne geklemmt.

»St. Cloud!«

Justo kam von den Märtyrern Kubas herbeigerannt, fuchtelte

mit dem Revolver, was er brüllte, ging verloren im Wind und in dem schrillen Ton der Pfeife.

Die Beine des Skeletts traten mit aller Macht in die Pedale, in seiner Hand blitzte ein Messer. St. Cloud hob den Arm, um den Stoß abzuwehren. Das Gellen der Pfeife wurde von Schüssen übertönt, die in die Gummibrust des Skeletts einschlugen. Das rasende Fahrrad trug es weiter vorwärts, das Messer war noch hoch erhoben. Zwei weitere Schüsse knallten. Das Skelett kippte über den rostigen Lenker und fiel zusammen mit dem Fahrrad um.

Unter den ausgebreiteten Schwingen stand Renoir und zielte mit seinem Revolver ein Stück über St. Clouds Schulter. Die aufgehende Sonne hinter dem Engel tauchte Renoir in einen Strahlenkranz, und er verschwand im Licht.

Justo kniete neben dem Skelett nieder, das über dem umgestürzten Fahrrad hingestreckt lag, und zog ihm mit lautem Schnappen die Gummimaske vom Gesicht. Die leeren Augen von Kosmo-Spinner blickten ihn weiß an, sein geflochtener Zopf ringelte sich über den Boden.

»A santo de qué?« Justo blickte zu St. Cloud auf.

In wessen Namen?

26

Adios, zwanzigstes Jahrhundert, Cha-Cha-Cha. So lautete die Botschaft. Ganz egal, durch welche Seite des Fernrohrs Justo sich die Sache ansah, die ganze runde Welt ergab einfach keinen Sinn. Das waren eben die Tatsachen der runden und der platten Welt, und was die anderen Welten anging, die untere und die ganz oben, mit denen sollte er sich lieber nicht anlegen. Selbst wenn es möglich war, einer Agakröte Salz auf die Zunge zu streuen, damit sie die Sprache von Geistern und Heiligen sprach, konnte sie doch nicht viel sagen, wenn ihr ein Nagel durchs Maul getrieben war. Kosmo-Spinner wußte das, und Justo wußte noch einiges mehr. Was ihn von morgens bis abends in Gang hielt, das war dasselbe, was ihn auch in Vietnam gestützt hatte und was ihm dann nach der Rückkehr von dort zu Hilfe gekommen war. Er war mit Reue vertraut, er konnte das Böse zurück an die Quelle verweisen, aus der es kam. Justo war ziemlich zerknirscht gewesen nach Vietnam, und so hatte er seinen gesunden Geisteszustand bewahrt. Was er in seiner persönlichen Niederlage beim Versuch, den Krieg zu verstehen, gelernt hatte, das war eine einfache Wahrheit: Derjenige, der an Reue und Zerknirschung glaubt, wird immer gegen den gewinnen, der nur an Zerstörung glaubt. Kosmo-Spinner glaubte an Läuterung durch Zerstörung, er verstand nicht, daß das Böse im Namen einer Vielzahl von Dingen existiert, unter denen sich etwas verlegen sogar das Gute herumdrückt, darin besteht eben die Abmachung.

Justo fuhr seit zwei Tagen durch die Straßen von Key West und suchte nach Renoir. Die Tüte mit fritierten Muscheln auf seinem Autositz war leer, und ebenso leer war sein Kopf, wenn es darum ging, wo Renoir zu finden sein konnte. Er hatte die ganze Insel umgekrempelt, jeden kleinen Gauner angezapft, alle Schwulenbars und Discos heimgesucht, jeden einzelnen Stricher in die Mangel genommen, der ihm einen Gefallen schuldete. Er erntete dafür nichts als böse Blicke, als wäre er Pontius Pilatus, der die Apostel aufforderte, Jesus und dessen Aufenthaltsort nach dem Entweichen aus der Grabhöhle zu verpfeifen. Der halbe Staat Florida suchte schon nach Renoir. Niemand nahm an, daß er nach der Schießerei noch auf Key West war. Aber nach dem, was Justo in Renoirs Haus gefunden hatte, bestand für ihn keine Frage, daß seine Beute nicht allzu weit fliehen würde.

Justos Magen brannte nach einer gehörigen Portion Backmuscheln, und die Zeit arbeitete gegen ihn. Die Suche nach Renoir mußte um vier Uhr zu Ende sein, oder er bekäme es mit dem Teufel persönlich zu tun, schlimmer noch, er würde sich vor Rosella verantworten müssen. Heute feierte Isabel ihre *quince*, dreihundert Gäste waren eingeladen, die Ballkleider der Frauen schimmernd gebügelt, die geliehenen Smokings der Männer zurechtgelegt, zwanzig Spanferkel drehten sich am Spieß, und die Kapelle stimmte die Instrumente. Justo gab ein Vermögen aus, und sein Magen brannte nur noch mehr. Wenn er nicht um vier im Hotel war, mit einem Grinsen so breit wie ein Spanferkel mit einem knallroten Apfel im Maul, würde Rosella ihm das Fell abziehen und der Teufel seine Seele holen.

Ocho beugte sich über die Lehne und schleckte Justo die Wange. Das Vieh verschlang eine ganze Tüte Muscheln zum Essen und winselte nach mehr. Justo zwickte den Hund ins Ohr und warnte ihn, er müsse sein Laster unter Kontrolle bekommen, oder er wäre bald wieder auf der Rennbahn und könnte dort einem Häschen aus Metall nachhetzen, um sich seinen Lebensunterhalt zu verdienen. Das Bild des Häschens inspirierte ihn, er trat auf die Bremse und wendete den Wagen zu einer Fahrt in den Wreck Room.

SPINNER GEGEN SCHWULE 0:1
MEHR GLÜCK BEIM NÄCHSTENMAL!

Die Kreidebotschaft auf der Tafel ließ keinen Zweifel darüber, auf welcher Seite der Friedhofsschießerei zumindest einer der Stammgäste des Wreck Room stand. Die lärmenden Mittagsgäste drängten sich an der langen Theke. Der Hocker neben dem Schönen Jimmy war leer, er blieb frei für Kunden, die ihm erquickliche Geschäfte ins Ohr flüsterten und dann zielbewußt aufs Klo marschierten. Justo setzte sich auf den Hocker. Der Schöne Jimmy drehte sich nicht zu seinem neuen Kunden um, sondern nippte weiter an seinem Scotch und ließ die goldenen Ringe gegen das Glas klingeln.

»Auf welcher Seite bist du?« Justo erhob die Stimme über den Kneipenlärm und rief damit Angelica an, die gerade große Gläser mit Bier füllte. Er hätte sie am liebsten wegen unsittlicher Entblößung verhaftet, aber für Witze war keine Zeit.

Angelica fuhr auf den hohen Absätzen herum, die Biergläser in ihren Händen schäumten. »Ich bin auf der Seite von Tugend und Wahrheit. Auf deiner Seite, Süßer. Auf der Seite des gewöhnlichen Rechts für ungewöhnliche Leute.«

»Hab ja schon mal 'n Arschloch mit drei Seiten gesehn«, knurrte der Schöne Jimmy in seinen Scotch, »aber noch nie 'nen Bullen, der's ehrlich meint.«

Justo beugte sich vertraulich zu ihm hinüber. »Das liegt daran, daß Bullen keine Arschlöcher haben.«

»Mach mich bloß nicht an, ja? Ich hab dir immerhin erzählt, wo Kosmo-Spinner wohnt. Wenn ich nicht gewesen wär, du hättest nie rausgefunden, in welchem Loch der Typ sich verkrochen hat. Dieser Typ hat als Kind nie an den Titten seiner Mama gelutscht. Der hat sein Leben lang nur Acid gelutscht. Der Kerl war böse, leichtfüßig und böse. Das leichtfüßige Böse ist das schlimmste von allen, weil man weiß nie, was es vorhat, bis es zu spät ist.«

»Da ist was dran.«

»Und was da dran ist! Also mach mich nicht an hier, weil ich hab dir den Tip gegeben, wo das Böse auf leichten Füßen lebt, falls du diese verrückte Scheiße ein Leben nennen willst.«

»Ich bin aber nicht hergekommen, um dir bravem Bürger die goldene Ehrennadel anzustecken, weil du so nett geholfen hast.«

Der Schöne Jimmy drehte sich langsam um, seine Augen verschwammen hinter fleischigen Schlitzen. »Ich hab nix mehr zu schaffen mit dir. Du solltest abhauen, aber du machst es nicht. Du bist wie so 'n juckender Pickel, der gekratzt werden will.«

Justo nickte Angelica zu. »Zapfst du mir mal ein Bier? Ich zerfließe noch in dieser Kluft.«

Angelica schob ihm ein Glas hin. »Hab dich noch nie im Smoking gesehen. Gefällt mir gut, diese Farbe an dir, babyblau. Paßt zu deinen Augen.«

»Meine Augen sind braun.« Justo hob das Glas und nahm den Blick seiner braunen Augen nicht von dem kryptischen Lächeln, das auf Angelicas Lippen lag.

Bubba-Bob tauchte hinter Justo auf. »Kriegt man hier als Fischer gar keine Bedienung mehr?«

»Wie bist du denn aus dem Krankenhaus rausgekommen?« Angelica beugte sich über die Theke und küßte Bubba-Bob auf die Wange. »Ich dachte, die behalten dich noch eine Woche lang da?«

»Einen echten Fischer hält's nirgendwo. Bin einfach rausgegangen. Die hatten mich fester gewickelt als 'nen Köderfisch um 'nen Marlinhaken. Ich bin so voller Dope, daß jeder Windhund in Miami mich beneiden würde. Schmerz spür ich kein bißchen, einfach die ideale Verfassung, um mich mit wem anzulegen.«

»Wie wär's bei mir zu Hause, wenn ich hier fertig bin?«

»Ein Glück, daß meine Eier nicht auch bandagiert sind.«

»Und du?« Angelica wandte sich an Justo. »Willst du auch ein bißchen Spaß?«

»Ich will noch ein Bier.«

»Kannst du haben.« Angelica schenkte ihm nach. »Im Dienst hab ich dich ja noch nie trinken sehn.«

»Hör mal, ich seh aus wie ein Zuhälter aus Palm Beach. Denkst du, ich zieh so was im Dienst an?«

»Ach ja, ganz vergessen, heute ist ja Isabels großer Tag. Nur noch ein paar Stunden hin, nicht?«

»Justo ist immer im Dienst«, murmelte der Schöne Jimmy. »Den juckt's immer.«

Justo blickte auf den gekrakelten Kreidetext auf der Tafel: SPINNER GEGEN SCHWULE 0:1. »Du weißt, wo Renoir ist, oder?«

»Karnickel in Not rennt immer in sein Loch!«

»Kosmo-Spinners Loch hast du mir gezeigt.«

»Dabei warst du mir sogar noch was schuldig, weil ich dir diesen abgeschlafften Hund geschenkt hab.«

»Vielleicht brauchst du ja mal wieder einen Gefallen.«

Der Schöne Jimmy knurrte in seinen Scotch: »Brauch keinen Gefallen, davon hab ich genug. Gefallen tu ich Frauen. Männern zieh ich eins über.«

»Auch MK?«

Der Schöne Jimmy richtete seinen wolkigen Blick auf Justo. »Paß bloß auf, was du redest.«

»Ich dachte, du hast keinen Gefallen nötig?«

»Also gut«, zischte der Schöne Jimmy, »was hast du mir zu sagen, Alter?«

»MK ist im Anmarsch.«

»Willst du mich anwichsen, oder was?«

»Dann glaub mir eben nicht. Wollte dir nur einen Gefallen tun, offenbar hast du's nicht nötig.«

Der Schöne Jimmy starrte in seinen Scotch, stumm wie ein Ertrunkener.

»Einen Drink auf die Spinner, auf daß sie den Ausgleich schaffen!« Bubba-Bob hob sein Bierglas. »Ihr könnt pissen, ihr könnt stöhnen, an die Spinner müßt ihr euch gewöhnen. Gott schütze ihren Wahnsinn!«

»Auf die Spinner«, antworteten viele in der Kneipe.

»Ist doch bescheuert!« entschieden andere.

»Meine Deals sind ganz gut abgesichert.« Der Schöne Jimmy preßte die schmalen Lippen aufeinander. »Aber wenn MK wieder hier einreitet, dann sieht's für ein paar Leute böse aus.«

»Wo ist Renoir?«

»Du spuckst mir nicht bloß Dreck ins Auge? MK kommt wirklich zurück?«

»Hab gehört, daß MK kommt und seine Alte holen will!«

»Häh? Ich weiß alles, aber daß er hier 'ne Alte hat, da weiß ich nix von.«

»Lyla.«

»Die kleine Braut aus Georgia, der St. Cloud hinterherrennt?«

»Die ist viel mehr Braut, als du denkst.«

»Ist ja 'n Ding! Da hat MK also die ganze Zeit hier 'ne Tussi, und keiner weiß was.«

»Er kommt ihretwegen und noch wegen ein paar anderer Sachen.«

»Andere Sachen?« Der Schöne Jimmy stand auf und strich über seine Kleidung aus schwarzer Seide, um die Falten zu glätten. »Gut, dann wird's Zeit für ein bißchen Rock 'n' Roll.« Er steppte mit der Spitze seiner Alligatorlederschuhe einen Takt. »Wie hast du's denn erfahren?«

»Brogan hat ein bißchen mitgespielt.«

»Na dann, danke für den Tip.«

»He! Hau nicht gleich ab! Bist mir was schuldig.«

»Versuch's mal draußen beim Ständersteg.«

»Beim Ständersteg? Da war ich gleich als erstes.«

»Dahinter, in dem alten Fort mit dem Orchideengarten drin. Sieh mal in dem Garten da nach.«

»Sicher?«

Der Schöne Jimmy bohrte seinen harten Zeigefinger in Justos Rüschenhemd. »So sicher, wie deine Oma für die Weißen den Geschirrspüler abgegeben hat.« Er trat zurück, sein knochiger Finger zeigte immer noch auf Justo. »Ich bin niemand was schuldig. Aber du mir.«

Eines Tages, gelobte Justo, würde er diesem Würstchen im Seidenanzug den Senf wegpusten. Eines Tages, wenn er niemandem mehr einen Gefallen tun mußte, nicht einmal einen halben. Was er dem Schönen Jimmy über MK erzählt hatte, stimmte nämlich nur halb. Aber der Schöne Jimmy war clever, er würde wissen, welche Hälfte er glauben mußte.

Angelica zapfte Justo ein Bier. »Wenn es stimmt, daß MK im Anmarsch ist, dann sollte St. Cloud wohl besser mit der ersten Raumfähre hier verschwinden.«

»Lyla ist abgereist. Hab sie heute früh so gegen sechs in ihrem Cabrio über die Cow Key Bridge davonfahren sehen.«

»Woher weißt du, daß sie nicht wiederkommt?«

»Ich kann's am Gesichtsausdruck einer Frau sehen, wenn sie zum letztenmal von diesem Felsen hier wegfährt.«

»Dann sieh dir mal meinen an.« Angelica stützte das Kinn in die Hände, nur einige Zentimeter von Justo entfernt. »Was siehst du darin?«

Justo musterte dieses blonde, nahe Wesen, ihr süßer Atem wärmte seine Haut, und er wurde rot. »Ich sehe Schmerz und Vergnügen, Verachtung jedes trauten Heims, aber trotzdem die Suche nach einem Zuhause; eine Frau, die zu ehrlich ist, um sich mit einem Jawort zu begnügen.«

»Du siehst zu viel, Süßer.« Angelicas Lippen kamen noch näher, ihre Hand berührte seine Wange. »Geh nach Hause zu deinem warmen kubanischen Brot. Geh nach Hause, Familienvater.«

Bubba-Bob knallte die Faust auf die Theke. »Verflucht noch mal! Als Fischer kriegt man hier nichts mehr zu saufen, weil die Bedienung die Bullen anbaggert!«

»Hab nur versucht, ihn mit High-School-Bildung und meinem guten Aussehen zu becircen. Zahlungen wurden keine geleistet.«

Bubba-Bob rutschte auf den vom Schönen Jimmy freigemachten Hocker und packte Justo fest an der Schulter. »Laß dir einen *añejo* ausgeben! Wie ich höre, feiert deine kleine Tochter heute Hochzeit.«

»Nicht Hochzeit.« Angelica öffnete eine Flasche *añejo*. »Das ist so eine Art Debütantinnenball. Prächtige Abendkleider und ein großes Festessen.«

»Klingt verdammt teuer.« Bubba-Bob drückte Justos Schulter. »Wieviel verdienst du denn so als Bulle? Vielleicht willst du mal mit dem alten Bubba auf 'nen Fischzug rausfahren, paar Extradollars an Land ziehn.«

»Her mit dem *añejo*.«

Angelica schenkte ihm augenzwinkernd den Rum ein. »Das heute ist noch schlimmer als Hochzeit. Man gibt die Tochter weg und kriegt nichts dafür zurück.«

Justo prostete Angelica zum Abschied zu, sie war und blieb die wildeste Blume in seinem Leben. *»No hay rosas sin espinas.«*

Keine Rose ohne Dornen.

Rosen gab es keine im Innern der Zitadelle aus dem Bürgerkrieg, auch keine konföderierten Soldaten in Ketten, keine fetten Rinder zum Ernähren der Unionstruppen. Die hohen Ziegelmauern, einst errichtet zum Abhalten der Kanonenkugeln, die von belagernden Schiffen vor der Küste abgeschossen wurden, umgaben heute die Züchtungserfolge des örtlichen Gartenvereins in südlicher Flora. Palmengesäumte Wege führten zu einer Grotte, hinter deren Bretterzaun sich wilder Orchideenwuchs verbarg. In dem von oben einfallenden schwadigen Licht der Grotte war von Renoir nichts zu sehen. Justo öffnete die Tür zu einem Fußweg, der sich zwischen duftenden Magnolien zu einem Zaun am Rande des Atlantik schlängelte. Dort stand eine einsame Gestalt in einem zerknitterten weißen Anzug und starrte durch die Maschen des Zauns.

Renoir wußte, daß Justo kam. Er machte keinen Fluchtversuch. Hinter der dunklen Brille verharrte seine Aufmerksamkeit auf jungen Männern in schicken Badehosen, die sich auf dem bogenförmigen Pier rekelten. Ältere Männer, voll bekleidet, schlenderten zwischen den Burschen herum. Renoirs Worte kamen in einem Ton, der so flach war wie die See unter ihm. »Da drüben habe ich ihn kennengelernt. Wahrscheinlich klänge es besser, wenn ich sagte, er war nicht wie die anderen. Aber er war eben ganz genau wie die anderen. Gerade das hat mich von Anfang an zu ihm hingezogen. Komisch, diese Sache mit der Anziehung, diese Sehnsüchte, gegen die man gar nichts machen kann.«

In der blauen Hitze, die auf seinen blauen Anzug prallte, war es

Justo unsäglich heiß. Er hatte sich so beeilt, daß er aus Versehen das Jackett nicht im Auto gelassen hatte. Vor Renoir glaubte er, es anbehalten zu müssen, wie einen Sheriffstern.

»Da auf dem Pier, da hab ich ihn kennengelernt. Nicht weil er so schön war. Die meisten konnten nicht mehr als seine Schönheit in ihm sehen, nur seine gebräunten Muskeln, die er immer spielen ließ. Nein, fasziniert hat mich seine Energie. So viele Menschen sind vom Bauch her völlig tot, sie überlegen sich, wie das Leben sein sollte, bevor sie es leben, denken nach, von welchen Regeln die unerklärlichen Anziehungskräfte beherrscht und durchkreuzt werden. Ein anderes Spiel kennen sie gar nicht. Mein Vater war auch so. Isaac nahm sich vor, berühmt zu werden, und der Ruhm wurde sein Käfig. Und im Käfig des Ruhms ist nur für einen Platz, alle anderen sind ausgesperrt. Ich war ausgesperrt. Aber *mein* Mann war ein wildes Tier, der ließ sich nicht stubenrein machen, ließ sich nicht einsperren. Er kannte keine Regeln für Anziehung und Herrschaft, überhaupt keine Regeln. Sie haben ja keine Ahnung, was es heißt, am Morgen mit diesem Trieb aufzuwachen. Das ist so wie die aufgehende Sonne, alles ist möglich, das Leben bricht an.«

Justo räusperte sich, der Schweiß brach ihm aus, sein blaues Jackett war ganz durchnäßt. »Vermutlich leben wir alle mit dem Gedanken, daß es etwas gibt, das größer ist als wir, etwas, auf das wir unser Leben verwetten würden.«

Renoir fuhr herum. »Was verstehen Sie schon davon?«

»Stimmt. Was kann einer wie ich schon davon verstehen?«

»Überhaupt nichts. Wollen Sie die Wahrheit hören? Die Wahrheit ist, daß mir diese Eins-zu-eins-Verhältnisse eurer Heterobeziehungen absolut unheimlich sind.« Renoir wandte seine reflektierende Sonnenbrille wieder zu den ölglänzenden Körpern auf dem Pier. »Mein Mann kam hierher, um mich zu betrügen. Ich kam auch her, um ihn zu betrügen, aber ich konnte mich nicht so frei machen, mit einem anderen zusammenzusein. Ob ich wohl jemals wieder so sehr lieben kann? Ich wollte ihn betrügen, um ihn zu verletzen, ständig prüfen, was wir miteinander haben. Wissen Sie, das hat nichts mit Zuneigung zu tun, es geht immer nur um Lust. Aber das begreifen Sie nicht, was? Nein, Sie begreifen es nicht.«

Die Hitze und der *añejo* dröselten Justos Gedanken auf, es war schon so fern, was vor zwei Tagen passiert war, als er nach der Schießerei auf dem Friedhof die Tür von Renoirs Haus eingetreten hatte. Beim Betreten des Schlafzimmers kam er sich vor wie auf einer Zeitreise, als wäre er derjenige, der damals die geliebte Braut des Grafen Cosel gefunden hatte. In den Augen, die ihn da vom Bett aus angestarrt hatten, war eine rückwärts gewandte Reise aus der Last der Körperlichkeit hinaus zu sehen gewesen, zu einem Frieden hin, wie er den Lebenden nie gewährt wurde. Als der Krankenwagen eingetroffen war, hatte man den Mann auf eine Bahre gelegt und aus dem schützenden Schatten von Renoirs Wohnung in eine Sonne von beunruhigender Intensität hinausgetragen. »Sie haben Ihr Bestes getan.« Justo hörte den Hall der eigenen Stimme. »Haben ihn bis zum Ende gepflegt. Das ist ein großer Dienst!«

»Welchen Sinn hatte das schon?« Renoir lehnte sich mit dem ganzen Gewicht gegen den Zaun, sein weißer Anzug hatte dunkle Flecken vom Schlafen auf dem Boden. »Ich wollte, daß er es gut hat. Ist das zuviel verlangt? Es wäre mir unerträglich gewesen, wenn Fremde ihn gepflegt hätten.«

»Tut mir leid, daß ich Ihnen das jetzt sagen muß, aber er ist im Krankenhaus. Das ist natürlich nicht so gut, aber man kümmert sich ordentlich um ihn, dafür habe ich gesorgt. Machen Sie sich keine Vorwürfe, Sie haben alles getan.«

»Alles? Ich konnte ja nicht in mein Haus zurück, Sie haben es beobachten lassen. Als er mich am meisten brauchte, habe ich versagt. Ich mußte vor allem Zobop aufhalten, ich wußte, auf wen er es als nächstes abgesehen hatte. In der Nacht, als mein Vater starb, konnte ich nicht zu ihm, weil mir jemand einen gelben Stein durchs Fenster geworfen hatte, um den ein Zettel gewickelt war: *Der Todesengel erwartet dich, dein Schicksal geht mit der Sonne auf dem Friedhof auf.*«

»Ich habe die gleiche Einladung bekommen, auch um einen Stein gewickelt.«

»Also habe ich den größten Engel auf dem Friedhof gesucht und mich dahinter versteckt.«

»Schlauer als ich, da gibt's so viele Engel. Hätte es mir aber denken können, der größte Engel steht über dem Grab, in dem angeblich Cosels Braut heimlich beerdigt worden ist. Am Anfang, als St. Cloud auf den Friedhof gerannt kam, da hätte er für mich ebensogut auch Zobop sein können, hätte ihn beinahe erschossen. Aber ich hielt mich zurück, irgend etwas mußte noch passieren, es war alles zu gut geplant.«

»Geplant?«

»Ist vielleicht nicht ganz das richtige Wort. Verrückte machen eigentlich weniger Pläne, sie hecken etwas aus. Sie hatten recht, Angst um Floyds Leben zu haben. Er war Teil einer Beziehung, die zwischen Ihnen und St. Cloud, mir und Voltaire bestand. Wir alle waren in eine Kette von Vorfällen eingebunden, die damit anfing, daß ich Voltaire auf dem Flüchtlingsschiff seinen *ouanga* abgenommen habe. Kosmo-Spinner stand damals in der Menge auf dem Dock, er sah, wie ich den *ouanga* an mich nahm, und er sah auch Sie am Strand, damals frühmorgens, als ich Floyd wiederbelebt habe. Ich bin seinerzeit nicht darauf gekommen, daß Floyd versucht haben könnte, sich zu ertränken. Den Schluß habe ich erst gezogen, als ich von Floyds Krankheit erfuhr. Kosmo-Spinner hatte seine Schlüsse längst gezogen, er glaubte ja zu wissen, wo alle Geheimnisse begraben liegen.«

»Und was war mit Marilyns Andy?«

»Der war einfach zur rechten Zeit am falschen Ort, hatte im Grunde nichts weiter als irgendeinen kleinen Schmuggel auf Sugarloaf Key abziehen wollen, und dabei traf er im Fledermausturm auf Kosmo-Spinner, der gerade eine Ziege opferte. Die Sache ist die, daß nur die Initiierten bei einem Opfer dabeisein dürfen; wenn ein Unreiner zusieht, dann besiegelt er damit das eigene Ende als Opfertier. Anfangs dachte ich, wir hätten es hier mit einer neuen Sekte zu tun. Aber es war noch schlimmer, es war der Wahnsinn eines einzelnen, der glaubte, er sei viele. Es reicht immer ein einzelner, um einen Präsidenten zu erschießen oder Christus die Wange zu küssen. Gibt keinen Tiefpunkt, zu dem sich die Menschen nicht herablassen würden, kein Ziel, an das nicht irgend jemand glauben würde. Kosmo-Spinner war ein total abgefahrener Priester des Kosmos, ganz oben in der Hierarchie als Zobop. Alles, was er sich einbildete, wurde real, ganz einfach weil er danach handelte. *Lo que de noche se hace, de día aparece.* Was sich bei Nacht im Dunkeln tut, die Sonne bringt es an den Tag.«

»Jetzt ist er tot, es ist vorbei.«

»Alles Böse hat denselben Ursprung, zertritt man es hier, kommt es dort wieder hoch. Ich fand also heraus, daß er unter der Seven Mile Bridge lebte, im Innern des Tunnels für die Telefonkabel und Wasserleitungen. Bin auf dem Bauch durch das Dunkel dorthin gekrochen, wo er sich zuletzt eingenistet hatte, über mir donnerte der Verkehr dahin, das Wasser rauschte in den Leitungen, alles war verschimmelt und glitschig. Dann fand ich eine Schachtel mit Zeitungsausschnitten und Tagebüchern, die teilweise noch aus den Sechzigern stammten. Die Tagebücher trugen alle den Titel *Tiger Car Manual*, nur auf dem neuesten stand *Adios, Twentieth Century*. Kosmo-Spinner war kein ziellos umherirrendes Opfer, dieser Typ hatte Profilaufschuhe an und raste auf die Zerstörung zu, er war die Zeitbombe einer ganzen Generation. Er wollte die Götter verarschen, er glaubte, auf den Trommelfellen aus Satans abgeschnittenen Ohren den Takt seines Schicksals zu hören, der ihm sagte, was er zu tun habe. Trommeln hab ich keine gefunden im Tunnel, nur Notizen und Tagebücher, die seine Halluzinationen ein wenig erklären. Und Zeitungsausschnitte, die zeigen, welche Tatsachen sein Wirrkopf da verdreht hat, zum Beispiel die über diese Krankheit, die von den grünen Meerkatzen ausging und von der St. Cloud sagt, daß auch Voltaire sie hatte. Wenn ich nicht diese Artikel gelesen hätte, wäre mir gar nicht klar gewesen, woran Floyd eigentlich litt. Kosmo-Spinner war fest überzeugt, daß die Erde von innen heraus verfaulen würde, wenn er nicht die Reinheit des Wassers beschützte, das über seinem Kopf durch die Tunnelleitung brauste. Er zog seine Schlüsse, keineswegs zufällige Entscheidungen. Wer die Reinheit bedrohte, mußte geopfert werden. Alles folgte zeremoniellen Vorschriften. Wenn die Sonne nach Halloween, am Morgen des Allerheiligentages, über dem Friedhof aufstieg, war dies der gesalbte Augenblick für eine *bamboché guédé mystè*, eine große Party für die Zaubergötter, bei der die Toten aufstehen und sich auf geläuterte Körper schwingen, auf frischen Seelen reiten. Kosmo-Spinner hat alle Regeln verbogen und den eigenen Rükken dazu, als er auf dem Friedhof unsere Gräber aushob und auf uns wartete, zu allem bereit.«

Justo zog ein Taschentuch aus dem Jackett und tupfte sich den Schweiß von der Stirn. Er blickte zum geschwungenen Pier des Casa Marina Hotel hinüber, er würde zu spät zur *quince* seiner Tochter kommen. Autos von weit her, bis aus Tampa, füllten den Hotelparkplatz. Er wischte sich noch einmal die verschwitzte Stirn.

»Wie ich das sehe, hat der Kosmo-Spinner zu wenig über zu viel gewußt. Jedenfalls ist es jetzt vorbei, Sie haben den Spuk beendet.«

Die klassischen Linien von Renoirs Gesicht zerflossen in der hochstehenden Sonne zu einer Miene der Erschöpfung. Pelikane landeten auf den Pfeilern des Piers und fingen die vom Meer reflektierte Hitze mit ausgebreiteten Schwingen auf. »Früher, am Ende des Zweiten Weltkriegs, da bin ich jeden Tag nach der Schule hierhergekommen, damals hatte die Marine das Hotel für die Offiziere requiriert. All diese schnittigen Kerle in Weiß.«

»Es läuft eine Großfahndung nach Ihnen.«

»Nicht einmal die Sonne konnte Falten in ihre makellosen Uniformen machen.«

»Warum geben Sie mir nicht Ihre Waffe, damit wir die Sache behutsam zu Ende bringen können?«

»Waffe?« Renoir sah Justo an. »Den Revolver hab ich dem Schönen Jimmy gegeben, damit der niemandem erzählt, wo ich bin. Vermutlich ist das Ding schon längst in Puerto Rico.«

»Wenn ich Sie hier verhafte, dann muß ich Ihnen Ihre Rechte vorlesen, Ihnen Handschellen anlegen und Sie in die Zelle bringen. Das will ich aber nicht. Also machen Sie's doch friedlich, stellen Sie sich freiwillig. Und dann plädieren wir auf Notwehr, und Sie kommen bald frei.«

»Jetzt, wo ich Floyd nicht mehr habe, gibt es kein Zuhause, in das ich zurückkehren kann.« Renoir nahm die Sonnenbrille ab und zwinkerte im grellen Licht. »Und Sie, sind Sie jemals nach der Schule hierhergekommen?«

»Stellen Sie sich freiwillig. So einfach ist das. Vielleicht kann ich Sie sogar für einen Besuch bei Floyd kurz rauslassen.«

»Wird keine Zeit mehr dafür bleiben.« Renoir setzte die Sonnenbrille wieder auf.

»Sie wären überrascht, was ich alles arrangieren kann.«

»Das ist etwas, was niemand arrangieren kann.«

Justo wußte, daß er auf jeden Fall zu spät zur *quince* kommen würde. Die Kapelle hatte schon im großen Tanzsaal des Hotels angefangen, Musik drang durch die hohen Flügeltüren heraus und wogte über die weißen Stühle auf dem Rasen, der sich bis ans Meerufer erstreckte, Gäste blickten auf die Uhr und fragten sich, wo er denn blieb. Er versuchte, sich seine Tochter in ihrem Galakleid vorzustellen, strahlend, ein neuer Anfang. Er legte Renoir eine Hand auf die Schulter. »Wissen Sie, einen Feind schafft man sich fürs Leben, aber einen Freund verliert man in Minutenschnelle. Ich will Sie nicht verlieren.«

Renoir wandte den Blick nicht von dem Pier ab, er sah starr geradeaus, während er mit zitternder Stimme sagte: »Ich möchte Ihnen dafür danken, daß Sie Floyd damals am Strand gerettet haben.«

»Das würde ich, ohne zu zögern, noch einmal tun.«

»Diese Krankheit, die Floyd hat, darüber weiß man jetzt allmählich schon mehr. Angeblich wird sie durch Blutkontakt übertragen. Ich erinnere mich noch, wieviel Blut aus Floyds Mund geflossen ist an dem Morgen, als ich ihn aus dem Wasser gezogen habe. Ich dachte schon, er würde verbluten, und dann haben Sie ihm den Kuß des Lebens gegeben.« Renoir preßte die Hände gegen den Zaun, seine Finger umfingen das Drahtgeflecht in festem Griff. »Es stimmt, einen Freund kann man in Minutenschnelle verlieren. Passen Sie auf sich auf, Justo, passen Sie gut auf! Ich mache mir Sorgen um Sie.«

»Ich bete für Sie.«

»Sie begreifen es immer noch nicht.«

27

Jeder Tag, der mit einem Alptraum beginnt, ist ein Tag des aufrechten Gangs. In St. Clouds Alptraum saß er inmitten einer schwitzenden Menge nahe der Rampe und sah bei einer Schönheitskonkurrenz von tätowierten Babys zu. Im Zentrum der Arena wurde jeder der zappligen Kandidaten von seiner stolzen Mama an den winzigen Füßen festgehalten und langsam vor den Ohs und Ahs der staunenden Zuschauer hin und her gedreht. Von den Fußsohlen bis zum Scheitel ihrer haarlosen Köpfe waren die Säuglinge am ganzen Körper mit komplizierten Tätowierungen bedeckt, deren Motive von tropischen Vögeln bis hin zu gesunkenen Schlachtschiffen aus vergessenen Kriegen alles mögliche zeigten. Die letzten beiden Bewerber waren Zwillinge, ein Junge und ein Mädchen, und statt der Mutter hielt ein Vater sie in die Höhe. Auch die Haut des Vaters war durch Millionen von Nadelstichen mit Tätowiertinte geschmückt. Ganz egal, wo der grelle Punktstrahler von oben seinen korpulenten Körper erfaßte, jeder Zentimeter seiner Haut erzählte eine Geschichte. Der Vater schwang die kreischenden Zwillinge an den Zwillingsknöcheln durch die Luft, wirbelte sie so heftig, daß sie verschwammen, dann hielt er abrupt inne, riß ihnen die Windeln herunter und legte die pummligen Hinterteile frei, auf denen die breitgefächerten Blüten preisgekrönter Rosen prangten. Der Vater schlug klatschend auf die blühenden Hinterteile und ließ sie feuerrot erglühen. Je mehr die Zwillinge weinten, desto stärker prügelte sie ihr Vater. Die Menge wurde zornig und buhte. Je mehr die Leute buhten, desto fester schlug der Vater zu. Ihre plumpen Hinterteile wurden bald zu heiß zum Anfassen. Die Menge erhob sich wie ein Mann: *Schiebung, Schiebung, wir wollen unser Geld zurück!* Der Schrei weckte St. Cloud auf. Lyla lag nicht mehr neben ihm. Der über seinem Bett schwirrende Ventilator klang wie das Brüllen einer fernen Menschenmenge. Die Sonne, die durch das Fenster einfiel, setzte sein Bett in vormittäglich wilde Flammen. In der Küche, an einem

Glas mit Papayakonfitüre, die er selbst gemacht hatte, klebte ein Zettel: *Ich gehe, wohin ich will. Wir haben uns nichts versprochen. Ich liebe dich, yeah!* Als St. Cloud den Zettel zum fünftenmal las, kam ein Klopfen von der Haustür. Er öffnete die Tür. Ein dicker Mann, der dem Vater der Zwillinge auffallend ähnlich sah, reichte ihm einen Brief. Der Dicke verlangte, daß St. Cloud den Empfang schriftlich bestätigte, dann fuhr er auf seinem Fahrrad wieder davon. St. Cloud riß den Umschlag auf. Nach so vielen Jahren war nun seine Scheidung von Evelyn endlich bestätigt worden. Am selben Morgen verschwanden für St. Cloud Frau und Freundin für immer aus seinem Leben. Das Leben folgte einem festgelegten Schema. Als er mit seinem Alptraumkater und dieser doppelten Dosis Realität im Kopf nach draußen taumelte, war er schußbereit und voll geladen, beleidigend spät für die *quince* von Justos Tochter. Falls es mehr als eine Möglichkeit gab, einen geraden Weg zu gehen, so hoffte St. Cloud, daß er diesen Zickzackpfad finden würde.

Der Parkplatz des Strandhotels war überfüllt mit Autos aus ganz Florida. Die Pagen, die den Eingang zur Lobby und zu der bereits im Gang befindlichen Privatfeier bewachten, verlangten von St. Cloud eine Einladung. Das konnte St. Cloud nun gar nicht gebrauchen, in seinem schußbereiten Zustand war er nur noch eine Haaresbreite vom Explodieren entfernt. War den uniformierten Inquisitoren, die ihm hier den Zutritt verweigerten, nicht klar, daß Henry Flaglers Hotel am Ende der meeresüberquerenden Eisenbahn zum Empfang von würdevollen Menschen bestimmt war? Onkel Henry wäre in helle Wut geraten, wenn er gehört hätte, daß man am Portal zu seinem Paradies geschätzten Gästen den Eintritt verwehrte.

»Ich kenn dich doch!« Einer der Pagen richtete einen behandschuhten Zeigefinger auf St. Cloud. »Du gehst mit Lyla Defore.« Er nickte den anderen zu. »In Ordnung, laßt ihn durch.«

St. Cloud richtete sich auf und trat in die mit Mahagoni ausgestattete Lobby ein, in der die Rotoren der hohen Deckenventilatoren die dünne Luft quirlten.

»Lyla ist echt süß, und 'ne tolle Tänzerin«, rief der Page St. Cloud nach.

Alle Muskeln in St. Clouds Körper spannten sich an, er fuhr herum. »Was meinst du damit, ich gehe mit Lyla? Geh ich mit dir

Pizza essen, gehen wir zusammen zum Hunderennen, in die Kirche, in ein Motel in Miami? Was für einen billigen Spruch läßt du da bloß los: Sie ist *'ne tolle Tänzerin?*«

»Schon gut, Mann.« Der Page hob die weißen Handschuhe in die Höhe. »Was regst du dich so auf? War doch nicht so gemeint, bloß 'ne Redewendung.«

»Dann paß auf, was du redest!«

Aus der Ferne fetzte die Band mit einer schnittigen kubanischen Melodie los. St. Cloud folgte der Musik und kam in eine breite Säulenhalle, die Platz genug für Justos und Rosellas umfangreiche Familien bot. Schwarzgegrillte Spanferkel auf silbernen Serviertellern wurden von ächzenden Kellnern durch die Menge getragen. St. Cloud kam sich vor, als bräche er in eine vollkommen fremde Hochzeitsgesellschaft ein, denn seine Kleiderordnung verletzte eindeutig den *esprit de corps* der wohlhabenden Anwesenden, die auf spanisch miteinander witzelten. Wieder drang die Musik an sein Ohr, er schnippte mit den Fingern im Takt zu ihrem wogenden Rhythmus. Wenn er nur Lyla bei sich hätte, dann käme er sich nicht so fehl am Platze vor. Eine Frauenstimme rief seinen Namen.

St. Cloud war immer verblüfft, wenn er Rosella sah. Im Geiste war sie für ihn ein mächtiger Pfeiler, der Justo stützte, aber in Wirklichkeit wirkte sie klein und gedrungen. An diesem Nachmittag formten die Falten um ihre Mundwinkel ein breites Lächeln. Sie erhob sich auf die Zehenspitzen und küßte ihn auf die Wange.

»Was machst du denn ganz allein hier? Du mußt unbedingt ein paar kubanische Spezialitäten essen.« Rosella legte ihm eine Hand um die Taille.

St. Cloud überlegte, wie er Zeit gewinnen konnte, er wollte irgendeine Entschuldigung finden, warum er auf einmal kalte Füße hatte, sich nackt fühlte ohne Lyla an seiner Seite.

»Gefällt dir die Musik?«

»Tolle Band!«

»Justo hat sie engagiert. Komm schon, ich geb dir eine Portion *tocino del cielo*, himmlischen Schinken.«

St. Cloud machte ein schmatzendes Geräusch. »Paßt denn das zu dem Schweinebraten aus der Hölle, den einem die Kellner hier servieren?«

»Du machst immer Witze«, lachte Rosella. »Ich weiß nie genau, wann ich dich ernst nehmen soll. Aber es gibt noch etwas, von dem du dich vielleicht verführen läßt.«

»Kubanische Mädchen?«

»Die sind nur was zum Ansehen für dich. Sie sind anders als die Mädchen sonst.«

»Allerdings, zu Hause haben sie nämlich alle einen kubanischen Vater.«

»*Das* hab ich nicht gemeint. Hör schon auf mit dem Necken und komm mit.« Rosella stellte sich wieder auf Zehenspitzen und flüsterte ihm vertraulich zu. »*Compuesto.* Nach Abuelos Geheimrezept.«

»Liebend gerne, aber ich hab mit dem Trinken aufgehört, Lyla zuliebe. Erinnerst du dich an meine Freundin? Ich hab sie einmal zu euch zum Abendessen mitgebracht.«

»Wie könnte ich sie vergessen? Isabel fand, daß sie die schönste Frau der Welt war. Wo ist sie denn?«

»Wenn ich doch einen *compuesto* kriege, dann kann ich diese Frage vielleicht beantworten.«

»Sei nicht so ernst. Heute ist ein freudiger Tag, wir wollen, daß du mit uns froh bist.«

Rosella führte St. Cloud aus den Schatten der Säulenhalle in die laute Musik des Tanzsaals hinein, wo Justo gerade mit Isabel einen wirbelnden Tanz beendete, ihr Ballkleid aus weißem Taft lag wie eine Wolke um ihren Körper, eine Krone aus Straß funkelte auf ihren schwarzen Locken.

Justo bahnte sich händeschüttelnd einen Weg durch die Gratulanten und ging zu einem Schwan aus Eis, der eine Schale mit *compuesto* auf dem Rücken trug. Er drehte Isabel vor St. Cloud im Kreis herum. »Ist sie nicht ein prachtvolles Ding von fünfzehn Jahren? Und dieses Kleid, Rosella hat es selbst gemacht. Auch wenn man das Geld dazu hat, so ein Kleid kann man nirgends kaufen.«

»Wunderschöne Frau, wunderschöne Tochter.« St. Cloud drückte Justo die Hand und bewunderte Rosellas Schneiderarbeit auf Isabels schlankem Körper. Das Afro- und Latino-Blut, das in Isabels Adern pochte, ergab in der Mischung ein ätherisches Wesen mit dem Gebaren einer Königin. Sie reichte ihm die behandschuhte Hand.

Justo holte Zigarren aus seinem Smoking hervor. »Wie wär's mit einer kubanischen Handarbeit? Nicht dieser maschinelle

Dreck.« Er rauchte die Zigarren an und gab eine davon St. Cloud. Ein breites Lächeln trat in seine Miene, und er drückte Isabel an sich. »*El sol sale para todos*. Die Sonne geht für alle auf.«

»Laß doch, Dad.« Isabel verdrehte die braunen Augen. »Hör auf mit diesen abgedroschenen spanischen Redensarten.«

»Abgedroschen? St. Cloud, gib mir schnell einen *compuesto*!«

St. Cloud stieß mit Justo an. »Auf die Sonne, die für alle scheint.« Er konnte den Blick nicht von Isabel nehmen, er fragte sich, wer wohl der glückliche junge Mann sein würde. Er goß sich einen neuen *compuesto* ein.

»Mußt dich vorsehen mit Abuelos Geheimrezept«, warnte ihn Justo. »Der Anisschnaps darin, der packt einen, wenn man am wenigsten damit rechnet. Man glaubt, man kann auf dem Wasser gehen. Ich dachte, wegen Lyla hättest du mit dem Trinken aufgehört?«

»Sie ist weg. Ich weiß nicht, was schiefgelaufen ist.«

»Hat sie denn nichts gesagt?«

»Wir haben uns ganz prima verstanden.«

»Nein, das meine ich nicht.«

»Was meinst du dann?«

»Wegen MK... daß er auf dem Weg hierher ist.«

»Brogan.« St. Cloud leerte seinen *compuesto* auf einen Zug. »Er muß ihr gesagt haben, daß MK kommt.«

»Ich dachte, du weißt es schon.«

»Ich hab gewußt, daß es passieren würde, aber nicht so schnell.«

»Vielleicht nicht schnell genug. Weißt du, ich habe mich immer bemüht, die Frauen gut zu behandeln, kannst Rosella fragen.« Justo sah sich um. »Hey, wo ist denn mein Weib? Na jedenfalls, wenn man eine Frau nicht mit Freundlichkeit verführen kann, dann ist sie es nicht wert, vor allem die jungen nicht. Jüngere Frauen sind eine narrensichere Art, sich als Mann zum Narren zu machen, denn je älter man wird, desto jünger werden sie. Am Ende sieht man aus wie ein Windhund auf der Rennbahn, der sein Leben lang dem Hasen nachhetzt und ihn doch nie erwischt.«

»Desto jünger werden sie«, murmelte St. Cloud und versuchte, die zitternde Hand ruhig zu halten, während er sich den nächsten *compuesto* eingoß. »Klingt doch ganz gut.«

»Dad!« Isabel zwickte Justo in den Arm. »Mir ist langweilig. Ich will jetzt tanzen.«

»Langweilig? Du findest das langweilig, wenn Männer an gebrochenem Herzen sterben? Ist es auch, hast ja recht! Geh tanzen, mein Liebes!«

Isabel gab Justo einen Kuß auf die Wange und wollte gehen.

»Warte!« St. Cloud stellte sein Glas neben dem Schwan aus Eis ab. »Ich würde gerne mit dir tanzen.«

Justo brach in einen heftigen Hustenanfall aus, der Zigarrenrauch qualmte ihm aus den Nasenlöchern.

Isabel klopfte ihm auf den Rücken. »Schon gut, Dad, ich bin ja keine Braut oder so was.«

Mühsam kam Justo wieder zu Atem und preßte hervor: »Isabel ist zu alt für dich, St. Cloud. Sie ist jetzt schon *fünfzehn.*«

Isabel ergriff Justos Arm. »Mach dir keine Sorgen wegen St. Cloud, der ist ja 'ne Antiquität.« Sie sah St. Cloud an. »Aber auch irgendwie süß, auf seine eigene komische Art.«

»Sieh mal da drüben!« Justo wies mit der Zigarre in die Menschenmenge. »Da ist dein Cousin Alonzo aus Key Largo. Den triffst du sonst immer nur zu Weihnachten. Er hat dich schon dreimal zum Tanzen aufgefordert. Also geh und tanz mit ihm. Ich muß noch etwas mit St. Cloud besprechen.«

»Warum nicht?« Isabel entschwand mit einem Lächeln.

»Du und ich, St. Cloud, ich weiß nicht.« Justo paffte an seiner Zigarre und bemühte sich, nicht nochmals loszuhusten, als Isabel jetzt ihren überraschten Cousin aufforderte.

»Was weißt du nicht über dich und mich?«

»Wir sind das Ende einer Epoche, jedenfalls könnte *ich* das Ende sein.« Justos Blick lag auf seiner tanzenden Tochter, seinem strahlenden Stern von Kuba. »Tante Oris sagt, es braucht eine schwarze Bohne im gelben Reis, damit das Essen Würze kriegt. Könnte sein, daß ich die letzte schwarze Bohne im Topf bin.«

»Was willst du mir damit sagen?«

»Früher mal, da war hier alles ganz einfach. Man saß auf seiner Veranda, mit einer guten Zigarre und ehrlichem Rum, und man wartete auf einen kühlen Wind, der einem in die *guayabera* blies.«

Rosella stellte sich vor Justo. »Du entkommst mir heute nicht, ohne daß du mit mir tanzt.«

Justo legte einen Arm um Rosellas unförmige Taille. »*Niña*, ich will noch mein ganzes Leben lang mit dir tanzen.«

St. Cloud sah zu, wie die beiden davonwirbelten. Sie waren unter den Liebenden der modernen Zeit ein seltener Fall geworden, zwischen ihnen bestand Leidenschaft ohne Perversion. Vielleicht war es das, was Justo zu erklären versucht hatte, als er davon sprach, daß er die letzte schwarze Bohne sei.

»Hey, Mann!« Der Page, der sich als Kenner von Lylas Tanzkünsten gezeigt hatte, tippte St. Cloud auf die Schulter. »Telefon für dich!«

»Wer könnte denn wissen, daß ich hier bin?«

»Keine Ahnung. Der Apparat steht vorne am Empfang.«

St. Cloud ging eilig in die ruhige Bar am Empfang, wo ihm ein Barkeeper im weißen Jackett den Hörer reichte.

»Yeah, du, tut mir leid, daß ich nicht bei dir bin.« Die Worte, die durch das Telefon an sein Ohr drangen, waren so getragen wie ein Sommertag in Georgia. »Richte Rosella und Isabel bitte meine Glückwünsche aus.«

»Wo bist du?«

»Ich hab nur wenig Zeit.«

»Ich komm dir nach und hol dich.«

»Wollte dir nur noch mal sagen, daß ich weggehe und so.«

»Wie weit weg bist du denn schon?«

»Mein Mustang macht Probleme. Die Werkstatt muß extra einen neuen Vergaser aus Miami holen. Nicht leicht zu kriegen.«

»Das Auto ist ja älter als du.«

»Du bist seltsam.«

»Lyla?«

Die Leitung war auf einmal tot.

»Lyla!«

Irgend etwas mußte sich doch machen lassen, irgendwie war die Antwort zu enträtseln. Ihren Worten selbst war nichts zu entnehmen gewesen, aber er hatte ein Geräusch im Hintergrund gehört: Flugzeuge. St. Cloud gab dem Barkeeper den Hörer zurück. »Wo ist der nächste Flugplatz nördlich von hier?«

»Marathon, etwa 'ne Stunde zu fahren.«

St. Cloud rannte zurück in den Tanzsaal und schob sich durch die Menge. »Justo! Du mußt mir dein Auto leihen!«

Justo hörte nicht auf zu tanzen, Rosellas Wange ruhte weiter an seiner Schulter. »Wofür denn?«

»Lyla. Ich kann sie zurückholen.«

»Darf ihn dir nicht geben.«

»Warum nicht?«

»Nur für Dienstfahrten.«

»Das ist doch Quatsch!«

»Ich weiß.« Justo steigerte das Tempo, weil der Rhythmus der Kapelle schneller wurde. »Du hast mir zu viele *compuestos* intus.«

»Was bist du bloß für ein Freund?«

»Ein Freund, der will, daß du am Leben bleibst. Ich sag dir doch, von diesen *compuestos* glaubt man, daß man auf dem Wasser gehen kann. Du bist einfach verrückt, das ist es. Sie wird nicht wieder zurückkommen.«

»Da irrst du dich!«

St. Cloud rannte aus dem Saal hinaus, die Pagen sprangen beiseite, als er durch den Hotelausgang stürmte. Vielleicht würde ihm Evelyn den Lieferwagen von »Kiss My Linda« borgen. Vielleicht? Er rannte weiter. Direkt auf ihn zu kam sein erhörtes Gebet auf Rädern, ein Göttergeschenk von einem Glücksfall.

»Hey, sag mal, Kumpel, wo willst du denn bloß so schnell hin?« Bonefish lenkte seinen verrosteten Kombiwagen an den Straßenrand und steckte das stoppelbärtige Gesicht zum Fenster heraus. »Nicht so eilig. Willst du mein Waffeleisen haben? Das wird dir bestimmt gefallen.«

»Nein! Ich will dein Auto.«

»Wie wär's mit 'nem schönen Toaster? Geht für vier Scheiben auf einmal. Kannst du doch sicher gut gebrauchen.«

»Dein Auto, Bonefish. Du willst doch alles loswerden, da brauchst du den Wagen auch nicht mehr.«

»Häh?«

»Finito ist im Anzug, wie du schon immer gesagt hast. Keine Zeit zu verlieren.«

Bonefish stieß die Tür auf und sprang hinaus, als würde der Wagen gleich explodieren. Er packte St. Cloud bei den Schultern, und in seinem Blick brannte die Inbrunst der Erlösung. »Ich sag's ja, Kumpel! Allen hab ich's schon gesagt, aber keiner will mir zuhören! Du bist der erste, der die Wahrheit sieht!«

»Ja, ich seh sie!« St. Cloud knallte die Tür des Kombis von innen zu. »Keine Zeit zum Reden.« Er fuhr mit durchdrehenden Reifen los und ließ nur den Gestank nach Gummi zurück. Bonefish rannte ihm noch nach.

»Paß auf, daß Mister Finito dich nicht auf der Seven Mile Bridge erwischt. Wenn der dich auf der Brücke erwischt, dann stirbst du wie 'ne Ratte!«

St. Cloud zischte über die Brücken, die sich von einem Key zum nächsten spannten, aber er verfolgte dabei weiter den Zickzackpfad, auf dem er sich befand, seit er damals den Vogelladen betreten und Lyla kennengelernt hatte. Er war auf der letzten Achterbahnfahrt vor dem Zusammenbruch oder einem Riesenkrach. Plötzlich trat er voll auf die Bremse und kam auf der Bankette rutschend zum Stehen. Neben der Straße stand ein vertrautes Schild auf einem verrosteten Blechdach: TROPENMAMAS GRILLINSEL. Er ging seinem Riecher nach, bog auf eine Staubstraße ein und fuhr zu dem Wohnwagenterroristen, der seine Familie mißhandelte. Vor dem schimmernden Höcker des Wohnwagens hielt er an. Ed saß in der offenen Tür und stocherte sich mit einem abgerissenen Stück Draht von der Orgel aus seinem Wohnzimmer in den Zähnen herum. Alice war an eine Strebe zu Eds Füßen festgebunden, sie riß an ihrer Kette, und ihre Fangzähne schlugen sich in die Luft vor St. Cloud.

Ed grinste. »Hab genau gewußt, daß Sie zurückkommen. Wenn einer meine Hundchen erst mal gesehen hat, dann kommt er immer wieder, um sich noch einen von den süßen Möpsen zu holen.«

»Rufen Sie Ihren Dobermann zurück!« brüllte St. Cloud und versuchte das heisere Knurren des Tieres zu übertönen. »Ich brauche einen Hund.«

Ed gab der Kette einen festen Ruck, was Alice ein würgendes Winseln entlockte. Er zwinkerte St. Cloud zu. »Da sind Sie an der richtigen Stelle hier.« Er verschwand im Innern des Wohnwagens.

Nirgends auch eine Spur von Frau oder Kindern. Genau wie St. Cloud vermutet hatte: Ed war ein Monster.

Ed tauchte wieder in der Wohnwagentür auf, auf den Armen mehrere stumpfnasige Mopswelpen. Er kam zu dem Kombi herübergeschlendert, stolz wie ein Vater auf der Entbindungsstation. »Suchen Sie sich einen aus dem neuen Wurf aus.«

»Neuer Wurf? Wie kann denn Ihre Hündin schon wieder geworfen haben, seit wir zum letztenmal hier waren?«

Ed verlor sein von einem Ohr zum anderen reichendes Grinsen nicht. »Hundchen fallen hier vom Himmel wie Kokosnüsse. Man braucht sie bloß noch aufzusammeln.«

»Ich habe hier keine Zeit für die Wunder der Schöpfung.«

St. Cloud öffnete die Brieftasche. Dabei dachte er, wenn Justo ihm nicht den letzten Dolmetscherjob bei Gericht besorgt hätte, dann würde er jetzt wohl kaum so locker vierhundertfünfzig Dollar abzählen.

»Fünfhundert.«

»Fünfhundert? Neulich waren's doch nur vierhundertfünfzig.«

»Lebenshaltungskosten sind gestiegen.« Ed schob St. Cloud einen der quietschenden Welpen in die Arme.

»Nie gehört, daß es bei Kokosnüssen eine Steigerung der Lebenshaltungskosten gibt.« St. Cloud gab ihm noch einen Fünfziger.

»Die Preise gehn ja überall rauf.« Ed steckte das Geld ein. »Sehen Sie mal in der Gefrierkostabteilung nach, wenn Sie das nächste Mal im Supermarkt sind. Oder fragen Sie Ihre hübsche junge Frau danach. Ziemlich teuer, wenn man heutzutage fünf Jungs großziehen muß.«

»Aber sicher!« St. Cloud wich vor Eds quirligen Welpen und dem hechelnden schwarzen Maskottchen zurück.

Da fuhr ein Mercedes heran und parkte hinter St. Clouds Kombi. Am Steuer saß eine attraktive Frau mit einem Seidenschal um den Hals. Fünf Jungen hüpften rings um sie auf den Ledersitzen herum. Der Kleinste winkte ihm zu. St. Cloud erkannte ihn von dem Tag wieder, als er mit Lyla den ersten Hund gekauft hatte.

»Hallo, Liebling«, begrüßte die Frau Ed. »Hast du die Welpen schon gefüttert? Du hast versprochen, damit auf uns zu warten.«

St. Cloud konnte gar nicht rasch genug wegkommen. Irgend etwas lag hier ernsthaft schief. Warum hatte Eds Frau einen neuen Mercedes, wenn die ganze Familie mit fünf Kindern in einem verfallenen Wohnwagen lebte und Ed junge Hunde verkaufte, um Geld zu verdienen? Eds Welt stand total auf dem Kopf, außer er war ein Drogendealer und seine Frau in Wirklichkeit gar keine Krankenschwester. *Hundchen fallen vom Himmel wie Kokosnüsse.* St. Cloud wollte Lyla erzählen, was er hier gesehen hatte, aber sie würde es ihm nicht glauben. Er war jetzt noch fester überzeugt, daß Ed seine Frau und die Kinder verprügelte. Trost fand er nur in der Tatsache, daß das Gesetz der Wahrscheinlichkeit eines Tages seine Hand ausstrecken würde, um Ed beim Kragen zu packen und diesen kleinen Gangster zu stellen, sogar hier draußen.

Die Spätnachmittagssonne glitt ihrer endgültigen Kernschmelze in den Mangroven entgegen, während St. Cloud nordwärts nach Marathon raste und die Meilensteine zählte, die am Rande der Schnellstraße vorbeiflitzten, wobei jede Markierung eine weitere Meile im Entfernen von Key West, von Meile Null bis nach Miami registrierte. In einer früheren Ära hatte es auf den Keys im Abstand von dreißig Meilen Steinhügel gegeben; der Abstand zwischen zwei Hügeln war die Entfernung, die ein Indianer zu Wasser mit seinem Kanu und zu Lande an einem Tag zurücklegen konnte. Inzwischen waren die Steinhügel durch Blechschilder ersetzt worden, auf denen weiße Ziffern prangten. St. Cloud passierte vierzig dieser Meilensteine in ebensoviel Minuten, über Ramrod Key und Big Pine Key hinweg, auf die schwebende Seven Mile Bridge, über die reißende Strömung des Moser Channel, der die Lower Keys von den Upper Keys trennte. Er kam langsam näher, raste über Pigeon Key und erreichte Knight Key bei Meile 47, kam nach Marathon hinein, wo die Schnellstraße auf einmal voll war mit grellem Kommerz, Tankstellen, neongekrönten Schnellimbißbuden und kleinen Supermärkten. Mitten in alledem sah er, was er suchte: den grauen Streifen einer Flugzeuglandebahn. Eine Kfz-Werkstatt beherrschte die Ecke einer Seitenstraße, die zum Flugplatz führte. St. Cloud blieb vor dem offenen Tor der Werkstatt stehen; im Innern sah er, auf einer verölten Hebebühne, ein altes Mustang-Cabriolet stehen.

St. Cloud ließ den Motor laufen. »Entschuldigung«, rief er einem Mann im Overall zu, der auf eine verbeulte Felge einhämmerte. »Könnten Sie mir sagen, wo die Besitzerin von diesem Mustang ist?«

Der Mechaniker hörte mit dem Hämmern auf. Er rieb sich den Hammerkopf gegen die ölige Wange, während er auf den Kombiwagen zukam und St. Cloud dabei mißtrauisch musterte. »Sind wohl ihr Vater oder was?«

»Klar doch.«

»Die sieht aus, als wäre sie zu jung für den Führerschein. Sagen Sie Ihrer Kleinen, der Wagen ist jetzt fertig. Macht fünfundneunzig Piepen. Hat sie 'ne Kreditkarte?«

»Jedenfalls hat sie Kredit. Wo ist sie?«

Der Mechaniker wies mit dem Hammer über den unkrautüberwachsenen Vorplatz auf ein niedriges Gebäude aus Löschbeton mit verblichenen Segeltuchmarkisen. Auf dem Dach blinkte der Name in Neonbuchstaben: SAIL AWAY MOTEL. »Da drüben, unten beim Wasser.«

St. Cloud parkte den Kombi und ging durch das Unkraut, den Mops unter den Arm geklemmt. Eine hölzerne Rampe führte hinten um das Hotel herum und zu einem kiesbestreuten Strand, auf dem ein Schwarm Plastikflamingos herumstand. Die rosafarbenen Figuren kippten beunruhigend schief auf ihren Stahlfüßen, ihre aufgemalten Augen starrten auf das Meerufer hinaus, wo Lyla lachenden Teenagern auf dem Pier beim Angeln zusah, während die Wellen um ihre nackten Füße plätscherten. St. Cloud hatte Angst, näher heranzukommen. Vielleicht war Lyla eine Illusion, wie die Madonna auf dem Riff, deren Sirenengesang die Seeleute in die kalte Tiefe des Meeres lockte. Ein kalter Strom der Beklemmung ging durch sein Herz. Lylas Gestalt verschmolz mit dem Wasser, der kalte Strom umspülte ihre unterseeische Nacktheit und brachte einen Schwarm frisch geschlüpfter Schildkröten mit klappernden hornigen Mäulern mit, die durch ihre gespreizten Beine hindurchtrieben, an Schenkeln vorbeistreiften, Brüste suchten, Brustwarzen anstupsten, nach Nahrung drängten. Die blaue Strömung verfärbte sich milchigweiß, die Sirenen sangen ihr Klagelied. Lyla schwamm auf ihn zu, das salzige Aroma ihrer Lippen, schlüpfriger Seetang umfing den schweren Stier, zog ihn rasend schnell hinab in Erzulies grüne Tiefen.

»Yeah, hast mich also gefunden.« Lylas Stimme trieb an die Oberfläche der murmelnden Flut. »Wußte doch, daß du kommen würdest.« Sie streckte die Hand aus und streichelte den Kopf des zappelnden Hundes.

»Ich weiß das mit MK.«

»Es ist nicht wegen MK.« Lyla zog ihn dicht an sich heran. »Gegangen bin ich deinetwegen.«

»Versteh ich nicht.«

»MK hat gesagt, ich soll auf Key West auf ihn warten, aber er ist nie gekommen. Yeah, da kamen zwar jeden Monat Postkarten aus allen möglichen Städten in Lateinamerika, aber auf jeder stand das gleiche drauf: *Diesmal nicht.* Mein Leben wurde sehr unkompliziert, kein Ehemann mehr, und nicht mal MK. Er wußte, daß es unmöglich ist, vor sich selbst zu fliehen, deshalb ließ er mich los. Yeah, und dann bist du gekommen, hartnäckig, wie MK, mit den gleichen Knoten in deinem Innern. Du hast nach einer Bindung gesucht. Wenn ich geblieben wäre, hätte das bedeutet, daß ich von mir selbst weggehe.«

St. Clouds Plan, Lyla zurückzugewinnen, fiel in sich zusammen. Er war ein kalkuliertes Risiko eingegangen, und er hatte verloren. Gegen andere Männer konnte er ankommen, aber gegen Eigensinn war nichts auszurichten, die Jugend akzeptierte eben die Nähe von Verletzlichkeit nicht. Er wußte nicht, ob er sich genug vertraute, um sie beide frei zu geben. Es gab nur einen Weg, das herauszufinden. Er küßte sie.

Im Sonnensystem von Lylas Erfahrung war St. Cloud ein fremder Planet, dessen Rotation nach ihr unbegreiflichen Gesetzmäßigkeiten vor sich ging. Sie befand sich in einer Polverschiebung hin zu einem anderen Gefühl. Als der männliche Bogen seines Körpers sich spannte, schnellte eine bis dahin gespannt wartende Reaktion aus ihr heraus, ihre Zunge war die sondierende Spitze, über leidenschaftliches Nachgeben hinaus zu unvermutetem Verständnis. Lyla machte sich los.

»Yeah, ich muß jetzt los.« Sie strich sich den Rock glatt. »Heute früh aufgebrochen, und erst bei Meile Fünfzig.«

St. Cloud hielt ihr den Mops hin. »Möchtest du ihn haben?«

»Nach dem, was mit dem ersten passiert ist? Ich kann nie wieder einen haben.« Sie ging über den Kies davon.

St. Cloud folgte ihr bis vor die Werkstatt und wartete, während sie das Cabriolet rückwärts hinausfuhr.

Der Mechaniker wischte sich die verschwitzte Stirn mit einem öligen Lappen ab. »Ganz schön hübsche Tochter haben Sie da. Ich an Ihrer Stelle würd sie ja nicht mit offenem Verdeck rumfahren lassen. Sonst ist gleich ein Haufen Kerle hinter ihr her.«

Das Cabriolet hielt an. »Warte mal!« Lyla stieg aus und rannte zu St. Cloud. »Yeah, wenn ich's mir recht überlege, nehm ich ihn doch.« Sie riß ihm den zappelnden Welpen aus der Hand und rannte zum Auto zurück. Der Hund schleckte ihr das Gesicht ab, als sie auf die befahrene Schnellstraße einbog. Sie sah noch einmal zurück. »Wir werden uns wiederfinden, versprochen!«

Der Mechaniker ließ den Lappen auf die Handfläche klatschen. »Uns wiederfinden? Komisch, daß 'ne Tochter so was zu ihrem Vater sagt.«

St. Cloud stand am Rande der Schnellstraße und sah zu, wie das südliche Licht seines Lebens nordwärts fuhr. Er beschloß, nicht sofort über die Keys zur Meile Null zurückzukehren. Er ging hinten um das Sail Away Motel herum, spazierte zwischen dem schiefen Schwarm der Flamingos an die plätschernde Wasserlinie heran. Musik schwoll aus seinem Schmerz, ein schwirrender

Rhythmus von Papayaleidenschaft und Mangoüberredungskunst, Wasserhosen tanzten am Horizont über den Ozean, hinter der letzten Welle Amerikas, wo die Krieger des Sturms ohne Sattel auf dem heulenden Wind dahinritten, wo Regen aus Neuspanien die Riesen in den Wäldern und die Zwerge in den Städten benetzte, wo Christoph Kolumbus seinen Zieleinlauf in die seichte Arena der Karibik hinlegte, wo Despoten heimlich planten, wer in der nächsten Kriegssaison die erste Handgranate werfen durfte, wo junge Männer beim Warten auf das Klingeln eines Telefons alt wurden, wo die letzte Schlacht, die ein Mann schlägt, die Schlacht mit sich selbst ist, wo man sich dem Takt des Cha-Cha-Cha des zwanzigsten Jahrhunderts stellen muß, weit weg, weit weg, weit weg, wo die See erst blau, dann grün leuchtet, und dann ihre Gabe ausliefert.

»Wo willst du denn bloß hin?«

Die Frage kam nicht vom Meer. Sie kam vom Land.

»Antworte mir! Wo willst du bloß hin? Ich bin dir von der *quince* aus nachgefahren. Wußte schon, daß da irgendwas nicht stimmte, das war nicht nur Lyla. Ich hab dir ja gesagt, daß du von diesem *compuesto* am Ende noch denkst, du könntest auf dem Wasser gehen.«

St. Cloud wandte sich zu dem schwarzen Gesicht am Ufer um. »Die Neue Welt!«

»Genau! Beim Herfahren hab ich was über Funk gehört: Gerade haben es fünf Flüchtlinge auf einem Floß aus Lkw-Reifenschläuchen zu uns rüber geschafft. Weiß nicht, wie sie den Haifischen durch die Lappen gegangen sind. Die Küstenwache schleppt sie momentan in den Hafen. Ich werd vor Gericht wieder mal deine gespaltene Zunge nötig haben, werden immer Übersetzer gebraucht in Babylon.« Justo streckte die Hand zum Wasser aus.

»Lyla hat mir was versprochen: Sie wird wiederkommen.«

»*Cristo volverá también.*« Justo zog St. Cloud auf festen Boden. Auch Christus wird wiederkommen.